裴指海　董俊英　著

江苏凤凰文艺出版社
JIANGSU PHOENIX LITERATURE AND ART PUBLISHING, LTD

图书在版编目（CIP）数据

勇士之轮 / 裴指海，董俊英著. — 南京 ：江苏凤凰文艺出版社，2020.7

ISBN 978-7-5594-4773-9

Ⅰ. ①勇… Ⅱ. ①裴… ②董… Ⅲ. ①长篇小说—中国—当代 Ⅳ. ①I247.5

中国版本图书馆 CIP 数据核字(2020)第 057182 号

勇士之轮

裴指海　董俊英　著

出 版 人　张在健
责任编辑　张恩东　邹晓燕
装帧设计　观止堂_未氓
责任印制　刘　巍
出版发行　江苏凤凰文艺出版社
　　　　　南京市中央路 165 号，邮编：210009
网　　址　http://www.jswenyi.com
印　　刷　苏州彩易达包装制品有限公司
开　　本　700 毫米×1000 毫米　1/16
印　　张　24.25
字　　数　397 千字
版　　次　2020 年 7 月第 1 版　2020 年 7 月第 1 次印刷
书　　号　ISBN 978-7-5594-4773-9
定　　价　59.80 元

裴指海简介

裴指海，河南南召县人，出生于 1974 年 7 月，1992 年 12 月入伍，1998 年毕业于解放军艺术学院，历任战士、排长、干事，原南京军区政治部文艺创作室专业作家，现居南京。从事过军史编写工作，近年来致力于战争文学创作。出版有长篇小说《往生》《锅盖头》等六部，长篇纪实文学《冷的冬，热的雪—刘邓大军在 1947 年那个寒冬》《1949 解放》等两部，与人合作电影剧本《姐姐》《黑色炮楼》《黄崖洞保卫战》、电视剧本《奔向延安》等。曾获全军优秀文艺作品奖、全军中短篇小说奖、紫金山文学奖、《小说选刊》《解放军文艺》《作品》等杂志年度优秀作品奖。中国作协会员。

董俊英简介

董俊英，笔名小岸，女，山西阳泉人，中国作协会员。已出版长篇小说《在蓝色天空跳舞》，小说集《桌上的咖啡已冷》《梦里见洛神》《温城之恋》《十二度爱》《连翘》，散文集《水和岸》。著有 23 集电视剧《烽火侨女》(独作)，与他人合作电影剧本《姐姐》《黑色炮楼》《黄崖洞保卫战》等。曾获第三届、第五届赵树理文学奖，第二届鲁彦周文学奖，第六届全国煤矿文学乌金奖。电视剧《烽火侨女》获 2015 山西省五个一工程奖。

目录

第一章

1

后半夜睡得正香，赵明亮突然被人叫醒了，说是李团长找他。他一个激灵跳起来，一路小跑着到了团部。这个时候有事情，那就不是一般的事情，是大事。他既紧张又兴奋，在老虎团二十来个连长里面，他作为特务连连长，不就是一个干大事的角儿吗？

李团长的样子也像是在交代一件大事，一看到他，连句客气话都没有，急吼吼道："你立即到连里挑选 10 名战斗骨干，连夜出发，天亮之前务必赶到分区向孙司令报到！"

直接向孙南平司令员报到？这事看来不小。

赵明亮眼巴巴地看着李团长："团长，是啥事？"

李团长还是那么急："孙司令没有说，他要直接给你交代任务，你快去吧。"

连李团长都无权知道是什么任务，那不是大事是什么？刚到春天，北方还是挺冷的，但赵明亮的手心里全是汗，恨不得立即赶到孙司令面前，看看这到底是啥事。回到连队，他迅速挑选了包括王班长在内的 10 名战斗骨干，除了手枪，他还带上了一支步枪。

做梦也没想到，他们连夜出发，王班长还跌了一跤，终于在天刚蒙蒙亮时赶到了杜家庄分区司令部，接受的任务却是护送国民党中将关士杰！

关士杰是什么人？那可是一个手上沾满了红军将士鲜血的刽子手。三四年前，赵明亮刚到特务连时，连长给他们上的第一课就提到了这家伙的名字。连长说起连队光荣历史，眉飞色舞，但提到红军长征时的百丈关一役，声音就低下去了："弟兄们，这一仗下来，我们连只剩下了十来个人，算是给咱们连队留了个种儿。"说到这里，声音就有些哽咽了。老连长低头深深地吸了口气，整理了情绪，再抬起头来，眼里充满杀气："大家要给我记着这个名字，关士杰！就是这个家伙，就是他带的部队杀死了咱们成百上千的红军兄弟！”说的人痛苦，听的人悲愤，那时，赵明亮就暗自发誓，将来遇到这家伙，没得说，白刀子进，红刀子出，为战死的红军兄弟报仇。

这下好了，见是见着了，却是要护送人家，不但不能白刀子进，红刀子出，孙司令还很严肃地告诫他，关士杰要经过根据地前去晋北前线接任国军军长一职，本来要由国军晋南游击纵队护送，八路军当然不能让他们进根据地来，经过交涉，在根据地由八路军护送，到了国军的地盘，再交接给他们。所以，在根据地这段路程里，要绝对保证关士杰的安全，一根毫毛都不能让它掉了。这个要求就很高了，去年护送路过关山分区的彭德怀副总指挥时，孙司令也没提到“一根毫毛都不能让它掉了！”

除此之外，孙司令还将亲自带队前去和国军交接，可见分区对这个关士杰是何等重视。赵明亮当然知道此事关系重大，国共合作，马虎不得，给红军兄弟报仇这事，连想都不能想。

孙司令带着他们，一大早就到了和国军晋南游击纵队交界的地方，等到日上三竿了，人还没个影子。这家伙，架子还真大。

又等了一个多时辰，终于看到远处烟尘滚滚，还有狗叫一般的汽车喇叭声。来了三辆车，前面的吉普车里坐着四个国军军官，接下来是辆小轿车，后面的卡车上坐着全副武装的国军士兵。仗打得不咋样，阵势倒挺大。车队停下来，晋南游击纵队司令宁武先下车，关士杰接着下来，这是个白白胖胖的家伙，脸上的肉一抖一抖的，额头上的油光一闪一闪的。赵明亮有些失望，哪里有半点军人气概？倒是这个宁武，军装严整，皮鞋擦得锃亮，腰杆直直的，精神倒精神，但也只能唬唬外人，骗不过他赵明亮。晋南游击纵队本来也是由中条山战役失败后的残兵败将组建而成，这一年来，就没听说过他们和鬼子打过什么仗，倒是动不动就和八路军搞摩擦。

双方开始交接，除了关士杰，同行的还有那四名国军军官，这是他从重庆带来的，要和他一起到晋北前线赴职。虽然在此之前交涉时，宁武并没有提到这一点，但孙南平想想也就算了，有赵明亮看着，谅他们在根据地也不敢胡来。送走了宁武，孙南平示意一名八路军战士牵过来一匹马，把缰绳递给了关士杰。

孙南平笑着对关士杰道：“进了太行山，山路崎岖蜿蜒，你们这四只轮子恐怕没有我们这四只马蹄管用，关军长不介意吧？”

关士杰倒很容易说话：“南人行船，北人骑马，到了你们这里，自然都听你们的。”

孙南平招手把赵明亮叫过去，向关士杰介绍道："这位是我们分区老虎团特务连连长赵明亮，他将负责护送您到前线。赵连长可是个战斗英雄，还是神枪手，强将手下无弱兵，手下的战士个顶个。有他带队护送，关军长尽管放心。"

关士杰看了一眼赵明亮，赵明亮目光如剑，直视着他，他忙闪开目光，对孙司令道："放心，放心！"

孙南平的任务算是完成了，他要从这里回杜家庄。他和警卫员骑上马上了山坡，突然停了下来，回头冲着赵明亮喊道："你过来一下。"

赵明亮忙小跑过来。

孙南平盯着他，很严肃地说："我再说一遍，这次任务非同小可，你一定要小心再小心，宁可自己掉了脑袋，也要保证将关士杰毫发无损地送抵晋北前线。"

赵明亮赶忙点头："司令员，你放心，我保证完成任务。"

孙南平看了看站在远处的关士杰，低声道："据说这个关士杰和宁武面和心不和，为了这个军长的位子，两人斗得不可开交，最后还是关士杰的后台够硬，宁武的怨气可想而知。这两人都不是省油的灯，他们关起门来爱怎么斗怎么斗，但绝不能让他们在咱们根据地胡来。你可不能大意了，这一路上，不但要提防鬼子和汉奸，还要小心国民党自己窝里斗。"

赵明亮觉得司令员有些过于小心了，笑道："请司令员放心，谁敢找我麻烦，我就和谁玩命。"

孙南平绷起了脸："你都是连长了，还动不动就玩命。要在有命的情况下才能玩，命都没了，拿什么玩！"

赵明亮仍旧笑嘻嘻的："这个玩命的态度还是要有的。"

2

赶了一天的路，都是在根据地，熟门熟路，除了遇到一个羊倌，一个砍柴的小伙子，没什么事儿。晚上住在小王庄，明天过了小西岭，再赶半天路，就要出了根据地，国军会在那里等着交接。赵明亮不敢大意，晚上趁着关士杰他们休息，带着战士们到村里搞了些柳条，编了柳条帽。

第二天早上公鸡一叫，赵明亮就起来了，给每个人脸上都涂了颜料。这个方法是他去年摸索出来的。打鬼子，武器不如人家，硬碰硬要吃亏，只能靠伏击。伏击战最重要的是埋伏，不能让对方发现。赵明亮发现，人的脸部在出汗的时候容易反射各种光线，涂上颜色，隐蔽的时候可以起到很好的伪装效果。他就用芹菜汁，配上锅底灰、草木灰，制作了绿中带黑、黑中带绿的颜料，用了几次，效果不错，敌人到了跟前都发现不了。

涂好颜料，天也蒙蒙亮了。关士杰带着四名国军军官出来了，看到他们这副打扮，一脸困惑。一名国军军官凑上来，讨好地问赵明亮："你们这是？"

赵明亮说："这是伪装。我从书上看来的。"他心里很得意，总叫我们土八路，看看你们自己，连这个都不知道吧。

那个军官眨着眼睛看看这个，再看看那个，跃跃欲试："也给我们涂涂。"

赵明亮有些高兴，这帮家伙，终于也肯向土八路低头了。他从挎包里掏出颜料和布片，冲着他们吆喝："好，好，别急，排着队来。"那四个国军军官很听话，排着队让他给他们脸上涂了颜料，还有一个军官说，等到了前线，要把这一手教给国军。

赵明亮给最后一个国军军官脸上涂完颜料，拿着颜料和布条到了关士杰跟前，关士杰却连连摇头："不了，不了，我就不用啦。"

这些国民党将军，人五人六的，居然还嫌这颜料脏！按照赵明亮的脾气，真想扭头就走，但窝囊的是，不但不能走，还得小心翼翼地保护好他。特别是今天就要经过的小西岭，那地方谷深林密，虽说这是在根据地，但就算箍成铁桶，敌人也有可能见缝插针。鬼子的能耐，小看不得。赵明亮把颜料和布条递给王班长，从他手中拿过柳条帽，递给关士杰："关军长，那就把这个戴上吧。"

关士杰接过，把玩两下："我还是第一次戴这个。"

赵明亮耐心地说："小心驶得万年船嘛，不怕一万，就怕万一，一切都是为了您的安全。"

关士杰漫不经心地把柳条帽戴在头上，他的脑袋比较大，柳条帽比较小，看上去有些滑稽。管它呢，赶紧把他送走。赵明亮再也不想多看他一眼，立即带着战士们出发了。关士杰骑马走在中间，前后左右都是保护他的人，人虽然不多，但这排场也不低了。孙南平司令员平常到哪里，都只带一个警卫员而已。八路军够给他面子了。

到了小西岭，天色大亮，朝阳冉冉升起。赵明亮左右打量，心脏颤颤地急剧跳动了几下，这里除了一条小路，路两边都是山坡。在八路军到来之前，据说这里还有土匪，经常拦路打劫。确是一个险要之处。赵明亮的左眼跳动了几下，突然有种不祥的预感，无论是国民党，还是日本鬼子，如果想要狙杀关士杰，这里都是一个理想的地方。

他立即在山谷口停了下来，回头冲关士杰喊道：“关军长，快下马！”

关士杰也看出此处地形有利于伏击，忙跳下马，身子弯了弯。国军随从立即围过来护着他。战士们动作敏感地把他们围在中间，步枪向两侧的山坡瞄准警戒，准备快速通过。

进了山谷，赵明亮向两侧打量，西边还好，但他望向东边的山坡时，太阳正爬上坡顶，阳光晃得眼睛疼。他眯了一下眼睛，扭过头来，果断地冲着西侧的战士喊道：“都到东边来护卫关军长！”

已经晚了，西侧的战士还没移到东侧来，枪响了！

子弹正是从东边山坡打来的，目标显然就是关士杰，但他命大，几乎在枪响的同时，一个随从的身体移过来，正好挡住他头部，替他挨了一枪。赵明亮举起步枪向枪响的方向瞄去，阳光刺眼，白花花的一片，什么也看不到。他不得不回过头来，果断命令：“自由射击，快速通过！”

战士们组成人墙掩护着关士杰，一边向前移动，一边向山坡上射击。

赵明亮在脑袋里飞快地盘算着，开枪的是什么人？国民党“黑吃黑”？日本鬼子？有多少人？按道理讲，对方既然选在这里伏击，那就是有备而来，不可能是一个人，但让他疑惑的是，那一枪响过之后，再也没有第二枪了。如果对方要置关士杰于死地，一阵乱枪，那谁也招架不住。对方为什么不开枪了？

赵明亮的脑袋嗡地响了一下，难道是八路军？这不是没有可能，那些在百丈关一战中吃过亏的，不仅仅是特务连一个连，而是成百上千个连队。要知道，红四方面军经此一役，由八万人减员至四万人，血流成河啊。在百丈关一战中，关士杰的部队正是主力，打得最为凶猛。关山分区所属部队前身基本上都是红四方面军的，每个部队都记有一笔关士杰的血债。如果他们知道他要经过这里，会不会趁机报仇？如果不是肩负护送的任务，就连赵明亮也不敢肯定自己会不会也来这一手。

如果是自己人，这仗如何打？

他最担心的事儿还是发生了。山坡上一个人影晃了一下，虽然只是一刹那，但他还是认出那人穿的就是八路军军装！果然有这样的二杆子！赵明亮气得牙痒，你就是报仇，也不能在根据地啊。你在根据地把一个国军中将杀了，就没想想，八路军如何向国民党交代？真是一个笨蛋！

赵明亮又气又急，冲着战士们摆手：“停止射击，停止射击！”战士们困惑地看着他，他只好实话实说：“是自己人。”他顾不得解释，这也解释不清，他命令王班长：“向他们喊话！”

王班长朝着山坡大声喊话:“打错了,打错了,我们是自己人!”

山坡上一片寂静,整个大地都哑巴了。

赵明亮紧皱眉头,竭力排除阳光干扰,用步枪寻找着对方,就算是自己人,如果再乱来,那他也不会客气了。这可是孙司令亲手交给他的任务,要用自己的生命保护关士杰,只许成功,不能失败。

王班长把手拢在嘴边,继续喊话:“你们到底是哪支队伍?我们奉分区首长命令执行任务,请你们立即撤走!”

山坡上依旧一片沉默。

赵明亮朝山坡上吼道:“同为八路军战友,为何苦苦相逼?”

山坡上终于有了回应,声音倒是响亮:“我们逼的不是你们,是这个手上沾满共产党人鲜血的关士杰。你们忘了百丈关一仗吗?他杀过我们多少红军兄弟?我们这是在替死去的战友报仇。你们让开!”

赵明亮眼前一黑,果然是自己人!这些人真是蠢到家了。他口口声声“我们”,那说明他不是一只独狼,很可能是一支小部队,是一个班,一个排,还是一个连?如果他们要硬来,打,还是不打?都是八路军,真要出了人命,那不就是天大的事儿吗?

战士们惊愕地看着赵明亮,关士杰与国军随从也满脸惊恐地瞪着他。特别是关士杰,脸色变得苍白,豆大的汗珠顺着脸颊往下流,他慌乱地擦着汗,声音里带着哭腔:“你给他们说说,我那是奉命行事,奉命行事……”

赵明亮瞪了他一眼,转向王班长:“不管他们是哪支部队,如果再打,坚决回击!”

王班长点了点头。赵明亮下了狠心,一切以完成任务为重。孙司令也说了,现在国共合作抗战,一个国军中将如果死在了根据地,那可不是儿戏,有可能让国共刀枪相见呢。这种事儿,绝不能发生。

赵明亮一边让队伍小心翼翼地向前移动,一边盯着山坡。机会来了,应该是个狙击手,突然露出了脑袋,赵明亮果断开枪。他顾不得考虑有没有把那人打死,就是打死了,那也是他们自找的。他急忙命令王班长他们:“快走!”

队伍刚走出不远,枪又响了。子弹穿过一个小小的缝隙击来,一个国军随从倒下,关士杰的身体露了出来。赵明亮忙挺身挡住缺口,又一声枪响,他的肩膀被狠狠地撞击一下,使他跪倒在地——他中弹了。他忍着痛,举起枪朝枪响的地方瞄去。阳光猛烈地照进眼睛里,眼前一片白点点。赵明亮闭了一下眼,眼睛还没睁开,又是一声枪响。赵明亮心里咯噔一下,要是乱枪,倒没什么,说明对方没有目标,这一枪一枪地打来,那就是瞄准目标了。他睁开眼睛一看,关士杰果然被击中了,一枪毙命,还是打在额头上,连半口气都不给你留。他倒吸一口冷气,这是一个神枪手。

他们终于得手了。如果目标就是关士杰,那他们得手就会撤了,这个时候就是机会。赵明亮把帽檐拉低,遮住阳光,眼睛眨也不眨地盯着那个地方。一个人影从地上爬起来,提着枪,弯着腰就要溜走。赵明亮毫不犹豫地开枪了,哪怕是自己人,也要把他留下来,看看到底是哪个部队的。

稍稍地等了一阵儿,山坡上没了动静。一个国军随从从地上爬起来,愤怒地冲着赵明亮叫道:"是你们,是你们八路军杀了关军长!"

赵明亮还没来得及回答,山坡上突然响起一声手榴弹爆炸声。他愣了一下,这是什么意思?就是扔手榴弹,也应该朝山谷里扔才对啊。赵明亮一惊,这不是冲着他们来的,是要杀人灭口了!

他立即站起来:"冲上去!"

战士们冲上山坡,对方果然撤走了。他想的没错,那一声手榴弹的爆炸声,就是杀人灭口。被他击中的那人,脸部被手榴弹炸毁,半个脑袋都不见了,根本就看不出来是谁了。赵明亮的太阳穴嘭嘭地跳动着,他本来还存有一丝侥幸,也许是自己看花眼了,这些人并不是八路军,但眼前的这具尸体上,确实穿着一身八路军军装。他捡起一块手榴弹弹片看了看,这是八路军兵工厂生产的手榴弹。

他把手榴弹片放在口袋里,弯下腰,从这人的口袋里翻出一个笔记本。他忙打开看了看,上面零乱地记着一些笔记,第一句就是"中国的国力虽然比较弱,但它的反侵略战争是进步的,正义的……"

王班长伸长了脖子问:"上面写的是什么?"

赵明亮一脸沮丧:"毛主席的《论持久战》。"

王班长难过地看着赵明亮,带着哭腔说:"孙司令手把手把人交给我们,我们把人搞没了……我们怎么向孙司令交代?"

是啊,自己昨天亲口向孙司令承诺,要拿命来保护关士杰,现在好了,自己活得好好的,关士杰却死了,如何向孙司令交代?孙司令又如何向八路军总部交代?八路军总部又如何向延安交代?延安又如何向重庆交代?这些问题像可怕的汹涌波浪一波一波地压过来,他感到胸腔里像堵了一堆石头,头皮发麻,几乎无法呼吸了。

那个国军随从不知道什么时候已经站在他身边,愤怒地冲着他挥手叫道:"你们八路军竟然敢公然袭击友军,杀死关军长,无法无天!"

赵明亮脸色苍白，痛苦地抬头看他："你别血口喷人！"

他努力想站起来，却感到天地旋转起来，不由得一头栽倒在地。

3

也不知道过了多久，赵明亮终于醒了，他发现自己正躺在分区医院的病床上，肩膀上缠着纱布。他试着动了动胳膊，有些疼。有个护士看到他醒了，赶紧过来，笑着对他说："赵连长，你已经晕过去一天一夜了，可把我们急坏了。"

他着急地问她："孙司令呢？"

护士摇了摇头："那么大的领导，我怎么能说见就见着呢？"她看着他，把他一脸焦急不安错误地以为是担心自己的伤势，忙笑着安慰他："放心，你这是贯穿伤，很快就会好的。"

赵明亮松了口气，贯穿伤就是子弹打进去，又飞了出来，对身体内部并没有造成损伤，基本上可以算是轻伤了，自己还能上战场杀敌，这个他本来就不担心。他最担心的是如何面对孙司令。他正在胡思乱想着，屋外传来了脚步声。赵明亮忙直起身子，不用说，孙司令来了。但他只猜对了一半，不但孙司令来了，连许亚夫政委也来了。他吃了一惊，许政委不是在延安参加整风吗？怎么也来了？他想站起来，伤口一阵剧痛，不由小声呻吟了一下。

许亚夫忙按着他坐下："坐下，坐下。"

孙南平把手里拎着的一只牛皮纸包放在了床头，轻声道："给你找了点红糖，这东西补血，赶紧把伤养好。"

赵明亮恨不得钻进地缝里，哪里还敢看他？他的脸像火烧了一样滚烫，低头喃喃道："对不起，司令员。"

孙南平的口气很平静："别再叫我司令员了，我已经被一撸到底了，以后由许政委兼司令员。"

什么？赵明亮一下子急了："这都是我惹的祸，出了事也该由我来承担，为什么要处理您？"

许亚夫道："这是上级的命令，也是给国民党一个交代，不仅撤了老孙的职，你也不是连长了。"

这没什么可说的，人是在自己手上死的，别说撤职，就是枪毙，他赵明亮也认了。最对不起的就是孙司令，人家一个堂堂的分区司令，就因为自己大

意，不，不是大意，是无能，被一撸到底了，

赵明亮喃喃道："对不起，都怪我。"

许亚夫叹了口气，说："最重要的是吸取教训，决不能再犯类似的错误。大敌环伺，还要与鬼子作战，我们经不起这样的折腾。"

赵明亮把关士杰被狙杀的经过详细地讲述了一遍。这是什么人干的？它像重重迷雾，严丝合缝地笼罩着他，他试图找到一个出口，哪怕再小，能透进一丝光线也行，然而并没有，他还是一片茫然。他充满期待地看着孙南平与许亚夫，希望他们能带他走出这个被浓雾笼罩的迷宫。

许亚夫紧皱眉头，追问道："他们穿的确实是咱们的军装？"

赵明亮重重地点了点头，不但是他们的军装，就连他们用的步枪，用的手榴弹，包括记笔记用的本子，也都是八路军的。

许亚夫再问："知道他们是哪支部队吗？"

赵明亮茫然地摇了摇头："在那具尸体上找到一个笔记本。"他从床头柜抽屉里拿出小本子："就是这个，上面写的都是学习心得，我看了好几遍，没看出什么问题。"

许亚夫接过去，仔细地一页一页地翻看完，递给了孙南平："咱们队伍里，识文断字的战士不多，能把字写这么漂亮的，更是寥寥无几。"

孙南平翻了几页："这上面怎么没有名字呢？"

赵明亮道："我也奇怪，他是受伤后，被自己用手榴弹毁容的，根本看不清他长得什么样。"

许亚夫道："说明他们是有备而来，不敢暴露身份。"

赵明亮说："他们还提到了百丈关一仗，说杀关士杰是为死去的战友报仇。"

孙南平看了一眼许亚夫："关士杰以前在川军任职，当年，红军与川军多次交手，尤其百丈关一仗，红军战士死伤惨重……"

许亚夫道："老孙，你真怀疑是我们的人干的？"

孙南平说："各种可能都有，咱们部队里愣头青还真不少。"

许亚夫摇了摇头，说："咱们这支部队能走到今天，关键一条就是党指挥枪，一切行动听指挥，这是铁打的纪律。有些战士，甚至干部，是仇恨国民党的，有些部队在红军时期也与关士杰有过节，恨不得杀之而后快，但你要是让他们违反纪律，擅自狙杀一名国民党高级将领，我觉得这个可能性不大。"

赵明亮心里一动，难道这些人是国民党或者日本鬼子假扮的？这不是没有可能。但如果说是日本鬼子假扮的，可他们的中国话说得又是那么地

道。也许，那支队伍里有汉奸？

他正要把自己的猜测说出来，一名八路军参谋急急地进来报告："司令员，晋南游击纵队正向根据地开来！"

许亚夫吃惊道："这么快？兴师问罪来了！老孙，走。"

4

面对晋南游击纵队的，首当其冲的是老虎团。李团长早已有所准备，全团将士已进入阵地严阵以待。就在李团长摩拳擦掌准备大干一场时，却接到了分区的命令：老虎团后退五十里[1]。

李团长放下电话，扯开衣领，气呼呼地叫道："打了这么多年的仗，还是第一次这么窝囊！"

牢骚归牢骚，命令还是要执行的，老虎团立即撤出阵地，后退五十里。

这实在出乎晋南游击纵队司令宁武的意料。关士杰在根据地被杀，重庆命令他以此向八路军兴师问罪。虽然师出有名，有理有据，但他心里还是七上八下，和八路军比起来，他的晋南游击纵队怎么样，他心里有数。虽然八路军退了，但他还是不敢大意。当他占领了老虎团所在的村庄后，立即命令部队停止前进，等候重庆的指示。如果要大打，那重庆必须得调动部队来增援不可，可周边除了三心二意的晋绥军，又没有其他国军，这仗，还真不好打。

正在盘算着，参谋进来报告："八路军继续后退。"

宁武有些意外："他们没还手？"

站在身边的副官有些忧虑："这会不会是诱敌之策，把咱们引到陷阱里？"

宁武脸色阴郁："敌人最擅长玩这一手，让部队防着点，我倒要看看他们葫芦里卖的是什么药。"

又一个参谋跑进来报告："关山分区政委许亚夫来了。"

宁武一愣："多少人？"

参谋道："就他一个人。"

宁武感到震惊："一个人？"

得到参谋肯定回答后，宁武心里稍安，对方这是来谈判的。这事共产党

---

① 一里约等于两千米。

理亏，谈得好的话，如果能让他们后退几十里，兵不血刃地占领共产党几十里的地盘，这可是一个天大的胜利，对重庆也有交代。

宁武想到这里，赶紧迎出门外，见到许亚夫，他绽开一脸笑容，朗声道："许政委好胆识，单刀赴会，颇有当日关云长之风采。"

许亚夫不和他寒暄，单刀直入主题："关军长遇害，我们和宁将军一样痛心，八路军总部已将孙南平司令员撤职处分，负责护送的连长也被一撸到底。我们正在调查，但这需要时间，宁将军为何如此咄咄逼人？"

宁武一脸委屈道："关军长惨死于贵军领地，目击者证实，行凶的正是你们八路军。消息传回重庆，引起轩然大波。宁某此举，也是不得已而为之，无意挑衅，只是想督促贵部交出凶手。"

许亚夫冷笑道："用这种方式来督促，真是别出心裁。宁将军此番带着大军前来，不知道考虑过没有，开战容易，但想停下来就没那么容易了。"

宁武的声音不由得也强硬起来："事情已经很清楚了，你们共产党的地盘铁板一块，针扎不进，水泼不透，关军长是何方所为，一清二楚，你们把凶手交出来，我好给上面一个交代……"

许亚夫道："宁将军别先入为主。八路军再蠢，也不至于在自己的地盘上做这样的蠢事。倒是有些人，借刀杀人，把屎盆子扣在我们头上，这也不是没可能。我许亚夫揪出这个人，一定会把屎盆子给他扣回去，让他连本带利全吞了！"

宁武有些恼怒，心想，眼前这人真是黄口白牙信口雌黄，明摆着是他们干的事儿，上下牙齿一碰，就把这盆脏水泼到他身上了。对，他确实对关士杰的死有些幸灾乐祸，谁让他和自己争这个中将呢？他要是不当这个军长，不是啥事都没了？气归气，但要自己狙杀他，他还没这个胆子。

宁武强横道："人是你们护送的，遇害也是在你们地盘上……"

许亚夫打断了他："我再重申一遍，我们正在调查。如果真是八路军干的，一定严惩不贷，我会亲自把人犯送上重庆军事法庭，决不偏袒！如果是别人栽赃陷害，我们也决不会放过他！"

宁武一时无法反驳，摇了摇头："你们的话可信吗？"说完以后，又觉得自己的语气太弱了，忍不住嘟哝道："宁可相信世上有鬼，也不能相信你们那张嘴。"

许亚夫强忍愤怒，淡淡道："为了表示我们的诚意，八路军总部决定，你们既然来了，我们就让出五十里根据地。"

宁武哼了一声，冷冷道："这样最好，省得咱们刀兵相见。"

许亚夫面色冷峻:“我不妨给宁将军交个底,五十里之外,我们已经严阵以待,决不后退一步!谁要执意反共,他先放第一枪,我们立即放第二枪,这就叫作礼尚往来,还要放第三枪。”

宁武一愣,喃喃道:“还要放第三枪?”

许亚夫口气很坚定:“对,干净利索消灭他,他就不会再来搞摩擦了。”

宁武清楚,这倒不是吓唬他,共产党还真有这个实力。他心里发虚,但口气仍然强硬:“好,既然如此,希望贵军说到做到,半个月内给我个说法,让我回复重庆。这个事儿,谁也担当不起!”

这事儿算是谈成了,双方保持现状,互不进攻,半个月后,共产党会给他一个说法。宁武倒要看看,这个说法会是个啥。

第二章

1

留给关山分区只有半个月的时间，谁都清楚这个事的严重性。国民党一直在想方设法地制造摩擦，没事还要找事，现在真有事了，他们绝对不会放过这个机会的。分区立即忙碌起来，整个司令部人来人往，人人都是匆匆忙忙。

调查主要由锄奸部组织，但忙了八九天，除了发现事发前一天，有一支八路军队伍从王家庄乘船进入根据地，其他一无所获。从时间和方位分析，狙杀关士杰的很可能就是这支队伍。但这支队伍除了在王家庄露了一下头，就像一滴水掉进了水里，再也不见踪影了。

赵明亮休息了八九天，伤势基本痊愈了，他天天都要到司令部打听调查情况，他比任何人都想更早地把这些人揪出来，但他每去一次，都要失望一次。在第十天里，他实在忍不住了，主动向许亚夫请缨，他和这帮人交过手，相对了解一些，不如让他也参与调查。

想要揪出这些人的还有孙南平，他建议除了锄奸部继续调查，他带着赵明亮同时进行暗中调查，双管齐下，查漏补缺，说不定还能在一堆乱麻中理出一些头绪来。

许亚夫想了想，也只能这么办了。

真要调查了，才发现难度不小。这支神秘队伍只在王家庄露了一下头，不知从何而来，又往何处去了，要找到他们，从哪里着手？孙南平说，大事得先从小处着手，想爬山就得从底下开始，他们最先是在王家庄出现的，咱就先从王家庄查起来。

王家庄与根据地就隔了一条小林河，河这边是八路军的地盘，那边就是日伪的地盘。两人换上便装，过了小林河，进入王家庄，就成了另一番天地，墙上到处刷着“建设大东亚新秩序”“中日亲善”之类的标语，醒目而刺眼。

老乡或坐或站在村口树下抽着旱烟说闲话，看到两人，表情淡漠，就像没有看见一样。

赵明亮仔细地打量了众人，觉得那个正在纳着鞋底的妇女看上去随和点，就上前柔声问道：“大婶，能跟你讨碗水喝吗？”

大婶没吭声，放下纳着的鞋底，回家舀了一碗水过来。赵明亮接过碗，咕咚咕咚地喝了两口，抹了一把嘴，问道：“谢谢大婶，能跟你打听个事吗？”

大婶看着他，眼神里立刻充满狐疑。这也不能怪他们，在日伪的铁蹄下讨生活，危险无处不在，而陌生人可能就是最大的危险了。更危险的是这个陌生人还要打听个事儿。除了猜疑，大婶的眼神里还有警惕。如果她是一只刺猬，毛发肯定早都竖起来了。

赵明亮小声道：“我们是关山分区的，来调查个事儿，半个月前，是不是有一支八路军队伍来过这里？”

大婶愣了一下，纳鞋的手抖了一下，针扎着了手，她把手指放在嘴里吮吸。她看了看赵明亮，又看了看孙南平，连连摇头：“不知道，没见过什么队伍。”

孙南平和蔼地问：“老乡，王村长家在哪里？”

这个问题没啥危险，大婶紧绷的神经松弛了些，她手指一条小巷，轻声道：“从那条小巷进去，第三家就是，门前挂着匾呢。”

两人按照她的指点，来到了王村长家门口。王村长是大户人家，鬼子来了，就把他任命为村长。实际上，他同时也是共产党任命的村长，表面上给日伪做事，实际上却是共产党的人。这种人叫“白皮红心”。在日占区的村庄里，几乎每个村庄的村长，都是这样。

孙南平当然知道这些，也知道王村长，只是没有见过而已。

王村长开了门。这是个五十来岁的老头，虽然和其他乡亲一样满脸风霜，但眼神却透着机警，一看就是个见过世面的人。他站在门口，疑惑地看着两人：“你们是？”

孙南平开门见山：“我们是八路军关山分区的，来问个事儿。王村长，你不必有顾虑，我们也知道，你是自己人。”

王村长既没承认，也没否认，把他们让进院里，问道：“两位想问啥事儿？”

赵明亮道：“半个月前，咱们村里是不是来过一支八路军，乘船进了对面的根据地？”

王村长皱起了眉头想了一会儿，喃喃道：“半个月前，半个月前，好像没有八路军过我们村啊……我咋不知道这事呢?”又看了看两人,坚定地摇了摇头:“没听说过……要不,我找人问问? 您二位先在家里坐着。”

不等两人回话,王村长扭头吩咐正在屋里忙碌的老伴:“快,给二位贵客倒茶。”

说罢,急匆匆地出了门。

王村长的老伴低眉顺眼地倒了茶,慌慌地回了屋,甚至还把屋门也关上了。

赵明亮看了一眼孙南平,低声道:“这个王村长,好像有事瞒着咱。”

孙南平点了点头:“可以理解,特殊时期,尤其是敌我接合部的边缘地带,自然要多长个心眼,警惕性高是应该的。既来之,则安之,咱们先喝茶。”

赵明亮还真是猜对了。王村长出了门,过了三四家,在一户人家里叫出了一个年轻人,低低地说:“柱子,村里来了两个人,自称是分区干部,打问上次从咱村过河的那支八路军的情况,我看他们鬼头鬼脑,形迹可疑,快去山上找许大队长!”

那个叫柱子的村民还有些犹豫:“万一他们真是八路军呢?”

王村长拍了柱子脑袋一下:“我走的路比你过的桥还多,究竟是汉奸,还是咱们的人,我一眼就能看出来! 快去!”

柱子见他面色严峻,忙慌慌地点头,撒腿就往后山上跑。

王村长又在村里转了一会儿,觉得时间差不多了,这才又回到家里。赵明亮忙站起来,一脸期待地看着他:“王村长,打听到什么了吗?”

王村长摇了摇头:“知道的人不多。”

孙南平接上话:“不多,那就是有人知道了?”

王村长道:“偏巧见过他们的那人上山打猎了,还没回来,你们要是不急着走,就再等会儿。”

孙南平笑着说:“好,那我们就再等会儿吧。”

两人坐在院子里继续等。赵明亮注意到,王村长有些魂不守舍,不时瞟他们几眼,再瞧瞧外面。他觉得有些不安,看了看孙南平,孙南平却很平静地继续喝着茶,一副优哉游哉的模样。

赵明亮站起来,看向孙南平:“我出去转转。”

孙南平会意地看他一眼,点了点头。

赵明亮出来,更觉得情况不对,村民看到他,都纷纷避开,甚至影影绰绰地看到有人拿着粪叉、铁锹什么的。赵明亮心里愈加不安,这个王村长是个“白皮红心”,还是一个死心塌地的汉奸村长? 他不会是向敌人通风报信了吧？正琢磨着，迎面过来一队人马，有五六个人，穿着黑色裤子，蓝色上衣，头上戴着八路军帽子。赵明亮看到他们，一下子放心了。这打扮，一看就是县大队的人。他们能在这里出现，那至少说明这里暂时是安全的。

他刚要上去打个招呼，走在这队人马前面的一个小伙子指着他对那些人说："就是那个人。"这人正是刚才王村长找的柱子。

一个领头模样的冲上来，对着赵明亮吼道："狗汉奸，你往哪里跑？"

赵明亮皱起眉头，瞪他一眼："我是分区老虎团特务连的，你们是哪个单位的？"

那人却自顾自地继续叫嚷："还敢冒充八路军？"说着，上来就要抓他。赵明亮闪身躲过，反手抓住了他的胳膊。哪知他却像个泥鳅一样利索地挣脱开，闪到一边，饶有兴趣地看着赵明亮："哎哟，还有两下子嘛。"他身边那几个人跃跃欲试地要动手，他挥手急叫："都别上来，这个家伙是我的。"

赵明亮哭笑不得："嘿，你还来劲了！"

那人上前与赵明亮纠缠在一起。他还真不是吹牛的，几个回合下来，赵明亮竟然招架不住，一不小心，被他掀翻在地。其他人一拥而上，扭住了他。

那人得意地看着赵明亮："狗汉奸，你服不服！"

赵明亮懒得回他的话，反问道："你们是哪支部队的？"

那人哼了一声："抓住你了，还敢打听我们是哪支部队的？告诉你也无妨，老子是堂堂麦县县大队，本人就是大名鼎鼎的许多雷许大队长！"

他身边一个瘦子在赵明亮身上摸了一遍，把赵明亮的短枪搜了出来，向许多雷邀功："阳哥，这家伙有枪。"

许多雷夺过枪，瞪了那个瘦子一眼："我给你说过多少次了，正规场合叫大队长！"

瘦子讪笑："大队长！"

赵明亮一时没了脾气，看着许多雷，语气尽量柔和："我真的是老虎团的人，你们把我放开吧。"

许多雷却不理他，伸出手，一个队员立刻递过来一条绳子，他把赵明亮捆了起来，放倒在地，吩咐那个瘦子："把他看好了，在这等着。"扭头问柱子："不是还有一个吗？"

柱子忙道："另一个在村长家。"

许多雷带着其他队员气势汹汹地向王村长家扑去。赵明亮担心孙南平的安全，挣扎着要站起来。瘦子用枪捣了捣他的脑袋："你给我老实点。"

赵明亮只得恳求他："我真是八路军，快把我放了。"

瘦子斜了他一眼："你是八路军？我还是关山分区司令员呢。"

赵明亮不由怒道："你眼睛糊到屎了吧，怎么好赖不分？连自己人和敌人都看不出来！"

瘦子得意扬扬："正邪看眼鼻，真假看嘴唇，我一眼就看出来你是个汉奸！"

还真没见过这么自我感觉良好的人。赵明亮啧啧道："还相面呢，我看你笨得像两头猪。"

瘦子感到很奇怪："为啥说我笨得像两头猪，而不是一头猪？"

赵明亮忍住笑，认真地说："因为一头猪已经不能形容你的笨了。"

瘦子气得直喘气，把枪放在地上，弯腰去脱赵明亮的鞋。

赵明亮疑惑地看他："你要干啥？"

瘦子一声不吭，脱下他的鞋，又把他的袜子脱下来，塞进了他嘴里，然后直起腰，得意地拍了拍手："干啥？骂我像一头猪就算了，还骂我像两头猪。老虎不发威，你还当我是病猫！"

2

许多雷气势汹汹地带人闯进王村长家，一进门就挥着枪叫："在哪里？这个狗汉奸在哪里？"孙南平听到动静，赶紧回头去看，两人打了个照面，许多雷看到孙南平，愣了一下，赶紧把手枪收起，立正敬礼："首长好！"

孙南平站起来，伸出了手："我想起来了，你是麦县县大队的，受过分区表彰。"

许多雷忙把手在裤子上擦了擦，和孙南平握手："嘿嘿，是我，许多雷。"

孙南平上下打量了他："你怎么在这里？"

许多雷把腰挺了挺，语气颇自豪："我正在这附近打游击。"

王村长疑惑地看看孙南平，再看看许多雷："他是首长？"

许多雷忙向王村长介绍："这是我们分区孙司令员，亲自给我发过奖状。"

王村长吃了一惊，连连作揖："哎呀，这才是大水冲了龙王庙，一家人不认识一家人了。孙司令，真对不起。"

孙南平微笑："不过，我现在不是司令员了，叫我老孙吧。"看了看许多雷，问道："我们还有一个人呢，他在哪里？"

许多雷恍然大悟，回头叫道："快去，快让霍无病把另外那个首长请来！"

那个瘦子原来就叫霍无病。赵明亮跟着他回到王村长家，他一进院子，忙跑到厨房，端给赵明亮一碗水，满脸讨好地说："快漱漱嘴。"

赵明亮端起那碗水，漱了好几口，还是觉得嘴里有股臭袜子味。他瞪着霍无病，恨声道："你小子给你记住了，别犯到我手里，不然，有你好受的。"

霍无病一脸委屈："我只是奉命行事，有啥事你找我们许大队长。"

许多雷从屋里出来，经过赵明亮身边，赵明亮却赞赏地看着他："你身手不错嘛，怎么练出来的？"

许多雷得意地说："怎么练出来的？冬练三九，夏练三伏。"

霍无病一唱一和："我们队长曾在北武当学艺，是惠真大师的关门弟子。他还会飞檐走壁、凌波微步呢。知道什么叫凌波微步吗？就是踩着一片树叶，就能在水上漂。就你这样的，一百个都不是他的对手。"

赵明亮朝他撇下嘴："你就吹吧，把牛吹上天很容易，你能让牛掉下来摔不死，那才是真本事。"

许多雷认真地看着他："要不，咱们再比画比画？"

赵明亮没好气地瞪他一眼："没空。"说罢，径直朝屋里走去。

霍无病向许多雷递眼色："他不敢。"

两人低声嘿嘿地笑。

既然是自己人，那就有啥说啥。王村长告诉孙南平，半个月前，确实有支八路军队伍从王家庄路过，并且还是他找人把他们送过河的。孙南平问道："你能肯定他们是八路军？"

王村长很肯定："绝对没错，一来就扫地、挑水，还帮我们杀了几个汉奸呢。"

孙南平和赵明亮愣了一下。王村长忙给他们讲，那天一大早，他刚要出门，那支八路军就来了，也就十二个人左右。他们说护送首长刚回来，想抄个近路从这里过河。带队的八路军是个中年人，说是连长。虽然年纪大了点，但八路军里有很多老红军，五十多岁的炊事员都有，王村长也没在意，但他还是很警惕，对了他们实话实说，河那边是八路军的地盘，日军封锁交通，不让人随便过河，船都被日军收缴了。

那个带队的八路军继续恳求："您就帮帮我们吧。"

王村长摇头："这里没船，真没有。"说着就要掩门。

带队的八路军跨前一步，挡住不让他掩门，一脸真诚："王村长，我们就是火烧阳明堡的那支部队，听说过吗？"

一听说是火烧阳明堡的英雄部队，王村长心头一热，上下打量他们一番，目光柔和多了，但他还是不敢大意，试着考问他们："那可是陈团长的队伍。"

旁边一个八路军接上了话："他现在可不是团长啦，是三分区的司令员。"

行家一伸手，便知有没有，他们连这都知道，无疑是自己人了。

那人又向他介绍带队的那个八路军："这是九连赵连长，就是他带着我们在阳明堡烧了五架鬼子的飞机。"

王村长觉得还不能大意，就又考问道："我记得当时的三营长是……"

赵连长立即就接上了："是赵营长，赵崇德，可惜在那一仗牺牲了。他是个老红军，可惜了。"

王村长说："你们那一仗打得好，听说后来老乡们还编了一首歌。"

旁边那个八路军兴奋地说："我们连人人都会唱。"

赵连长开口就唱："万里长城万里长，雁门关下古战场，阳明堡里一把火，多少敌机一扫光。"

王村长讲到这里，看向孙南平和赵明亮："国民党、日本鬼子都很狡猾，我不能不多个心眼，我考问他们这么多，他们一点可疑的地方都没有，我如果再为难他们，那就有点过了。你们说，是不是？"

赵明亮吃惊道："他们是火烧阳明堡的七六九团的？我原本也是七六九团的，他们是哪个连的？"

王村长惊讶地看着赵明亮道："你原来也是七六九团的？他们是哪个连的没说，只说原本是七六九团三营的，现在编到老虎团特务连了，那个连长姓赵，是个和气人。"

孙南平和赵明亮互相看了看，孙南平指着赵明亮问王村长："那个赵连长和他长得一样吗？"

王村长上下打量赵明亮，摇了摇头："明明是两个人嘛，哪能一样？"

孙南平说："他也是老虎团特务连的连长，也姓赵。"

王村长吃了一惊："难道这些八路军是冒用你们的名号？可不对啊，他们明明是咱的人啊。我见过混过来的汉奸，不是吹牛，我一眼就能看出来。"沉思了一会儿，兀自摇头："不会的，不会的，他们就是八路军。"

孙南平问道："你接着就把他们送过河了？"

王村长摇了摇头："我本来是要把他们送过河的，可还没顾得叫人，柱子就跑来报告说，一群二鬼子来了。"

柱子在旁边忙一个劲地点头："他们三下五去二就把那帮二鬼子干掉

了，真解气。”

按照王村长的说法，当柱子给他报告说，一帮二鬼子来时，他有些焦急，想让那支八路军队伍赶紧走，至少也要先躲起来。可还没出村，就见这七八个二鬼子直奔王村长家而来。众人只得退回来，躲在了王村长家屋里。

刚把八路军安置好，二鬼子就闯上门来了。

王村长慌慌地迎上去：“长官，你们，又有什么事？”

带头的伪军军官叫道：“去把村里的女人叫来，皇军要挑几个去洗衣班，给皇军洗衣服、做饭，要漂亮的。”

王村长哀求道：“长官，这兵荒马乱的，能躲都躲起来了，别说漂亮的，连年轻的都没有，剩下的都是上了岁数的，还都是歪瓜裂枣，我怕您交不了差啊。要不，去别的村子转转？”

伪军军官瞪着他说：“别找借口了，今天你要是找不来几个年轻女人，交不了差，你我都好过不了。”

正在这时，藏在屋里的赵连长带人冲了出来，他抬手一枪，就把伪军军官撂倒了。几个伪军不经打，噼里啪啦就全被干掉了。

赵连长道：“鬼子如果来找麻烦，你就告诉他们，是八路军把他们干掉的，不关你们的事儿。”

王村长说：“实不相瞒，我虽是日本人任命的维持会长，但也是咱八路军任命的村长，咱是一家人。八路军同志请放心，对付鬼子我还是有经验的。对了，你们不是要过河吗？有船，有船。”

王村长说到这里，叹了口气，对孙南平、赵明亮道：“这帮二鬼子，都是中国人，祸害起同胞来，一点也不比鬼子差。多亏了这些八路军，要不是他们，我们村的姑娘又遭殃了……你们说，这怎么可能是假的呢？”

孙南平问道：“后来这些人去哪里了？”

王村长说，村里偷偷藏了一条船，平常就沉在水里，八路军要用时，就起上来。我们就用那条船把那支八路军送过了小林河，至于他们过了河去了哪里，那就不知道了。

王村长讲完，摇了摇头：“咋看都是咱们八路军啊。”他疑惑地看着赵明亮：“你真是老虎团特务连的赵连长？”

许多雷有点不满：“王村长，孙司令都在这里，能说假话吗？”

王村长喃喃道：“这到底是怎么回事？为啥要冒用你们的名号呢？”

孙南平说：“我们也正在调查。王村长，麻烦你再给村里乡亲说一下，以后遇到这支八路军了，先稳住他们，就近报告分区部队。”

王村长忙点头:“好。”话虽这么说,却仍是一脸疑惑。

告别了王村长,孙南平和赵明亮准备去小西岭的狙击现场看看。许多雷带队把他们送到村口。孙南平上下打量了许多雷等人,又看了看赵明亮,说:“回到根据地了,要是能换装就好了,穿成这样,老乡们不信任,也不配合。”

赵明亮笑道:“可不是嘛,王村长都把咱们当汉奸抓了。”

许多雷说:“我们刚来时,老乡也有疑虑,要不是有顶八路军的帽子,他们根本就不理你。”

霍无病忙帮腔说:“老乡眼里就认八路军,八路军来了烧开水,鬼子来了埋地雷。”看了看赵明亮和孙南平:“好在我们县大队是见过世面的,要是遇上那些二杆子民兵,一看你们这身打扮,以为真是汉奸,二话不说就开枪,那就麻烦了,所以嘛……”

霍无病摘下自己的八路军帽,递给赵明亮:“戴上这个也行。”

赵明亮接过去,有些犹豫:“不伦不类的,合适吗?”

许多雷不高兴了:“怎么不伦不类了?我们也想穿军装,没番号嘛,只能拿顶帽子当宝贝,就这,走到哪儿都受欢迎。跟老乡们问个路,打听个事,也是热情得不得了。”

霍无病见赵明亮戴上了帽子,笑嘻嘻地说:“别光记着臭袜子的事,也多想想我给你的这顶帽子。”

赵明亮瞪他:“放心,我是向你借,以后会还给你的。”

许多雷摘下帽子,递给孙南平:“这个给您。”

告别了许多雷等人,两人急急地往小西岭赶去。一路上,两人心情都有些沉重,可以肯定的是,那支路过王家庄的八路军冒充了赵明亮的连队,狙杀关士杰的事情,十有八九就是他们干的。但他们到底是什么人?八路军?国民党?日本人?

本来觉得日伪最可疑。可王家庄之行,实在出人意料,他们居然杀了伪军。赵明亮觉得,有可能是宁武的晋南游击纵队干的,这家伙想把水搅浑,栽赃八路军,自己火中取栗,补关士杰的缺去当军长。

孙南平迟疑地摇了摇头:“他未必有这么大的胆子。”

两人一路说着,眼看太阳就照到头顶了,看看离小西岭也不远了,正要加快步子,突然从远处一个村庄传来了隐隐约约的枪声。两人赶忙站住,赵明亮犹豫道:“应该是从石头村传来的,会不会是民兵在打靶?”

孙南平侧耳听了一会儿,说:“枪声零乱,不像打靶,快去看看。”

两人下了路，飞快向石头村奔去。

3

确实不是民兵，而是那支神秘的八路军。他们是快到中午时到来的，只有十多个人。石头村在根据地内，八路军来来往往，经常见到，没啥奇怪的。这群八路军和其他八路军也一样，放下背包就给老乡干活，有挑水的，有劈柴的，有扫地的，没一个闲着的。房东大娘给八路军做饭，带队的还是那个赵连长，他坐在旁边，和大娘亲切地拉着家常。

赵连长问："大娘，您有几个孩子？"

大娘说："两个小子，一个闺女，闺女嫁到田家沟了，女婿也是个庄稼汉，懒得不动弹，家里穷得叮当响。"

赵连长道："田家沟不是有个兵工厂嘛，让你女婿去厂里干活，挣得多，比种地强。"

大娘疑惑道："田家沟有兵工厂？我怎么不知道这事，从没听闺女讲过。"

赵连长有些尴尬："那就是我记错了，不是田家沟。"

大娘说："我倒是听人说过，八路军是有个兵工厂，具体在哪咱也不知道。再说，我那女婿，不成器，好吃懒做，就是想去厂里干活，恐怕人家也不要他。苦了我那闺女了，跟着他受罪。"

赵连长叹了口气："唉，女怕嫁错郎，男怕入错行。"

大娘："可不是嘛。"

赵连长显然是在套八路军的兵工厂在哪里，他见从大娘那里问不出来什么，就站起来，一边朝门外走，一边说："大娘，我去外面转转。"

大娘嘱咐道："别走远了，马上吃饭了。"

就在这个赵连长出来的时候，石头村来了一个眉清目秀的年轻村姑，她盘着发髻，上面插着一支银簪子，但再仔细看看，其实也不是银的，是支铁簪子，只是镀了银而已。她胳膊上挽着一只包裹，路过一户人家时，看到一个小媳妇坐在门口正抱着几个月大的婴儿在喂奶。

她停下来，从怀里掏出一张钞票递给小媳妇："大嫂，能给我做碗饭吗？"

多个人也就多双筷子，顺手添瓢水就是了。小媳妇高兴地接过那张钞票："家里没啥好吃的，你要是不介意的话，我给你煮碗酸菜小米捞饭行不？"

村姑很高兴地点头："那太好了，谢谢大嫂。"

小媳妇抱起婴儿往院里走，心里还有些疑惑，看着这人一身乡下人打扮，衣服上还摞着补丁，却知道说“谢谢”，看来也不是普通人家的女子。小媳妇就留了个心眼，一边做饭，一边和逗着孩子玩的村姑聊：“大妹子，你是哪里人？这是要去哪儿？”

村姑道：“我去青龙镇走亲戚。”

小媳妇说：“哦，路程不远了，翻过前面那座山就到了。”

村姑点了一下头：“嗯，我知道。”

小媳妇问道：“村里来了支八路军，你碰到他们没有？”

村姑摇头：“没有。”

小媳妇说：“那些八路军可好了，不拿群众一针一线，进村就干活，扫院子、挑水、劈柴，有什么活干什么活，我家瓮里的水还是他们挑满的，不让干还着急。”

村姑没接她的话。小媳妇有些急了：“你别不信，是真的，八路军比青龙镇上那些当兵的强多了，你去那儿可得小心点，那些兵们横行霸道的。”

村姑皱了皱眉，却还是什么也没说。

如果小媳妇能预测到后面发生的事情，她是怎么也不会说这话的。谁能想到呢，风和日丽的，正军民一家亲呢，那群八路说翻脸就翻脸了。

那群八路军给老乡干完活儿，就坐在路两边，有人在沉思，有人在聊天。那个赵连长站在大娘家门口，与另一个八路军正说着话，从村子另一头狂奔过来一辆牛车，牛已经受惊，赶牛车的老乡手忙脚乱。大路上有个五六岁的小孩蹲在地上玩，眼看就要碾上去了。

正在路边休息的一个八路军扑过去，抱起小孩，把他推到一边，但他的腿却被牛车轱辘轧了过去，痛得叫了起来。

这没什么奇怪的，奇怪的是他叫出来的话，谁也听不懂，但谁都能听出来，那是日本话。更奇怪的是，他发觉说错话了，立即改口用中国话叫：“疼死我了，疼死我了！”

周围几个村民面面相觑，全都愣住了，那群八路军也愣住了。赶牛车的老乡最先反应过来，他跳下车，撒腿就跑，边跑边喊：“鬼子来了！鬼子来了！”

赵连长立即掏出枪，毫不犹豫开枪打死了赶牛车的老乡。

那些坐在路两边的八路军立即跳起来，拿起步枪加入杀戮，枪声四起，周围几个村民很快被打死，只剩大娘和惊恐的小孩。赵明亮和孙南平听到的枪声，就是这个时候传过来的。

大娘跑出来，看着死去的乡亲，手足无措地瞪着赵连长："你们，你们不是八路军？"

赵连长阴沉着脸，一声不吭，掉转枪口，打死了大娘和小孩。

枪声响起来的时候，小媳妇正在往锅里添水，一下子愣在那里，一瓢水全泼在了村姑的身上。村姑刷地站起来，拉起小媳妇就往外跑。几个妇女和老头跑过来，他们像无头苍蝇一样惊慌失措："咋回事？咋回事？""八路军杀人了！"

村姑问小媳妇："哪里有能躲的地方？"

小媳妇慌道："屋后有个地窖。"

村姑把头往屋后一摆："快！"领着大家跑向屋后。她掀开地窖上用茅草编成的盖子，看到里面竖着梯子，立刻招呼老乡躲入地窖。她一直在窖口忙着，直到最后一个老乡进去，她这才下去，拉上了窖盖。

地窖内光线昏暗，每个人的面目模糊不清，浑浊的空气里弥漫着恐慌。一个妇女惊恐地喃喃自语："八路军为啥要杀人？"

另一个妇女小声哭泣："我也不知道，忽然疯了一样，俺爹被他们打死了。"

村姑突然厉声道："别哭了，安静。"

大家被她吓住了，都不再吭声，头顶上似乎传来了脚步声。就在老乡连口气都不敢喘的这当口，婴儿突然啼哭起来，仿佛要把窖顶单薄的盖子捅个洞。老乡更加惊慌地挤在一起，谁也没了主张。村姑冲着小媳妇急道："赶紧把孩子哄住。"

小媳妇焦急地晃着孩子："别哭，别哭，娃，妈妈求求你了，别哭……"

婴儿仍然在哭，巨大的恐惧笼罩着每个人。村姑接过孩子，轻轻晃动着，小声唱儿歌："小手手，盖房房，里头住个老婆婆，七十啦八十啦，插朵花儿嫁掉啦……"

婴儿停止哭泣，看着村姑笑了。众人松了口气，但很快又把心提到了嗓子眼，那脚步声似乎越来越近了，说话声也由远及近，越来越清晰，伴随着零星的枪声，声音传了进来。一个声音是："快点，快点，动作快点。"另一个声音说："这边还有一家。"最先说话的那人说："快去，一个活口都不要留。"

众人全都仰着头听着头顶的动静，有人要是喘气了，就觉得那声音像炸雷一样，几乎要把窖顶盖子掀掉了。村姑却好像一点都不在意，对头顶上的动静充耳不闻，仍然在晃着孩子，镇静地低声唱儿歌："亲圪蛋，不哭哭，娘娘给你捉虱虱……"

在众人提心吊胆的煎熬中，地面上慢慢没了动静。

村姑抬头看看地窖口，把孩子递给小媳妇，从腰里抽出手枪，爬上梯子出了地窖。众人你看我，我看你，一脸愕然，谁也没想到，这个单薄的村姑竟然会有枪！

村姑出来，放眼望去，整个村庄一片狼藉，十多名村民横尸村巷，那群八路军已经不见踪影。旁边一个院子里躺着一个中年男人的尸体，村姑跑了过去，把枪插进腰里，蹲下来抱着中年男人的脑袋，用手指在他鼻子下探了探，中年男人已经没了声息。还有一个老大娘倒在屋里，她赶紧跑过去。刚蹲下来，屋内突然一暗，村姑意识到有人进来了。她回过头来，身后是个戴着八路军军帽的男人，手里还拿着一支枪。

村姑呼地站起来，拔出手枪，但还没举起来，那人眼疾手快，用手枪把打掉她的手枪，另一只胳膊箍住她的脖子，用手枪顶着她的脑袋："你是什么人？"来人正是赵明亮。

村姑使劲挣扎，无奈赵明亮箍得紧紧的。她把发髻上的铁簪子取下来，朝他脑袋上刺去。赵明亮不得不松开手，慌乱躲开。村姑飞起一脚，踢掉了赵明亮的手枪。

两人扭打在一起，这个女人出手真狠，手里的铁簪子刺的都是要害，甚至还在他的脸上划了一道，但她最终还是被他打掉了铁簪子，扭住了胳膊。

孙南平赶上来，问道："怎么回事？她是谁？"

赵明亮说："这个女人能打，和杀了老乡的是一伙的。"

村姑尖声叫道："明明是你们杀了人！"

赵明亮恨道："恬不知耻，你明明拿着枪，刚杀了老大娘，还反咬一口？"

村姑叫道："我拿着枪就是杀人了？你哪只眼睛看到我杀人了？"

赵明亮问她："你怎么会有枪？"

村姑道："你管我的枪哪里来的？我说是从地上捡的，你信吗？你们八路军杀人，可是全村人都看着呢。"

孙南平态度和蔼："姑娘，你到底是什么人？这些人如果不是你杀的，那是什么人杀的？"

村姑瞪了他一眼："我就是一个老百姓。这些人明明是你们八路军杀的，还要让我说多少遍？"

赵明亮火了："少胡说八道，你到底是什么人？见到我就拔枪，还说自己是老百姓。说不说？再不说，我就来硬的了！"

他扬起手，做出要用枪把子打她的样子，但手停在了半空，晃了晃，又放下来："算了，好男不跟女斗，不能破了我的底线。"

孙南平看了看他脸上的伤痕，又疑惑地看着村姑："奇怪，这地方怎么会有身手这么好的女人？"

村姑冷笑："没见过？正好让你见一见。"

赵明亮逼问道："少废话，你到底是什么人？"

村姑却反问他们："你们又是什么人？"

赵明亮没好气地说："没看到吗？老子是八路！"

村姑冷笑道："就是你们这些八路杀了老乡，老子亲眼看到的。"

赵明亮吼道："你一个女人自称老子，要不要脸？"

村姑嘴巴还是很硬："你好，你要脸，却长着一双不讲理的眼睛，放开我！"

赵明亮在胳膊上使了使劲，村姑痛苦地咧了咧嘴。

孙南平道："先把她带回去再说。"

出了院子，正好遇到刚从地窖里出来的乡亲，他们看到赵明亮和孙南平头上戴着的八路军的帽子，一脸惊恐，有些人要跑走，有些人则被吓傻了，呆呆地站在那里不动。

孙南平上前问一个老头："大爷，我们是八路军，你们不用怕。"

老头慌慌作揖："老总，求求你们放过我们吧，我们没干过坏事，也没人当汉奸……"

老头说着就要溜走。孙南平忙拉住他："大爷，我们真的是八路军，听到枪声才赶过来的。到底是怎么回事？"他回头指了指村姑："是不是她杀的人？你不要怕，我给你做主！"

老头忙摇头："不，不，不是她。"

村姑回头瞪赵明亮："听见没有？赶紧把老子放了！"

赵明亮扭着她胳膊推了一下："少啰唆。"

孙南平继续问老大爷："大爷，不是她干的，那是什么人干的？"

老头犹豫地看看赵明亮，又看看孙南平："是，是八，八路军。"

孙南平吃惊："八路军？和我们一样？"

老头迟疑着点了点头，又摇了摇头："帽子和你俩的一样，衣裳不一样，是正规八路军的衣裳。"

孙南平看了一眼赵明亮。赵明亮也意识到，血洗石头村的这伙人就是他们要找的那支冒牌八路军，这群恶棍，又出来了。他瞪了一眼村姑，松开了手。

赵明亮问老头:“大爷,他们有多少人?”

老头说:“十来个人。”

孙南平问道:“你知道他们为什么杀人吗?”

老头摇头:“不知道,本来好好的,不知道为啥,突然就开始杀人了,我们都吓蒙了。”指了指村姑,说:“要不是这位姑娘把我们带到地窖里藏起来,我们也会被他们杀了。”

村姑瞪了赵明亮一眼:“听到了吧?是你们八路军杀的人。”

赵明亮没好气地瞪她:“他们不是八路军,是冒牌货,我们也正在找他们。”

老头吃惊地看他:“假八路?”

赵明亮点头:“对,假的。”

村姑转身要走,赵明亮急了,吼道:“你还不能走。”

村姑一脸奇怪地看他:“我怎么不能走?你们八路军杀的人,关我什么事?”

赵明亮冲上去,作势要打她:“你不要污蔑我们,他们是冒充的,八路军绝不会做这样的事。”

老头和几个妇女赶紧上来拉住赵明亮:“别怪她,她也是为了救大家,要不是她,大家恐怕都得死了。”

村姑哼了一声,甩开众人,大踏步向村外走去。

赵明亮喊她:“你去哪儿?”

村姑头也不回地说:“管得宽。”

赵明亮起身去追她,她加快了脚步,身影拐过一道墙不见了。他追到村口,四处张望,哪里还有她的身影?他一脸沮丧地看了看追上来的孙南平,说:“那娘们儿跑得飞快,一眨眼就看不到了。”

两人一道前去小西岭,边走边谈。孙南平也觉得这个村姑很可疑,她不但身手好,身上还有枪。他疑惑地看向赵明亮:“但她又救了老乡,显然和那伙人没关系。她会是什么人呢?”

赵明亮没好气地说:“反正不会是好人。一点女人的样子都没有,动不动就自称‘老子’。老子还真没见过这样的女人,下次要是再犯到我手里……”

他不再往下说了,可以肯定的是,这个村姑和那支冒牌八路军没什么关系,她是什么人也因此变得并不重要。最奇怪的还是那伙人,既然冒充八路军,那就应该像八路军那样和老乡打成一片,他们为什么要在石头村大开杀戒？他们到底想干什么？

赵明亮苦恼地说："滥杀无辜百姓，除了日本鬼子，我想不出还会有谁。"

孙南平点了点头："刚消除了对日伪的怀疑，现在目标又锁在他们身上了。"

4

当赵明亮和孙南平赶到小西岭时，在石头村的那个村姑也出现在了青龙镇。

青龙镇是国军晋南游击纵队司令部驻地。镇子并不大，简陋的一条街上，行人稀少，只有几个卖菜的小商小贩，也都无精打采的，可见，生意也并不怎么好。

一个国军军官带着几个士兵从远处走过来，小贩们立即活过来了，却是炸了锅："快跑，他们又来收抗日捐了！"

一会儿工夫，小贩们跑了个干净，只剩下一个卖菜的老汉因为想把菜带走，没能跑远，几个士兵上前把他围了起来。

老汉放下担子哀求："老总，行行好，我刚出来，一分钱都没卖呢。"

国军军官一脸大义凛然地说："守土抗战，人人有责，那你就把这些菜捐了吧。"他朝身后努了一下嘴，士兵立刻涌上来，要把那些菜抢走。老汉趴在担子上，护着不让他们抢。几个士兵上前把老汉拉开丢到一边，老汉还想上来，一个士兵一脚把他踢倒。士兵们把菜装到袋子里，准备拿走。

村姑正好经过这里，她不声不响地过去扶起老汉，给老汉拍了拍身上的土。她不但不怕那些士兵，胆子还很大，走到他们跟前，冷眼瞪着他们，声音很严厉："放下来！我看你们谁敢动他的东西！"

国军军官愣了一下，这口气，不是一般地大啊，但再看她那一身村姑打扮，又哑然失笑，这人脑袋有问题啊。他厉声叫道："你是什么人？胆敢破坏抗战！信不信我办你个汉奸罪？"

村姑冷笑一声，向前跨了一步，还没等众人看清，她已经动作利索地把国军军官的胳膊扭在背后，掏出他的手枪逼住了他的脑袋："不听话是不是？"瞪着那些士兵："把东西还回去。"

枪顶在脑袋上，这可不是开玩笑。国军军官已经认定这个村姑十有八九是个疯子，他当然不能和疯子计较，忙向手下喊道："还回去，还回去。"

士兵听话地把菜还给了老汉。但这个村姑仍不放手，她让军官带她去见宁司令。

国军军官惊道："你是什么人？"

村姑用枪把子打了他一下："少废话！"

她押着这个军官，来到了晋南游击纵队。到了司令部门口，她把军官推到一边，向宁武自报家门，自己是军统山西站站长麦当雄派来的少校特工，名字叫周英。国军军官听到这里，吓了一跳，暗自庆幸，自己刚才没有反抗，还比较听话，要不然，死都不知道咋死了。军统的人，谁敢惹啊。他忙灰溜溜地带着士兵赶紧走了。

军统要派人来青龙镇的事儿，宁武当然知道。就在三天前，麦当雄专门化装成一个盐贩子赶来和他见面，说是奉重庆戴笠的命令，协调山西站派出一名特工，以晋南游击纵队参谋的身份，借口协助调查关士杰被狙杀一事，光明正大地进入八路军根据地，表面是调查，暗地是搜集情报。这确实是个难得的机会。

宁武怎么也没想到，来人竟然是个女的。再一想，这也没什么奇怪的，两年前，军统山西站被日本人端了，两三百人，死的死，逃的逃，能有什么人呢？

宁武和周英寒暄了两句，忍了又忍，还是忍不住摇了摇头："没想到，麦先生会派一个女人过来。"

周英道："难道共区的八路都是和尚，见不得女人？"

宁武没想到这女人的嘴巴还挺厉害的，只得打起了哈哈："那倒不是，我只是有些意外罢了。"

周英没有和他笑，冷冷地说："我也挺意外的，宁司令这里居然还有抗日捐，连老乡卖的两棵菜都稀罕。"

宁武有些不悦："周小姐这一问，和'何不食肉糜'有一比啊。你在太原吃香喝辣的，哪里知道我们的苦衷？军饷不足，这么多人要吃要喝，我也是没办法，只能靠征收抗日捐来坚持抗日……"

周英打断了他："请宁司令称呼我周参谋。"说完，她拿起桌上的笔俯身在一页纸上写东西。宁武瞟了一眼，字写得还不错。周英写完，随手把纸条递了过来："这是我的简历，无论出身，还是籍贯，都请宁司令熟记，以免与八路军交涉时露了马脚。"

宁武不接，冷冷道："你呈东西给麦先生的时候，也是这样吗？"

周英顿了一下，改成双手呈上："请宁司令过目。"

宁武这才接过，仔细看过，划一根火柴烧掉了。

周英问道:“咱们什么时候去关山分区交涉?”

宁武道:“事不宜迟,今天就出发。”他实在不想让这个不知天高地厚的黄毛丫头在青龙镇多呆一天了,赶紧把她送到共产党那里,让共产党杀杀她的傲气。哼,弄不好,十有八九,他就不会再看到她了。据他所知,戴笠不是没有往共产党那里派过人,但都是肉包子打狗,有去无回。这个周英,看来还真不知道共产党的厉害呢。等她知道了,哭爹喊娘也晚了。

这都是她自作自受的。

第三章

1

孙南平和赵明亮又去小西岭察看了关士杰被狙杀的现场，没有什么新的发现。他们马不停蹄地赶回杜家庄时，已经是第二天中午了。

他们把在王家庄调查的情况讲了，又说了石头村的事儿。许亚夫判断，这伙人，十有八九是日本人。

赵明亮道："我本来怀疑这支队伍和日本人有关，可是他们却又在王家庄杀了伪军。这就有点奇怪了。"

许亚夫说："他们杀自己人，也许就是想把水搅浑，让它看上去更深。"

赵明亮还是有点想不通，如果说狙杀关士杰，是日本人一箭双雕，既杀了关士杰，又能挑起国共矛盾，可谓毒辣。他们不拿二鬼子当自己人，也能理解，可他们为什么要对石头村的无辜村民下手？这不是一下子就暴露了吗？有些讲不通。前两件事做得精妙无比，石头村这事儿就干得太愚蠢了。

许亚夫沉思了一会儿，抬头看着两人："那他们一定是有不得不动手的理由。"

赵明亮恍然大悟："我明白了，他们肯定是在石头村被人发现是日本人，所以要杀人灭口。如果没有村民幸存，我们也就无法知道他们冒充八路军，也无法把他们和狙杀关士杰联系起来。"

许亚夫道："分区部队已经撒出去搜捕他们了，却一点踪影都找不到。眼看这半个月时间就到了，宁武要是再上门纠缠，即使告诉他是日本人干的，没有确凿证据，他也不会善罢甘休。"

孙南平道："就怕你把证据摆在他们面前，他们也会说是咱们伪造的。"

许亚夫点了点头，继而对赵明亮道："你先回去歇一歇，我和老孙还有点事儿。"

赵明亮刚出司令部，就遇到了宁武一行人。他本来已经让到了一边，却突然看到了在石头村遇到的那个村姑也在这群人里，她换了一身笔挺的国军军装，挂着少校军衔，跟在宁武的后面。

周英也看到他了，两人都觉得意外，几乎同时惊呼："是你……"

宁武回头："你们认识？"

赵明亮和周英都没顾得理他，赵明亮叫道："原来你是国民党！"

周英恢复冷静，冷冷道："没见过国民党？"

赵明亮追着问："你是晋南游击纵队的？"

周英没好气地说："眼没瞎嘛。"

赵明亮继续问她："你去石头村干什么？"

周英白了他一眼，冷冷地说："石头村你们去得，我为何去不得？"说完，扭过脸去，昂着头，跟着宁武进了司令部。

宁武来到关山分区就是为了把周英留下来。这是底牌，当然不能一下子就亮出来。双方坐定之后，宁武收起刚才因为要客套刻意摆出来的笑脸，一本正经地对许亚夫道："许司令想必知道我这次来的目的吧，这么长时间了，你们调查的怎么样了？"

许亚夫不卑不亢地说："正想通知宁将军，我们已经查明，狙杀关将军是日军所为。"

宁武悠悠道："日本人？有什么证据？他们亲口承认了？"

许亚夫语气坚定："暂时没有，但我们一定会抓到他们的。"

宁武一脸痛惜："这么说，并没有确凿证据，一切都只是你们的揣测……中将啊，我们死的是一名中将啊，你们也太不当回事了。"

许亚夫道："我们也想立即把他们抓到，但这需要时间。宁将军请放心，我们一定会给你一个满意的答复。"

宁武突然提高了声音："这话你们已经说过无数遍了，满意的答复，满意的答复，到底什么时候我才能拿到满意的答复？这件事我们必须自己调查。"

许亚夫皱起眉头："宁将军的意思是？"

宁武回头示意周英，周英走了过来，站在他身后。

坐在旁边的孙南平认出周英，惊疑地问道："是你？"

许亚夫疑惑地看着孙南平："你认识她？"

还没等孙南平说话，周英主动回答许亚夫："我们在石头村见过面。我奉宁司令之命，前去小西岭查看关将军被狙杀的现场，途经石头村，借碗饭吃，就和你们的人撞上了。"

孙南平说："那些人假冒八路军在石头村杀人，你也亲眼看到了。"

周英却道："我只看到八路军杀人，至于是不是日本人假冒的，我就不知道了，更不知道到底是什么人狙杀了关将军。石头村的老百姓倒是亲口告诉我，他们是一支纪律严明的八路军，扫地、挑水，不拿群众一针一线，对他们赞不绝口。"

孙南平有些生气，质问道："除了日本鬼子，还有谁能做出这样的事情？"

周英不卑不亢："这就能证明是他们杀了关将军吗？"

孙南平面带怒气瞪着周英，气氛一时有些紧张。

宁武故作姿态地笑笑："我给两位介绍一下，这位是我们晋南游击纵队参谋周英，由她协助贵部一起调查。"

许亚夫顶了回去："不必劳烦你们，我们八路军有的是人。"

宁武的口气倒是很诚恳："我这是为贵部着想。我们双方共同调查，一切都摆在桌面上，免得节外生枝，兄弟阋墙，徒生罅隙，以致兵戎再现。明人不做暗事，我就直接说了吧，这也是重庆方面的意思，就是参与、监督贵部调查。如果贵部不能接受，宁某倒没什么，就怕重庆那边没法交代。"

孙南平看向许亚夫，许亚夫点了下头。孙南平立即出来，向院里另一间房子走去，那里是机要室，他进去后，立即让参谋接通八路军总部，向首长汇报了这件事儿。

八路军总部倒是同意周英以晋南游击纵队联络参谋的身份参加调查关士杰被杀一事。总部首长说："我们八路军坦坦荡荡，他们想进来看，那就让他们进来看吧。"

孙南平进来，冲许亚夫点了一下头，许亚夫心里有了数，对宁武说："宁将军执意派人参与调查，经请示八路军总部，我们没有异议。"

宁武显得很高兴："贵军果然坦荡，好，好。"

2

这事虽然定下来了，八路军总部也同意了，但所有人心里都有点别扭。一个国民党军官，整天在根据地里晃悠，而她的主子又时刻想把共产党一口吞掉，你怎么可能会真心实意地欢迎她呢？

看着正在与宁武告别的周英，孙南平不由得忧心忡忡："宁武忽然派这个周参谋过来，究竟是他本人的意思，还真的是重庆方面的意思？"

许亚夫说："我刚才问过宁武了，这个周英刚从重庆军委会调来。怕就怕她还有别的身份。”

孙南平一惊：“你怀疑她？”

许亚夫说：“我们与国军的正面合作也不是一次两次了，周参谋表面是参与、监督调查，这都没什么。要是她还隐藏着其他目的，我们就不可不防。”

孙南平点了点头：“我会让赵明亮看紧她的。我已经让人去叫他了，等他过来了，正式给他们介绍一下。”

赵明亮来到司令部，正好遇到周英送宁武一行回去。赵明亮当然不知道刚才双方的约定，还以为他们都要回青龙镇，甚至还笑着和她扬手打了招呼。她是晋南游击纵队的参谋，那她身上有枪、身手了得，就都有了解释。说心里话，赵明亮对她还有点好感呢。

可当他得知她要留在关山分区和他们一起调查时，那就不一样了。他吃惊不小：“什么？让一个国民党娘们和我们搅和在一起？有没有搞错？”

许亚夫笑道：“打狗就不怕狗咬，杀猪就不怕猪叫。我们八路军坦坦荡荡，经得起看。”

赵明亮还是不愿意：“国民党男人都死光了吗？怎么来个女人？”

许亚夫道：“女人怎么了？我们共产党有女人，国民党就没有女人了？瞧你这出息，被一个女人吓成这样。”他收起脸上的笑容，严肃道：“其实这也是好事。我一直担心，关士杰之死有可能是国民党自己布局杀人，以此为借口挑起战火。现在看来，这个可能性基本不存在了。有他们的人在，让他们亲眼看看也好，以后就没法子再赖到咱们头上了。”

赵明亮使劲地咽了口唾沫，还是有点不情愿的样子。

正说着，一名八路军参谋带着周英回来了。当许亚夫把孙南平和赵明亮正式介绍给她后，她看向赵明亮，眼睛眯了起来：“如果我没记错的话，关士杰就是在你手上出的事吧。”

赵明亮猝不及防，面有惭色，低声道：“是我。”

她转向孙南平、许亚夫，严肃地说：“你们最好换个人。对手是狼。打狼靠羊不行，得靠猎人。”

赵明亮愤怒地瞪着她：“你这是什么意思？”

她冷笑道：“我说的这话，三岁小孩都能听懂，你还要问我？”

许亚夫劝道：“事情已经出来了，指责无益。大家好好配合，把这件事弄个水落石出。再说，赵明亮比你熟悉情况，多听听他的意见。”

她看都不看赵明亮，径自向许亚夫和孙南平告辞：“许司令，孙同志，没什么事，我先出去了。”说罢，昂头从赵明亮的身边走过。

看着周英远去的背影，赵明亮生气道：“什么德性！”

许亚夫道：“想要快点了结这个事儿，就和她好好相处，但她毕竟是国民党的人，既要有礼有节，也要有所防备。”

赵明亮无奈地摇了摇头：“好吧，我就当她是姑奶奶吧。”

按照许亚夫的安排，单独给了赵明亮一个院子先住着，如果需要增加兵力，到时再招兵买马，组建特别行动队，到时这里就作为别动队的驻地。怎么也没想到，招来的第一个人却是一个国民党。赵明亮越想越气。回到院里，看到一个小战士正拿着笤帚帮助周英打扫房间，尘土飞扬，小战士满脸灰尘，周英却满脸嫌弃地站在门外，用手扇着灰尘。他冲着屋里的小战士道：“谁让你帮她打扫的？她自己没有手吗？”

小战士忙说：“周参谋刚来，很多事情不习惯。”

赵明亮一把将他拽出来：“她给你什么好处了，你这么巴结她？去，去，去，到一边去。”

小战士丢下笤帚，讪讪地走到一边。

周英瞪着赵明亮道：“对我有火撒在别人身上，算什么本事？有本事冲我来啊。”

赵明亮严肃地说：“在我们这儿，人人平等，不能惯你这毛病，让你住一个单间已经够照顾你了，还想指使别人伺候你，没门儿。”

说完这话，看她都不想再看一眼，转身就回自己房间去了。

周英拿着笤帚无奈地进房间打扫，没过一会儿，尖叫一声跑了出来。赵明亮听到响声，迟疑了一下，还是从自己房间跑了过来，问她：“怎么了？怎么了？”

周英连哭带叫：“有耗子，有耗子。”

赵明亮乐了：“哈，原来是老鼠。我们这儿什么都缺，就是不缺老鼠。到了晚上，老鼠会钻进被窝里，和你搂着一起睡。”

周英“啊”地捂着耳朵尖叫：“我不要，我不要。”

赵明亮得意地说：“害怕了？我可要告诉你，除了老鼠，我们这里还有蛇，还有‘革命虫’。”

周英疑惑地问他：“‘革命虫’？”

赵明亮道：“就是虱子，从我们共产党开始闹革命，它就一直跟着我们，从井冈山跟到了陕北，又从陕北跟到了这里，这一路上，不管多艰苦，就是上刀山下火海，它还是不离不弃，忠贞不渝。”

周英想笑，却绷着脸。这个家伙还挺好玩的，这么恶心人的事儿，居然都被他说成张生和崔莺莺了。她撇下嘴，说："你说的还挺感人的。"

赵明亮认真地说："你别撇嘴，这不是啥恶心人的事儿，相反很光荣，说明我们干革命不怕艰苦。我们人人都有，连毛主席身上都有。"

这太可怕了，周英越想越怕，不禁摇了摇头，这真不是人呆的地方。

赵明亮还在一边幸灾乐祸："周大小姐，你可要想好了，是继续待在这里呢，还是回你的青龙镇享福呢？"

听到这话，周英转身往外走。赵明亮不但不拦着她，还笑呵呵地说："真走了？"

周英回过头去，瞪他一眼："想得美，我去买耗子药，先毒耗子，再毒你。"

赵明亮摇了摇头，这个女人还真难缠。摇头归摇头，认真想一想，人家是国民党的金枝玉叶，能到八路军这穷山恶水的地方来，也不容易。他拎起地上的笤帚，去了她的房间，一会儿工夫，就把整个房间收拾得干干净净。他满意地打量着，突然发现窗户纸破了，上去把破纸撕掉。正往窗户上贴着窗纸，小战士扛着一床崭新被褥进来了，笑嘻嘻地说："赵连长，你怎么说话不算数呢？不是不让我帮她打扫吗？你自己怎么干上了？"

赵明亮没好气地挥手："去，去，去。"

小战士嬉皮笑脸地说："这就叫英雄难过美人关。"说着，放下被褥就要跑。

赵明亮喊道："站住！还英雄难过美人关呢，她那样的，算美人吗？妖精还差不多。"想了想，又说："我早就不是连长了，以后别再乱叫了。"

小战士调皮地说："首长这么器重你，早晚会给你恢复原职。"

周英回来了，手里拿着一个纸包，看到赵明亮，一脸意外："奇怪，你怎么会大发善心，帮我收拾房间？"

赵明亮贴好窗纸，从炕上跳下来："这就是我们共产党人，高风亮节，不计前嫌。"伸着脖子看了一眼她手里拿着的纸包："真买到毒药了？"

周英抱怨道："这是什么破地方？好不容易才找到个杂货店，连耗子药都没有。"

赵明亮问："那你拿的是什么？"

周英说："白糖，我喜欢吃糖，顺便买了一包。"

赵明亮笑道："正好，给我冲碗糖水，渴了。"

周英撇下嘴："做梦梦到了吧？"

赵明亮指着周英身后，叫道："老鼠！"

周英立刻尖叫起来，一个劲地往后躲。

赵明亮哈哈大笑，扬长而去。周英气得跺脚，扬起手，想把手里的东西砸过去，想了想，还是舍不得，冲着他大声骂道：“浑蛋！”

3

说实话，赵明亮是不喜欢周英的，虽然都是军人，但怎么看都不如八路军女战士，人家英姿飒爽，而她呢，带着一种娇媚，不，是娇气。国民党娘们儿毕竟是国民党娘们儿。更令赵明亮头疼的是，这个女人还总是找他的茬。孙南平找他们第一次开会，两人又杠上了。

这个会就是商量一下如何调查这支神秘的队伍，从那里着手。

赵明亮一看周英依旧穿着国军军装就觉得不顺眼，恨不得早点把这个会开完，眼不见为净，就没好气地说：“还开什么会？就是日本人干的，咱们干脆杀到太原去！”

周英却一脸疑惑地看着他：“你有十足的把握确定他们是日本人？”

赵明亮不悦地看她一眼，说：“周参谋难道还怀疑是我们八路军贼喊捉贼吗？”

周英面带讥嘲：“这可不是我说的，是你自己说的。”

赵明亮生气道：“那我还说是国军干的呢。”

周英刷地就变脸了，质问道：“你有证据吗？”

确实没啥证据，他只好耍赖道：“没证据，就是感觉。”

周英厉声说：“没证据就是诬陷。”

赵明亮狠狠地瞪着她，说：“你能诬陷我们，我就不能诬陷你们了？再说了，国民党干的坏事还少吗？”

孙南平皱起眉头，把手往下压了压，说：“你们别吵了。”

赵明亮道：“我没和她吵，是她和我吵。”

周英斜他一眼，说：“你太高看自己了吧，我和你吵？我炒苍蝇给你吃！”

这个女人真是得理不让人，连孙南平都有点不高兴了，严肃地对她说：“周参谋，你如果不信任我们，还如何合作？”

赵明亮立刻接上说：“她根本不是来合作的，她是来捣乱的。”转向周英道：“你要摆正自己的位置，别叽叽歪歪找不痛快。”

周英瞪着两人叫道：“这不是在讨论吗？你们共产党开会难道就只听一个人说？其他人都点头不停说是？”

孙南平皱起了眉头："你们就不能好好说话？吵得我头都大了。"

周英说："我要说的很简单，在没有证据之前，任何人都有动机，谁也脱不了干系。"

周英其实也清楚，这事只能是日本人干的，但她要想在八路军这里长时间地待下去，必须得把水搅混。离开太原时，麦当雄站长就再三给她交代，和八路军打交道，就是要揣着明白装糊涂，只有这样，这出戏才能演下去，把水搅得越浑，她才越容易浑水摸鱼搜集共产党的情报，完成任务。

想到这里，她不由得站了起来，慷慨陈词地说："我提醒两位，我代表的不是我个人，是宁司令，是晋南游击纵队，是千千万万在前方浴血奋战的国军将士，甚至可以说是重庆政府……"

赵明亮撇嘴道："你面儿够大啊，还重庆政府？你怎么不说自己代表的是蒋委员长呢？"

周英慨然道："当然可以这么说，从某种意义上讲，我就是蒋委员长的代表。怎么？不行吗？"

赵明亮暗自感慨，这个女人的脸皮可真厚，可她这话，一时还真没法子反驳。他无可奈何，说："行，你说行就行，你想代表整个盟军都行。"

周英吼他："你少阴阳怪气！"

孙南平往下按了按手，示意安静，见两人不吭声了，这才说："周参谋说得也有道理，我不勉强你信任我们，但前提是，不能把简单的事儿搞得像麻团儿。种种迹象表明，这就是日本人干的。我们要把精力放在这上面。"

他不等周英开口，转向赵明亮问道："你有什么好的思路吗？"

赵明亮摇了摇头："被她影响得断路了。"

周英嫌弃地白了他一眼。

孙南平又扭头问周英："你有什么好的想法？"

周英说："你们调查那么久了，还没一点头绪，我能有什么想法？还是那句话，没有证据之前，到底是不是日本人干的，先别忙着下定论。"

这个会，算是不欢而散了。赵明亮看着周英的身影，特别是她那身国军军装，咋看都不顺眼，当务之急，得让她把衣服换了。他立即赶到后勤处，好说歹说，从助理员那里要了一套军装拿了回来。

他敲了敲周英的门。她慵懒地应了一声，他推门进去，只见她斜靠在炕头，拿着一本书，另一只手里夹支烟在抽，烟雾缭绕。他吓了一跳，这个女人居然抽烟！

周英当然看出来了，没好气地斜他一眼："你这是啥表情？没见过女人抽烟?”

他一脸嫌弃地挥了挥手,把脸前的烟雾驱开,把八路军军装在她眼前晃了晃:“脱了那身皮,换上这个。”

她低头看看自己的军装,说:“我要是不呢? 我就喜欢我这身皮。”

赵明亮强硬地说:“让你换你就换。”

她嫌弃地看了一眼他手里拿着的八路军军装,低下头继续看书,就好像他并不存在一样。换了别人,赵明亮早就上去一把把她扯下来了,但她是个女人,又是个国民党的女人,从国共合作大局考虑,他不得不压着火气,把语气放缓了:“许司令说了,你这身衣服在我们这儿不合适,出来进去,太招眼了。”

她抬起头打量着那件八路军军装,依旧是嫌弃的目光:“这是什么料子?”

赵明亮不悦地说:“什么料子? 粗布土衣! 都是我们八路军自力更生,自个儿种的棉麻,自个儿纺出来,自个儿一针一线做出来的!”

她霍地坐起来,夺过衣服:“啰唆!”

他不耐烦地转身就走,她在后面阴阳怪气地说:“赵同志慢走。”

赵明亮转回身,认真地看着她,说:“我告诉你,穿上我们的军装,就要像我们的人,言行举止都要遵守八路军纪律,不许坏了我们的名声。还有,你抽烟我不管,但你不能穿着我们的军装在大庭广众下抽烟。”摇了摇头:“你看你这个样子,简直像个女流氓!”

这人说话太难听了。周英气极,翻身从炕上下来,要找一个东西砸过去,东西还没找到,赵明亮已经跑出去了。

气归气,该换军装还得换军装。周英也看得出来,自己这身国军军装在八路军的地盘上确实太招眼了,走到那里,都能把所有人的目光吸引过来。作为一个做地下工作的军统特工,这是大忌。

她换上八路军军装,对着一面豁了口的镜子整理军容,虽然还是觉得这军装太土,一点都没有国军呢子军装舒适,但能有什么办法呢,入乡随俗,只能这样了。

在宁武的帮助下,算是进入八路军的根据地了,下一步怎么办呢? 离开太原时,麦当雄给她交代说,不仅是参与、监督调查关士杰之死,更重要的是借这个机会渗透进去,搜集共区情报。这是一个全新的挑战,过去一直和日本鬼子斗智斗勇,还从来没和共产党交过手呢。她知道的共产党也是宣传上的,到底怎么样,还得靠她自己摸索。

周英觉得应该首先熟悉一下杜家庄。她穿着八路军军装在村里逛了一会儿，感觉确实好多了，村里到处都是八路军，她就像一片树叶落在了树林里，没人注意到她。走着走着就到了杜家庄外面的田野上，看看也到了傍晚，她坐在地上，望着夕阳发呆。现在看来，进来还是比较顺利的，但能不能展开工作，还要看运气。目前来看，除了那个讨厌的赵明亮，一切都挺好。

正想着，身后突然有人说话，那抑扬顿挫的声音仿佛是个诗人："向晚意不适，独坐杜家庄。抬头看夕阳，低头思青龙。"

一听就知道又是那个赵明亮。周英回头白他一眼："看不出来，肚里还有点墨水嘛。"

赵明亮从裤兜里掏出她的那个铁簪子，递了过来："这是你的吧。"

周英跳起来，一把从他手里夺走，叫道："好呀，你偷我的簪子！"

赵明亮委屈地叫起来："三打白骨精，冤枉好人心，这是我在石头村给你捡回来的，就想着有朝一日还给你。"

她拿着簪子向村里走去，走了没多远，又回过头来："谢了。"

这个家伙，还有这个心。这也算是个好兆头。

第四章

1

调查还没开始，关山分区就又遇到了大事。八路军总部通报，日军调动频繁，有一部分正在向正太路和平汉路发动“扫荡”，号称是“C 号作战”。总部判断，敌人也可能是声东击西，其真实目的，是集中重兵攻击晋东南八路军总部和一二九师师部。针对日军企图，上级命令分区部队伪装成八路军总部前往辽县武军寺村迷惑敌人，掩护总部各机关分散突围，向东转移。

情况紧急，孙南平暂时回到司令部，帮助许亚夫一起应对。

在这个兵荒马乱的时候，那支神秘队伍极有可能会趁这个机会浑水摸鱼。许亚夫命令赵明亮和周英带领一支小分队跟随分区在武军寺外围活动，注意搜寻他们，遇到可疑部队、民兵、老百姓，都要仔细盘问，不能把他们放进来。

赵明亮和周英立即行动起来，天天带着一个班的战士在周围巡逻。一晃三天过去了，那支神秘队伍就像从人间蒸发了一样，一点动静都没有。这有点反常，如果是日本人假扮的，他们应该先行潜入根据地，侦察八路军总部才对。

站在武军寺村村口，遥望群山，孙南平忧心忡忡：“今天已经是第三天了，难道他们没有出来？”

许亚夫摇头：“这么大的行动，他们必定会出来。”

孙南平说：“满屋老鼠跑，必定有窟窿。我们这次务必要小心，来了，就不能让它走了！”

许亚夫说得没错，那支队伍终于露头了。

第四天里，赵明亮和周英正带着小分队在武军寺外围搜索，一名八路军通讯员骑马赶来，急急说道：“清明山那边有事儿，许司令让你们立即赶去！”

清明山位于辽县与河北涉县交界处。那里有条山沟，一大早，附近一个放羊老汉经过这里，发现有五六个民兵和两个八路军战士的尸体躺在这里。

赵明亮和周英赶过去时，孙南平、许亚夫已经在那里查看了。七八具尸体乱七八糟地扔在路边的沟里，人人都带着枪伤，有人身上中了好几枪。奇怪的是，人被杀了，但步枪都还在。赵明亮拿起一支步枪，看了看枪口，又把子弹退出来，摇了摇头："他们根本没来得及开枪。"

许亚夫道："这说明他们一点防备都没有，以为对方是自己人，没想到他们会下手。"

赵明亮恨声道："又是那群王八羔子干的！"

孙南平沉痛地点了点头："他们潜进根据地了。"

许亚夫上了山路，前后看看，脸色骤变，回头冲着众人道："那边就是涉县南艾铺，情况不妙。"

谁都知道，八路军总部现在正在南艾铺。

孙南平大惊："周围有咱分区哪些部队？"

许亚夫道："只有在武军寺的老虎团。"

孙南平急道："老许，你们去南艾铺向总部报告，我回武军寺带着老虎团随后赶去。"

说完，孙南平跳上马，向武军寺方向狂奔。

许亚夫带着众人赶往南艾铺。赵明亮心里沉甸甸的，可以肯定了，这支队伍是日本人的，他们这次潜进根据地，目标肯定是八路军总部。他们要么是狙杀八路军高级将领，要么就是携带电台，侦察八路军总部位置，向合围的日军报告，无论是哪一种目的，后果都是严重的，甚至有可能两者兼顾，那就更可怕了。

他不由得对自己充满了痛恨，如果在小西岭能再小心点，重创这支队伍，也不至于闹出这么多事情来。无能，太无能了！他恨不得早点赶到南艾铺，和这帮家伙面对面地厮杀，看看他们到底是什么人。

2

八路军总部确实在南艾铺一带被日军主力缠上了。

这一天是 1942 年 5 月 25 日。各路日军完成了对中共中央北方局、八路军总部驻地窑门口、青塔、偏城、南艾铺地区的合围，八路军副参谋长左权身陷重围。而日军能这么准确地捕捉到八路军总部，正是这支神秘队伍的功劳。

他们潜进根据地后，仍旧冒充老虎团特务连，从那两个八路军战士和五六个民兵那里知道了八路军总部的位置后，立即把他们枪杀了，然后用携带的电台报告了日军主力。他们随后也赶往南艾铺，准备相机狙杀八路军总部首脑。

孙南平带领老虎团赶到南艾铺附近十字岭时，五六十名日军正在向一个山坡上的八路军进攻，已经冲到了半山腰。孙南平大吼："冲上去，把鬼子干掉！"

老虎团号手吹响冲锋号，漫山遍野的八路军呐喊着向鬼子冲去。老虎团人数占有绝对优势，他们像愤怒的大海一样席卷而过，日军猝不及防，全部被消灭。

还是有点晚了，坚守这个山坡的一个连的八路军，只剩下十来个人，个个都是满脸血污，大部分还都是伤员。孙南平找到连长，急急问道："你们是哪个部队的？总部安全吗？"

连长告诉孙南平，他们是十三团的，奉总部的命令在此阻击敌人。情况非常危急，日军已经完成合围，在多个方向向八路军进攻。总部急需战斗部队。

孙南平回头大声喊："李团长！你立即带领部队跟随十三团的同志前去保卫总部机关，三营留下两个排一挺机枪，跟我在这里打阻击！"

李团长应了一声，带着部队走了。他们走了约一个时辰，日军又开始进攻了。炮火覆盖了阵地，碎石土块像雨点一样砸下来，硝烟弥漫，面对面几乎都看不到人了。战士们卧在战壕中，但仍然不时有人中弹牺牲。

日军也是拼了命，炮火还没有停止，步兵就开始冲锋了。等到孙南平等人发现的时候，日军已经快要冲上阵地了。

孙南平大声吼道："弟兄们，准备拼刺刀！"

战士们咔嚓咔嚓地上着刺刀。正在这时，背后突然想起激烈的枪声，眼看就要冲上阵地的日军像麦捆一样倒在地上。孙南平趁机指挥部队猛烈开火，日军不得不退了下去。

前来增援的是赵明亮，他带了二十来名战士。

孙南平冲着赵明亮急道："怎么样？总部突出去没有？"

赵明亮道："情况比较严重。东西南三个方向都有敌情，只有北面通往后庄、黄樟那条路暂时没有发现敌人，许司令带领老虎团已经和十三团一起担负起保卫总部的任务了。左副参谋长命令，要咱们在这里坚决守住，为总部突围争取时间。许司令很挂念你，特地让我又带来了一个排。"

孙南平点头:“好,我们就坚决钉在这里,有我无敌,有敌无我!”

战场一时安静下来,但谁都知道,这是大战来临之前的安静,更大的恶战还在后面。果然,没过多久,日军又开始了猛烈进攻,炮弹到处爆炸,子弹横飞。日军这次又是故技重施,几乎是在跟着弹着点冲锋,而八路军却被敌人的炮火压制得抬不起头。

孙南平看了看赵明亮,赵明亮朝他点了点头。孙南平拿起一支步枪,咔嚓上了刺刀,大吼:“弟兄们! 上刺刀!”

周英也拿起步枪,咔嚓地上了刺刀。赵明亮这才注意到,原来她也跟过来了。这个国民党娘们儿,根本就不知道战场的凶险。八路军敢刺刀见红,日本兵在这方面也不弱。就是男人,有时也得三四个人才能拼过一个日本兵。这两年虽然情况好了点,但个对个,还是吃力的。这是女人做的事吗?情急之下,赵明亮抓住她的肩膀往后推:“你到后面去!”

周英一把甩开他的胳膊,说:“笑话! 拼刺刀你未必能赢我!”

赵明亮还要把她赶下阵地,但已经来不及了,影影绰绰的日军已经从硝烟中冲了上来。孙南平大吼一声:“弟兄们! 跟我上!”

战士们跟在孙南平的身后跃出战壕,与日军展开肉搏。赵明亮着急地冲着周英吼:“你跟在我后面!”

双方混战在一起,阵地上一片刺刀撞击的声音。周英并不怕死,但她没想到,八路军比她更不怕死。八路军最好的步枪就是中正式步枪,枪身加上刺刀,比日本兵的三八大盖要短 10 多厘米,一寸长一寸强,拼起刺刀来,鬼子要占大便宜。八路军被鬼子刺中后,就迎着鬼子的刺刀往前扑,刺刀更深地没入身体,但他的刺刀也捅进了日军兵的身体内。这不是一个八路军这么干的,几乎所有的八路军都是这样。周英有些恍惚,这种打法,是不要命的打法啊。

就在这瞬间的恍惚中,旁边一个日军军官的刺刀呼啸着向她捅来了,她一拧身,躲过了刺刀。日军军官紧跟着又捅了过来,她连忙招架,这个家伙劲真大,不但把她手中的步枪震飞了,她也被带倒在地,不容她喘口气,日军军官的刺刀又过来了。周英的脑袋嗡地响了,真窝囊,还没干掉一个鬼子,自己先把命送了。但奇怪的是,日军军官的刺刀突然偏向一边,身子踉跄着歪倒了,他的身后露出一张脸,脸上虽然溅满鲜血,但周英还是从那双闪闪发光的眼睛里看出来,这人是赵明亮。

赵明亮伸出手,想把她从地上拉起来。她还没把手递过去,就见一个鬼子哇哇叫着从他背后冲过来。周英顺手拿起身边的一支步枪,蹿了出去,把鬼子捅倒了。

赵明亮和周英交换了一下眼神，两人很默契地背靠背互相掩护和鬼子拼杀。

鬼子越来越少了。

就在这个时候，枪声突然响了。一声，尖厉的一声。枪声响过，孙南平倒在了地上，鬼子有狙击手!

孙南平是腿部中弹，他顽强地用枪托拄地，单腿跪着想站起来。赵明亮和周英忙跑过去。周英放下步枪，撩起衣服，用牙齿撕咬下来一块布，给孙南平受伤的腿部包扎止血。赵明亮扔下步枪，弯下腰，要把他背下阵地。他推开赵明亮，吼道："鬼子有狙击手，快把他找出来!"

赵明亮去捡步枪，他还没直起身子，枪声又响了，还是一声，尖厉的一声。这一枪打在了孙南平胸部，他重重地倒了下去。

赵明亮回头大叫："孙司令!"

孙南平嘴里吐着血沫，看着赵明亮，喃喃道："你又叫错了，我不是司令了。"

周英一边给孙南平包扎，一边大喊："担架员！担架员!"没有担架员，担架员也早已经投入战斗中了。赵明亮只得叫住两名战士，让他们立即把孙南平带下战场。

赵明亮警惕地向四处张望，东边的山坡上有人影一闪，他立即出枪击发，扳机吧嗒地响了一下，却没有子弹射出来。他急忙冲着旁边一个战士大吼："有狙击手，开枪!"

那个战士立即开枪，却没有击中，那人眼看就要溜下山坡，周英抢过那个战士的步枪，瞄准，击发，那个人影晃了晃，倒了下去。

阵地上剩下的几个鬼子被全部干掉了。

赵明亮弯腰捡起一支步枪，向那个山坡冲去。周英赶忙招呼身边的十多个战士也跟了上去。

冲上山坡，那支队伍已经毫无踪影，但留下了一具尸体，那人穿着一身八路军军装。赵明亮带着大家往前猛追，他的脚被石头碰到了，疼得钻心，但他根本顾不上，树枝刮过脸颊，一道血印子，还是不管不顾。穿过树林，隐隐约约看到那支神秘队伍正在向远处散去。

赵明亮站定，屏住呼吸，端枪瞄准，击发，有个人影应声而倒。周英急忙喊道："留活口!"

赵明亮不语，再开一枪，击中另一个的腿部，那人身子晃了晃，倒了下来。那些人根本顾不上他，继续逃跑。赵明亮带人冲过去，那人腿上鲜血直流，躺在地上痛苦挣扎。赵明亮冲着一个战士喊道："你带人去追他们！"

赵明亮和周英端着枪，围住了这个受伤的家伙。他不再挣扎了，瞪着眼睛看着他们，突然直直地坐了起来，掏出一颗手榴弹，拉开了导火索。

赵明亮推开周英："退后！"周英顺势后退扑倒。赵明亮飞身向前，踢飞那人手上的手榴弹，同时扑到他身上，防止他被炸死。手榴弹在不远处爆炸了。

周英紧张地跑过来："你没事吧？"

赵明亮道："没事，我命大着呢。"站起来踢了那人一脚："比我们八路军还狠！"

那人凛然道："老子就是八路军！"

赵明亮把他揪起来，愤怒地吼道："死到临头还嘴硬，你们到底是什么人？"

那人一脸傲慢："眼瞎了吗？老子是堂堂正正的八路军！"

周英意味深长地看了一眼赵明亮。这眼神让赵明亮很恼火，瞪着她叫道："看什么看？你没长脑子吗？他们如果是八路军，为什么对孙司令也下手？"

她耸了耸肩："我也想知道。"

赵明亮显然被她激怒了，狠狠地把那人扔在地上，俯下身子怒吼："说，你们到底是什么人？是国民党，还是日本鬼子？"

那人把脖子硬了硬："老子就是八路军！"

赵明亮抬起脚，狠狠地踩在他腿上的伤口上，凶狠地吼道："你说不说？"

那人惨叫起来，但嘴巴仍旧很硬："我真的是八路……"

赵明亮脚上使劲："关士杰是不是也是你们杀的？说！"

那人抱着腿，大声惨叫："妈呀，妈呀，疼啊……"

周英看着气急败坏的赵明亮，摇了摇头，上前拉开他，蹲了下来，和蔼可亲地问那人："我们八路军优待俘虏，你老实说，你们到底是什么人，我们不会杀你的。"

那人哭丧着脸："我都说了好几遍了，我真的是八路军。"

她一点也不生气，相反还一脸关切。她从军装上撕下一块布，仔细地给那人包扎腿上的伤口，像亲人一样柔和地问他："疼吧？"

那人点了点头。

赵明亮愣愣地看着她，不管是在石头村第一次见她，还是刚才在战场上拼刺刀，她的样子根本就不像一个女人，但她现在仿佛变了一个人，像个姐姐一样，让人感到说不出来的亲切。

那人显然也有这种感觉，乖乖地配合着让她包扎，甚至看她的眼神也变得温柔起来，还真像她的弟弟。

她笑眯眯地看着那人，突然开口了："听你口音，应该是熊本县人吧？"这话不是用中国话说的，但赵明亮听得出来，这是日本话，他只是听不懂她在说什么。

那人却听懂了，脱口而出："不是不是，我是中国人……"他说的也是日本话！他意识到自己说错了，惊恐地看着两人，慌慌地用中国话纠正："我真的是中国人，我真的是八路军……"

看着这个日本兵笨拙的样子，赵明亮就觉得好笑。包子已经露馅了，明明是菜包子，还想冒充豆包子吗？他好奇地问周英："你会说日本人的鸟语？"

周英白了他一眼："少见多怪，日本人能说中国话，中国人就不能说日本话吗？"

她冲着赵明亮摇了摇头："他们果然是日本人。"

赵明亮没好气地说："你不是总怀疑是我们八路军干的吗？"

周英说："你要是这样抬杠就没意思了，心眼太小了。"

她继续给那人包扎着，用日语温柔地说："你是熊本县的吧？那地方我去过，真想念那里的对虾。你难道不想活着回日本吗？"

那人哭泣着用日语说："我是，我是熊本县的……求求你，让我死吧。"

周英安慰说："八路军不杀俘虏，只要你放下枪了，我们就会好好待你的。"

那人说："你们就是把我放了，我回去也得死……求求你，用霹雳手段，显菩萨心肠，再给我一枪吧。"

他们全都是用日语在说，赵明亮疑惑地看着周英："你们在说什么？"

周英叹口气："他说他，生不如死。"

赵明亮没好气地瞪着那个日本兵："呸，活该。"

他搀扶着受伤的日本兵，周英拿着枪跟在后面监视着。虽然两人已经够小心了，但还是防不胜防，经过一个山坡，那个日本兵突然猛地一用劲，赵明亮猝不及防，被他带下山坡。周英情急之下，赶紧拉住赵明亮的手，两人站定，探头向山下看下去，那人已经滚下山坡。两人连忙也跳下山坡追赶。

等到两人赶到山坡下，却发现他的脑袋已经撞到石头上死掉了。赵明亮遗憾地摇了摇头："没防备他会来这一手。"

周英语气平淡："谁也拦不住一颗求死之心。"

3

其他几个战士回来了，他们没能追上那伙人。

整个战场已经沉寂下来，鬼子已经撤退了。许亚夫带着几名八路军战士站在山坡上，四处瞭望，一脸沉重。他看到赵明亮他们回来，痛苦地说："我听说老孙是在这里牺牲的，特地上来看看。"

赵明亮大吃一惊，喃喃道："孙司令？没救过来？"

许亚夫叹口气："伤得太重了。"

赵明亮哽咽道："是我无能，没能保护好孙司令。"

许亚夫说："这不能怪你，是敌人太狡猾。"

赵明亮忙问："总部怎么样了？"

许亚夫说："八路军总部已经安全突围，只不过，左副参谋长在指挥部队突围转移时，不幸被敌人的炮弹击中头部牺牲了。"

赵明亮震惊道："左副参谋长也牺牲了？我们的损失太大了。"

许亚夫转过身，极目远望群山，喃喃地说："让我们与英勇牺牲的将士告别吧，他们是民族的英雄、国家的荣光，与人民同在！"

许亚夫说完，脱下帽子，带领众人面向十字岭方向致哀。

周英犹豫了一下，脱下帽子，垂头致哀。虽然牺牲的都是共产党的人，但他们也都是抗日英雄，真正的军人。

部队要回去了。因为左权及孙南平的牺牲，众人都很悲伤、沉重，整个队伍除了沙沙的行军声，没人说话。周英觉得心里压抑，必须得说点话。她看了看赵明亮，轻轻叹口气："左副参谋长的女儿才刚刚两岁，他就这么牺牲了，真可惜。"

没有人接她的话，谁的心情都不好受。赵明亮也是这样，他走了两步，突然像想起了什么，回过头来，盯着她问道："你连这个都知道？"

她愣了一下，这些八路军难道不知道左权有个才刚刚两岁的女儿左太北吗？她忙掩饰道："左将军大名鼎鼎，谁不知道？"

赵明亮仍盯着她："我就不知道。"

周英已经完全镇静下来："你不知道的事情多着呢，我问你，你知道勾三股四弦五吗？"

赵明亮依旧沉浸在悲伤中，没有搭理她，大步朝前走了。周英松了口气，不敢再说话了。她心中暗自懊悔，作为一名军统特工，她自然对八路军高级将领的资料都很熟悉，可作为一名普通的国军参谋，不应该知道得这么细，自己还是大意了。

好在自己也要离开这里了。

回到杜家庄的第二天，一大早，赵明亮刚起来到院里，就看到周英穿着整齐的国军军装，也从房间出来了。

他看了她一眼，奇怪地问道："你怎么又穿成这样了？"

周英正色道："我正要告诉你呢，我要走了。"

赵明亮有些意外："你要走？"

周英道："那支神秘的八路军队伍是日本人扮的，这事水落石出了，我的任务算是完成了。许司令要亲自去趟青龙镇，让我跟他一起去，难道他没叫你一起去吗？你可是负责这事的。"

赵明亮恍然大悟："哦，有这事，我只是没想到你也要走。"

在前去青龙镇晋南游击纵队的路上，赵明亮一阵恍惚。他最初是讨厌这个国民党女人的，又抽烟，还讲究吃穿，说话也阴阳怪气，恨不得她早点滚蛋，可经过这么多天，特别是在前两天的战斗中，她像个男人一样搏杀，不怕死，敢拼命，还有审问那个日本兵，要不是她，自己还真没什么办法呢。他突然觉得，这个女人，还真不错呢。

正想着，周英追了上来，歪着脑袋看着他，诚恳地说："赵同志，战场上你救过我，这个人情，我会记着，有机会，一定奉还。"

赵明亮笑笑："举手之劳，不必挂在心上。"

两人骑着马并肩而行。正是春天，整个大地绿油油的，鸟在头顶歌唱，婉转动听。可惜的是，刚刚认识，就又要分手了。周英好像猜透了他的心思，扭过头来，笑呵呵地看着他："虽然在这里待的时间不长，但我还真有点舍不得走了。"

赵明亮笑道："是舍不得这个地方，还是这里的人？"

他本来是开个玩笑，谁知周英却当真了，声音低了下去："当然是舍不得人了，特别是你。"

赵明亮愣了一下，有些尴尬："我，我也没那么好……"

周英扑哧笑了："连这你都信？"

赵明亮知道自己上当了，气急败坏道："就没见你正经过。"

两人并肩又走了一会儿，周英侧脸看赵明亮，真诚地说："我要给你道个歉。”

他警惕地看着她：“你葫芦里还有什么药？全倒出来吧。”

周英说：“我是说真的。我一来就带着对你们共产党，还有八路军的偏见，先入为主地以为关将军就是你们杀的。谁知真是鬼子干的。对不起！”

赵明亮心里一暖，脸上却是不以为然的样子：“你一正经，我反而不知道说什么好了。没事，人总会犯错的，知错就改就是好同志。”

他看了看她，又说：“希望以后咱们还能携手抗敌，千万不要刀枪相见了。”

周英脸色有些凝重，低低地说：“将来的事情，谁能说清呢。”

赵明亮愣了一下，正要问她，她打了一下马，独自跑到前面去了。

许亚夫一行来到青龙镇，宁武带人在镇外路口早早地迎接着。见到许亚夫，宁武表情沉重：“听闻左将军和孙司令阵亡，令人扼腕。将星陨落，天地同悲。”

许亚夫慨然道：“抵御外侮，为国捐躯，他们的死，重若泰山。”

双方来到司令部坐定，勤务兵给宁武、许亚夫倒上茶水。宁武做了一个请的手势：“小镇寒酸，我就以茶代酒招待许司令了。不过，我当然知道，许司令并不是为喝酒而来，想来也不会怪罪。”

许亚夫开山见门告诉宁武，那支神秘队伍的身份已经搞清了，他们是日本人，冒充八路军混进根据地，不但杀了关士杰，还制造了石头村惨案，杀了孙南平。可以说，就连左副参谋长也是间接死在他们手里。

许亚夫看了一眼周英：“周参谋从始至终都参与了，也亲眼看到了。”

宁武回头看向周英，周英点了点头。

宁武感慨道：“日本鬼子太狡猾了，冒充贵军，离间国共关系，破坏抗战大业，绝不能轻易放过他们。”

许亚夫看了看周英，对宁武说道：“宁将军，非常感谢周参谋倾力相助。有了她，我们才更快地查清楚了是日军所为，现在，我把周参谋完璧归赵了。”

宁武笑了笑，身子倾过来，说：“许司令，既然鬼子想方设法离间我们，我们反而更应该团结起来。前些日子，我对贵部误会极深，为表歉意，周参谋既然已经参与了，不如继续留在你们那里，我们国共携手，共同铲除这支队伍。”

周英愣了一下，转过头来看着他，这并不是计划的一部分。

她当然不知道，宁武早已接到军统山西站站长麦当雄的来电，让他想法把她继续留在八路军根据地。理由当然也想好了，日本人的这支队伍虽然暴露了，但还没有打掉。周英精通日语，国共合作，正好协力铲除这支队伍。

但宁武一开口，许亚夫就拒绝了："感谢宁将军美意，我们八路军有能力自己解决，周参谋已经很辛苦了。"

宁武不依不饶："鬼子这支队伍既然精通汉语，我们也要以其人之道还治其人之身，周参谋在日本留过学，精通日语，有她在，定能事半功倍。"

许亚夫回头看了一眼赵明亮，赵明亮点了点头。

宁武诚恳地说："再说了，他们能假扮贵军，必定也能假扮鄙部，对国共双方来说，这支队伍都是为害甚大，必须尽快铲除。我们的目标一致。"

许亚夫没接这个茬，另提了一个话题："既然误会已经解除了，上次贵部让我们八路军撤出的五十里根据地……"

宁武倒很爽快："立即归还，立即归还，我们再也不能干亲者痛仇者快的事儿。鬼子气焰嚣张，仗着装备好，把国共两党皆不放在眼里，但他们最怕的还是国共携手，让周参谋协助贵部，正是打在了鬼子的痛处。许司令如果再推托，倒显得不相信我们守土抗战的诚意了。"

许亚夫想了一会儿，点了点头，说："好，既然宁将军如此有诚意，那我恭敬不如从命。"

宁武把许亚夫一行送到门外。周英一直沉着脸，她没料到自己还要回根据地。她第一次接触到共产党，他们也并不像麦当雄从前说的那样自私自利，不顾国家民族利益，大敌当前，只顾浑水摸鱼抢地盘。他们打起鬼子来，个个都是不要命的。自己却要潜伏其中，还要不可避免地做一些伤害他们的事情，她觉得还不如早点回太原，和鬼子面对面地搏杀。

到了镇子边，按说，周英应该跟着许亚夫他们一起回去，她却站着不动。宁武问她："你还有什么话说？"

周英道："宁司令，我这个月的薪水呢？"

宁武无奈地摇了摇头，说："你说你，别的不惦记，就惦记这个？"

许亚夫笑了笑，对宁武道："军务繁忙，我们就此告辞。宁将军如有时间，欢迎到我们那里做客。"

宁武忙道："好好好，一定一定。"

看着许亚夫他们离开了，周英低声问宁武："我的任务已经完成了，为什么不让我回去？"

"这还用问吗？你不就是军统的人，干的不就是这个活吗？"宁武没好气地说："不是已经说过了吗？就是让你借这个机会渗透进去。麦先生特地交代了，这也是重庆那边的意思。”

周英执拗地说：“我要回太原打鬼子。”

宁武道：“这我就没办法了，我也只是一个穿针引线的，有啥意见你还是去给你们麦站长讲吧。”

副官把钱拿来，周英只得接过去，追上正在路边等她的许亚夫、赵明亮一行，飞身上马，一起赶回杜家庄。赵明亮的心情很好，这个国民党娘们儿，在杜家庄嫌这嫌那，一心想回青龙镇，这下好了，又得跟着他们回去，该受的罪还得再受一遍。想想就可笑，他使劲地忍住，把脸扭向一边，装作看风景的样子。

周英斜着眼睛，绷着脸审视着他。赵明亮被她看得有些不好意思，忍不住问她：“你干吗用这眼神看我？”

周英道：“看我倒霉，你心里是不是很得意？”

赵明亮装糊涂：“你怎么倒霉了？”

周英道：“留在这个穷山恶水的地方，还不够倒霉的？”

赵明亮笑了：“也是，一大早，兴冲冲，喜洋洋，归心似箭，心想着，以后就能吃香的喝辣的，恨不得快马加鞭一步就到青龙镇，结果呢，蔫头耷脑又回来了。”

周英撇下嘴：“幸灾乐祸，小人。”

赵明亮一脸玩世不恭：“小人就小人，你没听说过嘛，君子长戚戚，小人坦荡荡。”

周英纠正道：“君子坦荡荡，小人长戚戚。”

赵明亮慢悠悠地说：“就等着你纠正呢，知道你喜欢显摆，特意给你一个机会。我对你够好的吧。”

周英却并没有反驳他，反而沉默起来，过了一会儿，认真地问他：“那你告诉我，为什么这么苦的生活，你整天还能乐呵呵的？”

赵明亮说：“很简单啊，一个人知道自己为什么而活，就可以忍受任何一种生活。”

周英抿着嘴唇，不再说话了。这个赵明亮，真像一个谜一样，他总是这么乐观，再苦的生活，在他眼里，仿佛都不值一提。不过，话又说回来，好像杜家庄所有的共产党员都是这样。从这方面来说，你还真不能不佩服他们。她心里一紧，暗自摇头，怎么能这样胡思乱想呢？他们是自己的敌人，就像麦站长送她走时交代的那样，一定不能被他们的表面所迷惑了。

她用力地拍打了战马，战马飞奔，风从耳边吹过，不要想了，让那些恼人的念头也随风而逝吧。

许亚夫一行回到杜家庄，路过赵明亮他们的住处，他勒住马，让周英先回去，赵明亮跟着他到司令部一趟，他有事商量。

两人在分区司令部院外跳下马，边走边谈。许亚夫问他，你觉得周英怎么样？

赵明亮实话实说，周英在战场上很勇敢，这一点，就是八路军女战士，也未必能比得过她。不过，就是太贪吃了，自从她来了杜家庄，杂货店里的糖果、花生、瓜子经常断货，都让她买光了。八路军的伙食，她有时候连碰都不碰。国民党臭小姐的毛病还是不少。

许亚夫笑道："这都是小事，无伤大雅，况且，人家花自己的钱买吃买喝，咱也管不了。"顿了顿，又说："周英会日语，是个人才。不过，我在想，宁武可是个当面叫哥哥，背后掏家伙的主儿，他这么坚持让她留下来帮助咱们打鬼子，我总觉得有点像黄鼠狼给鸡拜年，心里不踏实。"

赵明亮心里一动，问道："司令员，左副参谋长有个刚刚两岁的女儿吗？"

许亚夫道："对，叫左太北，这名字还是彭老总起的。你为什么问这个？"

赵明亮说："周英提起过。我有点奇怪，我都不知道这事儿，她怎么会知道？"

许亚夫停住了，想了想，说："国民党一直没有停止反共，背地里研究八路军将领也是正常的。"

赵明亮若有所思地点了点头："这也说得通。"看了看许亚夫，摇了摇头："她打仗还行，但她是国民党的人，和咱们在一起，我还是觉得有些别扭。"

许亚夫说："这一点也没什么，我们共产党人有很多都曾经是国民党。人和树一样，根虽然在黑暗中，最向往的还是高处和光明。就看你如何引导她了。"

赵明亮点了点头。

许亚夫却又很严肃地说："但我们也不能掉以轻心，我会向总部报告，请求通过地下组织对她调查一下。在此之前，你心里要有点数，表面的事情可以带着她一起行动，涉及核心秘密，绝不能让她知道。"

赵明亮点头："好，我记住了。"

赵明亮从司令部回来，只见周英站在院外，仍旧穿着那身国军军装，无聊地晃着手里的马鞭子，显然是在等他。看到他，冷笑一声，说："大家都是聪明人，谁都不傻。一群聪明人，在一起勾心斗角，我觉得这是天下最愚蠢的事情。"

赵明亮疑惑地问她："你怎么这样说呢？"

周英道："这次回来，并不是我自己的意思，是宁司令让我来协助你们的。军人以服从命令为天职，打鬼子不分党派，在哪里都一样。我可以表个态，鬼子杀我同胞，如杀我父母，我周英绝对不会有半点含糊，为国战死，死而无怨。"

赵明亮看着她认真的样子，有点动容，他当然相信这一点，他见识过她是如何杀鬼子的。但他想不通的是，她为什么要和他说这番话呢？

周英仿佛看透了他的心思，说："我不是傻子。许司令叫你去，是不是不放心我，让你盯着我？万一我有什么可疑，就把我杀了？"

赵明亮急了："没有的事儿……好，那我告诉你，是有这事。这很正常，我们共产党的组织性、纪律性、纯洁性就是这样，不但对你，对任何人，包括我们自己人，也是这么要求的。不过，你放心，许司令绝对没有说要把你杀了！我以我的党性保证！"

周英盯着他看了一会儿，看他很严肃的样子，又扑哧笑了："好了好了，咱们说开了就好了，你也别那么严肃了，我这人天不怕地不怕，就怕别人给我绷着脸说话。我相信你的保证，你即使没人性，但绝对有党性。"

赵明亮哭笑不得："你这是表扬我呢，还是损我呢？"

周英说："都有，就看你咋表现啦。"

赵明亮见她心情好了，松了口气，劝道："你还是把这身军装脱了吧，我是真担心会有人给你一砖头。"

周英很爽快："好，听你的，入乡随俗，到什么山唱什么歌。"

第五章

1

任务很快就来了。自从这支神秘队伍出现以来，八路军总部也一直在秘密调查。太原地下党很快传来了消息，这是鬼子两个月前在太原刚组建的特种部队，名字叫挺身队。成员多是从小就随父母移民中国东北的，长大后加入日军，又被选拔出来，送回日本本土培训后，再派回中国。

挺身队的主要任务就是混入八路军根据地，执行袭击、暗杀、侦察等特种任务。他们也被日军称为幽灵部队，不但会扮成八路军，有时也会扮成国军，不但是华北，华南战场上也出现了类似的队伍。

八路军总部命令关山分区，盯紧挺身队，伺机消灭。

许亚夫找来赵明亮和周英商量，南艾铺一战过后，挺身队就一直没再出来，估计短时间内不会再出洞了，但只要他们存在一天，对根据地就是巨大的威胁，必须先下手为强，最好是去太原，在地下党的帮助下，痛击他们。

赵明亮兴奋道："对，以其人之道还治其人之身，他们能进入咱们的根据地，咱们为什么不能直抵他的老巢搅它个天翻地覆？"

周英也在一旁捋袖子："不入虎穴，焉得虎子，咱们就轰轰烈烈地干它一场。"

事情就这么定下来了。临行之前，许亚夫前来送行，特地把赵明亮叫到一边，再三嘱咐他，太原地下党老钱只是提供情报支持，不要轻易动用老钱的人马，他要与老钱单线联系，切不可让第二个人与老钱接触，特别是对周英，更不可向她暴露老钱和他的联络站。

赵明亮点了点头，周英再好，她也是国民党的人，肯定要防范。

两人扮作一对情侣到了太原，找了一家旅店住下。这是一个小套间，外面是客厅，里面是卧室。赵明亮说："我打地铺睡外面，你睡卧室。"

周英瞪他一眼道："废话，这还用说吗？"

赵明亮愣了一下，没好气地说："别总把好心当成理所当然，最起码你应该说声谢谢。"

她一点都不客气："有啥谢的？你要是不乐意，我就再开间房，不用你出钱。"

赵明亮瞪她："你一个女人，说话能不能别总是这么冲？"

周英哼了一声："老子习惯了。"

赵明亮绷起了脸："越说你越来劲了。"

她却笑了："可不是嘛，所以你还是闭嘴吧。"

赵明亮又好气又好笑，他走进里间的卧室，仰面躺在床上："那你再开间房吧，我也想睡床。"

周英却当真了，转身就往外走。赵明亮忙从床上跳起来，拦在她面前，急道："忘了我们什么关系了？开两间房，你让外人怎么看？"

周英哼了一声，走进里面，啪地关上了门。她还没走到床边，赵明亮伸头进来，说："我要出去一趟，你在这里等着，哪也别去。"

周英问道："你要去哪儿？"

赵明亮说："你现在是我的手下，不该问的别问。"

她立刻变得温柔起来，嗲声嗲气地说："人家是关心你嘛，你万一在外面有个三长两短，我年纪轻轻的可咋办啊？"

赵明亮笑道："你进入角色挺快的嘛。"

周英却又绷起了脸，摆了摆手："去吧去吧，出门在外，老婆交代，吃好喝好，不要见人就爱。"

赵明亮推门出去，复又返回来："再说一遍，哪儿也不许去，这是命令。"

他哪里知道，他前脚刚离开旅店，周英后脚就跳下了床，跑到窗前看着他走远了，立即围上一条毛巾，刻意把自己的脸包裹起来，小跑着出了门，叫了一辆黄包车匆匆走了。

她要去的地方是大华商社，这里是军统山西站的秘密据点，位于太原闹市。一楼是各种百货，二楼是仓库，三楼就是军统办公的地方。站长麦当雄的办公室装饰豪华，俨然一名富商。他是在两年前山西站被日本人连窝端了以后，从重庆军统特训班主任的位置上接任的。他也算个老手了，两年来，虽然没有做出轰轰烈烈可歌可泣的大事来，但至少让军统山西站神不知鬼不觉地重新建立起来了，就在鬼子的眼皮底下，但他们就是找不到。

周英见到麦当雄，从石头村开始一直讲到这次到太原，告诉他，这支神秘队伍是日本人组建的特种部队，八路军做了两手准备，一方面在根据地加强戒备，另一方面来太原主动出击了。

麦当雄很感兴趣："他们来了多少人？"

周英说："就我和一个连长，他叫赵明亮。"

麦当雄吃惊不小："就你们俩？"

周英笑道："当然不是，还要依靠他们的地下组织。"

麦当雄急切地问："他们的联络站在哪儿？"

周英道："这样的机密，当然不会让我知道。"

麦当雄有些失望，当然，他也清楚，这个事儿急不得，共产党的组织铁板一块，周英能顺利进入他们的地盘，并且受到他们的重用，已经相当不容易了。他安慰周英说："不急，咱们慢慢来……那个赵明亮本事大吗？"

她迟疑了一下，说："他，这个人捉摸不透，有时觉得他很简单，还有点吊儿郎当，但有时又觉得他很复杂。打仗倒是很勇敢，枪法也很好。"

她来找麦当雄，除了汇报情况，还想让他把她调回太原来。她的理由也很充分，她是以晋南游击纵队参谋的身份进入共区的，人人都防范着她，很难接触到共产党的核心机密，留在那儿的意义和作用都不大。挺身队毕竟在太原，在这里更容易对付他们。

他静静地听她说完，语重心长地说："你的目光要看长远些啊。太平洋战争爆发，美国人参战了，日本人早晚会完蛋。挺身队只是一个小插曲，真正的心腹大患并不是他们。"

她说："你是说共产党？"

他点了点头："好不容易钻进了牛魔王的肚子，千万别轻易就出来，这也是戴老板的意思。"

她皱起了眉头，心里有说不出的沮丧，这要是戴老板的意思，那再求麦当雄也没用了。自己看来只能做好长期潜伏的准备了。

麦当雄关切道："你要注意安全，以你的机警，我倒不担心共产党方面。日本人的挺身队员都是百里挑一的精锐，遇到他们时，你要多个心眼，保护好自己。"

周英无精打采地说："好，我记住了。"

就在她密会麦当雄的时候，赵明亮也赶到了杏林药店，这里是太原地下党的联络点，这个联络点主要由老钱负责。老钱四十来岁，穿着长褂，坐在柜台前，俨然一个老中医。接上头后，赵明亮急切地问他："情况怎么样？挺身队有多少人？"

老钱说："大概有二十多人，人倒不多，但个个都有能耐。这些人不仅会说流利的中国话，就连生活习惯、饮食喜好都保持着中国人的特点。你就是和他待在一起，也未必能识出他是日本人。”

赵明亮松了口气，这些人都会说流利的中国话，那么，人数并不会很多，这就决定了这支队伍的再生能力差，干掉一个少一个，消灭后很难重新组建。对，逮住机会，能杀多少就是多少。

他赶紧问老钱：“知不知道他们的营区在哪里？”

老钱告诉他，已经查清楚了，挺身队的营区在城西榆树坪，但外围戒备森严，要想混进营区基本是不可能的。他让赵明亮先回旅店等着，他再摸摸情况，想想办法。

赵明亮还惦记着周英，她虽说是个女人，但没个女人样，做事大大咧咧，到了大城市，趁他不在，跑到大街，再不注意，露了馅就麻烦了。他急急忙忙地告别老钱，回到旅店一看，周英果然不见了。他有些慌张，想到街上找，但这么大的城市，到哪里去找？他焦急地在窗前走来走去，过了约莫半个时辰，终于看到周英提着一个袋子，慢悠悠地回来了。

他拉过一把椅子，坐在客厅里等着她。周英若无其事地回来了，关上门，还回头对他千娇百媚地笑了一下。他使劲地克制住愤怒，低声问道：“回来了？”

周英听出他的声音不对劲，看他一眼，声音也变得冷淡：“回来了。”

赵明亮声音有些激动：“你去哪儿了？”

她仍旧很冷淡：“闲着无聊，出去转了转，顺便买了件衣服。”

看看，她居然还不当一回事！再三交代，不让她出去，这是命令。军人视命令为天职，她视命令如儿戏。他声音不由高了：“我走的时候，有没有告诉你，哪里也别去，就在这里等着我？”

她倒也老实：“说了。”

赵明亮站起来，夺过她手里的袋子，一把甩在地上，一件旗袍掉了出来。这个女人，不是买吃的，就是买穿的，在杜家庄也就算了，到了太原，还这么随便！他瞪着她吼道：“你懂不懂规矩？有没有纪律？你来太原干什么来了？逛街来了？买衣服来了？不想干，立刻滚回青龙镇，谁也没请你来！”

她也火了：“你这是跟我翻脸了？”

赵明亮火更大了：“我就是跟你翻脸了！你知道不知道我们现在在哪里？我们这是在狼窝里！”

周英叫道：“狼窝又怎么了？”

她还有理了！要是个男的，他早就一脚踹过去了。他气得浑身发抖：

"我知道你周英厉害,可你从前遇到的是穿着军装的敌人!现在到大街上,你知道哪个是坏人,哪个是好人?你人生地不熟的,瞎逛什么?"

她愣了一下,听出赵明亮这是在关心她,声音不由低了:"有那么严重吗?"

赵明亮深吸一口气,缓和了一下情绪,说:"你根本就不知道咱们现在干的事情有多危险,日本人、汉奸,到处都是,满大街都是陷阱,你看着是一个和蔼可亲的黄包车夫,说不定就是一个杀人不眨眼的魔头……干我们这一行,不仅仅靠勇敢,还要靠机警。我们每一刻都是身处险境、绝境,一个错误都犯不起。"

周英松了口气,这个男人既不是怀疑她去密会麦当雄了,也不是没事找事故意刁难她,而是关心她。她有点感动,低声道:"好吧,我认错,以后不会这样了。"

赵明亮情绪平复了些:"我刚才不应该给你发火,这也不能怪你,你第一次参加这种行动,还没经验,怪我大意了。"摇了摇头,脸上的肌肉抽搐了一下,痛苦地说:"三年前,我在分区侦察科,带一个同志到阳泉侦察,在大街上,他遇到一个多年没见的老朋友,打了个招呼。结果,他那个朋友早就成了汉奸,当天就带日本人把我们的联络点端了,他也牺牲了……"

周英吃了一惊,原来还有这事儿,怪不得他发这么大的火。她点了点头,诚恳地说:"我明白了,稍不注意,一个细微的裂缝就会变成巨大的缺口。"

赵明亮充满自责道:"他和那人打招呼的时候,我也没觉得有什么不对劲,哪里会想到,他不知道人家当了汉奸,人家却知道他当了八路军。我无法原谅自己,主动要求调往老虎团了……"

他叹了口气,抬起头看着周英,喃喃道:"你没经历过这些事儿,不知道有多危险。我回来后,看你不在,你知道不知道我有多担心?你那性格,大大咧咧的,万一出了差错……"

他说不下去了。

周英鼻子一酸,真看不出来,这个整天看她不顺眼的大男人,原来还有这么一腔柔情。她笑了笑,借以掩饰自己内心起伏不定的涟漪,轻声道:"对不起,我以后一定会听你的。"

赵明亮出去了,他来到大街上,走到一家卖包子的店铺前,买了一袋包子,手里又抓了两个,边吃边往回走。周英隔着窗户看着他,摇了摇头,脸上浮起一层淡淡的笑容,自语道:"这个土八路,居然还教我!真是又笨又傻又天真……”

2

早上醒来，周英来到外面的客厅，却发现赵明亮不见了，被子已经整理好，放在椅子上。

她正在暗自纳闷，赵明亮端着一个盆推门进来，手里还拎着一串油条，盆里面盛着豆浆。他把豆浆倒在两个杯子里，端起一杯递给她：“知道你喜欢吃甜的，豆浆里面加了白糖。”

她不客气，一手接过豆浆，一手抓起油条就吃。

赵明亮边吃边对她说：“我们虽然只有两个人，志虽不同，但道合，都是打鬼子的，现在又是捆在一起的蚂蚱，是个团队。我毕竟干过侦察，多少有些经验，我虽然会保护好你，但你自己也要守纪律，听我指挥。这不是谁指挥谁的问题，而是为了更好地打鬼子。”

她温柔地说：“你这是打个巴掌，又给个甜枣，还挺会哄人的。”

他认真道：“我这不是哄你，是给你讲道理。来到太原，就好比深入虎穴，稍有闪失，怎么死的都不知道。你要是不把我的话放在心上，就别怪我翻脸不认人。”

她笑道：“是，队长。”

他感到奇怪：“为什么叫我队长？”

她说：“你不是说，两个人也是一个团队吗？你是头儿，我是兵，不叫你队长叫什么？”

他嗔道：“你叫我队长，让外人听到算什么？”

她大大咧咧道：“现在有外人吗？”

他很认真地说：“我是怕你叫顺口了，当着外人也会这么叫。”

她直摇头：“跟你说话真累。”

赵明亮说：“我是提醒你。快点吃，吃完跟我去个地方，穿上你新买的衣服。”

吃过早饭，周英穿上新买的旗袍，赵明亮则拿出一套早已准备好的黑色西装穿上。两人来到恒山饭店对面的一个小茶馆，找了一个靠窗的位置坐下，边喝茶边观察对面的恒山饭店。

赵明亮低低地说：“三天后，日军要在恒山饭店举行一场宴会，庆祝C号作战胜利，挺身队都会参加，还有一些高级军官、日本商人。这是个很好的机会，正好把挺身队一网打尽。”

周英问：“我需要做什么？”

赵明亮说：“在这三天之内，至少教会我十句最常用的日语。”

周英摇头：“那不行，你说过咱们是捆在一起的蚂蚱，要蹦跶一起蹦跶。再说，我这人一向不喜欢看热闹，喜欢凑热闹，要干一起干。”

到了第三天晚上，赵明亮穿着西装，戴副眼镜，打扮成一个日本商人的模样。周英穿着一身和服，拎着一只皮包。两人大摇大摆地到了恒山饭店，门口的两个日本宪兵拦住了他们。

他从怀里掏出证件，日本宪兵接过仔细检查对照：“东亚株式会社的？”

他忙用日语答道：“是！”

日本宪兵搜查一番，没有发现什么可疑的，把两人放行了。两人来到恒山饭店樱花宴会厅内，灯火通明，到处都是人，有些是日本商人打扮，还有穿着和服的日本女人，不少日本军官穿梭其中。

赵明亮看到一个日军中将，小声问周英：“那个是日军的樱井师团长吗？”

周英看了一眼，点了点头：“中将，应该是。”

赵明亮打量着围在樱井身边的日军军官，低声对周英说：“那些大概就是挺身队了。”

周英也没有见过挺身队的人，她犹豫了一下，点了点头。

宴会厅里人越来越多，赵明亮脱下外衣，把衣服搭在胳膊上，周英把皮包偷偷递给他，他忙用衣服盖住了皮包，进了卫生间，打开隔档，迅速打开皮包，从夹层中取出白色厨师装，穿到身上，戴上厨师帽。他把自己的西服外套塞入周英包内。

他再从卫生间出来的时候，已经是一身厨师打扮。

周英也到了卫生间。赵明亮把包放在洗手台，她迅速拿起自己的包，又出去了。

赵明亮低着头，推着一辆餐车进了后厨，他将餐车放到一边，低着头，顺手从备餐台上拿了一把刀，快步走向后面的库房。进了库房，他打开灯，库房内放着米袋、面袋，还有土豆、白菜等。他记得老钱告诉他，恒山饭店每周固定去通达米行采购十五袋大米，米袋右上角都写着一个字母 H，表示这批大米是恒山饭店订购的，其中有只米袋上面的字母 H 写错了，写成了字母 N，重新改成 H，但是能够看出修改的痕迹。那里面放有他们需要的定时炸弹。

他终于找到了那只米袋，赶紧拖了出来，找出了炸弹。他用刀划开定时炸弹的铁扣，把它掰开，里面有个小开关。赵明亮随手拿起一块布，包住炸弹，放入一口锅中，倒扣放在餐车底部，推了出来。刚到厨房，负责水果的厨师看到他，指着一个大果盘："把这个送出去。"

赵明亮听话地把果盘放入餐车。厨师突然又抬头看他："奇怪，怎么没见过你？"

赵明亮不慌不乱地回他："我是新来的。"

厨师厉声道："你撒谎，樱花厅的宴会从来不会用新人，你到底是什么人？"扭头就要叫人。周英迎面赶过来，边走边问厨师："怎么回事？"

厨师当然不认识她，但看她一身日本人打扮，有些紧张，指着赵明亮，慌慌地说："这个人……"还没等说完，周英快步走过来，勒住他的脖子，一拳把他击晕。赵明亮接过厨师，示意她："你赶紧走！"

她点了点头："你小心点。"

赵明亮推着餐车进了宴会厅，悄悄地接近樱井，把餐车放在他身边，拿起一瓶红酒，装作给客人添酒，慢慢地走回厨房。整个宴会厅里依旧灯红酒绿，没有人意识到，一场大爆炸正在悄悄逼近。

樱井正与几名军官谈笑风生。炸弹忽然爆炸，天花板的大灯被炸碎了，整个宴会厅暗了下来。赵明亮在后厨听到爆炸声，立即跑向宴会厅。

刺耳的警报声响了起来。

赵明亮打量一下，朝樱井的位置跑去。他摸索辨认着尸体，没有找到樱井，只得用日语轻声叫道："师团长，师团长！"

重伤的樱井听到叫声，发出呻吟声："我在这，救我！"

赵明亮听到声音，摸索过去，弯下身，看清樱井戴着的中将军衔，立即扶着他坐起来。樱井看他一身厨师打扮，疑惑道："你，你是谁？"

赵明亮面带微笑，抱着樱井的脑袋一扭，樱井的身子瘫软下来。日军士兵已经赶到了门口，他借着烟雾的掩护，逃出宴会厅。

整个院子已经被日军封锁。院内停着几辆卡车，眼看日本兵就要过来，赵明亮躺下滚进卡车下面。日本兵挨个搜索车辆，两三个日本兵在赵明亮藏匿的卡车四周检查，手电筒甚至扫了扫卡车下面，车底下也是空的。

他确实就藏在车底下，如蜘蛛般抓附在卡车底盘下面。日本兵一无所获，撤出后院后，他立即从车底下钻出来，攀上高墙，跳到外面，消失在了茫茫夜色中。

第二天一大早，周英站在事先约好碰头的娘娘庙里，焦急地等待着赵明亮，偶有善男信女走进殿内，她的目光追着他们走，但每一次都是失望，快到中午了，还是看不到赵明亮的影子。其实赵明亮已经进来了，他身上穿的已经不再是白衬衣、黑裤子了，而是补丁摞补丁的破衣破裤。他戴着一顶破草帽，脸上污迹斑斑，手里拿着只破碗，拄着一根拐杖，一瘸一拐走到她跟前，她瞥了他一眼，向后退了两步，这个乞丐身上隐隐约约的臭味让她厌烦。

赵明亮敲着碗向她哀求道："这位小姐，可怜可怜我吧，赏口饭吃吧。"

她听出是赵明亮的声音，愣了一下，再一细看，果然是他，扬手就要打上去。赵明亮连忙躲过："不给就算了，干吗打人呢？"说着就往外走，周英忙跟了上去。

第六章

1

赵明亮和周英回到根据地时，许亚夫已经通过太原的地下党知道了他们炸死樱井的事情。见到两人，他兴奋地迎上来：“你们这次干得很不错，炸死了一个师团长，整个华北为之震惊，总部首长特意表扬了你。”

赵明亮满脸喜色地看着许亚夫，充满期待：“那我也该回团里了吧？”

许亚夫感到奇怪：“你为什么急着回团里？”

赵明亮道：“回团里才能到一线杀鬼子嘛。”

许亚夫点了点头：“这事不急，你先休息休息。”转向周英，说：“当日与宁司令有约，只要消灭了挺身队，就把你送回去。”

周英道：“我明白，但是，送就不必了，我自己会走。”

许亚夫忙说：“你千万不要误会，并非赶你走。”

周英笑道：“许司令多虑，周英绝非小肚鸡肠之辈，身为军人，从来都是哪里需要去哪里。”

从许亚夫那里出来，赵明亮和周英的心情都有些不好。赵明亮回团里的事情还留了个尾巴。周英呢？她要回青龙镇了，按说，应该高兴才是，但她也是一副心事重重的样子。按说，她就要回去了，怎么会不高兴呢？她也想不通，后来就不再想了。

白天也没什么事儿，到了黄昏，赵明亮闲得无聊，就毫无目的地出了村子。他来到村口，坐在地上，眺望着远处的大山，想着老虎团的兄弟们在前线搏杀，自己却待在杜家庄优哉游哉的，心里惭愧，不由长叹一声。

周英不知道是什么时候过来了，挨着他坐下。他看了看她，虽说这是个国民党的女人，但并肩战斗了这些天，他早已经把她当作一个亲密的战友了。她也要回去了，未免也有点难过。但他又不想让她看出，就忙又把头扭向一边。她碰了碰他的肩膀，问他：“想什么呢？”

赵明亮无精打采地说："看看风景，想想往事。你要走了？"

周英笑道："我要走了，你应该高兴才是嘛，怎么闷闷不乐的？是不是官复原职的愿望落空了？"

赵明亮忙看了看四周："小点声，别让人听见。"

周英道："你不是还想着当营长吗？难道连长也没保住？许司令也太不够意思了吧。"

赵明亮说："可不是嘛，老这么不明不白混在这儿，算怎么回事呀。"

她抬头望向远方，轻声道："你也别难过了，当不了官就继续当兵，人生在世，重要的是无愧于心。想想左副参谋长，想想孙南平司令员，与那些死去的人相比，我们能够活着，自由地呼吸空气，已经是一种奢侈了。"

赵明亮道："你别以为我真的想当官。连长也好，营长也罢，我都不是为了自己，我是为了我娘。"

她扭头看他："你娘？"

赵明亮道："我是想让她老人家高兴。你知道送给父母最好的礼物是什么吗？"

她很好奇："是什么？"

赵明亮说："荣誉嘛。我在部队有出息，我娘脸上就有光彩。这对我来说很重要。父亲很早就去世了，我本来还有个哥哥……"赵明亮看了一眼周英："我哥哥和你一样，抗战一爆发就参加了国军，中条山战役后，下落不明。我哥哥曾经写信说他结婚了，可是，嫂子也不知道去哪儿了。我娘现在只有我一个儿子，她老人家每天为我担惊受怕。"

周英忙道："你哥哥叫什么？我回去帮你打听一下。"

赵明亮情绪低沉："我早就打听过了，音信全无，多半是牺牲了。"

周英柔声道："去年春天发生的中条山战役，死亡国军将士高达数万人，真正的尸山血海，人间地狱。每一个死在抗日战场上的勇士，都是英雄，他们虽败犹荣，你要为你的哥哥感到骄傲。"

赵明亮咬着嘴唇，用力地点了点头。

周英叹口气，说："好好活着吧，为了你娘，努力保住自己的性命，别让她再经历丧子之痛。"

赵明亮道："你也一样，活着才有希望，活着才能战斗。"

周英笑道："我无所谓，无父无母，了无牵挂，随时可以一腔热血，慷慨赴死。"

赵明亮问道："你的家人呢？"

周英说："我的父亲、母亲，还有妹妹，他们全都死于日寇的轰炸机下。国恨，家仇，这两座沉重的大山，压在我的肩膀上，时刻不能忘，时刻不敢忘。"

他吃了一惊，怎么也没有想到，这个大大咧咧的女人，身上还有这样的事儿。这么看来，她虽然是个国民党的女人，但她和他一样，首先都是中国人，他们面对一样的国恨家仇。自己以前对她处处挑剔，是有些过分了。他有点心疼她，还有些怜惜，他甚至愿意让她靠在自己的肩膀上好好地哭一场，但他扭头看她，她抬头看着远山，脸上表情淡漠，似乎是在告诉他，她并不需要他的怜惜。

赵明亮不由得把身子往旁边挪了挪，暗笑自己自作多情了，这个女人，不需要任何人的怜悯，她很坚强。

2

赵明亮、周英没有想到，许亚夫也没有想到，他们其实并没有炸死挺身队，一个都没有。很简单，挺身队并没有参加那次的宴会。

本来也请了挺身队。当挺身队副队长柴田勇太接到师团的邀请，把这事报告给队长中村正雄时，他一脸期待。想想吧，挺身队刚刚组建，就一举狙杀了国军中将，挑起了国共之间的矛盾。虽说上次前去根据地寻找八路军兵工厂时，在石头村出了差错，但接下来在C号作战中又准确地找到了八路军总部的位置，指引主力合围，八路军左权副参谋长阵亡。如果有军衔的话，那至少也应该是个中将。庆功宴会，挺身队理所当然应该参加，并且是毫无争议的主角。他激动地看着中村正雄，但奇怪的是，中村正雄脸上没有一丝表情，抬起头来，冷冷地看着他："你也要去吗？"

柴田勇太忙答道："师团邀请咱们挺身队全体人员参加。"

中村正雄口气严厉："你要知道，我们挺身队不是花瓶，而是行于暗夜，杀敌于无形的秘密部队。"

柴田勇太听出了中村正雄的意思，忙道："那我们都不参加了。"

中村正雄道："挺身队是方面军对付支那军，特别是共产党军队的秘密武器。我们要生活在地底下，把根往下扎，向黑暗，向深处。要记住，你们是军人，也是演员，真正的演员永远躲在角色背后。"

柴田勇太诚恳道："谨记队长教诲。"

中村正雄喃喃道："谁终将声震人间，必长久深自缄默；谁终将点燃闪电，必长久如云漂泊……千万要记住，我们飞翔得越高，在那些不能飞翔的人眼中的形象就应该越渺小。以后，凡是类似场合，都要尽量回避。”

挺身队躲过了一劫。

就在赵明亮和周英前去恒山饭店实施爆炸的时候，中村正雄也出现在了太原街头。他换了一套行装，穿着长褂，腋下夹着一个皮包，完全是一个中国商人的打扮。

实际上他不但打扮得像个中国人，他甚至还有一个中国人的名字李汉良。中村正雄原本就是在中国东北出生、长大的，父母是第一代日本移民，中国话自然很流利，比中国人更像中国人。后来参加日本陆军，又回本土专门培养对华特种作战的宫本学校学习。毕业后，又回到了中国从事特务活动。他早年混到东北军中，甚至当上了营长，直到离开，没有一个人发现他是日本人。在十多年前，他就娶了一个家在北平的中国女人黄春梅，而黄春梅也一直以为他就是一个叫李汉良的中国人，一个贩卖茶叶的商人。

太平洋战争爆发后，日军急欲从华北抽身南下，无奈被八路军死死缠住。为了尽快消灭八路军，师团组建了以中村正雄为队长的挺身队，全部队员皆是会说一口流利中国话的日本兵，并且多是中野学校毕业的。

师团长樱井兆太郎对挺身队也很满意，这可谓是一箭双雕，既打击了八路军，又让他们与国民党互相猜疑、自相残杀。锅里添水，不如釜底抽薪。这是一个很好的开始。为了避免被八路军盯上，樱井师团长嘱咐中村正雄，这一段时间，暂时就不要出动了。

中村正雄这才有机会回家去看看。他走到一个水果摊前，掏钱买了一袋水果，用网兜兜着。中村正雄的家是一座普通的独门小院，有前院，还有个小小的后院。

黄春梅正在织毛衣，儿子小新吵着要出去玩。她只得让佣人张妈带小新出去玩一会儿。小新刚出门，就遇到了中村，高兴地叫起来：“爸爸，爸爸。”他又回头朝家里喊：“妈妈，妈妈，爸爸回来了。”

黄春梅听到儿子的声音，惊喜地站起来。临出门，又转到镜子前含羞带喜整理下妆容，这才匆匆出来，接过丈夫带的包。

中村张开双臂抱起儿子，拿出水果：“儿子，吃苹果。”

黄春梅嗔怪丈夫：“你心里还有没有这个家，这都多久没回来了？还以为你把我们娘儿俩都忘了呢。”

中村道歉：“不是我不想回来，现在外边正在打仗，交通不方便，回来一趟不容易。”

黄春梅说:“守着家不好吗? 钱赚多少是个够? 只要一家人平平安安在一起就好。”

回到家里,中村从包里掏出一沓钞票递给黄春梅,黄春梅接过,惊道:“赚了这么多?”

中村道:“到处都在打仗,茶叶紧俏得很,都抢着出高价。”

难得丈夫回来,黄春梅和张妈一起下厨,做了一桌丰盛佳肴。一家三口围桌而坐,其乐融融。她搛了一道菜给丈夫:“汉良,尝尝我新学的这道菜,用茄子做的。”

中村吃后称赞道:“真好吃,你做的菜总是这么好吃。”

黄春梅嗔道:“就会说好听的。”

小新叫起来:“妈妈,我也要你喂我。”

中村对儿子说:“爸爸喂你好不好?”

小新张大嘴,中村搛了一筷菜,喂到儿子嘴里。

正在这时,恒山饭店的方向传来爆炸声,中村自然知道那里正在举行宴会,心里着急,但又怕黄春梅起疑,就坐在那里继续吃饭,就像什么事儿都没发生一样。也是,自从日本人占了太原,枪声、爆炸声,又不是没听过,也没什么值得大惊小怪的。与往日不同的是,没过一会儿,大街上响起了尖厉的警报声,街上一片纷乱,很显然,日本人出动了。这就有点反常了。

黄春梅惊道:“这是怎么了?”

张妈从门外进来:“好吓人哦,听说抗日分子把恒山饭店给炸了,炸死好多日本人。”

黄春梅低声道:“炸死活该,省得他们祸害咱们。”

中村心里一惊,挺身队没有参加宴会,但樱井师团长等高级将领肯定会参加。如果是抗日分子所为,那损失就大了。他想了一会儿,站起身来,慌慌地说:“糟了,刚从南方运回的茶叶放在那边的库房,离恒山饭店不远,我得过去看看。”还没等黄春梅说话,他就匆匆往门外走去。

黄春梅着急:“你这个人,茶叶重要还是人重要? 回来!”

中村哪里肯回来,他三步并做两步,出了院子。

黄春梅回头一看,发现丈夫没穿外套,赶紧拿起衣服,追出门去。街上行人奔跑,乱哄哄的,远处的日本兵影影绰绰,中村早已没了踪影。她只得叹了口气,回了家。

日本兵忙了一晚上,全城大搜捕,赵明亮和周英早已经离开了太原,他们自然一无所获。

到了第三天，华北方面军新任命的师团长伊藤正人中将来到太原，召见中村正雄、宪兵队长河村小郎等人。中村正雄赶到时，只见伊藤面前的桌子上放着一些炸弹碎片。不用说，这是恒山饭店爆炸案中的炸弹残片。

伊藤捏起一枚炸弹碎片放在放大镜下面仔细地看了看，说："这起事件与此前在天津火车站发生的爆炸案十分相似，天津案经查实是国民党军统所为……"

这意思已经很明显了，这事儿，又是军统干的。

河村小郎道："两年前，国民党军统在太原的组织已经被我们连根拔掉，涉案百余人全部被抓，无一漏网。"

伊藤正人道："很显然，他们又死灰复燃了。"

河村小郎喃喃道："会不会是共产党的人干的？"

中村正雄曾经和河村小郎共事几年，从内心来讲，他看不起河村小郎。身为宪兵队长，虽然在两年前破获了军统的太原组织，但军统重建以后，迄今为止，却连一个军统的人都没抓到，一点线索都没有。中村正雄认为，小泥鳅掀不起大浪，共产党还没那个本事。军统是瘦死的骆驼比马大，他们早已卷土重来，也只有他们，才有在太原制造爆炸案的能量。

伊藤正人点了点头："粒火能烧万重山，大意不得，必须尽快把这些人揪出来，一个不留！"

中村正雄觉得遗憾，宪兵队负责肃清太原的国共组织，而他的挺身队是一支作战部队，只能到八路军的根据地或者国军地盘执行任务。要是换了他，说不定早就把军统在太原的势力肃清了。归根结底，还是这个河村小郎无能。

中村正雄怎么也没想到，机会说来就来了。

这天，中村正雄带着挺身队正要到训练场，伊藤正人突然来了。中村正雄忙把队伍交给柴田勇太，把伊藤正人迎进办公室。

伊藤正人告诉他，方面军得到情报，有支名为"抗日青年挺进队"的队伍已经从重庆出发，他们真实身份是国民党军统特训班的学员，现在已经进入山西境内。他们会先与晋南游击纵队接头，然后再化装分散进入太原。挺身队立即出动，在他们到达青龙镇之前将其消灭掉。

中村正雄激动地向伊藤正人保证，挺身队一定能完成任务。

伊藤正人走后，中村正雄立即召集队伍部署任务。队员全部换上八路军服装，爬上一辆包裹严密的军用卡车，司机穿着老百姓的衣服。

他们驶出大门，向晋东南的方向疾驰而去。

3

这天，麦县一条山沟小路出现了三十来名青年军人，他们穿着国军军装，身带短枪。也许是走累了，他们正散坐在路边休息。

一个女学生站起来，说："大家都累了，唱首歌吧，鼓舞一下士气。"

一个男生忙站起来阻止："别，人生地不熟的，万一把敌人招来怎么办？"

女生嘟着嘴冲他叫道："吴立均，你真讨厌，总是喜欢扫人家的兴。"

一个领队模样的中尉军官看看女生，又看了看吴立均，说："我看没问题，这是八路军的根据地，他们是友军，和我们井水不犯河水，别说唱歌了，就是跳舞也没人管。"

吴立均反唇相讥："还井水不犯河水呢，你不知道国共一直摩擦不断吗？"

中尉道："那是前两年，从去年到今年，关系缓和了不少，八路军在华北战场战绩不俗，委员长还亲自致电嘉奖呢。"

两人在这边争论着，那边那个女生已经兴奋地打起拍子，带着大家唱歌："同学们，大家起来，担负起天下的兴亡……"

歌声刚起，对面山坡上枪声响了。这些青年学生显然没有什么实战经验，惊慌地叫着，有人卧倒，有人向一边跑去。领队的中尉大声地喊着，卧倒，卧倒！青年学生伏在地上，惊恐地看着周围，寻找开枪的人。中尉朝山坡张望，隐约看到一支八路军队伍。

中尉猛烈跳动的心安静了一些，他单腿跪在地上，回头对学生们说："大家不要慌，他们是八路军。"

有人胆子大了些，站起来张望，那个女生紧张地拉着吴立均的手，身子微微颤抖。吴立均揽过她，大半个身子护住她。很显然，他们是一对恋人。

中尉一只手扩成喇叭形状放在嘴角，另一只手挥舞着，朝那队八路军喊："对面的友军听清楚了，我们是抗日青年挺进队，奉蒋委员长指令……"

话音还没落下去，那边又是一枪，打在他的额头上，鲜血喷溅出来，像朵怒放的花儿。青年学生惊叫着，向四周奔跑。几个胆大的男生利用地形掩护，开枪还击。他们用的是短枪，根本奈何不了对方。枪声大作，青年学生纷纷倒在血泊中。

战斗很快结束。这伙人端着枪渐渐走近，正是中村正雄带领的挺身队。

吴立均被压在几个同伴身下，他努力地要爬起来。那个女生也受伤了，拖着一条腿向他爬来，身后的绿色的草被染红了。女生终于爬过来了，她握着吴立均的手，拼着力气，艰难地对他说："别动，你要活下去，为我们报仇！"

挺身队员过来了，一具一具检查尸体，发现没咽气的就补上一枪。吴立均趴在地上，眯着眼睛装死，他只能看到那些人的裤脚。那个女生身上挨了一枪，枪声撞击着他的耳朵，他痛苦地闭上了眼睛。

有个受伤的女生苦苦哀求："求求你们放过我吧，我读过《共产党宣言》，我愿意加入八路军。"

中村正雄走过来，微笑着说："是吗？那你背诵一段我听听。"

受伤女生断断续续，边哭边背诵："一个幽灵，共产主义的幽灵，在欧洲游荡……旧欧洲的一切势力，教皇，沙皇，梅特涅和基佐，法国的激进派和德国的警察……"

中村正雄冷冷道："很好，但我最讨厌意志不坚定的叛徒。"

枪声响了，这个女生再也发不出声音了。柴田勇太打开中尉身上的挎包，掏出一封公函，上面盖有国民政府国防部大印。他念道："兹有'青年抗日挺进队'由重庆出发抵晋，沿途各部准予放行，不得阻拦……"

中村正雄轻蔑一笑："我还以为军统的特训班有多么厉害，兵不像兵，民不像民，毛还没长齐就想去抗日，那才是活见鬼呢。"

他大声叫道："仔细检查，不留一个活口，绝不能让人知道是我们干的。"

八路军！吴立均屏声敛气，继续躺在地上装死。他的心在哭泣，这些同学，怀抱抗日的热情从军，还没上战场，连日本人都没见着，就被自己的同胞杀死了，死得毫无意义。这帮可恶的八路军！

中村正雄走到吴立均跟前，正要弯腰查看，却又直起了身子。柴田勇太走过来："连长，尸体怎么办？用不用一把火烧了？"他也注意到了吴立均，立即举枪对准了他。中村正雄对着他摇了摇头。他朝脚下的吴立均瞥了一眼，大声对柴田勇太说："算了，就不要做得那么绝了，我们还要回杜家庄呢。"

他这么做，实际上违背了伊藤正人的命令，命令是全部消灭这支青年学生军。而中村正雄却想，留下一个活口，让他回去报告，他肯定会说，这是八路军干的。既消灭了他们，又嫁祸给了共产党，这岂不是比单纯的消灭更有价值？

那支八路军走了，周围慢慢没了动静，吴立均从死人堆里爬出来。他流着眼泪把恋人的尸体摆正，仔细地为她整理散乱的头发。他心里充满痛苦，身边没有任何工具，再加上这里是八路军的地盘，随时都有人过来，他不可能把他的战友埋葬起来了，只能曝尸野外，任野狗土狼撕吃了。他咬了咬牙，从地上爬起来，脱掉军装，在行李中找了件便装换上。他从怀里摸出手枪看了看，扔在了地上。走了两步，又回头拾起来，收回怀里，步履踉跄地走了。

吴立均离开约莫一个时辰后，关山分区就得到了青年学生军被袭击的消息。许亚夫立即带着赵明亮等人，骑马匆匆赶来。看着一地的尸体，看着这些年轻娃娃稚嫩的面孔，许亚夫痛心疾首："这到底是什么人干的？"

一个战士带来一个战战兢兢的放羊倌，放羊倌牵着几头羊，惶恐不安地看着他们。许亚夫语气温和地问他："老乡，出事的时候，你在这附近放羊吗？"

羊倌说："我在山上看到了，吓得不敢出来，要不然，肯定把我也杀了。"

赵明亮问他："你看到什么了？"

羊倌说："看到他们杀人了。"

许亚夫问道："他们是些什么人？"

羊倌看了看许亚夫，又看了看赵明亮，畏畏缩缩，结结巴巴："和，和你们一样，也是八路军。"

那个带他来的战士呵斥道："胡说，不许污蔑八路军！"

羊倌吓得身体一抖，扑通一声跪倒在地，给许亚夫磕头："饶了我吧，我什么也没有看到，我对谁也不说。"

许亚夫瞪了那个战士一眼，伸手把那个羊倌扶了起来。

赵明亮喃喃道："挺身队又出现了。"

许亚夫抬起头来，望着群山，风从头顶刮过，不远处的树林里有鸟在叫，就像在嘲笑他。他仿佛看到，那些青年学生在血泊中挣扎、惨叫，挺身队的禽兽们在疯狂狞笑。他不由得痛苦地闭上了眼睛。

赵明亮也有点茫然，充满困惑："奇怪，他们这么快就恢复元气了？"

许亚夫扭头问他："周英呢？"

赵明亮说："她今天吃过早饭就回青龙镇了。"

许亚夫道："你应该把她追回来，她还得继续留在这儿，一来有她参与，宁武也不至于跑来找碴；二来和挺身队斗，她发挥的作用不可小觑。"

赵明亮应了一声，立即骑上马，向青龙镇的方向追去。

4

周英在杜家庄吃过早饭，换上便装，又变成了村姑，她谢绝了要送她一程的赵明亮，胳膊上挽着一只包裹，独自上路了。到了中午，路过一条山泉，她捧起水喝，打开包裹拿出一块干粮，嚼了几嘴。

吃完干粮，又走了一会儿，大路上过来一辆马车，车夫还不错，同意收一点点钱，让她搭乘到青龙镇。马车刚拐过一个弯，一个年轻人站在路边，拦住马车问路："老伯，请问青龙镇是往这个方向走吗？"他虽然装着很镇静的样子，但周英还是看得出来，他有些紧张，如果注意听，他的声音里还带着点颤音。这人正是死里逃生的吴立均。

周英不动声色，抢先答道："巧了，我们就是去青龙镇的，老伯，捎上这位兄弟吧。"

车夫停下马车："小伙子，上车吧，你遇上好心人了。"

吴立均上了车，挨着周英坐下。他还没有从巨大的惊慌中走出来，低头坐在那里，手神经质地抖动着。他害怕被人看出来，赶紧把手藏在袖子里。

周英看了看他，问道："看你的样子像个学生，去青龙镇干什么？"

吴立均慌慌地抬起头，说："有亲戚在青龙镇。"

周英上下打量他，他竭力想装作很老成的样子，但眉宇间流露出说不出的痛苦与悲哀。看样子，这不是个坏人，但他一定遇到什么事儿了。她关切地问道："咋成这样了？被人抢了？"

吴立均想哭，使劲忍住，说："抢了，被土匪抢了。"

周英叹了口气，说："唉，兵荒马乱的……你不是本地人吧？外省的？"

吴立均低声嗯了一下。他不想说话，满脑子都是同学挣扎、号叫的声音，还有恋人痛苦的眼神。这天的剧变太大了，他还没有从震惊中挣扎出来。自己还是太幼稚了，这场战争，不但要和日本人斗，还要和共产党斗。

周英又问他："哪里的？"

吴立均犹豫了一下："四川的。"他还是撒了一个小小的谎，他其实是重庆的。但那里是国民党的战时首都，他不想让她联想到这一点。

周英眼睛一亮："哟，我们是老乡呢。"

吴立均也有些意外，抬起头来，问她："你是哪里的？"

周英道："我是成都的。"

吴立均心里有些警惕，她老家是成都的，千里迢迢到山西干什么？听她说话，也不像是个乡下人。她是什么人？难道是八路军的探子？他打了一个寒战，身子不由得往旁边缩了缩，他悄悄地打量了周围，准备见势不妙就跳下马车逃跑。

他正在那里胡思乱想着，忽然听到后面传来了急促的马蹄声，有个八路军骑着马追来了，一边使劲拍马前行，一边高声叫着："停下，停下。"

吴立均脸色大变，飞身跃下马车，撒腿就往旁边的山坡上跑。周英吃了一惊，冲着他喊道："喂，你跑什么？"

追来的八路军正是赵明亮，他立即拨转马头，赶上吴立均，飞身下马拉住他："跑什么跑？你是什么人？"

吴立均使劲挣扎，赵明亮紧紧扭住不放，两人拉扯之间，吴立均的手枪掉在地上，他一下子愣在那里。赵明亮立即拔枪对准他："你是什么人？"

周英赶上来，捡起地上的手枪，疑惑地看着吴立均："你到底是什么人？怎么还有枪？"

吴立均眼前一黑，完了，这两人是一伙的，自己还是没能逃出魔爪。他喃喃道："我，我捡的。"

赵明亮扬手用枪把子打在他肩上："捡的？你再给我捡一个看看！"

吴立均呻吟一声，跌倒在地。周英急忙弯腰把他扶起来，指责赵明亮道："问清楚再动手，你怎么不问青红皂白就打人？"

赵明亮道："这还用问吗？鬼鬼祟祟，见我就跑，身上还带着枪，肯定是日本人的探子，抓回去好好审审。"

周英皱眉问他："你怎么来了？是来送我的？我不是给你说过，不用送嘛。"

赵明亮道："我不是来送你，我是来叫你回去的。"

周英疑惑："回去？发生什么事了？"

赵明亮刚要说，但他看了一眼吴立均，发现这个家伙也正瞪着眼睛听他说呢，便说："大事，回去你就知道了。"

三人一起往回赶。吴立均心里稍安，这两个八路没有立即把他干掉，那就还有逃生的机会。他一路左顾右盼，伺机逃跑。

没走多远，路边出现了一片树林。吴立均觉得机会来了，就弯腰弓背，哎哟哎哟地叫了起来。赵明亮不耐烦地瞪着他："你小子怎么了？"

吴立均呻吟道："我肚子疼，想去茅房。"

赵明亮把马缰绳递向周英："我去看着他。"

周英横他一眼："还是我去吧，看你凶神恶煞的，想拉也被你吓回去了……"说完，押着吴立均走向路边的树林。进了树林，吴立均回头，一脸为难地看着周英："你能不能转过身去？"

周英转过身："放心，我不会看的。"

吴立均又往前走了三四步，假装解裤子大便，他蹲下来，回头看看周英，她正背对着他，无聊地踢着地上的石子。

吴立均悄悄地弯着腰，往树林深处钻去，离开周英十多步了，撒腿就跑。

周英并没有察觉，过了好大一会儿，觉得没动静，回过头来，发现吴立均不见了。她冲着大路上的赵明亮喊道："这小子跑了！"

赵明亮立即丢下马，跑进小树林。两人追了一会儿，仔细搜索着，还是不见吴立均的踪影。

吴立均其实已经爬到他们头顶的一棵树上，隐藏在树枝间，连口气都不敢喘。

赵明亮道："这小子溜得够快的，一眨眼工夫就不见了。"

周英说："看他样子也不像坏人，兴许那支枪就是捡的呢。"

赵明亮朝她撇下嘴："愚蠢，人不可貌相，海水不可斗量，你们国民党难道都是以貌取人吗？"

周英瞪他一眼："你这成语用得驴唇不对马嘴。"

藏在树上的吴立均听到了两人的对话，吃了一惊，这么说，这个女人不是八路军，是国民党？他不由盯着周英看，一脸疑惑，如果说，她是国民党，那现在怎么和这个八路军待在一起？看样子，两人关系还不错呢。也许，也许这个女人从前是国民党，现在投奔了共产党。这么说，她就是叛徒了。吴立均暗自摇头，这女人太可恨了，比那些八路军更可恨！

赵明亮和周英又搜索了一会儿，终是无获，只得出了树林。吴立均等他们走远了，立即抱着树溜下来，撒腿狂跑起来。

5

太原地下党老钱向关山分区传递回来了情报，证实了挺身队根本就没有参加恒山饭店的宴会，毫发未伤。

许亚夫决定针锋相对，成立特别行动队，赵明亮任队长，整个关山分区的人随便挑。但他同时又交代，对付挺身队这样狡猾的对手，不能明着来，只能暗着干，大拳头打不着小跳蚤，人多目标大，宜精不宜多。除了周英，特别行动队可以再找两个人，最多不能超过三个。

赵明亮立即向许亚夫要求，他要麦县县大队长许多雷。那次在王家庄，他与许多雷动过手，这小子，有两下子。

许亚夫当即同意，让他和周英立即去麦县县大队把许多雷找来。

许多雷这两天心情不错，上个月，县大队化装奇袭县城，打了一个大胜仗，受到了分区通报表彰。他想起了项羽曾说的“富贵不归故乡，如衣锦夜行，谁知之者”，觉得打了胜仗也一样。他有点想家了。

霍无病兴冲冲地从外面进来，到了门口，看到许多雷坐在桌前，腿翘在桌子上，面前放着几页纸，手里在玩着一支钢笔。他忙立正，大声喊：“报告！”

许多雷瞥了他一眼：“进来就进来，喊什么报告？脱裤子放屁，多此一举。”

霍无病进来，一脸正经地说：“话不能这么说，咱们县大队现在名声在外，早晚要升级成正规军，成了正规部队，就得有个正规的样子，我这不是提前练习嘛。”

许多雷高兴地说：“你小子，还挺有想法的。”站起来，拍了拍他的肩：“本来想给家里写封信，肚里没货，算了，你赶紧找两套便装，咱俩换上，跟我回趟老家。”

霍无病一愣：“回许家峪？”

许多雷瞪他：“咱不就这一个老家吗？”

霍无病看看门口，声音低下来了：“这有点不好吧？虽然我也怪想老爷子的，可咱这算不算私自离队？”

许多雷大大咧咧地说：“不算，你给我请假了，我准了。我是大队长，我也给我自己请了个假，也准了。”

霍无病嬉皮笑脸地抱拳：“阳哥，你还有这个玩法啊，佩服，佩服！”

许多雷的老家在许家峪，这里是日占区，两人一进村，就见墙上写满了“日华亲善”“反共倒蒋，弭兵救国”“努力建设大东亚新秩序”等标语。许多雷带着霍无病到了家门口，正要拍门，他看到大门旁边挂着一个牌子，上面写着“许家峪治安维持会”。他忙过去，手捏下巴走了两圈，停了下来，困惑地看着这个牌子：“以前没这个牌子啊。难道说，我爹当汉奸了？”

霍无病凑上去看了看，缩了缩头，没敢吭声。

许多雷上前拍门，大门被他拍得咚咚地响。门里边传来一个老头声音：“谁呀？”

许多雷没好气地叫：“八路军！”

霍无病忙趴在门缝温柔地说：“大伯，我和阳哥回来看您了。”

门吱呀地开了，许大伯惊喜地看着两人：“你们咋回来了？快进来，快进来！”

许多雷不进去，反而伸手把父亲拉出来，指着门边的牌子问：“这是什么？你当汉奸了？”

许大伯声音里带着哀求：“小点声，小点声。”

许多雷上前把牌子取下来，瞪着父亲说：“我是堂堂正正的八路军麦县大队大队长，家里挂个这玩意，把先人的脸都丢尽了！”

许大伯忙说：“你听我解释，我也是被逼无奈，要是我不当这个维持会长，乡亲们就得遭殃。”

许多雷不耐烦地说：“县城都被我们打掉了，鬼子蹦跶不了几天了，你不用再挂这个破牌子丢人了。”

许大伯嘀咕：“打下是打下了，可没过两天，不是又被人家夺去了？”

许多雷生气道：“什么夺去？那叫战略转移，懂吗？你别长鬼子志气，灭儿子的威风。我告诉你，过不了多长时间，我们县大队要把全县都收回来，把鬼子全都赶走了。”

许大伯嘟哝：“你都这么大了，还和小时候一样。”

许多雷疑惑道：“咋了？”

许大伯说：“一会儿不吹牛，就急得团团转。”

许多雷急了：“谁说的？我从不吹牛，因为我本身就很牛。”

霍无病扯了许多雷一下：“阳哥，你又在吹牛了。”

许多雷瞪他：“谁说我吹牛了？”

许大伯见气氛不对，话越说越僵，就忙换了话题：“你们既然回来了，那就到屋里坐坐，吃口热饭。”

霍无病刚要往屋里去，许多雷瞪他，头向后一摆：“走！”

霍无病大惊：“都回来了，水都没喝一口，咋又走呢？”

许多雷道：“我看见汉奸就烦。本来高高兴兴地回来，谁知道会碰到这种事儿，吃啥饭？我气都气饱了。”

许多雷大步地往外走，霍无病只得赶紧跟上。

许大伯生气：“走了以后就不要回来！”

许多雷头也不回：“不回来就不回来，你以为我稀罕回来！”

出了村，许多雷愤愤不平：“儿子在前方打鬼子，老子却当了汉奸！这事要传出去了，丢人不丢人？”

霍无病低声劝道：“阳哥消消气，大伯也不容易，他也是为了乡亲们。”

许多雷脸色缓和许多，霍无病说的也是实情，谁都知道，当维持会长是件会让人背后吐唾沫的事情。这是个烫手山芋，谁都不想接，但总得有人接。许家在许家峪是大户人家，自己家不当，你让谁当？

许多雷停下来，定定地看着霍无病，说："这事只有天知地知，你知我知，你要是敢迸出一个字，让别人知道了，看我怎么收拾你！"

霍无病忙说："我傻吗？咱俩都是许大伯那根藤上吊着的两个苦瓜，一荣俱荣，一损俱损。"

许多雷道："你看来不傻啊。"

霍无病笑了："傻与不傻，主要看你会不会装傻嘛。"

很快到了根据地，路过一个小镇，看到偶尔路过的穿着八路军军装的战士，两人都是一脸羡慕。县大队威风归威风，但到底是地方部队，许多雷一直盼着能把县大队升级成正规军，但分区讲了，留在地方上，作用更大。作用再大，能有正规八路军作用大吗？

许多雷嘟囔："咱们县大队什么时候才能穿上这身正规军的衣裳？"

霍无病道："只要阳哥想要，兄弟分分钟给你搞到手。"

许多雷瞪他一眼："我是想要衣服吗？我要是想要衣服，买块料子找裁缝就能做。你他妈一点不懂我的心，跟你说话就是对猪弹琴。"

霍无病忙说："你说错了，正确的用法应该是对牛弹琴。"

许多雷撇下嘴："显摆你会成语是不是？你是牛吗？你明明是猪，长了一颗猪脑子。"

霍无病嘿嘿地笑："那你会弹琴吗？你又不会弹琴。"

路过一个酒馆，许多雷和霍无病又犯了酒瘾，两人对了下眼神，立即进了店，要了盘过油肉和粉条豆腐丝，又点了一盘花生米，两壶酒。

两人风卷残云，一会儿就把端上来的酒和菜一扫而光，都有点醉醺醺了。两人勾肩搭背摇摇晃晃地出了酒馆，走上了回县大队的大路。过了一个村，风一吹，酒劲上来了。又想起父亲当了维持会长成了汉奸，许多雷觉得心里憋屈，不由得放开嗓子，吼起了根据地流传的民歌《骑白马》："骑白马，跨洋枪，三哥哥吃了八路军的粮，本想回家看姑娘，呼儿嗨哟，打鬼子也顾不上，要穿灰，一身身灰，肩膀上要把枪来背，哥哥当兵抖起来呼儿嘿呦，家里留下小妹妹……"

霍无病也跟在后面摇头晃脑地哼哼着。

村口的河边有个十八九岁的村姑在洗衣服，听到不远处传来歌声，抬起头张望，看到了许多雷和霍无病歪歪扭扭的样子，不由得抿着嘴笑。笑着笑着，村姑不敢再笑了，因为这两个醉汉嘻嘻哈哈地走了过来。

两人站在她身边，又换了一首歌，却是当地流传的民歌《亲圪蛋下河洗衣裳》。许多雷在那里吼："亲圪蛋下河洗衣裳，双圪丁跪在石板上呀，小亲圪蛋……”

霍无病跟着一扭一扭:“小手手红来小手手白,搓一搓衣裳把小辫儿甩呀,小亲圪蛋……”

村姑气得回头瞪他们,不瞪还好,一瞪,许多雷更加来了兴致,继续唱道:“小亲亲呀小爱爱,把你那好脸扭回来呀,小亲圪蛋。”

下面应该是女声,霍无病就捏着嗓子,边扭边唱:“你说扭过就扭过,好脸要给好小伙呀,小亲圪蛋……”唱唱也就算了,霍无病还上前动手动脚,看样子是要拉姑娘扭过脸。村姑羞臊交加,气得把衣服一扔,抹着眼泪小跑着走了。

霍无病在后面拍着手笑:“哈哈,这个小妞儿害臊了。”

两人还不知道惹了乱子,趴在河边喝了水解渴,又蹲在河边掬水洗脸。脸还没洗完,村里的老乡出来了,有的拿着锄头,有的拿着镰刀、木棒,走在前面带路的正是那个洗衣裳的村姑。

村姑来到河边,指着许多雷和霍无病道:“就是这两个人。”

带头的一个四十来岁的老乡喝问:“你们是什么人,敢欺负我们村的姑娘!”还有妇女叫道:“打死这两个臭流氓。”

老乡们呼呼啦啦地围了上来。许多雷酒还没醒,立刻拔出枪,对准老乡们:“你们想干什么?”霍无病也气势汹汹地掏出了手枪:“退后,退后,都给我退后!”

乡亲们没想到这两人有枪,吓得退了几步。

许多雷挥舞着手枪,吼道:“老子是八路军,你们谁敢动我?”

村民们炸了锅:“八路军哪有这种人?”“冒牌货,肯定不是八路军!”

霍无病一听急了:“谁说我们不是八路军?你们知道他是谁吗?你们也不打听打听,他是大名鼎鼎的麦县大队大队长,著名的抗日英雄许多雷!”

许多雷得意扬扬地看着乡亲们,脸蛋红扑扑的。乡亲们满脸鄙夷地看着他俩,但慑于两人手里有枪,前面的往后退,后面的往前推,但就是没有一个人敢上前。

许多雷与霍无病扬长而去。两人回到县大队驻地,酒也醒得差不多了。许多雷坐在县大队部,一边喝茶,一边训斥霍无病:“妈的,酒喝多了,你也不拦着我。”

霍无病委屈道:“怎么没拦着?拦不住嘛,你又不听我的。”

许多雷懊悔道:“酒是穿肠的毒药,以后还是少喝点,误他妈的事。刚才那帮人舞枪弄棒的,弄得我这心里不踏实。”

霍无病大大咧咧地说："没事，他们也就是仗着人多，瞎起哄。咱没做什么出格的事，就是唱了段小曲，是那小妞不知好歹，认不清好赖人。"

两人正有一搭没一搭地说着，哨兵来报告，说是分区来了正规八路军，一个男的，一个女的。

霍无病面露喜色："会不会是要把咱们升级成正规军了？"

许多雷霍地站起来，精神抖擞："快请他们进来！"

来人是赵明亮和周英。许多雷、霍无病一看，更觉得有戏，这个人在王家庄时就跟在孙司令的后面，应该是个管事的主儿。果然，对方一开口就问许多雷："想不想到杜家庄当正牌八路军？"

许多雷惊喜地叫起来："你说的是真的？"

赵明亮道："当然是真的。"

许多雷亲热地拉着赵明亮的手叫道："哎哟，赵同志，你真是我的活菩萨，你放心，以后我一定把你供起来。什么时候去报到？"

赵明亮说："就现在。"

许多雷更高兴了，顾不得和两人打招呼，带着霍无病飞奔出门，他要把这个消息尽快地告诉弟兄们。

县大队很快集合起来，许多雷叉着腰，站在队前讲话："告诉大家一个百年不遇，千载难逢的好消息。咱们打县城打出了名声，灭了鬼子的威风，长了咱们的志气，以至于轰动了整个根据地，从今天起，正式升格为正规八路军。"

队员们兴奋得嗷嗷叫，有人在下面问："发军装吗？"

许多雷得意道："崭新的军装，一水的三八大盖，威风不威风？"

队员齐声叫道："威风。"

赵明亮和周英还以为许多雷是去和队员们告别，就安心地坐在县大队里等着他。没过一会儿，许多雷匆匆忙忙走进来，急不可耐地叫道："赵队长，队伍已经集合好了，咱赶紧上路吧，换装换武器，大伙都等不及了。"

赵明亮诧异道："你集合队伍做什么？"

许多雷感到奇怪："你不是说现在就去报到吗？"

赵明亮哭笑不得，说："你，你误会我的意思了。"

许多雷瞪大了眼睛："怎么误会了？"

赵明亮说："我只要你一个人，你的县大队仍旧保留，大队长暂由他人接任。将来，咱们的任务完成了，你要是想回来再当大队长，也可以。不想当，就继续留在八路军。"

原来是这么回事，许多雷有些泄气，他低头沉思了一会儿，说："这不合适吧？弟兄们跟着我打鬼子好几年了，我怎么能把他们丢下不管，自己奔前程？就算我有肉吃，也得给弟兄们喝口汤吧。狗富贵了都不会互相忘记呢，何况我们还是人……"

周英道："苟富贵，勿相忘，说的并不是狗。"

许多雷不耐烦地挥挥手："意思差不多……"

赵明亮说："我不管你是狗，还是猫，我看上你，你就得跟我走。"

许多雷犹豫了一下，凑过来，小声问赵明亮："到了那边，我手底下能带多少兵？"

赵明亮说："没兵可带，我们执行的是特殊任务。"

许多雷立刻翻脸，瞪着赵明亮叫道："闹了半天，你他妈耍我呢。"

赵明亮急了，掏出枪："你今天走也得走，不走也得走，这是许司令给我的权力。"

许多雷瞥了眼他手里的枪，斜他一眼："哟，你吓唬谁呢？老子可不是吓大的，有种你开枪打死我。开呀，开呀。"他拍着胸脯："朝这儿打。"

周英瞥了一眼赵明亮，直摇头："这就是你看上的人？整个就是个土匪。"

刚给弟兄们吹了牛，谁知根本不是那么回事，许多雷心里本来就有气，听她这么一说，火气更大了："你算什么东西？敢骂老子是土匪，睁大你的狗眼看看，爷爷是响当当的抗日英雄！"

周英冷笑道："你是谁的爷爷？"

赵明亮仍旧举着枪，许多雷不耐烦了，一脚踢掉了他手里的枪，没两下就把他打趴在地。他抬头看着周英，说："孙子，看到了吧，再多嘴，你和他一样的下场。"

说完，丢下两人，大步出了院子。县大队的队员还在整齐地列着队，为了让分区的首长看看他们的精神面貌，个个昂首挺胸。许多雷赶来，无精打采地摆摆手："散了散了，快散了吧。"

大家吃惊地看着他，有人问："啥情况呀，不走了？"

许多雷没好气地说："走个屁，梦里娶媳妇，白他妈高兴了。"

队员们吵成一团，霍无病也在旁边唉声叹气："原本心花放，谁知空欢畅，最后来个透心凉。"

许多雷瞪他一眼："瞎嚷什么呢？快去，叫几个人把那两个家伙给我赶走，老子见了他们就心烦。"

霍无病立即叫上三四个队员，拿着枪，到了大队部，围着两人。霍无病在赵明亮身边站定，气呼呼地说："大队长请你们马上离开。"

赵明亮还有些犹豫，周英却转身就往外走，一边走一边说："都是些啥人啊，这地方我一刻也不想待了。"

赵明亮只得悻悻跟上，垂头丧气地离开了县大队。

送走了赵明亮和周英，许多雷坐在大队部，越想越气，这俩家伙，话都说不清，还以为是要整个县大队升级成正牌八路军，谁知却只要自己一个人，让自己在县大队员面前丢了脸，说话不算话。正在这里气着，哨兵又进来报告，说是又有杜家庄的八路军干部来了，还带了六七个战士，说是有事找他。

许多雷气恼地冲着哨兵摆了摆手："不见，让他们走！"

话声刚落，那个八路军干部带着六七个战士已经进了大队部。来人一报单位，许多雷吓得一激灵，忙站了起来。来人是分区保卫科赵干事。赵干事冷峻地看着他，厉声道："许多雷，你调戏妇女，持枪恐吓群众，败坏军纪，影响恶劣，即日起，撤掉县大队队长一职，押送分区查办。"

许多雷忙解释："误会，这都是误会……"

赵干事使了个眼色，几个八路军战士上来，有人下了他手枪，有人扭住他胳膊，还有人拿着步枪对准了他，押着他出了大队部。县大队的队员早已经得到了消息，聚在路边，一脸忧虑地看着他。

霍无病挤上前，冲着赵干事叫道："抓错了，抓错了！调戏妇女的事是我干的，跟我们大队长没关系！"

赵干事眯着眼睛看着他："群众举报说，当时有两个人，你是其中之一？"

霍无病连连点头："对，对，对，是我，我在场。"

赵干事扭头对身边的战士说："把他也带走。"

两个战士立刻上前扭住了霍无病，许多雷气急败坏地瞪着霍无病叫道："猪脑子，你这不是不打自招吗？什么调戏？被你这么一说，我们跳进黄河也洗不清了！"

赵干事不耐烦地推了他一把："少废话，快走！"

押到杜家庄，两人被关进了禁闭室。这是用一间民房改造的，窗户本来是木窗，换成了钢筋，门也是铁门。但这难不倒霍无病。到了下半夜，霍无病站在门边，使劲地拉着铁门，露出一个小小的缝隙，他从口袋里掏出一根细铁丝，鼓捣了一会儿，锁就开了。他悄悄地拉开门，伸出头看了看，门外空无一人。可能是觉得没人能打开这道门，所以也没放哨兵。

霍无病回头招呼道："阳哥，咱们走吧。"

许多雷过来，低声道："出去以后，咱们去哪儿？"

霍无病说："还回县大队呀。"

许多雷摇头道："那地方回不去了，我已经不是大队长了，这样不明不白回去，等于是自投罗网。"

霍无病眼睛一转，说："那咱回许家峪，大伯还盼着我们回去呢。"

不提这事还好，一提，许多雷就生气："呸，回去做什么？回去跟着他做汉奸？那我许多雷一世英名就全毁了。"

霍无病想了一会儿，说："天下这么大，总有我们兄弟容身的地方嘛。不回老家，咱们去山东那边参加八路军也行啊。"

许多雷眼前一亮，觉得这个主意不错，两人蹑手蹑脚地出了门，很快淹没在浓浓夜色中。

天色阴暗，道路坎坷不平，许多雷走得跌跌撞撞。离杜家庄越远，他越觉得不是滋味，这么一走，算不算畏罪潜逃呢？就说不算畏罪潜逃，但要流氓的事儿肯定是坐实了。如果是这样，那还不如回去，让他们查，不就是喝了点酒，唱了个小曲嘛，我就不信了，单凭这个就能把我枪毙了？

许多雷站住了，对霍无病说："咱们还是回去吧。"

霍无病和许多雷一样，也是越想越难受，早就觉得这样一走了之极为不妥，可他见许多雷沉默不语，还以为他不想回去，就忍住没再吭声。听许多雷这么一说，立即响应："好，你不走，我也不走了。"

两人掉头往回走，竟然觉得轻松多了，道路也舒坦了，步子也越来越大，那样子，不像是去蹲禁闭室，倒像是去受表彰一样。

听说许多雷和霍无病因为唱小曲的事儿被抓起来了，赵明亮说服周英，跑去缠着许亚夫，再三以自己的党性担保，放出许多雷，让他加入特别行动队，戴罪立功。许亚夫早已安排人调查了事情的前因后果，觉得两人只是撒酒疯，并非真的耍流氓，他也就顺水推舟同意了。

两人拿着许亚夫开出的公函找到保卫科的赵干事，赵干事看完公函，还有点不情不愿："这两个人流里流气的，我就搞不明白了，你们怎么把他俩当宝贝，还拿着许司令的尚方宝剑来调人？"

赵明亮忙赔着笑说："戴罪立功，让他戴罪立功。"

几个人到了禁闭室门口，赵干事拿出钥匙开门，手刚碰到锁，却发现锁是虚扣着的，他忙推开门，往里一看，哪里还有人？

赵干事大惊："人呢？"急忙转过身大声喊："不好了，有人逃跑了！"边喊边跑回去找人。周英回头看看赵明亮，撇嘴道："看看，这就是你要的人，畏罪潜逃了！”赵明亮嘿嘿地笑：“从这里都能逃出去，这就是本事，正是咱需要的人。”

两人走进禁闭室，查看了锁，上面什么痕迹也没有。赵明亮皱起眉头：“锁是好的，墙也是好好的，屋顶上也没窟窿，他是怎么跑出去的？”

周英摇头：“看来，这个人还真是有点本事，就是光天化日要流氓，人品太差了。”

赵明亮也感到惋惜：“本来只是撒酒疯，没有造成严重后果。这下完了，畏罪潜逃，罪加一等，连我也保不了他了。”

两人正说着话，外面传来了急急的脚步声，两人还以为是赵干事带人来了，扭头一看，却是许多雷和霍无病贴着墙根偷偷摸摸地回来了。

许多雷看到两人，一脸诧异：“你们怎么在这儿？”

赵明亮也感到惊奇：“你不是逃走了吗？”

许多雷一边推着两人出去，一边恼怒地说：“谁说我逃走了？你可不要红口白牙地污蔑我。我们只是出去撒个尿，你们俩快出去。”

两人被推出门外，霍无病迅速把门关上，从门缝伸出根铁丝把锁扣搭上，铁锁啪嗒锁上了。两人看得目瞪口呆，这小子，敢情也是这么把锁捅开逃出去的。

既然逃出去了，他俩为啥又要回来呢？赵明亮不解地看着周英，喃喃道：“他们这是唱的哪出？”

许多雷觉得自己这一步是走对了。赵明亮和周英来找他，说明他们还是想拉自己入伙，分区肯定也是同意了。这么说，自己还算不上罪大恶极，回来是对的，逃跑是错的。

果然，过了半个时辰左右，赵干事带着两个战士来了，许多雷嬉皮笑脸地问他有什么事儿，赵干事冷着脸一声不吭，把他们带到了保卫科，只见赵明亮和周英坐在那里，笑眯眯地看着他俩。赵干事扭身就走，仿佛再也不想多看他们一眼。

许多雷看了看两人，搓着手，兴奋地说：“我的事归你们管了？”

赵明亮看了一眼周英，慢悠悠地说：“也可以这么说吧。”

许多雷道：“太好了，熟人好办事，以后我就跟着你俩干了。”

赵明亮说：“现在没有外人，说老实话，既然逃走了，怎么又回来了？”

许多雷说：“是这样，我这个人呢，一向光明磊落，坦坦荡荡，要走咱也得堂堂正正走，这么不明不白逃出去，流氓的帽子岂不是摘不掉了？做人可以风流，但是绝不能下流。”

霍无病也慷慨激昂起来:“换句话说,本来我们能跑,但是偏偏不跑,这是一种什么样的精神?什么样的境界?”

这两个活宝,说相声呢。周英把脸扭向一边,抿着嘴笑。

赵明亮绷起脸,对许多雷说:“说正经的,你那个事情闹大了,县大队大队长的职务肯定保不住了,我帮你争取了一个机会,许司令允许你戴罪立功。”

许多雷又来精神了:“好,我答应你,但是有一个条件。”许多雷指着霍无病,“他也得跟我一起去。”

赵明亮皱起了眉头:“你以为这是买东西,还买一赠一?没那么便宜的事。”

霍无病立刻哭丧着脸:“阳哥,我要和你在一起。”

许多雷扭过头,小声对他说:“放心,你说过,咱哥俩是一根藤上结的两苦瓜,我不会丢下你不管的。”

赵明亮不耐烦道:“我告诉你,你现在没有讨价还价的资格。走,还是不走,一句话。”

许多雷口气也很坚决:“好,那我也给你一句痛快话,霍无病是我的生死兄弟,不让他跟我一起走,我就继续回去蹲小黑屋。”

赵明亮无奈地看着周英。周英撇嘴道:“这有什么难办的?照我的意思,两个都不要就算了。”

霍无病吓了一跳,如果照这个女人说的,那阳哥也走不了,大队长肯定是当不了了,还得再去蹲禁闭室了。他瞪着周英叫起来:“你这个女人,有这么说话的吗?一切都好商量,你这不是一下子就把话说死了吗?”

周英哼了一声,把脸扭向了一边。许多雷忙向赵明亮赔着笑脸说:“买一赠一,你们赚大了,他本事其实也很大。”

赵明亮亲眼见过霍无病开锁的本事,早已经心动了,他故作苦笑摇了摇头,算是同意了,但他同时和他们约法三章,不管是许多雷还是霍无病,一个犯错,另一个也要被株连,全部滚蛋。两人忙一个劲地点头,发誓从此以后改过自新,决不犯错。

第七章

1

许多雷和霍无病加入特别行动队后，穿上了八路军军装，两人甭提多高兴了，互相为对方整理衣服，对着镜子照了一遍又一遍。

许多雷给霍无病抻了抻衣领："注意挺胸抬头，精神点！别糟蹋了这身衣服。"

霍无病笑嘻嘻道："阳哥，我现在终于体会到那句话的含义了。"

许多雷问："哪句话？"

霍无病道："塞翁丢了马，不一定是坏事。"

许多雷瞪他一眼："塞翁失马，焉知非福。"

霍无病道："对，对，就是这句话。以前在县大队，一直想升级成正规军，没能如愿，结果现在挨了处分，反倒摇身一变，成八路军了。"

许多雷拍了他一巴掌："光咱俩穿上这身衣服有个屁用，弟兄们还栖落在麦县呢。你个没良心的，只想着自己可不行。"

八路军小战士从院外进来，拿着一封信，来找赵明亮。赵明亮忙从屋里出来，急急忙忙拆开，看着信，高兴得把嘴巴咧到了耳朵边。许多雷和霍无病好奇地伸着脖子凑过去，想看看是什么人写来的信，让他高兴成这个样子。

赵明亮不耐烦地挥着手赶他们："你们俩干什么呢？起开，起开，别打扰我看信。"说着，边看信，边走到院子外边去了。

许多雷看看霍无病，感慨道："看到了吧，宁做鸡头，不做凤尾，哥哥现在是落毛的凤凰不如鸡，以前在县大队，什么都是我说了算。在这儿，狗屁不是了。"

霍无病道："阳哥别伤心，不就一封信嘛，真是的，谁稀罕看。"

赵明亮看完信，仔细叠好了，小心翼翼地装进口袋里，进了院子，霍无病殷勤地迎上来："队长，回来了？"

赵明亮点下头："嗯，还习惯吗？"

霍无病道："挺好的，挺好的，到底是正规部队。"

赵明亮看了他一眼："天黑了，别乱跑。"

霍无病嗯了一声，两人擦肩而过，霍无病已经把他的信偷走了。看着赵明亮进了屋，他忙跑到许多雷的房间，悄悄地把门掩上，把信掏给许多雷："给，阳哥，看看上面写的啥，有没有见不得人的东西。"

许多雷小声骂道："一封破信你也偷。"

霍无病道："我这也是教训教训他，谁让他不给你面子呢？"

许多雷打开信，随便看了几眼："明亮吾儿，见字如面，来信收到，为娘甚是欢喜……没啥看头，不看了，不看了，他娘写给他的家书。"说着，便把信折叠起来，装在信封里，递给霍无病，语气变得很严厉："你这偷鸡摸狗的毛病可得收敛点，别让人家发现了，本来就不想要你，别到时候又撵你走，我也跟着脸上无光。"

霍无病忙点头："嗯，嗯，我会注意的。"

第二天一大早，赵明亮就在院里低着头到处找东西，甚至把地上的砖头也拿开，看看下面有没有。周英过来，问他："找什么呢？"

赵明亮道："我娘给我的信不见了，明明放在口袋里的。"

话声刚落，霍无病拿着信出来了："队长，是不是这个？"

赵明亮眼睛一亮："对，对，在哪儿捡到的？"

霍无病说："我昨晚在院门口捡的，本来想送给你，又怕打扰你睡觉。"

赵明亮接过信，亲热地拍了一下他的肩膀："谢谢兄弟，这信对我来说很珍贵，丢了我可得伤心死，这是我娘给我的亲笔信。"

赵明亮很珍惜地把信塞进怀里，似乎又怕再次丢失，认真地塞进衣服夹层，拍了拍胸脯。等赵明亮走了，周英抱着膀子，饶有兴致地看着霍无病："信在哪里捡的？你再说一遍。"

霍无病叫了起来："你什么意思？我，我可没偷他的信，一封信而已，谁稀罕，又不是钱。"

周英盯着他："我也没说你偷啊……你不会是想偷钱，结果却偷了封信？"

霍无病叫了起来："你不要胡说八道，我霍无病从不偷钱。"

周英笑嘻嘻地问："那你偷什么？"

霍无病挥手道："我啥也不偷。"他有点害怕这个女人了，她的眼神像刀子，仿佛能把他的皮肤划开，直接看到他的心。他说完这话，几乎是窜着回了屋。

周英看了看他的背影，摇了摇头，这个赵明亮，千挑万选，招来个贼。

吃过早饭，赵明亮把大家叫到他的房间里，提议开个会，定个规矩。人到齐了，许多雷有些意外："不是说咱们是特别行动队吗？难道就这么几个人？"

赵明亮点头："对，主力队员只有我们四个，替补的就多了，分区整个特务连都是咱们的人，随时可以调遣使用，需要的话，其他部队也会配合。"

霍无病有些不耐烦了："就这几个人还开会？"

赵明亮严肃地说，人再少，也是一个组织，没有规矩不成方圆，行动队是一个特殊组织，执行的也是特殊任务，但无论何时何地，无论身上是否穿着这身军装，都要时刻牢记自己是一名八路军战士，言行举止都要严格遵守纪律。

他话音刚落，周英慢悠悠地接了上去："要是有人小偷小摸呢？"

霍无病吃了一惊，连声叫道："谁小偷小摸了？"

周英瞪他一眼："我又没有说你，急什么？"

霍无病以进为退，咄咄逼人地瞪着她："就这几个人，你说谁呢？"

周英冷冷道："我说谁，谁心里明白。"

赵明亮说："说话别云山雾罩的，连我都听糊涂了，谁小偷小摸了？这可不行，我们八路军不拿群众一针一线，严于律己，宽以待人……"

周英打断了他："别说你们这些扯淡的大道理，听着头疼。"

许多雷看向赵明亮，叫道："她怎么说话呢？不是已经弃暗投明参加八路军了吗？怎么听着还是一副国民党的口气？"转向周英："什么你们我们的，既然分得这么清，就别跟我们混在一起。"

周英一愣，赵明亮忙给她递眼色。许多雷曾经问过赵明亮，周英是哪个部队抽调来的。赵明亮懒得解释，就敷衍他说，她原来是国军，现在弃暗投明当了八路军。这话没和她通气，所以她才感到奇怪，但她随即明白了，就没再反驳。

霍无病也来了劲："赵队长，你这队伍里都是些什么人？八路军战士这么多，你干吗非找个历史不清白的？"

周英瞪他一眼："你还来劲了？"转向赵明亮道："日防夜防，家贼难防，我可告诉我，你招了个贼，今天偷你的信，说不定明天就偷电报、偷情报。"

霍无病急了："你，你血口喷人！"

赵明亮站起来，瞪着霍无病："我的信是你偷的？"摇了摇头，"不对啊，我怎么一点都没察觉？不可能。"

周英道："就是他偷的！"

她怎么也没想到，赵明亮听了这话，不但没有暴跳如雷，反而打量着霍无病，面露喜色："你本事不小嘛，再偷一次让我看看。"

霍无病也大惑不解，不知道该承认，还是死不认账，只得求救地看着许多雷："阳哥，我……"

许多雷忙说："我这个兄弟呀，手脚确实有点不干净，他从小是个流浪儿，跟人学坏了。有一次，偷人家东西被发现，差点让人打死。"

霍无病频频点头："是许大伯救了我，把我收留下来，阳哥一家是我的大恩人。"

许多雷继续说："他这么多年跟着我，小毛病不断，但大是大非面前，他还是有底线的，这点，我能替他担保。还请赵队长大人不记小人过，饶过他这回。"

赵明亮看着霍无病，喜滋滋地说："没关系，没关系，你要真能把敌人的情报偷来，我给你立大功。"

许多雷和霍无病也觉得意外，面面相觑。

周英不禁摇头："真是上梁不正下梁歪。"

霍无病白了她一眼，转而扭头恭维赵明亮："队长，你果然是干大事的人，要不怎么说，将军头上能跑马，宰相肚里能撑船呢。"

赵明亮瞪他一眼："少拍马屁，把你的本事用在正道上，八路军的纪律还是要遵守。"

2

许亚夫觉得，行动队最大的优势是灵活，而挺身队的人数又不多，与其在根据地坐等，不如杀入太原，在地下党的帮助下，主动出击，至少也让他们无法喘息，当然，能消灭掉更好。

赵明亮也赞成。四人便化装成老百姓，进了太原城。一进城，霍无病就觉得两只眼睛不够用了，看到什么也新鲜，动不动就拉着许多雷叫："阳哥，阳哥，你快看，那儿卖什么呢？"

赵明亮小声道："闭嘴，都给我安静点。"

四人找了一个比较大一点的旅店，特地要了一个套间，中间是客厅，另外两个小房间，一个给周英，一个给许多雷和霍无病，赵明亮住在客厅。赵明亮布置完，看三人的表情，都有嫌弃他小气的意思。他忙说：“这不是为了省钱，我住在客厅，就是为了看住你们，没事别乱跑。”

交代完以后，赵明亮就要出去。大家自然明白，他这是找太原地下党接头去了。

霍无病哀求道：“好不容易进了城，让我们出去逛逛吧。”

赵明亮瞪了他一眼，口气很坚决：“都给我老实点，太原城这么大，丢个人就像丢只蚂蚁，没有任务，不许出去。”

赵明亮走了。周英进了自己的小房间。许多雷坐在客厅，双手支着腮，闷闷地盯着茶几上的一个花瓶看了又看。霍无病在椅子上坐了一会儿，又站起来，走了几个来回，再坐下来。如此反复了几次，终于忍不住了，对许多雷说：“闷死了，我想到楼下透透气，很快就回来。”

许多雷抬头看着他，皱着眉头，既没说同意，也没说不同意。周英出来了，倚在门框上，说：“这么大的人了，哪能说丢就丢了？赵明亮那是危言耸听。”

霍无病来劲了：“就是嘛。”

许多雷终于下了决心，站了起来：“那我们就出去转转。”歪着头问周英：“一起去？”

周英笑着摇了摇头：“算了，我还想睡会儿觉呢。”

她看着两人出了门，立即回到房间，换了一身旗袍，跟着出去了。她到了一个公用电话亭，给麦当雄打了电话，汇报了这次来太原的任务。麦当雄自然让她抓紧时间多搜集共产党的情报，特别是太原地下党方面的情况。

麦当雄放下电话，副站长李为信进来了，手里拿着一张相片，相片上是个中年男人。他递给了麦当雄，说：“他叫张贵生。挺身队的厨师一共有三个人，其中一个是日本人，另外两个都是中国人，他是其中之一。”

麦当雄心不在焉地看了看照片，说：“哦，周英来太原了。”

李为信问：“是吗？这次来是做什么？”

麦当雄说：“和我们一样，也是对付挺身队。”

许多雷和霍无病到了街上，逛了一会儿街，担心赵明亮先回去了，正要往回赶时，看见一家酒馆，酒香飘到鼻子里，许多雷的酒瘾又上来了，死活要拉着霍无病喝两盅。霍无病只得跟着进去了，两人就着一盘花生米，刚喝了两盅，霍无病就上前夺下许多雷的酒盅：“你说的，最多喝两盅，这可是第三盅了。”

许多雷急了："给我。"

霍无病很坚决："不给。"

许多雷的口气软下来了："让我再喝一盅嘛。"

霍无病摇头："不行就是不行，这次你就是打死我，我也不让你喝了。要不是因为喝酒误了事，何至于跟着赵明亮这个鸟人受气？"

许多雷皱起了眉头："说话注意点，什么鸟人不鸟人的？要不是他，我们还关在小黑屋不见天日呢。"

霍无病说："我也是背地里才这么说嘛，其实我也知道，那家伙人不错，我都有点喜欢他了。"

许多雷趁霍无病不注意，抢了他手里的酒，仰起脖子，一饮而尽。

他们哪里想到，赵明亮这时已经回到了旅店。他见到老钱，老钱告诉他，上个月，潜伏在伪军内部的线人调离太原，暂时没有发展到新人。这条线算是断了，想要对付挺身队，更加棘手了。他正在想办法，这需要时间。

赵明亮失望而归，回到旅店，推开周英房间的门，她正躺在床上脸朝墙壁睡觉，看样子还睡着了。他轻手轻脚地掩了门，又去看许多雷和霍无病，却发现两人不见了。他大吃一惊，叫醒周英问道："他们俩呢？"

周英假装刚睡醒，揉着眼睛问："你回来了？他们不在吗？我睡的时候还在呢。"

赵明亮怒道："他妈的，拿我的话当耳旁风！"

周英劝道："你也别急，估计没走远，一会儿就回来了。"

等了半天，两人终于回来了，一进门，酒气扑鼻而来。赵明亮怒道："你们喝酒了？"

许多雷小声道："就喝了两盅。"

赵明亮恨声道："你们知道不知道现在在哪里？我们是在干什么？"

霍无病忙凑上来："知道，知道，我和阳哥连肉都没吃，就喝了两盅酒，真的。"

赵明亮忽然拔出枪对准霍无病："信不信，老子一枪毙了你！"

霍无病吓得脸色发白："我，我知道错了，我认错，我再也不敢了。"

许多雷拉开霍无病，冲着赵明亮道："他是我兄弟，你骂他就是骂我，打狗还看主人呢。我们是杀人了，还是放火了？不就是喝了两盅酒吗？你至于这样吗？有本事你开枪，打死我们算了，老子还不想干了呢。"

赵明亮掉转枪头，对准许多雷，破口大骂："去你妈的，敬酒不吃吃罚酒，别以为你会几下三脚猫的功夫，我就不敢动你！还他妈的飞檐走壁呢，你飞一个我看看？”

许多雷道：“好，好，好，你有种，你开枪，老子要是怕死，就不姓许。”

赵明亮愤怒道：“还给我充英雄！你本来就是有罪在身，现在又擅离职守，违反纪律，如果出了差错，自己没了命事小，也会连累大伙……”

许多雷愣了愣，这一点他确实没想到，四个人就是一个集体，是拴在一条绳上的蚂蚱，自己要是因酒误事落到日本人手里，人家也不是傻子，顺藤摸瓜，不就找到这了？自己的小命不足惜，但连累其他的人事儿，他许多雷不能做。他虽然心生羞愧，但是要让他立即认错，他又做不出来。

霍无病能做得出来，他一下子跪倒在地，抱住赵明亮的腿求饶：“队长，你大人有大量，饶过我们这次吧，都是我的错，是我挑唆阳哥出去的，以后再也不敢了。”

许多雷瞄了一眼周英，本来指望她能出面调解一下，他也好找个台阶下，谁知她却抱着膀子，冷眼旁观，并没有开口的意思。

许多雷只得服软：“我错了，我改，我一切行动听指挥好不好？”

周英懒洋洋地转身进屋，一边走，一边摇头：“真没劲。”

老钱那边继续忙着搜集挺身队的情报，四人也不能闲着，赵明亮的意思是，既然知道了挺身队的驻地在榆树坪，那就化装接近他们的营区，一是侦察他们的动向，二是观察地形，万一有一天需要强攻，心里也有数。

想想也没更好的办法，也只能这么干了。说干就干，赵明亮让周英他们三个守在旅店，他先去踩点。他扮成一个乞丐，拄着一根拐杖，戴着破草帽，手里拿着一只破碗，他刚出现在榆树坪的大街上，一个妇女就向他招手：“要饭的，过来。”

赵明亮端着碗过去，妇女扔到碗里半块窝窝头。他忙换成了河南口音：“谢谢，谢谢，好心人啊。”说着，拿起窝头，狼吞虎咽。

妇女听到他的河南口声，亲切地说：“我老家也是河南的，你是河南哪儿的？”

赵明亮忙说：“南阳的。”

妇女道：“俺是安阳的。”叹了口气：“唉，兵荒马乱的，又偏偏遭了灾，咱河南人苦啊。”摇着头走了。

挺身队的营区就在榆树坪大街尽头。正门对着大街，其他地方就是空旷的田野。大门口里外各站着两个日本兵，围墙上还扎有铁丝网。赵明亮在大街上找到一个地方坐下，把破碗摆在前面，这个地方，角度不错，能把进进出出挺身队的人看得清清楚楚。

上午的时候，赵明亮看到两个日本兵带着一个中国人出来，那人推着一个平板车，过了不到一个时辰，两个日本兵又带着那人回来了，平板车上都是蔬果肉类，他们是去买菜的。这人看来是挺身队的中国厨师了。

他一直坐到天黑，终于等到那个厨师又从营区出来了。后面有两个便衣跟着他，借着灯光，赵明亮认出是白天那两个日本兵。待他们从他身边经过，他悄悄地跟了上去。

厨师的家在一个小巷子里，是个简陋的小院。他进了院子，两个日本便衣守在门外。约莫半个时辰，厨师出来了，手里拎着的东西不见了。

两个便衣继续跟着他，一起回了挺身队。

赵明亮只顾盯着厨师和日本便衣，他没注意到，在不远处的另一个角落里，李为信带着军统特工王跃平也在盯着厨师的家。这个厨师就是李为信对麦当雄所说的张贵生。

夜已经很深了，赵明亮还没有回来。周英在自己的房间躺着，许多雷和霍无病守在外面的客厅。霍无病不时地倒拉开门，伸出脖子看看，还是不见赵明亮的影子。他捂住肚子抱怨道："他一大早就走了，却不让咱们出去，困在这里，都快闷死了。我又饿了，肚子里一点油水都没有。"

许多雷说："没见过这么抠门的，每天就给我们买几个烧饼充饥。"

霍无病道："他会不会一个人在外面吃香的喝辣的？"

许多雷摇头："不可能，那家伙自己吃还嫌肚子大呢。"

正在这时，赵明亮推门进来，手里拎着一袋食物。霍无病抢过去，还是烧饼，但也顾不得了，拿起一个就大口大口吃起来。

许多雷倒了杯热水给他："慢点吃，没人跟你抢。"

周英端着一杯水，拿了一块烧饼，细嚼慢咽。

赵明亮从袋子里拿出半块馒头，大口大口地吃起来。

霍无病感到奇怪："你的怎么和我们的不一样？"

赵明亮把馒头递向他："这是我乞讨来的，你想吃吗？"

霍无病忙往后一退，连连摆手："你吃，你吃。"

赵明亮一边啃着馒头，一边给大家讲了摸到的情况，这个给挺身队做饭的厨师叫张贵生，家里只有老母亲和一个孩子。也许可以在他身上做做文章。

周英点头："既然他是厨师，那么，如果能说服他在食物里下毒，不费一兵一卒，就能把挺身队灭掉。"

赵明亮犹豫道："这个办法最好，但是想要说服他，恐怕很难。这不仅是掉脑袋的事，还会连累他的家人。”

许多雷不以为然：“有家人就有软肋，只要绑了他儿子，他肯定乖乖听我们的话，就是让他跳火坑，他也得闭着眼睛跳下去。”

赵明亮皱起眉头：“拿孩子做人质，这种事情不能做，这是违反纪律的……希望他内心还有一线良知，知道自己是个中国人。”

周英撇嘴道：“你这个想法愚不可及。”

赵明亮不解地看着她。周英道：“我真搞不懂你，有时候挺聪明的，可有时候又蠢得像头猪，你说这有可能吗？你们共产党那么会忽悠，他要是有良知，早就拿着枪跟着你们上太行山了。”

许多雷和霍无病笑出了声，赵明亮一时无话可说，大口地啃着窝窝头，差点噎着，忙端过水，一连喝了好几口。

尽管周英一直说幼稚，但在赵明亮的坚持下，大家只得同意还是找张厨师谈谈。赵明亮坚信，晓之以理，动之以情，他是会答应的。

到了张厨师家，许多雷翻进院墙，从里打开门，大家进了院，赶紧把门关上。进了张厨师家，赵明亮等人陪着忐忑不安的张母，周英把熟睡的张厨师的儿子抱到里屋的床上放好，守在旁边，其他人坐在堂屋等着张厨师回来。

张厨师果然按照往常的时间回来了，手里拎着一条鱼，后面照旧不远不近跟着两个日本便衣。日本便衣站在门口，张贵生进了家，许多雷站在门后，立即把门关上。张贵生看到屋里坐着一屋子陌生人，脸色大变，正要喊出声，许多雷掏枪顶在他腰上：“想活命，最好老实点，想想你母亲和孩子。”

张贵生战战兢兢道：“良儿呢？”

赵明亮说：“放心，我们不会伤害他的。”回过头来，对张厨师母亲说：“伯母，进去照看孩子吧，我和你儿子说几句话。”

为了让张厨师放松警惕，赵明亮好言安抚，许多雷和霍无病站在门口，警惕地注意着门外。房门忽然被推开，两个脸上蒙着黑纱布的人闯了进来。

众人大惊，又都不敢动枪。赵明亮护着张厨师，许多雷、霍无病与两人搏斗，没两下就把两人制服了。许多雷将两人脸上的黑布扯掉，厉声问道：“装神弄鬼的，你们是什么人？”

两人把头扭向一边，什么也不说。他们是军统的李为信和王跃平。

张厨师躲在墙角，借机想逃跑，霍无病一个箭步冲上去。李为信以为他要杀张厨师，大吃一惊，脱口而出：“这个人不能杀。”

赵明亮感到奇怪：“他是汉奸，人人得而诛之，为什么不能杀？”

李为信又闭上嘴不吭声了，但他心里稍微轻松了一下，听这人的口气，不像是日本人。那就静观其变，待机而动。

周英听到动静，来到堂屋，看到李为信，吃了一惊。李为信看到她，立刻明白，这伙人就是八路军，他们原来也想打张厨师的主意。那就没事了。

李为信说："好汉手下留情，我们是抗日志士，专杀汉奸的。"

许多雷瞪着他："不老实，刚才你还说这个人不能杀。"

李为信一时无话可说，他飞快地盘算着，既然八路军也是冲着挺身队来的，大家目标一致，和他们联手，把握可能会更大一些。再说，他们队伍里还有一个周英，她在暗处，自己在明处配合，八路军就是耍什么花招也占不到便宜。

想到这里，李为信对赵明亮说："这位兄弟，可否借一步说话？"

赵明亮察言观色，也已经大致猜到了李为信等人的身份，他向许多雷点了点头，带着李为信走到另一个房间。李为信低声告诉赵明亮，他们是军统的人，奉命铲除挺身队。眼下，国共合作，共谋抗战大业，我们也不妨联手，协力干掉这支可恶的日军。

果然是军统的人！这帮家伙可不是省油的灯。赵明亮不敢贸然答应，沉思道："此事容我考虑考虑。"

李为信说："外面有日本人的便衣，我们的时间不多了。"

赵明亮说："合作之事以后再谈，先解决眼下的。"

两人出来，一起努力说服张厨师。

李为信的声音很平和，但话说得却让人胆战心惊，他对张厨师说："你妻子早逝，膝下只有一子，名唤张孝良，在共荣小学一年级读书。你母亲年迈，帮你日常照管小儿，你平常并不在家，一星期只能回来这一次。这些我们都已经掌握了。"

张厨师战战兢兢道："你们要我做什么？"

李为信拿出一包药粉："很简单，做饭的时候，把这包药放在他们吃的饭菜里。事成之后，我们会给你一笔安家费，帮助你带着母亲和孩子离开太原。"

张厨师摇头："不行，不行，你们不知道，每次做好饭，厨师都得先试吃，谁做的谁吃，保证饭里没毒。"

许多雷沮丧："该死的小日本，真狡猾。"

张厨师扑通一声跪下来了："各位好汉，求你们放过我吧，我保证不会把今天的事情说出去。"

许多雷瞪他："谅你也不敢。"

王跃平目露凶光："胆敢吐出半个字，你儿子性命不保。"

李为信漫不经心地说："别以为搬家就能躲开我们，你老家是清徐西谷乡的，你有个妹妹住在那儿，听说她刚有了身孕。"

张厨师目瞪口呆地看着他，身体微微颤抖，说话也结结巴巴。就连赵明亮也听得惊心动魄，这帮军统，连这事都摸得一清二楚，手段未免也太毒辣了。

李为信从地上扶起张厨师："你回去吧，外面有人等着呢。记住，要和平常一样走出去，我保你一家老小，平平安安。"

张厨师忙道："我张贵生对天发誓，今天的事绝不会对任何人讲，但是下毒的事，我真的做不了，求求你们再想别的办法吧。"

李为信亲切地拍拍他肩膀："好的，好的，我们相信你，你走吧。"

从张厨师那里回来，大家都有点垂头丧气。赵明亮把李为信的情况说了，征求大家的意见，要不要与军统合作。他说完以后，把目光看向周英，她也是国民党的人，对军统应该更了解。

周英犹豫了一下，说："今晚大家也看到了，人家还是很专业的。这就叫不打无准备的仗，要想说服张厨师，手里必须有过硬的底牌，只有你赵明亮才天真地以为，他为了民族大义就能听你的话。"

赵明亮辩解道："你把人想得太坏了。"

周英说："要以最坏的恶意揣测别人，这是鲁迅先生说的。"

赵明亮叫道："鲁迅先生说的是'不惮以最坏的恶意揣测别人'，你不要篡改先生的话。"

周英笑了："不和你争了。"

许多雷觉得，可以和军统合作，他们准备充分，连下毒的药都带上了。说完后，咂了咂嘴，可惜，这招不能用了，总不能逼着张厨师自己毒死自己吧。

霍无病有些担心："我听说国民党里面最坏的就是军统，我们能相信他们吗？"

许多雷不以为然："敌人的敌人就是朋友，眼下目标一致，不妨先合作一把，日后再翻脸也不迟嘛。"

这事重大，赵明亮觉得还是应该听听老钱的意见。他见了老钱，把这个情况讲了，老钱沉思了一会儿，说："我看可以，至少目前来看，目标都是挺身队。我们力量薄弱，有他们加入，胜算更大些。"

赵明亮道："我也是这么想的。"

老钱叮嘱说："大敌当前，团结一切可以团结的力量，这也是我们的宗旨。但是有一点要注意，害人之心不可有，防人之心不可无，军统行事阴狠狡诈，对他们要留有足够的戒心。"

赵明亮点了点头："我会注意的。"

老钱从抽屉里拿出一小包药，交给赵明亮："这种药无色无味，极易溶于液体，适合倒入汤中，溶解后不留渣滓，进入人体后，需要15分钟才能完全发挥作用。一旦发作，无药可救。"

赵明亮接过，小心翼翼地塞入怀中。

老钱又拿出一袋甘草片："刚才那毒药，服后三分钟之内，药物尚未发生化学反应，这时候使用催吐剂将药物吐出。"又扬了扬手里的那袋甘草片："让张厨师把它化为浓汁准备着，催吐以后，大量饮用甘草浓汁清洗肠胃，可保性命无虞。"

赵明亮在和老钱商量时，周英正在旅店里游说许多雷、霍无病绑架张厨师儿子。她认为，非常时候就得用非常手段，快刀斩乱麻，直接把张厨师的儿子绑来，张厨师不干也得干。

霍无病叫道："这可不行，队长要是知道这事，肯定饶不了我们。"

周英大大咧咧地说："这个担子我来背。"

许多雷忙说："那多不好意思，让你一个女人背担子。"

周英笑道："打开天窗说亮话吧，你们那套纪律约束不了我，我根本不怕处分。"

许多雷不解地看着她："什么意思？"

周英小声道："我呀，是国民党。"

霍无病说："这事我们知道啊，你是国民党的逃兵，弃暗投明了嘛。"

周英瞪他一眼，说："胡扯。我一直都是国民党，晋南游击纵队的。平时穿你们的军装，对外宣称加入八路军，那都是表面文章，做做样子的。我是来和你们合作的，国共合作，明白吧？"

霍无病恍然大悟："怪不得你一点都不怕赵队长。"看向许多雷，兴奋地说："有国民党给咱背担子，干吧。"

许多雷点头道："我看可以。"

第八章

1

赵明亮心事重重地回到旅店。现在唯一可行的法子就是说服张厨师给挺身队的饭菜里下毒。如果张厨师是地下党，那还好说，但他只是一个普通百姓，在乱世之中，想保全家人性命，平平安安过日子，有这种想法也是可以理解的，你不可能要求人人都是圣人。如何说服张厨师呢？他想找周英他们再好好商量一下，可谁知进了旅店，三人却不见了。

他有些恼火，这个时候，他们还有心思去逛街？他正要出门去找他们，李为信带着王跃平来了。他们是来和他商量如何让张厨师同意在挺身队的饭菜中下毒。赵明亮充满期待地看着他们，想听听他们有什么法子，谁知李为信一开口就把他吓了一跳，李为信说，把孩子绑了，以此要挟张厨师。

他立即拒绝了："绑架孩子的事，我不同意，虽然我们干的是正义的事情，但用什么手段也是要考虑的。张厨师之所以不肯帮我们，就是害怕家人受到连累。只要保证他和家人的安全，再耐心一点，我相信他会站在我们这一边。"

李为信摇头："拖得愈久，愈容易出差错，咱们错不起。面对黑暗，只能比它更黑，比它更暗，才能求得一线生机。"

他寸步不让："如果失去底线和原则，置普通人的性命于不顾，那我们和丧尽天良的日本鬼子有什么区别？"

李为信说："我们又不会真的伤害这个孩子。"

两人正在争论，周英带着许多雷、霍无病回来了。霍无病的肩上还扛着一个麻袋，他放下麻袋，周英赶紧把孩子抱出来。正是张厨师的儿子良儿。

赵明亮惊道："你们，你们把他怎么了？"

周英说："吃了点药，一会儿就醒了。"

赵明亮瞪着周英叫道："你给孩子喂药了？"

周英说："这药没事，我失眠经常吃。"

说完，把孩子抱回房间的床上，转身出来，对赵明亮说："事情是我干的，跟任何人无关，别动不动把纪律挂在嘴上，那是你们的纪律，不是我的。老子无所谓，想处分我可以，事情完了再说。"

许多雷忙凑前解释："队长，她拿枪威胁我，我也是被逼无奈。"

赵明亮瞪他："她能威胁得了你？你骗鬼吧。"

李为信在一旁听着，佯装吃惊："听口气，你们不是一伙的？"

赵明亮没好气："别装了，她和你们一样！"

李为信、王跃平都有些意外，周英也吓了一跳，他知道自己的身份了？他怎么知道的？心里紧张地盘算着，脸上却不动声色。李为信强作镇静："此话怎讲？"

赵明亮没好气地说："她是晋南游击纵队的，你们是军统的，都是国民党的。"

周英暗自松了口气，绷起脸来，气呼呼地说："别把我和他们扯在一起，军人就是浴血沙场马革裹尸，军统是干什么的，我还真不知道。"

李为信讪笑："一样，一样，都是打鬼子的。"

许多雷说："话挑明了，咱就直接说吧，国共合作要肝胆相照，你们军统如果背地里要小动作，到时可别怪我许多雷翻脸，我认识你们，我手里的枪可不认识你们。"

李为信大度地笑道："许兄弟多虑了，只要是打鬼子，咱就是一家人。"

屋里传来动静，周英和霍无病忙赶了过去，良儿已经醒了，正要下床。周英忙坐在床边，给他掖了掖被子，从口袋里掏出一大堆糖果零食递给他。良儿还有些害怕，愣愣地看着她，没敢接。

周英忙又拿出一个飞机模型递了过去。良儿眼睛一亮，立刻把飞机模型抓在手里玩。

周英见良儿的情绪稳定了，让霍无病陪着孩子，走了出来。赵明亮一看到她，脸就黑了："这种龌龊的事，亏你想得出来。"

周英道："好，好，好，就你高尚，就你干净。"

事到如今，赵明亮只得作罢，但他提出，做了这事儿，一定要安排好张厨师一家的退路，免除他的后顾之忧，这可是关系到他的身家性命。

周英对李为信说道："你们可是答应事成之后给张厨师安家费的，说话要算数。"

李为信忙道："这个当然，这个当然。"

赵明亮对李为信说："我们出不了钱，出力也行，我们护送张厨师一家离开太原。"

李为信略一犹豫，说："不必了，我们好人做到底，既出钱也出力，一定把他们送到安全的地方。"

商量好后，众人分头行动。

第二天，两个日本兵带着张厨师推着平板车来买菜，把张厨师送进菜市场，两个日本兵偷懒在外面等着。

赵明亮与李为信扮成卖菜的小贩，看到张厨师，忙向他打招呼。张厨师看到两人，大惊失色，正要扭头就走，李为信把孩子的银锁拿出来晃了晃。张厨师愣了愣，赶紧过来。

李为信低声说："你的孩子在我们手上。"

赵明亮不等张厨师说话，把那包药掏出放在菜摊上，张厨师并没有拿，而是拿眼瞪着他。赵明亮说："孩子没有事儿。"

张厨师苦着脸，把那包药装进怀中。

李为信道："你给日本人做事，就是汉奸。将来我们胜利了，你也不会有好日子过。相反，你帮了我们，就是有功之臣。"

赵明亮小声问道："厨房有白矾吧。"

张厨师忙点头："有。"

赵明亮叮嘱他，要用两勺白矾，一勺盐，一勺碱，把白矾勾兑在一起，就是最好的催吐剂。在他试吃以后，一定要在三分钟之内赶回厨房喝下它。他又拿出袋甘草片递给张厨师："这是甘草片，吐了以后，化成浓汤喝了洗胃。"

张厨师接过去，仔细藏在口袋里。

张厨师再三叮嘱，要保证他们全家安全。李为信说，事成之后，立即送他出太原，到敌后安全的地方安家。张厨师摇了摇头，坚持要到重庆去。

李为信想了想，也答应了。

2

按照计划，周英带着良儿和张厨师的母亲在事先准备好的仓库里等着，其他人准备配合张厨师，他下完毒，攻入挺身队，完事以后，就带着张厨师一家迅速离开太原。

为了以防万一，军统为每个人还准备了长枪。

这天傍晚，张厨师做饭时，往大火上放了一个锅，煮上牛骨，他又拿起一个小锅放在另一个灶上煮甘草片。旁边一个厨师凑过来问："老张，这是什么?"

张厨师心里七上八下，强作镇静，说："甘草片，最近有点咳嗽，喝这个止咳。"

对方不在意地"哦"了一声，走开了。

张厨师把煮好的甘草汁倒在一个水壶里，放到一边，又找了一个空碗，往里面舀了两勺白矾，一勺盐，一勺碱，倒上水，搅拌完后，把它倒在一个空瓶子里，随身塞入怀中。另外两个厨师在一边忙着，张厨师趁他们不备，从怀中掏出赵明亮给的毒药，撒在了牛骨汤里。

挺身队开饭了。一张长条形餐桌，中村坐在中间，两侧都是挺身队员，全部都穿着八路军军装。饭菜陆续端上桌，三个厨师拿着碗，依次从自己做的菜里拣了些到碗中，各样吃了一些，看了看没什么问题，中村挥了一下手，让他们退下。挺身队员端着碗，正准备吃，张厨师最后姗姗端上一盆汤："牛骨汤，多熬了一会儿，入味。"

柴田勇太嗅嗅鼻子，迫不及待："已经闻到香味儿了。"

张厨师拿起一只小碗，从汤盆里舀了半碗。他多次在脑袋里想过这一刻的情景，他觉得自己应该能应付得来，但真来了，看着那些日本人瞪着眼睛盯着他，每个人的目光都像刀子一样，他紧张了，手微微颤抖。他强作镇静仰脖喝完，往桌子上放碗时，手一哆嗦，碗一下子掉在地上，碎了。

张厨师急忙蹲下身子捡碎碗："对不起，对不起，我这就把它收拾了。"说罢拿起碗的碎片匆匆离去。

柴田勇太从汤盆里舀了一碗牛骨汤，正要喝，中村站起身："等一下。"

看着众人吃惊的目光，中村道："牛骨汤太烫了，放一会儿再喝。"扭头吩咐旁边的挺身队员小林英夫："请把张师傅找来。"

这个时候，张厨师正躲在卫生间，刚喝了催吐剂，那药的效果很好，一会儿工夫，肚里翻涌，吐得眼泪都出来了，仿佛把肚里的所有东西都吐完了。他又赶紧将事先煮好的甘草汁大口大口喝下，快步离开卫生间，跌跌撞撞走上露台，从露台上取下一串晒着的红辣椒。

躲在挺身队营区外的赵明亮等人看到他挥动的红辣椒，喜出望外，张厨师得手了！赵明亮看向王跃平："你留在这里掩护，其他人跟我来。"

众人猫腰接近大门，许多雷、赵明亮率先出手，用匕首撂倒门口两个哨兵，一行人冲了进去。张厨师从露台下来，急匆匆地从后门趁乱逃出。

小林英夫在厨房转了一圈，没有看到张厨师，问另外两个人，他们也都不知道。他心里一紧，情知不妙，立即返回报告中村。中村一愣，刚放下筷子，有个日本兵进来报告："外面有人冲进来了！"

中村大吃一惊，立即带人出来。刚到院子，就看到有人杀进了挺身队。赵明亮也看到了他们，知道出了差错，他果断命令道："快撤！"

众人边打边撤，到了院外，王跃平频频开枪压制，掩护众人撤出。

挺身队紧追不舍。大街的行人看到八路军出现在市区内，正在追杀几个穿着便装的人，刚开始还以为是真的八路军，都停下来看热闹，还为八路军叫好。没过一会儿，看到大队的鬼子人马赶来，帮助那些八路军攻击那些穿便衣的人，立刻明白是怎么回事了，都忙慌慌躲避。

前有日本兵，后有挺身队，赵明亮大喊："分头跑，快！"

众人分散撤退。李为信跑了两步，腿上中了一枪，倒在地上。许多雷本来已经向另一个方向跑了，看到他倒地了，忙跑了过来，刚刚搀他走了两步，腿也被击中了，两人一起摔倒在地。

许多雷刚半撑起身子，几个日本兵冲上来，用枪对准了两人。

赵明亮和霍无病逃到一个僻静的小巷，隐蔽起来，外面的日军还在吵吵嚷嚷，霍无病着急地看着赵明亮，声音里带着哭腔："阳哥落到他们手里了，怎么办？"

赵明亮伸头看看外面，拉着霍无病："走。"

霍无病不动："我要去救阳哥。"

赵明亮厉声道："要救也不是现在，快走！"

3

李为信和许多雷被关押在挺身队的牢房里。他们先把许多雷拖去拷打审问。李为信蜷缩在角落里，忧心忡忡，他一方面感谢这个八路军在危急之时回头救他，但另一方面也觉得他愚不可及，这个时候，能跑一个就跑一个，现在好了，两个人都进来了。他又担心这家伙受不了日本人的刑罚，把啥都说了，虽然他也不知道军统的据点在哪里，但日本人顺藤摸瓜，那也是极其危险的。

正在胡思乱想着，两个日本兵拖着被拷打得浑身是血的许多雷回来了，把他扔进来，冲着李为信叫："你，出来。"

李为信看了许多雷一眼，小声问："招了？"

许多雷瞪他一眼，有气无力地说：“你他妈才招了呢。”

李为信心里稍安，站起来，跟着日本兵到了审讯室。这里除了几个充当打手的日本兵，还有穿着日军军装的中村正雄、柴田勇太。他一进来，中村先给他一个下马威，让几个日本兵拿着浸过水的皮鞭，狠狠地抽他。李为信在军统特训班时，也曾模拟过日军的审讯，经历过这些。这些皮肉之痛，还能忍受。日本兵行刑时，他就漫天漫地胡思乱想，转移注意力，倒也不觉得有什么。

看看差不多了，柴田勇太凑过来：“还是不说吗？”

李为信垂着头，心思早就不知道跑哪里去了，根本没听到柴田勇太的问话。

柴田勇太示意，日本兵举起烧红的烙铁，狠狠地烙在李为信身上，李为信不由得惨叫起来。这个特训班倒没训练过。

中村过来，好言相劝：“这样吧，我的要求也不高，只要你告诉我，你是什么人？”

李为信当然不能说，告诉了他是军统的人，那下一步就得说军统的据点在哪里。他垂着头，一声不吭。

中村又试探着问：“你是国民党？”

李为信还是不吭声。

中村道：“那么，你是共产党？”

李为信心里一动，啥也不说，也是没办法蒙混过去的，还是要遭受皮肉之苦，那还不如就坡下驴，把祸水往共产党那里引。他迟疑了一下，抬起头，朝中村吐了口唾沫：“共产党的骨头是最硬的，来啊，再来啊！”

中村擦了一下脸，并不生气，微笑着说：“这就对了，你比刚才那家伙识相多了。他也是共产党吗？”

李为信再次点头，他甚至还有点被自己感动了，我他妈的这次说的可是实话。

中村又问：“那你告诉我，你们平时藏在什么地方？”

李为信笑了一下，说：“告诉你也没用，他们肯定不会回去了。”

中村穷追不舍：“那我也想知道。”

任凭他们如何用刑，李为信都不再说话了。那间旅店他是知道的，但他现在还不能说，说了，万一赵明亮他们还没来得及撤呢？要等等，哪怕拖上半天，算算赵明亮他们已经安全撤离了，那时再说不迟。

中村感到一阵疲倦，就先回办公室了，有什么进展，让柴田勇太及时告诉他。过了约莫半个时辰，柴田勇太进来了。中村精神一振：“招了吗？”

柴田勇太摇头：“除了承认自己是共产党，什么也不说。”

中村道：“骨头够硬的。”

柴田勇太还带来一个消息，小林英夫带人去搜张厨师家，一家人早已经人去屋空，什么也没有发现。

中村淡淡道：“这在意料之中，他们敢这么做，就说明已经准备好了退路。”

柴田勇太恨道：“这些共产党真是无孔不入。”

中村饶有兴趣地看着柴田勇太：“你真的以为他们是共产党？”

柴田勇太惊疑道：“难道不是？”

中村摇了摇头，说：“他什么都不说，只承认自己是共产党，可信吗？他这是自作聪明，想把我们引入歧途。”

柴田勇太恍然大悟：“这些军统的家伙太狡猾了！”

中村道：“就这小伎俩，还想蒙蔽我？可笑。”

李为信没想到的是，赵明亮和霍无病根本就没再回那家旅店。他们直接赶到事先安排好的仓库，周英和张厨师一家三口正在焦急地等着他们。

霍无病一看到张厨师，就冲过去，愤怒地问他：“你他妈到底下毒没有？”

张厨师战战兢兢地说：“下，下了，天地良心。”

霍无病叫道：“那他们怎么没被毒死？一个个生龙活虎，哪像中毒的？是不是你背后耍花招了？”

张厨师儿子看着他那凶神恶煞的样子，吓得哭了起来，紧紧地抱着奶奶。

周英瞪了霍无病一眼：“你吓着孩子了。”

霍无病道：“他把我们害惨了，阳哥落到日本人手里了！”转向赵明亮：“到底什么时候救阳哥？”

赵明亮还没吭声，周英说：“现在去救人就是飞蛾扑火，自寻死路。”

霍无病也知道她说的是实话，不由得蹲下来，捂着脸呜呜哭起来：“阳哥要是死了，我也不活了……”

当务之急是把张厨师一家安全送走。第二天一大早，赵明亮赶着马车，带着周英、霍无病和张厨师一家赶到太原郊区，王跃平抱着膀子靠在一辆小轿车边等着他们。

周英问王跃平：“给他们的安家费带来了吗？”

王跃平似乎不情愿地拿出一笔钱递给张厨师：“给。”

张厨师忙推辞:“这笔钱我不能要,投毒的事没弄成,还连累搭进去你们两个人。”

赵明亮说:“这事儿不能怪你,要怪也只能怪我们自己。让你拿着你就拿着,别客气。不管怎么样,你最终选择站在了我们这边,这是你应得的,我们也绝不能食言。”

周英从口袋里掏出飞机模型,蹲下来递给张厨师儿子:“良儿,把这个拿好了,长大了,咱们还要开飞机呢。”

张厨师儿子高兴地接过去,抱在怀中,看着她,扑闪着大眼睛问:“姐姐,我们还会再见面吗?”

周英笑道:“当然,等到了重庆,姐姐以后去看你。”

双方交接完毕,赵明亮等人赶着马车立即回太原。搭救许多雷的事情,还得靠老钱。王跃平看他们走远了,启动轿车,上了路。还没走多远,小轿车忽然拐上一条颠簸的岔路。

张厨师有点不安:“我们这是要去哪儿?”

王跃平没有理他,继续向前开。

张厨师更加不安,紧紧抱着孩子。王跃平把车开到一个山沟里停下,推开车门下车,拉开后门。张厨师抱紧孩子,瞪着他:“你要干什么?”

王跃平掏出枪指着张厨师:“你给我下来。”

张厨师一家下了车,王跃平用枪逼着张厨师一家往前走了一段路,打量一下,四周都是灌木丛。这个地方不错。他停了下来:“就这儿吧。”

张厨师惊恐地看着他:“你,你这是要干什么?”

王跃平漫不经心地摆弄着手里的枪,带着嘲讽道:“你说呢?”

张厨师扑通跪倒在地:“求求你,你杀我就行了,放了我的孩子,放了我母亲,他们是无辜的。”说着,把钱从口袋里掏出来:“钱我也不要了,给你,给你,都给你。”

张厨师母亲也吓得跌倒在地:“老天爷呀,你们,你们这是要杀人灭口啊。”

良儿虽然小,但他从父亲和奶奶的表情里看出来,这事儿很严重。恐惧笼罩了他,他抱着父亲的腿号啕大哭起来。王跃平有些着急,万一有人听到就糟糕了。他抬起手,砰的一枪,良儿的胸口鲜血直流,手里的飞机丢到了一边。张厨师扑过去,抱着儿子的尸体哀号:“良儿,良儿。”

王跃平又一枪打死张厨师母亲。张厨师望着死去的母亲和儿子,悲愤不已:“你们这群骗子,言而无信,要天打雷劈的……”

王跃平拿枪对准他:“杀了你也不冤,你给日本人做饭,让他们吃饱喝足跟我们打仗,不是汉奸是什么?”说罢,开枪打死了张厨师。

王跃平从他手里拿起钱,摇了摇头,自言自语道:“党国经费有限,哪能便宜了你这个汉奸?”

王跃平看到良儿胸前戴的银锁,伸手拿来。他收起枪,回到小轿车边,打开后备箱,取出一把铁锹,开始埋头挖坑。把张厨师一家埋掉后,他把铁锹放回后备箱,启动汽车,哼着小曲离开了。

第九章

1

赵明亮和周英、霍无病又换了一家旅店，霍无病天天都要催着赵明亮去老钱那里打探消息。老钱建议他们先撤回根据地。这次投毒失败，打草惊了蛇，挺身队草木皆兵，送进去的蔬菜粮食，每个环节都要严密检查，更不要进去个人了。一时半会儿，还真没什么办法，这事要从长计议。

赵明亮急了，要是鬼子把他们杀掉呢?

老钱觉得，这倒不用担心，只要他们两人能顶住，半句实话都不说，鬼子一时半会儿也不会杀他们。都知道活人比死人更有用，他们也不傻。

他们没想到的是，事情很快发生了变化。日本宪兵队长河村小郎突然带人前来，要把许多雷和李为信带走。他们说这是奉师团长的命令，凡抓捕的青壮年男性俘虏，统统送到黄桥煤矿。

中村不同意，认为这两个人是追查国民党军统地下组织的突破口，必须留在这里。

河村小郎不卑不亢："我是奉命行事，请中村君配合。"

中村还不甘心，亲自跑到师团司令部，找到师团长伊藤正人。当伊藤正人知道他的来意后，面露愠色道："中村队长，对于支那人，死亡并非最好的惩罚。开战多年，帝国劳动力异常短缺，拟从中国以及东南亚诸国抽调劳工，弥补劳动力不足的局面。大本营命令，所有的战俘都要转运回国当劳工。"

中村舔了一下嘴唇，不甘心地说："可是，这两个人……"

伊藤正人打断了他："主导这场战争胜负的是战场上与我们对决的数百万中国军人，这不是靠要阴谋、搞诡计，玩些小把戏就能应付得了的，需要庞大的财力、物力和人力支撑。你懂吗?"

中村早就知道，伊藤正人与樱井兆太郎不同。樱井觉得，对付中国人，必须用尽手段，全方位打击，所以，他对挺身队非常重视，而伊藤正人却相反，他认为战争的胜负主要靠主力决战，对挺身队这样的小敲小闹，一直都不大感兴趣。

看着中村还是一脸不情愿的样子，伊藤正人瞪着他，厉声道："以战养战，这是大本营的命令，你要违抗吗？"

中村忙立正高声回答："坚决服从命令！"

在师团长那里碰了一鼻子灰，中村只得老老实实地交出了许多雷和李为信，让河村小郎带走了。

柴田勇太不甘心地问中村："就这么算了？"

中村摇了摇头："他有千条计，我有老主意，你让小林君立即来一趟。"

小林英夫来了以后，中村拿出李为信与许多雷的相片给小林英夫看。这些照片，都是两人被抓到后拍照的。除了他和柴田勇太，他没有让挺身队其他人在两人面前露过面，就是为防着有朝一日打照面了，他们也认不出挺身队的人来。

中村给小林英夫简单地讲了河村小郎带走了许多雷和李为信的事儿，然后说："你化装成一个中国人，打进黄桥煤矿，想办法接近这两个人，把他们在太原的老巢套出来。"

小林英夫忙点头："好。"

中村叮嘱道："你还要注意了，他们的同伙一旦知道他们被转移到黄桥煤矿，肯定会想办法营救，如果发现异常，你要立即报告煤矿的驻军。在这之前，不要让他们知道你的身份。"

小林英夫立即乔装打扮一番，前往黄桥煤矿。

当天下午，许多雷、李为信就被送进了黄桥煤矿。

这个情况，老钱也很快就掌握了。得知两人还活着，赵明亮长长地松了口气，但老钱的下一句话立刻又让他把心提到了嗓子眼。老钱说："黄桥煤矿的矿工可能要被运往日本。"

赵明亮紧张地问："什么时候？黄桥煤矿在哪里？"

老钱说："具体什么时候把这些矿工送往日本还不清楚，但是我们动作要快。黄桥煤矿就在西山镇，原是阎锡山管控的公办煤矿，太原沦陷后，就落到日本人手里了。"

赵明亮和老钱商量了行动方案，决定立即行动起来。

第二天一大早，赵明亮赶着马车到了西山镇，马车上堆放着麻袋，里面装着粮食。霍无病、周英坐在麻袋上。到了黄桥煤矿不远处一家客栈，三人在门口停下。他们悄悄地观察了一下，黄桥煤矿大门口有两个日本兵站岗，门口一侧修有高脚堡楼，上面架着机枪。

三人一起进了客栈院子，伙计热情地迎上来："客官是要住店，还是要吃饭？"

赵明亮说："我们是来买煤的，顺便把这车粮食卖了。"

伙计牵着马走开后，赵明亮使个眼色，三人把上面的麻袋掀开，把下面一个麻袋拿出来，赵明亮扛在身上进了客栈。到了订好的房间里，把门掩上，赵明亮放下麻袋，把带来的九支步枪藏在了床下。

吃过午饭，赵明亮换上一身破烂衣服，戴顶破毡帽，满脸污垢，来到了黄桥煤矿大门口。门口搭着一个凉棚，有张桌子，竖块"急招矿工"的牌子

两名矿警带着枪，有名管理人员坐在桌边，登记名册，偶有人询问，多半看看就走了。老钱说过，黄桥煤矿这段时间正在使用欺骗手段征集劳工，当地人知道是陷阱，没人上当，可许多逃荒的难民不清楚，稀里糊涂就被他们骗进去了。赵明亮准备用这个法子混进去。

赵明亮走到报名处，管理人员抬头问他："叫什么名字？多大了。"

赵明亮道："侯巨才，25岁。"

正说着，后面又挤上来一个人，抢着说："我也报名。"

管理人员登记："叫什么名字？"

这人正是小林英夫，他换了一个中国人的名字，说自己叫王家正。

管理人员登记好后，示意矿警："带他们进去。"

矿工宿舍建在一个大院内，院门前有两个矿警站岗，不远处的围墙处也有一个高脚堡，上面架着一挺机枪，还有探照灯，一个日本兵站在上面，警惕地打量着四周。

宿舍内肮脏简陋，一溜大通铺，一间屋子住着十余个矿工。矿警带着赵明亮和小林英夫进来，赵明亮迅速扫了一眼，发现许多雷和李为信也在这里。许多雷躺在床上，愣愣地盯着天花板。

矿警指着两个位置，对两人说："你们俩，睡这儿。"

小林英夫忙点头："谢谢，谢谢。"

矿警出去后，赵明亮爬上床，头朝墙壁躺下，不再吭声了。他还不能贸然与许多雷、李为信打招呼，这些人里面，谁知道会不会混进日本人的奸细呢？得找一个合适的机会。小林英夫也认出了许多雷和李为信，他很热络地向大家打招呼："我是新来的，请大家以后多多关照。"

一个矿工朝小林英夫撇下嘴："这可是阎王殿，进来容易出去难，大家都

想逃出去呢，你倒好，自投罗网钻进来了。”

小林英夫尴尬地笑着说：“混口饭吃，总比饿死强。”

矿工叹了口气：“这碗饭不好吃啊，兄弟。”转而对床上躺着的许多雷说：“别再躺着了，已经第三天了，再不下地，你就活不成了。”

许多雷不当回事：“怎么？会打死我？”

矿工说：“凡是得了重病，受了重伤的，直接扔到后山喂狗喂狼。”

没过一会儿，矿警进来了，挥舞着警棍催促：“出工了，出工了，动作快点。”

赵明亮故意磨磨蹭蹭，走到李为信身边。李为信认出他，吃了一惊，正要开口说话，赵明亮暗暗摇头。

矿工们都赶紧列队出门，只有许多雷躺着不动。矿警上前吼道：“下来干活。”

许多雷道：“我腿上有伤，不能走路。”

矿警叫道：“少废话。”上去要强行拽许多雷下地。

许多雷破口大骂：“去你妈的，没看到老子有伤吗？你个狗汉奸！”

矿警挥着警棍打上去：“你还敢骂我？让你再骂，让你再骂！”

众人敢怒不敢言，只有小林英夫上前拦住矿警：“有话好好说，你怎么打人呢？”

矿警见是新来的矿工，挥着警棍打了过来：“刚来就敢多管闲事，吃了豹子胆了！”

小林英夫挨了两棍子，跌倒在地。矿警上前，还要再打时，一个戴着眼镜的日军上尉进来，喝道：“住手。”

矿警看了这个日军上尉，赶紧住手。来人是日军管理人员高桥太郎。这时，许多雷已经下来了，高桥蹲下身，检查了一下他的腿伤，站了起来，说：“伤口感染了，需要用药。”

李为信过去，讨好地说：“长官，能给我们点药吗？”

高桥太郎点了点头，并且还让他留下来照顾许多雷。等到众人都走了，李为信告诉许多雷：“你们头儿来救你了。”

许多雷吃了一惊：“赵明亮？他在哪儿？”

李为信赶紧示意：“小点声，他混进矿工队伍里出工了。”

两人正说着话，高桥带着一个穿白大褂的军医进来，给许多雷的伤口涂抹完药水，又用白纱布包了起来，然后又从药箱里拿出两瓶药水和一些药片。高桥接过药，递给许多雷，说：“这是口服的，这是外敷的。”

李为信忙点头哈腰地说:“谢谢太君。”

高桥看了看两人,说:“现在是战争时期,煤矿的生产、生活条件确实不太好,等以后安定下来,一定会改善的。委屈你们了。”

许多雷看着高桥带着军医走了,苦笑着摇了摇头:“这个高桥还真不像个鬼子,一时还有点不习惯呢。”

李为信道:“哪里都有好人和坏人,很正常。”

许多雷撇下嘴:“那他也是鬼子。”

矿工们进了矿井,摸黑向前走着。赵明亮觉得不能这样耗下去了,得想法单独和许多雷接上头。他就装作饿晕了,一头栽倒在地。几个矿工慌忙围上去,把他扶着坐了起来。矿警上前问:“死了吗?”

矿工试了试鼻息:“大概是饿的,晕过去了。”

矿警没好气地说:“把他扔在这,要是命大,他自己爬回去,死了喂狗。”然后挥着手催促其他矿工快走。

赵明亮等他们走了,赶紧从地上爬起来,摸黑走出了矿井,溜回宿舍。许多雷看到他,惊喜地爬起来:“你真来了?”

赵明亮做了个“嘘”的手势,转身看了看门外,关上门,对两人说:“事情紧急,赶紧告诉矿工兄弟们,小鬼子要把这里的人全部押送到日本。”

许多雷惊道:“为什么?”

赵明亮说:“听说日本现在除了妇女、老人和小孩,没有壮劳力,工厂停产,物资紧缺。”

许多雷嘿嘿地笑:“估计要灭种了,让我们去给他们传宗接代呢。”

赵明亮瞪了他一眼:“你正经点。”

李为信有些紧张:“那我们现在怎么办?”

这个问题,赵明亮和老钱已经商量好了,矿工里面有不少是战俘,有国军,也有八路军,把他们组织起来,立即暴动。八路军的大部队都在前线,来不及调回来,老钱会联系许司令,让游击队在附近的野麦岭接应。

赵明亮问两人:“宜早不宜迟,就在这几天内暴动,有把握吗?”

两人都觉得没问题,没人愿意背井离乡去日本,大家知道真相一定拼死一搏。

赵明亮听两人这么讲了,就决定,晚上他找机会溜出去,把消息传递给分区,让他们组织游击队接应,明天晚上他再想法混进来,到时一起行动。

赵明亮关切地问许多雷:“你的腿怎么样了? 能走路吗?”

许多雷下地,走了两下:“没伤到骨头,告诉你,我就是不想下井,装的,刚才又用了药,好多了。"

李为信惊讶道:"你这家伙,把我都骗了。"

赵明亮又告诉他们,跟他一起进来的那个叫王家正的有问题,要务必提防他,尤其不能让他参与暴动的事。许多雷感到奇怪:"他刚才还帮我呢,他有什么问题?"

赵明亮说:"他的表现很反常,不像一个普通百姓。"

李为信点了点头:"我也觉得反常,一个刚来的新人,就敢顶撞矿警?事出反常必有妖,还是要小心一点。"

2

霍无病守在客栈,坐卧不宁,没过一会儿就要跑到门口看看,看了又看,还是没什么动静,就忍不住来到了周英的房间,她倒挺悠闲,靠在床头闭目养神。

霍无病哭丧着脸:"也不知道队长见到阳哥没有?"

周英道:"肯定见到了。"

霍无病眼睛湿润:"真让人着急……要是阳哥出了事儿,我也不活了。"

周英笑道:"看你俩,哪里是兄弟?简直是你侬我侬,忒煞情多;情多处,热似火。"

霍无病不满地看周英:"你还有心情笑!"

周英起来,拍了拍他肩膀:"放心好了,一定能救出你阳哥哥。你在这里守着,我出去一趟。"

霍无病急了:"那不行,队长说了,让我们守在这里等他命令里应外合,他们都没枪,就咱这里有枪,万一他们现在暴动了怎么办?"

周英瞪他:"哪有这么快?"

霍无病坚持道:"那也不行,这是命令,哪儿也不许去。"

周英认真地问他:"你什么时候这么守纪律了?"

霍无病道:"这是营救阳哥的大事,当然得慎重。"

周英边往外走边说:"我就去门口买个西瓜,回来和你一起吃。"

她到了大街,七拐八转,钻进一条小巷,来到一户人家门口。她站在门口,警惕地看看四周,确信没什么人注意她,这才上前敲门。这是军统设在西山镇的交通站。

门开了,是王跃平,身后站着的是吴立均。周英看到他,愣了一下。吴立均兴奋地说:"很高兴和你是一个阵营的战友。"

周英笑了笑，对两人说：“这批劳工要被送到日本，他们计划组织矿工暴动。让麦站长放心，李为信肯定能出来。”

王跃平忙问：“暴动？什么时候？”

周英道：“这在这几天。”

王跃平又问：“暴动成功后，这批矿工怎么处置？”

周英告诉他们，八路军会组织部队在野麦岭接应，估计会把他们带到根据地，愿意留下的直接参加八路军，不愿意的给路费回家。

王跃平着急道：“不行，得想办法把人带到青龙镇，里面有我们的战俘，不能便宜了八路军。”

周英道：“我们周围又没有部队接应，况且现在最要紧的是救人，顾不了别的。”

王跃平说：“那么多人加入了八路军，将来可都是我们的敌人。”

周英有些不耐烦：“将来的事将来再说，先顾了眼下。有烟吗？给我一包。”

王跃平赶紧从裤兜里掏烟，没想到拿出烟的同时，带出了良儿的银锁，他忙慌慌地往口袋里塞。周英眼尖，早已经看到了，厉声问道：“那是什么？”

王跃平只得把银锁掏出来递给她，漫不经心地说：“一个小玩意。”

她接过银锁，仔细地打量了，确实是良儿的。她目光灼灼地盯着他，问道：“这是良儿脖子上的银锁。怎么到你手里了？为什么怕我看见？”

王跃平心里清楚，周英在军统算是老资格了，这事儿看来是瞒不过了，只得悻悻地说：“我是奉麦站长的命令杀了张厨师。”

周英追问：“他儿子呢？”

王跃平道：“麦站长说了，要杀就杀光，一个都不留。”

周英不相信地盯着他：“这真是麦站长的命令吗？”

王跃平一脸无辜：“你要是不信，你可以当面问他。张厨师一家都见过咱们。麦站长说了，事事都朝坏处想，万一影响了组织安全，责任重大，谁也负不起！”

吴立均也有点生气，对王跃平道：“那也不能杀了张厨师。这不是言而无信吗？”

王跃平恼怒地瞪了吴立均一眼：“你懂个屁。”

周英收起香烟和银锁，默默起身离开。吴立均想追出去，周英头也不回地呵斥道：“别跟着我。”

吴立均急忙站住，呆呆地看着她远去。王跃平过来，拍拍他的肩膀，问道："我问你，张厨师是不是汉奸？"

吴立均当然不会觉得张厨师是汉奸，但看着王跃平凶狠的目光，他又有点害怕，犹豫不决："他……"

王跃平道："凡是帮日本人做事的，都脱不了汉奸的嫌疑。受训时教官没讲过吗？窃取敌人情报不是贼，诛杀卖国汉奸岂是暴徒？"

吴立均想了想，鼓足勇气说："张厨师已经决定帮我们了，就不是汉奸了。况且，还有孩子呢，孩子有什么错？"

王跃平眯起了眼睛："干我们这一行，就是在惊涛骇浪中搏击，哪能有妇人之仁？你不要受周英影响，女人一生都在情感中挣扎，哪里有理性可言？咱们这是在沦陷区与敌人短兵相接、血肉相拼，最要不得的就是这种小家子气的儿女情长。你以后可要记住了。"

吴立均并不认同他的话，要是这样，和日本鬼子有什么区别呢？但他看着王跃平皱着眉头盯着自己，目光里甚至还带有杀气，他打了一个寒战，忙点了点头。

霍无病正等得着急，周英抱着一只西瓜进来了。他不由埋怨道："门口就有卖西瓜的，你怎么走了这么长时间？我还以为又出什么事了，又不敢出去找你，怕你回来找不到我，真是的。"

周英从口袋里掏出香烟，点上一支，深深地吸了一口，说："买烟去了，附近没卖的，多走了一段路。"

说完这话，她背过身去，狠狠地抽着香烟，眼前都是良儿的模样，心里有说不出的难过。军统行事一向心狠手辣，她自己未尝不也是这样，一出手就是人命，但那是对付鬼子和汉奸。张厨师虽说出了差错，甚至还连累许多雷和李为信被抓，但他本质还是想帮忙。他这可是拿着全家的性命来帮这个忙的，结果却害了全家。你杀张厨师也就算了，良儿，那么小的一个孩子，他懂什么？为什么也把他杀了？

周英扔下香烟，用脚狠狠地踩着，仿佛那就是该死的王跃平、可恶的麦当雄。特别是这个王跃平，就说是奉命行事，但你是执行的人，打个折扣也是可以的，就杀张厨师一个人，把良儿和他奶奶放走又有什么？

她长长地叹了口气，又有点疑惑，这种事儿，如果放在从前，可能自己也会觉得理所当然，但自从和八路军混在一起，就总觉得这样做是不对的。她的心脏扑通扑通地跳动了两下，自己难道被共产党洗脑了？她摇了摇头，苦笑了一下，不可能的，只要是一个还残存一点点良知的人，都会这么想的。

3

许多雷和李为信分头行动起来。许多雷分别找了几个八路军战俘，让大家做好暴动准备。李为信也找到一个晋南游击纵队的连长，把他拉到一边，小声地吩咐他，抓紧时间串联部下，准备暴动。

他们俩怎么也没想到，就在说话时，小林英夫正躲在一边，偷偷地观察着他俩。两人的声音太低，听不大清，但小林英夫清楚，他们肯定是在谋划着什么。

在煤矿的外面，王跃平也在忙碌着。麦当雄的指示终于来了，让他们配合李为信的暴动，把暴动矿工带到青龙镇，决不能落到八路军手里。

准备了两天，基本上把所有的国共双方战俘都组织起来了，赵明亮和许多雷、李为信商定，决定潜出去，安排部队接应的事儿，第二天午夜十二时暴动。

等到了后半夜，赵明亮溜出宿舍，机警地躲过矿警、巡逻的日军，翻墙离开了黄桥煤矿。

一直到第二天傍晚，赵明亮才赶回西山镇，他把周英和霍无病叫到一起，告诉他们，一切准备就绪，定于今天晚上十二时暴动，到时他们就带着武器从大门突袭。

他们怎么也没想到，暴动还是被迫提前了。这天吃过晚饭，高桥太郎突然来到宿舍看望许多雷，察看完伤口，关切地问："你的伤怎么样了？"

许多雷头也不抬地说："好多了。"

高桥的脸上有些尴尬，语气里还有些委屈："你不要对我有敌意。"

许多雷抬头看了看他，一脸无辜："没有呀。"

高桥很耐心地说："你们中国人不理解我们的好意，才要与日本为敌。天皇陛下为什么要建立大东亚共荣圈？都是因为亚洲太弱，长期遭受西方列强欺辱，而我们日本，率先发展起来了，要带着大家一起赶走列强，共享共荣现代文明。"

许多雷奇怪地看了看他，这个日本鬼子，一脸真诚，看来他是真信了，觉得他们是在做一件正义的事情。真是见鬼了。许多雷不想与他纠缠，就敷衍道："是，是，要团结起来，我现在明白了。"

高桥还在那里和他较真："你并没有真正明白，你只是在敷衍我。"

幸好一个矿警过来问高桥："高桥长官，今天你不是休息吗？"

高桥道："我和渡边君换班了，好的，不打扰你们了，你们早点休息。"

高桥太郎离开后，一个矿工凑过来，小声对许多雷道："这个高桥算是好的日本人了，他没参军前，是个小学教师。他对所有矿工都很和气。"

许多雷没好气地说："他穿上这身军装，那他就是鬼子。"

矿工喃喃道："真不忍心对他下手……"

许多雷打断了他："他不坏咱事，到时躲起来，那就算了，要是敢坏咱的事儿，那算他倒霉，只能怪他自己要当鬼子。"

熄灯后，整个宿舍安静下来。小林英夫觉得有些反常，白天就见这些矿工交头接耳，一看到他，就散开了。往日熄灯后，还要荤的素的说上一会儿，今天晚上倒好，一熄灯，都老老实实地躺着不动了，一点动静都没有。他瞄了瞄许多雷、李为信，两人也一点动静都没有，看上去在熟睡。再一仔细打量，有几个矿工并没有在床上，他们不见了。

小林英夫跳下床，捂住肚子，装作拉肚子的样子，急急出了宿舍。他刚出来，就听到隔壁宿舍里传来一声清脆的声音，应该是钢管掉在地上的声音。他忙凑过去，隔着门缝隐约看到里面有几个矿工正蹲在地上整理武器，有钢管、钢筋，那个带头的，正是前几天和李为信挤在一起咬耳朵的那个国军战俘。那人有些紧张，抬头看着门口："看看外面有没有人。"

小林英夫慌慌地跑走了。

高桥太郎的宿舍在另一处小院子，和看守煤矿的那个排的日军住在一起，院门前有两个日军士兵在站岗，看到小林英夫过来，这两个日本兵互相看了一眼，觉得奇怪，那些中国人视这里如鬼门关，别说过来，就是路过，也不敢多看一眼，这人倒好，大摇大摆地过来了。

日本兵把枪举起来，吼道："站住！"

小林英夫一张口就是日本话："立即带我见高桥君。"

日本兵一愣，迟疑道："你是？"

小林英夫低声道："我是师团司令部的，军情紧急，立即带我见高桥君。"

日本兵赶忙收起枪，带着小林英夫进去。当高桥太郎听了小林英夫的报告，当知矿工有可能暴动时，又气又急，觉得自己对这帮中国人这么好，他们还想给自己找麻烦，真是一群白眼狼。他立即叫上几个日本兵，赶去了小林英夫所说的那间宿舍，果然搜出一堆钢管、钢筋。他立即命令把这里的矿工都带走。

当李为信、许多雷得知这一情况，大吃一惊。李为信来到许多雷跟前，低声道："我怕他们会把暴动的事情说出去。"

许多雷当机立断："趁现在日本人还没有防备，必须马上行动。快去通知其他人，准备动手。”

众人都忙了起来。

高桥太郎带着日本兵把那几名矿工押进房间。看到那个叫王家正的矿工也在房间里，并且笑眯眯地看着他们，矿工们愣在那里，但他们很快也就明白了，这人不是真正的矿工，要么是个汉奸，要么是日本人的探子。

小林英夫笑呵呵地看着国军战俘，用一口流利的中国话问道：“说吧，你们是不是准备暴动？什么时间？”

国军战俘道：“没有，没有，误会，误会，你是？”他有点疑惑，连高桥太郎都让着他，听他口气，看他表情，似乎是个管事的。那他还是汉奸吗？

小林英夫说：“不要管我是谁，先告诉我，是什么人组织你们暴动的？”

国军战俘还是否认：“没有，没有，没有这一回事儿。”

高桥太郎过来，掏出枪，顶在国军战俘脑袋上，吼道：“说，到底是谁组织的？什么时间暴动？”

国军战俘还是那句话：“没有，真没有……”

谁也没想到，高桥太郎真的开枪了，国军战俘应声倒下。他立即掉转枪口，把枪顶在另一个矿工头上：“说！”

那个矿工害怕了，脸色苍白，结结巴巴地说：“今、今天晚上十、十二点。”

小林英夫问那个矿工：“组织你们的那个李为信是什么人？”

矿工吞吞吐吐道：“我，我……”

小林英夫像个邻家哥哥一样和蔼可亲地说：“说吧，你看我，我和你们一样，全说了，不是一点事儿都没有吗？”

矿工喃喃道：“我，我听说他是军统的……”

正在这时，外面突然一阵枪响。这是许多雷、李为信带领众人拿着钢管、木棍、铁锹开始暴动了，他们呐喊着冲出院子，门口的两个矿警还没来得及反抗，就被愤怒的矿工打死。许多雷和李为信捡起矿警的步枪，日军的探照灯扫射过来，高脚堡里的日本兵发现他们，立即开枪。许多雷举起步枪，干掉了日本兵。

高桥太郎、小林英夫听到枪声，吃了一惊，忙冲出门外，高桥太郎拼命吹响哨子，三十余名日本兵从房间冲了出来。

被抓来的矿工也要冲出去，高桥太郎回头，用手枪打倒一个矿工，涌过来的日本兵开枪扫射，矿工倒在血泊中。

正在西山镇客栈的赵明亮、周英和霍无病听到煤矿方向传来的枪声，吃了一惊。周英疑惑地看着赵明亮：“不是说好晚上十二时暴动吗？”

赵明亮立刻往床边奔去："情况有变，快走！"

他们从床下取出步枪，每人拿了一支，背上两支，向黄桥煤矿奔去。刚到与黄桥煤矿一路之隔的楼房处，探照灯扫射过来，三人忙躲在楼房墙角处。赵明亮给两人做手势，分配目标，周英负责解决大门左侧哨兵，霍无病负责右侧的哨兵，他负责高脚堡的日本兵。

赵明亮冲两人点头示意，三人闪身出来，几乎同时开枪，门口两个哨兵被打掉。赵明亮干掉了高脚堡的日本兵，再开一枪，打灭了门口的探照灯。

整个大院在探照灯的照射下，亮如白昼。三人与许多雷、李为信汇合后，把步枪分发给周围的矿工。赵明亮问许多雷："怎么提前行动了？"

许多雷道："事发突然，计划赶不上变化。"

日本兵停止射击，高桥太郎大声喊话："你们是逃不掉的，放下手里的武器，我们不追究，如果再继续顽抗，皇军就格杀勿论！"

趁这个机会，赵明亮迅速进行了分工，他们三人，再加上手里有枪的矿工进行掩护，李为信带领矿工杀出去。一切布置妥当，赵明亮放下步枪，从怀里掏出一块白布，把身边一个矿工手里的钢管拿过来，绑上白布举起晃了晃，声音充满惊慌："别开枪，太君，别开枪，我们投降！"

高桥太郎面露喜色，向日本兵摆手："不要开枪。"

赵明亮站直身子，突然把手中的钢管掷向高桥太郎，同时大喊："开枪！"钢管早已经被矿工磨得尖利，呼啸着飞过去，高桥太郎猝不及防，被钢管穿胸而过。许多雷立即开枪，探照灯被打掉。

李为信招呼矿工："大家跟我走！"带人向院外冲去。赵明亮指挥着带枪的矿工，掩护着大家，边打边撤。很快就到了镇子外。出了西山镇，日军担心遇到埋伏，没敢追出来。

许多雷突然发现，李为信和那二三十个国军的战俘不见了，他不由得狠狠骂道："他娘的，自己跑了！"

赵明亮道："算了，他们只要出来了就行了。"

简单地整理了一下队伍，赵明亮立即带着向野麦岭方向奔去。天蒙蒙亮，矿工队伍爬上一座山头。他算了一下，再有半天时间，估计就能赶到野麦岭了。他正想让大家休息一下，只见对面影影绰绰有支队伍赶来了。

许多雷高兴地叫道："咱们的队伍来接咱了！"矿工兴奋地叫起来："到家了，到家了！"边喊边向那支队伍奔去。

赵明亮觉得不妙，大声喊道："不好，是敌人！"他身边的人停下来了，但冲到前面的人并没有听到，继续向那支队伍奔去。

许多雷惊愕地看着赵明亮:“怎么会?”

赵明亮说:“我们约定是在野麦岭会合……”

话音还没落,枪声响了,冲到前面的几个矿工应声而倒。对方有枪,而矿工们大多数并没有枪,赵明亮果断吼道:“立即冲上去,和他们贴身肉搏!”带着队伍扑了过去。

双方打了照面,这是一支伪军部队。矿工用木棍、钢管等武器,与伪军展开肉搏战。赵明亮捅倒一个伪军,又扑向了下一个伪军军官,两人刺刀格斗,撞击出一片火花。伪军军官抬起头看着赵明亮,突然满脸惊愕,动作慢了,往后退着,边退边着急地说:“明亮,是我,我是明光!”

赵明亮愣了一下,瞪大眼睛看着他,是的,虽然有些苍老了,但确实是自己的哥哥赵明光。他一下子僵在那里:“你怎么当了二鬼子?”

一个伪军朝赵明亮冲过来,眼看就要刺中了,赵明光扑上去,捅倒了伪军。他冲着赵明亮叫道:“你们快逃吧!”

赵明亮来不及思考,他说得对,继续纠缠下去,很可能全军覆没。他立即转身,左冲右突,接连刺倒几个伪军后,被对方盯上了,一个伪军士兵举枪瞄准了他,而他却一无所知。周英看到了,猛地冲过去,推开了他,但枪还是响了,子弹击中了赵明亮的胳膊。两人滚倒在地。

那个伪军还要再补一枪,赵明光举起枪,把这个伪军干掉了。

周英站起来,举枪向伪军瞄准,却发现对方已经倒下,一个伪军军官背向他们匆匆离去。她正要向伪军军官开枪,赵明亮拉住她:“快撤!”

周英枪响了,子弹飞到了一边。

矿工队伍边打边撤,但仍被伪军死死咬住,伤亡越来越大。想要摆脱敌人,看来还不是那么容易。雾中突然又冲出来一支队伍,向伪军开火。赵明亮大喜,来的正是游击队。

伪军猝不及防,被打得晕头转向,七零八落,只得仓皇后退。矿工们捡起地上的武器,加入游击队向伪军杀去。游击队长裴喜妮是个二十来岁的姑娘,她手持双枪,威风凛凛。赵明亮忙上前拉住她:“这里离敌人很近,不要恋战,赶紧撤。”

裴喜妮看了看溃败的伪军,虽然舍不得,但也知道赵明亮说的是实话,只得带着队伍掩护着矿工往回撤。经过急行军,终于摆脱了敌人,清点了一下,矿工队伍稀稀拉拉,伤亡不小。

裴喜妮道:“我们半夜就在野麦岭埋伏起来了,天快亮时,我听到头上有乌鸦叫,就觉得不吉利,赶紧带队往这边赶,本想早点接到你们,没想到还是来迟了。”

许多雷沮丧道：“伪军怎么会在这里出现呢？”

赵明亮愤怒地说：“这个李为信，怪不得提前溜跑了！这个浑蛋！”

周英看着他们，愣了愣。她突然意识到，这很可能是自己造成的。就在确定暴动时间后，她又悄悄地去了趟军统的交通站，告诉了王跃平。她的本意是让他们接应李为信，但他们肯定会报告给麦当雄。麦当雄会不会因为这批矿工很可能会投奔八路军而从中作梗呢？她不由得打了个寒战，根据她对麦当雄的了解，这个可能是很大的。

她紧皱眉头，看了看远处，心里波涛汹涌，如果自己的猜想没错的话，那麦当雄也太不像话了，把中国人出卖给日伪，这还算抗日吗？不，不，他不会这么做的。可能是其他地方出了差错。但想了想，自己都觉得不可能，李为信也被关在煤矿，不可能把消息传递出来，唯一的可能就是从自己这里泄露出去了。她越想越难过，但脸上却是一副云淡风轻的样子。

这事就连中村正雄也感到奇怪。小林英夫从西山镇回来，第一时间向他请罪，中村正雄安慰他：“这一趟，最起码证实了这伙屡屡和我们作对的家伙，确实是国民党的人，也算小有收获。我们把精力过多地用在了八路军身上，倒让他们坐大了。”

正在这时，柴田勇太进来报告说，黄桥煤矿逃出来的矿工被皇协军半路拦截，虽未追回，但死伤大半。中村皱起了眉头：“他们怎么知道的？”

柴田勇太道：“我查过了，他们说是接到一个匿名电话，事情紧急，来不及报告就上去了。”

中村愣了愣，这个电话会是谁打的呢？

第十章

1

在回根据地的路上，许多雷、霍无病在前面和游击队副大队长张铁蛋好像在说着什么，三个人又说又笑。裴喜妮对周英充满了兴趣，这个女人，和自己的年龄差不多，但人家已经是正规军，她有点羡慕，就凑过去找她说话。周英却一副心事重重的样子，有一搭没一搭的。裴喜妮觉得这个女人不爽快，没意思，没过一会儿就甩下她，一个人大步走到队伍前面了。

当她听到许多雷洋洋得意说自己是麦县大队长时，不禁感到好奇，问道："你不是被撤职了吗？听说还被关起来了呢，现在怎么出来了？"

许多雷惊奇道："你也知道我撤职了？"

裴喜妮说："你的丑事传遍了整个太行山，我能不知道吗？"

许多雷吐了口唾沫，懊恼道："真他妈丢人。"

裴喜妮幸灾乐祸："是啊，你的名声是彻底坏了，估计没哪个姑娘肯嫁给你了，你就等着打一辈子光棍吧。"

许多雷大大咧咧地说："那正好，我压根也没想娶媳妇。"

裴喜妮嘲讽道："还是有自知之明嘛。"回头看了一下赵明亮，他和那个女八路周英一样，也是一副心事重重的样子，不由得好奇地问许多雷："你们那个赵队长是怎么回事？昨天我见他时，还是活蹦乱跳的，今天就像霜打了一样。"

许多雷回头看了一下，不以为然："他有文化，是个读书人，读书人心思都重，说不定在想大事呢。"

赵明亮想的不是大事，想的是自己的哥哥。刚才的遭遇像梦一样，他明明当的是国军，中条山战役后，各种消息都有，有的说他负了重伤，到后方养伤去了，有的说是英勇战死了。赵明亮连最坏的结局都想到过，但从来没有想过，他居然会投降日本人成了二鬼子！当初自己当兵走时，还对母亲说，等打完鬼子了，哥俩儿就回来，天天陪着她，哪里也不去。这倒好，哥哥却成了二鬼子！这不但是八路军的敌人，还是所有中国人的敌人啊。

他正在胡思乱想，周英过来了，小声道："你的伤口怎么样？"

赵明亮怕她看出自己的心事，忙笑着说："没事。谢谢你救了我。"

周英小声道："不是我救了你，那个开枪的二鬼子不知被谁干掉了。现在想想，很可能是被那个军官干掉的。你们认识？"

赵明亮愣了一下，连连摇头："你说的是哪个军官？"

周英说："就是我开枪时，你却拉我一下，让我子弹打飞的那个二鬼子军官。"

赵明亮掩饰道："我拉你是让你快撤，我都没注意到那个二鬼子。"

正说着，到了一个岔路口，队伍停了下来。裴喜妮要带着游击队和矿工一起赶到李园去，那里驻扎着分区独立团，独立团前不久刚打一仗，损失比较大，这批矿工正好可以补充进去。赵明亮和他们分了手，带着许多雷、周英、霍无病回杜家庄。

当天晚上，赵明亮翻来覆去地睡不着觉，到了后半夜，好不容易睡着了，却又梦到了哥哥。

还是在战场上，八路军与伪军正在肉搏，一个伪军军官捅倒了一个八路军战士。赵明亮看到，眼睛都红了，端着上了刺刀的步枪冲上去，向他捅去，刺刀捅进那人的胸口，那人双手攥着刺刀，口吐血沫，充满哀怨地看着他，喃喃地说："明亮，是我，是哥哥。"

赵明亮仔细地打量了，确实是哥哥，他不由得惊叫："哥，怎么是你？"哥哥嘴巴张了张，什么也没说出来，脑袋往下一垂，死了。赵明亮扔下步枪，抱起哥哥，大声哭泣："哥，哥，你醒醒……"

他是在梦中哭醒的。窗外的月光正好，温柔如水。

2

一大早，赵明亮起来就往院外走。他心里很乱，想到野外静静。他不想遇到任何人，偏偏周英比他起得更早，正在院里洗衣服，看到他，问道："一大早的，这是要去哪儿？"

他淡淡地说："没事儿，出去溜达一圈。"

她一副很关心的样子："有心事了？"

他听出来她是在开玩笑，就笑了笑，说："吃得香睡得足，我能有啥心事？”

她认真地点了点头：“说的也是。不过，你知道吗？你努力装作没事的样子看上去真的是心事重重。有啥伤心事，说出来让我高兴高兴，不要总挂在脸上嘛。”

他瞪她一眼：“你嘴里永远吐不出象牙来！”说着，就往院外走。刚出院子，她的话又追上来了：“赵明亮，听我一句话，包袱不用时时刻刻都背在身上，包袱是用来甩掉的。”

他心里一动，她不会是发现了什么吧？想了想，觉得自己多虑了，就没好气地回她道：“闲吃萝卜淡操心，管好你自己吧。”

许多雷出来，伸了个懒腰，听到赵明亮这句话，跑到门口看了看，回头问周英：“队长咋变得像个城里人了，一大早就出去散步，像个书生。”

周英说：“如果再下点雨就好了，撑着油纸伞，独自彷徨在悠长、悠长又寂寥的雨巷，我希望逢着一个，丁香一样的结着愁怨的姑娘，她是有，丁香一样的颜色，丁香一样的芬芳，丁香一样的忧愁……”

许多雷竖起了大拇指：“太好了太好了，美得像首诗。”

周英朝他撇下嘴：“它就是一首诗，戴望舒写的。”

许多雷一脸失望：“我还以为是你写的呢。”

周英摇了摇头：“没文化，连戴望舒都不知道。”

许多雷不屑地说：“有文化也没必要这么显摆吧。”

周英看着他，认真地说：“没办法，腹有诗书气自华，没有刻意显摆，它自然而然地就流淌出来了。这首诗读起来，像一首轻柔而沉思的小夜曲，朦胧飘忽，那片寂寞徘徊的心境，低沉而不颓废，深情而不轻佻，而不是张口就是太好了太好了，美得像首诗，这不是废话吗？”

许多雷撇嘴：“哼，我们都是大老粗，没文化，就你有文化。酸不拉几拽几个词就是文化了，不稀罕。”

许多雷正要进屋，周英叫住了他：“问你件事，你知道不知道赵明亮有啥心事？”

许多雷想了想，说：“他能有啥心事？我咋没看出来？好好的嘛。”

周英道：“能让你看出来的，那就不叫心事了。”

许多雷嬉皮笑脸地凑上来：“那你看看我，我有啥心事？”

周英瞪他：“站没站相，坐没坐相，连个像样的外表都没有，谁他妈有闲心看你内心！”

许多雷也不气恼，看着周英，意味深长地说：“我看啊，赵明亮没啥心事，有些人那么关心他的内心，倒像是自个有心事了。”

周英当然听得出他是什么意思，瞪着他叫道：“是不是看我脾气好，就觉得可以蹬鼻子上脸了？”

许多雷赶紧摆手：“不，不，不敢，咱们现在也算是一条战壕里，穿一条裤子的。”他怕她尖牙利齿地再说出什么话来，赶紧跑回自己的屋里。这个女人，嘴巴像机关枪一样，惹不得。

赵明亮在村外坐了一阵，哥哥成了他的心结，这个事儿必须得解决，一定要当面问问他，为什么要当二鬼子。鬼子迟早要完蛋，他跟着日本人不会有好下场的，现在回头，还来得及。他决定再回太原，一是对付挺身队，二是挽救哥哥，这两个都是大事儿。

他回来给周英讲了自己的打算，当然没说哥哥的事儿，只说去太原是为了打挺身队。周英却觉得，挺身队戒备森严，连只苍蝇都飞不进去，去了能干什么？这个他也想好了，他说等敌人来总是被动，到了太原，就去监视挺身队的老巢，待他们再次行动时，立即把情报传递回来，分区部署武力围剿，请君入瓮。

周英想了想，觉得这个法子也不错。重庆防空就是采取的这种办法，在日军机场附近布置上军统的人，日军飞机一旦起飞，消息便层层传递，传回重庆，及时做好防空，避免了很多损失，偶尔还能打下一两架日军的飞机。麦当雄给她的任务是搜集共产党的情报，当然是留在杜家庄是最好的，但身为一个军人，理所当然要把打鬼子放在第一位。

她把重庆防空的办法给赵明亮说了，他也觉得可以用在对付挺身队这里来。两人一起去找了许亚夫说了这事儿，赵明亮还说，这个法子虽然笨，但管用。许亚夫也赞成，说，聪明人都用笨办法嘛。

这次到了太原，赵明亮直接把大家带到了郊区的一个院子。这当然也是老钱安排的。周英一看这个院里杂草丛生，屋檐上挂着蜘蛛网，就不高兴了：“这什么破地方，草都长成树了。”

赵明亮看了她一眼，说：“你也太夸张了吧，有这么高的树吗？”顿了一下：“住店不方便，人多眼杂的，不适合长住，而且太费钱了。”

周英道：“怎么不方便了？那么多店呢，这家住久了，可以换另一家住嘛，我看你就是想省钱想疯了。”

许多雷四处看看：“我敢打赌，这房子不用交租金。”

霍无病道：“队长，为了省钱，你也不能让我们住狗窝吧。”

赵明亮不耐烦地说：“你见过这么大的狗窝吗？别叽叽歪歪的，告诉你们，这是太原的同志帮忙找的，房东去外地了，一年半载回不来。这儿隐蔽性强，安全性高。别忘了，我们的掩护身份是来太原做小买卖的，住这儿，最合适。”

赵明亮一边说着，一边拿起笤帚清扫院子，整理杂物。

许多雷见状，只得招呼霍无病：“别愣着了，干活吧。”

周英嫌弃地推开一扇门，探头张望，房间虽然简陋，但也有床有桌子，收拾干净了，也算不错。她其实并不在意这些，她什么苦没吃过？就是住在荒山野地乱坟堆里，她也不会皱一下眉头的，关键是，她的身份是国军晋南游击纵队的上尉军官，在这帮土八路的眼里，国民党都是讲究吃穿穷奢极欲，那她当然也得扮演好这个角色，得有个他们想象中的国军的样子才对。

第二天，许多雷和霍无病就推着平板车，装了一车西瓜到了榆树坪的大街上，找了一个最适合观察挺身队的位置摆了个西瓜摊。两人都进行了化装，霍无病戴着草帽，穿个短褂，一看就是个卖苦力的。许多雷戴着一顶假发，嘴角还粘着胡子。

霍无病看到许多雷的样子就想笑，这太滑稽了。许多雷小声训斥道：“你能不能正经点，忘了我们干什么了？”

霍无病忍住笑：“队长给你弄的这个造型太逗了，头发这么长，和女人一样，我一看就想笑。”

许多雷严肃地说：“再笑给我滚回去。”

霍无病赶紧吆喝：“太谷西瓜，不甜不要钱，过来看看啊。”

一个行人走过来，说要挑个小点的。许多雷找了个小西瓜，放到秤上称。行人交了钱，拿着西瓜走了。

没过一会儿，霍无病有点不耐烦了，小声道：“都盯了这么长时间了，什么动静也没有，真烦人。”

许多雷说：“一个时辰都不到，你就坐不住了？做事要有恒心，别虚头巴脑的，一点耐心也没有，能干成什么事？”

这个时候，赵明亮也出来了，不过，他没去榆树坪，却到了华北治安军司令部门外。他托老钱打听了，驻在西山镇附近的伪军已经调回太原了。这里是伪军的大本营，说不定能打听出点哥哥的消息来。他刚到大门口，一个哨兵拦住了他：“你，干什么呢？”

赵明亮装作畏畏缩缩的样子：“老总，俺想找个人。”

哨兵问：“找谁？”

赵明亮说：“赵明光。”

哨兵不耐烦地问道："哪个连的？"

赵明亮摇了摇头："我也不知道，只知道他们原来驻在西山镇附近，后来听说调回太原了。"

哨兵扭头问对面的哨兵："你听说过这名字吗？"

那个哨兵摇了摇头："没有。"

哨兵不耐烦地冲着赵明亮吆喝："走吧，走吧，这儿没你找的人。"

赵明亮没有办法，只得还用守株待兔的笨办法，就蹲在华北治安军司令部对面的巷子口，盯着进进出出的人。一直到中午，还没见到赵明光的影子，他从口袋里掏出干粮，正嚼着，突然眼前一亮，看到赵明光从里面出来了。

赵明光出了大门，拐了个弯，沿着街朝西边走去。赵明亮站起身，不远不近地跟着他。

赵明光发现自己被人跟踪了，心里也有些紧张，自己身为伪军，是很多地下抗日组织的目标，他强作镇定，走走停停。他一回头，那人也立即回头，还把戴着的草帽往下拉了拉。赵明光立即小跑几步，闪身进了一个僻静的小巷，藏了起来。

赵明亮再转过身来，发现哥哥不见了，忙追了过来，四处张望。赵明光趁他背对着自己，立即从藏身处窜出来，别住他的脖子："你是谁？为什么跟着我？"

赵明亮忙道："是我。"

赵明光听出是弟弟声音，赶忙放手。赵明亮盯着哥哥看了看，喃喃地说："我和娘都以为你死了。"

赵明光把脸扭向一边，没有吭声。

赵明亮道："我记得你当兵走时，说打完鬼子就回家。"

赵明光淡淡道："赵明光已经死了，站在你面前的，是赵荣坤。"

赵明亮心里一动，惊喜道："你为什么改名字？你是卧底？"

赵荣坤苦笑了一下，说："对不起，让你失望了。"

刚燃起的希望一下子破灭了，赵明亮如坠冰窟，手脚冰冷，不禁生气道："你为什么要当二鬼子？"

赵荣坤沉重地说："前年春天，在中条山战役中，我们屡败屡战，最后弹尽粮绝，内无粮草，外无援兵，退无可退。为了活命，长官带着我们投降，编入华北治安军。我一人死不足惜，可我还有老婆，还有孩子，你让我怎么办？"

赵明亮愣了愣，中条山战役之惨烈，他是知道的，部队如果不是到了绝境，没人愿意投降。自己能说什么呢？要怪他没有杀身成仁吗？可他毕竟是自己的哥啊。

赵荣坤道："我心里明白，你和娘要是知道了，一定不肯原谅我，我，我也担心共产党找你们麻烦，就没和你们联系。"

赵明亮看着他，声音里带着恳求："哥，悬崖勒马，回头便是岸，娘和我都会理解你的。"

赵荣坤悲哀地摇了摇头："开弓还有回头箭吗？"

赵明亮忙道："有，只要你肯，它就有。"

赵荣坤沮丧地说："明亮，我和你不一样，我现在算是脚踩西瓜皮，溜到哪里算哪里……我保证不会做伤天害理的事。"

赵明亮心里有些恼怒，到这个时候，他还是执迷不悟。他瞪着哥哥，说："不，你已经做了，在西山镇那里，你就把枪口对准了自己的同胞。大是大非面前，从来都是非黑即白，没有第三种选择。"

赵荣坤喃喃道："你说得对，非黑即白，这是我的命。你就让我一条路走到黑吧。我现在不是一个人，有老婆，有孩子，为了他们，我也不想以身犯险，我只想做一个苟活于世的普通人。人各有志，你放过我吧，就当我死了。"说罢，转身就走。

赵明亮赶紧追上去："哥，哥……"

赵荣坤停下来，直直地盯着他："要不，你就一枪打死我，或者就让我走，你嫂子等我回家呢。"说罢，继续朝前走。

赵明亮跟着他走了几条街，看着他走进一个巷子，推开一个院子的门，进去了。院子里传来一个女人的声音："荣坤，你回来了，看我给你做了什么好吃的，清炖老鸭汤，最滋补身体了。"

赵明亮呆呆站在门外，叹了口气，转身走了。

许多雷和霍无病回来时，已经是晚上六七点了。周英正站在院门外张望，看了他们一眼，继续伸着脖子朝后面看。霍无病说："别看了，放心吧，没人跟着。"

周英问道："赵明亮呢？"

许多雷愣了一下，小声问她："队长还没回来？"

周英摇头："我以为你们在一块儿呢。"

许多雷说："我还以为你们两个在一起呢。"

周英向远处张望了一会儿，回头看着两人，忧虑地说："这么晚了，不会出什么事吧？”

一直快到八点左右时，赵明亮才回来，走得跌跌撞撞，嘴里还唱着晋剧《诸葛亮吊孝》：“长江水万里长澎湃汹涌，为破曹联东吴驾舟江东，山人我本不愿伤瑜性命，谁料想他心胸窄羞愧丧生……”

周英、许多雷和霍无病听到动静，赶紧从屋里出来。赵明亮被门槛绊了一下，跌倒在地，趴在地上，还在喃喃唱着：“为此事我不顾身入险境，为此事我不顾身入险境，但愿得重和好雨过天晴……”

许多雷和霍无病赶紧过去把他扶起来，他身上散发着浓浓的酒气。周英看看他，又瞪着许多雷道：“他这是怎么了？喝酒喝死了？”

许多雷和霍无病一起架着他往屋里走，一边走一边埋怨：“真是的，这要换了我们喝成这样，非得把我们枪毙了不可。他自己倒好，只许州官放火，不许百姓点灯。”

两人把他扶到床上躺下，他翻了个身，打了个嗝。许多雷皱眉，挥了挥手：“好大的酒气，你喝了多少啊？”

周英看着赵明亮的样子，有点心疼，表面上还是嫌弃的样子：“喂他点热水吧。”

霍无病埋怨：“你自己没有手啊？老是指使我们。阳哥，别管她。”

周英“哼”了一声，端起桌上的水壶，倒了一碗水，扶起赵明亮的头，喂到他嘴边。赵明亮贪婪地把一碗水都喝了。

周英摆好枕头，侧身让他躺下，盖上被子，掖好被角。许多雷看着她做的这一切，嘴角不自觉地笑了一下，朝霍无病挤了挤眼。

3

过了两天，赵明亮想来想去，决定还是得去找赵荣坤。他现在已经站在悬崖边上了，必须得把他拉回来。

赵明亮又来到了赵荣坤家，刚要敲门，突然犹豫了，这事儿还不能让嫂子知道。战争残酷，为什么要把一个无辜的女人也卷进来呢。他转身回来，守在他们家对面拐弯处。没过多大一会儿，门开了，赵荣坤妻子出来，一只手拎着菜篮子，另一只手牵着一个小男孩。

他看着两人走远了，忙赶到门口，急急地敲着门。赵荣坤打开门，伸头朝外面看了看，忙把他带进家里。赵明亮打量了一下，也只是普通人家的陈设，没有大富大贵，但也不愁吃穿。他心里稍安，对赵荣坤说：“娘天天等着你，你忍心让她老人家一直等下去吗？你准备一辈子都不见她吗？”

赵荣坤说：“当然不是，只是现在还不是时候。我就盼着这场战争早点结束，不求你们原谅我，只求一家老小，平平安安，都能活下去。”

赵明亮这次来，其实还想问他一件事，那就是在西山镇堵截暴动的矿工，他们是有备而去的吗？还有，他们是怎么准确地知道矿工会走那条路呢？

赵荣坤倒也没隐瞒，说：“是有人打电话告诉了矿工出逃的路线和时间，长官立功心切，连夜带我们去的。”

赵明亮心时一紧，果然是有人泄密。会是什么人呢？

赵荣坤又说：“我本来不想去，可是正好赶上值班，万万没想到会碰到你。幸亏我去了，要不然……”

赵明亮瞪着哥哥，语气激动：“我宁愿你没去，我宁愿在那场战斗中死掉，那样的话，我就不会知道我最敬重的哥哥成了鬼子的帮凶。你可知道，多少无辜的矿工惨死在你们的枪口下！你可知道，那场暴动就是我策划的，是我把他们带到了绝路上！”

赵荣坤也激动了：“你以为我想去吗？好，你如果怪我，那我这条命你随时可以拿走，为那些矿工报仇。”

赵明亮愤然起身：“不要忘了，你也是一个中国人！”

他一刻也待不下去了。本来想和他好好谈谈，他都准备从苏武牧羊，谈到文天祥过零丁洋，再和他好好理论一下这场战争是中日两个民族的对决，每个中华儿女都应该有坚强不屈的气节，可一看到哥哥身上那身二鬼子的军装就来气，没说两句就想发火。可走在回去的路上，他又有点后悔，怎么还这么急躁呢，应该给他点时间好好考虑啊。不能急，这事儿得慢慢来。他攥紧了拳头，一定能把哥哥劝过来的。

这个时候，在太原的另一条街上，中村正雄正走在回家的路上，他仍旧是一副商人打扮。当然，还是柴田勇太开车送他的，在离家还有两条街的地方，找了一个偏僻的小巷子停了下来，他走着回去了。到了家，中村脱去外套，黄春梅忙接了过去，一边往衣柜里挂，一边奇怪地问他，怎么突然回来了？上次走的时候，不是说至少两个月才能回来吗？

中村笑道：“怎么？不欢迎我回家？”

她推了丈夫一把，嗔道：“嗯，不欢迎，反正你眼里也没这个家，以后干脆别回来了。”

她实际上格外高兴，给丈夫泡了一壶茶，又亲自下厨，一会儿工夫，就端上来了几盘菜，一家人坐在一起亲亲热热地吃饭。她主动搛了一筷子菜给丈夫：“上次你可答应过我，陪我和儿子一起回趟北平。”

中村推脱说：“过段时间吧，这阵顾不上。”

她有些生气：“顾不上，顾不上，你总是顾不上！说话不算数。”

中村无奈地说：“我有难处，希望你能体谅。”

她伤心道：“我体谅你，谁体谅我呢？”

中村看着她，低声说：“对不起，让你失望了，我不是个好丈夫。”

她抢白道：“你也不是个好父亲。”扭头对小新说：“爸爸不是好爸爸，对不对？”

小新却叫了起来：“不对，爸爸是个好爸爸。”

中村放下碗筷，把儿子抱在膝上：“还是我们小新最乖，最懂事。”

外面突然传来敲门声。张妈赶紧出去，很快就进来对中村说：“先生，有个姓柴的找你。”

中村一听，知道是柴田勇太，轻微地皱了一下眉头，他这个时候找自己，一定有要紧的事。他立刻放下儿子：“爸爸有点事，出去一趟。”

黄春梅道：“是什么人？请人家进来坐坐嘛，喝杯茶。张妈，叫客人进来。”

中村忙阻止：“不用了，他来找我，肯定有急事。”

中村匆匆出门，黄春梅不禁生出疑虑。她想了想，还是追了出来。中村和柴田勇太已经坐上一辆黄包车，正往东边的大街上赶去。

黄春梅忙伸手拦住一辆黄包车，上去后，吩咐车夫：“跟着前面那两个人，别让他们发现。”

车夫问：“是你男人？”

黄春梅没有吭声，算是默认了。这个车夫话还特别多：“刚才拉了一个女人，也是跟踪自己的男人，她男人做生意赚了钱，在外面养了个小老婆。”

黄春梅忧虑地皱起眉头，自己家的汉良会不会也是这样？跟着转过两条街后，前面的黄包车停了下来，中村与柴田勇太下来，上了停在路边的一辆黑色小轿车。

黄春梅吃了一惊，还有小轿车？这是谁的小轿车？如果是那个姓柴的，他为什么不直接开到家门口呢？是怕她发现吗？汉良难道在外面真的有人了？她着急地催促车夫盯紧了，千万不要跟丢了。

车夫有些为难：“我这两条腿，可跑不过人家的四个轮子。”

她赶紧从包里掏出几张纸币递了过去：“我给你加钱。”

车夫接了钱，身上有了劲，立刻加快速度，跑了起来。到了一个路口，轿车拐了个弯，等车夫赶过去，早已看不到轿车的踪影。

黄春梅失望道："算了，回去吧。"

车夫说："左边过去是个小胡同，轿车进不去，那辆车应该往右边去了，要不要再看看？"

黄春梅来了精神："要。"

车夫拉着她继续狂奔，走到路尽头，只见黑色轿车正好过来，但往左一拐，驶向一个大院，大院门口两侧各有两个日本兵在站岗。

车夫掉头就要把车往回拉，黄春梅急道："停下，停下！"

车夫停下来，慌慌地说："你快下来，快下来！我的姑奶奶啊，你让我追的是什么人啊？差点要了我的命。"

黄春梅下了车，问车夫："这是啥地方？"

车夫急急地瞥了一眼，赶紧收回目光，低低地说："那是太君在山西的老窝啊。"说完，慌乱地拉起黄包车就跑了。

黄春梅几乎不敢相信，打量着那个大院，整个大院戒备森严，不时会有日本军人进进出出，都是乘坐着小轿车。那个姓柴的到底是什么人？他开的小轿车为什么在门口停都不停，日本兵都不问一下，直接就进去了？

她有些害怕，但对丈夫的关心战胜了恐惧，她鼓足勇气慢慢地向大院门口走去，到了门口，伸着头向院内张望。

中村是赶往伊藤师团长办公室的。司令部也是临时通知挺身队，说是师团长要紧急召见中村，柴田勇太这才急急忙忙地赶去寻找中村。

伊藤是追问挺身队被下毒的事情。中村进来后，他眯着眼睛，冷峻地盯着他，问道，到底有没有查出来是什么人干的？

中村道："能在太原采取这样行动的，要么是阎锡山的晋绥军，要么就是国民党的军统。晋绥军兵败如山倒，苟延残喘，顾不上太原。而军统在各个城市经营多年，无孔不入，防不胜防。可以肯定，这是军统干的。"

伊藤正人问道："为什么不可能是共产党呢？"

中村说："我也考虑过这个可能，中共本来在各地都有情报机构，但自从兵败瑞金，开始所谓的长征以后，他们在城市的势力便开始衰败，即便现在有所发展，但要在太原展开行动，恐怕还没有这个能力。另外，我们抓到的那两个人被送到黄桥煤矿后，我派队员混进去了，听他们亲口说了，自己是军统的人。"

伊藤正人沉吟了一会儿，说："这两年，他们发展得很快。"

中村说："师团长所言极是。无论是恒山饭店的爆炸案，还是针对挺身队的投毒事件，都与军统脱不了干系。请师团长督促特高课抓紧侦破军统在太原的组织，以绝后患。"

伊藤正人说："特高课一直在加紧调查，但眼下并无线索。你们擅长行动，如果能和特高课联手，可能会更好些。"

中村道："请师团长吩咐。"

伊藤正人说："我觉得不如先从外围下手，明修栈道，暗度陈仓。你带领挺身队化装前往青龙镇，相机捕获国军晋南游击纵队司令宁武或其他高级军官，他们肯定和隐藏在太原的军统有勾结。"

他话音刚落，一名日军参谋匆匆进来："报告，大门岗哨来电话，刚刚捕获了一名中国女人，她说是找自己的丈夫，刚才乘车进来的。"

这显然是黄春梅！中村大惊："她在哪里？"

伊藤皱眉，表情不悦："你去吧。"

中村几乎是小跑地赶到司令部大门口，果然是黄春梅。她还站在那里伸着脖子向里面看呢。中村过去，赶紧拉着她离开。黄春梅吃惊地看着丈夫，他在大院里出入，简直就像在自己家一样。那么，只有一个可能了，他是汉奸！她又羞又急，甩着胳膊叫道："你放开我，你放开我！"

中村紧紧地抓住不放："有什么事回家再说。"

回到家里，黄春梅一头扑倒在床上嘤嘤哭泣。怎么也没想到，丈夫竟然投靠日本人，成了汉奸！这让她以后如何做人？如何向自己的爹娘交代？

小新过来，看看妈妈，又看看坐在床边，低着头一声不吭的中村，问道："爸爸，你和妈妈怎么了？"

中村忙抬起头，哄他说："小新乖，你先出去，我和妈妈有事谈。"

张妈听到动静，赶紧过来，拉着小新出去了。

黄春梅从床上直起身子，脸上布满泪水，她愤怒地看着中村道："原来你的生意就是给日本人卖命，你的良心都被狗吃了吗？日本人杀了多少中国人，没想到，你却去做汉奸……"

中村依旧低着头，一声不吭。

黄春梅发狠道："明天我就带儿子回北平，你走你的阳关道，我过我的独木桥。咱们桥归桥，路归路，各走各的，从此，两不相干！"

中村抬起头，愣愣地看着她，说："我不同意。"

黄春梅叫道："你不同意？你凭什么说这样的话？你有什么资格说这样的话？你做汉奸不要紧，不要连累了我和儿子，我们可不想被人指着脊梁骨骂。”

中村恶狠狠地说：“谁敢？”他霍地站起来：“谁敢骂我的儿子，我杀了他！”

黄春梅愣了一下，她从来都没有见过丈夫这个样子。她突然觉得，这个和她同床共枕十几年的男人，完全是个陌生人。她不由感到惧怕：“你，你怎么变成这个样子了？”

中村道：“我从来没有变，一直就是这个样子，只是你不知道而已。”

黄春梅吃惊道：“你一直就是这个样子？难道在北平的时候，你就做了汉奸？”

中村道：“你的丈夫不是汉奸，从来都不是。”

他居然还不承认！黄春梅气极，斥骂道：“不是汉奸是什么？我都亲眼看到了，你还抵赖！你要骗我到什么时候？”

中村道：“我是日本人。”

黄春梅吓了一跳，惊愕地看着他：“你，你刚才说什么？你再说一遍。”

这一天终究要来的，中村反而很平静了：“我是日本人，李汉良不是我的真名字，我的名字叫中村正雄。”

这比汉奸更让人震惊，她不敢相信这是真的。使劲摇头：“不可能！这不可能！你不是日本人，快说，你不是日本人……”

她充满期待地看着他，但看他的样子，一点也不像是在撒谎。中村喃喃道：“我不但是日本人，我还是一名大日本帝国的军人。”

他的声音突然激昂起来：“我是在中国出生的，在中国长大的，但我一直都是日本人，大日本帝国的军人。我的身体里，流的是大和民族的血，小新的身体里流的也是我们大和民族的血。他不是汉奸的儿子，他是无比荣耀的大日本帝国军人的儿子！”

黄春梅如五雷轰顶，身体不由一软，一下子晕了过去。

她醒过来的时候，发现自己已经躺在医院的病床上，墙壁是白的，床单是白的，伏在床边担心地看着她握着她的手的丈夫的脸也是苍白的。

黄春梅喃喃道：“原来你一直都在骗我，你竟然骗了我这么多年，我真是太傻了。”

中村痛苦地皱着眉头，沉默如石头。

黄春梅眼角流泪：“你对我说的话，全都是假的。”

中村摇了摇头：“不，有一句是真的。”

黄春梅转过脸，她不想再看到他。

中村道："我爱你，这一句是真的。即使是骗你，那也是因为爱你，我要保护你和小新……"

黄春梅冷笑道："难道我还会相信你吗？"

中村的口气很坚定："我对你的感情是真的，不管你相不相信，你是我唯一爱过的女人，从前是，现在是，将来也是。"

当黄春梅知道这是一家日本医院后，说什么也不住了。回到家后，她让中村立即离开，她不想看到他。中村看着她一脸厌烦的样子，长叹一声，只得回了挺身队。留下黄春梅一个人待在卧室，她前思后想，终于下了决心，要和他分开。这个日本男人，太可怕了，这十几年来，伪装成一个中国人，她居然连一丝一毫的破绽都没发现，从来都没怀疑过他，还和他生了孩子。是自己太傻吗？不，不是的，是这个男人太可怕了！

下了决心，她反而安静了许多，不管这个男人曾经干过多少坏事，但对她和小新，还是爱护的，也许真像他说的那样，他瞒着她，也是为了保护她和小新。但即使这样，她不能和他在一起了，必须得离开他。

当中村回到家里，听了她的打算，愣在那里："分开？"

黄春梅平静地说："对，你是日本人，我是中国人，日本人是来灭我们国家的，我还怎么和你过下去呢？"

中村摇了摇头，说："春梅，你误会了，我们日本人不是来消灭中国，而是帮助中国。中国本来是个伟大的国家，如今列强蚕食，军阀混战，已到了灯枯油干的时候了，我们是来和中国一起建设大东亚共荣圈，开创新的时代……"

黄春梅打断了他："你说的我都不懂，我只知道，日本鬼子是我们的敌人……我真傻，和你生活了这么多年，还一直当你是中国人……"

中村急道："春梅，我就是中国人，我生在中国，在中国长大，我早已经把自己当成中国人了。将来中国真正地融入了大东亚共荣圈，咱们就是一个国家了。"

黄春梅悲伤地摇了摇头："那就是亡国了！"

中村道："不，在我们的帮助下，中国会真正强大起来。"

他还是巧舌如簧！她更加失望了，悲哀地说："真是说的比唱的还好听……你还是先去学校把小新接回来吧。"

中村走到门口，她叫住了他："你把小新接回来就走吧，以后不要再回来了，好好做你的日本人，我再也不想看到你了。"

中村正雄犹豫了一下，走了。他接到刚放学的小新，一手替他拎着书包，一手拉着他回来了。到了家门口，小新抬头看着中村，说："爸爸，你以后不要再惹妈妈伤心了，妈妈这几天总是偷偷流泪。"

中村忙说："爸爸不会惹妈妈伤心的，爸爸永远不会惹妈妈伤心的。"

小新进了屋，丢开中村的手，扑到黄春梅跟前："妈，你病好了吗？"

黄春梅支起身子，慈爱地抚摸着小新的脑袋："好了，好了，妈妈的身体棒着呢。"

小新说："妈妈，我要是能替你生病就好了。"

黄春梅笑道："说什么傻话呢？"

小新过去把中村拉过来，把两人的手放在一起："妈妈，你赶紧好起来，爸爸为你的病，可着急了。爸爸还说了，等你病好了，咱们一起去公园玩，是不是，爸爸？"

中村连忙接上："对对对，咱们一起逛公园。"

黄春梅扭过头去，暗自落泪，如果他不是日本人，那该有多好啊。

小新关切地问："妈妈，你怎么哭了？"

她拭了一下泪，扭过头，强装笑颜："没哭，没哭，爸爸难得回趟家，妈妈这是高兴的，高兴的。"

第十一章

1

赵明亮他们还是按照计划，每天轮流在榆树坪守着挺身队，只不过这段时间，挺身队像缩头乌龟一样，一直没有出动。这天早上，刚吃过饭，周英找到赵明亮，说她想请假出去一趟，她发现附近有个澡堂，好不容易进趟城，想去洗个澡。

这个假，赵明亮当然得批准。不过，等周英刚走，他立即跑到许多雷和霍无病住的房间，急吼吼地对霍无病道，快把衣服脱下来。

霍无病赶紧护住自己的衣服："你要我脱衣服干啥？"

赵明亮边脱自己衣服边道："别废话，我和你换衣服。"

霍无病叫道："你那衣服没我好，我才不跟你换呢。"

赵明亮顾不得解释，上前去扒下他衣服，迅速和他交换了衣服，边扣扣子边跑到窗前往外看，周英已经走到大街上了。

周英在前面走，赵明亮在后面跟踪。是的，他怀疑上她了。想来想去，黄桥矿工暴动的事情，唯一有可能泄密的就是她。除了她，他想不起来还有谁有这个嫌疑。如果她真的是日伪的人，那就太可怕了。

周英在前面走着，心神不宁，她总感觉有人在跟踪她。她停下来，装作看路边的货摊，机警地前后张望，却没发现什么人。

走了没多远，她看到路边有个电话亭，忙走了过去，想了想，就给吴立均打了个电话，约他在丽华茶社见个面。电话打完了，她并没有放下来，而是悄悄地从口袋里摸出一个小镜子，看上去是在照镜子，实际上却是在观察身后。

赵明亮在不远处发现周英进了电话亭，赶紧隐藏起来，他伸出头看了看，看到她在打电话。他哪里知道，周英已经通过小镜子把他看得清清楚楚。她撇了下嘴角，收起了镜子。

她出了电话亭，继续不动声色地向前走着，过了两条马路，到了丽华茶社，吴立均已经到了，正坐在一个靠窗的位置。周英过去，坐在吴立均对面。

吴立均给她倒上茶。她低声道："我们这次来太原，没别的事儿，还是冲着鬼子的挺身队来的。"

吴立均说："上次在挺身队那里投毒，又发动黄桥煤矿暴动，日军大本营万分震怒，从北平特务机关又抽调了一批人到太原，这段时间风声很紧，你要小心一点。"

周英不以为然地说："这样好，浪越大越能练出熟练的水手，现在和鬼子斗，越来越得心应手了。"

吴立均羡慕地说："再危险的事情，到你那里，都变得举重若轻。"

周英笑道："你将来也能这样的，人都是逼出来的。"

她用余光看了一下对面，可以看到，赵明亮隐蔽在对面书店里，装作在看书，但不时地透过窗户往这边看一眼。她笑了一下，问吴立均："王跃平还在太原吗?"

吴立均说："在，你找他有什么事儿?"

她让吴立均立即回去，让王跃平找辆车过来，她要去看一个老朋友。吴立均自告奋勇，说他也会开车。周英摇头，坚持还是让王跃平来一趟，他对太原熟。

吴立均正要离开，周英又低低地说："我出来见你，没准会让共产党怀疑，你以后可以做出喜欢我，死皮赖脸追求我的样子。"

吴立均立即伸手抓她的手，她假装挣脱，嗔道："你还挺入戏的。"

吴立均笑道："我本来就喜欢你。"说罢，站起身："我走了。"

赵明亮看着这一幕，皱起了眉头，他们是恋人？怎么可能呢，他们第一次见面时，自己也在场。他突然恍然大悟，这个军统的小子是看上周英了，想追求她。也是，都是国民党的人，确实也般配。他摇了摇头，又看看周英，她仍然坐在那里，抽着一支烟，喝着茶，优哉游哉。他心里一动，这个女人，会不会也是军统的人？但如果她是军统的人，也不应该出卖暴动的矿工啊。

他正在那里胡思乱想着，王跃平出现了，他打扮得像个油头粉面的公子哥，走进茶社，到了周英跟前，脱帽躬身向她致意。周英看了他一眼，淡淡示意："坐下吧。"

王跃平坐了下来，低声道："我出来见你，可是向站长汇报过的。你要是还揪着张厨师的事不放，自己去问站长。"

周英道："事已至此，我也不想多说什么了。这几天总是梦见张厨师和他的儿子，他们在梦里骂我言而无信，还说，就是做鬼也不放过我。”

王跃平语气里带着嘲讽：“你还怕这个？”

周英道：“我只想给他烧点纸，求他原谅，省得他再纠缠我。”

王跃平松了口气：“还以为什么事呢，原来就为这个。走，我带你去一趟。”

两人出了茶社，走向停在路边的小轿车。赵明亮赶紧转过身子，背对马路，装作在看一本书。过了一会儿，等他再扭过头来，却发现周英不见了，忙往店门前走了两步，王跃平的小轿车还在，他倚在轿车旁。赵明亮松了口气，他在，周英应该就没走远。他心里突然沉甸甸的，很显然，周英把黄桥煤矿暴动的消息传递给了军统，军统又把它送给了伪军。即使不是这样，周英私下里与军统会面，很可能她和军统有勾结，甚至，她也可能是军统的人。

赵明亮头皮发麻，如果真是这样，这个女人就太可怕了。

他的肩膀突然被人拍了一下，赵明亮一愣，赶紧回头，身后站着周英，笑眯眯地看着他：“你怎么在这里？”

赵明亮正色道：“这话我还想问你呢。”

周英说：“既然你都看到了，那我就实话实说。军统那个小吴，你也认识的，知道我是晋南游击纵队的以后就喜欢上我了，给我写了情书，还留了电话。我呢，正好想利用他帮我约出王跃平，所以，就联系他了。”

赵明亮皱起眉头：“你约王跃平干什么？”

周英嘴角露出一丝诡异的笑容：“一会儿你就知道了。”

2

周英带着赵明亮来到小轿车旁，王跃平正在抽烟，看到赵明亮，愣了一下，扭头看她：“他怎么来了？”

周英道：“他和我一样，也是想去看看老朋友。”

王跃平扔下烟头，有些不情愿地打开车门。周英坐到后排，赵明亮本来可以坐在副驾驶的，他犹豫了一下，跟着她上去，坐在了她旁边。

轿车启动了，是往城外开的。赵明亮心里翻江倒海，周英到底要带他去哪里？那个老朋友是谁？他仔细地想了想，自己和她好像也没有什么共同的老朋友，她的葫芦里卖的是什么药？他不由得心生警惕，会不会是自己发现了她的秘密，她要杀人灭口？他下意识地把手放在腰间，悄悄地握着手枪。

周英显然觉察出了，转头看了看他，朝他撇了撇嘴。

赵明亮朝她笑了一下，但仍旧没有把手从腰间挪开。她知道了也好，行动之前要考虑清楚，他赵明亮也不是好惹的。

轿车驶出太原，到了郊区，拐到一条小道，在一个山沟里停了下来，王跃平的脑袋向外面的坟堆摆了一下："就这个。"

他下了轿车，靠在车上，漫不经心地掏出香烟，深深地吸了一口，抬起头来，慢慢地吐出了一个烟圈。赵明亮心神稍定，看他这架势，至少不像要动手的样子。

他跟着周英下了车，来到坟前，周英回头问王跃平："就是这个？"

王跃平懒洋洋地说："就是这个，你看，我一点都没偷工减料。"

赵明亮一脸疑惑，问周英："这里埋的是谁？"

周英淡淡地说："张厨师和他的家人。"

赵明亮大吃一惊，手脚冰凉："张厨师？他们是怎么死的？不是送走了吗？"

周英没有吭声，极其虔诚地跪在地上，在坟前磕了三个头。

赵明亮追问道："他们在这里遇到鬼子了？"

她仍然没理他，从包里掏出草纸，给张厨师烧纸，低声道："张师傅，对不起了。良儿，姐姐没有能保护好你，如果有来生，姐姐一定把这一生欠你的还给你，让你有一个灿烂的童年，世界光明，万物欢欣……"

赵明亮咬着嘴唇，悲痛地站在那里，真没想到，张厨师一家竟然会遇难了。不是说好了，军统把他们送到重庆吗？遇到鬼子了？那护送他们的王跃平怎么没有事儿？他不由回头看了一眼，王跃平抽着烟，把头扭向一边，看着远处的风景。

周英站起来，拍了拍膝盖，扭头叫王跃平："你也过来吧。"

王跃平皱起眉头，不耐烦地说："我过去干啥？"

周英轻声道："过来磕个头，让张厨师在天之灵，保佑我们打鬼子。"

王跃平不情愿地过来，看了一眼周英，周英不卑不亢地盯着他，目光执拗。他只好不耐烦地扔了烟屁股，跪下磕了三个头。磕完头，他正要起来，周英突然勒住他脖子，从发髻上取下铁簪子，刺入了他的太阳穴。

一切迅雷不及掩耳。赵明亮目瞪口呆，吃惊地看着她："你为什么要杀他？"

周英丢下王跃平，拿着铁簪子，拽起他的衣服，仔细地擦拭铁簪子上的血。铁簪子擦干净了，她别在发髻上，弯腰从他身上搜出枪，递给赵明亮。

又搜另一个口袋，掏出孩子的长命锁，摊开让赵明亮看："这是良儿的长命锁。你不是问张厨师是怎么死的吗？就是这家伙的把他们杀了。"

尽管有预感，但听周英这么说了，赵明亮还是倒吸一口冷气，这个王跃平，太狠毒了。他皱起眉头："他为什么要杀了张厨师一家？这是军统的命令吗？"

周英道："可能是贪那点赏钱吧。至于是不是军统的命令，这我就不知道了，但就是军统的命令，他王跃平完全也可以放他们走嘛。就是要杀，杀张厨师一个人也就算了，他连老太太和孩子都不放过……"

她把长命锁收进口袋里，站了起来："我是前几天在街上遇到他时发现这个的，这才知道他把张厨师一家杀了。我就是为这事才和吴立均见面，诱出这家伙的，为张厨师一家报仇。"

赵明亮摇了摇头，这帮军统，这未免太卑鄙了。他关切地看着她，说："军统知道是你把王跃平约出来的，要是发现他被杀了，会向你兴师问罪的。"

周英冷笑道："这背信弃义的事情，谅他们也不敢问罪，就是问罪，我是晋南游击纵队的，他们又能奈何我吗？"

周英和赵明亮上了车，两人心情沉重，都沉默不语。周英发动汽车，刚走了两步，发现路边的荒草中扔着一只破旧的玩具飞机，正是她之前送给张厨师儿子的。她忙熄火，停了下来，走过去捡起玩具飞机，泪水终于汹涌而出。

赵明亮过来，强忍悲痛，轻轻地说："别难过了，你有这份心，良儿九泉之下也会感谢你的……"

周英忽然转身伏在赵明亮肩上，抽泣道："我还想着，等战争结束了，去重庆看他呢……"

赵明亮犹豫一下，还是拍了拍她的后背，安慰道："孩子已经去了，他会在地下看着我们，我们活着是为了让活着的人更好地活着……"

周英用袖子擦了擦泪水，使劲地点了点头："你说得对，过去的事情就让它过去吧。我们活着的人还要继续战斗，除非我们死去！"

她上了车，隔着车窗，把玩具飞机远远地扔掉了。

赵明亮看了看她，有些不解："你怎么把它扔了？留下做个纪念也是好的。"

周英冷笑道："还留什么纪念？在这场战争中，我们大概也会死去。无牵无挂，才能死得无所畏惧干净利索。"

赵明亮愣了一下，看着前方，她为了给张厨师一家报仇，把王跃平也杀了，看样子，不应该是军统的人。黄桥煤矿暴动到底是谁泄密了？他突然心里一动，听许多雷他们说，就是因为那个和他一起进入煤矿的王家正告密，他们才不得不提前举行暴动。也许，也许是日本人在西山镇的兵力不够，这才求助于伪军？再说，这个王家正能向日本人告密，为什么不能向伪军告密呢？这个王家正到底是什么人？

到了太原市区，经过他们住的旅店大街时，周英把车停在路边，对赵明亮说："我和吴立均约好了，让他在茶馆等我，我去把车还给他。你还跟着去吗？"

赵明亮道："我相信你，就不去啦。"

他拉开车门就要下车，突然想起，她杀王跃平时用的是铁簪子，又把车门关上，低声问她："你带枪没有？"

周英摇头："没带，我怕万一遇到鬼子或者汉奸，搜出枪就麻烦了。"

他把手枪从腰里掏出来递给她："拿上。你毕竟杀了军统的人，他们要是发现了，万一对你下毒手呢？"

周英接过，插进腰间："也好，小心驶得万年船。"

周英并不是去见吴立均的，而是直接把车开到了大华商社。麦当雄看到她，一脸意外："你怎么来了？有没有人跟踪？不是不让你来这里吗？"

周英微笑道："当然没有人跟踪。"她顿了顿，说："我是向您负荆请罪来了，我把王跃平杀了。"

麦当雄吃惊道："王跃平叛变了？是投共产党，还是投日本人？"

周英说："都不是。他没叛变，但我必须得杀了他。"

麦当雄愣了愣，问她："为什么？"

周英却换了一个话题："上次黄桥煤矿暴动，我给了你们情报，你们为什么把情报泄露给伪军？让战俘死了那么多。"

麦当雄把身子往后一仰，说："这是迫不得已，如果不借刀杀人，那些战俘都跑到共产党那里，不就成他们的人了？"

周英道："成了共产党的人又怎么了？还不是照样打鬼子？"

麦当雄摇了摇头："周英啊，你勇敢倒是勇敢，但在政治上却又太幼稚了，共产党迟早也是咱们的敌人。"

周英道："所以战俘就成了牺牲品？这样的政治也未免太脏了。"

麦当雄苦口婆心地劝她："周英啊，你算是军统的老人了，暗杀这样的脏活儿也不是没干过。政治比这还要脏。但你要知道，你要想保持清洁，就必须懂得用脏水也可以洗身。”

周英绽开一脸笑容，说：“我当然知道，所以我就把王跃平杀了。”

麦当雄皱起眉头：“为什么？必须要杀他吗？”

周英口气很坚定：“必须杀。共产党本来就不大信任我，再加上黄桥煤矿的事情，他们开始怀疑我了，我这次和吴立均接头，就被赵明亮跟踪了。等我发现的时候，已经晚了。”

麦当雄吃惊道：“那不是功亏一篑了？”

周英说：“所以只好将计就计，让吴立均诱出王跃平，以他杀了张厨师一家为名除掉了他，洗清我的嫌疑。”

麦当雄皱眉沉思了一会儿，点了点头，无奈地说：“丢车保帅，这也是没法子的法子。”

周英说：“情况紧急，来不及汇报，我擅作主张了。无论您对我用什么家法处置，我都毫无怨言。”

麦当雄站起来，在房间里走了一会儿，在她跟前停下，说：“好吧，只要能确保你顺利在共区潜伏，无论付出什么样的代价，都是值得的，这才是重中之重。我会向重庆局本部报告，就说王跃平与共产党有勾结，我已经把他制裁了。”

周英点了点头：“请站长放心，我会想办法让共产党更加信任我，让王跃平死得有价值，死得其所。”

3

赵明亮又梦到了哥哥，还是那个噩梦。八路军与伪军正在肉搏，一个伪军军官捅倒了一个八路军战士。他看到后，眼睛都红了，端着上了刺刀的步枪冲上去，向那人捅去，刺刀捅进那人的胸口，那人双手攥着刺刀，口吐血沫，充满哀怨地看着他，喃喃地说：“明亮，是我，是哥哥。”

他仔细地打量了，确实是哥哥，他不由得惊叫：“哥，怎么是你？”哥哥嘴巴张了张，什么也没说出来，脑袋往下一垂，死了。他扔下步枪，抱起哥哥，大声哭泣：“哥，哥，你醒醒……”

赵明亮猛地从床上坐起，一头汗水，他喘着气，茫然地向四周看看，月亮照进来，这只是个梦。他叹了口气，忧郁地看着窗外。

第二天一大早，许多雷和霍无病推着平板车前去榆树坪，他们刚走，赵明亮也出来了，他一副商人打扮，低着头，一副心事重重的模样，匆匆地出了门。

周英正要出门，看到他出去，忙闪回屋内。这个赵明亮，他去哪里呢？难道是去找地下党接头？应该不是的，他几乎每天都要出去，每次出去，都是心事重重，回来了，还是心事重重。如果是找了地下党，他回来会给大家讲的，但这几天回来，却是什么也不说。他有事瞒着。会是什么事儿呢？

她迅速换上旗袍，戴上墨镜，走到门口，想了想，又回头带上了昨天刚买的小洋伞，紧紧地跟上了赵明亮。

赵明亮又来到了华北治安军司令部大门前，这次有名有姓，单位也知道，哨兵听了，立即打了电话，没过一会儿，穿着伪军军装的赵荣坤匆匆忙忙从大院里出来，拉了一下赵明亮，向旁边的一个茶馆走去。

躲在不远处一个小店前的周英看到这一幕，不由吃了一惊，赵明亮来找这个伪军军官干什么？难道这个伪军是个地下党？她很快就否定了，如果是地下党，赵明亮不会到这个地方和他接头的。那他到底是什么人？

她心里一动，难道他和伪军有牵连？她很快又否定了，根据她对这个男人的了解，他不可能是这种人。但如果是他奉组织的命令和伪军联系呢？这可是一个大情报。周英精神一振，紧紧地盯住了两人。

赵明亮和赵荣坤坐在茶馆的角落处，赵明亮看看四周，四周并没有什么人。

赵明亮低声道："哥，战争早晚会结束，日本人迟早会滚蛋，就算不从民族大义出发，为了个人和家庭着想，你也应该为自己找条退路。"

赵荣坤说："我就是在为家庭着想。日本人本身对我们就不放心，把我们盯得死死的，鼻子比狗还灵敏，我为你们做事了，万一鬼子知道了，我没啥，大不了一死，但我老婆怎么办？孩子怎么办？"

赵明亮道："你口口声声为了孩子，可你想过没有，你背负了汉奸的骂名，将来老婆、孩子又如何面对世人？他们能好好生活吗？"

赵荣坤说："至于这汉奸不汉奸，可就难说了。鬼子打进来，国军百万大军都挡不住，你让老百姓咋办？都去大后方？都上山？或者干脆一头撞死？最后还不是得在这里活着？鬼子才不管他们的死活，还不是得靠中国人照顾中国人。我们出头和鬼子打交道，对鬼子哄着瞒着防着也算计着，至少也能让他们少造点儿孽。明亮，你说，我这是汉奸吗？"

赵明亮生气道："你把苟且偷生说得这样伟大，当汉奸还当出境界来了！"

赵荣坤说："明亮，你信与不信，这都是我的真实想法。"

赵明亮急道："哥，你怎么还这样执迷不悟？"

赵荣坤站了起来："你以后别来找我了，不安全。"

赵荣坤从茶社出来了，赵明亮还坐在茶馆里发呆。周英想了想，走到一边，挥手叫了一辆黄包车，走了。

在电话里约好了时间、地点，周英和吴立均在兴华茶社碰面了。她简单地把赵明亮和华北治安军军官联系的事说了。

吴立均也觉得奇怪："会不会是八路军想和二鬼子联手？"

周英皱起眉头："联手干什么？"

吴立均道："比如订立协议，互不侵犯，暗地里互相支援对付国军。"

周英瞪他一眼，小声道："你可真有想象力，连这都能想得出来。策反二鬼子倒有可能，但要说和二鬼子联手对付国军，我觉得可能性不大。"

吴立均见她口气明显偏向八路军，不由得把身子往前倾了倾，关心道："你可要小心点。"

周英不以为然，笑了笑。

吴立均认真地说："你可别轻视他们，共产党居心叵测，防不胜防，你要注意安全。"

周英说："这样才更刺激，与狼共舞，能逼着把自己修炼成一只豹子。再说，他们还是真心打鬼子的。"

吴立均道："反正你要注意点，你在那边，只能靠你自己。"顿了顿："太原这边，不但帮不了你，可能还有人等着看你摔得有多惨。"

周英点了点头："我明白，那个李为信早就看我不顺眼。还有，赵明亮见二鬼子这事儿，你先不要告诉站长他们，等我调查清楚是怎么回事再说。"

吴立均答应了："好，我谁也不说。"

第十二章

1

日军挺身队龟缩不出，赵明亮他们一时也没了办法，只得撤回了杜家庄。没多过久，倒是挺身队自己送上门来了，来的还是挺身队的二号人物柴田勇太。

这次是日军要进行一场“大扫荡”，八路军兵工厂是主要目标。

日军一直都清楚，八路军有自己的兵工厂，但对兵工厂的具体位置却一无所知，上次挺身队奉命深入根据地寻找，在石头村遭遇意外，不得不撤了出来。八路军兵工厂造枪造炮的材料主要来自缴获，特别是结合交通破袭战，把铁轨带回兵工厂，这可都是上等的造枪造炮要用的钢铁。裴喜妮带领的游击队奉命出击，他们带着民兵趁着夜暗，悄悄地开进敌占区，将铁轨掀翻，一部分游击队员和民兵合力抬起铁轨，迅速消失在了浓浓夜色中。

裴喜妮带着剩下的四五十人的游击队在铁路断轨边的小坡头上隐蔽埋伏，他们准备等日军的军列到来之后，打它个措手不及。她低声交代大家：“大家记好了，等鬼子近了再打，把子弹打完，把每个人身上的手榴弹都扔完，然后立即撤退。”

过了没多久，一列火车徐徐驶来。火车驶至空轨处，一下子颠覆了，装满弹药的车厢接二连三地爆炸了。日军从颠覆的火车中狼狈爬出，惊魂未定地东张西望。

裴喜妮挥枪撂倒一个日本兵，喊道：“打！”

游击队员向日军射击，日军纷纷中弹。经过最初的慌乱后，日本兵或者卧倒或者借着车厢掩护还击，甚至机枪也响了。日军虽然是仓促还击，但他们的火力还是远远胜过游击队，游击队被压制得抬不起头。

裴喜妮吼道：“停止射击，准备手榴弹！”

游击队员把手榴弹取出来，拧开保险盖。日军见对方不再射击，慢慢地爬起来，猫腰向游击队埋伏处杀来。等到日军近了，裴喜妮大喊：“手榴弹！”

游击队员们掷出的手榴弹密密麻麻如飞蝗，日军被炸得人仰马翻。

裴喜妮见大家手里的手榴弹都扔完了，果断命令撤退。游击队员趁着夜色掩护，很快消失了。

第二天早上，伊藤正人听说军列遇袭，立即带人赶来。除了横七竖八地躺着的日本兵、破烂的军列残骸，战场上什么也没有了。他扭头问提前一步赶来的中村正雄：“铁轨呢？找到没有？”

中村正雄道：“挺身队在方圆十多里找过了，毫无踪影。”

伊藤正人恼怒道：“你们不是号称能把中国老百姓、八路军都骗了吗？怎么连铁轨都打听不出来？”

中村正雄道：“老百姓没有察觉我们的真实身份。他们说，在夜里听到了动静，但没人敢出来查探，确实不知道铁轨去了哪里。”

一个日军军官喃喃道：“他们破坏铁路就算了，要铁轨干什么？”

伊藤正人瞪了他一眼：“八路军搬走铁轨，是用来造武器的。”

他从地上捡起一块手榴弹弹片，仔细地看了看，递给了身边的中村正雄。

中村正雄接过，仔细查看着。这些手榴弹的残片，用的是生铁，土法冶炼。他很熟悉这种八路军自己制造的手榴弹。他们挺身队出去用的也是这种缴获来的手榴弹。中村正雄道：“这种手榴弹没什么杀伤力，八路军用这种武器和皇军作战，用他们中国的俗话说，就是拿鸡蛋往石头上碰。”

伊藤正人没有吭声，走了两步，停下来，回头看着他说：“不要小看中国人，在几千年的历史上，再大的苦难，他们也都挺过来了。他们就像弹簧，压力愈大，反弹愈强。他们今天能造出步枪、手榴弹，明天就能造出机枪和大炮。”

回到太原，伊藤正人立即召集日军军官开会。这段时间，他有点焦头烂额，大本营急需抽调兵力南下，而他们不但没能肃清山西境内的八路军，还让他们频频破袭铁路，冈村司令官非常生气，亲自制订了肃清八路军的作战计划，给师团半个月的时间，准备就绪立即进攻。

这当口，铁路又被他们破坏了。

伊藤正人认为，八路军之所以能发展壮大，是因为有自己的兵工厂，可以源源不断地武装老百姓。从战场上八路军使用的武器配备可以看出，他们的兵工厂已经由小做大，再不解决，后患无穷。彻底破坏他们的兵工厂是“釜底抽薪”，也是这次扫荡重点之所在。

但最让师团头疼的是，他们一直知道八路军有自己的兵工厂，甚至也知道了兵工厂的大致位置，但具体地方却没能查出来。

伊藤正人恼怒道："司令官对此极为生气，如果我们这次还找不到兵工厂的位置，不能把它破坏掉，我们就集体剖腹谢罪！"

整个作战室里一片沉闷，没有一个人敢说话。

伊藤正人盯着中村正雄道："我不管你用什么办法，在发动扫荡之前，必须给我找出兵工厂的具体位置！"

中村正雄忙立正答道："是！"

中村正雄不敢怠慢，他本来想亲自化装，前去寻找八路军兵工厂。根据种种迹象，师团判断，八路军的兵工厂应该在晋东南的刘村一带。但柴田勇太却坚决反对，认为他是队长，肩负指挥的重任，不应该冒险深入敌区，他自告奋勇，要求自己去化装侦察。

中村正雄想了想，柴田勇太也曾多次化装进入"准治安区"和"未治安区"，一次都没有失手。他是可以放心的，就点头同意了。

2

他们不知道的是，华北方面军司令官冈村宁次制订的"扫荡"计划，早已经被太原的地下党搞到了。八路军总部注意到，日军这次"扫荡"的重点就是八路军的兵工厂，并且还准备利用挺身队前来侦察。总部首长决定将计就计，他们想来兵工厂，那就敞开兵工厂大门，让他们看个够，然后诱敌深入，聚而歼之。

许亚夫判断，挺身队此次侦察不大可能集体出动，很可能会以小贩、难民等身份渗透进来。他立即把赵明亮和周英叫来，让两人赶到兵工厂旁边的刘村，守株待兔，裴喜妮的游击队配合行动。

他对赵明亮说："你扮作兵工厂的工人。"转向周英道："你扮成他的媳妇，平常注意村里来的陌生人，确认是挺身队的人，就设法与他周旋，他要是想进兵工厂，就想办法让他进去看看，千万不能暴露身份打草惊蛇，"

赵明亮笑嘻嘻地说："司令员你放心，女人天生都会演戏。"

周英斜他一眼："你对女人还蛮了解的嘛。"

赵明亮说："至少我对你很了解。"

两人立即动身前去刘村兵工厂，赵明亮化装成兵工厂的工人留在了厂区，兵工厂旁边的刘村的村民已经疏散，只留下了党员和游击队员扮演的村民。周英住进了一个农家小院，和赵明亮临时组建了一个家庭，白天赵明亮上班，她就坐在家里纳鞋底。

裴喜妮坐在她旁边，手里也纳着鞋底。她有些沉不住气："这都两天了，咋还没动静？"

周英头也不抬地继续干活："才两天你就沉不住气了？心急钓不到鱼，火急烙不好饼。"

裴喜妮有些惊奇："瞧你四平八稳，心不急，气不躁的，我都快闷死了。"

周英说："这次拼的不是刀枪，是演技，我要不会干这个，怎么当小媳妇？"

裴喜妮看了看她，坏笑道："小媳妇当上瘾了？我看你和赵明亮不像假夫妻，倒像真的。"用肩膀碰了碰她："你喜欢不喜欢他？"

周英大笑："赵明亮？我会喜欢他？我眼没瞎呢。"

裴喜妮不信："你别不承认，喜欢这种东西，你捂住嘴巴了，它也会从眼睛里跑出来。我看你看他的眼神就不对劲。"

周英乐不可支："哈，那你真是眼瞎了。"

裴喜妮失望道："连这个都不敢承认，没劲。"看了看四周："你说，鬼子会上当吗？"

周英很肯定："会，专门为他们量体裁衣安排好了。"

这天，一个挑着担子的货郎进了刘村，摇着拨浪鼓，拉着声音吆喝："破鞋头、破布头、长头发、烂铜废铁兑针线。来，小人要甜甜，大嫂要针线，老太太要夹发针，小媳妇要胭脂。来，旧铜烂铁有没有？破鞋头有没有？"

不一会儿，聚集了不少村民，大家围着观看、讨价还价。这个货郎正是柴田勇太。

周英听到叫卖时，忙赶过去，挤进人群，拿起一块洋胰子闻了闻，爱不释手。她问道："能用啥换？"

柴田勇太道："破鞋头、破布头、长头发、烂铜废铁、粮食，啥都行。"

周英说："破鞋倒有，要几双才能换一块？"

柴田勇太道："我这洋胰子可是上海产的，给你打个折，至少也得五六双破鞋头吧。"

周英一脸为难："还真没那么多。能不能再便宜些？"

柴田勇太看了看她手里纳好的鞋底，说："如果有新鞋的话，一双就够。"

周英高兴地说："那就好，我家里还真有一双新做的鞋子。"

柴田勇太笑着说："那你赶紧回去拿吧，我在这等你。"

周英转身回到小院，裴喜妮忙迎上来："是不是咱们要等的人？"

周英说："不确定，我去试试他，你一会儿也去。等他知道我是兵工厂工人的媳妇，如果不来找我，那可能就是真的货郎。如果他来找我，那就有戏了。咱们得配合着把这戏演好。"

裴喜妮跃跃欲试："好。"

周英叮嘱道："练好的台词，你可不要忘了。"

裴喜妮说："放心，我昨晚在心里默念几百遍了，害得半夜都没睡着。"

周英拿着一双崭新的黑布鞋挤到货郎担前，把黑布鞋递给柴田勇太："就是这双，你看看行不行？"

柴田勇太拿着布鞋看了看，点头："行，这个行。"

柴田勇太收下布鞋，拿出一块洋胰子递给周英。

周英央告："我这双鞋这么好，换一块洋胰子太亏了，再添个针线包吧。"

柴田勇太摇头："你真会过日子，好好，再送你一个针线包。"

周英接过柴田勇太递过来的针线包，抬手捋了一下头发。在人群外的裴喜妮看见，忙挤过来，调笑周英："换洋胰子干啥？是不是你家那口子今天晚上要回来了？你要把自己洗得香喷喷的伺候他？"

周英扬手去打她："呸，胡咧咧啥呢，他就晌午抽空回来一下，这个死鬼整天在兵工厂忙，几天不着家了。不跟你说了，我得回家给他做饭。"说罢，急匆匆地走了。

整个过程中，柴田勇太一直在整理货郎担，貌似对她们的谈话丝毫都不在意，实际上他一句都没放过，心一直在怦怦地跳，踏破铁鞋无觅处，得来全不费功夫，这个女人的丈夫是兵工厂的，那她就是一个突破口，得抓住这个机会。

周英走后，他忙直起腰，默默地记着她回家的方向。

快到傍晚的时候，柴田勇太挑着担子到了周英住的院门前，摇了摇拨浪鼓："有人吗？"

周英围着破旧围巾正在厨房做饭，听到柴田勇太的声音，摇了摇头，暗自笑了。她在围巾上擦着手出来，看到柴田勇太，夸张地叫道："哎呀，是货郎大哥啊，你有啥事儿？"

柴田勇太也做惊讶状："哦，你们家在这儿啊。我口渴了，能不能讨点水喝？"

她热情地把他往院里迎："咋不行呢？快进来，快进来。"

他进了院子，把担子放在门外，走进厨房，舀了一瓢水喝了。他放下水瓢，正好看到她掀锅看饭煮好没有，忙说："妹子，我能不能再讨碗饭吃？我给钱。"

周英犹豫一下，看了看放在门外的货担，说："钱就不要了，你能不能给我一盒香粉，一盒胭脂，一块洋胰子？"

别说这一担子货，就是两担子他也不在乎，但该有的表演还是得有的，柴田勇太故作为难道："这也太多了吧，我这是小本生意。大妹子，咱也算有缘分，我用一盒香粉、一盒胭脂，再加一个针线包换你一顿饭，行不行？"他对自己的演技很满意。

周英也很坚持："你还真会做生意。我家屋里人在八路军兵工厂里干活，累死累活一个月才给了五斤米当工钱，你算算，这折合成钱得有多少？你一点都不吃亏。"

柴田勇太无奈，露出一副心疼的表情："好吧，我就再给你一块洋胰子吧。"

周英开始切菜，柴田勇太很有眼色地帮着烧锅。两人表面上有一搭没一搭地拉着家常，实际上这都是柴田勇太精心想好的，句句都是在打听兵工厂。

柴田勇太问道："大妹子，我进一趟山不容易，还想多跑几个地方。翻过村后那座山，那边有没有村子了？"

周英道："你转身往回走吧，那里有没有村子你都不能去了。"

他心里一喜，但表面不动声色："为啥？"

她说："得换路条才行。"

他疑惑道："怎么还要换路条？"

她说："普通路条不管用，要特定的路条才行。八路军兵工厂在那呢，我男人就在里边干活。"

终于找到八路军的兵工厂了！这个愚蠢的女人。柴田勇太欣喜若狂，他拼命地抑制着兴奋的心情，漫不经心地问道："你们去也要路条？"

周英道："我们不用，里面的人认得我们。"

他若有所思地点了点头："哦，原来是这样。"

正在这时，赵明亮回来了。他人还没进屋，声音先进来了："咦，这是谁的担子？来客人了？"

柴田勇太忙站起来。周英迎了出来："不是，是货郎大哥讨口饭吃。"

3

赵明亮和周英把这场戏当作真的来演了。吃饭时候，周英把两碗饭、两个盘子的素菜端上桌，自己就坐在一边吃了。这是北方的习俗，吃饭的时候，女人不上桌。

赵明亮和柴田勇太边吃边聊。赵明亮问他："大兄弟，听口音你是晋中一带的？听说那边都让鬼子占了。"

柴田勇太放下碗，抹了把眼泪："我家在平定。提起就让人难受，鬼子来了以后，就没法过日子了。我妹被鬼子糟蹋了，我爹我娘都死在鬼子手里了，我也是死里逃生才留下一条命。实在没活路了，才挑起担子闯江湖。"

周英抹下眼泪，哽咽道："唉，鬼子就是祸害人。"

柴田勇太看了周英和赵明亮，充满感激之情："感谢好心的大兄弟和弟妹，我都几个月没尝过一粒米了。这营生苦啊，但凡有个去处，谁受这罪啊，有上顿没下顿的。"说完，又抹了一下眼泪。

周英停下了，心疼地看着柴田勇太，对赵明亮说："老郑，你不是说那边还缺人吗？能不能给他们说说，给这位大哥找个活儿干干。"

赵明亮忙回头使眼色，周英赶紧闭嘴。

柴田勇太赶紧抓住这个机会，追问道："你们说哪里缺人？能让我去吗？只要有碗饭吃，有个住的地方，啥活我都能干。"

赵明亮咳了两下，说："媳妇的胡话不要听。"

周英生气道："什么胡话？明明缺人，为什么要说谎？"

赵明亮无奈，看了一眼柴田勇太，说："缺人也是缺铆工，到哪里找？"

柴田勇太忙说："大兄弟，实不相瞒，我过去干过维修白晋铁路的活儿，学过铆工。"看向周英："如果大兄弟能帮我找到一份稳定的活儿，我就把这些没卖完的货都给大妹子留下了。"

赵明亮犹豫一下，但还是啥也没说，继续埋头吃饭。周英却眼睛发亮，看了看放在屋里的货郎担，催促赵明亮："你说话啊。"

赵明亮仍旧吃饭，没有理她。她气呼呼地端起饭碗，到了院里，冲赵明亮喊："你出来一下，我给你说个事儿。"

赵明亮有些不情愿地放下饭碗，出来了。她把他拉到一边，低声和他争执起来。柴田勇太端着饭碗，竖起耳朵仔细地听着。

周英很生气，质问道："我就不明白了，你们那里明明缺人，为啥不能让他去？"

赵明亮央求她："你声音低些！你一个婆娘懂个啥？八路军的兵工厂可是保密的，不是啥人都要的。咱又摸不清他底细，万一出了事儿，谁能承担起这个责任？"

她声音反而大了："能出啥事儿？你没听他说吗？鬼子糟蹋了他妹子，他爹他娘也被鬼子杀了，他还能帮鬼子？"

赵明亮也生气了："你就眼红人家那些货！"

周英道："我就眼红了！天下掉馅饼，傻子才会放过。你不答应也得答应！"

赵明亮为难道："我咋给人家说呢？"

周英很干脆："你就说是我娘家人，出了事儿，就找我。"

这些话，柴田勇太都听到了，心里不禁暗笑，这个姓郑的男人还算谨慎，但这个女人眼里只有那些货，想贪这个小便宜。这就好办了。

赵明亮和周英争执了一会儿，回到屋里。她兴奋地对柴田勇太说："大兄弟，咱明人不做暗事，咱可得先说好，我男人帮你进厂里找份工做，你这一担货可归我了。"

柴田勇太当然巴不得，他很爽快地说："只要有个活路，有口饭吃，我还到处跑啥？给，全归大妹子！"

她高兴地放下饭碗，跑到货担前，爱不释手地把那些货品一件一件地拿在手上打量。

赵明亮问柴田勇太："这位大哥，还没顾上问你名字呢。"

柴田勇太忙说："我叫田富贵，你叫我老田就行。还没请教两位如何称呼。"

赵明亮说："我叫郑兴成，婆娘叫秀秀。你可得记住了，到了厂里登记时，你就说是秀秀娘家堂哥。"

柴田勇太点头："好，我记住了。"

第二天吃过早饭，赵明亮就带着柴田勇太进山了，经过八路军岗哨时，哨兵看了看赵明亮，又看了看柴田勇太，问道："他是谁？"

赵明亮忙说："俺家亲戚，想去厂里干活。"

哨兵显然对这些工人很熟悉，就没再多说，放两人进了山。爬上山，眼前豁然开朗，整个山谷里都是密密麻麻的，人来人往。柴田勇太心中暗喜，终于找到这座兵工厂了。

进了兵工厂的办公室，赵明亮把柴田勇太带到一个干部跟前，说这是老婆秀秀娘家的堂哥，想到兵工厂找个活干。这个干部显然也认识秀秀，没有多问，拿起笔开始登记，也无外乎就是姓名、家庭住址之类的，这些赵明亮也都在路上给他交代好了。登记完后，他领着柴田勇太出来，到了门口，柴田勇太又回过头来，不放心地问那个干部："长官，工钱能按时给吗？"

那个干部笑道："放心，不会白让你干的。"

赵明亮不悦地拉了他一把，示意他别问。柴田勇太跟着他往厂区走去，心中暗暗得意，对自己的表现特别满意，这个郑兴成，还有那个秀秀，看来一点都没有怀疑自己。

厂区在山沟正中间，有七八座大房子，里面是各种机床，附近的山上有八路军的岗哨、碉堡。柴田勇太跟在赵明亮的后面，他表面上一副漫不经心的样子，实则在仔细观察，默默地记着八路军的火力配置。

赵明亮猛地回过来说："八路军不兴叫长官，要叫首长。"

柴田勇太忙一个劲地点头："记住了，记住了。"

4

柴田勇太被分配到了兵工厂钳工车间，和赵明亮在一起。这些活儿也简单，老工人教了两遍，他就上手了。那个登记的干部过来看过两次，见他干活娴熟，很满意冲他点点头。

到了中午，柴田勇太打了饭，坐在一个人少的地方，边吃边睃着眼睛四处察看。赵明亮走过来，拿着一只小钵，在他对面坐下，招呼他说："这是我媳妇送来的咸菜，萝卜干，你尝尝。"

柴田勇太道："这多不好意思。"

赵明亮笑道："别见外，你是我大舅子嘛。"

柴田勇太也心领神会地笑了。

吃过饭后，有一个小时左右的休息时间。柴田勇太躲在一边，观察周围的地形地貌、火力点等，看到一处，就赶紧绘在纸上，有人来了，立即把那张纸藏在袖子里。他哪里想得到，他所做的这一切都没逃过赵明亮和周英的眼睛。两人躲在一个隐蔽处，偷偷地观察着他。

周英看了看赵明亮："看来就是这家伙了。"

赵明亮心里也清楚，这人十有八九就是挺身队的人。他不由感慨道："这帮人还是蛮厉害的，要不是事先得到情报，早有准备，哪能看出来他是日本人？"

周英道："你说他会不会就是挺身队的头目中村正雄？"

赵明亮白了一眼周英："你长眼睛出气的？他像三四十岁的人吗？中村正雄是个四十来岁的男人。"

周英点了点头："哦，我把这茬忘了。那他就是个小喽啰，小喽啰都这么厉害，中村正雄肯定更狡猾。"

赵明亮说："与狡猾的敌人缠斗虽然危险，却也过瘾，怕就怕敌人没脑子，还是一条乱咬人的疯狗，完全不按常理出牌，你都不知道怎么对付他。"

周英提着饭钵回去，赵明亮送她，两人走在路上。她想起他刚才说的话，就说："你刚才说，怕就怕敌人只是一条疯狗，疯狗有什么可怕的，一锤子打死不就算了嘛。"

赵明亮说："小时候，听学堂里的先生讲过一个故事。一只大老虎在路边遇到一条疯狗，赶紧躲开了。小老虎不理解，问，爸爸，你敢与狮子搏杀，与猎豹打斗，为何怕一条疯狗？大老虎就说……"

周英抢先说道："大老虎说，记住，不是谁都配做你的对手，打败疯狗并不光荣，相反，如果不小心被它咬到了，就更倒霉。"

赵明亮惊奇道："你也听说过这个故事啊？"

她说："这是林肯讲的。"

赵明亮疑惑道："林肯是谁？"

她惊讶地扭头看他："你不会连林肯都不知道吧？"

赵明亮不以为然："这个姓林的很有名吗？"

她鄙夷地瞪他一眼："他曾经是美国总统。还姓林的，你也太没文化了吧。"

赵明亮有些尴尬，挥着手，仿佛要把那些尴尬赶走："好好好，你有文化。文化是一件漂亮的衣服，但你也不能一天到晚都穿着它吧。"

周英上下打量了一下赵明亮，撇嘴道："土包子！"

在兵工厂待了六七天，柴田勇太盘算着，离大部队发起"扫荡"的日子也快到了，自己必须得尽快把八路军兵工厂的情报带回去。到了晚上，住在有十多个工人的集体宿舍里，他耐心地等到了约莫午夜时分，看看工人都睡着了，他悄悄地起来，小心翼翼地穿上衣服，就要站起来，突然又停住了。他想起临走时，中村正雄曾再三交代他，时间紧迫，情况侦察清楚，立即返回，但在离开的时候，不要引起别人的怀疑，以免打草惊蛇。这次"扫荡"就是要出其不意，除了捣毁兵工厂，还要把所有技术人员消灭掉。

他如果就这样突然失踪了，八路军再傻，也会提高警惕的，说不定连兵工厂都会转移走，自己所做的这一切就白费了。他想到这里，忙轻手轻脚地钻进被窝中。

到了第二天，兵工厂开工了，机声隆隆，工人都在忙碌中。柴田勇太在用锤子锻打铁片时，偷偷地瞄了瞄四周，发现没人注意到他。他咬了咬牙，举起锤子，猛地砸在自己左小臂上，咔嚓一声，柴田勇太不禁惨叫起来，这可不是装的，是真疼得要死。

工人闻声围了上来，赵明亮扶住他，着急地问他："怎么了，怎么了？"

他艰难地抬起红肿的左小臂，痛得额头上冒出了汗："手一滑，砸在了胳膊上。"

赵明亮立刻扶着他往外面走："快到医护所去看看。"

到了医护所，军医检查了一下，进行了必要的消毒，然后用夹板、绷带把胳膊吊了起来。军医忙完这一切，对柴田勇太说："骨折了，我已经把它复位、固定了，现在就是让碎骨慢慢生长恢复。"

赵明亮着急地问："医生，多长时间能好？"

军医道："这个说不好，咱们这里条件有限，如果能有石膏固定，效果会更好。顺利的话，至少也得一两个月。"

柴田勇太痛苦地说："那我能不能干活了？"

军医摇了摇头："兵工厂抡大锤的活儿肯定是不能干了，不过，恢复得好的话，干其他活儿基本上不受影响。"

兵工厂的干部也赶来看望，八路军条件有限，没有更好的法子了，只能让他暂时在家休养。赵明亮请了假，把柴田勇太送回了家。

回到家里，周英看到柴田勇太伤了胳膊，也是很难受。她精心地做了黄米糕。赵明亮夹起一块黄米糕放在柴田勇太的饭碗里，说："田大哥，你多吃点，这是秀秀特意在村里借了瓢黄米，给你做的黄米糕。"

柴田勇太吃了一口，夸赞道："好吃，弟妹的手艺不错。"

周英难过地说："田大哥，真对不起，本来是想给你找个稳定的营生干干，结果却出了这么个事儿，让你受了这么大的罪。"

柴田勇太歉疚地说："兴成、秀秀，你俩千万不要有这想法，这事儿全怪我自己不当心。你们对我的大恩大德，我会记住一辈子的。"

赵明亮发愁地说："田大哥，以后怎么办？要不，你在我们村里先住上几个月，把伤养好了，看看能不能再给你找个轻松的活儿干干。"

柴田勇太摇头："那怎么行？已经给你们添了这么多麻烦，咋还能再麻烦你们？"

周英竭力挽留："田大哥，你说这话就见外了，麻烦啥？就是添双筷子的事儿。”

柴田勇太忙说：“我还是走吧。实不相瞒，医生说我这胳膊用石膏固定最好，我心里也是七上八下，万一有个差错，这只胳膊就废掉了，那这辈子岂不是完蛋了？我想去省城大医院，看看能不能好好治治。”

赵明亮沉思一下，严肃地点了点头：“田大哥说的在理，治好胳膊是大事。咱这是一辈子的交情，不急于这一时半会儿。先把伤养好了，才是正经事。”

周英有些羞涩：“可田大哥，你的那些货……”

柴田勇太很豪爽地用右手一挥：“还提啥货呢，说好的，都给大妹子了。”

周英开心道：“那真要谢谢田大哥了。”

柴田勇太嗔道：“谢啥呢？看看，又客气了吧。俗话说得好，朋友搁得住，胜捡一个宝。”

吃过饭，柴田勇太坚持要走，两人只好把他送到村口。

柴田勇太感动地说：“你们回去吧。秤不离砣，鼓不离锣，咱这是一辈子的交情，以后肯定常来常往，说不定哪天我就又来了。”

赵明亮说：“好，田大哥说得好！交人看心，识马看蹄，田大哥这个朋友我交定了。”

周英把手里包着的黄米糕递给柴田勇太：“田大哥，你带上这个，路上饿了吃。”

柴田勇太忙接过：“那我就不客气了，谢谢大妹子！”

两人与柴田勇太挥手依依惜别，看着他消失在大路尽头后，立即赶往兵工厂。两人和兵工厂的负责人会合后，立即指挥工人拆卸机器，就地掩埋或者藏在山洞中，所有人员全部转移。与此同时，老虎团及周边兄弟部队紧急赶往兵工厂，准备设伏来个瓮中捉鳖。

这里既是战场，也是给日本人准备好的坟场。

过了三四天，日军果然对兵工厂发动了攻击。八路军且战且退，等他们进入了兵工厂所在的山沟，脚下是地雷，头顶是铺天盖地的手榴弹，没找到一台机器不说，还损失了一千余人，最后只得狼狈逃窜了。

撤回太原，伊藤正人召来中村正雄，大发脾气：“浑蛋！你搞的什么情报？八路军布好了口袋阵，一下子吃掉我上千人。你怎么解释？”

中村正雄坚持道：“柴田君亲自去侦察的，兵工厂确实在那里。柴田君绘制的路线、火力点也是准确的，情报没有问题。”

伊藤正人质问道：“那八路军的兵工厂为何转移走了所有设备，还提前埋伏下重兵？”

中村正雄喃喃道：“属下怀疑是扫荡兵工厂的作战计划泄露了。”

伊藤正人愤怒地冲他吼道：“狡辩！作战计划是司令官亲自拟定，我亲自督管，怎么会泄露？”

中村正雄道：“前期准备工作长达十几天，走漏风声的可能性也是有的。”

伊藤正人突然一个耳光扇在了中村正雄的脸上：“浑蛋！打仗的本事没有，狡辩的能力却大大的有。”

中村挨了打，心里虽然生气，但他生的不是柴田勇太的气，他生的是伊藤正人的气。“扫荡”发起之前，部队调动频繁，八路军怎么可能不知道呢？肯定是这里出问题了。为了证实自己的猜测，他回到挺身队，又把胳膊上打着石膏的柴田勇太叫来，问道：“你提供的情报很准确，但八路军却早有准备，埋伏重兵等着我们。很显然，他们事先得到了情报。是不是你的行为有异，引起他们的注意？又或者，这根本就是他们给你设下的圈套？”

柴田勇太仔细思索后，坚定地摇了摇头：“不可能，如果是有意为之，我一定能看出来点什么的。”

中村道：“你这么肯定？带你进兵工厂的那对夫妇可靠吗？”

柴田勇太说：“他们送我离开时，还特地在村里借了瓢黄米，给我做了黄米糕吃。我也注意观察了，那个女人做饭做菜都很娴熟，是一个地道的农妇，还非常喜欢贪小便宜。”

中村正雄更加坚定了自己的猜测，这事儿，责任不在柴田勇太身上，他为了侦察八路军的兵工厂，不惜自残，已经做出了这么大的牺牲，不能再伤他的心了。他冲着柴田勇太点了点头：“你的能力我是相信的。”看了看柴田勇太吊着的胳膊，关心地问：“伤势如何？”

中村没有将进攻失败的责任推到他身上，柴田勇太一阵轻松，忙说：“问题不大，医生说，再有十天半月就可以拆石膏了。”

第十三章

1

军队里的事情不顺，挨了师团长的一巴掌，中村想回到家里寻找点慰藉，谁知家里也不如意。他刚到家，黄春梅就支走小新，小心翼翼地试探说："要不，你就离开你们的军队吧。"

中村苦笑了一下，说："我是军人，哪能说离开就离开？"

在黄春梅听来，他的口气并不是很坚决，觉得有希望，忙说："只要你想离开，怎么不能离开？带上小新，咱们一家到一个没人的地方好好过日子，还有好多地方没有日本人，他们找不到你……"

中村已经有些不耐烦了，忍不住打断她："到一个没人的地方？我们靠什么生活？一旦周围的人知道了我的身份，他们能放过你吗？能放过小新吗？"

黄春梅说："总有地方可去。只要你离开军队，到哪里我都愿意跟着你。"

中村再也忍不住了，猛地拍了一下桌子，瞪着她叫道："你还有完没完！烦不烦！"

小新听到动静，走了进来，惊愕地看着两人。黄春梅站起身，拉着小新："小新，我们走。"

中村上前阻拦，拽住她的手："你们要去哪儿？"

她用力地甩开他的手："不用你管，放开我。"

中村的口气里充满恳求："对不起，我刚才不应该对你发脾气。再等等，等战争结束了，咱们就找一个地方生活，你愿意到哪里都行，咱们一家三口好好过日子。"

小新畏缩地拉着母亲的手往回拽："妈妈，你别生爸爸的气了，好不好？"

黄春梅看了看小新，只得停下来了。孩子这么可爱，他什么都不懂，为了他，自己也得忍住啊。她悄悄地扭过头，抹了一下泪，再转过身来，对着小新已是满脸笑容："好，小新乖，妈妈会和爸爸好好过日子的。"

中村在家里呆了两天，把家里地拖了，窗玻璃也擦了，窗纱前几天张妈刚洗过，但他还是坚持把它们下来，又洗了一次。他仿佛要用这些行动来补偿对黄春梅的歉疚。黄春梅看在眼里，自然也是明白他的用意，心里也不禁软了下来。这个男人，既要当鬼，还要做人，也难。

第三天里，等张妈送小新上学走了以后，中村也要回去了。他走到门口，犹豫了一下，对黄春梅说："春梅，你再考虑一下，你和小新一起搬到我那边去吧。这样，我也不用来回跑了。"

她断然拒绝了："不，我不去，小新也不会去。我不想看到你穿军装的样子，更不想让小新看到。"

他喃喃道："我担心你们的安全。"

她黯然道："你早一天离开那里，我们就早一天安全。"

说来说去，又说到这了。中村叹口气，只得离开了。

2

反"扫荡"取得了胜利，周英也高兴，到邻居大嫂那里借了一张网，在村旁的山林里张网。第二天过去一看，捉到了一只山鸡。她掂了掂沉甸甸的山鸡，心里别提多高兴了。俗话说，宁吃飞禽三两，不吃走兽半斤。这个赵明亮，放着这么好的野味不吃，整天就知道咸菜就辣子，辣子就咸菜，哼，能吃苦可不是要自讨苦吃。

她提着山鸡来到杜家庄大街的一个小饭店，把它递给伙计，让他炖个汤，准备好好解下馋。伙计接过，说得要五角加工费。她大方地说："没问题，我给你一元。"

伙计高兴地朝她竖起大拇指："你是我见过的最大方的八路军！"

这家店的手艺不错，那汤做得色香味俱全，周英端着碗，仰脖一口气喝了个精光。吃完饭，她站起来，刚走两步，穿着便装的许多雷和霍无病进来了。看到她，霍无病很意外："咦，你怎么在这里？"

周英瞪他："你俩能来，我就不能来了？"

许多雷道："偷偷来打牙祭，也不叫我们一声，不够意思。"

她不承认："你哪只眼睛看到我打牙祭了？"

许多雷质问道："那你来这里干什么？"

她说："我来闻闻这里的肉味不行吗？"

霍无病忙说："行行行，我和阳哥也是来闻闻肉味。"

周英哼了一声，说："你们来干什么，我不管，我也没看到。你们最好也没看到我。"

许多雷忙点了点头："枯藤老树昏鸦，我刚才眼瞎，啥也没看到。"

霍无病讨好地对她赔着笑："我眼也瞎，也瞎，走好，不送！"

他们两个也是来改善生活的，准备小酌两杯。为这事儿，两人谋划了好几天呢。周英不让他们说，也是他们求之不得的。

许多雷坐下，精神抖擞："伙计，上个冷拼猪耳朵，再来碟花生米，外加一瓶酒。"

霍无病凑过来，低声说："阳哥，队长一再强调，不让喝酒，说会误事，咱来半瓶行不行？"

许多雷瞪他："现在又不是上战场，喝点小酒有啥罪？再说了，酒壮尿人胆，你怕个啥？"

那边伙计已经叫上了："来喽！"端来了一盘冷拼猪耳朵，一碟花生米，胳膊下夹着一瓶酒。许多雷迫不及待地打开酒瓶，倒在杯里一饮而尽，拿着酒杯摇头感慨："我爹送咱俩到县城读书，书没读成，酒量却练出来了。"

他又喝了一杯，觉得不过瘾，干脆倒了半碗，一饮而尽。霍无病看了看，说："阳哥，我想起一句诗，葡萄美酒夜光杯，金钱美人一大堆。"

许多雷瞪他："是葡萄美酒夜光杯，欲饮琵琶马上催！"

霍无病笑道："我就是等你来纠正的，看看你喝多了没有。这次可不能喝多了。"

许多雷大大咧咧地说："没事，你放心大胆喝，只要咱不唱《亲圪蛋下河洗衣裳》就行。"

霍无病笑道："对对对，咱就唱《三大纪律八项注意》。"

没过一会儿，两人面前桌子上的猪耳朵、花生米干干净净，酒瓶也空了，两人都有点醉了，用筷子敲着桌子唱歌，唱的果然是《三大纪律八项注意》。

唱完歌，许多雷动了感情，真诚地对霍无病说："好兄弟，这酒，就是两人喝着最可口，这感情，也只有咱俩能体会到。"

霍无病扶住他，连连点头："阳哥，这辈子你就是我的好兄长，你走到哪里，我就跟到哪里，不离不弃。"

许多雷频频点头："好兄弟，下辈子咱们投生到一个娘肚里，做亲兄弟……知道为啥吗？"

霍无病说:“因为咱俩有兄弟相。”

许多雷打了一个饱嗝,指着霍无病说:“错!因为咱俩虽然一肚子坏水,但骨子里都是个好人。”

霍无病架着许多雷摇摇晃晃地回来时,赵明亮和周英正在院子里说话,看到两人这个样子,都停下看着他们。赵明亮皱起了眉头:“你俩又去喝酒了?”

周英站在旁边,笑眯眯地看着他们两个。

霍无病忙说:“就喝了一点点,一点点,保证什么事儿都不误。”

赵明亮道:“我警告你们,这是最后一次。如果再让我看到,我就不客气了。”

周英看了一眼赵明亮,嘲讽道:“类似的话,我听过不止一次了。”

许多雷松开霍无病,摇摇晃晃走过来搂住赵明亮:“队长,我们这次没唱情歌艳曲,唱的是《三大纪律八项注意》,不信你问饭店老板……”

霍无病怕呆的时间长了,许多雷不知道又要说出什么醉话来,赶紧扶住他往屋里走。赵明亮也没计较,对霍无病说:“你扶他回去,让他喝点醋,醒醒酒,好好睡一觉。”

霍无病忙点头:“是,是。”刚走了两步,许多雷又扯着他回来,指着周英说:“周,周英,我可告诉你,我没出卖你……”

霍无病慌了,赶紧扯着他走:“走,走,咱快走吧。”

赵明亮疑惑地看周英。周英道:“你用不着这么看我,我就是去饭店改善了一下生活,吃碗面,闻了一会儿肉味。”

许多雷听到这话,又回过头来,指着她说:“这,这可是你,你说的,不是我,我出卖的。”走了两步,突然甩开霍无病,跑回到她跟前,指着她鼻子说:“周,周英,你不够意思,自己一个人吃独食,抠门,和我那汉奸爹一个德性!”

霍无病赶紧扯着他走:“阳哥,大伯不是汉奸,被逼无奈,被逼无奈……”

许多雷一边走,一边嘟嘟哝哝:“就是汉奸,我许多雷有个汉奸爹,心里苦啊,我能不借酒浇愁吗……”

看着两人进了屋,周英疑惑地问赵明亮:“许多雷的父亲是汉奸?”

赵明亮不以为然:“他这是喝多了,酒一喝多,就满嘴跑火车,火车出轨了,他都不知道。”

周英很认真地说:“这可是一件严肃的事情,咱们的小分队根正苗直,不仅打鬼子,也打汉奸,这个问题要搞清楚。”

赵明亮说:“其实也没什么大不了的,鬼子不是占了许家峪吗?许家在当地是大户，许多雷的爹被鬼子盯上了，连哄带吓让他当了维持会长。不怪他，要怪只能怪咱们这些当兵的，我们要是把鬼子都赶跑了，也没这事儿了。”

周英松了口气：“那就好，只要不是死心塌地为鬼子办事就行。”顿了一下，又说：“这个许多雷和霍无病也太不像话了，流里流气的，他们完全把你的话当成耳旁风了，你得下功夫整治整治。”

赵明亮倒很理解：“县大队来的，地方部队嘛，散漫惯了。再说，这两天也没什么事儿，他俩就好这一口，只要能控制住，我暂且睁一眼闭一眼。”

周英皱起眉头：“你就惯着他们吧。鸡鸣狗盗之徒，还当宝贝。”

赵明亮笑道：“凡事多看别人长处。鸡鸣狗盗之徒，关键时刻就派上用场了。人嘛，都有一个成长的过程，爷爷也都是当过孙子的。”

周英讥讽道：“归根到底，你和他们就是一路货色。”

3

许多雷和霍无病把周英得罪了。他们本来是想讨好她的，结果却把她得罪了。四个人一起参加完分区召开的“庆祝刘村兵工厂保卫战大捷”的大会后回来，赵明亮和周英肩并肩走在前面，又说又笑。

霍无病低声对许多雷说：“阳哥，你说，周英是不是看上赵队长了？”

许多雷看了看两人，点了点头：“有可能，你看看她，一见到赵明亮，就笑得脸上开花，眼里汪水。”

霍无病说：“那咱俩得看紧些，不要让她把队长拉下水，她可是国民党呢。”

许多雷打了他脑袋一下：“你啥脑子？嫁鸡随鸡，嫁狗随狗，跟了赵明亮，她不就是共产党的人了？”

霍无病一听，也有道理，两人就想上去帮着他们把这层关系挑明了。他们追上赵明亮与周英，霍无病上去分开两人：“你们俩挨那么近干啥？不知道男女授受不亲？”

赵明亮回头瞪他一眼：“你也二十来岁了，顶天立地了，怎么还像个小孩一样没大没小的？”

许多雷道：“无病的意思是，光天化日之下，最好避个嫌。”

霍无病说：“对对对，我就是这意思，要说亲热话，得找个没人的地方。”转向周英：“你眼光还真不错，在我们八路军队伍里，有才华的都没他好看，比他好看的都没他有才!”

赵明亮和周英没理他,继续往前走。

霍无病又凑上去:“周英,我真羡慕你。我要是个妞,早就喜欢上赵队长了。”

周英突然站住,回过头来,愤怒地看着两人:“你俩说够了没有?”

许多雷和霍无病愣住了,站在那里茫然地看着她,她一向大大咧咧的,啥玩笑都不怕,怎么说翻脸就翻脸了?

周英是真的翻脸了:“光天化日之下,避什么嫌?我告诉你们,不要把我对你们的容忍,当作你们不要脸的资本!”

许多雷喃喃道:“明明好好的,怎么一下子就给我们甩脸色?”

周英怒道:“你是什么货色,我对你就是什么脸色!”

赵明亮忙示意两人:“你们两个先走吧,我和周英还要谈些工作上的事儿。”

周英回过头来,又瞪赵明亮:“上梁不正下梁歪,你也好不到哪里!”

说完这话,一甩手,怒气冲冲地向一边走了,把三人扔在那里。赵明亮瞪着两人,问他们:“你们两个这是唱的哪一出?”转向霍无病:“特别是你那张臭嘴!三天不打,上房揭瓦!”

霍无病喃喃道:“我和阳哥也是为你好嘛。”

许多雷大大咧咧地说:“你也别假装正经了,你喜欢周英,这谁都能看出来,我和无病帮你挑明了,你应该感谢我俩才对。”

赵明亮急了:“我刚才是和她谈正事。我哪里喜欢她了?”

许多雷说:“你不承认也没用,你看周英那眼神,简直是……”摇了摇头。

霍无病也来劲了:“对,你从来都没有用那样的眼神正眼看过我和阳哥。”

赵明亮不耐烦地说:“少瞎咧咧,我警告你们两个,嘴巴闭严实了,别再让我听到类似的话。”看向许多雷:“要不是打不过你,我刚才也和你翻脸了!”

赵明亮说完这话,转身走了。他心里也有些郁闷,谁都知道,许多雷和霍无病凑到一起就是两个大活宝,他们也只是开开玩笑,就是生气,也没必要生那么大的气嘛。这个周英,有点反常啊。

周英确实生气了,不过,她生的不是许多雷和霍无病的气,她在生自己的气。她在田野里漫不经心地走着,扯下一根野草,苦恼地甩着。她身为军统的一员,麦当雄一再交代她,与日本人相比,共产党更是心腹大患。她来到杜家庄，就是为了对付共产党，可和这些共产党相处后，她却发现，他们并不像麦当雄讲的那样居心叵测，一心只想着发展自己的势力，根本不想打鬼子。她看到的都是舍命杀敌，就连孙南平司令员，也是死在了战场上。还有赵明亮，曾经在十字岭的战场上救过自己。还有许多雷和霍无病，两人虽然一点正经都没有，但上了战场，那也是毫不含糊的。她怎么会忍心做出伤害他们的事情呢？

刚才那两个活宝有意把她和赵明亮扯在一起，让她生气的不是他们，而是她确实对赵明亮这个“土八路”有了好感，很长时间了，她早已经把他当作自己的战友了。按道理讲，他应该是自己的敌人才对啊。

她越想越苦恼，把手中的草狠狠扯碎，扔在了风中。她捋了捋头发，转身往回走。她决定了，无论做什么事儿，都要听从自己的内心，要相信自己。快到院子时，她看到赵明亮正站在路口，似乎在等她。

赵明亮确实在等她，他很过意不去，这事儿虽然是许多雷和霍无病挑起来的，但自己也是一个重要原因。人家一个姑娘，就这样被“乱点鸳鸯谱”，确实有些不像话。为了弥补一下，他见她回来了，忙回到屋里，捧着早准备好的一茶缸红糖水过去了。

霍无病正好出来，凑上来看他手里捧着的红糖水问道：“这是啥东西？”

赵明亮瞪他一眼：“给周英准备的，让她消消气。你给许多雷说一下，就说是你俩特地搞来的红糖，不要穿帮了。我这也算是替你们俩赔礼道歉。”

霍无病吐吐舌头，忙钻回屋里了。

赵明亮进了周英房间，她果然还在生气，正沉着脸倚在床边，大口大口抽烟呢。他装作啥事都没发生一样，口气亲昵地责怪她：“看看，你又在抽烟了。”

周英瞥他一眼，说：“我抽烟碍你什么事儿？我死了也不用你管。”

赵明亮把茶缸递给她：“你不是喜欢吃甜的吗？这是红糖水。”

她迟疑一下，接了过去，抿了一口。

赵明亮摇了摇头，说：“你为啥总是抽烟呢？”

她没好气地说：“你真是管得宽，连我抽烟也管。我为啥抽烟？我爷爷抽烟，我爸爸也抽烟，轮到我不能断了香火。”

赵明亮一愣：“还有这理由？”

周英扑哧笑了：“逗你玩呢，还信！”

赵明亮见她笑了，心里也一下子轻松了，这才是周英，什么事儿都不会放在心上的。他劝道：“你还是少抽点吧，这不仅对肺不好，对皮肤也不好。”

她看着窗外，喃喃地说："你以为我想抽吗？我呢，本来想当个医生，在日本的医学院还留过学。要不是这战争，我现在就在医院里。结果呢，医生没当成，倒成了军人。救人的，却变成了杀人的。这可恶的战争，让人一天都不能放松，一天都静不下来。"

她转向赵明亮，问他："你怎么就能受得了这样的日子？"

赵明亮说："我现在啥也不想，活着就是为了打鬼子，只要鬼子在中国一天，我就会集中全部精神对付他们。哪天死了，也就算了。"

她点了点头："这样也对，想那么多也没用，打完鬼子，如果还活着，再想也不迟。"

赵明亮说："这些红糖还是许多雷和霍无病搞来的，他俩本来想给你道个歉，可脸皮薄，只好用这招来示好了。"

周英笑道："他俩脸皮薄？我看他俩的脸皮厚得子弹都打不透！"

赵明亮犹豫一下，说："你一向都是大大咧咧的，他俩也是给你开个玩笑，没想到你反应那么大……你有什么心事？"

她愣了一下，忙站起来，挥舞着手掩饰道："你们八路军的干部是不是都是这样，既当爹又当娘？连人家心事都问。我要是真有心事，我会给你说吗？给你说了，那还叫心事吗？何况我真没心事，只是心情有些不好罢了。"

他松了口气："那就好，每个人每个月都有那么几天，心情突然就不好了。"

周英瞪着他："你也有吗？"

赵明亮说："我当然有。"

周英低头喝了一口红糖水，听到他这么一说，扑哧笑了。

赵明亮感到很奇怪："你笑什么？"

周英摆摆手："好了好了，我以为就我们女人是这样，原来你们男人也这样，你去吧，去吧，我没事了。"

赵明亮出来，疑惑地喃喃自语："有啥好笑的？真是奇怪了。"

周英喝着赵明亮端来的红糖水，嘴里甜，心里也觉得甜。许多雷和霍无病，满嘴跑火车，她心里比谁都清楚。自己生气，只不过是因为有了心事，借题发挥而已，实际上和他俩根本就没关系。她想了想，觉得还是应该去和他们说一下，免得他们真的以为是自己犯下了大错。

她来到两人的住处，许多雷躺在椅子上，脚放在对面的另一张椅子上，正在看《三国演义》。霍无病在茶缸里盛满热水，把军装铺在桌子上，烫着衣服。看不出来，这小子还怪臭美呢。

看到周英来了，许多雷赶紧把脚丫子放下，疑惑地看着她。她好像什么事儿都没发生一样，一屁股坐在床上，问他："看的是什么书？这么聚精会神。"

许多雷道："《三国演义》。"

周英说："这是一部关于男人的书，你是应该好好看看。"

许多雷问她："你也看过？"

周英说："看了一半，除了觉得吕布对貂蝉有情有义，其他的都是男人打打杀杀的事儿，就没再看了。"

许多雷说："其实你应该看看，我们一二九师刘师长说过，《三国演义》不但是一部文学书，也是一部能学到如何打仗的书。"

周英若有所思："这倒真是的。"看了看两人，说："我知道你们两个是和我开玩笑，我态度有问题，小题大做了，给你们道个歉。"

许多雷愣了一下："不怪你，怪我俩的嘴巴太臭了，应该我俩道歉，我俩道歉。"

周英又说："谢谢你们两个给我搞的红糖水，很好喝。"

许多雷愣在那里，霍无病忙过来按着他的肩膀，抢着说："应该的，应该的。"

霍无病手上使劲，表面看上去在给许多雷按摩，实际上是在提醒他，不要说话。

许多雷恍然大悟，心想这是他以两人的名义干的事儿，忙说："举手之劳，举手之劳，人人为我，我为人人。"

周英笑道："All for one，one for all."

许多雷听不懂："你说啥？"

周英说："你既然知道人人为我，我为人人，不知道它从哪里来的吗？"

许多雷忙说："我知道啊，从我们一二九师邓政委那里来的，他给我们作报告时说的。"

周英说："它最早出现在法国作家大仲马的小说《三个火枪手》里面。"

许多雷点头："对对对，我们邓政委年轻时可是在法国留过学的。"

霍无病急切地问周英："那，咱们这算不算又和好了？"

周英站起来，笑着瞪了他一眼："你说呢？"

等周英走了，霍无病挤眉弄眼地对许多雷说："你看，赵明亮屁颠屁颠地跑去给她买来红糖，还拐着弯说是咱俩给她的。她呢，喝了赵明亮给她搞的红糖水后心花怒放。这不是明摆着郎有情，妾有意，你侬我侬吗？可人家就不说，变着法子互相折磨。”

许多雷做老谋深算状：“这就对了，折磨自己是单相思，折磨对方叫虐待狂，既折磨对方更折磨自己的，那就是爱情。”

第十四章

1

驻山西的日军准备拿宁武的晋南游击纵队开刀了。

伊藤正人为此特地召见了中村，告诉他，南洋地区战事紧张，从日本本土到南洋的海上通道几乎被敌切断，在南洋的日军已成孤军。大本营决定发起一号作战，打通平汉线和粤汉线，为日军南下获得一条纵贯南北的大陆交通线。这一仗，不但事关能否摧毁重庆军的主力，还决定着南洋数十万日军的生死。可以说，这是一场国运之战。晋南游击纵队实为此次作战的障碍。方面军命令我们，务必清除。

他交给中村的任务是，带领挺身队潜入青龙镇，一是摸清晋南游击纵队的部署，二是在攻击发起时，里应外合，配合师团一举拿下青龙镇。

中村回到挺身队，立即进行部署，他扮成一个戴着眼镜的教书先生，背着包袱，柴田勇太带领队员扮成难民，推着板车，板车上装的看似家当，实际上隐藏着武器。他们混在难民队伍中，向青龙镇涌去。

到了青龙镇镇口，晋南游击纵队的士兵在站岗，神态涣散，并未拦阻难民。中村等人随着难民进入青龙镇，大街上到处都是或坐或躺的难民。

中村把柴田勇太叫到一边，低声道："你带人把国军的火力部署都查清楚了，其他队员做好准备，部队开始攻击时，咱们就行动。"

柴田勇太点头，立即分头行动。

挺身队把青龙镇国军的兵力部署、火力点等摸得一清二楚，绘成图，派队员带回太原。伊藤正人立即指挥部队，向青龙镇发起攻击。

日军猛攻国军阵地，炮火连天，不时有国军士兵中弹。

消息传到杜家庄，许亚夫立即命令周边所有八路军、县大队、游击队集结，向青龙镇方向前进，赶至战场。不待大部队，哪个部队赶到，哪个部队就立即投入战斗，解围友军。

日军已经攻至青龙镇镇子边了。中村命令队员："准备攻击！"

挺身队员把板车上的杂物扒掉，下面藏有国军军装，他们脱下难民服装，换上国军军装。再下面是武器，中村抽出一挺轻机枪，其他队员纷纷拿出武器，有轻机枪，有手雷。

镇子边上的国军地堡的机枪封锁着道路，日军被火力压制，一时无法前进。中村等人提着轻机枪，突然出现在国军后方，疯狂地对战壕里的国军扫射。

两个挺身队员接近地堡，掏出手雷从枪眼塞进去，地堡被炸。

中村带人冲到镇口国军防御阵地指挥部，几个国军士兵看到他们，还以为是来增援的，哪知这些人二话不说就开枪，几个人倒在血泊中。他们冲进指挥部，把枪对准里面的一个国军中校。

国军中校疑惑地看着他们："你，你们不是国军？"

中村道："我们是大日本帝国陆军。说吧，你们纵队指挥部在哪里？"

国军中校指向镇子东边的一个山头，慌慌地说："在那里，在那里……"中村扣动扳机，干掉了这个中校，带领挺身队员向东边的山头冲去。

东边这个山头上确实是晋南游击纵队指挥部，宁武趴在战壕里举着望远镜看着，日军已经突破外围阵地，杀入镇内。

副官在旁边低声道："走吧，咱们在这里苦苦支撑了这么多年，下对得起黎民百姓，上对得起委员长……事已至此，非战之罪，委员长想来也会原谅的。"

宁武沉默不语，继续用望远镜观望，国军阵地大多沦陷。他只得收起望远镜，淡淡地说："走吧。"

副官立即指挥着二三十人的卫队，掩护着宁武后撤。

许亚夫带领八路军官兵轻装前进，离青龙镇尚有几里路，一个八路军参谋骑马赶来报告："青龙镇没有动静了。"

许亚夫停下来听了听，除了几声零星枪响，青龙镇方向确实没什么动静了。他痛心地摇了摇头，对八路军参谋道："看来这仗打完了，宁武要是能多顶一会儿就好了。传令各部队截击日军。"

这个时候，中村已经带人赶到了晋南游击纵队指挥部，可惜晚了一步，整个指挥部空无一人。中村恼怒道："妈的，跑得真快！"

柴田勇太赶了过来："队长，八路军来了！"

中村抬头观望，八路军果然从四面八方赶来了，而日军的大部队也开始后撤，双方发生了零星的交火。他转身面向挺身队员，说："两人一组，分成六组，搜索宁武，如果找到了，把他的随从消灭，把他活捉了。如果没有把握，就把他击毙了。”

许亚夫带人赶至青龙镇，日军已经撤走，战场一片狼藉，到处是晋南游击纵队官兵的尸体。他痛苦地摇了摇头：“收拾一下战场，把国军兄弟入土为安吧。”

赵明亮、周英、许多雷、霍无病也赶到了青龙镇，到处在寻找宁武。特别是周英，她是晋南游击纵队参谋，当然更着急。她慌慌地小跑着，一具一具地翻看着尸体。

赵明亮追上她，安慰道：“找了好几遍，没有看到宁司令的尸体，他可能没事儿。”

许多雷说：“这家伙说不定一听到枪响就撒开脚丫子跑了。”

周英不管不顾，站起来，向四周高声呼喊：“宁司令，宁司令——”

赵明亮也忙帮着喊：“宁司令，宁司令——”

宁武带着四五个国军士兵坐在树边休息，听到远处有人喊他，疑惑道：“谁在喊我？”

副官高兴地说：“八路军来了。”

宁武沉下脸：“走！”

副官瞪着眼问：“为啥要走呢？八路军说不定可以帮帮咱们。”

宁武皱起眉头：“你尽做美梦！他们不趁机把咱们收拾了才怪呢。”

周英继续寻找着宁武，但他就像一滴水掉进了水里，一点影子都不见了。赵明亮安慰她说：“宁司令要么已经脱险，要么被日军俘虏了。我们还是先回去吧。”

她痛苦地摇了摇头：“我能回到哪里去？晋南游击纵队没了，我怎么办？”

霍无病不以为然地说：“参加八路军呗。”

赵明亮也劝道：“咱们还是先回去，再从长计议。”

周英一脸恨铁不成钢：“这个宁武，打的是什么烂仗！你打不过就跑啊，白白牺牲了这么多弟兄。”

赵明亮说：“他可能是真的跑了，不过，就只是带着身边的人跑了。”

她失神地摇了摇头：“不会的，宁司令不是这样的人。”

赵明亮决定再找找。他建议四个人不要凑在一起找，分散来找，找到的可能性会更大。大家都觉得这个主意好，约定不管找到没找到，三个小时后，在青龙镇中学碰面。

宁武此时躲在青龙镇附近一个村庄的民房里，他精神萎靡地坐在角落里，发报员坐在桌前紧张地忙碌着，发报机嘀嘀嗒嗒地响着。

没过一会儿，发报员扭头喊："重庆来电了，重庆来电了！"

宁武慌忙扑上去拿着电文看，看完后，对副官叹口气："让我们先回去……中条山之战，在华北，就留下了咱们这一支队伍，现在又葬送在了我手里，怕是到了重庆，凶多吉少。"

副官安慰道："我们孤悬太行坚持抗战，已属不易。日军此次集中主力来攻，我们已经尽力了。"

宁武无精打采："是福不是祸，是祸躲不过，走吧。"

2

周英爬上一座山坡，下到路上，发现前面急急地走着两个国军士兵，这正是中村和其中一名队员。周英当然还不知道，她还以为这两人是晋南游击纵队的败兵，忙喊他们："兄弟，等等我。"

中村和挺身队员回头看看。挺身队员道："是个女八路，把她干掉？"

中村说："不要动不动就杀人，最重要的是完成任务。"

周英追了上来："终于找到你们了，你们知道不知道宁司令员在哪里？"

中村说："我们也正在找他。"

挺身队员问道："八路军同志，附近有没有我们的部队？"

周英说："还真没见着，见到的非死即伤。你们这是要到哪里去？"

中村说："我们长官说了，部队如果打散了，就让我们就近寻找国军归队。"

周英有些不甘心："我正好也要找你们宁司令，咱们一起走吧。"

到了中午，经过一个镇子，看看也到饭点了，三人找到一个饭铺，坐在外面的桌子边，周英抢着要给他们买吃的。中村掏出两块银圆，叫住她："等一下，我们有钱。"

她也不客气，接了过去，笑道："也好，你们比我们有钱，那我也不客气了。"她边走边抛着两个银圆，笑容慢慢收起，疑惑地看了看手中的两个银圆。这两个银圆比较重，和她用过的银圆不一样。

她把两块银圆递给老板："掌柜的，来五个包子，三碗豆腐脑。"

老板接过银圆，在手里掂了掂，说："按说用不了两个银圆，可你们的银圆杂质多……"

周英忙道："那就不用找零了。"低声问老板："国军也用这种银圆吗？"

老板摇了摇头："他们不用，他们的银圆纯度高，轻。你们八路军的杂质多，重，没它们的值钱。"

周英点头，轻声道："确实是这样。"

她心里有数了，这两个国军士兵，用的却是八路军才用的那种杂质多的银圆，这说明了什么？说明他们根本就不是国军，当然也不会是八路军，那就只有一个可能，这两个人是挺身队的人，只有他们，身上才会准备有八路军常用的银圆，他们都忘了，他们现在穿的是国军的军装。

她还有些不放心，怕自己想错了。她坐回中村对面，和他边吃边聊："长官是哪里人？"

中村道："我是河北邢台县龙泉寺乡的。"

周英说："邢台是好地方，你们那边产西瓜，个大，沙瓤，饱满多汁。"

中村摇了摇头，说："我们邢台不产西瓜，主要产板栗、大枣、柿子。"

周英恍然大悟："哦，那是我记错了，记错了。"

她很快意识到，自己也犯了大错，如果这两人是挺身队的人，她这样问人家，人家肯定会警觉。她没有猜错。三人上了路，中村带着那个队员走在前面，低声说："这个女八路已经怀疑我们了。"

挺身队员吃了一惊："怀疑我们了？"

中村点了点头："她刚才用邢台县的西瓜试过我们了。"

挺身队员庆幸："幸亏我们把山西、河北每个地方的情况都摸熟了。"

中村道："她既然试探，那就说明已经怀疑了。"

他决定，离开镇子远一点，就把这个女八路干掉。周英也在紧张地盘算着，她现在在他们身后，如果把他们干掉，应该还是有把握的，但这样太便宜他们，如果能留着他们，悄悄跟踪，找到他们所有的队员，一网打尽，那不是更好吗？

拐过一个弯，迎面过来一个赶着驴车的老汉，还有几个行人。她当机立断，哎哟一声坐在地上。中村忙带着那个队员回来，关切地问她怎么了。

她抱着脚，痛苦地说："我崴着脚了。"

中村忙蹲下来："快把鞋脱下，我看看。"

她摆了摆手，说："你们先走了，我看来一时半会儿也走不了。"

中村觉得，这个女八路很可能看出他们不是国军了，借机要摆脱他们。这可不行，说什么也不能让她活着走了。中村向那个队员点下头，两人上来架起她："我们搀着你走。"

周英拐着一条腿，被两人强行架着走。她挣扎道：“不用，真不用嘛。”

中村两人不顾不管继续架着她走。赶着驴车的老汉和行人过来了，周英忙叫住老汉：“老乡，我脚崴了，你能不能把我送到青龙镇去？”

老乡说：“青龙镇不是在打仗吗？”

周英说：“鬼子已经被我们打跑了。”

老乡很爽快：“好，你上来吧。”

她冲着中村笑了笑，说：“谢谢两位长官，我还是坐驴车回去吧。”

现在下手，应该也能把她和这些百姓一起收拾了，但这样一来，也就暴露了，能不能顺利回去就说不定了。中村没了办法，只得把她架到了驴车上。

看着两人走远了，周英从驴车上跳了下来。老汉吃惊地瞪着她：“你脚这么快就好了？”

她把手指伸在嘴边“嘘”了一声：“我是骗他们的！”拔出短枪向前追去。

宁武带着人正在一个山坡下的小路气喘吁吁地走着，个个满头大汗。副官实在受不了，哀求道：“宁司令，咱们休息一会儿吧，再不休息，没打死也累死了。”

宁武看了看大家，只得点了点头：“好，就休息十分钟。”

他们刚坐下来，中村和那个队员就出现在了山坡上。两人弯腰隐蔽慢慢地接近他们。两人哪里知道，周英也紧紧地跟在后面。

中村和队员在接近宁武的一个土坎后面停了下来，那个队员伸头看了看，回头对中村道：“那个上校看来就是宁武。”

中村道：“看来很难活捉了，那就把他干掉。”

挺身队员拿出长枪，瞄准宁武，准备射击。

周英隐蔽在后面土坎下，看到这一幕，来不及提醒宁武了，她果断掏出手枪，向挺身队员射击。挺身队员应声而倒。中村急忙滚到一边，向她开枪还击。

宁武等人听到枪声，惊慌趴地隐蔽。宁武侧耳听了听，枪声零落，看来也就只有一两个人，他立即指挥部下：“上！”

中村见势不妙，借着地势掩护，边向周英射击，边向一边逃跑。她紧紧地跟着他，咬着不放。她并不想一枪就把他打死，她还想抓活的。她有些着急，不时地回头看看，宁武他们听到枪声，赶紧赶上来，把这家伙包抄起来，就有可能把他活捉了。

谁知副官带着国军士兵摸索着上了土坡，看到了她的背影，把她当作了敌人，一边向她开枪，一边包抄过来。周英险些被击中，慌忙隐蔽起来。中村趁着这个机会逃之夭夭。

周英气急，隐蔽在土坎下，向国军士兵喊话："别开枪，自己人！"

国军士兵看向副官，副官却叫道："什么自己人？她是八路军，打！"

她正要出来，国军士兵一阵乱枪打来，她只得缩回身子。国军士兵逼近，她干脆把手枪扔出来，举起了手："别开枪，我是自己人！"

国军士兵围过来，举枪对准了她。宁武赶上来，惊奇地看着她："你怎么在这里？"看了看死去的挺身队队员："他是鬼子？"

周英道："他是鬼子挺身队的，这次冒充国军混进来，很可能是冲着你来的。"

宁武上前踢了死去的挺身队员一脚："妈的，冲着老子来了！"

周英从地上捡起自己的枪，懊恼道："你看看你手下都是些什么人？尽帮倒忙，还有一个，跑了。"

宁武瞪了一眼副官："草木皆兵！"

周英语带嘲讽道："宁司令能在血战中杀出重围，实属难得。"顿了顿："您打算去哪里？"

宁武无精打采地说："还能去哪里？宁某不才，全军覆没，只能去重庆负荆请罪。"

周英说："我的身份是晋南游击纵队的，你们走了，我怎么办？"

宁武道："麦先生交代过，如果我们战败或者移防，你正好借着这个机会加入八路军。"

周英皱起眉头："我就不能回去吗？"

宁武不耐烦地说："他可没说这个，你想怎么办，和我没关系。"

3

回到杜家庄，周英给赵明亮说了自己的打算，说要加入八路军。这事儿，赵明亮当然做不了主，他答应找许司令帮她说说话。许亚夫听赵明亮说完，问他："周英真是这么说的？"

赵明亮说："我们搜索了整个战场，没有找到宁武。他要么已经突围逃脱，要么被日军所俘。晋南游击纵队算是全军覆没了，她无家可归了。"

许亚夫问他："你想把她留下来？"

赵明亮没有正面回答，说："她想正式加入咱们八路军。"

许亚夫沉吟道:“她要是一个普通的国军士兵,甚至是个军官都没事,但她聪明、能干,脑子活络,我怕就怕在,她不仅仅是晋南游击纵队参谋这么简单。”

赵明亮迟疑了一下,说:“这一点我可以给你打包票。”他和周英待了这么长时间,自信还是了解她的,她也是一心一意地打鬼子,能有什么问题呢?

许亚夫道:“你既然这么相信她,那就留下吧。”

赵明亮高兴地说:“谢谢司令员!”

许亚夫说:“但你也要注意点,信任一切人与不信任任何人同样都是弱点。在你完全信任一个人之前,你必须要深入了解他。这是一个很长的过程。”

赵明亮点头道:“是!”

他兴冲冲地回到行动队驻地,许多雷、霍无病赶紧迎上来,周英站在一边,抱着膀子看着他,目光里也是充满期待。

许多雷着急地问:“怎么样?许司令答应没有?”

霍无病道:“肯定答应了。就是一个反水的伪军,咱八路军都要,何况是智勇双全人见人爱的周英?”

赵明亮绷起脸,很难受地摇了摇头:“许司令没有答应。他说,晋南游击纵队打了败仗,咱们不能乘人之危。”

周英失望了,脸色一下子黯然下来。许多雷急了:“这是什么话?晋南游击纵队不是已经没了吗?”

周英冷冷道:“你们不用替我说话了,大不了我回重庆。”转身就要回屋子:“哼,此处不留爷,自有留爷处。”

赵明亮笑了:“逗你玩呢,许司令同意你留下来了。”

周英转过身,恨中带笑:“你这个浑蛋!”

为了庆祝周英正式成为八路军,大家决定改善生活,吃顿饺子。赵明亮一边包着饺子,一边对周英说:“从此以后,咱就是一家人了。”

霍无病接了上去:“吃了这顿饺子,以后咱们就有福同享,有病同传了。”

许多雷瞪眼看着他:“会不会说话?有福同享是朋友,有难同当是兄弟!”

周英感动地说:“咱们是好兄弟,一辈子都做好兄弟。”

赵明亮说:“我也表个态,周英同志,你就放心待在行动队,有福同享,有难我扛。”

周英撇嘴道:“看不出来,你嘴巴还挺甜的嘛。”

许多雷忙说："我们队长不是用嘴说话，是用心在说。"

霍无病接了上来："言为心声，队长说的可是掏心窝子的话……"

这两人又要耍贫嘴了，赵明亮唯恐他们再说出什么让周英不高兴的话来，忙咳了两声。

霍无病忙说："嘿嘿，我这人嘴笨，有时我也挺讨厌自己的，不会说话，人又善良，没啥心眼，还特别可爱，大家别在意。"

周英笑道："你这话说得挺好的，把自己的脸贴得金光闪闪的。"

霍无病也笑："我就是实话实说嘛。"

做好饭，大家坐在桌子前吃饺子。周英端起饺子碗站起来，看了看众人，充满感情地说："我也表个态，我能留下来参加八路军，首先要感谢赵队长竭力争取。还要感谢多雷和无病兄弟，我们是战友，但也是一个家。你们让我深深地爱上了这个地方。"

赵明亮、许多雷、霍无病认真地听着，频频点头。

周英又说："咱们八路军，遵守纪律，今天就不喝酒了，咱用饺子汤代酒，碰下杯，以后咱就是生死与共的兄弟！"

三人忙站起来，四个饺子碗碰在一起，四人低头喝了一口饺子汤。

赵明亮激动地说："我们是个集体，是为了专门对付挺身队而存在。这是一个强悍的对手，但我们不怕。同志们，唐僧找了三个人，从西天取回了真经；刘备，结拜了关羽张飞，三分天下有其一；刘秀，带领云台二十八将，一统天下，重兴汉室江山；还有陈胜、吴广，就这两个人，发动了中国历史上第一次大规模农民起义。我们四个人，难道还收拾不了一个小小的挺身队吗？"

许多雷说："我们最厉害的武器就是我们自己。不让敌人进攻你的最好办法就是你去进攻它，不停地向它进攻，让它没有喘气的机会。"

周英点头："对，敌人就是我们最真诚的老师，以其人之道还治其人之身，它能主动打进来，我们也可以先发制人地去打它！"

许多雷故作深沉地点头："在恋爱和战争中先发制人，都是取胜的不二法门。"

周英斜他一眼："你还挺有经验的嘛。"

许多雷忙谦虚道："理论，纯属理论。"

赵明亮很认真地说："你们说的有道理，我准备向许司令请战，咱们再去太原，把挺身队彻底消灭掉！"

第十五章

1

到了太原，赵明亮最惦记的还是自己的哥哥。太平洋战争爆发后，形势已经越来越明朗了，日本人迟早要完蛋，他如果还执迷不悟，想回头，都没法回头了。他不能眼睁睁地看着他继续往下滑，必须得把他从深渊中拉出来。安排大家住进旅店，他重申纪律，还和从前一样，大家先在旅店待着，哪里都不要去，等他回来再说。

霍无病有些不高兴，说："你去哪里，总该给我们说说吧，不要每次都弄得鬼鬼祟祟的。"

许多雷笑嘻嘻地看着霍无病，说："不该问的不要问，队长万一是去找相好的呢？"

霍无病和他一唱一和："对对对，你找我来我找你，咱二人相好一对对。"

赵明亮说："你们俩不要耍嘴皮子了，我是去看一个老朋友。记好了，没什么事儿，就在这里好好待着。"

整个过程，周英都一直抱着膀子，一声不吭。她嘴上不说，心里已经在谋划了，上次赵明亮出去，是去了华北治安军，鬼鬼祟祟地找了一个伪军军官，这次说不定还是去找那个人。她决定跟上他，看看他到底找这个伪军军官干什么。

赵明亮走了，她赶紧跑到窗口观望，许多雷、霍无病一看，也挤了过去。许多雷看着赵明亮在大街上急匆匆地走着，歪着头问周英和霍无病："这赵队长一来太原就要出去，猴急猴急的，会不会是真有相好了？"

霍无病点头道："天若有情天亦老，人若有情死得早。我真替队长担心。"

周英说："你们两个老老实实地在这里待着，我也出去一趟。"

许多雷皱起了眉头："你这又是唱的哪一出？"

周英说："我没相好，就是想出去转转。"

霍无病急道："这不好吧，队长说过让咱们在这里好好待着的，万一出事儿了，我和阳哥可担不起这责任。"

周英一边往外走，一边说："老娘可是纯爷们儿，用不着你俩给我担责任。"

许多雷站在窗口，看着周英正急匆匆地穿过大街，很明显是跟着赵明亮的，他点了点头，喃喃道："这就对了。"

霍无病问："什么对了？"

许多雷说："咱俩说赵明亮有相好，周英一听就急了，她这是不放心，跟着赵明亮去看看咋回事。"

霍无病得意道："你一开口说相好，我就明白你啥意思，所以就和你一唱一和，故意激将周英。这种事儿，非得有外力推动才行。"

许多雷感慨道："人家当媒婆的吃香喝辣的，咱俩这媒婆都当成了破鼓任人捶了。"

赵明亮也不是吃素的，他在前面走着，感觉身后有人跟踪。他放慢了脚步，感觉那人也放慢了脚步。这人是什么人？难道自己的行踪被敌人发现了？他在一个摊位前停下，装作挑选玩具，拿起一个拨浪鼓摇了摇。摊位前挂着几个小镜子在卖，他慢慢地调整角度，终于从镜子里看出跟踪他的人是周英。他松了口气，但随即又紧紧地皱起了眉头，她为什么要跟踪自己？

他不动声色地付钱买了拨浪鼓，一边摇着拨浪鼓，一边漫不经心地往前走，路过一个小巷子，突然加快脚步，闪身藏匿在小巷拐角处。

周英再探出头来，发现赵明亮不见了，她往前追了两步，站在巷子口正在东张西望，赵明亮从她背后出现，把她拽到小巷里，逼到墙角处，单手支住墙，盯着她问："你为什么要跟踪我？"

周英耸耸肩："好奇。"

他眯起了眼睛："仅仅是好奇吗？"

周英瞪他："奇怪，我自己还不了解我自己的想法吗？除了好奇，还有什么？你说。"

赵明亮道："许司令说过，只能是我一个人与老钱接头，你是不是想知道老钱在哪里，是何方神圣？"

周英听了这话，嚣张的表情从脸上消失了，垂下眼睑，黯然道："说到底，你还是不相信我。"

赵明亮咄咄逼人道："那你证明一下，让我相信你。"

周英说："我看你这段时间一直魂不守舍，刚到太原，按说你应该去找老钱碰头，或者部署我们去侦察挺身队，你倒好，一来就鬼鬼祟祟的。"

赵明亮道："我怎么鬼鬼祟祟了？"

周英冷笑道："许多雷他们说你是去找相好，你也不解释，好像乐得让他们如此认为。但你骗得了他们，却骗不了我。"

赵明亮说："你这么了解我，是我肚里的蛔虫？"

周英直视着他："我不是你肚里的蛔虫，可我知道你有心事。"

赵明亮道："人如其名，我正大光明，有什么心事？"

她真诚地看着他，低声道："你就不要装了，憋在心里苦，给我说说吧，我也许可以给你想想办法。"

赵明亮犹豫了一下，说："其实也没什么事儿。"

她关切地看着他，说："你可以憋在心里，等到日积月累，你憋不住的时候，它决堤了，会淹死自己和你心里想着的那个人。"

赵明亮黯然道："其实不是你想的那样。"

周英说："要不，咱们找个地方，你给我说说？"

2

赵明亮和周英坐在茶馆的角落里，他说完哥哥的事情，苦笑着看着周英："我给你说了，是想让你给我想办法的，你说说，我该怎么办？"

周英咬着嘴唇想了一会儿，说："你其实也不必耿耿于怀。乱世之中，他只是为了活命，只要不祸害同胞，我倒是可以理解的。你不能要求所有人都成为烈士，每个人都有活下去的权利。"

赵明亮摇了摇头，说："他投降敌人，就已经置身这场你死我活的战争中，他必须得做出选择，要么和我们站在一起，要么就成为我们的敌人。"

周英皱起眉头："在你们共产党眼里，这个世界就是非黑即白？"

赵明亮奇怪地问她："难道不是这样吗？"

周英说："我本来也是这么认为，可我后来发现不是的。作为小人物，更多的是活在黑白相间的世界里。就说你哥，他有妻子，还有孩子。有些事儿，你明知道它是黑的，但你还必须去做。对他来说，死是容易的，活着倒是艰难的。"

赵明亮喃喃道："我其实是在救他。咱不讲国家民族，就从个人的角度讲，他跟着日本人，最后只能家破人亡。"

周英沉思了一会儿，点了点头："这一点我是赞成的，如果他愿意，倒也可以争取。"

两人出了茶馆，本来说好的，周英回旅店，赵明亮再去一次哥哥家，看看能不能做通他的工作，早日离开日伪。可他走了一段路，她还紧紧地跟在他身后。

他回头疑惑地问她："你怎么还跟着我？"

周英说："我陪你一起去吧。你不是还有嫂子和侄子吗？我就当你老婆陪他们，你和你哥好好说说话。"

赵明亮道："你假扮夫妻还上瘾了。"

周英上前挽起他胳膊，笑道："走吧。"

到了赵荣坤家，是他妻子开的门，身后跟着一个五六岁的孩子。她疑惑地看着两人："你们是？"

周英亲热地说："你是嫂子吧。"

赵明亮忙解释："赵荣坤是我哥哥，我到太原找个活干，顺路来看看。"指着周英说："她是我媳妇。"

赵荣坤的妻子半信半疑："哦，你们……快进来吧。"回头招呼："荣坤，你看看是谁来了？"

赵荣坤从屋里出来，惊讶地看着赵明亮："明亮？你怎么来了？"嘴上是这么说的，脸上却是无法掩饰的不悦。他看向周英："这位是……"说完这话，他也认出了她，他们在那场矿工暴动的战斗中打过照面。

妻子抢着说："这是弟妹，你们也是头一回见吧？"

弟弟结婚了？这个女人就是他的妻子？赵荣坤颇感意外，问赵明亮："你什么时候结婚了？"

赵明亮笑了笑："刚结的。"

周英把赵明亮手里的拨浪鼓拿过来，弯下腰朝赵荣坤的儿子摇了摇，递给了他："你叫什么名字？"

小家伙朗声道："我叫东东。"

赵荣坤的妻子说："你们快坐，我去做饭。"说着，挽起袖子就要进厨房。周英忙跟了过去："我帮你。"

两个女人在厨房里做着饭，说着话。赵荣坤的妻子告诉周英，她叫董凤娟，当年赵荣坤的部队驻扎在她老家河南新乡时，他们结婚的，算起来，也有五六年了。结婚的时候，说好要回老家再办一次的，婚假刚请下来，战争就开始了，后来就耽搁了。

周英说："一打仗，受罪的还是老百姓。"

董凤娟说："可不是嘛，要不怎么说宁做太平犬，不做乱世人呢。我也是去年刚到太原的，一直想让荣坤带着回老家看看老人，认认门。可听荣坤说，那里被共产党占了，不敢回去了。"关切地向周英身边凑了凑："弟妹，共产党到底怎么样？他们没有欺负你们吧？"

周英笑了笑，说："嫂子，你不要听外面的人乱说，共产党其实挺不错的，他们说自己是鱼，老百姓是水，军民鱼水一家亲。"

董凤娟讪笑道："那就好，那就好。"

那边赵明亮和赵荣坤站在院墙边，也在低声交谈。赵明亮诚恳地说："该说的我都已经说了，你是为老婆孩子考虑，我也是为他们考虑。你如果一条道走到黑，对他们的伤害更大。"

赵荣坤低声道："你让我好好想想。"

赵明亮苦口婆心地说："我也不是非逼着你投共，哪怕你暗地里帮国民政府做事，将来，也不至于背着个汉奸的名声，让凤娟和东东也跟着你抬不起头来。"

赵荣坤朝厨房瞥了一眼，转移了话题："那女的真是你媳妇？"

赵明亮点了点头："对。你不要岔开话题。"

可他除了"考虑考虑"，再也不肯说什么了。赵明亮虽然着急，却也无可奈何。

在赵荣坤家吃过饭，赵明亮和周英要走。到了门口，董凤娟追了过来，拎过来一包黄米糕，递给周英："这是自己家做的，你们俩拿上尝个新鲜。"

周英忙道："谢谢嫂子！"

董凤娟又叮嘱道："你们俩找到活干了，捎回来个信儿，有空了，就过来坐坐。一家人凑到一起不容易。"

两人连连点头，俨然是小两口。走了一会儿，周英扭头问赵明亮："怎么样？你哥答应你没有？"

赵明亮说："他没有拒绝，但也没有答应，只是说再考虑考虑。"

周英道："他是有难处，你不能强逼他。"

赵明亮有点生气："我这是为他好。"

周英叹口气，说："你以为是在为他好，他未必觉得这条路就好。他有他的难处，你还是让他安安分分过日子吧。"

两人正说着，刚转过街角，迎面撞上了柴田勇太，他一身市民打扮，正低头赶路，差点撞到两人身上。三人都认出了对方，皆是一愣，站在那里。

赵明亮最先反应过来，忙亲热地迎上去，握住了他的手，亲热地问：“田大哥，你怎么在这里？胳膊咋样了，好了没有？”

柴田勇太抬起胳膊晃了晃，说：“好了好了。兴成、秀秀，你们怎么来了？”

赵明亮忙把他拉到墙角边，低声道：“你走了以后，鬼子很快就打上门来了，八路军和他们打了一仗，虽然是个胜仗，但地方暴露了，兵工厂搬走了，我就没活儿干了。我和秀秀琢磨着，看看能不能来太原找个活儿干干。”

柴田勇太忙问：“那你俩找到活儿没有？”

周英失望地说：“我娘家有个远房亲戚在太原，本来想让他帮忙找个活儿干干，哪知去了一看，人家早就搬走了，白跑了一趟。”

赵明亮说：“我们转了半天，想找个活儿干还真难，身上带的钱眼看就要用完了，真是急死人了。”

周英关切地问柴田勇太：“田大哥，你现在在做啥？”

柴田勇太说：“我在一个饭店帮工，赚不到啥钱，就图个有睡的地方，能吃口热饭。”

周英急切道：“田大哥，他们还缺不缺人？能不能帮着把我们介绍过去？我和兴成啥活儿都能干，再脏再累也不怕。”

赵明亮扭头对她发急道：“你看看，田大哥的伤刚养好，你咋能再麻烦人家呢？”

周英不管不顾，把手里拎着的黄米糕往柴田勇太手里塞：“田大哥，家里没啥好东西，本来是给亲戚拿的，亲戚找不到了，正好送给你。”

柴田勇太忙推让：“这怎么好意思呢，你们留着，你们留着。”

赵明亮也诚恳地说：“田大哥，你就接着吧，又不是什么贵重东西。这可是秀秀亲手做的，要说起做黄米糕，十里八乡，没人能比得上她的手艺。”

柴田勇太只得接过：“那就谢谢大妹子和大兄弟了。”

周英娇嗔道：“谢啥哩？一家人不说两家话，谁让咱们这么有缘分呢，一到太原，又碰上了。”

柴田勇太关心地问：“你们现在住在哪？”

赵明亮说：“刚进城，亲戚没找到，能住哪儿？到时路边蜷一宿就行了。”

柴田勇太急道：“这哪行？这样吧，我先给你们找个旅店住下来，我回去和老板讲讲，看他还要不要人。”

赵明亮赶紧握住柴田勇太的手使劲摇：“太好了，谢谢田大哥，谢谢田大哥！”

3

柴田勇太给他们找了一个简陋的旅店住下后，说是立即回去问问老板，看能不能把他们也招进去。这事儿成与不成，明天他都会来给个准信儿。

柴田勇太走了，赵明亮赶紧把门关上，低声问周英："你说这家伙有没有怀疑咱俩？"

周英说："我觉得没有。咱俩那么会演戏，假扮夫妻的技术已经炉火纯青。女人心细，你嫂子都没发现破绽，何况是他？"

赵明亮在房间里来回走动，紧张地盘算着，这个田富贵肯定是挺身队的人，说不定还是一个重要人物，只要他没有怀疑他们，完全有可能通过他将中村正雄钓出来，伺机干掉。他把自己的打算给周英说了。她沉思了一会儿，说："他一旦怀疑我们了，带人过来，被干掉的就是我们了。"

赵明亮说："我觉得这个险值得一冒。擒贼先擒王，干掉了中村正雄，等于抽了挺身队的筋。"

周英点了点头："这家伙可能还是个小头目，如果中村正雄不上钩，那就干掉他，也算剥了挺身队一层皮。"

赵明亮点头道："我回去一趟，许多雷被他们抓到过，不能再露面了，让霍无病搬到咱们旁边做策应。"

他打开门，又回过头，关心地说："你注意安全，如果见势不妙，赶紧跑。"

周英笑道："你又不是不知道，我可不是一般人，你有什么不放心的？"

赵明亮回去没多久，就把霍无病带了过来，安排在了隔壁房间，互相假装不认识。

这个时候，柴田勇太也拎着黄米糕回到挺身队的营区，这一路上，他一直在想，这两个人到底是什么人呢？他们是共产党吗？他把在刘村和两人的交往过程细细地在脑海中过了一遍，觉得两人不大可能是共产党，男的就是一个老实巴交的农民，女的就是一个爱占小便宜的村妇。他自嘲地摇了摇头，觉得自己疑神疑鬼了。

但他不敢大意，还是赶到了中村的办公室，把这事儿给他汇报了。中村听完，眯着眼睛问他："你确定他们是普通农民？"

柴田勇太说："我住过他们家，一直在观察他们，没有发现异样。"

中村正雄来回走动，皱着眉头思考着。

柴田勇太犹豫道："如果队长觉得可疑，要不要把他们抓过来审问一下？"

中村停下来了，说：“如果他们是共产党，这会儿恐怕早已经逃之夭夭了。”

柴田勇太说：“那我再去看看。”他也很想知道，这两个人到底跑了没跑，如果是共产党，他们肯定会跑掉的。如果没有跑掉，那就证明自己的判断是对的，就是普通农民而已。

柴田勇太赶回旅店，趴在门口听了听，没听到什么动静，就敲了敲门。赵明亮开了门，一看是他，忙热情地往里面让：“田大哥，快进来，你坐你坐。”

看到两人还在，柴田勇太轻松了许多，这说明两人不是共产党，进剿兵工厂失败的责任不在自己身上。他甚至对两人都心生感激了。他忙说：“我就不坐了，我怕你们两个等急了，赶紧回来告诉你们一下，老板今天不在家，等他明天回来了，我再给他说你俩找活儿的事儿。”

赵明亮说：“不急不急，有田大哥这个心意就行了，不用这么急的。”

周英却急道：“田大哥，你别听他的，我们两个到了太原，亲戚找不到，举目无亲，身上也没钱了，以后可全靠田大哥了。”

柴田勇太说：“应该的，应该的，我一定会尽力。我就是来给你俩说一下，让你俩不要急。放心，这事儿包我身上了。”

回到挺身队，柴田勇太赶紧向中村汇报，这两人老老实实地待在旅店里，还急着等他给他们找工作呢。

中村道：“这么说，这两人不是共产党？”

柴田勇太忙说：“兵工厂没了，他们没活儿干了，到太原来混口饭吃，这也在情理之中。”

中村沉吟道：“我就担心这两人真是共产党，已经知道了你的身份，有目的地接近你，利用你。”

柴田勇太着急了：“他们不可能知道我身份的，每一步我都很谨慎。”

中村说：“凡事都要小心。把他们带到晋原饭店，你陪他们玩玩，如果他们是共产党，肯定会有人和他们接头，看看能不能钓出更大的鱼。”

从外表来看，晋原饭店和太原市其他饭店没有任何区别，就是一个小饭店。饭店有个厨师，一个老板，看上去就是一个小本经营的小饭店，但它实际上是挺身队设在太原的一个据点。厨师是中国人，但他是一个汉奸，老板是挺身队的一个队员。因为这次是招待赵明亮和周英，所以，柴田勇太也临时成了这个饭店的一名伙计。

柴田勇太一大早赶到旅店，结了账，就带着赵明亮与周英前去晋原饭店。

他们在前面走，霍无病跟在后面，不远不近，装作很随意的样子。实际上，霍无病紧张得要死，要是跟丢了，太原这么大，到哪里去找他们？他不由得想许多雷了，要是阳哥也在这，两个人盯着，总比他一个人盯着强。正想着，觉得左前方有个人影眼熟，他紧走两步赶上去，认出这个粘着胡子，戴着一顶破毡帽的人正是许多雷。

霍无病小声道："你怎么来了？队长不让你出来。"

许多雷说："我不放心。再说，我这样子，别人认不出我的。"

霍无病道："我一眼就认出你了。"

许多雷说："废话，你又不是别人。"

两人看着赵明亮和周英跟着柴田勇太进了晋原饭店，继续一前一后，向前走了一段路，进了晋原饭店斜对面一家旅店。

办完手续，两人进了房间，霍无病抚了抚胸口："吓死我了，我还以为那家伙会把队长和周英带到狼窝里呢，没想到进了个饭店。"

许多雷瞪他一眼："你以为那饭店就不是狼窝了？"

霍无病隔窗看着晋原饭店，说："要是他们俩有个意外怎么办？我是说万一，要不我进饭店看看吧？"

许多雷道："放心好了，他俩敢跟着去，心里肯定有数，一时半会儿，不会出意外的。"

柴田勇太带着赵明亮、周英进了晋原饭店，把两人引见给老板："王老板，这就是我给你说过的兴成老弟，这是弟妹秀秀。"

王老板笑容可掬道："富贵给我讲过了，你们放心在我这干吧，我不会亏待你们的。我姓王，你们以后就叫我王老板好了。"

赵明亮、周英忙鞠躬致谢："谢谢王老板。"

饭店的活儿也不重，就是端端盆子，洗洗碗，拖拖地，招呼一下客人。忙了一天，赵明亮和周英回到了二楼，这里有个小房间，是王老板特意安排给他们两个的。

赵明亮把门关上，周英抱着一床被子塞给他："老规矩，你睡地板上。"

赵明亮笑道："百里不同俗，十里改规矩。"

周英把被子收了回去，扔到床上，笑嘻嘻地看着赵明亮道："好啊，你上来睡啊。"

赵明亮愣了一下，没想到，这个女人胆子真大，一点都不害臊。他忙过去抱起被子，讪讪地笑："君子动口不动手，我只是说着玩的，过过嘴瘾。"

她朝他撇下嘴："还君子呢？我看就是一尿人，说大话就像放爆竹，响一下就完了。拜托你以后就不要再说大话了，浪费唾沫。”

在另一个旅店里，霍无病躺在床上，辗转反侧，怎么也睡不着。他欠起身看看躺在对面另一张床上的许多雷，他一动不动。他忍着又躺下来，继续辗转反侧。

许多雷在黑暗中开口了：“你床上有蒺藜，还是有石头？怎么翻来翻去的，你是在睡觉还是在烙大饼？”

霍无病说：“我床上既没有蒺藜，也没石头，我是有心事。”

许多雷感到奇怪：“你有啥心事？”

霍无病说：“我在想周英。”

许多雷道：“再没想的了，想她？那女人就是个刺猬，你想她做什么？”

霍无病来了精神，坐起来，身子倾向许多雷：“我不止想她，也想队长呢。你说，他俩在刘村假扮夫妻，到了这儿肯定还得继续演下去。孤男寡女，住在一个房间，会不会假戏真做？”

许多雷慢悠悠地说：“那也得看是什么时候，这种事儿，得天时地利人和才行。他们现在身处狼窝之中，哪还有心情风花雪月？”

霍无病道：“我听说，做地下工作的同志经常假扮夫妻，扮着扮着就成真的了。他们俩要是弄假成真了，那可就是国共合作的楷模、流传千古的佳话。”

许多雷说：“这你就错了。男女之间，最重要的是有话说。两个人不同信仰，不同党派，话不投机半句多，根本没有共同语言。我看，这事，难。”

霍无病急了：“周英已经加入八路军了。”

许多雷翻过身子：“那她也不是共产党。睡你的觉吧，别再啰唆了。”

4

到了第三天晚上，赵明亮和周英收工回来，一边收拾屋子，一边低声聊着。赵明亮有些疑惑，这都两天了，一点动静也没有，难道他们真没怀疑吗？

周英也有点拿不准，会不会是田富贵根本没把他俩到太原的事儿汇报上去？

赵明亮觉得不大可能，王老板明显就是他们的人。他有着更大的担心，说不定挺身队也是把他们当鱼饵，想钓大鱼。

他还没说完，周英突然走过来，亲昵地给他整理衣服，低声道：“别动。”

柴田勇太出现在门口，夸张地说：“哎呀，小两口在亲热呢。”

她忙离开赵明亮，一脸羞涩：“才不是呢，他衣服上有根线头，我帮他揪了一下。”

柴田勇太掏出几张纸币递给赵明亮，说：“你俩这两天干得不错，王老板很高兴，一直在夸你们，说是先给你们两天工钱，有空了就到街上转转去，别太累了。”

赵明亮忙接过：“田大哥，替我谢谢王老板。”

周英也很感激：“王老板人真好。”

柴田勇太说：“主要是你俩干得好。我就不打扰你们了，你们该干啥干啥。”

赵明亮会心地朝他笑笑，周英很羞涩地说：“田大哥说啥呢。”

柴田勇太走完，两人合计了一下，觉得暂时还是安全的，那就继续再待几天，看看能不能把那个中村正雄钓出来。如果实在钓不出来，那就把这个田富贵和王老板干掉。他们唯一不能确定的是，不知道那个厨师是不是挺身队的人。正好利用这几天好好观察下，如果也是的，那就一并送他们上西天。最重要的是，要稳住这个田富贵。

第二天早上，两人和柴田勇太一起吃饭。赵明亮突然抬起头，对他说：“田大哥，你也该找个女人了。”

周英关心道：“就是，一个人总这样下去也不是个办法。”

柴田勇太叹口气，说：“有啥法子呢，地无一垄，房无一间，烂命一条，猫见猫憎，狗见狗咬，谁会愿意跟着我？”

周英跃跃欲试：“田大哥要是不嫌弃，我倒可以给你介绍一个，她也是实诚人，就喜欢人品好的。”

柴田勇太装作很惊喜的样子：“秀秀，你就别逗我穷开心了。”

周英认真地说：“我可是说真的。我们刘村有个姑娘，还没有出嫁，你要是愿意，我可以牵线搭桥。”

柴田勇太讪笑道：“就我这条件，人家咋会看上我呢。”

周英说：“咋看不上呢？人家看的就是人品。田大哥的人品，我可以打包票的。就看你愿意不愿意了。”

赵明亮也说：“田大哥，你就应下吧，要是有缘，皆大欢喜，要是没缘，也没啥损失。”

柴田勇太犹豫一下，点了点头：“那好，要是成了，我请客。”

周英说：“那我明天就捎封信回老家，让她来太原一趟，你们见个面，成不成再说嘛。”

三人说话这当口，许多雷和霍无病也在合计，两人商量了半天，还是觉得不放心，最后决定还是要守在晋原饭店门口，万一有什么异动，可以冲上去支援赵明亮和周英。

霍无病到街上转一圈，半天工夫不到，偷来了两辆黄包车，他美其名曰是“借”，用完就还。两人经过化装，粘上胡子，又把脸抹得黄不拉叽，几乎看不出原来的模样。他俩肩挂毛巾，戴着车夫们常戴的帽子，拉着黄包车到了晋原饭店门口。两人前后左后一看，还有其他两三个黄包车夫也在招揽生意。这些人，肯定也是挺身队的。

正是午饭时间，赵荣坤的妻子董凤娟拉着儿子东东逛街，经过晋原饭店，想进店吃饭，刚到门口，看到赵明亮、周英正在擦拭桌子，站在柜台的老板紧紧地盯着两人。她愣了一下，赶紧拉着东东离开了。

许多雷把这一切都看在眼里，觉得这个女人蹊跷。他看了看霍无病，霍无病摇了摇头，示意不必跟踪。

回到家里，董凤娟一直心神不宁，她倒并不奇怪赵明亮和周英在这个饭店讨生活，她感到奇怪的是那个饭店老板一直在盯着两人，那目光阴森森的，让她看着害怕。一直到深夜，东东已经睡着，赵荣坤才回来。她忙出了卧室，迎上丈夫，说：“我今天在街上看到明亮和他媳妇了，他们在一家饭店帮工。我本来想打招呼的，但是……”

赵荣坤疑惑道：“但是什么？”

她说：“总觉得不对劲，那家店的老板也怪怪的。弟弟和弟妹到底是干什么的？你跟我说实话。”

他阴沉着脸，有些不耐烦：“别问那么多了，你告诉我，他们在哪家饭店？”

董凤娟道：“晋原饭店，东大街那边。”

赵荣坤点了点头：“记住，以后别带东东过去了。”

董凤娟还想再问，但看丈夫那样子，只得把要说的话咽回去了。

第四天里，王老板特意给赵明亮和周英放了假，让他们到街上逛逛。王老板这么好心好意，两人觉得也应该去逛逛，再不逛，人家会起疑心的。

两人来到门口，霍无病忙拉着黄包车凑上来：“二位要去哪里？我拉上你们跑跑吧。”

赵明亮说：“师傅，太原哪里有集市？我们想去逛逛。”

霍无病说：“那就是开化寺街啦。”

两人上了霍无病的黄包车，刚走没多远，柴田勇太出来了，许多雷忙把帽子往下拉了拉。

另一位车夫迎上去："老板，你想去哪里？"

柴田勇太上了黄包车："跟上前面那辆车。"

车夫拉起黄包车："好嘞。"

霍无病拉着赵明亮和周英在街上奔跑，周英小声问道："怎么许多雷也在这里？"

霍无病道："阳哥不放心你俩，特地化装一下也跟上了。"

赵明亮说："你让他小心一点，那几个车夫也是他们的人。"

霍无病道："知道，看得出来。"

赵明亮问："田富贵跟上没有？"

霍无病装作擦汗，回头看了一眼，说："跟上了。"

周英会意地看了一眼赵明亮，笑道："让他跟着吧。"

柴田勇太跟了半天，几乎都没眨一下眼睛。这个郑兴成和秀秀逛了半天街，就买了两串糖葫芦，秀秀买了一块布。等回到晋原饭店，柴田勇太立即布置人去调查卖糖葫芦和卖布的，也都没什么问题。

过了两天，柴田勇太回了一趟挺身队，把这些情况给中村正雄汇报完，说："我不怀疑他们。"

中村道："他们不像共产党吗？"

他很肯定地点了点头："就是两个没见过世面的农民，吃个糖葫芦都高兴得要死。我看他们也是第一次吃。"

中村沉吟了一会儿，说："那我去会会他们。"

柴田勇太疑惑道："您亲自去？"

中村点头："对，我亲自去一趟。"

5

柴田勇太回去，刚到晋原饭店门口，遇到赵明亮与周英正要出门。他忙问道："兴成兄弟、秀秀，你们这是要到哪去？"

赵明亮说："实不相瞒，我与秀秀结婚好几年了，一直没有怀上娃。王老板说，城北的娘娘庙求子灵验，我想和秀秀去许个愿。"

周英接上了："田大哥，你是不知道，唾沫星子能淹死人呢，村里有人背后说我是不会下蛋的老母鸡，我都快急死了。"

柴田勇太安慰周英道："这种事情急不得，还是要顺其自然。城北的娘娘庙我也熟，我陪你们去。”

三人来到大街上，许多雷看到柴田勇太，忙低下头，霍无病还没来得及行动，两个车夫就迎了上去，一个车夫拉起赵明亮、周英，另一个车夫拉上柴田勇太。

来到娘娘庙，一边往里走，柴田勇太一边给他俩介绍：“弟妹到这个庙来许愿，算是寻对地方了。我听说前年河南南召有个妇女，都四十好几了，一直没有生娃，听人介绍这个庙灵，上千里地跑来，就烧了一炷香，回去就怀上了。”

周英惊喜道：“真的这么灵？”

柴田勇太说：“我也是听来的，大家都在这么传，看来也是真事。”

赵明亮看着周英，眼睛里充满期待：“但愿秀秀这次也能怀上。”

周英羞涩地打了他一下。柴田勇太看着两人亲热劲，觉得中村正雄可能真是多虑了，怎么看，这两人都是小两口嘛，怎么可能会是共产党呢？

娘娘庙有一个院子，里面有几个房间，供奉着不同的神佛，求神拜佛的善男信女还真不少。赵明亮、周英在正殿虔诚地跪拜送子观音来，柴田勇太迎上去问道：“是求个聪明的大胖小子，还是求个懂事漂亮的小丫头？”

周英指着赵明亮说：“他肯定是求个大胖小子，我倒是想生个丫头。”

赵明亮讪笑道：“儿子长大了能传宗接代，闺女嫁了人，就是别人家的了。”

周英嗔道：“我就知道你是重男轻女。”

柴田勇太打趣道：“那肯定是龙凤胎了。”

三人正在这里说着，黄春梅也拉着小新来了。自从得知自己的丈夫是个日本人，黄春梅一直心神不定，她想来拜拜菩萨，求个全家平安。她一抬头，看到柴田勇太和赵明亮、周英在一起，她虽然不认识赵明亮和周英，但她认得柴田勇太，知道他是丈夫那边的人。黄春梅吃了一惊，看那两个中国人，也不像是汉奸，他们知道不知道柴田勇太是个日本人呢？

她忙拉着小新跟在三人后面，看着他们出了娘娘庙，坐上了两辆黄包车走了。她忙拉着小新到了正在等人的黄包车夫跟前问，刚才那两辆黄包车要去哪里。一个黄包车夫说，他们说是晋原饭店。黄春梅忙拉着小新上了黄包车，说：“我们也去晋原饭店。”

赵明亮一行回到晋原饭店，站在柜台前的王老板看到他们，忙转身进了内室。中村正坐在内室品茶，等着他们。听说他们回来了，忙出来了。这两个人到底是村民，还是共产党，中村相信自己一眼就能看出来。

中村看到周英，立刻认出这个女人就是在剿灭晋南游击纵队之战中遇到的那个女八路，不用说，那个男的也是八路军。他心头一凛，柴田勇太上当了！

中村看着周英，笑眯眯地说："是你？"

周英也吃惊不小，这人看来就是挺身队的头头中村正雄了。她笑着点了点头："咱们又见面了。"

两人都向腰间摸去，正要行动，黄春梅拉着小新进来了，小新丢开妈妈的手，扑过去冲着中村喊："爸爸。"

中村愣了下，忙伸出手拉住儿子，问黄春梅："你们怎么来了？"

黄春梅对中村正雄道："我和小新正好路过这里，看到你就进来了。"

小新叫道："爸爸，我饿了。"

中村无奈地说："坐下一起吃饭吧。"转向周英道："咱们也算是熟人了，一起吃吧。"

赵明亮觉得蹊跷，周英和这个男人认识？他们是如何认识的？他看了看周英，她悄悄地在他手心按了一下。他心里有数了，这个人，十有八九也是挺身队的人。周英落落大方，笑着对中村道："好，今天我请客。"

黄春梅忙道："怎么能让你破费呢？"回头招呼伙计："有饺子吗？两斤牛肉饺子，再拼几个凉菜。"

柴田勇太吃惊不小，怎么也没想到，队长竟然和秀秀也认识，他们是怎么认识的？这太蹊跷了。他正在盘算着如何应对，厨师端上来了两斤饺子和三四个凉菜，小新急不可待地吃了起来。

黄春梅招呼厨师："再来几个馍馍。"转向众人："没有馍馍不算饭，没有辣子不算菜。你们也吃吧，动筷子，动筷子。"

众人搛起筷子吃了几口。中村对黄春梅说："你们快点吃了回家吧。"

黄春梅嗔怪道："你这是撵我们走吗？"

刚吃了几个饺子，黄春梅忽然手抚胸口，疼得叫了起来，中村赶紧去扶她，她干脆从座椅上跌倒在地。

柴田勇太着急道："不行，赶紧送嫂子去医院。"

中村看看赵明亮他们，又看了看痛苦的妻子，咬了咬牙，抱起妻子，带着小新坐在黄包车上，匆匆离去。

中村一走，柴田勇太和王老板、厨师没了主意。三人躲在厨房里商量，王老板道："夫人忽然晕倒了，队长匆匆忙忙送她去医院了，什么也没有交代，这可怎么办？队长和那个女人认识，队长咋认识的？"

柴田勇太道："怪就怪在这里。"

厨师着急地说："我们怎么办？"

王老板狠狠地说："我觉得应该现在就动手，哪怕杀错了，也比放跑了强。"

柴田勇太眼里露出凶光："杀！"

赵明亮和周英在外面，也在紧张地盘算着。周英告诉他，那个人可能就是中村正雄，她和他见过面。

赵明亮道："咱们很可能暴露了，没有时间了，准备动手，然后赶紧离开。"

两人正要起身，柴田勇太过来了，坐在两人对面，看着周英，说："李老板是我们饭店的常客，你怎么也认识他？"

周英道："以前见过，打过几次交道。"

柴田勇太说："你认识的人不少嘛。"

周英觉得，只有他一个人，动起手来不方便，最好把他们都叫出来一网打尽，就忙回头朝里面喊道："还有个麻辣鱼没上呢。钱师傅，麻辣鱼呢？"

厨师在里面叫了一声："来喽。"他从腰里掏出手枪，把子弹推上膛，用毛巾包起，端起那盆麻辣鱼，用包着手枪的毛巾垫手，走了出来。

正在这个时候，穿着一身便装的赵荣坤突然推门进来，他看到厨师，愣了一下。厨师看到他，也愣了。这个厨师原是宪兵队的，赵荣坤和他打过交道。

他看了一眼赵明亮，又疑惑地盯着厨师："你怎么在这里？"

厨师情知不妙，丢掉鱼盆，刚要举起毛巾里的手枪，赵荣坤扑上去，扭住了他的手，两人缠斗在一起。

柴田勇太掏出枪，霍地起来，周英坐着那里一动不动，但手里的枪早已经准备好了，一扣扳机，击在他的腿上，柴田勇太倒了下去。她站起来，再开一枪，柴田勇太的腿伸了伸，再也没动静了。

王老板举起枪，赵明亮一枪击去，王老板中弹倒地。

晋原饭店门口的两个黄包车夫听到枪声，立即拔枪向饭店冲去。他们哪里想到，螳螂捕蝉，黄雀在后，他们还没冲到饭店门口，身后的许多雷与霍无病起身，掏枪向两人开火，两人当即毙命。

厨师把赵荣坤压在身下，赵荣坤挣扎着，眼看枪口就要对准他，赵明亮赶过来，向厨师射去，厨师软软地倒在一边，赵荣坤衣服上溅满了血。赵明亮拉起他，招呼众人立即撤离。赵荣坤向另一边逃去。

许多雷边跑边问："那人是谁？"

周英看了赵明亮一眼，赵明亮道："一个有良知的中国人，关键时候，帮了咱们一把。”

她忙接了上去：“乱世之中，还是好人多。”

赵荣坤急急地回到家，把带有血迹的衣服匆匆脱下，扔在盆中，正要去洗衣服，董凤娟从屋里出来，看到沾满鲜血的衣服，惊异地问他：“怎么回事？发生什么事了？”

赵荣坤道：“不要问那么多了，你赶紧收拾收拾，带上东东搬回娘家去住。”

董凤娟声音颤抖：“你，你是不是杀人了？”

赵荣坤无奈地说：“是的，这个家你不能再待下去了，赶紧带着孩子回娘家，千万别再回来。”

董凤娟问：“你杀了什么人？是不是和明亮有关系？”

赵荣坤道：“我在晋原饭店杀了日本人，那是日本人开的。我也是没办法，总不能眼睁睁看着明亮他们掉进狼窝里吧。”

董凤娟担心地问：“那你以后怎么办？”

赵荣坤说：“你不用管我，将来日子好过了，我会和你们联系的。”

董凤娟难过地说：“神仙打架，小鬼遭殃，你弟弟这是把你往火坑里推……”

赵荣坤沉重地摇了摇头，说：“不用他推，我们本来就在火坑里……”

6

黄春梅躺在病床上，医生仔细地做着检查。中村一直守在旁边，看着医生检查完了，着急地问医生：“我太太怎么样了？”

医生道：“不要紧，好好休息一下就好了。”

中村站起身：“春梅，我有急事离开一下，你安心看病。”说罢，就要往外走。黄春梅从病床上坐起来，声音尖利地叫道：“站住，你给我回来。”

中村回头疑惑地看着她，眼睛眯了起来：“你不会是装病骗我的吧？”

黄春梅一时语塞，支支吾吾地说不出话来，中村生气地甩手而去。等他赶到饭店，那里已经被日本宪兵封锁了。

宪兵队长河村小郎正带人在检查柴田勇太等人的尸体，中村进去，伏下身子看了看柴田勇太，痛苦道：“我还是来晚了一步。”

河村小郎生气道：“军统屡屡犯恶，特高课的调查却毫无进展。”

中村咬牙切齿地说：“他们并非军统，而是共产党。”

河村小郎有点不相信："共产党？他们有这能耐？"

中村道："无论是樱井师团长，还是上次投毒，都是他们干的。"说着，痛苦地摇了摇头，"现在又杀了我们挺身队的人。"

他处理完晋原饭店的事儿，到医院把黄春梅带回了家。他一进屋，就重重地坐到椅子上，一脸疲惫。

黄春梅怯怯地问他："怎么样？那两人走了没？"

中村直直地看着她，声音低沉，却也很柔和："春梅，你和小新还是跟我住到军营去吧。"

黄春梅犹豫道："你怎么又说这样的话？到底出了什么事儿？"

中村道："你说的那两个人，其实是共产党，他们把晋原饭店的人都杀了。"

黄春梅害怕道："我，我没想到，他们是那样的人……"

中村惨笑一下，打断了她："春梅，你就不用在我面前装了，你就是为了他们两个才去晋原饭店的。"站了起来，给她整领着衣领："你只是一个普通的家庭妇女，并不知道战争就是血与火，就是你死我活，我不怪你。"

她低头咬着嘴唇不吭声了，她心里有些疑惑，丈夫是日本人吗？日本人应该是凶残的、毫无人性的，他明明知道自己是装病的，是故意把他们那个局搅乱的，害得那几个人都被杀了，他为什么还不生气？

中村道："这是我们军人的事情，我也不想让你和小新卷进去。所以，你还是跟着我住到营区里吧。"

她鼓足勇气，抬头看着中村说："我不想去，我不想看到那些日本人。"

中村道："他们现在知道了我的身份，也知道你是我妻子，即使无意除掉你，但仍有可能拿你和小新要挟我，这个家已经不安全了。"

她有些犹豫，他说的确实也有道理，那些人既然知道她是他的妻子，就一定会想办法找到她，拿她和儿子做饵来杀他。她有些动摇了。

中村又说："我知道你不想去，但是你想想小新，万一个他有个什么闪失……"顿了顿，说："营区后面有一大片油菜花地，现在花开得正好，就当是带着小新去散散心吧。"

她点了点头，盯着中村，说："但你要答应我，你不能穿着日本人的军装出现在小新面前，更不要让小新知道你是日本人。"

他有些不愿意，说："小新早晚都得知道他的身世。"

她坚定地说："但不是现在，他还小，接受不了这个现实。"

他痛苦地皱起眉头，想了一会儿，咬了咬牙，重重点了点头："好，我答应。"

第十六章

1

黄春梅带着小新搬进了挺身队营区。在她的要求下，中村让人把营区最偏僻的一栋两层小楼腾了出来，让他们住了进去。黄春梅告诉小新，爸爸做生意和日本人认识，外面不安全，暂时借住在这里。小新单纯，倒也没有多问。

中村回来，仍然穿着茶贩子的衣服，这当然是黄春梅的要求，为的就是不让小新知道他的真实身份。他到了楼上，轻手轻脚地打开小新的房间，小新正在熟睡。他轻轻关上门，踮脚离开小新房间，来到黄春梅房间，她正在做针线活儿。

他兴奋地把手里的纸盒打开，拿出一套和服递给她。她像接到了一条蛇一样把它扔在了地上，正色道："我答应住到这里，是为了小新。你别以为，我什么都能原谅你了。你做你的日本人，我做我的中国人，永远别想把我也变成日本女人。"

他捡起和服，坐在床上，摩挲着，眼神充满向往："你是我的妻子，一个日本人的妻子。每次看到你穿旗袍，我都在想，我的妻子如果穿上和服，会是什么样子。"

他看她没有理他，叹了口气，说："我一直都有一个愿望，总想着有一天，你能穿着这身和服，像一个真正的日本人的妻子，开开心心的。"

她干脆转过身子，低头忙着手里的针线活儿。中村自觉无趣，只得收起和服，默默地放在了柜子里。黄春梅抬头看了看他的背影，鼻子发酸，这个男人，他要不是日本人该有多好啊。

吃过午饭，看看外面天气晴朗，中村提议到外面走走，小新一听，吵着要去。黄春梅也只得同意了。油菜花开得正旺，无边无际，花香扑鼻，群蜂乱舞，小新玩得开心，黄春梅也高兴，中村悄悄地拉住了她的手，她突然觉得有些不习惯，摔开他的手，蹲下来嗅着油菜花，一脸陶醉："真漂亮啊。"

中村道："等我赚到钱了，我们找个地方，买上大块大块的土地，房前屋后，全种上油菜花。"

小新高兴地跳起来："太好了，太好了，我和妈妈天天去看油菜花。"

她看着中村，如果真有一天，该有多么好啊。

到了傍晚时，三人回到挺身队营区，到了门口，哨兵看到中村，立即举手敬礼。中村忙像中国人一样向哨兵点头哈腰："好，好。"

进了营区，一个日本兵迎面走来，看到中村，忙立正站好，向他敬礼。他仍旧像一个中国人一样向日本兵点头哈腰："好，好。"

等日本兵走远了，小新仰起头疑惑地问他："爸爸，那些日本人为什么对你那么客气？"

黄春梅的心一下揪起来，紧张地看着他。他笑着对小新说："爸爸的茶叶是最好的，他们可喜欢了，所以就对爸爸很客气。"

走了两步，小新突然又仰起头问他："爸爸，你是不是日本人？"

他蹲下来，捧着小新的脸，认真地说："小新，你不要胡思乱想，爸爸如果是日本人，小新不也是日本人吗？小新愿意做日本人吗？"

黄春梅脸上露出一丝愠色，死死地瞪着他，这个男人，他要干什么？

小新立即捂起耳朵嚷道："我才不要做日本人，我才不要做日本人。"

黄春梅忙拉起了小新的手，边走边说："爸爸逗你玩呢，爸爸怎么会是日本人呢？他只是帮他们做事而已。"说完，扭头狠狠瞪了他一眼。

她下了决心，只要自己活着，就绝不允许他告诉儿子，他是日本人。小新和她一样，永远都是中国人。

回到家里，中村找了一个理由，回到了办公室。妻子不愿意穿和服，也不让他把自己是日本人这事儿告诉儿子，照这样下去，自己这家还像一个家吗？他正坐在椅子上抱着脑袋发呆，有人在门口大声地喊了一声报告。中村脱口而出："柴田君，是你吗？"

来人是小林英夫。他看了看中村，沉痛地说："柴田君不幸殉国，大家都很难过。"

中村摇了摇头："最让我痛心的是，他死得没有价值，这一切本来是可以避免的。是我太大意了，我低估了共产党的能力。短短一年时间，先是樱井师团长，现在又是柴田君，他们的死全部都跟共产党脱不了干系，而我竟然愚蠢地以为这一切都是国民党干的。"

小林英夫喃喃道："属下有罪，当初去黄桥煤矿侦察，传回了错误的讯息，才导致队长误判。”

中村说：“不，这只能证实，这两个貌合神离的组织，前所未有地团结在了一起，秘密联手对付我们。离间国共关系，引发他们自相残杀，是挺身队的使命之一。却没想到，会出现这样的结果，这真是莫大的讽刺。究竟是我们太愚蠢，还是他们太狡猾？”

小林英夫道：“支那人狡诈阴险，防不胜防。”

中村的脸变得阴沉起来：“必须给他们点教训，让他们知道，我们才是真正的王者之师。”

中村要给共产党的教训就是准备刺杀关山分区司令员兼政委许亚夫。他本来想报告伊藤正人师团长，但想了想，还是决定先把这个事情干了再说。他知道这个师团长和樱井不一样，他主张主力决战，认为挺身队是旁门左道，一直对他们提不起兴趣。等自己真的把许亚夫干掉了，他自然会刮目相看。

他决定动用手中的“王炸”。这个“王炸”就是根据地苏家镇区长岳中祥。在共产党眼里，这人是一个开明绅士，支持抗战，但实际上他早已经被中村收买。中村一直让他处于休眠状态，现在，是唤醒他的时候了。

经过柴田勇太的事情，中村对谁都不放心，他亲自扮成一个药贩子，前去苏家镇找到了岳中祥。当岳中祥听说是要刺杀许亚夫时，吓了一跳：“你这不是要我的命吗？许亚夫可不是一般人。”

中村道：“一般人还用你动手吗？事成之后，你就来太原，做我的助手，我不会亏待你的。”

岳中祥听他这么讲，倒有点心动，他深知共产党对叛徒是绝不留情的，他整天也是提心吊胆的，早就想离开根据地了。

真要让他下手，他却害怕了。他有一门远房表叔住在杜家庄，他以看望表叔的名义去了，白天细细地察看了关山分区司令部周围，到了夜里，他躲过站岗的士兵，潜入院内。许亚夫的房间亮着油灯，从窗户里可以看到，他正在灯下办公。岳中祥几次想进去，没走两步，腿软得挪不动，犹豫再三，还是偷偷溜走了。

第二天，岳中祥又去观察司令部，许亚夫正好出来，两人走碰头了。岳中祥是有名的士绅，许亚夫当然记得他，亲热地给他打招呼，问他到杜家庄干啥，来几天了，啥时走。许亚夫其实也是给他拉家常，他却慌了神，以为许亚夫怀疑他，说话就结结巴巴，眼神也躲躲闪闪地不敢看许亚夫了。这倒引起了许亚夫的怀疑，等他派人去岳中祥远房表叔那里调查时，却发现他已经不见了，再派人到苏家镇察看，也不见他的踪影了。

事实上，岳中祥已经跑到太原去了。那天他遇到了许亚夫以后，当天就慌慌地离开了杜家庄，也不敢回苏家镇，急急忙忙地赶到了太原。他一到太原，就赶紧给中村打电话，说自己尝试刺杀许亚夫，可惜还没来得及行动，身份就暴露了，只得赶紧逃出来。

中村放下电话，抬头对小林英夫说："我可能犯了一个错误。"

小林英夫皱起了眉头："怎么了？"

中村道："这段时间，事事不顺，我被愤怒和仇恨冲昏了头脑，走了一步臭棋。我不该让一个贪生怕死之徒，去做一件危险的事，这是注定要失败的。"

小林英夫说："你是说岳中祥？他离开了八路军根据地，啥用也没有了。"

中村道："他现在已是丧家之犬，无处可去，必定会对我们忠心耿耿，就当是养一条看家狗吧。况且，他对共产党八路军内部的组织章程很熟悉，留着他，总还是有点用处的。"

2

许亚夫最初并没有把岳中祥放在心上，他也只是一个区长而已，就是投降了敌人，谅他也掀不起什么浪花，但太原地下党很快传来消息，说岳中祥成了挺身队顾问。

这让许亚夫吃了一惊，这个人对八路军根据地的情况，以及共产党和军队内部运作机制太熟悉了。挺身队前段时间损失不小，如果再招募新队员，岳中祥可就是个现成的老师。如果他把知道的那一套都教给他们，那危害就大了。

必须得把这个人除掉。

赵明亮立即带上周英、许多雷、霍无病来到了太原。

老钱早展开了调查，他告诉赵明亮，岳中祥像个缩头乌龟，二十四小时躲在挺身队营区不出来，想要把他诱出来，恐怕很难，只能找机会扎进去。他还告诉赵明亮，他们在晋原饭店杀死的那个人叫柴田勇太，是挺身队副队长，那个茶叶贩子打扮的就是中村正雄，他的老婆叫黄春梅，确实是一个中国人。她现在带着孩子也搬去挺身队营区住了。

赵明亮回来后，前去榆树坪蹲点观察了几天。前两天都没什么动静，第三天里，一个裁缝模样的人去了挺身队，约莫半个时辰又出来了。他一路跟踪，发现这人是常记裁缝铺的吴裁缝。再一打听，他果然是给岳中祥做衣服的。岳中祥惶惶不可终日，连做衣服都不敢出来，专门叫吴裁缝进去给他量体裁衣。

赵明亮把自己发现给大家说了，许多雷道："我看他这是给自己做寿衣呢。"

赵明亮说："按规矩，衣服做好后，吴裁缝还会亲自送去，试试衣服合不合适。"

周英眼前一亮："假扮裁缝店的伙计给他送衣服，趁他试穿衣服时下手，这倒是个不错的机会。"

许多雷忙接了上去："我去吧，徒手解决岳中祥，对我来说，小菜一碟。"

霍无病却抢着要去："杀他容易，杀他之后呢？你武功再好，那么多支枪对着你呢。还是我去吧。能顺利出来更好，出不来了，把我抓起来了，我再想办法逃出去。这方面，你们都不如我。"

赵明亮担忧地看着他："你行吗？"

霍无病笑道："行不行，试试不就知道了？"

想想也只能这么办了。这天，吴裁缝拎着个包袱刚离店走出没多远，许多雷迎上去，亲热地给他打招呼："吴裁缝，这是要去哪儿了？"

吴裁缝愣了一下："我，我们认识吗？"

许多雷上前搂住了吴裁缝的肩膀，像个熟人一样亲热地说："你真是贵人多忘事，我媳妇还找你做过衣裳呢。"嘴上这么说着，另一只手也没闲着，拿枪顶着他的腰："别说话，想活命就老实点。"

他把吴裁缝逼到旁边一条小巷里，赵明亮他们早在这里准备好一间房子，吴裁缝被带进来后，赵明亮打开他带的包袱，里面有件中式长袍，上面缝着块布条，写着"榆树坪李大中先生"。

赵明亮掏出岳中祥的相片，递给吴裁缝："你是给这个人做的衣服吗？"

吴裁缝仔细看了看相片，战战兢兢点了点头。这个岳中祥，看来也吓得不轻，住进挺身队营区，还用了一个假名字。

赵明亮把包袱交给霍无病。霍无病穿着短褂，一身伙计打扮，他拎着包袱就要走，许多雷喊道："无病，小心点。"

霍无病回过头来，冲着许多雷咧开嘴笑笑："阳哥，你放心。"

周英守在路边，见霍无病出来，说："我送送你。"

霍无病满不在乎地说："弄得跟生离死别似的，至于嘛。"

周英瞪他一眼："我就是送送你，哪有那么多废话？"

两人并肩走了一段路，周英停了下来，说："好了，剩下的路你自己走。记住，留得青山在，不怕没柴烧，就算杀不了姓岳的，保住自己的命更重要。见机行事，多动动脑子，千万别硬碰硬。"

霍无病笑道："放心吧，要说玩花样，我未必比你差。"

他到了挺身队营区门口，打开包袱，对日本哨兵说："李大中先生的衣服做好了，我是来给他送衣服的。"

日本兵接过包袱看了看，又全身上下仔细搜了一遍，这才由一个日本兵带着他进去了。

日本兵把他带到岳中祥的住处，拉上门，站在门口守着。岳中祥坐在桌子前，好像在写信。他拿着包袱递过去："李先生，师傅让我给您送衣服来了。"

岳中祥头也不抬地说："放下吧。"

他坚持道："您试试长短肥瘦合适不？不合适的话，师傅让我拿回去改一下。"

岳中祥抬头看了看他，放下笔，走了过来。他赶紧打开包袱，取出衣服，帮他穿上，拽拉完袖子，又蹲下身体，抻拉下摆。他趁岳中祥不备，从鞋底迅速抽出一枚锋利的刀片，站起身来，借帮助岳中祥整理衣领，绕到他身后，突然出手，刀片一闪，岳中祥脖颈血流如注。

岳中祥捂住脖颈，痛苦地看着他，喃喃道："你……"

霍无病俯在他耳边小声道："岳区长，叛徒没那么好当的，得拿命去换。"

站在门口的日本兵觉得不对劲，推开门，看到倒在血泊中的岳中祥，大吃一惊，端枪对准霍无病。他扔掉手里的刀片，笑嘻嘻地看着日本兵，举起了双手。

赵明亮他们和霍无病约定，完成任务就立即赶到旅店会合。时间已经过去很长了，还不见他回来，大家心里都是沉甸甸的。周英收拾好东西，背着行囊走进来："走啊，愣着干什么？"

许多雷道："你们走吧，我在这儿等无病，他一日不回，我一日不走。"

赵明亮说："现在不能走，岳中祥是死是活还不知道，无病能否逃出来也是未知数。"

周英道："那也不能在这儿等，赶紧换地方，这儿不安全。"

许多雷瞪着她，不满地说："你是想说无病会出卖我们？"

周英道："我，我不是这个意思，但这是最基本的常识。有人被捕，其余的人就得立刻转移，防止被敌人一锅端，你们不会连这个都不知道吧？”

赵明亮站起身，拉起许多雷：“走，我答应你，绝不会丢下无病不管。”

3

霍无病双手被铐，脚上也拴着铁链，被押进挺身队的审讯室里。小林英夫把刀片递给中村，中村拿着刀片看了看，抬头问霍无病：“告诉我，你是怎么把这个刀片带进来的？”

霍无病伸出脚，说：“塞在鞋底夹缝里。”

中村又问：“你叫什么名字？”

他倒很配合：“霍无病，和霍去病一个姓，名字就差一个字。你是日本人，恐怕不知道我们中国的历史名人。不过，你的中国话说得挺好的。”

中村道：“谢谢夸奖，我知道的中国历史名人肯定比你多。告诉我，你为什么要杀岳中祥？”

他说：“他是叛徒嘛，人人得而诛之。”

中村问道：“你是共产党？”

他摇了摇头，说：“还没入呢，组织上说我道德品质有问题，不符合共产党员的标准。”

中村愣了愣，这个家伙和他见过的共产党都不一样，那些共产党是啥也不说，他倒好，说的比问的还多。他不由笑了笑，说：“你很坦白。”

他好像也很得意：“我向来如此，有一说一，有二说二。”

中村问道：“你的同伙在哪里？据吴裁缝说，你们一共有三个人，另外两个呢？”

他说：“跑了，回太行山了，估计早出城了。”

中村眼睛眯了起来：“他们让你一个人来送死？”

他笑了笑，说：“没办法，谁让我倒霉呢，摊上这事了。岳中祥见过他们俩，但是没见过我。”

中村问道：“你怕死吗？”

他脸上露出惊恐的表情：“怕，怕得要命，你会杀了我吗？”

中村心里一沉，这个家伙嘴里说着怕，脸上也是惊恐的表情，但谁都能看出来，那都是装的，是在演戏。看来这人是个硬茬。中村道：“只要你能告诉我一些有价值的东西，我就不杀你。共产党在太原的地下组织总共有多少人？他们的联络点在哪儿？”

他也很有自知之明:“这种机密,哪会让我这个小喽啰知道?”他觉得自己说的是实话,确实是这样,每次都是赵明亮单独去见老钱,他确实不知道。但中村却不这么想,认为他嘴硬,这家伙,不给他点颜色看来是不行了。他朝身后两个日本兵摆了一下头,那两个日本兵立刻上前把霍无病架起来用刑。中村不喜欢这样的场面,留下小林英夫在这看着,自己起身出去了。

用完刑,小林英夫过来,站在霍无病跟前,问他:“还是什么也不知道吗?”

霍无病委屈地说:“我真他妈的不知道,你们有病啊,尽问我些不知道的事情。”

小林英夫道:“那就问你一些你知道的,你是哪里人?”

霍无病说:“麦县人。”

小林英夫又问:“家里还有什么人?”

他老老实实地说:“没爹没妈,是个孤儿。”

小林英夫又问:“你的同伙叫什么名字?”

他开始胡诌了:“郑英雄,王二狗。”

小林英夫很有耐心:“他们都是什么职务,年龄多大,哪个地方的人,家里还有什么人?”

这个倒没想过,霍无病一时语塞,说不出话来。小林英夫朝日本兵摆了一下头,日本兵继续用刑,霍无病惨叫连连,假装昏死过去。

小林英夫有些失望,这个八路军,看来也不经打。他把桌上的钢笔收起,吩咐日本兵道:“今天就到这儿吧,先把他拖回去。”

两个日本兵架着霍无病,经过小林英夫旁边,他忽然抬起头,朝小林英夫脸上吐了一口。

小林英夫气得大叫,抓着他就是一拳,他作势抵抗,撕扯间,他已经把小林英夫的钢笔偷到手里,藏入袖中。

日本兵把他丢进牢房,咣当一声关上门。这里确实戒备森严,除了外面有哨兵,门口还站着一个哨兵。他躺在地上,面朝墙壁,小声地呻吟着。日本兵还以为他这是疼的,哪里知道,他正在忙个不停,他把钢笔拆开,揪出里面的钢笔尖,鼓捣着锁在手上的铁链,费了很大的劲,终于把锁在双手上的铁链解开,接着又开始鼓捣脚镣。

这天晚上,小新翻着柜子玩,看到里面有个漂亮的盒子,打开一看,里面是中村带回来的和服。小新没见过妈妈穿过这样的衣服,好奇地抱着和服跑到妈妈的房间,兴奋地问:“妈妈,这是什么衣服?颜色好漂亮啊,摸上去又光又滑。”

中村正好进来，看到这一幕，忙说：“小心，别弄脏了，那是妈妈的衣服，面料是上好的绸缎。”

小新道：“从没见妈妈穿过。”

中村说：“让妈妈穿上给咱们看一看好不好？”

小新高兴地点了点头，上前缠着黄春梅：“妈妈，你穿上这件衣服，让我和爸爸看一看嘛。”

黄春梅推开小新，把和服狠狠甩在地上：“我不穿，谁爱穿谁穿。”

小新一下子跌坐在地，委屈地看着妈妈，嘤嘤哭泣。

中村生气地瞪着她：“你怎么对孩子说话呢？你这个样子还像个母亲吗？”

黄春梅也觉得不安，小新只是一个小孩子，知道什么啊？她赶紧弯腰抱起孩子，给他擦眼泪：“对不起，小新，妈妈错了，妈妈不该冲你发火。”

中村有些恼怒，共产党大白天里居然敢混进挺身队杀了岳中祥，人被抓了，却是油盐不进，连一句有用的话都没问出来，他心里本来就窝着一团火，想回家放松一下，谁知黄春梅又借题发挥，给他摆脸色看，当着小新的面，他又不好发脾气，只得拂袖而去。

小新畏惧地看着妈妈，问道：“妈妈，你为什么不喜欢这件衣服？”

黄春梅苦笑了一下，说：“等你长大了就明白了。”

她哄着小新睡着了，捡起地上的和服，面料确实好，柔顺光滑。她犹豫了一下，套上和服，对着镜子看了看，也很打扮人。她摇了摇头，脸上露出一丝苦笑。

霍无病这时也打开了脚镣，他躺在那里，一动不动，静静地等待着。站在门口的日本兵突然意识到很长时间没有听到他的呻吟声了，打开牢门进来，用脚踢他：“喂，起来。”

霍无病还是一点动静也没有。日本兵蹲下身，伸出手指，想探探他的鼻息，霍无病猛地转身，用手里的铁链勒住日本兵的脖颈，日本兵使劲地挣扎着，但他哪里挣得脱？没过一会儿，两腿一伸，软软地倒了下去。

他迅速剥下日本兵的衣服，又把他换下的衣服给日本兵穿上，把他双手锁上铁链，双脚铐上脚镣，让他面朝墙壁躺在地上。他穿着日本兵的军装，戴上帽子，背着枪出来，又把牢门重新锁上。

霍无病当然清楚，他不可能大摇大摆地从门口出去。他记得从前侦察过，这里还有一个铁门紧锁的后门，那就从那里逃出去。他往挺身队营区深处走去，眼看就要到后门边了，突然看到一个日本女人在月光下徘徊。这个女人其实是黄春梅，这段时间她总是失眠。反正也是睡不着，她索性出来准备散会步。她穿着刚换上的和服，看着脚下的影子，愁绪满怀。

霍无病躲在角落，心里一动，挺身队营区里有个日本女人，她能是谁？那肯定就是中村正雄的老婆嘛。如果能把她掳走，说不定还能用来对付中村正雄。就是对付不了他，这也算是一个日本俘虏吧。

想到这里，他悄悄摸过去，趁她不注意，猛地上去把她击晕。他环顾四周，不远处的角落正好放着后厨买菜用的平板车，他将她拖放在平板车上，沿着墙根推到后院。两个巡逻的日本兵打着哈欠走过来，他急忙停下，躲在墙角的阴影中。等到巡逻的日本兵走了，他跑过去鼓捣一会儿，就把锁打开了，拉着黄春梅出去后，又反身将门重新锁上。

到了一条小巷，他翻身进了一家的院子，这户人家的院子里正好晾着衣服，他赶紧把日本兵的军装脱下来，换上一身便装，又出去把黄春梅的和服脱下，换上了偷来的衣服。想想还不放心，又从路边的垃圾堆里翻出一个破麻袋，盖在她身上。

天一亮，霍无病就推着平板车到了城门。守在城门口的伪军拦住了他：“什么人？一大早就往城外跑。”

霍无病一把鼻涕一把泪地说：“我老婆害了病，怕是不行了，连气都快没了，落叶归根，想早点送回乡下办后事。”

伪军掀开麻袋片看了一眼，黄春梅脸上有几个怵目的黑点，这当然也是霍无病搞的。他吓了一跳，退后几步：“她得的是什么病？”

霍无病说：“看病的郎中说是黑死病，会传染的，这才赶紧往乡下送嘛。”

伪军急忙堵住口鼻，挥着手叫道：“快走，快走，真晦气。”

这天晚上，中村就睡在办公室里，他做了一个梦，梦到黄春梅高高兴兴地穿上了和服，他们一家三口走在油菜花中，他左手牵着她，右手牵着儿子，阳光很好，微风轻拂，整个空气中弥漫着油菜花香。正在这时，油菜地里突然窜出一条黑狗，狂叫着扑过来，他忙把妻子和儿子推到一边，黑狗扑过来，撕扯着他……

他在睡梦中疼得醒了过来，却发现小林英夫正在推着他，大声地喊着：“中村队长，你快醒醒，那个共产党逃跑了……”

中村腾地坐了起来，天已大亮，他跟着小林英夫赶往牢房，还没到牢房，却先遇到了小新，一边哭着一边喊着找妈妈。中村赶紧走过来，抱起儿子：“小新，你怎么了？”

小新说："妈妈不见了，妈妈去哪儿了？妈妈是不是不要我了？"

中村一愣，忙放下小新，向家里跑去。黄春梅的房间空无一人。房间收拾得好好的，她去哪里了？难道她自己走了吗？不可能的，她就是要走，肯定也要带上小新，再说，门口还有哨兵，她怎么可能走得出去呢？

4

得到挺身队的报告，有被俘的八路军越狱逃跑，日军宪兵立即出动，封锁城门，在市内搜捕。大街上警笛声响起，到处都是日伪军，行人慌慌躲闪避让。

赵明亮走到窗前，向外看了看，日伪出动，必定是出事了，会不会和霍无病有关系？他回头对许多雷和周英说："我出去打听一下无病的消息，你们哪儿也别去，就在这儿等我。"

许多雷道："那你快去快回。"

周英有点不放心，追上去叮嘱道："注意安全。"

赵明亮看了她一眼："你这是关心我吗？"

周英嘴硬："我是怕你被抓进去，当了叛徒，连累了我们。"

赵明亮说："放心，我第一个就把你供出来。"

许多雷瞪着他们，生气地说："无病生死不明，你们还有心情打情骂俏？"

赵明亮赶紧低头出去，周英回头解释："我怎么打情骂俏了？我那是实话实说。"

许多雷冷笑道："哼，是不是打情骂俏，你自己心里清楚。"

周英也懒得理他，径自回了屋。坐在床上，她心里也不由有些慌慌的，也许许多雷说的是对的，刚才赵明亮说要出去，自己确实有些担心，唯恐他出了事儿。这难道是爱吗？她摇了摇头，苦笑了一下，也就是战友情罢了。

赵明亮觉得，既然伪军也出动了，说不定赵荣坤也知道些什么。他一路上躲闪着日伪军，前去治安军驻地。眼看就要到了，迎面过来一队伪军，他忙闪到街角。

带着这支伪军的正是赵荣坤，他已经看到了赵明亮，忙过来，低声道："你怎么还没走？"

赵明亮说："我就是来找你打听一下，我们一个兄弟，你在晋原饭店见过的，就是门口那个瘦瘦的车夫，被中村正雄的挺身队抓起来了。"

赵荣坤道："我知道，他昨天夜里逃走了，今天早晨才发现，这不是正在搜捕吗？”

赵明亮喜出望外：“他已经逃出来了？”

赵荣坤道：“对，他假冒裁缝，大摇大摆进去杀了个人，据说还被上了刑，但就是这，他还是逃出去了，本事挺大的。”

他看了看赵明亮，着急地说：“你也快走吧，全城的日军、治安军都出动了。”

赵明亮赶紧赶回旅店，把自己从赵荣坤那里打听来的消息给大家讲了。许多雷大喜：“我就知道，我兄弟肯定能逃出生天，那种地方，根本关不住他。哼，当初你们还不想要他，如果不是他，要想杀岳中祥，非得赔进去几条命不可。”

周英撇下嘴，说：“你兄弟厉害，你兄弟天下无双、世界第一，行了吧？”

许多雷得意道：“本来就是嘛。”

三人立即分头行动，先后撤出太原，在城北岔路口碰头后，一齐赶回根据地。到了杜家庄，看到一辆马车停在院子外面，许多雷第一个跑进院子里，大声地喊：“无病，无病。”

霍无病听到叫声，从房间出来：“你们怎么才回来？”

周英道：“你家阳哥担心你，死活不肯走，直到听说你逃出来了，我们才往回赶。”

许多雷赶紧上前，扶着他双肩，上下打量着。霍无病笑道：“放心，身上的零件都在，全乎着呢。”

许多雷松了口气：“你小子，吓死哥了。”

赵明亮上前问道：“外面那辆马车是怎么回事？”

霍无病大言不惭地说：“偷的。”

赵明亮瞪他一眼：“偷东西还这么理直气壮？八路军的纪律又忘了？”

周英横了赵明亮一眼，嘲讽道：“又来这套，不拿群众一针一线，这又不是一针一线，对吧，无病？”

许多雷也嚷道：“偷就偷了，这也是权宜之计，大不了再还回去嘛。”

有人撑腰，霍无病底气格外足：“我不仅偷马车了，还偷人了呢。”

这话把许多雷都吓着了，瞪着眼睛看他。他笑嘻嘻地说，还是个日本女人呢。说着，领着三人进了屋。黄春梅双手被捆着，战战兢兢坐在椅子上，惊恐地看着他们。

赵明亮认出来是黄春梅，诧异地看着霍无病：“你怎么把她带回来了？”

霍无病遗憾地咂了咂嘴：“我本来以为她是个女鬼子，没想到，还真是中国人。她居然嫁给鬼子做老婆，这就更可恶、更无耻、更卑鄙……”

赵明亮瞪他一眼：“净胡闹。”说着，上前给黄春梅松绑。

他怕吓着了她，让众人先出去，他要和她谈谈。待众人走了以后，赵明亮问道：“你丈夫是日本人，你知道吗？”

黄春梅呆呆地点下头，喃喃地说：“我一直以为他是中国人李汉良……我也是刚刚知道他是日本人。”

赵明亮有点不相信：“你刚知道？”

她喃喃道：“你们也许不信，我到现在也不知道他的真名叫什么……我也不想知道。”

赵明亮皱起了眉头，说：“他真名叫中村正雄，是日本陆军的人，十四年前来到中国秘密潜伏。他跟你结婚，也是为了更好地隐藏自己的身份。这些年来，他以茶商身份为掩护，实际上一直在为日本陆军做事。他杀了很多中国人。”

黄春梅怯怯地看了看赵明亮，喃喃道：“这我从前都不知道……你们要把我怎么样？”

他想了想，说：“你放心，他是他，你是你。你一直蒙在鼓里，其实也是受害者。”

赵明亮来到院子，和周英商量，行动队没有多余的房间了，他想让黄春梅和她住在一起，然后再想想如何处理这件事。周英对黄春梅也很有好感，要不是她，在晋原饭店，说不定吃亏的就是他们。多亏了这个女人，尽管她可能是无意闯进去的，但却帮了大忙。

到了周英房间，黄春梅还有些胆怯，呆呆地站在那里，连手都不知道往哪里放好。周英扶着她在床边坐下，温柔地说：“你不用害怕，这里没人会伤害你。”她把黄春梅扶着坐下，拿起暖壶往脸盆里倒了热水，又放了一些凉水，用手摸了摸，觉得正好，就把毛巾泡湿，拧干了，递给黄春梅道：“大姐，擦把脸吧。”

黄春梅机械接过去，胡乱地擦了两下。周英在她身边坐下，说：“我们见过一面了，也算有缘。我叫周英，你叫什么名字？”

黄春梅忙道：“我姓黄，叫黄春梅。”

周英安慰道：“我知道春梅姐是个好人，被那个日本人骗了。你放心，你在这里不会有事儿的。”

黄春梅抬头看她一眼，又慌慌地低下头，喃喃地说：“我，我想我儿子。”

周英道：“不急，肯定会让你回家的。”

黄春梅有些意外："真会让我走？"

周英道："当然了，你丈夫虽然是我们的敌人，但你不是。现在是民国了，早就没有株连九族那一套了。"

周英虽然是这么说的，但她也有自己的想法。安顿好黄春梅后，她找到赵明亮他们商量，她可是中村正雄的老婆，既然落到他们手中，那就干脆在她身上做点文章，用来对付中村正雄。许多雷听了，立即响应，觉得这个主意好。

赵明亮想了一会儿，觉得不妥："可是，祸不及父母，罪不及妻儿。"

霍无病也觉得她的用处不大，日本鬼子都是些没人性的，别说老婆了，就是亲爹亲娘，他们也不会放在心上，何况她还是个中国女人？中村正雄才不会管她的死活呢。

赵明亮频频点头："无病说得对，我们没必要拿一个弱女子做筹码，法西斯侵略者翻脸无情，才不会跟你讲人性呢。"

许多雷也有点动摇了："听你们这么说，我也觉得她用处不大。"

周英扭头看着赵明亮，问他："你如果知道了黄春梅是中村正雄的老婆，你会不会守着黄春梅那个家，找机会把中村正雄干掉？"

赵明亮点了点头："上次去太原，我确实这么想过。"

周英道："你能想到的，中村正雄能不能想到？"

赵明亮沉思一下，说："他一旦知道了我的身份，当然也会想到这一点。"

周英说："你们根本就不了解什么是爱。中村正雄如果不喜欢她，为什么把她带到军营里去？他既然知道你赵明亮是共产党的人，知道自己的家在哪里，他为什么不把她放在家里诱敌？除了是爱，我想不到还有什么。"

赵明亮虽然认为她说的也有道理，但真要在黄春梅身上做文章，他还是觉得不大合适，就摇了摇头，说："还是放她走吧，她也怪可怜的，一直生活在丈夫的谎言里。"

周英坚决反对："这个女人到底有没有用，试过才知道。我们又不会把她怎么样，只是作为诱饵试探一下。"

赵明亮在房间里走了几个来回，停了下来，面向众人道："我们的敌人是中村正雄，不是他老婆。我现在去给司令员汇报一下，你们不许为难那个女人，一定要善待她，听到了没有？"

周英笑道："放心吧，我们会好吃好喝供着她。要不，你给我点钱，我去买几个鸡蛋给她加餐？"

赵明亮没好气地说："我哪有钱呀？"走到门口，像是想起了什么，扭头瞪着周英:“我看是你想吃吧。”

周英很认真地点头道:“还是你最了解我。”

这个女人,脸皮真厚。赵明亮哭笑不得,摇了摇头。到了司令部,他给许亚夫讲了黄春梅的事儿。许亚夫皱着眉头想了一会儿,说:“周英分析得也有道理,既然这个女人在我们这儿,那就不妨试一试,看看能不能把中村正雄引出来。”

赵明亮迟疑道:“我觉得不大可能,中村正雄这个家伙,惨无人道,他不但凶残地杀害中国人,就连自己的队员,如果在根据地受伤了,他也要杀掉。他怎么可能会为一个女人冒险呢?”

许亚夫说:“那就要看这个女人在他心目中的地位如何了,关心则乱。我倒担心,中村正雄研究过我们,他应该知道八路军不可能伤害一个手无寸铁的弱女子,所以不会上当。”

赵明亮道:“要想把中村正雄引出来,那筹码一定得足够大。”

许亚夫下了决心:“那咱们就双管齐下。在放黄春梅之前,放出风来,就说她现在关押在赛鱼村。另外,中村不是很想杀我吗?那就给他一个机会。过两天,我正好要去太岳军区开会,经过一段游击区,把这个消息放出去。”

赵明亮担心道:“这太危险了。”

许亚夫笑道:“舍不得孩子套不住狼,他们敢来,我们就有把握应对。”

赵明亮迟疑了一下,说:“司令员,你从另一条路走,我来假扮你吧。”

许亚夫拒绝了:“中村非常狡猾,如果不动真格的,可能还真骗不住他们。”

赵明亮回到行动队驻地,把许司令的计划给大家讲了。许多雷认为,中村正雄肯定会带人去刺杀司令员,这个女人和日本鬼子混在一起,连中国人都看不起,日本人更不会为她浪费一兵一卒。

赵明亮也觉得这个可能性最大,所以他要带霍无病和许司令呆在一起,另外再安排特务连沿途埋伏接应。至于许多雷和周英,则负责黄春梅。分区主力都在前线,兵力紧张,这一路就由裴喜妮带领游击队配合。

许多雷一听,急了:“那不行,用屁股想都能想出来,挺身队肯定要对付司令员,你们打仗,让我陪那个女人,我不干!”

周英瞪他一眼:“打仗哪能挑三拣四的?”

赵明亮想了一会儿,许司令员这次是来真的,敌在暗,我在明,确实很危险,大意不得。他迅速调整部署,周英和裴喜妮的游击队一起守在赛鱼村,许多雷带上五六个人,假扮村民,沿途搜索、侦察,暗中保护许司令。

许多雷一听，立即表示同意。周英却不干了，她认为，把主力都调到许司令那边，赛鱼村兵力明显不足。

赵明亮道："凡事总有个轻重，就算中村正雄想救自己的妻子，他的上司会准许他这么干吗？以他的智商，自然猜得到这是一个陷阱。"

许多雷说："队长说得对，为了一个女人，他才不会这么愚蠢呢。"

周英摇了摇头："你们这些臭男人，只知打打杀杀，轻重利害，却不知情义无价。再冷酷的人，内心也有柔软的部分。"

5

八路军关山分区司令员兼政委许亚夫要去太岳军区开会的情报很快就被日本人掌握了。这让伊藤正人喜出望外，从杜家庄到太岳军区，要经过一段准治安区，这是一个极好的机会。他立即把中村叫来，让他带领挺身队，在许亚夫必经的桥头镇埋伏，伺机击毙。

中村犹豫道："八路军狡诈多变，这会不会是他们设下的一个圈套？"

伊藤面色阴沉地看着他，说："如果你因为惧怕而不敢去，我可以另派他人。"

中村愣了一下，忙道："属下领命。"

出了师团司令部，中村走在大院里，心里很不是滋味。共产党一向行事诡秘，许亚夫要到太岳军区开会，这么重要的情报，居然能被师团轻而易举地得到，这其中必定有诈。无奈，师团长根本就听不进去。挺身队必须得好好筹划。

他只顾想事儿，根本就没注意到宪兵队长河村小郎迎面而来，两人差点撞到一起。他和河村小郎打过招呼，刚要走，河村小郎却叫住了他："中村君，是不是又有任务了？"

中村道："对，准备去狙杀关山分区的许亚夫，怕就怕在这可能是八路军的一个圈套。"

河村小郎说："这个消息绝对准确，中村君请放心，这还是我搞来的情报。"他的声音突然压低了："这次搞到了两个情报，其实还有一个。"

中村愣了一下："另一个情报是什么？"

河村小郎说："师团长没有告诉你？"

中村摇了摇头："没有。是什么情报？"

河村小郎犹豫一下，说："你老婆的下落我也打听到了，可师团长没告诉你……”

中村着急道:“她在哪里?”

河村小郎看看四周,没有其他人,就凑近了,低声说:“我本来不应该告诉你,可我们毕竟是老乡,我不忍心看你整天这么难受……她被关押在洪水镇赛鱼村村长家里。你可不能说是我说的啊。”

知道了老婆的下落,中村心里狂喜,脸上却毫无表情,点了点头:“放心,我不会说的。”

黄春梅确实已经被转移到了赛鱼村村长家。把她安顿好后,在门口放了两个哨兵,周英就到了村口。没过一会儿,就见裴喜妮骑着马,带着三四十人的游击队过来了。

她忙迎上去,说:“裴队长,你好,真高兴又见到你了。”

裴喜妮翻身下马,笑着说:“见到你,我也很高兴。”回头把马缰绳递给副队长张铁蛋,吩咐道:“你带几个班长把周围的地形看一看,该挖战壕就挖得深一些。”

两人肩并肩往村里走,周英从口袋掏出一盒香粉,递给裴喜妮。她接过打开闻了闻:“这是什么?哇,是香粉啊,好香。”

周英道:“这是上次去省城,我特地给你捎的礼物,粉质细腻,抹在脸上就像蛋白,又光又滑又白,不信你试试。”

裴喜妮撇嘴道:“怪不得你的脸蛋这么白呢,是不是每天都用这个?”

周英说:“哪有那闲工夫?偶尔才用一次,平时根本顾不上,不信你摸摸。”

裴喜妮真的上前摸了一把她的脸,然后摊开手,闻了闻,摇了摇头:“没香味。”

周英歪着脸笑着问她:“信了吧?”

裴喜妮看她的目光里充满羡慕:“那你是天生的。一白遮三丑,难怪你比我好看,我要是有你这么白就好了。”摸了摸口袋,咂了下嘴,说:“我可没给你准备礼物,别怪罪啊。”

周英笑道:“你能来就是最好的礼物。”

裴喜妮往四周看了看,问道:“那个婊子呢?长得怎么样?我怎么没看见她?”

周英有点不高兴,沉下了脸:“别婊子长婊子短的,人家也是良家妇女。”

裴喜妮“呸”地朝地上吐口唾沫:“我呸,还良家妇女呢?和日本鬼子搞在一起,不是破鞋就是婊子!”

周英眉头皱了起来："你见了她别乱说话，她不知道我们带她来干什么，你可别说漏嘴了。"

裴喜妮大大咧咧地说："怕她做什么？反正她人在我们手里呢。"

黄春梅不安地坐在椅子上，胡思乱想了一会儿，起身开了门，院子里静悄悄的。院门关着，她试着推了一下，没有锁，一下子开了，但门口却站着两个八路军战士。她刚跨出一步，八路军伸手拦住了她："你不能出去。"

她说："我为什么不能出去？周姑娘呢？我找她。"

那个八路军战士扭过头，对另一个八路军战士说："你去叫一下。"然后做出一个请的手势："还是麻烦你先进去。"

她怏怏地退回院门，八路军战士又把门关上了。周英说要放她，为什么不放，反而转移到这里？这是什么地方？他们要干什么？一连串的问题，怎么也想不明白。她坐卧难安，在院子里走来走去。

正在胡思乱想着，周英进来了，身后还跟着一个村妇打扮的人，那人腰里别着支手枪。看来，也是个八路军了。

周英关切地看着她，问道："春梅姐，你找我？"

黄春梅着急地看着她："到底要把我关到什么时候？真的会放我走吗？你说话算数不算数？"

周英说："肯定算数，我周英对天发誓。"

裴喜妮绕着她走了一圈，上下打量了一番，直直地瞪着她，说："你就是那个女人？长得也不咋的嘛，我还以为是个狐狸精呢。"扭头对周英说："她还不如你好看呢，我看白搭，那个日本鬼子肯定不会来。咱们是瞎子点灯，白费蜡。"

黄春梅警觉起来，问道："谁要来？"

周英瞪了裴喜妮一眼，她不服地把脖子硬了硬，说："这有什么可隐瞒的？实话告诉她就算了嘛。"转身对黄春梅说："和你相好的鬼子知道你在这儿，只要他来了，马上放你走，一命换一命。不过，这事够呛，依我看，他才舍不得来换你呢。谁出的这个馊主意，瞎胡闹。"

周英有些生气，推着让她出去："胡说八道什么呢？你给我出去。"

裴喜妮扭头瞪着周英，大叫："怎么了？怎么了？为了这么个婊子，你还跟我发火了？"

黄春梅呆若木鸡地站在那里，一切都清楚了，他们这是拿她当诱饵，让丈夫来救他，然后把他干掉。她的心咚咚地跳动着，他要是来了，那肯定是死路一条。他会来吗？肯定会来的，是的，他骗过自己，自己也上当了，但她看得出来，他是爱她的。他来了怎么办呢？忧心忡忡地想了一会儿，她又觉得自己多虑了，他为了自己的国家，都不肯跟她走，他爱自己的国家超过爱自己，他就是知道她在这里，肯定能想到这是一个陷阱。想到这里，她又有点轻松了，他不会来的。

中村确实面临着这个抉择，经过一个岔路口，他让队员停下来，从挎包里掏出地图，仔细地看着，左边的路是进入八路军根据地，右边是去桥头镇，那是许亚夫去太岳军区的必经之地，也是师团长命令他伏击许亚夫的地方。

中村收起地图，指着左边的路，对小林英夫道："我们从这里进入八路军的根据地。"

小林英夫看了看他，疑惑地说："右边才是去桥头镇的路，我们走右边的路才对。"

中村道："我们不是去桥头镇狙杀许亚夫，我们去洪水镇赛鱼村救我的妻子，她被关押在那里。"

说完，他转向队员，大声说道："我要去赛鱼村救我的妻子，你们如果为难，可以跟着小林君一起去桥头镇执行原来的任务。"

小林英夫担心地看着中村："队长……"

中村的眼睛湿润，他拼命忍住，轻声说道："你们知道，我妻子是一个中国人，她嫁给了一个日本军人，她比汉奸更难做人。她的痛苦，可想而知，我不能丢下她不管。狙杀许亚夫，以后还有机会，但是我的妻子如果死了，我就永远失去她了。即便她不死，他们也会羞辱她，说我对她不管不顾，这种精神上的折磨生不如死。我必须要去救她。"

小林英夫犹豫道："这会不会是八路军的一个圈套？"

中村黯然道："我们挺身队早已经暴露。无论是洪水镇赛鱼村，还是桥头镇，我敢肯定，这些情报都是真的，确有其事，但八路军必定会在路上伏有重兵。既然到哪里都是死，我宁愿为营救妻子而死，死在她面前，至少可以让她不再那么怨恨我。一个人不但要知道适时而生，更应知道适时而死。"

队员一阵沉默，这确实是个艰难的抉择。

中村道："你们有自己的选择，不必为了我，舍弃帝国军人的荣耀。就此告别，如果今生不得相见，那我们就来世再见。"说完这话，他向队员深深地鞠躬，用纯正的日语说道："对不起诸位了。"

中村翻身上马，正要准备走，一个队员大声叫道："我们和你一起去！"

有人开了头，其他队员立即跟上了："对，跟中村队长一起去！"

小林英夫也下了决心，他转身面向队员，坚定地说："挺身队从成立那天起，就是一个家。反正都是死，要死我们就死在一起。中村队长去哪里，我们就要去哪里。”

队员们高声叫道：“是，我们誓死跟随中村队长。”

中村的眼睛发酸，他怕再待下去，自己会流泪了，就掉转马头，大声说道：“好，那咱们就去赛鱼村！”

在赛鱼村，周英与裴喜妮也正严阵以待，游击队员们有爬到屋顶的，有钻到大树里的，更多的是在挖好的战壕里跃跃欲试。

裴喜妮有些吃不准，扭头问周英：“你觉得那个鬼子会来吗？”

周英笑了笑，说：“实际上我也很好奇他到底会不会来。如果他真的来了，说明他很爱自己的妻子。这样的男人，未免太可怕了。”

裴喜妮皱起眉头；“我怎么就听不明白你的话呢。”

周英道：“杀人如麻，却又情深似海，有所为，有所不为，这种人难道不可怕吗？中村正雄一向不按常理出牌，我赌他会来。喂，你也是女人，难道从来没想过爱情？”

裴喜妮摆弄手里的枪，不屑地说：“狗屁爱情，我可不喜欢。”

周英嗤笑道：“你呀，身上哪有女人味？就一男人婆。”

裴喜妮歪着头看她：“你呢，你跟那个赵明亮怎么样了？我看你们俩就黏黏糊糊的，成天混在一块儿，不对劲，有问题。”

周英撇嘴道：“你想哪儿去了，我能看上他？土包子一个，白给都不要。”

裴喜妮叫道：“人家赵明亮浓眉大眼，相貌堂堂，怎么不好了？喜欢他的姑娘肯定很多，你不要，可就让别人抢走了。”

周英语带嘲讽：“拉倒吧，谁爱要谁要，赶紧拿走。”说罢，向前走去：“你在这边看着，我去村长家。”

黄春梅又被从村长家转移到了村子另一头的一户人家。她坐在屋里，一会儿跑到窗前看看，外面静悄悄的。她仔细地回想了，自己跟着周英进了赛鱼村，见到的都是精干的小伙子，看来老乡都已经转移走了，这里就是一个战场。她不由得担心起丈夫来，焦急地走来走去。她咬了咬牙，准备拉开门出去，却发现门已经锁上了。

她使劲地拍门：“开门，开门，让我出去。”

一个八路军战士打开门，吼道：“你如果再喊再叫，别怪我们不客气。”

她想要冲出门，两个八路军战士拦住她，又把她推进屋里。如此反复了两三次，那两个战士烦了，找了一截麻绳，干脆把她捆绑起来，嘴里塞了布。

村长家院门口有两个游击队员在站岗，这是裴喜妮安排的，让他们在这里等着，保护好周英。周英来了，她穿的衣服和黄春梅的差不多，发型甚至都一样。他们惊讶地看着她，不知道她为什么要换成这身装扮。

周英对他们挥了挥手："你们去吧，不用守在这里。"

年纪大的游击队员说："那可不行，我们裴队长特意让我们来保护好你。"

周英笑道："谁保护谁还不一定呢，你们去吧，就说是我说的。"

两人其实对这个任务也有意见，他们巴不得也到村口阵地上去打仗，听她这么一说，喜出望外，应了一声，赶紧向村口跑去。

周英关了院门，走进屋里，检查了身上带的两把手枪，子弹已经上膛，然后又插在腰间，用衣服盖上，拉过一把椅子，坐在屋里等着中村。

中村正雄带领的挺身队员赶到赛鱼村附近，把战马拴在路边的树林里，然后排成两列，由小林英夫带队，迈着整齐的步伐向赛鱼村赶来。如果不知情，还真觉得这是一支八路军呢。

刚到村口，一棵大树后露出一个游击队员半边脸，喝问："什么人？站住！"

小林英夫赶紧大声答道："我们是刚从前线回来的七六九团。"

游击队员道："口令！"

这个确实不知道。中村大吼一声："打！"抬手就是一枪，好在游击队员也有防备，闪到树后，立即还击。挺身队散开，呈战斗队形向村内进攻。

整个赛鱼村枪声大作，屋顶上、树上，到处都是枪声，双方激战在一起。

挺身队火力猛烈，爬在树上的游击队员被击中，隐蔽在墙后的游击队员也不时有人负伤，剩下的只好边打边退。

挺身队终于攻进了村庄，经过一处高大宅院时，遇到了游击队的猛烈狙击。他们早已经在墙上掏了枪眼，把唯一一挺机枪集中在这里，挺身队猝不及防，一个挺身队员应声而倒，其他人被火力压制得抬不起头。

中村回头吼道："用手榴弹。"

一个挺身队员取出四颗手榴弹，绑在一起，借着墙角的掩护，躲过游击队的火力网，向机枪射孔匍匐前进。挺身队员刚爬出没多远，腿上中了一弹。他拖着伤腿，用力地向前爬着，又一颗子弹飞来，击中了他的肩膀。他停了一会儿，又慢慢地向前蠕动，终于爬到了机枪射孔下的死角，但他已经没有力气再把手榴弹投出去。他倚着墙，拉开了手榴弹的导火索，忍着痛，勉强把手榴弹举到射孔下面，轰隆一声，和游击队的机枪手同归于尽。

中村立即带领挺身队向前冲去。

裴喜妮指挥游击队撤往身后不远处一个大户人家的院子，房子高大结实，他们占据二楼的制高点，居高临下地用火力封锁挺身队。挺身队前进到了墙角下，小林英夫蹲下，一个队员踩在他肩膀上，刚从墙上露出头，被裴喜妮一枪干掉。

中村命令迫击炮手："射击。"

迫击炮手怀抱迫击炮，炮口朝上，几乎成九十度角往天空打去，迫击炮弹眼看就要落在挺身队的头上，但结果还是落在了楼房上，在游击队员隐蔽处爆炸，楼房倒塌，游击队员被掀翻在瓦砾堆里。裴喜妮从硝烟中钻出来："妈的，还带了小炮，撤！"

挺身队队员趁着爆炸，踩着队友的肩膀，爬上墙头。

这个时候，赵明亮带领着保护许亚夫的队伍已经过了桥头镇，一路毫无动静，连个可疑的人影都没见到。许亚夫和赵明亮都察觉到不对劲。

赵明亮果断决定，他立即赶去赛鱼村，剩下的人护送许亚夫去太岳军区。

许亚夫扭头看了看许多雷和霍无病道："你们两个也去，再带上几个战士……只不过，恐怕已经晚了。"

确实有点晚了。中村带领的挺身队已经突入赛鱼村街内，正在与游击队激战。进展虽然顺利，但中村很快就发现，他的处境并不美妙，四面八方都是游击队，房顶上、墙上、树上，到处都是人，挺身队被压在一堵墙后，寸步难行。

中村果断命令队员分成两拨，他带领四名队员前去村长家，剩下的由小林英夫带着在这里缠着游击队。部署完毕，他立即带领四名队员反身进了一家院子，由这家钻进那一家，攀墙过屋，向村长家杀去。

经过激战，中村带领挺身队员慢慢接近了关押黄春梅的那间屋子，当然，屋里是扮成黄春梅的周英。

一个挺身队员跑进来，惊喜地向周英招呼："夫人，我们来救你了，快走！"

周英撇嘴笑了一下，迅速掏出两把手枪，转过身来，扣动扳机，挺身队员应声倒下。

中村跟在后面进来，看到是周英，猛地一惊，连忙开枪，但已经晚了，几乎是在打死挺身队员的同时，周英的另一支枪也响了，击在了中村肩膀上。中村的枪也响了，子弹打在了周英的左胳膊上，她左手拿的枪掉在了地上。

中村向后退去，挺身队员掩护着他，边打边撤。

裴喜妮带游击队杀来，她见周英捂着胳膊出来，鲜血往外流着，忙跑过去问道：“你受伤了？”

周英急道：“我没事，别让他跑了，快，去追。”

裴喜妮、周英带着游击队员追杀过去，却遇到两个躲在断墙后的挺身队员的狙击，这两人的枪法极好，其中一个拿着的步枪上缠着布，带有瞄准镜，很显然，这人是个狙击手，一会儿工夫不到，有四五个游击队员被击中。

裴喜妮急得跺脚：“妈的，这两个鬼子还真难缠！”

周英把胳膊上的伤口用一块破布胡乱包扎了一下，拽过旁边一个游击队员手中的步枪，瞄准那个狙击手，扣动扳机，狙击手应声而倒。她迅速掉转枪口，再开一枪，击中了另一个挺身队员。

两个挺身队员只是受了重伤，鲜血淌满全身，有气无力地倚着断墙。胖点的挺身队员凄惨地笑了一下，对另一个瘦点的挺身队员说：“田上君，看来我们今天要死在这里了。”

那个挺身队员看着天空，喃喃地说：“真怀念家乡的稻米，那么香……”

看着游击队员围上来了，两人交换了一下眼神，艰难地举起步枪，瞄准对方的头部，几乎同时扣动扳机，枪声响过，两人倒在了血泊中。

张铁蛋“呸”地朝他们尸体吐了口痰：“妈的，这是一群什么人？又臭又硬！”

6

还是让中村跑了。挺身队员且战且退，他们退到拴着战马的树林时，只剩下了中村、小林英夫和四个队员，他们骑上战马，仓皇奔跑。

整个赛鱼村一片狼藉，敌我双方的尸体横七竖八。最难过的是裴喜妮，本来以为游击队人多，收拾这支只有十四五人的挺身队不成问题，谁知不但让人家跑了，还牺牲了这么多的游击队员。

周英赶到关押黄春梅的地方，让人把她松开绑，拿掉了塞在嘴里的破布。她充满敌意地看着周英：“你们把他怎么样了？”

周英苦笑了一下：“我们想把他杀掉，可惜还是让他跑掉了。”

黄春梅愣了一下，情不自禁地松了口气，再看周英时，眼里已经没了敌意，甚至对她还有些莫名其妙的感激之情。虽然她也知道，如果有机会，这个女人是不会放过他的。

周英看了看她，说：“根据地这边不错，有人情味，要不，你留下来吧。”

她摇了摇头:“我都这样了,还有什么脸见别人?”

周英笑了笑,说:“你如果实在想走,那你走吧。”

黄春梅有点不相信,瞪着眼睛看她:“你就这样让我走了?”

周英点了点头,说:“我说话算话。再说,你只是一个女人,又不是我们的敌人,为什么不能走?”

周英胳膊上伤口的鲜血渗了出来,滴在了地上。黄春梅有点不安,不用说,这都是丈夫害的。她关切地说:“你受伤了?我给你包一下吧。”

周英还没吭声,裴喜妮拎着枪,大步走来,举枪对准了她。周英一惊,忙上前挡在她前面,质问裴喜妮:“你要干什么?”

裴喜妮恶狠狠地说:“干什么?你说干什么?我要杀了她,为死去的兄弟报仇。”说着上前就要拨开周英。

周英生气地把她的手打到一边,吼道:“住手!”

裴喜妮瞪着眼睛看着她,一脸不解:“难道她不该死吗?她甘心嫁给日本人,做日本鬼子的女人,还不该杀吗?”

周英道:“该杀的是日本鬼子,关她什么事儿?”

裴喜妮哪里肯听,又来拉扯周英,想把她推到一边。周英一只胳膊受伤,眼看就要被她拨拉到一边了,她急了,掏出枪对准了裴喜妮:“住手!你们游击队让敌人跑了,是你们自己不会打仗,把气撒在女人头上,算什么本事?亏你自己还是一个女人呢!”

裴喜妮怎么也没想到,周英居然会拿着枪对准她,她不由得愤怒地叫道:“好啊,为了这个女人,你不惜和我翻脸是不是?”

周英坚定地说:“对,谁敢动她一下,我绝对不客气!”

裴喜妮气极:“妈的,真和老子翻脸了!”从怀里掏出周英送给她的粉盒,啪地扔过去,砸在她身上,喊道:“老子不要你假惺惺送的东西了!”

香粉盒滚到地上,裴喜妮转身怒气冲冲地走了。

赵明亮一行带着几个战士骑马匆匆赶到了赛鱼村,一到村口,就看到十多个游击队员尸体并排躺在地上,另外是八九具穿着八路军军装的挺身队员。赵明亮心情沉重,喃喃道:“他们果然来了这儿。”

张铁蛋瞪着他们,埋怨道:“你们怎么才来?”话声刚落,正在处理挺身队员尸体的一个游击队员叫了起来:“这儿还有个活的。”

张铁蛋不耐烦地说:“喊什么,打死他,别浪费子弹。”

赵明亮赶忙阻止:“留着这个活口,说不定能问出点东西。”

这个挺身队员胸口中弹,奄奄一息。赵明亮正要开口审问,张铁蛋告诉他，周英也受伤了。他吃了一惊，忙带着许多雷、霍无病赶往村中。

裴喜妮怒气冲冲地出去，差点和赵明亮撞个满怀。他看着一脸愤怒的裴喜妮，皱起了眉头：“这是怎么了？”

裴喜妮挥手叫嚷道：“为了一个婊子，居然和我翻脸。”说罢，气冲冲走了。

赵明亮进屋，急忙去看周英受伤的胳膊，那里已经被黄春梅简单包扎好了。他关切地问：“怎么样，重不重？”

周英笑了笑，说：“没事儿，就是点皮外伤。”

许多雷上前捡起被裴喜妮扔在地上的香粉盒，好奇地问：“这是什么东西？”

周英没好气地从许多雷手里抢过粉盒，说：“女人用的东西，给我。”

许多雷不解地摇了摇头：“你们这是怎么了？一个个都吃了枪药了。”

周英没理他，转身对赵明亮道：“赶紧送春梅姐离开，她在这儿很危险，裴喜妮非要杀了她。”

在游击队员仇视的目光中，赵明亮牵着自己的马，和周英一起把黄春梅送到了村口外的树林边。赵明亮看向黄春梅，问道：“大姐，你会骑马吗？”

黄春梅点了点头：“以前骑过。”

赵明亮牵过马，让她骑上，叮嘱道：“路上不要停，去了桥头镇，找家客栈住一夜，千万别走夜路，不安全。”

他又从怀里掏出一卷纸币塞到她手里：“拿着，路上用。”

她有点不敢相信，犹豫道：“你们真的让我走？”

赵明亮点了点头：“小新还在家等着你呢，快走吧。”

她不安地说：“我丈夫他……”

周英打断了她：“他是他，你是你。他是我们的敌人，你不是。”

黄春梅喃喃道：“可是……”

赵明亮说：“没什么可是的，世上的事并不全是非黑即白，总有一些不清不楚、不明不白的东西，我们不用算得那么清。”

周英斜着眼看了一下赵明亮，这话，可是她曾经给他说过的。那时，他还一个劲地说世上的事儿就是非黑即白呢。看来，这个共产党男人，还是认了她这个国民党女人的道理。她心里一动，忙扬起手朝黄春梅挥了挥：“春梅姐，你赶紧走吧。”

黄春梅凄然一笑，放开马，顺着大路远去了。

送走了黄春梅，赵明亮突然想起那个还没死掉的挺身队员，忙带着周英赶到村口，挺身队员奄奄一息，嘴里用日语喃喃道："信，我的信……"

周英忙走过去，蹲下来用日语问他："你在说什么？"

挺身队员听到这话，精神明显一振，缓缓睁开眼睛，再开口，说的却是中国话："你，是日本人？"

周英冷笑道："日本人会说中国话，难道中国人就不会说日本话了吗？"

挺身队员有些失望，但眼里却充满恳求："我，求你一件事。"

周英道："什么事？"

挺身队员说："我，我身上有封信，拜托你，帮我寄回日本，我的母亲日日夜夜都在盼着我回去。"

周英皱起眉头，正在犹豫要不要答应，挺身队员一阵抽搐，痛苦地呻吟："妈妈，妈妈……"声音越来越低，慢慢地闭上了眼睛。

周英翻找半天，从他口袋里找出了那封信，血迹斑斑的信封上已经写好地址，她把信抽出来，仔细地看了起来。

霍无病凑上去，问道："信上写的什么？"

周英念道："亲爱的妈妈，我无时无刻不在思念你，还有故乡的稻田，屋顶的炊烟。请相信，我一定会活着回去……"

霍无病皱起了眉头："想不到小鬼子也是爹生娘养的。"

周英瞪他一眼："废话，你以为他们是石头缝里蹦出来的？他们也是军国主义的牺牲品。"

霍无病恨恨道："他还想活着回去？做梦！"

周英草草地把信看完，仔细叠好，装入口袋中。许多雷奇怪地看着她："你不会是真要给他寄信吧？"

周英说："寄吧，信封上有地址。"

裴喜妮凑上来，不满地瞪了周英一眼，说："哼，她这个人，不分好赖、香臭，对敌人发善心，就是伤害自己人。非要放走那个贱女人，气死我了。"

霍无病也来劲了，上前质问周英："就是，我好不容易偷回来的女人，被你们放走了，凭什么？"

周英没理他，转身对裴喜妮道："对不起，希望你能原谅我。"说着，重新把粉盒拿出来递给她。裴喜妮接过去，二话不说，一扬手甩到旁边的臭水沟里，扭头对张铁蛋道："我们走。"

霍无病看着她的背影，摇了摇头："这女人，脾气够大的。"

许多雷却竖起了大拇指："不愧是太行一枝花，有气魄。"

处理完赛鱼村的战事，众人也要赶回杜家庄了，刚出了赛鱼村没多久，许多雷朝霍无病递了个眼色。霍无病立刻明白那眼神是啥意思了，他紧走几步，往周英身上蹭了一下，周英"哎哟"一声捂住了胳膊："怎么走路呢？歪扭三挎的，蹭到我伤口了。"

他又跌跌撞撞地往前走了两步，捂住了脑袋："我，我有点头晕。"

周英忙问："是不是生病了？"

他摇了摇头，说："大概是饿的。"

赵明亮皱起了眉头："你没吃饭吗？"

他一脸无奈："吃了，清汤寡水的，没油水，不经饿。"

周英道："嗯，被你说的我也饿了。"

赵明亮瞪了两人一眼："就你们俩毛病多，一天到晚，嫌好道赖。"

霍无病走慢了，拉开周英几步，回到许多雷身边，露了露袖子里藏的那封信，正是那名挺身队员的信。许多雷朝他点了点头，竖起了大拇指。

赵明亮回过头来，冲着两人吆喝："你俩干什么呢？鬼鬼祟祟。"

周英回头看了一下，觉得两人的眼神不对，她突然意识到，霍无病刚才是故意撞自己的。她赶紧摸口袋，发现那封信不见了。周英冲着他叫道："真是防不胜防，这个臭小子，居然偷到我身上了。"

她刚回头要追过来，霍无病拿着信，一边跑，一边撕，把撕掉的碎纸片往空中一扬："狗日的小鬼子，还想寄信回家，想得美，我要让你死不瞑目！"

许多雷瞟了周英一眼，说："就是，帮坏人做事，那就是助纣为虐。"

周英停在那里，痛惜地摇了摇头："人已经死了，你们这又是何苦呢？"

赵明亮过来，安慰她说："算了，就当是报应吧，老天爷也不想让他死得安心。"

周英看着远处的苍茫群山，声音充满哀痛："这个日本兵的母亲，也许一直在盼着他回家。我相信，在母亲眼里，他也是一个善良孝顺的好儿子。"叹了口气："对敌我双方来说，在战争中平等的也许只有伤痛了。"

赵明亮黯然，由此及彼，他也想到了自己的母亲。也许，最痛恨战争的就是母亲了。在一定意义上说，周英的想法其实也是对的，这封信，对这个日本兵的母亲来说，也许是一个极大的安慰。可话又说回来，谁让他是一个日本兵呢？

第十七章

1

中村自然清楚违抗军令的后果，回到挺身队营区，他就换上了齐整的日军军装，坐在办公室里，面对屋门，静静地等待着。他没等多久，河村小郎就带着两个日军宪兵来了，告诉他，他因违抗军令，伊藤师团长要将他送上军事法庭。

中村缓缓地站起来，解下指挥刀，双手捧着递过去。

小林英夫进来，关切地看着中村，中村向他鞠躬道："你来得正好。小林君，还得麻烦你帮我照顾小新，拜托了。"

小林英夫着急地说："夫人回来了。"

中村感到意外，大步走出来，看到黄春梅正紧紧搂着儿子站在外面。他走上前，拉住了黄春梅的手，上下打量着："他们没把你怎么样吧？"

她看了看他，又充满畏惧地看了看他身后站着的两个日本宪兵，低低地说："我没事，你这是要去哪儿？"

中村笑了一下："照顾好孩子，不用管我。"

小新第一次看到爸爸穿着日军军装，他有点害怕，躲在妈妈的身后，不时地伸出头看他，眼神里充满疑惑。中村上前抚摸着儿子的脸，说："小新，要听妈妈的话。"

河村小郎上前，催促道："中村君，请吧。"

中村直起身子，向停在旁边的小轿车走去。小新终于哭出声来，大声地冲他喊道："爸爸。"

中村回过头，冲着儿子笑道："爸爸没事，小新乖，不哭。"

河村小郎看了一眼黄春梅，对中村道："中村君，我早就说过，你守着这样一个妻子，最终害人害己。"

中村面无表情地说："这是我自己的事，不劳河村君费心。"

中村走了，黄春梅呆呆地站在那里，一直等到他们消失不见了，这才带着小新回到家里。丈夫为什么被日本人抓走，她一无所知，但日本人的残酷，她是知道的，为了小新，必须得尽快离开这个地方。她立即收拾衣物，把衣服叠好，装进箱子。看到那套和服，她愣了一下，这套和服不是被霍无病扔掉了吗？看来，丈夫不但找到了，还把它收拾干净，又放了回来。她犹豫了一下，拿出来，也放进了箱子。

小林英夫进来了，喃喃地说："夫人这是要回家吗？"

她点了点头："是的，我丈夫他，他会怎么样？"

小林英夫道："中村君违抗命令，私自带队去救夫人，可能要被送上军事法庭。"

她手里的箱子"啪"地掉在地上，他这次去赛鱼村救她，完全是他自作主张？为了她，他违抗日本人的命令，甘愿自投罗网，难道他爱她超过对军队的爱？但他为什么又不愿意跟着她离开军队？

她担心地问："他，会死吗？"

小林英夫眉头紧皱，摇了摇头："这个，我也不清楚。"

她含着眼泪道："如果他死了，请你一定告诉我，我去给他收尸。无论怎样，他都是我的丈夫，小新的父亲。"

小林英夫鞠躬道："好的。"

她也赶忙向他鞠躬："谢谢你。"

小林英夫说："我会常去看你们。夫人如果有什么困难，也可以来找我。"

中村居然会去赛鱼村，这不但出乎伊藤正人的意料，也超出了许亚夫和赵明亮的想象。好在周英坚持己见，带领游击队重创了挺身队，经过这一仗，挺身队差不多也土崩瓦解了。

许亚夫看着周英，说："你的判断还是正确的，是我们大意了。"

周英道："你们想的也没错，这很可能就是中村正雄要完成的任务，是他自己临时决定去救自己的妻子。我并没有什么先见之明，只是赌一把。"

赵明亮喃喃道："我得重新认识这个人了……他很复杂，不简单。"

许亚夫说："中村正雄虽然侥幸逃脱，但他为了救自己的妻子，让整个挺身队几乎全军覆没，就算我们不找他的麻烦，他的上司也不会放过他了。"

赵明亮松了口气："那我就放心了，不然这家伙就像打不死的一条蛇，说不定什么时候就又蹦起来了。"

周英充满担忧："他妻子没事吧？"

许亚夫道："据我们掌握的消息，这个女人带着孩子回家了。"

到了第二天，太原地下党的消息就传来了，中村正雄果然是违抗军令，被伊藤正人抓起来了，要进行军法审判。

许亚夫立即找到赵明亮和周英，把这个消息告诉了他们。

周英道："怕是要枪毙了。"

赵明亮很高兴："好事，省得我们动手了。"充满期待地看着许亚夫，说："司令员，我们成立这个行动队，就是为了对付挺身队。如今，挺身队完蛋了，行动队还有存在的必要吗？"

许亚夫思虑片刻后，看向周英："周英，你不是学过医吗？去分区医院吧，人尽其才，物尽其用。"

周英道："这么说，我们的行动队要解散了？"

许亚夫笑道："怎么，舍不得？"

她也笑了："那倒不是，就是有些意外。"

赵明亮急道："我呢？我是不是该回老部队了？再不回去，都忘了怎么打仗了。"

许亚夫道："再回去可不是连长了，身上的担子更重了。"

赵明亮喜上眉梢："难道真给我一个营长当当？"

许亚夫说："瞧你那点出息，一个营长就把你乐成这样了？"

许亚夫走后，赵明亮决定让周英陪他去趟杂货铺买点吃的，行动队就要解散了，好歹大家也兄弟一场，应该加个餐，好好聚聚。

周英一听，瞪着眼问他："你买？稀罕！不是想诓我花钱吧？我可告诉你，我身无分文，杂货铺掌柜都不肯赊账给我了。"

赵明亮笑道："你在这儿可出名了，知道乡亲们背后怎么议论你吗？"

周英没好气地说："不想知道，肯定没什么好话。"

赵明亮学着老乡腔调道："姓周的那个姑娘长得怪俊的，就是不会过光景，有一个花两个，哎哟，谁要是娶了她，再厚的家底也得让她吃塌了。"

她扑哧笑出声来，继而又大笑不止，还别说，老乡的眼睛还真是雪亮啊。

两人到杂货铺买了吃的，又一起下厨，做了几个菜，到了晚饭的时候，端了上来。许多雷一看，高兴地说："今天什么日子呀？又是花生米，又是炒鸡蛋，难道太阳从西边出来了？"

霍无病吵着要喝酒。他本来也只是起哄，没想到赵明亮真的从背后拿出一瓶酒："美酒配佳肴，缺一不可。"

周英端着盘菜进来，瞥了他一眼，说："还佳肴呢，连肉都不肯买，还好意思说是佳肴。尝尝我炒的蒜蓉豆腐。”

赵明亮辩解道：“不是我不买，那块肉看着不新鲜了。”

周英朝他撇下嘴：“跟你一起去买东西真丢人，专捡便宜的买。”

许多雷尝了一口她炒的蒜蓉豆腐，咧嘴叫道：“哎哟，这个豆腐好烫。”

周英说：“这菜的特点就是外冷内热。”

许多雷咂了咂嘴，说：“还别说，蒜香浓郁，挺好吃。周英挺会做饭的，等把鬼子赶走了，不打仗了，嫁个男人，生个娃，也能做个贤妻良母。”

赵明亮接上了：“贤妻良母不是谁都能当的，像她这样的河东狮吼、母老虎、败家女人，恐怕没人敢娶。”

周英道：“婚姻大事，不劳赵队长费心，你还是多想想自己吧。你们知道姑娘们最讨厌什么样的男人吗？”

霍无病忙问：“什么样的？”

周英说：“当然是小气抠门的了，跟这种男人生活在一起，饿不死也气死了。”

许多雷道：“你也太夸张了，男人再小气，也不会饿着老婆的。”

周英说：“林子大了，什么鸟都有，咱这屋里就有一只。”

赵明亮知道她这是在说自己，很认真地对她说：“你不用诋毁我，大家的眼睛是雪亮的，我究竟是小气，还是大方，自有公论。”

霍无病凑了过来：“队长，说句不中听的，我真觉得你是挺抠的。可能是我眼神不好，不够雪亮。”

赵明亮羞恼道：“别叫我队长了，我这个队长也做到头了。还有这些菜，都别吃了，酒也别喝了。你们这些没良心的，吃我的，喝我的，还嫌我不大方？”

许多雷惊问：“你不当队长了？难道这是散伙饭？”

霍无病却很高兴：“这么说，我们可以回麦县了？”

周英道：“要不是这，他会这么大方？”

许多雷端起酒杯一饮而尽，兴奋地站起来，把霍无病也拉了起来：“我们终于可以回去了，无病，守得云开见月明，苦尽甘来啊。”一边说着，一边拽着他的胳膊：“走，咱哥俩出去吼他两嗓子！”

霍无病着急：“我还没吃没喝呢。”

许多雷暗中踩了他的脚一下：“连这个出息都没有，急这一时？”

霍无病似乎明白了，赶紧搛了一筷子菜吃下，又喝了一杯酒，看着赵明亮和周英，嘿嘿地笑：“你俩可别吃完喝完了，我陪阳哥出去吼两嗓子。”

赵明亮没理他，看向周英："哼，还苦尽甘来呢，倒好像是我怎么虐待他们了。"

周英笑道："千里搭凉棚，没有不散的宴席，厮混了这么久，也该散了。"

出了院子，许多雷径直向杜家庄村外走去，霍无病赶紧跟上，问道："阳哥，你是不是想让周英和赵明亮两人说说心里话？"

许多雷回头瞪他一眼："还用说吗？你这是啥脑子，还我还没吃没喝呢。"

霍无病笑道："阳哥，我给你吼两嗓子。"说着，就一扭一扭唱起小曲："小亲亲呀小爱爱，把你那好脸扭过来呀，小亲圪呆……"

许多雷拍了他脑袋一下："你才喝了几杯呀，就醉成这样了？"

霍无病道："我这是高兴，县大队的弟兄们盼星星盼月亮地盼着你回去呢。"

许多雷回头朝村里看了一眼，说："真走了，还有点舍不得。"

霍无病道："再舍不得，也得走。"

许多雷说："你真舍得脱了这身军装？"

霍无病很坚决地说："不脱！凭什么脱？我们穿着军装回麦县，光明正大回，大摇大摆回。"

许多雷说："那也是名不正，言不顺啊。你又不是不知道，咱们县大队属于地方杂牌军。我一直都想带着弟兄们升级成正规军，要不是上次出了那档子破事，说不定已经成了。"

霍无病道："消灭挺身队，我们也算立功了，明天找首长问问，总不能什么说法也没有吧。我们不要奖励，就让他答应给县大队升级，至少也是一个营的编制，你起码是个营长。"

许多雷摇了摇头，说："别想那么多了，能恢复我原来的职务，就烧高香了。以后的事，以后再说。"

许多雷和霍无病走后，赵明亮和周英继续吃着喝着，没过一会儿，两人都有点醉意了。

赵明亮倒了杯酒，端起来，说："周女士，我敬你一杯。"

周英和他碰下杯，一饮而尽："干了这杯酒，从此各走各的路。"

赵明亮又倒了一杯："我再敬你一杯，你是我见过的，最讨厌的女人。"

周英斜他一眼，说："赵明亮，你也是我见过的，最讨厌的男人。"

赵明亮摇了摇头："你根本不了解我。"

周英反唇相讥："你也不了解我。"

赵明亮又喝了一杯，用筷子敲着碗，高声唱道："醉卧沙场君莫笑，古来征战几人回……"还没唱完，头向桌子上一磕，趴在了桌子上，喃喃道："其实我挺高兴认识你的，周英同志。"

周英也醉了，脑袋沉沉的，她索性也趴在了桌子上，说："赵明亮同志，我也很高兴认识你。"

许多雷和霍无病回来，看到两人醉得不像样子，都有点失望，本来想让他们说说心里话，看这架势，别说心里话，连正常的话估计都没怎么说。

霍无病看看赵明亮，又看看周英，把手放在下巴，做苦苦思索状："阳哥，你说他们俩到底怎么回事?"

许多雷皱起眉头："什么怎么回事?"

霍无病说："他俩到底有没有那种关系?"

许多雷摇了摇头："这两个人就是一对冤家，心里都有对方，却都装得没事人一样，整天吹胡子瞪眼，就看对方不顺眼。照这样下去，会走散的。"

霍无病说："这不眼瞅着就散了嘛，不如做做好事，帮他们捅破那层窗户纸，趁这个机会，把他俩扔到一张床上去。"

许多雷瞪着霍无病："呸，亏你想得出来。"

霍无病忙道："你想歪了，我是让他们俩睡到一块儿。"

许多雷大叫："你还说，你个不要脸的……"

霍无病急了："我的意思是让他们俩躺到一张床上，明天醒过来的时候，两个人一看，都这样了，为了顾全脸面和名节，也就顺坡下驴，好上了。"

许多雷瞪他："你是啥脑子？他们俩是那种顾全名节的人吗？赶明一起来，发现对方睡在自己身边，两个人不打起来才怪呢。你还是省省吧。男女之间讲的是缘分，他们要是有缘，自然会走到一起。若是无缘，别费那劲了。"

霍无病道："这个我懂，缘分就是天时地利人和，缺一不可。"

说归说，两人还是分别把赵明亮、周英搀回各自的房间，这才坐到桌前一边吃一边喝，一会工夫，两人也是酩酊大醉。

2

赵明亮的散伙饭吃得有点早了。伊藤正人为中村正雄准备的军事法庭还没开始，日军华北方面军司令官的电报就到了，不但不同意军法处置中村，反而命令师团重建挺身队，规模扩大一倍。

伊藤正人拿着电报的手都抖起来了，瞪着参谋道："这不是公然鼓励以下克上吗？"

参谋忧心忡忡："怕是中村君更不服管了。"

伊藤正人的眼睛眯了起来："听说八路军把中村的中国妻子放回来了？"

日军参谋点了点头："对，她现在带着孩子回家了。"

伊藤正人觉得，中村正雄之所以违抗军令，问题就出在他那个中国妻子的身上。如果不是她，就不会发生这一切了。中村虽然被放出来了，但这个中国女人绝不能再活着，否则，这个顽固的家伙还会视战争如儿戏，给部队带来损失。他叫来河村小郎，命令他去把黄春梅杀掉。他叮嘱河村小郎，这件事，不能让日本人干，要交给中国人去办，最好做得滴水不漏，能嫁祸给共产党更好。

河村小郎找的是华北治安军营长赵荣坤。

日本人交代的事情，赵荣坤不能不干。他把手下王排长叫来，给他看了河村小郎送来的黄春梅的照片，让他去把这个人杀了。

王排长疑惑地问："营长，这女人什么来历？"

赵荣坤道："她是一个日本军官的老婆。你别问那么多了，这是日本人之间的内讧，具体情况我也不清楚。咱们奉命行事就是了，他们窝里斗，跟咱没关系。"

王排长笑了笑，说："狗咬狗，一嘴毛。"

赵荣坤笑道："是这么回事，出去可别乱说。"

中村被放回了挺身队，小林英夫看着他从轿车里下来，立刻跑上前去，难过地说："队长，我还以为你回不来了……"

中村看了一眼身着日军军装的小林英夫，说："你把这身军装脱了，立即恢复原样，凡在营区内，一律着八路军军装。"

小林英夫惊喜道："师团长要重建挺身队了？"

中村点了点头："是司令官亲自下令，挺身队不但要重建，还要扩充一倍人马。这段时间，你我停下所有的事情，到各个部队选拔队员，我们自己一边作战一边培养，让他们在战争中学习战争。"

进了办公室，中村正雄环顾四周，完全和他离开时一样，他很欣慰地冲着小林英夫点了点头，以示感谢。

小林英夫道："您不在的时候，这间屋子我也每天派人打扫。"

中村问："我的夫人还好吧。"

小林英夫道："她带着小新回家了。"

中村有些不安："回家了？"

小林英夫道："您走之后，她就离开了。队长放心，我常去看他们，他们现在过得挺好的。"

中村点了下头，坐下来，对小林英夫说："但凡不能杀死你的，最终都会使你更强大。我们要重建一支更加强悍的挺身队。我不会再给这些土八路第二次机会了，他们必须消失，所有对抗大日本帝国的都必须消失！"

中村正雄回到挺身队的当天，赵荣坤就把这个情报送给了太原地下党老钱。自从他在晋原饭店杀了日本人后，索性一不做二不休，答应了赵明亮，成了共产党在伪军中的内线。老钱又赶紧把情报传递给了关山分区。赵明亮来找许亚夫辞行时，许亚夫刚刚得知这一情况。

赵明亮吃惊不小："消息可靠吗？"

许亚夫小声道："老钱同志的消息，哪一次不可靠了？"

这个中村，就像一只可恶的蟑螂，怎么也打不死。看来，自己还得带队前去太原。中村不灭，他的任务就不算完成。他想好了，通过赛鱼村一仗，足以证明，中村的弱点就是他的妻子。他被放出后，必定会去找黄春梅。只要把他打掉，就等于抽掉了挺身队的筋。

中村当然也能想到这一点，他立即回到家里，催着黄春梅赶紧收拾东西，前去挺身队营区。

看到丈夫回来，黄春梅本来挺高兴的，听中村这么一说，她态度立刻冷淡起来："我和小新在这儿挺好的。你没事了就好，以后别再回来了，咱们各过各的，彼此都清净。你离得我们远些，我们也没那么多是非了。反正那个地方，我是不会去了。我不想再看到你们那里的人。"

中村急道："当着孩子的面，你说这些做什么？"

黄春梅说："孩子一天天长大了，也懂事了，别以为他什么都不知道。"

小新畏惧地拉着她的手："妈妈。"

中村说："那些人知道你住在这儿，还会来找你的。"

黄春梅道："说出来恐怕你不相信，就是他们亲自送我走的，还给了我盘缠。既然他们肯放我走，就不会再来找我了。"

这确实出乎中村的意料，在他的印象中，共产党对付投靠日本人的同胞，是从不手软的。那么，他们能把她放回来，想必也不会再伤害她了。只要自己不在，他们母子应该是安全的。他想了一会儿，从怀里掏出一沓钞票，放在桌子上，说："那我就不勉强你了，把张妈叫回来吧，有她陪着你们，我也放心，我走了。"说罢，转身就走。

黄春梅站起身，追了几步："你，你多保重。"

中村出了家门，刚转过一条街，赵明亮他们也到了他家对面的一栋房子。这房子当然是老钱准备的，是在四楼，站在窗户前，正好能看到黄春梅家的院子。把大家安置下来后，赵明亮立即动身前去联系老钱。

周英拿着望远镜，聚精会神地观察着黄春梅家，她除了出来一趟，在院子里晾了刚洗过的床单，再也没什么动静了。

她移动望远镜，只见黄春梅家外面的街边不远处有个黄包车夫在等生意，她注意地看了看，觉得这个人并没什么可疑的。她哪里想得到，这人正是赵荣坤的手下王排长。

门外传来敲门声，赵明亮回来了，他拎着一只箱子进来，转身关紧房门。打开箱子，上面是一些报纸杂物，他用刀片割开箱子夹层，取出一只瞄准镜。

许多雷忙从床下的杂物中取出步枪递给他，步枪上早已缠好防止反光的布片。赵明亮把瞄准镜装在步枪上，把枪架起来，对准黄春梅家门口，仔细地校正瞄准镜，

许多雷低声道："中村正雄会来吗？"

赵明亮说："也许已经来过了，不过，不要紧，只要黄春梅在，他肯定还会再来，这一次准保送他上西天。"

几天过去了，没什么动静，河村小郎又赶去华北治安军，再次督促赵荣坤赶紧行动。他刚从华北治安军回来，就见中村穿着一身日军军装到了宪兵队。河村小郎愣了愣，这家伙难道听到了什么风声？他佯装镇定地迎上去，亲热地说："中村君，听说你被放出来了，衷心为你高兴。"

中村道："司令官命令我重建挺身队，我和小林君选拔了一批队员，但他们对汉语略通，要想在短时间把他们训练好，还有不小的困难。我脱不开身，有一事想拜托河村君。"

河村小郎松了口气，忙道："请讲。"

中村说："我妻子已经搬回家住了，共产党一定会去找她，请河村君在周围布置人手，严密监控，如果他们来了，就把他们一网打尽。"

河村小郎点了点头："放心，共产党是我们的大敌，这是一个很好的机会，中村君就放心地交给我吧。"

中村感激地朝他鞠躬："拜托了！"

河村小郎目送中村正雄远去，嘴角边露出嘲讽的微笑，这家伙，师团长已经下了命令，要他老婆的命，他居然还来拜托自己保护他老婆，真是活见鬼了。他摇了摇头，喃喃道："真是豆渣脑筋。"

这天，轮到霍无病盯着窗外，他突然看到黄春梅拎着一只手袋出来了，忙招呼众人来看。许多雷道:“会不会是去见她丈夫?”

赵明亮想了一会儿，对他和霍无病说:“你俩在这儿盯紧了。”回头招呼周英:“你跟我走一趟，带个包，像个逛街的样子。”

周英应了一声，拎了只包，用手拢了拢头发，跟着他出去了。两人很快追上了黄春梅，不远不近地跟着她。

正走着，忽然有个小伙子靠近黄春梅，上前就抢她手里的包。黄春梅抓住手里的包不放，那人要把她往巷子里拖。黄春梅使劲挣扎，那人急了，掏出刀子刺向黄春梅，她慌乱躲闪，但胳膊还是被刺伤了。

赵明亮刚要冲过去，周英拉住他，冲他摇了摇头，黄春梅如果看到他们，那这一切就白费了。赵明亮急了:“不能见死不救!”挣脱周英，冲了过去。周英无奈，只得也跟了上去。

那人见两人冲过来，丢下黄春梅，撒腿就跑。两人忙上前扶住黄春梅，黄春梅看到两人，愣了一下，正要开口，赵明亮抢先说:“这位大姐，你受伤了，我们送你到医院吧。”

周英叫了一辆黄包车，三人立即赶往医院。医生给黄春梅包扎完伤口，两人又把她送回了家。在家门口，周英关切地说:“以后再遇到这种事，把包给他就是了，这都是些亡命之徒，千万别跟他们硬拼。”

黄春梅看向两人，说:“我知道，你们不会无缘无故出现在这儿，但是，我也实话告诉你们，我和他已经分开了，他不会回这儿了。”

赵明亮有些尴尬，说:“没有，没有，我们是恰巧经过那里。”

黄春梅不管不顾，继续往下说道:“因为救我，他差点被处死了。我也因为他，遭了不少罪。”凄惨地笑了笑:“一个中国人，一个日本人，一开始就是错的。我和他，从此以后，各过各的，他走他的阳关道，我过我的独木桥。这样对大家都好，至少不用连累孩子。”

周英说:“春梅姐，你误会我们了，我们就是不放心你，来看看你。”

黄春梅摇了摇头，凄凉地说:“算了吧，说这个就没意思了，我又不是傻子。你们想杀他，他也想杀你们。但是，求你们别在我身上下功夫了，我是真的想躲开这些是是非非、打打杀杀。”

黄春梅为了让两人死心，又接着说:“其实他知道你们会来找他，根本不敢回家，派人来接我，我不走，我把话也说死了，我们彻底了断了。”

赵明亮笑了笑，对她说:“你回去吧，没事别出来，注意安全。”

看着黄春梅进了屋，赵明亮和周英回头往前走了一会儿，又从旁边的小巷子折回来，回到了黄春梅家对面的楼房。

许多雷还在拿着望远镜站在窗前观察，周英看了他一眼，说："咱们还是撤了吧。中村正雄大概真的不会回来了，为了老婆和儿子的安全，他也不能和她继续纠缠在一起了。一个中国人，一个日本人，何止是错，本来就是彻头彻尾的悲剧。"

许多雷道："在这儿等下去也不是个办法，这都一个多星期了，咱们出来进去的，也容易引起别人的注意。"

赵明亮犹豫了一下，无奈地点了点头："好吧，那我们就先撤吧。"

他们准备撤退的时候，赵荣坤正在听手下王排长的汇报。那个歹徒正是王排长派的人，眼看就要得手，没想到杀出两个人，功败垂成。

赵荣坤苦恼地说："这样一来，只怕那个女人有了防范，不容易再下手了。这可是河村队长亲自下的任务，要是完不成，没法跟他交代。"

王排长着急地说："那我们怎么办？"

话音刚落，河村小郎带着一个日本宪兵气势汹汹地闯进来，赵荣坤忙迎上去："河村队长……"

河村小郎一个耳光甩在了他脸上，吼道："浑蛋！竟然连这点小事都办不了！"

赵荣坤慌乱地说："我立即亲自去一趟……"

河村小郎厉声道："再失败了，你死啦死啦的！"

送走河村小郎，赵荣坤决定亲自动手了。他和王排长换上便装，腰里插上手枪，立即去了黄春梅家。

黄春梅呆在家里，一直闷闷地坐着。她觉得有些不安，街上遇到的那个歹徒会是什么人呢？为什么不抢别人，偏偏要抢她？抢也就抢了吧，二话不说，就要动刀子，要不是赵明亮和周英，自己能不能活下来还成问题。她不敢再去街上了，就让张妈去买菜。张妈挎着菜篮子刚到菜市场，有人低声叫她，她回头一看，是中村。

张妈疑惑地看着他："先生，你怎么在这儿？为什么不回家呀？"

中村小声道："最近遇上点麻烦，得罪了人，怕有仇家寻上门，暂时不回去了，要是有人打听我，你也别跟人说见过我，太太和小新还好吗？"

张妈说："怪不得，仇家已经寻来了，太太出去买东西，遇到劫匪，差点把命都丢了。这样看来，就不是普通劫匪了。"

中村吃了一惊，当听说黄春梅胳膊受了伤，心里更是着急，等张妈买了菜，两人一起往家里赶去。

黄春梅家门外不远处，赵荣坤的一个部下打扮成黄包车夫，观察着周围。有个行人过来，以为他真是黄包车夫，冲他吆喝：“去趟尖草坪。”

他当然不能走，没好气地说：“这么晚了，不去。”

行人奇怪地看着他：“你这个人怎么这样？你不拉，就别在这儿揽客呀。”

他抱着膀子，懒洋洋地说：“拉不拉是我的自由。”

两人拌嘴之际，中村和张妈回来了，张妈拿着钥匙开门，中村跟在张妈后面进了门。这人只顾摆脱行人，没有看到这一幕。

黄春梅一看到中村就着急了，八路军已经来了，他还敢回来？万一撞到了，人家两个对付他一个，他哪里逃得了？她瞪着他叫道：“你回来干什么？快走，我不想见到你。”

中村喃喃道：“张妈说你受伤了，我来看看你伤得重不重。”

黄春梅挥手赶他：“我是死是活，不用你管，你快走，再也不要回来，咱们以后井水不犯河水。”

小新听到动静，赶了过来，在走廊里喊：“我听到爸爸的声音，是不是爸爸回来了？”

张妈赶紧拉走小新：“走，走，走，咱们去厨房，张妈给你做好吃的。”

中村从黄春梅的神情里看出不对劲，忙问道：“他们果然来找你了，是不是？”

她愣了一下，一时不知道说什么好了。中村心里有了数，问道：“你的伤就是他们害的？是不是？”

黄春梅脱口而出：“不是，是他们救了我。”

中村警惕地站起来，从腰里拔出枪：“他们在哪里？”

黄春梅道：“他们没进家，走了。”

天色慢慢黑了，赵荣坤身着便衣，带着王排长来到了黄春梅家。他到了部下跟前，问道：“有人进去吗？”

那人报告说，除了他们家的用人，没有外人进出过。

赵荣坤点了下头，和王排长蒙着脸，来到黄春梅家围墙边，两人踩着那个部下的肩膀，跳进墙内。那个部下掏出枪，在外面望风。

赵荣坤和王排长从后门蹑手蹑脚上楼。两人虽然小心翼翼，但还是被卧室内的中村听到动静，他把手指竖在嘴边示意黄春梅不要出声。黄春梅还以为赵明亮和周英来了，着急下床，说：“快，他们找的人是你，快藏进衣柜，我来应付他们，我就说你没回来。”

中村道:“他们既然来,就是知道我回来了。”

中村掏出手枪,躲在门后。黄春梅更加着急,虽然八路军曾经抓过她,但这两个人,还是放了她,救过她,怎么看,都是好人。她忐忑不安地站在床边,一时不知道怎么办才好。

赵荣坤与王排长悄悄上楼,举枪隐蔽在黄春梅卧室门两边,侧耳听了听,屋内没有动静。赵荣坤向王排长点头示意,王排长闪身出来,一脚踹开卧室的门。

屋门大开,只见黄春梅惊慌地站在床边,他刚把手枪对准她,还没扣动扳机,枪却响了。开枪的是躲在门后的中村,他也没想到这人身后还跟着一个人,来不及掉转枪口,身子撞向屋门,赵荣坤猝不及防,枪被撞掉。他心知不妙,急忙向楼下跑去。慌忙中,一脚踩空,滚下楼梯。中村三步并作两步,跳下楼梯,踩住他的胸口,扯掉他蒙在脸上的黑布,用枪逼着他:“你是什么人?”

赵荣坤闭上了眼,完了,这下全完了。

院外马路上的那个部下听到枪声,还以为得手了,等了一会儿,还没见赵荣坤他们出来,他掏出枪,把黄包车拉到墙边,踩着黄包车,翻墙进入院内。

中村正雄对着赵荣坤怒吼:“你说不说?”

赵荣坤仍然闭着眼睛,一声不吭。

那个部下悄悄地移到黄春梅家屋门前,打开一条缝,看到赵荣坤被擒,大吃一惊,立即举枪向中村射击,可惜慌乱之中,射偏了。中村抬手一枪,正中他的脸膛,他一头栽倒在地。

中村低头怒视赵荣坤,举枪扣动扳机,一枪打在了他腿上:“你是不是共产党?”

鲜血流了出来,赵荣坤痛苦呻吟了两声,说:“我说,我说,我是治安军的,不是来杀你的,是来杀你的,你的中国妻子的……”

中村愣了一下,这么说,在大街上刺杀黄春梅的,也是他们了?他不敢相信,吼道:“你胡说!你再不说实话,我要杀了你!”

赵荣坤道:“我说的都是真的,是河村队长给我的命令……”

中村极度震惊,如果这一切是真的,那就只有一个可能,是伊藤正人师团长的命令。他的身体不由颤抖起来。

赵荣坤觉得不妙,求饶道:“我说的是真的,我是治安军营长赵荣坤……”

是真的了，这人再撒谎，也不可能撒这样清清楚楚的谎。中村愤怒地瞪着他，把手里的枪抬了起来。黄春梅一看，扑了上来，拉住了他的胳膊，哀求道："你把他放走吧，他是在执行命令，求求你，当着孩子的面，不要再造杀孽了……"

小新和张妈听到动静，也早就出来了。小新正躲在张妈的身后，惊恐地看着他。中村看了看儿子，收起枪，一脚踢向赵荣坤，吼道："你滚吧。"

赵荣坤忙爬起来，瘸着腿，慌慌地出了门。

黄春梅心里明白，这地方不能再待了，现在不仅仅是共产党要中村的性命，就连日本人，也要她的性命了。但要她待在挺身队，整天看着那些日本兵，她也受不了。她充满悲哀地看着中村，说："共产党要杀你，日本人要杀我，我们真的不能再在一起了，只有分开，才能平安无事。"

中村道："你和小新先搬到我那里，等你伤好后，我就送你和小新离开太原。你不是一直都想回北平吗？回去以后，跟你母亲住在一起，我也放心。"

黄春梅点了点头，这可能算是最好的安排了。

第二天一大早，中村庄重地穿上日军军服，别上勋章，赶到了师团司令部。伊藤正人看到他这个样子，似乎有些意外："中村君找我，是有什么话要说吗？"

中村鞠躬，然后抬起头，坚定地说："人非草木，孰能无情，我的妻子虽然是个中国人，但我们夫妻十几年，恳请师团长放过我的妻子，"

伊藤正人有些尴尬，既不能否定，又不能承认："她，有什么事吗？"

中村道："她受了点伤，伤愈以后，我保证送她离开山西，绝不耽搁。"

伊藤正人道："早应该这样做了。战争需要残忍的人，就好像自然界需要狼一样。你我都一样，绝不能让妻儿成为我们的牵绊和负累，何况你的妻子又是一个敌国的女人。"

中村道："师团长所言极是，都怪属下鲁莽愚钝才犯下大错，我保证以后不会再发生这样的事了。"

伊藤点了点头："这就好，方面军急需抽调兵力南下，华北的局面还是一团糟，司令官很着急，你抓紧时间训练队员，随时准备作战。"

中村再次深深地鞠了一躬："是。"

3

到了晚上，黄春梅哄小新睡着了，刚回到自己的房间，中村打进来一盆热水："来，脱了袜子，用热水泡泡脚。"

中村说着，就蹲了下来，要替她脱袜子。

她有点不好意思："我自己来吧，你一个大男人，怎么能做这种事呢？"

中村道："哪有那么多讲究？你胳膊有伤，不方便。以前都是你照顾我，现在让我也照顾照顾你吧。"

他低着头为妻子脱下袜子，又把她的双脚泡在盆中。她眼神复杂地看着给她洗着脚的丈夫，这个男人，他是天使，还是一个魔鬼？

中村喃喃道："我们在一起的时间不多了，等你伤好后，马上送你离开。你就是想留下，我也不留你了。"

她心里一疼，问他："我们以后还能再见面吗？"

他沉默了片刻，说："当然，只要我还活着。"

她愣住了，是啊，他是中国人的敌人，到处都是抗日的怒火，他只要待在日本军队里，迟早一天要死掉的。她眼里不禁流出泪来……

她的伤势逐渐好转了，但她并没有说走，她想给他织条毛背心。就要离开太原了，就当给他做个纪念吧。

这天，她拉着小新在院子里散步，慢慢地走到了挺身队的训练场，那是一个独立的小院子，门被锁着。中村的声音隐约传来："伊藤师团长说过，战争需要残忍的人，就好像自然界需要狼一样。我们就是这样的狼。"

小新兴奋地叫道："我听到爸爸的声音了，爸爸在里边。"

黄春梅停下倾听，中村的声音越来越高亢："我们像狗一样地训练，为的就是把自己训练成一个狼一样凶猛的士兵，一只不屈不挠永不退却的狼，集结起来就是一群狼，一群毁灭一切的狼群！放出去，就能勇往直前，坚决完成在常人眼里不可能完成的任务！"

小新使劲地拉着妈妈朝训练场走去。刚到门口，巡逻的日本兵上前拦住："对不起，训练场不许闲杂人等出入。"

她对日本兵摆摆手："我们不进去，我们就在门口看一下，好吗？"

日本兵也听不懂她的话，但他知道这是挺身队队长的太太，又不敢硬拦着，只得让到一边。她带着孩子走过去，小新隔着门缝，着急地往里看："爸爸在哪儿，我怎么看不到？"

她踮起脚跟，刚好能看到里面。训练场上竖着一排木桩，大概有七八个，上面绑着国军和八路军战俘，战俘军装上血迹斑斑。他们对面是四十来名着八路军军装的挺身队队员，有七八个站在队伍前，步枪上的刺刀已经打开。

小林英夫用红色的笔在战俘胸前画圆圈，画完最后一个，闪到一边。

中村手指那些战俘："这个圆圈是心脏部位，谁也不能刺杀这个地方。这会让他们多活一会儿，大家多练习几次。"

中村说完，把手举起来，向下一劈："开始！"

七八个队员啊啊地叫着冲上去，后面队列中又出来七八个队员站在刚才的队员出发的地方。冲上去的队员啊啊叫着捅着战俘。一个挺身队员害怕了，站在战俘前，试探着却不敢捅。

中村上去，一个耳光扇在他脸上："浑蛋，捅！"挺身队员哆嗦着还是下不了手，中村愤怒地一脚踹过去，挺身队员倒在地上。

挺身队员赶紧爬起来，成立正姿势站好："是！"他转过身，近乎发疯地啊啊叫着捅着战俘……

小新从门缝里看到这一幕，吓得"哇"一声哭了起来。黄春梅也吓得不轻，软软地瘫倒在地，慌忙去拉儿子，捂着他的眼睛，紧紧地护住他。

中村听到动静跑过来，把门开了，又立即转身把门关上。巡逻的日本兵赶紧跑过来。他上前给了他一个耳光，愤怒地瞪着他："谁让你把他们带到这儿的？"

日本兵低头道："对不起，我没有拦住。"

黄春梅抬起头，叫道："是我自己要来的，跟他没关系。"

中村去扶她，她一把推开他。他伸手去拉孩子，孩子也惊恐躲避他。她慌慌地爬起来，拉着孩子踉踉跄跄地离开了，丢下中村一个人孤零零地站在那里，佝偻着身子，像只可怜的狗。

第十八章

1

老钱得到了赵荣坤送来的情报，日军有一批军火要送往太原，明天就到。情况紧急，但两天后才是赵明亮前来接头的时间，老钱思前想后，别无他法，只得亲自前去他们住的旅店。

赵明亮看到老钱，吃了一惊："你怎么来这里了？"

老钱道："事发突然，来不及报告许司令了。日军有列军火要运到太原，时间就在明天，我们要想尽一切办法，阻止它进入太原。能干这件事的，也只有你们了，所以我就赶紧过来了。"

赵明亮点了点头："这批军火落到敌人手里是烈火烹油，给了我们却是如虎添翼。如果能将这批军火为我所用……"

老钱道："这个难度比较大，但如果能做到，那最好不过。这趟军列从北平出发，按惯例，到达太原前，会在小朔车站停留十分钟加煤加水，选择在那里动手，胜算较大。"

赵明亮下了决心："我们做两手准备，力争劫走军火，劫不走，就把它炸掉。"

老钱点了点头："好，我这就回去，赶紧和许司令员联系，让他派部队接应。"

老钱急匆匆地出来，周英正好从街上回来，看到老钱，忙闪身躲在巷子里，等他过去了，她看着老钱的背影，她虽没见过他，但她本能地预感到，这个人，就是赵明亮经常去联络的地下党。这是麦当雄做梦都想要知道的。

她立即跟了上去，看着老钱上了街边的黄包车走了，她忙赶过去，坐到另一辆黄包车上，让车夫跟上前面那辆车。

过了几条街，她见老钱下了车，忙叫住黄包车夫停下，付了车钱，不远不近地和他隔了一段距离，紧紧地跟着。到了杏林药店不远处，老钱停了下来，机警地看了看四周，她忙走到路边一个卖饰品的小摊前，假装挑选商品，拿起一面化妆用的小镜子，对着镜子整理头发，实际上却是用镜子观察老钱，看着他进了杏林药店。

等了好长时间，老钱一直没有出来。她明白了，这里就是麦当雄要的中共太原地下党的据点。她拐过一条街，倚着墙抽了一支烟，最后还是决定把麦当雄约出来见见面。

两人在一个茶社见了面，当她告诉麦当雄，杏林药店就是中共太原地下党的据点时，麦当雄吃了一惊："果然隐藏得很深，我还曾经去那里买过药呢。这家药店，中药西药都有卖，坐诊的郎中姓鲁，擅长针灸。你要不说，打死我都想不到他竟然是共产党。"

但麦当雄现在还顾不了这个，他的注意力全在日军明天就要运到太原的军火上。他告别周英，回到办公室，立即把李为信、吴立均等特工叫来，告诉他们，北平站发来电报，日军有批军火明天就要运到太原了，必须得想法子在它来到太原之前，把它炸掉。

麦当雄指着地图说："我仔细看过了，最容易下手的地方就是小朔车站。"

李为信点了点头："对，这里离太原很近，鬼子觉得安全，只驻有少量伪军，把它炸掉后，即使最近的日军赶来增援，那也为时已晚。"

当天晚上，李为信带领十几个军统特工化装成伪军，大摇大摆地到了小朔车站，他让其他特工按照计划立即行动，然后带着吴立均进了站长办公室，

站长见闯进来两个伪军，忙站起来，疑惑地问道："老总，您是?"

李为信盯着他："你是中国人吧?"

站长忙点头："是，是，我是。"

李为信说："那就好，我就不跟你绕弯子了，这个地方我们要征用一个晚上，请你配合一下。"

站长惊恐地看着他："你们，你们到底是什么人?"

李为信冷笑一声："我们是什么人还需要向你汇报吗?"示意吴立均立即动手，吴立均上前，三下五去二把站长绑成个粽子，扔到了墙角。他态度和善地蹲下来，对站长说："这也是为你好，到时候出了事，你的主子怪罪下来，你可以推个干干净净。就算职务保不住，至少性命无虞。"

站长战战兢兢地说："你们，你们到底要干什么?"

吴立均从口袋里掏出一块破布，把他的嘴堵上："最好别问那么多，更不

要乱说乱动，要不然……”拿枪捣了他额头一下：“这支枪可不像我这么好说话。”

李为信坐在站长的座位上，拿起桌上的指甲钳，慢条斯理地剪着指甲。

一个特工进来报告：“车站已经被我们控制了，我们的人一部分扮成二鬼子巡逻警戒，另一部分假扮铁路工人。”

李为信站起来，带着吴立均往外走：“好，炸掉鬼子军列后，咱就迅速撤退。”

天刚蒙蒙亮，赵明亮带着许多雷等人也赶到了小朔车站，看到了站台上有个伪军，他示意许多雷下手。许多雷迅速靠近站台上那个伪军，从后面勒着他，正要用匕首干掉他，对方双手攥住了他的手，匕首刺不下去。

两人搏斗中，打了一个照面，许多雷认出他居然是吴立均，忙停了下来。双方一谈，原来打的都是日军军火的主意。

李为信和赵明亮见了面，自然也没得说的，既然大家都是为了这车军火，那就携起手，一起干。当李为信得知赵明亮他们要劫走军火时，不由得吃了一惊：“就你们几个人，怎么带走？”

赵明亮说：“我们既然想劫走，自然有应对的办法。到时候，能带走多少算多少，剩下的全部炸毁，绝不会给鬼子留下。”

李为信想了一会儿，点了点头：“也好，只要不落在鬼子手里就行。”

2

日军军火列车从远处徐徐驶来了。军列前面的平板车上搭着帆布篷，装载着军火，上面有几个押车的日本兵，更多的押车的日本兵坐在最后面挂着的一节车厢里。到了小朔车站，列车停下，司机伸出头来叫道：“赶快加煤加水。”

扮成铁路工人的军统特工给列车加煤加水，赵明亮等人穿着伪军衣服在站台周围警戒。霍无病扮成铁路检修工人，拿着锤子在火车上敲敲打打，趁日军不备，把军火平板车厢与挂在最后的押车车厢分开了。

李为信带领吴立均爬上装有武器装备的平板车厢，悄悄地干掉两个看守的日军，开始安装炸弹。吴立均疑惑地问：“不是说好把这列军火送给八路军吗？干吗要炸掉？”

李为信道：“给了八路军，他们除了打鬼子，还会打咱们。”

吴立均还有点不甘心，说：“八路军没枪没炮，炸了可惜了。”

李为信看了他一眼，说：“你要记住，我们的敌人不但有日本人，还有共产党。要不是抗日，早把共产党消灭了。这次正好一箭双雕，除了能把鬼子军列炸掉，还干掉了他们的行动队。日本人只知道是共产党干的，共产党以为他们的人死在日本人手里，怎么也想不到咱们头上。”

吴立均摇了摇头，说：“这样不好，八路军也是打鬼子的，咱们来这一手，不地道，麦站长不会同意的。”

李为信打了他脑袋一下：“什么地道不地道？站长交代的任务就是炸掉军列。快把炸药装上。”

吴立均只得埋头安装炸药，刚装好一个炸药，突然想起了周英，忙抬头对李为信说：“周英还在这里呢，她要是也跟着上了军列，那不是连她也炸了？”

李为信头也不抬地说：“那就看她的造化了。如果连这都躲不过去，那她也不配在军统待了，死了也没啥可惜。”

吴立均着急：“咱应该提醒她一下。”

李为信瞪他一眼：“提什么醒？让她再告诉八路军？结果军列没炸成，八路军也没劫走，倒是让日本人得逞了。”

眼看就要加完水和煤了，赵明亮进入驾驶室。司机看到他，瞪起了眼睛：“你上来干啥？这是你来的地方吗？快下去，快下去！”

赵明亮掏出手枪，对准司机，问道：“你是中国人吧？”

司机吓坏了：“我是，我是，我就是混口饭吃……”

赵明亮说：“日本人的饭好吃不好吃？”

司机忙说：“不好吃，不好吃，老总，您是？”

赵明亮说：“我是八路军。过一会儿，我让你开车就开车，你只要按我说的做，保证你没事。”

司机忙点头：“好，我听你的。”

霍无病赶到火车头，冲着赵明亮点了点头：“可以开了。”

赵明亮用手枪逼着司机：“开。”

司机启动军列，许多雷、周英、霍无病等人跟着跳上火车。列车头带着军火平板车缓慢启动。坐在平板车厢的日军看到押车车厢不动，冲着车头，慌乱摆手惊叫：“停车，停车！”

许多雷、周英、霍无病立即开火，干掉了军火平板车上的几个鬼子。军列载着军火驶出车站，向另一条岔开的铁路开去。

待在后面车厢押车的日本兵看到军火平板车驶走，乱成一团，日军指挥官慌忙带领日本兵跳下车厢，刚要去追，地面上扮成铁路工人和伪军的军统特工乘机开火，撂倒几个日本兵后，立即撤退。

日军指挥官冲进站长室，差点被绑着扔在地上的站长绊倒，他使劲地踢了他一脚，扑过去摇响电话，气急败坏地吼道："立即报告师团长，有人把军列劫走了，是，是往西营盘方向去了……"

伊藤得到参谋的报告，大吃一惊，这帮家伙太会选地方了，小朔车站附近本来驻有几支部队，但这段时间都出去扫荡了，留守的只剩下少数步兵，没有快速机动能力。步兵去追火车，哪里追得上？

他突然想起了挺身队，扭头吩咐参谋道："立即让挺身队出动，他们有马匹。能追回更好，追不回来，就让他们把军列炸了。"

中村得到命令，立即带领二十多名挺身队队员穿着日军军装，骑着战马向西营盘的方向疾驰。

军列驶出小朔车站不久，李为信点着了导火索，然后带着吴立均爬上车顶，来到驾驶室与军火平板车连接处，对许多雷道："车速慢一点，我们就在这里跳车。"

军车慢了下来，李为信跳下了车。吴立均下车时，犹豫了一下，回头关心地看了眼周英，说道："你们多保重！"

周英点了点头，朝他笑了一下："谢谢。"

军列加速向前，看着两人慢慢消失，周英皱起了眉头，吴立均临走时，那眼神有些奇怪，有关切，也有担心。她突然有种不好的预感，李为信很可能暗中使坏了。她忙碰了碰许多雷，说："我觉得有些不对劲，和军统这帮家伙打交道，得小心点。"

许多雷不以为然地说："他们已经走了，还能怎么坏我们的事？"

周英道："我也说不清，但我知道，狼虽然挂上了山羊的胡子，但它仍然是狼。按照军统的脾性，他们不会就这么轻易让咱们把军火搞到手的。"

许多雷还有点不相信："都是为了打鬼子，他们没理由暗算咱们。"

周英坚持道："浅水也当深水渡，我过去看看。"说着，就扒上军火平板车，到刚才李为信他们所在的平板车那里查看。许多雷忙对霍无病说："你在这里警戒。"也跟着扒上军火平板车。

两人赶到李为信他们刚才待的地方，看到了正在嗤嗤燃烧的导火索越来越短。两人赶紧动手，周英解下捆绑的绳子，眼看导火索就要燃尽，许多雷拿过炸药，奋力掷出，炸药在空中爆炸。

许多雷怒骂："不要脸的李为信，跟老子玩阴的！下次再让我碰到他，非宰了他不可。”

周英冷冷道：“这就叫明枪易躲，暗箭难防。”

两人退回两车连接处，都觉得后怕，要不是过去看看，不要说是军火，就连人，这会儿估计也都见阎王了。许多雷看了看周英，说：“这事还得谢谢你，到底是从国民党那边过来的，比我们更了解他们。”

周英道：“不用谢我，我也是为了自保。”

许多雷恨恨地说：“李为信这个王八蛋，真下得了手，亏我和他还是患难之交呢。”

霍无病道：“以后记住了，和这帮狗打交道，时刻得拎着棍子。”

许多雷呸地吐了口唾沫：“说他们是狗，那是侮辱狗。”

周英没有吭声，最难过的恐怕就是她了。她怎么也没有想到，李为信明明知道她也在军列上，居然都没有提醒她一下，甚至连暗示都没有，这不是明摆着连她也一起炸了吗？要不是吴立均，自己可能连死都不知道是如何死的。亏得自己和李为信还同事多年，一点情面都不讲。这个家伙，太歹毒了。

3

赶到西营盘，看到在路边等着的游击队，赵明亮立即让司机停下火车。裴喜妮远远看到赵明亮，愣了一下，回头对张铁蛋说：“又是这些人，真是奇了怪了，隔段时间就和他们搅到一块了。”

许多雷跳下车，笑嘻嘻地凑到她跟前说：“这说明我们之间有缘分。”

裴喜妮没理他，回头招呼游击队员往骡马大车上搬运军火。不一会儿工夫，四五辆骡马车上装满了武器弹药，每个游击队员肩扛着两三支三八大盖，背着弹药箱，准备转移，还有一些军火没法带走。

赵明亮把一个捆好的炸药包放在车上剩余的弹药中，又引出一条长长的导火索，点燃后，爬上火车头，启动军列，让军列向后倒去，然后跳下车。

中村带着挺身队正沿着铁路线追赶，远远看到火车倒回来了。他察觉到不对，大声喊：“离它远点，快。”说完这话，他率先从铁道沿线移开，队员跟着他撤逃。军列驶过他们没一会儿，轰隆一声爆炸了，燃起了熊熊大火。

等到中村赶至西营盘铁路边，游击队早已经没有影子，好在他们等来了三十余名日军，他们也是奉师团的命令紧急赶来的。两支队伍汇合在一起，立即向游击队撤退的方向追去。

游击队赶着骡马车经过一座石桥时，赵明亮让许多雷从骡马车上取下一个炸药包，安放在桥下，等骡马车一过，把这座石桥炸掉。其他车辆已经过去了，剩下最后一辆骡马车车轮卡在了石缝中，任凭游击队员如何吆喝、鞭打骡马，车子还是没有出来。

远处已经隐约可见骑马而来的日军。许多雷着急地从桥下跑出来，喊道："怎么还没走，引线已经点上了！"

赵明亮果断命令："把车丢下，快撤！"

裴喜妮舍不得扔下这些军火，带着游击队员还在努力推着骡马车。许多雷去过去拉她："快走！"

裴喜妮甩开他的手，继续推车："这些都是好东西，可不能扔了。"

许多雷急道："再不走，鬼子就来了！"

裴喜妮大叫："命丢了，这些也不能丢了！"

许多雷伸头看了看桥下，又看了看她，只得也伏下身子帮他们一起推骡马车。骡马车终于松动了，再一使劲，从石头缝里脱身了，刚离开石桥，轰隆一声爆炸了，石块飞起来，又像雨点一样落在众人周围。

许多雷瞪眼看着裴喜妮："你不要命了！"

裴喜妮哈哈大笑："这不没事嘛，这一车宝贝，能打多少鬼子啊。"

她的笑容像阳光一样明媚，就连周围的空气也变得灿烂起来。许多雷愣了愣，忙把脸扭向一边，摇了摇头："真服你了。"

中村带领日军赶到，站在断桥边，一筹莫展。那名日军军官有些犹豫："游击队神出鬼没，他们万一有埋伏就麻烦了，我们还是退回去吧。"

中村瞪着日军军官吼道："他们带着军火，走不快，追！"

游击队赶了一程，骡马都累得气喘吁吁，裴喜妮只得让队伍停下来休息。她走过来，兴奋地对赵明亮说："这么多武器，真是发洋财啦。"

霍无病洋洋得意："这可都是我们的功劳。"

她撇下嘴，说："我们不去接应，就你们几个人，能拿回来吗？"

赵明亮道："别动不动就抢功，今天的事，大家都有功，就连军统的人也出了力。"

霍无病叫道："你还不知道吧，天呢，这么大的事竟然没人告诉你？"

赵明亮疑惑地看着他："发生什么事了？"

许多雷说："刚才只顾着卸军火，没顾上跟你说呢。这事多亏了周英，要不是她警觉，别说这批枪支弹药了，就连我们几个人的小命，恐怕也都保不住。"

赵明亮扭头问周英："怎么回事？"

周英说："李为信跳车前点燃了引线，想炸毁军列。"

赵明亮大惊："为什么？"

周英白他一眼："你不是自诩聪明嘛，这么简单的事情都想不明白？"

赵明亮悲哀地摇了摇头："我，我只是不愿意相信罢了。他们宁愿炸毁，也不想把这批军火留给八路军。这与黄桥煤矿的事如出一辙，只不过那次是无辜的矿工，这次是军火，还有我们几个人的性命。上次的事儿，我都怀疑是他们泄露的，一直没找到证据，这一次，却是铁板钉钉。"

许多雷道："我以前不相信是李为信干的，但是现在，还真的说不准了。"

裴喜妮说："他们这是损人不利己，图什么呢？"

许多雷道："图什么？这不明摆着嘛，现在是日本鬼子兵临城下，顾不上与咱们为敌，等到打跑鬼子，就该跟咱们翻脸了。对他们，千万别抱幻想。"

周英站在一边，静静地听着，他们说的，未尝不是实情，就连自己，做的不也是这样的事情吗？她心里突然感到沉甸甸的，自己所做的，是对的吗？她第一次开始怀疑自己做的事情了。

赵明亮还惦记着前来追赶的日军，他爬上旁边一座坡头，远处果然有股日军，有骑着马的，还有步兵，他们在一个岔路口似乎失去了目标，停在那里，不知该走哪条路。

他从山坡上悄悄下来，找到裴喜妮，说："那帮鬼子找上来了，人不多，大概有四五十人，咱们把他们干掉。"

裴喜妮有些犹豫："我们这里有五六十人，你们那几个人可以省略不计，有把握吗？"

赵明亮道："当然有把握，鬼子送来的军火，正好拿他们练练手。"

她咬着牙想了一会儿，点了点头："好，那你听我的，我一说冲，咱们就冲过去。"

赵明亮摇了摇头，说："鬼子骑马，你这么一冲，他们见势不妙，撒腿就跑，根本就追不上。你听我的，咱们先分开走，你们到前面那座坡头埋伏好，我们骑着马去把鬼子引过去。"

两人分工完毕，分头行动。裴喜妮带着游击队走了。赵明亮招呼周英他们骑着马，冲上旁边的山头，停了一下，立即又向坡下驶去。中村带领的队伍正在茫然无措时，小林英夫眼尖，看到了赵明亮他们，立刻叫道："看到了，看到了，他们又出来了！"

中村大喜，立即带领日军追击。

裴喜妮带着游击队来到山坡上，让游击队员打开箱子，把枪换成鬼子的三八大盖，再拿出三四挺机枪，准备狠狠揍鬼子。拿着歪把子机枪的游击队员摆弄了一阵，来到她跟前，哭丧着脸，说："队长，咱们的机枪手在赛鱼村牺牲了，我们没用过这玩意……"

裴喜妮瞪着他："会扣扳机吗？"

游击队员说："会扣火铳和汉阳造的扳机，可这是个大家伙，人家正规军都有专门的机枪手。"

裴喜妮想了想，说："把子弹装好，放那边，一会儿让赵明亮他们用。"

赵明亮他们兜了几个圈子，上了坡头，他来到裴喜妮身边，趴了下来，拿起望远镜，突然觉得那个带队的鬼子有些眼熟。他把望远镜递给了身边的周英："你看看，那些骑着马的是不是鬼子的挺身队？"

周英拿起望远镜看了看，激动地点了点头："就是这些家伙，真是踏破铁鞋无觅处，得来全不费功夫，今天把他们全干掉。"

她把望远镜递给他，向裴喜妮伸手："给我一支三八大盖。"

裴喜妮急了："我们没人会打机枪，这些机枪都是给你们准备的，你们难道也不会用机枪？"

周英瞪她："哪有那么多废话！拿三八大盖过来！"

裴喜妮抓过旁边一个游击队员的三八大盖递过去，嘴里咕哝："真是怪了，多少人抢着要用机枪，你们却偏不用！"

周英还没准备好，有游击队员看日军上来了，急不可耐地开了枪，枪声一响，其他游击队员也跟着开了枪。

枪声一响，中村觉得不对，立即拨转马头："有埋伏，快撤！"

挺身队员立即拨转马头往回跑，可怜那些步兵逃跑不及，纷纷中弹。仓促之间，周英只得冲着中村开枪，可惜却没有打中。赵明亮急了，夺过裴喜妮手里的三八大盖，站起身来，瞄准中村，正要开枪，一个挺身队员挡住了，他顾不得那么多，开枪射击，挺身队员应声倒地。再掉转枪口瞄准中村，他却跑出射程了。

赵明亮懊恼道："妈的，又让他跑了。"

周英扔下三八大盖，伏身趴在机枪前，狠狠地朝正在逃跑的鬼子步兵扫射。

除了骑马逃跑的挺身队，三十来名鬼子步兵被消灭了。

赵明亮打量那个死去的挺身队员，摇了摇头："是我大意了，没有想到挺身队会追来。早知道是他们，哪怕是一闪念，我把他抓住了，计划更周全一些，他们就跑不了了。这么好的一个机会，被我白白浪费了。”

周英道：“你也不用自责了，就是神仙也想不到。我们都觉得挺身队是鬼子的秘密武器，谁能想到他们会在这个时候用呢？”

赵明亮摇了摇头：“这件事，原本是可以预料得到的，鬼子主力大多数都出去了，能在周边快速机动的也就是挺身队了。”

周英笑了笑，说：“你可真是贵党宽以待人，严于律己的模范。这就有点吹毛求疵了。”

赵明亮苦笑道：“有时真恨自己，看外表，也是咋咋呼呼，天不怕，地不怕，看着像只下山老虎，其实连狗都咬不过。”

周英认真地说：“中村正雄在中国待了几十年，连同床共枕的老婆都能骗住，何况是别人？咱们这是在和久经沙场的狐狸斗，没那么容易就能把他们干掉的。”

他还是充满自责：“不是敌人太狡猾，而是我太蠢了，没有注意到那些可有可无的细节，其实它们往往决定大局。”

打扫完战场，裴喜妮要带着游击队把军火送往杜家庄，她走上前与赵明亮他们告辞。当她得知赵明亮他们还要回太原去执行大任务时，来了劲：“什么大任务？要是打鬼子，我也想去。”

赵明亮道：“你走了，游击队怎么办？”

她大大咧咧地说：“当然是一起去了。”

许多雷一听，扑哧笑了，说：“你见过在城市里打游击的吗？真替你发愁，就你这个脑子，怎么当队长呢？这么多人去太原，城还没进呢，就被鬼子发现了。”

她瞪了许多雷一眼：“我也就是随口说两句而已，你还真信了。”转身看了看周英：“来而不往非礼也，上次你送我香粉，虽然被我扔了，但这个人情我得记着。”说着，从怀里掏出一块手帕包的粉扑：“这个送给你。”

周英打开手帕看了看，粉扑上面还绣着鸳鸯戏水，她感到很意外：“不会是你绣的吧？你还会绣花？”

裴喜妮道：“少见多怪，我们乡下女孩，学会拿筷子就开始抓针线了，绣个花算什么？瞧把你稀罕的。”

许多雷一把夺过粉扑：“我瞧瞧，这绣的是什么呀？”

霍无病凑过来看了看，说：“两只鸭子。”

许多雷嫌弃地看了他一眼，说：“这是鸳鸯戏水！”

周英抢过来，赶紧拍一拍吹一吹，瞪着许多雷说：“别拿你们的脏手乱摸，给我弄脏了。真是太美了，越看越喜欢。”重新用手帕把粉扑包起来，抱住裴喜妮：“谢谢你。”

裴喜妮使劲地要把她推开：“别搂搂抱抱，不习惯这套。”

周英却紧紧抱住不肯松开：“咱俩都是女的，怕什么？人家外国人，见了面就拥抱，还接吻呢，就连男人女人也一样。”

裴喜妮道：“那是他们不害臊，咱可不兴那套。”

许多雷在一旁悄悄地对张铁蛋说：“没想到你们队长能文能武，拎起枪会打仗，拿起针线会绣花，真是让人刮目相看呢。”

张铁蛋得意地说：“我们队长绣的鞋垫才漂亮呢，送过我一双，让我娶媳妇的时候用。”

霍无病赶紧说：“给我们也绣一双吧。”

裴喜妮听到了，过来拍了一下他的肩膀，笑呵呵地说：“回去盖上被子好好睡一觉。”

霍无病不解：“嗯？”

她笑道：“做梦呗。”

中村回到太原，前去师团司令部向伊藤正人交差。伊藤正人听说不但没有追回军火，还损失了三十多人，冲着中村厉声道：“中村君，你太让我失望了。军火没追回，还赔上了三十多条帝国军人的性命。听说，劫走军火的是一支游击队，你们竟然败在一帮散兵游勇手里，我真为你感到羞耻。”

他见中村低头不语，放缓语气，问道：“你妻子的伤势怎么样了？”

中村忙说：“已经购买了去北平的火车票，下周就走。”

伊藤正人叹了口气，说：“现在国际形势对我们很不利，盟国意大利已经投降，中国战场变得更加重要。这是一场事关国运的战争，我们只能拼尽全力打下去，你明白吗？”

中村忙立正答道：“明白。”

赵明亮他们劫走军火这事儿，不但震惊了日本人，就连麦当雄也觉得吃惊。当李为信回来告诉他，在小朔车站遇到了赵明亮他们，他惊讶道：“赵明亮的小分队也出动了？真厉害，他们的消息这么灵通？”

李为信说：“共产党就像章鱼一样，触角无处不在。现在是对付日本人，就怕将来用来对付咱们，不得不防。”

麦当雄点了点头：“我们要一边和日本人作战，一边也要做好防范共产党的准备。”

李为信说：“他们这次是想把军火劫走，我觉得这是一个机会，就自作主张在军列上安装了炸药，既能炸毁军火，又能把这几个人也一并解决掉。”

麦当雄很赞赏：“不错，顺手把他们干掉，一箭双雕，又天衣无缝，很好。”说完这话，他突然想起周英，身子一下子坐直了：“周英呢？她是不是也在军列上？”

李为信说：“本来要通知她，但又怕走漏风声，让他们跑了……”

麦当雄站了起来：“这么说，你连周英也一起炸了？你为什么不暗中给她说一声？”

李为信说：“一是时间不允许，二来怕周英坏事……”

麦当雄生气地打断了他：“周英怎么会坏事？多少大事、难事，咱们解决不了的，她都解决了，要论忠诚，没有比周英更忠诚的。扪心自问，上刀山下火海，你们哪一个比她强？”

李为信说：“共产党太厉害了，我们不得不防。”

麦当雄愤怒地拍着桌子：“再防也不能防着自己人，一个单位，勾心斗角，互相算计，还如何办事？要阴谋是对敌人要阴谋，对自己人要阴谋，那不是聪明，也不是本事，那叫缺心眼、愚蠢！”

吴立均进来，面带喜色，说：“站长，刚刚得到消息，那批军火被八路军劫走了，武器也都带走了。”

麦当雄愣了一下：“没有爆炸？”

吴立均道：“对，他们还把没有带走的军火也炸了。”

麦当雄忙问：“那周英应该也没事吧？”

吴立均点了点头：“应该没事，没听说八路军有伤亡。”

麦当雄坐下来，松了口气。李为信往前走了两步，凑近说道：“这很可疑，我们明明把炸药点着了，怎么会没炸掉军列呢？周英最了解咱们，会不会是她从中作梗……”

麦当雄瞪了他一眼：“会怪怪自己，不会怪怪别人。你根本就没告诉她，她如何从中作梗？再说了，你都要炸死她了，她难道就不能自保吗？”

李为信讪讪道：“可惜了，那些军火被八路军拿走了。”

麦当雄说：“只要他们不是游而不击，枪口对准的是日本人，给了他们总比毁掉强嘛。”

他看了看李为信，让他先走，却让吴立均留了下来。李为信走了以后，麦当雄起身把门掩上，小声问道：“你见到周英了吗？她怎么样？”

吴立均道：“她很好，看上去，那几个人对她很信任，也很照顾她，他们完全把她当作自己人了。”

麦当雄很满意："我早就看出周英有这个能耐，她就是一滴水，渗透力强，天生是干特工的料子。"

吴立均说："希望能有一天，前辈回来了，我多跟着她学习。"

麦当雄道："会有这一天的。重庆想让她打入南京日伪高层，幸亏我及时周旋，派她去了太行山，这才把她留在了山西。一个漂亮女人，进了魔窟，还能活着出来吗？"

吴立均说："站长对部下很关心，我们都看在眼里。"

麦当雄道："我关心的是人才。什么是人才？周英就是，你让她做件事，她总能千方百计完成；你再交给她一件事儿，她又全力以赴做成了。相反，有些人就是庸才，你再教他都没用。什么是庸才？你让他办件事儿，不仅没办成，还找一大堆理由说是别人的原因，把责任推得一干二净。这就是区别，一个想办法，一个找借口。"

第十九章

1

这些天里，黄春梅一直睡不好觉，过了午夜，还是毫无睡意，好不容易睡着了，就做噩梦，有时梦见中村拿着指挥刀在杀人，一刀下去，人头都飞了起来，有次居然梦到杀的人是周英。有时梦到中村被杀了，是那个叫赵明亮的八路军，他一刺刀捅在了中村的肚子上，鲜血淌了一地。她在梦中惊醒，坐在床上，呆呆地看着外面沉沉夜色，一直到天亮。

严重缺乏睡眠又导致了头疼，疼的时候，她就把手握成拳头捣着额头，这才稍微好受一些。中村知道后，忙到陆军医院开了两瓶安神助眠的药。医生告诉他，这是一种新型的助眠药，同时具有麻醉镇痛的作用，它的药性很强，睡前服用一片即可，切不可多服，否则会损伤肾脏，服食过量，还会造成死亡。中村不敢大意，就把这两瓶药锁进抽屉，钥匙带在自己身上。

他心里也清楚，黄春梅主要还是心病。也许离开这里，离开他，她就可以睡个安稳觉了。他立即给她订去北平的车票，无奈军运繁忙，车票紧张，最后还托了人，才搞到了两张七天以后的票。

黄春梅听他这么说后，心神稍定，更加抓紧给他织背心，争取赶在自己离开太原之前，把这个背心织好。

麦当雄这段时间神清气爽。自从太平洋战争爆发后，日军接连受挫，经过中途岛和瓜达尔卡纳尔岛两场血战，盟军从战略守势开始转入战略攻势。日军兵力不够，不断抽调部队南下，华北这边消停了不少。日军只能死守据点和交通线，再无扩张的野心，看来是秋后的蚂蚱，蹦跶不了几天了。八路军冀鲁豫军区、太行军区和山东军区部队已经发起攻势作战，国军应该也很快就要打回来了吧。

最让他高兴的是，驻在山西的华北治安军第十一师白师长主动向重庆政府献好表态，愿意反水抗战。重庆鞭长莫及，只得委派军统山西站为国军代表，出面与他们谈判。麦当雄准备亲自跑一趟，能把一个师拉过来，这个功劳不小。

吴立均劝他："站长，您坐镇指挥就行，还是让我去吧，万一他们有诈……"

麦当雄摆了摆手，说："兹事体大，我必须亲自出面。这些家伙，精得很，每天都在拨拉算盘珠子，知道鬼子开始走下坡路了，转而向中央政府表忠心。他们求咱们还来不及呢，能有什么小动作？这个头开好了，其他部队也会效而尤之，弃暗投明，这可是桩大买卖。"

李为信提醒道："他们就是些墙头草，哪边风大往哪边倒。"

麦当雄说："墙头草顺势而为，识时务。最麻烦的是共产党，冥顽不化。抗战多年，等于是养虎为患，他们的势力是越来越大了。有了这个师，我们在山西也算有了点资本。"

他没想到的是，日军同样知道了这个情报。这是挺身队安插在这个师的一个线人送出来的，并且还告诉他们，白师长派到太原来谈判的是他的副官。

中村立即派小林英夫带人把这个副官抓了起来，他特地叮嘱，要秘密抓捕，不要让人知道，特别是宪兵队那帮人。他担心，宪兵队要是知道了，必定会和挺身队抢功，而挺身队太需要一场胜利了。

这个副官被抓到后，还没怎么用刑，吐了个一干二净，在哪里和军统接头，对方是谁，都招了。

这天，麦当雄一身商人装扮，到了约定的酒店三楼，要了一壶上等的龙井茶，两块点心。他一边看报纸，一边喝着茶，隔一会儿抬腕看下表。

他哪里知道，坐在旁边正低头喝茶的一个公子哥样的年轻人，就是小林英夫，当然也不止他一个人，周围至少有五六个人，都是挺身队的人。时间过去了五六分钟，接头的人还没来。麦当雄觉得不对劲，起身脱下外套，挂在椅背上，招呼服务生："卫生间在哪儿？"

服务生殷勤地在前面引路："先生，请跟我来。"

麦当雄站起来，跟着服务生朝卫生间走去。小林英夫使个眼色，两个挺身队员跟了上去。

麦当雄进了卫生间，迅速打开几个隔档，里面没人。他打开窗户，然后回头踩上马桶盖，跳上隔档，撬开天花板上的通风口后，掀起两块天花板，迅速爬了进去，趴在房屋横梁上，刚把天花板放好，两个挺身队便衣冲了进来。他们打开每个隔档检查了一遍，发现没有人，只有窗户大开。两个便衣赶紧跳出窗户追赶。

麦当雄仔细听了听，听到下面没有动静了，掀开一块天花板，钻出来，踩着隔档把天花板重新安装好，跳下地。有个戴着礼帽和眼镜的顾客正好进来，吓了一跳，见势不妙，就要往外跑，麦当雄立即出手，将他击晕，拖入隔档。

他再从卫生间出来，已经戴上了那个顾客的礼帽和眼镜，穿上了他的外套，连围巾也围上了。他不紧不慢地出了卫生间，穿过大厅，向外走去。

小林英夫扫了他一眼，起初没在意，但是麦当雄插在口袋里的手伸出来去拉门时，露出了食指上的翡翠板指。小林英夫迅速反应过来，站起来大声喊："抓住那个人。"

周围的三四个挺身队员一跃而起，跟着小林英夫向麦当雄追去。到了大街上，麦当雄脱下礼帽，摘掉眼镜试图混进人群，小林英夫掏出手枪朝他瞄准、射击，麦当雄腿部中枪倒地。

躲在附近的吴立均带着两名特工看着麦当雄被捕，那两名特工还想冲出来，他赶紧叫住他们："撤！"

麦当雄躺在日军医院的病床上，腿上打着绷带，三四个挺身队员站在身边守着他。中村俯下身子，关切地说："麦先生你好，我已经请了最好的医生为你疗伤。"

麦当雄还想抵赖："你认错人了，我不姓麦。"

中村笑道："麦先生，明人不说暗话，我们既然敢把你请来，自然了解你的底细。白师长的副官亲口告诉我了。你不要怪他，他骨头很硬，但是再硬的骨头也逃不过冷冰冰的刑具，我不希望麦先生重蹈他的覆辙。"

麦当雄知道大势已去，再抵赖下去已经没有任何意义了，就盯着他问："你想干什么？"

中村道："希望麦先生能告诉我，你们军统在太原的组织在哪里。"

麦当雄当然是不愿意说的，谁都能看出来，日本人很快就要完蛋了，这个时候投靠日本人，傻子才干。他正在紧张思索如何应付过去，中村又道："军统上海区区长王天木，你应该也知道，他现在是华北工作团团长、中央监察委员会委员。还有接替他的区长陈恭澍、青岛站长傅胜蓝，都受到了我们的重用。"

麦当雄仍旧一言不发。中村像是突然想起了什么，忙自我介绍："哦，不好意思，忘记告诉你了，我是中村正雄。"

麦当雄面无表情，淡淡地说："猜到了，汉语说得这么好，必定是挺身队无疑。”

中村道：“看来你对我们也了解颇深。我给你一个晚上的时间，希望你能好好考虑。这个世界其实并没有输赢之分，只有生死之异。人只有活着，才有资格评判是非，谈论对错。我希望麦先生和我一样，还能看到明天的太阳。”

麦当雄说：“天气预报说，明天是个阴天。”

中村直起了身子：“好啊，那我们就拭目以待，看看明天的太阳到底能不能出来。”

中村出来，小林英夫带人在外面走廊守着。他看了看中村，说：“这些支那人，不用刑是不会招的，何必对他这么客气？”

中村说：“此人是军统头目，身份尊贵，我们以礼相待，说不定比用刑更有效果。”

第二天一大早，麦当雄醒来，睁开眼睛，发现床头坐了一个人，吓了一跳，仔细一看，却是中村。看清是中村了，他反而不害怕了，如何应付他，他已经想好了，所以昨晚睡得很好，一觉到了天明。

中村摆弄着手枪，往膛里一颗一颗放子弹，慢悠悠地说：“麦先生睡了一夜，我却陪着你枯坐了一夜。你说对了，今天果然是个阴天，太阳没有出来。”

中村还没有装完子弹，麦当雄开口了：“我们的据点是南宫路口的杏林药店。”

中村抬头盯着他，他摇了摇头，闭上了眼睛，一脸痛苦。中村立即收起手枪，迅速出门。他赶回营区，让挺身队员换上日军军装，乘着卡车，直扑杏林药店。

杏林药店的伙计看到日军的车辆停在门口，情知不妙，弯腰从柜台下取出手枪，冲着楼上大喊：“鬼子来了！”

老钱闻声匆匆向密室跑去，他慌慌地将一些机密文件迅速扔进火盆，倒入酒精，燃起大火。

两名伙计向扑进药店的挺身队员开枪，双方展开枪战。没过一会儿，一名伙计牺牲，另一名伙计受重伤，倒在二楼门口，他看到窗台上的花盆还在，举起枪扣动扳机，而子弹已经打光。

中村正雄叫道：“抓活的！”

伙计忍痛爬过去，从窗口带着花盆从楼下跳了下去。中村忙跑到窗口，伸着头朝窗外看，伙计已经摔死了。等他带人赶到密室，看到正在烧毁的文件，忙跑过去从火中抢出几片纸页，却什么也看不出来，他气急败坏地把纸片扔到地上，狠狠地踩了几脚。

小林英夫过来报告："死了两个，跑了一个，很遗憾，没留下活口。"

中村道："赶紧把这里收拾干净，动作快点。幸运的话，说不定还能有意外收获。"他朝四周张望，注意到了窗台，立即下楼，捡起窗下花盆碎片看了看，又抬头看了看窗台，嘴角露出一丝讥嘲。

在中村的安排下，杏林药店恢复了原样，门口被清理干净，窗台上照旧摆上了一盆花，只是换了一个花盆。药店重新开张营业，同样是两个伙计，不时还有客人进进出出，当然，这些人也都是挺身队员假扮的。

陷阱已经准备好了，就等猎物上门了。

2

在得知麦当雄被日本人抓捕的消息后，李为信立即指挥军统特工从大华商社撤退，进入备用据点，这是位于太原闹市中的一座小院。大华商社只留下外聘人员照常运转，告诉他们老板去外地了。

作为预防手段，李为信还通知军统山西站所有人所有据点进入蛰伏期。在没有接到上级新的指令前，严禁轻举妄动。

赵明亮和周英等人到了太原，找了一家旅店住下。第二天一大早，赵明亮就准备去联络老钱，他刚走，周英推门进来，问道："赵明亮出去了？去哪了？"

霍无病道："他去哪儿什么时候告过我们啊，怕是又去联系地下党了。"

周英不满地说："防我们就像防贼一样。"

霍无病倒是很坦承："主要是防我，嫌我嘴巴不严实，存不住话。"

周英笑着看他："你倒是有自知之明。"

霍无病一脸神往："说实话，我对那些搞地下工作的人很好奇，感觉他们每天的生活就像演戏，挺刺激的。"

周英道："那是因为你没演过，不过，像你这种人，也演不了，演技太差，随时会穿帮。"

许多雷说："你也不能那么说，其实我们每次来太原，也和做地下工作差不多，只不过更像跑龙套的。"

周英道："龙套好跑，主角可不好演。有时候，一个角色演十几二十年，甚至一辈子，时间久了，恐怕连自己是谁都不知道了。不跟你们废话了，趁他不在，我也出去一趟，省得听他叽叽歪歪，说这说那的。”

许多雷问道：“你要去哪儿？”

周英说：“洗澡去，时间长不洗澡，浑身发痒。”

她这么一说，许多雷倒也不好说什么了。周英到了街头，找了一个电话亭，把电话打给大华商社，嘟嘟地响了好一阵，却无人接听。她这次找麦当雄其实也没啥事儿，她就想当面问问他，李为信为什么在小朔车站连她也准备一起炸，这是他自作主张，还是他麦当雄的主意。

电话打不通，她决定亲自跑一趟。这个事儿不解决，放在心上总是沉甸甸的。她坐着黄包车到了大华商社前，下了车，正要进去，一个戴着礼帽的年轻人走过来，拦住了她：“这不是周小姐吗？好久不见了。”

这人是吴立均，周英看他打扮，听他口音，本能地觉得不对劲，立即往一边走去。吴立均低声道：“出事了，跟我走。”

两人在远离大华商社的一条街上找了一家餐厅，相对而坐。吴立均道：“两天前，麦先生被捕了，落到中村正雄手里了。”

周英吃惊地看着他，这可是一件大事儿，军统还有其他损失吗？她着急地看着吴立均。吴立均道：“你放心，其他倒没有什么损失。我们已经转移到别处了，我来这里是想看看有无异动。你忽然过来，有要紧事吗？”

周英道：“我就想知道，火车上放置炸弹，意图引爆军火，是李为信的主意，还是麦老板的？”

吴立均说：“这事绝不是站长授意的，那时我们都没想到会碰到你们。我当时也提醒他，你也在车上，但我人微言轻……”

周英道：“若不是你临走那句话让我起了疑心，恐怕我早就和那车军火一起灰飞烟灭了。”她顾不得再纠缠这个事情了，着急地对吴立均说：“中村正雄不是善茬，落在他手里，死不了也得活受罪，你们要赶紧想办法营救麦老板。”

吴立均道：“李为信说这件事不能轻举妄动，再等等看。中村倒也没为难站长，据我们掌握的消息，站长住在日本陆军医院，饭菜还是从恒山饭店订的。这点比较奇怪，大华商社到现在安然无恙。你说，站长是怎么糊弄住鬼子的？”

周英愣住了，按照预案，军统如果有人被捕了，要尽可能地拖延超过二十四小时，给转移据点留出时间。等过了这个时间，供出据点其实也无妨。如果麦当雄没有供出大华商社，日军怎么可能如此厚待他？如果他供出了大华商社，日本人怎么到现在还没有动静？

她的心脏突然扑通扑通地剧烈跳动两下，她突然想起，她曾经给麦当雄汇报过共产党在太原的据点，他会不会把这个据点当作军统的据点供出来呢？谁都知道，共产党轻易不会束手就擒，要是被敌人发现，都会死战到底。日本人去了杏林药店，他们要么逃走，要么战死，日本人就死无对证，说不定就真的把他们糊弄过去了。赵明亮一大早不是去联系地下党了吗？她不由打了个寒战，喉咙像被人掐住了一样，呼吸困难。她艰难地站起来，对吴立均道："我得走了……"

到了大街上，周英叫了辆黄包车，不停地催促车夫，快点，再快点。尽管车夫跑得飞快，但她还是晚了一步。

赵明亮到了杏林药店，远远看了一眼窗台的花盆，放心地朝杏林药店走去。快到门口时，他突然觉得有些不对劲，忙又抬头看了看窗台，那个花盆确实和原来的不一样，有点小了。他立即放慢脚步。

中村站在窗后，撩开窗帘的一角，在人来人往的人流之中，一眼认出了赵明亮。他眼睛一亮，紧盯着他，看着他愈来愈近，中村回头示意小林英夫抓人。

赵明亮走近药店门口的时候，却没有进去，而是折身向一边走去，步子依旧不紧不慢。小林英夫立即冲出去，指着赵明亮，大声喊道："抓住他！"

周围全是挺身队的便衣，卖东西的，路过的，擦皮鞋的，看到小林英夫冲出，赵明亮奔跑，立即行动起来，扑向赵明亮。英雄架不住人多，他很快被摁倒在地。

这时候，周英也赶到了，她看到一群人摁倒赵明亮，周围还有几个人站在一边，警惕地看着四周。她握着手提包里的手枪的手微微颤抖，但她咬了咬牙，平静地招呼车夫："前边乱哄哄的，别过去了，咱们绕那边走吧。"

车夫应了一声，拉着她朝另一个方向走去。

3

赵明亮被捆绑着押在一辆小轿车上，小林英夫和另一个挺身队员坐在他两边，紧紧地挟持着他。当小轿车开进挺身队营区时，黄春梅正坐在楼顶晒着太阳，慢悠悠织着背心。

看着小轿车驶进来，她站起身来，只见中村下车，指挥着小林英夫和另一个挺身队员把一个人拖了出来。当她认出这人是赵明亮时，一下子惊呆了。她眼前闪现出训练场上日本人用中国战俘练习刺杀的场面，不禁打了一个寒战，这个八路军，难道也要被他们杀死吗？

赵明亮被押进挺身队的审讯室里，中村让他坐下，自己坐在他对面，说："说实话，我很意外，确切地说是惊喜。怎么说呢，就好像，我原本想捉一只兔子，没想到，竟跑来了一只狼，这真是意外之喜。"

赵明亮道："春梅姐还好吗？"

中村说："她好不好和你没关系，你也不用黄鼠狼给鸡拜年。"

赵明亮笑道："我是黄鼠狼，难道阁下是鸡？"

中村摇了摇头，说："都这个时候了，你还有心情开玩笑？"

中村问了半天，当然什么也问不出来。他摆平不了的，当然就由小林英夫来摆平了。小林英夫就是拷打，这个场面过于残忍，中村不忍目睹，就离开审讯室，回到办公室呆了半个时辰，觉得时间差不多了，就又回来了。

赵明亮戴着手铐脚镣，身上鲜血淋漓，外衣已经被剥下，扔到一边。他看到中村来了，努力地抬起头，使劲地睁开眼，还朝他笑了一下。

小林英夫朝他摇了摇头："连一个名字都没问出来。"

他朝赵明亮身边的那个挺身队员点了一下头，挺身队员上前按着赵明亮的脑袋不停往水里浸，赵明亮被呛得连连咳嗽，死去活来，但仍然一声不吭。挺身队员把他扔到地上，站在那里气喘吁吁。

小林英夫看了看中村，低声道："医院那个家伙怎么办？他是军统的，可我们抓来的却是共产党，明摆着是在耍我们呢。"

中村道："他这人怕死，怕死就好办。他想玩花样，那我们就陪他玩玩。给他一个顾问的头衔，好好养着，让他们的人看看，他说他没投降，谁会信？到那时，他无路可走，只能乖乖和我们合作。"

小林英夫又道："杏林药店还派人盯着，但是没人上门，连顾客都躲着走。"

中村说："撤了吧，动静弄得太大，恐怕遮掩不住了。"

他突然注意到，赵明亮在地上慢慢地蠕动着，想爬向扔在墙角的衣服。中村过去，捡起他的衣服，拿回了办公室。他仔细察看，发现在衣服里面有个缝起来的暗袋。他找来剪子剪开，摸出一封沾满血迹的书信。

这是赵明亮的母亲写给儿子的信。中村草草看过一遍，嘴角边露出得意的笑容，摇了摇头，喃喃道："赵明亮，还是个孝子……"

中村决定亲自出马，他带着四五个挺身队员，乘坐卡车，到了根据地的边缘，他们下了车，化装成八路军。不到半天工夫，到了赵明亮的老家大兴镇三都村村口，三个扛着红缨枪的儿童团员上前拦住了他们。

中村忙拿出伪造的通行证递了过去："我们是老虎团的，你们村的赵明亮是个大英雄，立了大功，团里要开表彰会，我们来请英雄母亲参加。"

一个小孩问："还有路条呢。"

中村说："我们打完仗就过来了，开了表彰会，又要立即上战场。时间紧，走得急，只拿了通行证，路条忘了拿，下次一定补上。小朋友，你们仔细看看通行证，能有假吗？"

三个小孩仔细看通行证，觉得是真的。

来的是八路军，带头的男孩很兴奋，让另外两个小孩继续在村口放哨，他主动带路，把中村等人领到了赵明亮家。赵大娘正坐在院里择辣椒，看到一群八路军进来了，忙站起来，疑惑地问："你们是？"

中村热情地迎上来，抓住她的手使劲地摇着："大娘，我们是老虎团赵连长的部下，我们来接你了。"

听说是儿子部队的人，赵大娘很激动："明亮，明亮还好吗？"

中村忙说："好，好，您放心，赵连长现在成了英雄，团里要开表彰大会，领导特地让我们来接您去参加。"

赵大娘激动得声音都颤抖了："我去合适吗？你们部队也怪忙的。"

中村说得斩钉截铁："合适。这是赵连长的光荣，也是您的光荣！"

出了村庄没多远，赵大娘就觉得不对劲，但已经晚了，被中村等人挟持着出了根据地，又乘坐着卡车回到了挺身队。进了院子，中村又指挥着挺身队员把赵大娘从车上架了下来。

他来到关押着赵明亮的牢房里，笑眯眯地对他说："赵明亮，你猜猜，我把什么人给你请来了？"

赵明亮抬起头，就看到小林英夫推着母亲进来了。赵大娘看到儿子被关在这里，大吃一惊，扑到铁槛栏前惊叫："明亮，你，你怎么样？"

赵明亮扑过来，抓住母亲的手："娘，你没事吧？"转向中村怒斥："竟然使出这种卑鄙龌龊的手段，无耻之极！"

中村道："你没有资格说这话，内人不也被你们抓去做过人质吗？这个手段，我还是向你们学的。再说了，我这也是好心，你们母子好久没见面了，把你们请到一起，共享天伦之乐嘛。"

赵大娘回头骂道："你这个狗汉奸，不得好死！"

中村得意地说："你骂错了，我不是狗汉奸，我是日本人。"转向小林英夫："把老太太请到隔壁，好生照看。"

4

等了一个晚上，还不见赵明亮回来，许多雷和霍无病急得团团转。他们很想去找那个太原地下党老钱，却又不知道他住在哪里。周英当然知道赵明亮被挺身队抓走了，也知道太原地下党的据点是杏林药店，但这些她都不能说。必须得尽快让许多雷和霍无病他们知道赵明亮被抓了，想法与关山分区取得联系，尽快救出赵明亮。可如何告诉他们呢？她苦思冥想，决定还是去找赵荣坤，通过他，再把消息传递给许多雷和霍无病。

打定了主意，第二天一大早，周英找个借口就出来了。她去了赵荣坤家，却发现门锁着，一直等到天黑，赵荣坤才回来，他刚掏出钥匙准备开门。周英看看左右没人，走上前去。

赵荣坤看到她，有些意外："是你？"

周英跟着他进了屋，看看四周，问道："嫂子呢？怎么不在家？"

赵荣坤说："她带孩子回娘家住了，我不想连累他们。你什么时候来的太原？找我有什么事？明亮怎么没和你在一起？"

她低声道："他被捕了。"

他吃惊地瞪着她："什么时候的事？"

她说："昨天。"

他急道："听说挺身队抓了一个共产党，我还以为是潜伏在城内的地下党员，没想到竟然是明亮。"

她说："我们得想办法救他。"

他着急地说："怎么救？"

她试探道："你能联络到地下党的同志吗？我们势单力薄，只有请求他们帮助，把握才更大。"

他摇了摇头："我只是一个外围的线人，对组织内部的事，知之甚少。如果不是杏林药店发生枪战，我根本不知道那里竟然是共产党的联络点。"

她追问道："你是谁的线人？难道没有办法联系到他？"

赵荣坤当然有办法，老钱曾经给他一个外表像个鹅卵石的椭圆形蜡盒，并且和他约定，他每天都会经过估衣巷，那里有户人家门前种着夹竹桃，树根堆着不少小石头。他有情报了，就把它装进这个蜡盒里，把它丢到树根底下，他就一定会看到。如果他没有按时取走，那就是出意外了。

他正要告诉周英，突然想起赵明亮曾经交代过他，他和老钱的联络方式不能告诉任何人，连他都不能。这是纪律。赵荣坤忙说："明亮介绍的，我只见过那人一面，对他的情况一无所知。我在明处，他在暗处，除非他主动来找我，我没有办法找到他。”

周英当然不信，急道：“都这个时候你还不相信我？”

赵荣坤还是一口咬定自己说的是真的。

周英一时也没了办法，无奈地说：“那你可得抓紧时间，这种事儿，不能拖。”

从赵荣坤那里回来，已经到夜里七八点了。许多雷和霍无病正在焦急地等着她。看到她，都霍地站了起来，满怀期待地看着她。

周英沉重地说：“昨天上午，日本鬼子突击搜捕南宫路口的杏林药店，发生枪战，死了好几个人，警局的人说那儿是共产党的秘密联络站。”

霍无病急了：“队长死了？”

许多雷想了一下，说：“不对，他是将近中午才走的，从这儿去南宫，最快也得一个小时。”

周英点了点头：“不错，枪战之后，也就是午后一点钟左右，日本兵又在杏林药店门口抓捕了一名共产党员。”

霍无病松了口气：“只要活着就行。”

许多雷皱起了眉头：“没有地下党帮忙，我们在太原就是睁眼瞎，现在连地下党都被端掉了，我们怎么办？”

周英沉思了一会儿，说：“只有一个办法，你们赶紧回根据地，求助许司令，我留下来找机会。”

许多雷和霍无病互相看看，看来也只能这样了。杏林药店虽然被日本人袭击了，但那也只是地下党的其中一个据点而已，肯定还有其他人，但如果不回根据地，得到许司令的支持，他们还真没办法找到他们。

第二天一大早，许多雷和霍无病走了以后，周英坐卧不宁。她也很清楚，共产党都是单线联系，赵明亮和赵荣坤的联系人都是老钱，老钱的杏林药店被破坏，生死不明，就是侥幸找到了，他也未必知道太原其他的地下党。等许多雷和霍无病去根据地搬救兵吧，又是远水不解近渴。

她想了半天，决定去找李为信，也许，也许军统可以帮这个忙。她找到吴立均，让他把李为信约出来，她有事儿要找他。

吴立均问道：“能告诉我是什么事吗？”

她淡淡道：“赵明亮被捕了。”

吴立均吃了一惊：“我听说共党的据点被端了，抓了个共产党，难道就是他？你找李为信是想救赵明亮？”

她点了点头。

吴立均立即否定了她的想法："你是不是糊涂了？李为信怎么可能会救赵明亮？小朔车站的事情你忘了吗？"

她怔忡半晌，苦笑道："是啊，我是糊涂了，李为信恨不得把我也干掉，怎么会救他呢？"

想来想去，能依靠上的也只有赵荣坤了。见了赵荣坤，她又觉得自己的想法太幼稚了，他是治安军的，虽说是个营长，但日本人根本就看不起他，他又能做什么呢？自己真是病急乱投医。

但她还是决定试试，她看着赵荣坤，喃喃地说："我们怎么办？怎么才能救他？你是他哥哥，别人可以不管他的死活，你不能，你也不会不救他。"

赵荣坤也是一脸迷茫："我也正在想办法。"

他的办法就是强攻。午后三四点的时候，赵荣坤从外面拎着一个沉甸甸的提包回来了，他把包放到桌子上，打开包，从里面拿出两套日军军装，还有五六个手雷和弹药。

周英道："你要强攻？"

他点了点头："是的，没有别的办法了。"

周英道："这不是送死吗？"

赵荣坤道："我没有选择，我今天才知道，中村正雄为了劝降明亮，竟然把我母亲也骗来了。我如果救不出他们，就和他们一起死。"

她看了看他，坚定地说："我和你一起去。"

他摇了摇头，说："连三成把握都没有，还是让我一个人去吧。我们一家人在一起，无畏生死。可你不一样，你没有必要冒这样的险。"

她坚定地说："不，我要去。"

他看了看她，迟疑道："你和我弟弟，我知道你们并不是真正的夫妻，你们俩是恋人吗？"

周英顿了一下："不，我们是战友，是同志。同志有难，不能见死不救。"

5

夜已经深了，小新已经睡着了。中村看了看还在织背心的黄春梅，起身掏出钥匙打开抽屉拿出药，给了她一粒。她拿过水杯，把药放在嘴里，趁中村转身脱外衣时，她把药片从舌头底下拿出来扔到了他的茶杯里，并迅速伸手进去捏碎药片。

中村转过身来，她仰起脖子，喝了几口水。他充满慈爱地看了看她，也端起自己的水杯喝了几口。

看着中村沉沉睡去，黄春梅起身，从丈夫的口袋掏出钥匙，打开抽屉，把药瓶里的药全部倒出来，用纸包好，空瓶子重新放回来，锁上抽屉。

第二天傍晚时，中村回到家里，看到黄春梅还在低着头赶织毛背心，就心疼地说："休息一下吧。"

黄春梅道："后天就要走了，没时间了，我得赶紧把它织完。我还想在临走之前，亲手给你做顿饭，你想吃什么，就告诉我。"

他体谅地说："太累了，饭就别做了。"

她笑道："我想再尽一次妻子的本分，以后恐怕没有机会了。"

他伤感地点了点头，说："你煮的青菜豆腐汤很好喝，我在很多地方喝过这道汤，却都没有你做得好。"

她嗔道："你的嘴真刁，你看到的只是青菜和豆腐，却不知煮这道汤要用上好的肥蟹、土鸡，上好的火腿，慢火炖六个小时，过滤澄清，再加进青菜和豆腐。"

他忙说："这么麻烦，还是不要煮了。"

她凝视着丈夫，说："不，我一定给你煮。这是最后一次给你做饭了。"

到了做晚饭的时候，她来到挺身队的伙房，开始动手做饭。厨师在一边杀鸡刮毛帮着打下手，好奇地问："这是一道什么汤？又要螃蟹又要鸡，还要火腿。"

她笑着说："这道汤是我自己发明的，你喝了就知道了，味道异常鲜美。"

汤终于煮好了，澄清倒在一口大铁锅里，放入切好的豆腐和青菜。她趁厨师不备，把纸包里的药全倒入锅中，拿勺子搅拌。

她盛走一钵，放到一边，其他的盛到一个大铁桶里，说是做得多，喝不了这么多，送给大家都尝尝。

队长的夫人亲自下厨做饭，就是饭不香，那也得说香，何况这道汤确实不错，挺身队员们争先恐后地挤着舀大铁桶里的汤。

中村在家里也喝了一大碗，味道确实不错，他意犹未尽地又喝了一碗。小新端起碗也吵着要喝，黄春梅把他揽在怀里，伤感地说："给爸爸留着吧，以后妈妈有的是机会给你做，但是却没有机会给爸爸做了。"

中村喃喃道："春梅，如果有来生，希望我们还能做夫妻。"

她点了点头："希望下辈子没有战争，没有杀戮，我们一家三口能够平平静静地生活在一起。"

这话戳中了中村的心事，他端起碗，埋下头，大口大口地喝汤，沉默无语。

她一直等到中村和小新睡熟了，这才起来，从衣柜里找出中村的军装，又把他的通行证拿出来，走到门口，想了想，又回来拿把剪刀揣在身上，这才悄悄溜出门去。

看守牢房的两个挺身队员歪坐在牢房外面第一道门口，睡得很香，她把手上的军装放在地上，从一个队员身上解下钥匙，打开门，刚进去，守在里面的另一个队员迷迷糊糊醒过来，双眼迷离地看着她："你，你干什么……"说着，就要去摸枪。

她情急之下，拿着剪刀扑过去，把剪刀刺入他的喉管，鲜血喷了出来。她吓得跌到一边，心脏咚咚地跳个不停。她镇静了一会儿，站起来，跌跌撞撞地跑到里面的牢房，把门打开，低声地喊："兄弟，大兄弟。"

赵明亮倚在墙根正睡得迷迷糊糊，听到声音，爬了起来："春梅姐？"

黄春梅示意他不要说话，把中村的军装递给他，赵明亮迅速换上，两人又到隔壁牢房把赵大娘放了出来。

她带着两人匆匆向外走，刚到门口，进来一个日本兵，黄春梅大惊，举起剪刀刺去。那个日本兵敏捷地闪身躲过，顺手打掉了她手里的剪刀。赵明亮忙过去，刚箍住他脖子，那人叫道："住手，是我！"

赵明亮听出是周英的声音，赶紧松手："怎么是你？"

周英道："废话！我和赵荣坤来救你来了，他在外面守着。快走！"

几个人出来，赵荣坤看到母亲，激动地上前拉住赵大娘，泪水哗地出来了："妈！"

赵大娘吃了一惊："明光？你……"

黄春梅拿出通行证递给赵明亮："拿着，这是通行证，有了它，你们就能出太原了。"

赵明亮忙接过："春梅姐，太谢谢你了。你，你怎么办？"

她凄凉地笑了一下，说："我没事儿，你们就不要管我了，快走吧。"

逃出来后，几个人换上便装，找了一个旅店，安排众人住下，赵荣坤赶紧回去了。第二天一大早，赵明亮和周英赶着一辆马车，带着赵大娘，有了中村的通行证，自然也就顺顺当当地出了太原。出了城，三人都轻松多了，特别是赵大娘，有说不完的话，她问赵明亮："明亮，你是不是早就知道你哥还活着？"

赵明亮说："我也是去年才知道，没来得及告诉您。"

赵大娘嗔道："那你们怎么都不给我捎个信呢？不知道我心里惦记吗？"

赵明亮犹豫了一下，说："娘，这是为了保密。"

赵大娘又问："我记得他当的是国军……现在和你一样了？"

周英看了赵明亮一眼，回头对赵大娘说："大娘，明光是被派到太原做地下工作，换了名字，潜伏在敌人队伍里，您可千万不要对任何人讲，要是让敌人知道了，他就没命了。"

赵大娘如释重负："啊，原来是这样，那我再也不说了。他媳妇和孩子呢？"

赵明亮忙说："我哥怕连累嫂子，让他们回娘家住了。"

赵大娘看了看周英，问道："闺女，你也是八路军？"

周英点了点头，笑道："是的，大娘。"

赵大娘道："谢谢你，多亏了你，还有那个小媳妇，她怎么不跟我们一起走呢？"

周英和赵明亮对视一眼，扭头对赵大娘说："她和赵明光大哥一样，也是潜伏在敌人队伍里的好人。"

赵大娘感叹道："了不起，一个女人也有这样的胆识。"

周英嗔道："大娘，您还没夸我呢。"

赵大娘忙说："你呀，更了不起，模样又长得俊，有婆家了没有？"

周英笑道："没呢。"

赵明亮怕母亲再说出什么话来，赶忙阻止道："娘，别什么话都问。"

赵大娘笑哈哈地说："好，好，我不问了。"

这个时候，太阳刚刚升起。

中村是在梦中被刺耳的警笛声吵醒的。他睁开眼，从床上跳起来，顾不得穿外套，匆匆跑下楼。

事情出在牢房那边。中村赶过去，这才知道，赵明亮和他的母亲已经逃走了，至于怎么逃走的，几个负责看守的挺身队员也都一无所知，他们都睡得很死。他蹲下来仔细察看那个死去的队员，他的旁边还扔着一把血淋淋的剪刀，他捡起剪刀看了看，认出是黄春梅用的。

他不说，但所有的人都猜到了，昨天晚上喝的那汤是队长夫人做的，送来的，是有问题的。这把剪刀看来也是她的。是她把人放走的。所有的挺身队员都赶来了，他们全部都换上日军军装，没有人号令，他们自觉地列好队，站在中村面前，充满愤怒地看着他。

小林英夫有些慌张，走过来小声地对中村道："是夫人干的。"

中村面无表情地点了点头，向前跨了一步，大声呵斥那些挺身队员："为什么不训练去？为什么要穿这身军装？"

整个队伍一片沉默，所有的人仍旧愤怒地盯着他。

中村提高了声音："我说过多少次了，从成为挺身队员的那天起，就要忘记自己是一名大日本帝国的军人，要把自己当成支那军，从里到外，都是支那军人！"

一个挺身队军曹出列，向中村敬完军礼，口气坚决、固执，用的还是日语："我们全体队员要求，必须严惩放走敌人、杀害皇军的内奸，如果队长不接受我们的意见，我们就一直站在这里！"

中村做梦也没有想到，自己的手下居然会如此胁迫自己。他想发火，他想咆哮，可又不知道如何发火，如何咆哮，他们说的是对的，确实是自己的老婆放走了这些人，还杀了一名挺身队员。他们的要求一点都不过分。他无言以对，转身默默地走了。

他回到家里，黄春梅已经穿好了衣服，头发也梳得一丝不乱，给他织好的红背心叠得整整齐齐，放在床头。他把手上拿着的剪刀放在她面前的桌子上，平静地说："这是你的吧？"

她看了看剪刀，又看了看他，点了点头，也是一脸平静，好像这事儿从来都没有发生过一样。

他打开抽屉，发现放在里面的药瓶还在，只不过是空的。他苦笑了一下，又把瓶子放下来，关上了抽屉。

外面响起挺身队军曹的口令声，仍旧用的是日语："一二一，一二一……"

他走到窗前看了看，军曹带着队伍列队来到窗下，向队员下口令："立定！"挺身队员停下来，列队看着楼上。他转身回来，一拳砸在桌子上："浑蛋！"

黄春梅依旧在忙碌着整理房间，对这一切充耳不闻。中村突然拔出枪，对准她，吼道："你这个女人，我错不该信任你，你竟然利用我，欺骗我！"

黄春梅抬起头，冷笑道："这句话，应该由我来说，是你利用我，欺骗我。"

窗外突然响起挺身队员用日语唱的日军军歌《同期的樱花》：

> 我和你就像同期的樱花，绽放于同一军校的庭院。
> 怀着一开即谢的觉悟，为了祖国，从容散落吧！
> 我和你就像同期的樱花，绽放于同一军校的庭院。

血肉相连不分伯仲，如此投缘却为何不得不分离。

……

中村的手更加剧烈地颤抖起来，他也曾经很喜欢这首歌，但现在却觉得那么刺耳，令他心烦意乱。小林英夫跑上来，向他耳语道："队长，他们已经不受控制了……他们说，如果您下不了手，他们就上来动手。"

中村痛苦地皱着眉头，他瞪着黄春梅，她仍旧很平静地看着他。歌声更响了，他甚至能听到其中越来越逼人的杀气。他猛地闭上眼睛，扣下了扳机。

小新在另一个房间迷迷糊糊醒过来，从床上爬起来，朝这边走过来，正好看到爸爸开枪，妈妈胸口鲜血迸溅，扑通倒在地上。

他惊叫起来，捂着耳朵转身就跑。

中村愣了一下，慌忙收起手枪，起身去追。他跟着小新跑到楼顶，着急地喊："小新，小新，站住……"

小新尖叫着后退："你不要过来，不要过来……"

中村蹲下来，伸出双臂："小新，到爸爸这边来。"

小新一步一步倒退着："不，不……"眼看就要从楼顶摔下去，中村着急，快步上前想抓住儿子，结果小新转身，一脚踏空，仰面摔了下去……

中村从楼上跑下来，抱着小新的尸体，悲痛呼叫："小新，小新……"他把头埋在小新身上，失声痛哭。挺身队军曹很满意地看着这一切，他从队伍里出来，转身面向队列，发出口令："向左转！齐步走！"

挺身队迈着整齐的步伐离开了。

这事儿很快就在太原传得沸沸扬扬，日本人想捂也捂不住。都说，是中村正雄亲手杀了自己的妻儿，得以幸免问罪，保住了中佐的军衔。

这事儿传到根据地，当赵明亮听说后，充满自责，总觉得是自己害了黄春梅母子。他闷闷不乐地往村外走去，周英犹豫了一下，追了上来，陪他默默地走了一段路，安慰道："春梅姐的事，我也听说了，她的婚姻是个悲剧，她本人也是这场战争的牺牲品。"

赵明亮摇了摇头，说："她本来可以活着，就是因为救我……是我害了她。"

周英叹了口气，说："她原本可以离开他的，感情这东西，最难捉摸……"

赵明亮心里难受，说："我想静静。"

周英停了下来，赵明亮一个人往前走了。她看着他的背影，喃喃道："对不起，真正害了她的人是我，不是你。”

是啊，如果自己不告诉麦当雄，老钱的据点是杏林药店，日本人就不会在那里设伏，赵明亮也就不会被捕，他如果没有被抓，黄春梅自然也就无从谈起救人。归根结底，这事儿，祸根在自己这里。眼前浮现出黄春梅的样子，她的泪水不由涌了出来，喃喃地说：“对不起……”

第二十章

1

赵大娘和周英住在一起，她一刻也闲不下来，有空就扫地擦桌，仿佛有干不完的活儿。周英从外面进去，劝她：“大娘，您歇会儿吧。”

她说：“闲着更难受，做点营生，活动活动筋骨，反而舒坦。”

周英拿着脸盆准备去洗衣服，她上前抢过，说：“我去洗吧。”

周英哪里肯让她洗？紧紧地抓住不放。赵大娘说：“跟我还客气，你可是我儿子的救命恩人，是我们家的贵人。除了你，还有那个面善的小媳妇，希望将来有机会还能再见到她，好好酬谢她。”

周英愣住了，手松开，赵大娘端着脸盆出去，留下她一个人发呆。赵大娘还不知道黄春梅已经死去了，而这一切，都怪自己。

而这一切不能对任何人说，只能压在心里。周英抽烟更凶了，而杜家庄小店里的卷烟又经常断货，她不得不买了个旱烟袋，偷偷地躲着人抽。赵明亮虽然没有看到她抽烟，但听着她不时地咳嗽，就明白，她烟瘾又犯了。

这天，他经过她房间门口，听到她又在屋里咳嗽，就推门进去。周英正在往烟袋子里塞烟丝。他不禁皱起了眉头：“烟袋哪来的？”

周英道：“在小店买的，烟瘾犯了，又没卷烟，抽这个解解馋。”

赵明亮从墙上摘下镜子，对着她：“你自己照镜子看一看，拎着旱烟袋的样子难看不难看？你不嫌丢人吗？”

她对着镜子，整理了一下头发，说：“我觉得挺好看呀。再说了，就算丢人也是丢我自己的人，跟你有什么关系？”说完，猛地咳嗽起来。

赵大娘从外面回来，正要进屋，听到两人说话，忙站住脚，她在心里想，也许两个人在说悄悄话呢，可不能打扰了他们。但再一细听，听到赵明亮的声音不对劲：“你，你就是丢了我的脸。”

周英冷笑道：“笑话，我怎么丢了你的脸了？”

赵明亮说："我是队长，是你的领导，你行为不检点，丢的当然是我的脸。"

周英一听火了，把烟袋往桌子上一摔，站了起来："赵明亮，你嘴巴干净点，我行为怎么不检点了？我做什么不检点的事了？我抽个烟就是不检点了？那我喝口酒了，是不是还得拉出去把我枪毙了？"

赵明亮气极："你，你，不可理喻……"

赵大娘摇摇头，现在进去，两人都难堪，她又悄悄地出去了。

到了晚上，赵大娘和周英准备睡觉，两人一块铺着床。她看了看周英，觉得她的心情好了点，就试探着低声说："闺女，我替我那个傻儿子道个歉，你们白天吵架，我都听到了。"

周英有些羞愧："对不起，大娘，我……"

赵大娘忙说："是他的错，跟你没关系。"

周英道："你儿子就是看我不顺眼，经常挑我毛病。我们俩经常这样，吵过就忘了，倒也不记仇。我也知道女人抽烟不好，想戒掉，可是闷的时候就想来两口，以后我尽量少抽。"

赵大娘说："他是怕你咳嗽，所以不想让你抽烟。"

周英道："他这么好心？我可没看出来。"

赵大娘说："他就是笨嘴拙舌，不会说话。"

周英道："他还笨嘴拙舌？我看他伶牙俐齿，厉害得很呢。"

赵大娘一边和她说着话，一边在偷偷观察着她，看得出来，她嘴上得理不饶人，实际上对赵明亮并不反感，也不是真正生气了。赵明亮呢，其实也是关心她、心疼她。这闺女，要是能成了自己的儿媳妇，该有多好。

赵明亮确实是心疼周英。这天，他经过杜家庄的一片桑树林，看到一个老乡在摘桑叶，他就和老乡聊了起来，当他听说这些桑叶煮煮喝能治咳嗽时，征得老乡同意，他立刻脱了衣服摘桑叶，摘好的叶子放到衣服里，一会儿摘了一大堆，用衣服包起来，高高兴兴地回去了。

他正在伙房煮桑叶，霍无病进来了，拿起水瓢舀了一瓢水，仰脖喝了。正要走，闻到了一股草腥味，不由得抽了抽鼻子，问道："队长，你这是煮什么呢？你不会是要给我们吃草吧。"

赵明亮笑道："牲口才吃草呢，你是牲口吗？"

霍无病点了点头："哦，这是喂牲口的。"

赵明亮懒得搭理他，继续忙自己的。煮好了桑叶水，他舀了一盆，端着送到了周英的房间。周英正跷着二郎腿坐在屋里看托尔斯泰的《战争与和平》。

他瞥了眼书的封面，说：“俄国小说有什么好看的？裹脚布一样又臭又长。”

她瞪他一眼：“不懂就别乱说。”站起来看了看他端的盆子，说：“绿莹莹的，这是什么鬼东西？”

赵明亮道：“这是好东西，专门给你煮的，你放在这里，渴了就喝一些，你可要多喝点。”

周英道：“瞧着怪瘆人的，你不是想毒死我吧？”

赵明亮没好气地舀了一勺喝了一口：“这下放心了吧？”

她扑哧笑了，舀到搪瓷杯里几勺，喝了一口，立刻噗地吐出来：“这什么味呀，难喝死了。”

他咂了咂嘴，说：“没那么难喝吧……你要是觉得难喝，就把它当药喝吧。”

她不耐烦地说：“我又没病，喝什么药呀，谁愿喝谁喝，赶紧端走。”说完，又咳了几声。

他着急了：“让你喝，你就喝，我又不会害你。”

她嘟囔道：“谁知道你安的什么心？你还是把这好东西送给别人吧，我喝不惯。”

他口气很硬地说：“这就是专门给你的。”说罢，悻悻出去了。

她摇了摇头，继续拿着书看。没过一会儿，霍无病进来了，说是许多雷让他来借支笔。他瞟到桌上的桑叶水，抽了抽鼻子，说：“这不是队长煮的吗？怎么跑到你这儿了？”

周英道：“是啊，你喝不喝？”

霍无病忙摆手：“这是喂牲口的，我喝它做什么？”

她瞪大了眼睛：“你说什么？”

霍无病道：“队长说是喂牲口的，他没告诉你吗？”

她气得叫起来：“好你个赵明亮，敢戏弄我！”

她端着桑叶水，来到院子里，大声喊道：“赵明亮，你给我出来。”

赵明亮从屋里出来：“大喊大叫的，怎么了？”

她不声不响，走到他跟前，把端着的桑叶水，朝他身上一泼：“你把喂牲口的水端给我，还让我都喝了，你什么意思？把我当牲口啊。”

他愣了愣，看到霍无病在一边捂着嘴笑，顿时明白是怎么回事了，没好气地白了他一眼，抹了抹脸上的水珠，无奈地冲她摇了摇头，扭身进屋了：

“狗咬吕洞宾，不识好人心。”

周英也气咻咻回到屋里，拿着书看了几行，却怎么也看不下去，这个赵明亮，为什么要戏弄她呢？真是太可恶了。她拿起烟袋，刚要再抽上几口，想起赵明亮说的话，咬了咬牙，重重地放下了。但待在屋里，还总是想抽，她干脆把烟袋扔到一边，准备到村外散散心。

转着转着就来到了桑树林，看到老乡在摘桑叶，就好奇地问人家：“大叔，你摘这叶子做什么呢？”

房东大嫂正好从旁边路过，快嘴快舌地说：“人家这是给老婆摘的，熬水喝呢。”

周英皱起了眉头：“这叶子能当茶喝？”

房东大嫂说：“民间偏方，说是治咳嗽，我也熬过，难喝，还不管用。”

那个摘桑叶的老乡却不服气，气呼呼地说：“我老婆说管用。”

房东大嫂奚落道：“你老婆说管用，那你就摘吧，没见过像你这么疼老婆的。”

周英摘了片叶子闻了闻，又放在嘴里嚼了嚼。她忽然明白了，赵明亮端来的水，确实也是用桑叶煮的，他这是在关心她啊。自己还泼了人家一身，真是的。这个土八路，还知道心疼人呢。她的脸上不禁浮现出羞涩的笑容。

2

这天，吴立均经过光明电影院，在广告栏看到一则寻人启事：寻找吾弟为信，兄陈子达，联系电话2258。

他的心脏剧烈跳动起来，陈子达是麦当雄的化名，难道是他？

他赶紧回去给李为信汇报了，李为信有些犹豫，觉得有可能是同名，就说是真的，万一是个陷阱呢？吴立均坚持应该打打这个电话，万一是麦当雄要和军统联络，错过了这个机会，再找机会就难了。

李为信想了想，让吴立均去处理这件事。吴立均打了这个电话，对方说，他是受陈子达先生的委托，如果方便的话，请到福来饭馆一叙。吴立均想来想去，决定还是值得冒险一试，万一真是麦当雄，他如果有心弃暗投明，愿意为军统所用，还是有很大用处的。

当天晚上，他应约来到福来饭店，点了一盘花生米，然后机警地观察着周围的食客。有个伙计走过来，说：“有位先生请你到二楼雅间一叙。”

他跟着伙计上楼，推开门一看，坐在里面等他的正是麦当雄。

麦当雄看他来了，起身关紧房门，邀请他坐下来，说："是为信让你来的？他自己怎么不来？"

吴立均道："大华商社已经被日本人监控起来了……你会不会把我也卖给日本人？"

麦当雄有些尴尬："难道你们看不出来吗？我把共党的杏林药店供出来，借日本人的手，为我们清除掉了将来的对手，同时也为你们转移争取了时间……我忍辱偷生，曲意逢迎，不过是换个方式，继续为党国效力。"

吴立均皱起眉头："我不明白。"

麦当雄说："你会明白的，我麦当雄绝不会伤害党国利益，请把我的话转达给李为信，让他报告重庆，同时也转达给接任我的新站长，我会在敌营配合你们。"

他显然经过深思熟虑，早就谋划好了以后的接头方式和联络人，一一告诉了吴立均。吴立均心里有些激动，麦当雄显然还是爱国的，投降不过是权宜之计，他现在身陷敌营，用这种方式为国服务，是要冒着生命危险的。他甚至为自己当初痛恨他投降而有点不好意思起来。

新站长终于来到了太原。不是别人，正是晋南游击纵队司令宁武。青龙镇之战失败后，他辗转回到了重庆，运作一番，攀上了军统，不但没有被处分，又被提升为军统山西站中将站长。

宁武到了军统山西站的新据点有庆商社后，立即开了个会。他刚落座，李为信立即上前殷勤泡茶："真没想到，我们期盼已久的新站长就是宁司令，请喝茶。"

宁武看了他一眼，说："是不是有点失望？"

李为信忙说："卑职不敢，宁司令在山西深耕多年，再合适不过了。"

宁武道："晋南游击纵队遇敌重创，宁某死里逃生，捡回一条命。感念上峰体恤，以戴罪之身，走马上任站长之职，还望与诸君同心协力，共谋大事。"

李为信赶忙表态："我等定当跟随宁站长，赴汤蹈火，同生共死。"

新官上任三把火，宁武的第一把火是如何处理麦当雄。吴立均忙说："我们已经与麦站长联系上了，他表示投敌确非自己所愿，暂时忍辱负重，潜伏下来，继续为军统效力，时间成熟就回来。"

宁武斜了他一眼："站长？"

吴立均急忙改口："麦当雄。"

李为信道："宁站长，如果麦当雄愿意这么做，倒也不失为良策，等于我们安插进日本人那里的一个钉子。"

宁武淡淡地说:“老麦是个聪明人,但就是太聪明了。我们这些在沙场上披荆斩棘,九死一生的人,理解不了他的行为。”转向吴立均道:“你再约他见次面,看看他能提供一些什么东西。既然他这么说了,就该有所表示,若是手里没有一点值钱的货,单凭一句话,就想抹煞投敌卖国的嫌疑,这也未免太简单了吧。”

吴立均点头道:“是。”

宁武顿了顿,说:“这次我要亲自见他,但是也要防止他拿我的人头向日本人邀功献媚。”

李为信忙道:“我来安排。”

吴立均立即与麦当雄的线人联络,双方约定明天中午在恒山饭店一起喝个茶。

到了第二天,麦当雄早早一个人来到恒山饭店,坐在餐桌边,拿着一张报纸翻看。没过一会儿,一个服务生过来,递给他一张纸条:“有位先生让我给你的。”

麦当雄接过,纸条上写着:“我在福来饭店老地方等你。”

麦当雄苦笑着摇了摇头,这帮家伙,还是不相信他啊。

在福来饭店二楼雅间等待麦当雄的是宁武。没过一会儿,吴立均进来,趴在他耳边说:“站长,恒山饭店周围没有眼线,麦当雄的确是一个人,他正在来这儿的路上。”

宁武点了点头:“你出去吧,没我的吩咐,别再进来,也别让麦当雄看到了。”

麦当雄到了福来饭店二楼雅间,推门进去,看到宁武,一脸意外。

宁武起身相迎,很是亲热:“麦兄,听说你并非真心投敌,我是又惊又喜,必得亲自见你,才能表达我们合作的诚意。”

麦当雄皱起眉头:“莫非宁兄就是新任站长?”

宁武点了点头:“蒙戴老板不弃,委以重任。想不到我们会以这样的身份见面,真是世事难料。”

麦当雄心里有些疑虑,按道理讲,他宁武只是一介武夫,军统是专业性很强的一个活儿,哪怕不让李为信接任,至少也要从重庆派来一个局本部的人才对,怎么会让他来了呢?他暗自摇头,这个宁武,也太能折腾了。他心里是这么想的,嘴上却说得很好:“麦某惭愧,统领山西站期间,未有骄人战绩,最后落得如此下场。向死而生,苟延残喘,也只想再为党国略尽绵薄之力,以报国恩。”

宁武的身子向前倾了倾:“有麦兄襄助庇护,我在这里的日子就好过了,不知麦兄手里是否有足够的筹码，我好以此为证，向重庆致电，为你陈情。”

麦当雄有些为难，说：“我随时都在留意，但这需要一个过程，眼下，日本人对我还不是很信任。”

宁武笑道：“明白，明白。麦兄，小弟敬你一杯。”

宁武端起酒杯，站起身，很亲热地向麦当雄敬酒。麦当雄和他碰了一下杯子，仰脖喝酒之际，宁武扔下酒杯，勒住麦当雄的脖子，另一只手从腰间拔出一把尖刀，刺向他的心脏。

麦当雄猝不及防，惊愕地看着他：“你……”

宁武扶着他慢慢放倒在地，低声道：“对不住了，麦兄，我这也是为了维护军统‘家法’，抗日锄奸，制裁叛徒，宁武身为站长，义不容辞。”

麦当雄艰难地喘了两口气，腿一伸，气绝身亡。

宁武拿着尖刀，在麦当雄身上擦拭干净，然后收起来，充满鄙夷地看了看尸体，喃喃道：“好好的烈士不做，偏做汉奸，要怪，只能怪你自己……”

吴立均得知宁武处死了麦当雄，大吃一惊，他当然不敢去问宁武。回到有庆商社，他实在忍不住，找了一个机会，来到李为信的办公室，把门掩上，低声道：“麦当雄至今没有做出损害军统的事情来，还表示要配合咱们，就这样糊里糊涂地把他杀了，岂不太冤!”

李为信看了看他，眼睛眯了起来：“你可要注意了，这话到此为止，不能再给别人说了。一朝天子一朝臣，咱们自己也要悠着点了。”

吴立均仍然不服，说：“再说了，我们还有规定，并不是说想制裁谁就能制裁谁的，必须由局本部批准，才能执行。”

李为信冷笑道：“他既然来了，那麦当雄就必须得死，有没有局本部的制裁令都一样。”

吴立均不解：“为什么?”

李为信语重心长地说：“麦当雄算盘打得挺好，假意投降，先保住性命，接着又来示好，脚踏两条船，为回归做准备。他都没想想，他要是回来了，宁武放哪里？一上任，就杀个中将叛徒，还打着抗日锄奸的旗号，一石二鸟，这样的好事，放在谁身上，谁也经不住诱惑。”

吴立均吃惊道：“人命关天，他宁武也不能为了自己的前途就要了另一个人的命吧?”

李为信露出讥讽的笑容：“你还是太幼稚了，这个社会，人为刀俎，我为鱼肉，你也好好为自己的将来想想吧。”

3

赵大娘看着儿子整天在忙，自己在这里也没什么事儿，还影响他，就想回家了，赵明亮觉得不大安全，想把她送到后方根据地。赵大娘却说，金窝银窝，比不上自己的狗窝，坚持要回老家。

赵明亮没办法，只得向许亚夫请了假，准备亲自送她回去。出了院子，赵大娘停了下来，四处张望。

许多雷道："你是找周英吧？"

她忙点了点头："是啊，她去哪儿了？怎么没看到她。"

赵明亮说："别管她了，娘，我们走吧。"

她一脸失落，与许多雷、霍无病道别后，就跟着赵明亮走了。一路上，她总是不时地回头看看，看不到周英的影子，愈发失望。到了村口，她眼睛突然一亮，村口停着一辆马车，周英倚着马车优哉游哉地看着风景。她看到赵明亮他们过来了，笑着对赵大娘说："大娘，我去镇上给您雇了辆马车。"

赵大娘忙说："步行到镇上就行了嘛，何必多跑这一趟呢。"

周英笑道："从这儿到镇上还有几里地呢，我们年轻，腿脚好，这点路不算什么，您就不一样了，会吃不消的。"

赵明亮当然高兴，忙扶母亲坐上马车，对周英道："谢谢你啊，那我们走了。"

周英也坐上去："我送大娘回家。"

他有点意外，瞪着她："你也去我们家？"

她大大咧咧地说："别瞪我，我已经跟许司令请过假了。"

赵大娘看了一眼赵明亮，抢先说："太好了，欢迎，欢迎。"

回到老家三都村，赵明亮好长时间没回家了，就到村里转着看看。周英陪着赵大娘说了一会儿话，赵大娘反身回了里屋，拿出一个锦缎小盒子，打开来，里面是一个红绳拴着的玉坠。

赵大娘递给她："我把这送给你了。"

她忙接过，仔细看了一会儿，赞叹道："真漂亮，晶莹剔透。"

赵大娘说："这是一枚玉如意，戴上它能逢凶化吉，遇难呈祥。你一个女孩子家，跟着男人们一起打鬼子，枪林弹雨的，有它庇护，多少是个安慰。"

她忙把玉坠递给赵大娘，说："这东西太珍贵了，我不能要。"

赵大娘没接，连连推让，说："其实就是块石头，拿到当铺，也换不了几个钱。你对我家有恩，就算是大娘的一点心意。"

她有些为难，但看着赵大娘殷切的眼神，只得收下玉坠，笑道："那我就恭敬不如从命了。"

安置好母亲，赵明亮带着周英回到杜家庄，刚进院子，就见霍无病拿着根笤帚在转圈圈。赵明亮看了一会儿，他聚精会神，居然都没看到两人回来了。

赵明亮皱起眉头："你抽什么疯呢。"

许多雷接上了："他在学习跳舞，你会吗？"

赵明亮愣了一下，说："男的女的搂在一块儿的那种？我可不会。"

霍无病高兴地凑过来，说："今天晚上，总部的宣传队来杜家庄慰问演出，完了还要举行露天舞会，可热闹了。"

说着，又拿着笤帚转圈圈练习，还问周英："你看我跳得对不对？"

她看了一会儿，忍住笑，说："其实跳交谊舞，没个正经，只要胆子大，跟着音乐走就行了。我看你行，脸皮厚的，都学得快。"

赵明亮接上了："没个正经就是不正经，男男女女，搂搂抱抱，能正经吗？"

她斜了他一眼，说："我说的没正经是不要拘束，就像走路一样。什么不正经？你年纪轻轻，却迂腐得像个老夫子。"

许多雷也跃跃欲试："我都想学呢，再不学，就跟不上趟了。我脸皮也不薄，看来有门。"许多雷上去，把霍无病手里的笤帚拿着扔到一边，当他的搭档，两人跳起舞来。

周英打着拍子，嘴里哼哼着伴奏。

赵明亮撇下嘴，一边往屋里走，一边说："有这工夫，我还不如去睡会儿觉呢。"

她对着他的背影白了一眼："土包子。"

到了晚上，在杜家庄一个开阔的空地上举行篝火晚会，先是一个女八路军独唱歌曲《左权将军之歌》：

左权将军家住湖南醴陵县
他是中国共产党的优秀党员
参加中国革命
整整十九年
他为国家他为民族流尽血汗
老乡们啊

他为国家他为民族流尽血汗……

大家对左权都很熟悉，听着这歌，从左权的牺牲又想到其他战死沙场的战友，大家纷纷抹眼泪。周英没见过左权，但她从左权想到了牺牲的孙南平，不由得也泪光盈盈。

老虎团李团长坐在旁边，看到赵明亮和周英，忙走了过来，两人寒暄了几句，李团长扭头看向旁边的周英，她还沉浸在歌声中，看也不看他。

李团长道："这位女同志我好像在哪里见过，你也不给介绍一下？"

赵明亮赶紧叫了一声周英，给两人做了介绍。李团长伸出手："周英同志，你好。"

周英和他握了一下手，敷衍了句你好，就又扭过头，聚精会神地听着那个女八路军唱歌。《左权将军之歌》终于唱完了，她扭过头对赵明亮说："这歌真好听，我也想学。"

李团长忙接上说："我会，我教你吧。"

她上下打量了他一番，这不就是一个大老粗吗？居然会唱歌？她有点不相信："你也会唱歌吗？"

李团长有些得意："当然了，这歌我经常听，听着听着就学会了。"

她语气里带着点嘲讽："看不出来，李团长还是多才多艺嘛。"

李团长却没听出来，更得意了："我还会唱民歌呢，有机会给你吼几嗓子。"

她有点不安，这人心肠太实在了。她就不好意思再敷衍他了，认真地听他说话，不时地插上几句，两人聊得火热，赵明亮站在一边，根本就插不上话，他有些尴尬，左右张望。

许多雷和霍无病坐在后面，看着他们三人，许多雷小声对霍无病说："这个李团长是醉翁之意不在酒。"

霍无病看了一眼，朝他点点头："看出来了，他眼睛里长着钩子，盯上周英了。"

演出完毕，宣传队的战士们有的拉小提琴，有的拉手风琴，合奏舞曲。众人两个一对，翩翩起舞。李团长上来邀请周英："可以请你跳个舞吗？"

她欣然同意，二人入场。还真不能以貌取人，李团长看上去孔武有力，像个武夫，但跳起舞来，俨然行家。她当然也很高兴，想想吧，都有两三年没跳过舞了。

李团长夸她道："你跳得真好。"

她笑了一下，说："你跳得也不错。"

李团长感慨地说："说实话，在这儿想找个合适的舞伴还真不容易，幸亏遇到你。"

周英问他："什么时候教我唱歌?"

李团长来劲了："什么时候都可以，随时奉陪。"

赵明亮看到李团长和周英跳得起劲，心里有说不出的滋味。他对跳舞这种事儿很反感，男男女女，又不是恋人，手拉手、手搭腰的，怎么看，都有些不正经。正想着，有个女战士走过来，落落大方地邀请他："同志，可以请你跳个舞吗?"

他吓得后退几步，慌忙摆手："我不会，我不会。"

霍无病嗖地蹿上来了："我会，我和你跳吧。"

霍无病拉着女战士上场，欢快地跳起舞来。

许多雷过来，凑到赵明亮耳边嘀咕："想不到李团长还挺时髦的，竟然会跳舞，跳得还不错呢。"

赵明亮淡淡地说："他在延安抗大学习过，在那儿学的。"

许多雷叹口气，说："我这辈子也不知道有没有机会去延安看看。"

赵明亮道："将来胜利了，想去哪儿去哪儿。别说延安了，上海，南京，广州，走遍全中国，也没人管你。"

许多雷充满向往："能等到那一天吗?"

赵明亮眼睛盯着周英和李团长，嘴里却对许多雷说："连这点信心都没有，别跟着我混了。"

许多雷看了看他魂不守舍的样子，摇了摇头："魂都丢了。"讪讪走到一边，用目光寻找着霍无病。霍无病正在苦恼呢，明明拿着笤帚练得得心应手，这会儿却连连踩住对方的脚，不停地给人家道歉："对不起，对不起。"

女战士找了个借口，说："没关系，我也不会跳，要不咱们别跳了。"说罢，丢开他的手就跑开了，留下他一个人尴尬地站在那里发呆。

许多雷上前把他拉了下来，训斥道："别在这里丢人现眼了，回去好好练练。看看赵明亮，人家就有自知之明。"抬头张望了四周，哪里还有赵明亮的影子?

许多雷摇了摇头："醋坛子翻喽。"

自从这次舞会以后，一连好几天，经常找不到周英，谁也不知道她去了哪里。这天，赵明亮正在院子里扫地，她从外面回来了，嘴里还哼着歌："左权将军家住湖南醴陵县……"

赵明亮瞪着她："你去哪儿了？"

她兴奋地说："跟李团长学唱歌去了，学得差不多了。"

他皱起了眉头："李团长还没走？"

她说："下午走，团部就在桃林沟，离这儿很近。"

她推门进了自己房间，很快又探头出来，冲着他喊道："李团长中午过来一起吃饭，记得找小灶加两个菜。"

他没好气地说："没钱。"

她白了他一眼，说："看把你吓的，不用你花钱，人家说了，自费加餐，专程过来找你叙叙旧。"

他好像有些不乐意："真是的，我们两个大男人，有什么旧可叙？"

她笑嘻嘻地说："无旧可叙，那就展望未来嘛。"

到了中午，李团长果然来了。众人围桌而坐，桌上是一些简陋的饭菜，周英过来看了看，瞪着赵明亮道："给李团长就吃这个？"

赵明亮没理他，看向李团长，客气地说："团长，不知道你过来，也没给您加个菜。"

李团长哈哈笑道："伙房有什么，咱们就吃什么，不用麻烦。"

周英气坏了，这个赵明亮，我明明给你说过，你现在却说不知道李团长要来，这是存心和她过不去吗？她问赵明亮："我不是让你加餐吗？"

他一脸无辜地看着她："你什么时候说过这话？"

她瞪大了眼睛，还真没有见过他这么无赖呢。真是可恶，可这话是两人私下说的，又没有人做证，她还真没办法了，一时语塞。

许多雷和霍无病埋头吃饭，互相交换了一下眼神，这赵明亮和周英，有戏啊。

李团长想打圆场，对赵明亮说："明亮，我找你有点事。"

赵明亮问："什么事？"

李团长看了一眼周英，又把头扭向一边，说："先吃饭，一会儿吃了饭再说。"

吃完了饭，李团长叫上赵明亮，两人出了村。他一直等李团长说话，可李团长却一声不吭。他忐忑不安，李团长会说什么呢？是叫他回老虎团？他当然愿意回，可这事儿他做不了主，得许司令发话才行啊。正想着，李团长看了看他，尴尬地笑了笑，说："不知道怎么跟你开口。"

他笑道："跟我说，还有什么开不了口的？"

李团长道："也是，我想让你帮个忙，我不好意思直接跟周英同志开口，你帮我递个话。”

他愣了一下，心里一沉，已经猜了个十有八九。果然，李团长说：“我的情况你也了解，咱们分区那么多团长，单身的就只剩下我一个了。给我说媒的也不少，从来就没有动心过。不知怎的，跟她总共没见过几次，她就像毛毛虫一样钻进我心里了，要是不把这话说出来，痒得难受。”

他心里有些不舒服，皱眉问他：“她的情况你了解吗？”

李团长说：“我知道她以前是国军的参谋，但现在不是加入八路军了吗？那就是自己的同志，对这些弃暗投明的同志，更要关心爱护。”

他没好气地说：“她还是个烟鬼。”

李团长不但没被吓到，反而露出一脸惊喜的表情：“她还抽烟？太意外了，我就喜欢这种与众不同的女人。你知道，我也是个烟鬼，还怕她嫌弃我身上有烟味呢，这下好了，这姑娘简直就是老天爷专门给我送来的。”

他泄气了：“你为什么不直接和她说？”

李团长道：“这种事情，怎么好意思自己提？还是托人合适。我本来想托司令员帮我问的，后来一想，不行，我怕她觉得这是拉大旗做虎皮，借领导的权威逼她就范，这可不是咱的风格。”

他苦笑道：“那我就帮你问问吧。”

李团长拉着他的手，庄重地说：“那这事就拜托你了，只许成功，不许失败。我年纪也不小了，好不容易碰到个喜欢的，千万别让她跑了。”

李团长抓着他的手使劲地摇着，他感到手都被抓疼了。他突然有点讨厌这个李团长，文化不高让人讨厌，嘴里有烟味也让人讨厌。从李团长这里又想到周英，又觉得这个女人同样让人讨厌，和李团长又不熟，上来就和人家跳舞，还跟着他学唱歌，也太轻浮了。归根结底，这还是国民党身上的劣习。

李团长走了，赵明亮呆呆地坐在野外，正是夏季，野花怒放，风吹在身上，凉丝丝的。他却觉得心事重重。一会儿讨厌周英，一会儿又想起了她的各种好来，比如在十字岭附近山坡战场上，两人很默契地背靠背互相掩护和鬼子拼杀，比如在黄桥煤矿暴动时，一个伪军举枪瞄准了他，她冲过去，推开了他……

他在野外一直坐到了傍晚，看看天色也不早了，这才长长地叹口气，站起来，垂头丧气地回去了。没滋没味地吃过晚饭，他把周英叫了出来，沿着白天他和李团长走过的路，又走了一遍。他这会儿和李团长一样，同样不知道如何开口。

她停了下来:“你叫我出来,到底想说什么?”

赵明亮看了看她,她瞪着眼睛看着他。月光打在她的脸上,闪闪发亮。他忙扭头看向一边,更难开口了。

她奇怪地看着他,说:“怎么忸忸怩怩的?这可不像你。到底想说什么?很难开口吗?”

赵明亮忙点了点头:“确实难开口。”

她皱着眉头想了一会儿,突然嗤地一声笑了:“不会是借钱吧?提前声明,我可没钱。”

赵明亮忙道:“不是借钱。”

她更疑惑了:“那是什么?”

赵明亮咬了咬牙,定定地看着她,嘴巴张了张,话到嘴边,又生生地咽了下去。她看他面红耳赤的,刚开始觉得奇怪,但没过一会儿,心脏扑通地跳了两下,心里一动,这家伙,是不是要向她表白?

她有些害羞,低下头,抿嘴笑了一下,温柔地说:“没想到,你也有害羞的时候?”

赵明亮声音有些颤抖:“第一次做这种事情,没经验……”

这种美好的事情,怎么成了“这种事情”?她觉得有些不对劲,疑惑地问他:“哪种事情?”

赵明亮低低地说:“做媒。”

她感到很意外:“做媒?做什么媒?”

赵明亮踢了脚下一颗石子,说:“恐怕你也猜到了,李团长喜欢你,托我问问你,愿不愿意嫁给他。”

原来是这事儿。她感到很失望,淡淡地说:“这就是你要跟我谈的事?”

赵明亮点了点头,没再吭声。

她突然觉得自己太可笑了,刚才居然会以为他这是要向自己表白呢。真是鬼迷心窍了,自己怎么会这么想呢?她抬起头,冷冷地说:“还有别的话吗?”

赵明亮奇怪地看她一眼,说:“别的,你还想听什么?”

她带着讥嘲的表情看着他:“那你觉得呢,我应该答应他,还是拒绝他?”

赵明亮当然是不赞成的,他们两个,一个是共产党,一个曾经是国民党,门不当,户不对嘛。再说了,她周英有文化,还会日语呢,李团长好是好,但也没什么文化,两人能有什么共同语言?但他觉得自己做人要厚道,这是李团长拜托的事情,自己是搭线的,不是拆桥的。他笑了一下,对她说:“这种事情，旁人不好干涉，主要还是你自己拿主意。”

他还笑呢。她更加生气，恶狠狠地说：“好，那你告诉他，我愿意。”

赵明亮感到很意外：“你，愿意？”

她庄重地点了点头：“是的，我愿意。”说完这话，她转身就走。

赵明亮着急了，叫道：“终身大事，不是儿戏，你们就见了几次面，说了几句话，怎么考虑都不考虑就答应了？”

她根本就不理他，头也不回地走了。

虽然赵明亮觉得别扭，但受人之托，终人之事，还得给李团长回个信。第二天一大早，他专门去了一趟桃林沟，却发现李团长带着部队连夜开往前线了。

赵明亮的心情突然变得特别好，回来的路上，情不自禁地唱了一曲信天游，调不成调，歌词也忘得七零八落，但他不管，高兴了，那就大声唱出来吧。

赵明亮回到院里，周英正好端着脸盆从屋里出来，径直朝赵明亮的方向泼过去，他赶紧跳起来躲避，但还是溅到身上了。

她绷着脸，说：“对不起，我眼神不好，没看见你进来。”说完，转身回屋。

他正要跟进去，她啪地把门关回来，给他吃了个闭门羹。她只得隔着门，大声喊道：“李团长走了，我没见到他。昨天晚上的事，你再好好考虑一下，这可是大事，别那么轻率就做决定。”

她气呼呼地回道：“不用你操心。”

他摇了摇头，往自己屋里走去。不管怎么说，这都算是一个最好的结局吧。但愿李团长也是一时兴起，打仗回来，说不定就忘了。

第二十一章

1

人算不如天算，李团长带领老虎团去了前线，不到一个月就回来了。就是配合兄弟部队打了一个县城，围了二十来天，然后发起冲锋，就把这些守城的日军干掉了。

老虎团又回到了杜家庄不远的桃林沟。

赵明亮还不知道，这天，他到镇上办了点事儿，骑着马回到杜家庄，到了村口，看到李团长和周英肩并肩走着。他勒住马停住了，愣在那里。

李团长看到他，赶紧过来。赵明亮下马，李团长过来一把搂住他，兴奋地说："我又活着回来了，能再见到你们，可把我高兴坏了。"

周英也走过来，说："你回来得正好，今天下午有一场军民联欢会，庆祝李团长他们打了大胜仗，我还准备露一手呢。"

赵明亮看了一眼李团长，又看了看周英："你们……这是要去哪儿？"

周英笑哈哈地说："李团长请我喝羊肉汤，一起去吧？"

赵明亮有些动心，说出来却是个疑问句："我去，不合适吧？"

李团长心里着急，这个毛头小伙，你去干吗？这还用问吗？可他不能直接说，就捂着嘴巴，干咳了几声。

周英看赵明亮一点也不爽快，倒好像在求他一样，不由得也来了气，说："不去拉倒，李团长，咱们走。"

李团长巴不得赶紧走，立即跟在她后面，大步地往前走，走了两步，还不忘回头朝赵明亮挤了挤眼。赵明亮苦笑着摇了摇头。再往回走时，心情一点也不好了，一会儿怪周英太轻浮了，一会儿又怪自己太窝囊了，周英问他去不去，还犹豫什么呢，去不就得了？

到了下午，在杜家庄的露天广场开始了军民联欢会。赵明亮伸着脖子在黑压压的人群中左右张望，终于看到李团长和周英也挤在人群里，两人还保持着一点点距离，这才松了口气。

站在他身后的霍无病也看到了李团长和周英在一起，就推了一下许多雷，朝那边努了下嘴，说：“快看。”

许多雷瞟了一眼，对霍无病说：“没兴趣。”

一个八路军女战士独唱《南泥湾》：“花篮里花儿香，听我来唱一唱，唱一呀唱。来到了南泥湾，南泥湾好地方，好地呀方……”

乡亲们扭着秧歌配舞，周英从来没见过秧歌，这歌好听，舞也好看，她完全被吸引了，看得津津有味。

李团长看了看她，说：“我在延安的时候，去过南泥湾。”

她歪着头问他：“真像歌里唱得这么好？”

李团长笑道：“我去的时候还是一片荒漠，现在不一样了。一把镢头，一支枪，垦荒种田，丰衣足食，南泥湾是我党自力更生，克服困难的一面旗帜。”

一位扭秧歌的村妇经过这里，脸上的笑容像朵花儿一样，周英也被她明亮的笑容感染了，也看着她笑。她伸出手，把周英拉进了队伍里，塞给了她一条红绸。周英落落大方，接过红绸，比葫芦画瓢，边学边舞，还真有点模样。

李团长高兴，用力地鼓掌。周英扭完一圈，路过他跟前，伸出手，把他也拉进了队伍里，李团长也兴高采烈地加入其中扭起了秧歌。

赵明亮看到这一幕，心里像打翻五味瓶，想扭头就走，可又不甘心，只得把头扭向一边，可没过一会儿，又扭过头来看他们扭秧歌，看一会儿，心里又难受，又赶紧扭向一边，装作看风景。

《南泥湾》独唱结束了，周英主动上前，朗声说道：“左权将军的英雄事迹传遍了太行山，传遍了九州大地，我为大家献上一首《左权将军之歌》，表达对他的敬意，同时，也把这首歌献给千千万万在反法西斯战争中牺牲的英雄儿女。”

现场气氛一下子肃穆起来，周英唱起了《左权将军之歌》：

> 左权将军家住湖南醴陵县
> 他是中国共产党的优秀党员
> 参加中国革命整整十九年
> 他为国家他为民族流尽血汗
> 老乡们啊，他为国家他为民族流尽血汗……

周英唱得很动情，大家听得很认真，不少人眼角带泪。她唱完这首歌，李团长就跑上去，也不知道他从哪里采来了一束野花，献给了她。

霍无病赶紧推许多雷："快看，李团长献花了。"

许多雷瞪了一眼霍无病："你兴奋什么？闲吃萝卜淡操心，跟你有啥关系？"

霍无病一脸坏笑："隔岸观火，不行吗？"悄悄地用手指捣了一下赵明亮，他正瞪着眼睛盯着台上的李团长和周英，整个脸都黑了。

军民联欢会结束，人群散了。周英跟着大家一起回去，霍无病腆着脸上去恭维周英："没想到你唱歌唱得这么好。"

她白了他一眼："没想到？你那是有眼不识金镶玉。"

李团长殷勤地追上来，笑哈哈地说："周英同志，我看你可以去文工团当独唱演员了。"

她不屑地说："鬼子还没杀完，我才不去呢。"

赵明亮奚落道："人家恭维你呢，你还当真了。"

李团长忙道："不是恭维，是真心话。"

赵明亮淡淡地说："唱得虽然不错，但跟专业演员比，还有很大差距。"

她瞪着赵明亮问："我是专业演员吗？"

赵明亮说："当然不是。"

她说："那我为什么要和他们比？"

赵明亮说："我又没让你和他们比。"

她很不高兴："那你说那些废话做什么？"

许多雷忙接上说："队长那是鼓励你，让你向专业演员学习。"

霍无病也在一旁帮腔："队长心眼实，有什么说什么，不像有些人嘴巴甜。"

李团长听出他话里有话，扭头问霍无病："小霍同志，你指的有些人是谁？"

霍无病赶紧解释："我，有些人就是我。我这个人，嘴甜心苦，口蜜腹剑，这是大家对我的综合评价。"

大家笑笑，这事儿就算过去了，但没走一会儿，李团长让大家先走，他要和赵明亮谈点事儿。赵明亮一听，坏了，他又要提给周英做媒的事儿了。

等大家都走了，李团长凑过来，低声问他："那次，咱俩说的事，你没有和周英提吧？"

赵明亮支支吾吾，寻思着如何回答他，还没想好，李团长开口了："你支吾个啥？是不是还没说？"

赵明亮忙点了点头。

他长长地松了口气，说："幸亏你没提，我也真够笨的，这种事情不该找你。"

赵明亮一头雾水，愣愣地看着他："你的意思是？"

他说："像周英这种受过教育的知识女性，眼界宽，见识广，性格奔放，热爱自由，你看她胆子多大？当着那么多人的面就敢放声高歌。以前，我觉得羞羞答答的女孩挺可爱，自从认识了周英，我才知道，落落大方的姑娘更让人喜欢。"

赵明亮揶揄道："她确实没羞没臊的。"

他有些不高兴："你怎么说话呢？难怪她总是和你吵，同样的意思，从你嘴里出来就变味了。"挥了挥手，说："做媒这事不用你管了，千万别再和她提了。"

赵明亮饶有兴趣地看着他："那你准备怎么样？"

他又来精神了，神采奕奕地说："我想先慢慢接近她，等彼此熟悉了，我直接向她表白，这才是自由恋爱。像周英这种思想解放的姑娘，就喜欢自由恋爱。你认识她时间长了，肯定比我了解她，你跟我说说，她有什么爱好？"

赵明亮想了一下，说："喜欢吃好的。"

他笑道："这也算爱好？谁不喜欢吃好的？只不过多数人都藏着掖着，不像她这么坦白罢了。"

赵明亮又道："喜欢看书。"

他忙问："喜欢哪类型书？"

赵明亮说："苏俄小说，托尔斯泰的、屠格涅夫的。"

李团长一脸苦恼："名字太长，记不住。"顿了顿："她有没有特别讨厌的事？"

赵明亮说："有，讨厌干活，还说最幸福的事情就是坐享其成。说白了，不就是好吃懒做嘛。"

他却一脸欣赏，喃喃地说："真可爱。"

赵明亮诧异地看着他："难道这也是优点？"

李团长重重地说："你懂什么？这是个性！"

赵明亮回去，坐卧不宁，他到院里，想找些事情干干，比如扫扫地什么的。抬头看到许多雷正坐在屋内擦枪，而霍无病不在。他犹豫了一下，还是过去了，对许多雷说："问你个事。"

许多雷头也不抬："什么事？"

赵明亮低声道："你有喜欢的姑娘吗？"

许多雷一愣，抬头看了看他，站了起来："你今天这是怎么了？没发烧吧。"说着，用手摸了摸他的额头。

赵明亮把他的手打掉，说："我说正经的呢。你说，喜欢一个人，是不是对方的缺点也会成为优点？"

许多雷道："缺点是不会成为优点的，只不过，当你喜欢一个人的时候，对方身上的优点就放大了，而缺点呢，缩小了，忽略了。"

赵明亮摇了摇头，说："如果是这样的话，总有一天，那些忽略的缺点还是会冒出来，影响双方的感情。我觉得正确的方式应该是，欣赏热爱对方的优点，正视并包容对方的缺点。"

许多雷感到很意外："原来你不傻嘛，我还以为你在这方面不开窍呢。"

赵明亮苦笑了一下，说："我也是有感而发，胡说八道。"

许多雷一脸坏笑地看着他："为什么有感而发，是不是因为周英？"

赵明亮不再吭声了。他确实是喜欢周英的，但人家喜欢自己吗？他有时觉得她也喜欢自己，但有时又觉得不像，这真让人苦恼。再说，现在还真不是操心这种事儿的时候，至少要等到把鬼子都赶走了再说吧。

许多雷道："别否认，我知道你喜欢她，再不动手，可就真的被人抢走了，到时候，别怪哥哥没提醒你，你没看见那个李团长急吼吼的样子吗？"

赵明亮继续想着自己的心思，没有吭声。

许多雷道："怎么不说话了？"

赵明亮缓缓地说："身处战争之中，能不能活下去都是未知数，怎么敢再奢求别的东西呢？面对凶残的敌人，儿女私情微不足道。在胜利来临之前，我不想考虑这些事情。"

许多雷撇下嘴，说："就算没有战争，人也会死的，那就什么都别想了，慢慢等死吧。"

赵明亮说："如果有人能给她幸福，我愿意成全。李团长各方面都很出色，分区医院很多姑娘对他有意，他都不为所动，只对周英情有独钟。她如果能嫁给他，未尝不是件好事。"

许多雷道："你以为牺牲自己，成全别人很高尚，很伟大吗？你怎么不问问周英是怎么想的？"

赵明亮有些丧气："不想问，也不必问。"

许多雷道："你是不敢问。"

赵明亮没有吭声，许多雷这话确实说中他了。

许多雷试探道："要不，我帮你问问？"

赵明亮笑了笑，说："算了吧，人家李团长都知道这事不用别人帮忙。"

许多雷说："那你就主动出击，抢在李团长之前向她表白。"

赵明亮摇了摇头："我刚才已经说过了，在胜利来临之前，绝不会考虑儿女私情。我相信胜利很快就会到来，但是……"

许多雷问："但是什么？"

赵明亮说："我不确定自己能否活到那一天。"

许多雷的语气一下子变得沉重起来："其实我也一样，我们都一样，包括周英。"

赵明亮道："不，只要她肯结婚，李团长一定会把她调到后方去，这对她也好。"

许多雷沉默良久，说："你这是对她好，但她未必懂你。"

赵明亮笑了笑，说："她不必懂。"

这天，周英拿着小镜子，正在镜中端详胸前佩戴的玉坠，突然有人敲门。进来的是一个小战士，拿着一包香烟，一包糖果，还有一本书，他把它们放在桌子上，笑嘻嘻地说："李团长让我把这个交给你，他回团部了。"

她拿起书，是托尔斯泰的《复活》，她有点诧异："奇怪，他从哪儿弄的这本书？"

小战士笑道："太岳日报的记者采访他，手里拿着这本书，他看到了，非要买，人家还说他是强买强卖呢。"

她也笑了，打开糖果，抓了一把给小战士："给，你也吃。"

小战士接过去，开心地说："谢谢周姐，你什么时候嫁给李团长？"

她吓了一跳，瞪着他，叫道："谁说我要嫁给他了？"

小战士说："大家都说你要当团长夫人了。"

她摆了摆手，说："别听他们胡说，没影的事。"

小战士有些不解，看了看她，又看了看放在桌上的东西，说："那你为什么收他送你的东西？"

她笑了，说："他愿意给，我当然要了，不要白不要嘛。"

小战士很认真地说："在我们这儿，一个女的只要收了男人送的东西，那就表示她要嫁给他了。"

她挥了挥手，说："无稽之谈，我可不吃这套。"

小战士有些不乐意了，但也不好说什么，垂头丧气地走了。周英看他走远了，扫了一眼糖果，烦躁地推到一边，打开一盒香烟，点上火，深深地吸了一口，满脸惆怅。

她看看外面，阳光很好，干脆拿了凳子，到了院里，靠着墙翻着《复活》，赵明亮推门出来，看到她，走过来问道："看什么书呢？这么入迷。"

她扬了扬封面："《复活》，稀罕吧，这地方居然能看到《复活》。"

他顿了顿，说："李团长给你的？"

她笑道："你怎么知道？"

他面无表情："猜的。"

她眯着眼睛看他："不会是你跟他说我喜欢托尔斯泰吧？我还纳闷呢，好端端送我一本书。"

自己确实给李团长这么说过。赵明亮只得默认。

周英语气里充满嘲讽："谢谢你啊，古道热肠，热心助人，不仅帮人牵线搭桥，还帮人出谋划策。"

赵明亮说："出谋划策谈不上，人家只是问我你有什么爱好。"

周英冷笑道："没看出来，挺会巴结领导，有前途。"

正说着，霍无病从外面进来："队长，司令员找你呢。"

赵明亮赶到司令部，许亚夫告诉他，他的爱人李亚楠原本在北平做地下工作，最近因为身份暴露，要转移回根据地，无奈，到了石门感染了风寒，一病不起。

许亚夫说："没办法，这虽然是我的私事，但如果换了别的同志，也一样需要人去接应。"

赵明亮立即说道："我明白了，司令员放心，我一定把嫂夫人平安接回咱们根据地。"

许亚夫想了想，说："你一个人去不方便，叫上周英一起去，女同志，互相有个照应。"

赵明亮回来和周英说了以后，两人简单收拾一下，立即出发了。

2

中村端坐在桌前，端详着黄春梅为他织的红色毛背心，长长地叹了口气，把毛背心放下来，又从桌上拿起儿子小新的画发呆。画上是一家三口，小新牵着父母的手，三人脸上洋溢着幸福的笑容。他闭上眼睛，泪水缓缓地流了出来。

他把儿子的画放在桌上，拿起面前的铅笔，狠狠用劲，硬生生把笔从中间掰断了。这一切,都是赵明亮害的,他必须死!

他一刻都等不下去了。他穿上日军军装,站在镜前,一丝不苟地整理好,前去求见师团长伊藤正人。伊藤正人正在召见河村小郎,听说中村来了,让他立即进来。

中村请求立即带队前往关山分区,铲除屡屡与皇军作对的八路军特别行动队,也就是曾经刺杀过樱井师团长、劫持军火的那帮家伙,他已经调查清了,骨干就四个人,只要花点功夫,他保证把他们全部消灭掉。

伊藤皱起眉头,说:"华北兵力有限,现在我们处于守势,重点是守住现有据点和交通要道。八路军就是马蜂窝,你就不要去捅它了。"

中村还不甘心,说:"最好的防守就是进攻,我们必须主动出击,才能觅得一线生机。"

伊藤不悦,厉声道:"你说什么?一线生机?真是狂妄至极,谁给你的权力妄下断言?主动权仍在我们手里!你就这么悲观吗?仿佛我们已经生机渺茫,走投无路了。中村君,我提醒你,说话要负责任!"

中村吓了一跳,忙立正站好:"是!"

伊藤厌烦地朝他摆了摆手:"我不想再听你胡言乱语。"

中村还想再说什么,但看着伊藤厌烦的样子,只得强忍着把要说的话咽了下去,悻悻地离开了师团司令部。

河村小郎看了看中村的背影,说:"自从妻儿死后,我感觉中村君就像变了一个人,时而清醒,时而疯魔,让人琢磨不透。"

伊藤摇了摇头,说:"再给他点时间吧,相信他的愤怒和仇恨都会转化成对帝国的忠心。"

中村等不到这一天了,如果不杀掉赵明亮他们,他觉得每一天都是在煎熬,每一秒对他都是折磨。师团长既然不同意,那他不带挺身队去,就带上心腹小林英夫一起去报仇。他给小林英夫讲了,小林英夫自然以他马首是瞻,两人穿着普通老百姓的衣服,肩上挑着装满了玉米棒的筐子,进入了根据地。

中村的计划是前去三都村。赵明亮是个孝子,那就在他母亲身上做文章,请君入瓮。

到了三都村村口,冷不防从树丛中跳出来三个儿童团团员,拿着红缨枪对准了他俩。一个高个子的儿童团员向前,有模有样地敬个礼,问道:"同志我问你,你往哪里去?"

他身后的一个儿童团员接着说:"路条通行证,缺一不可行。不是为难你，规则要执行。”

中村向小林英夫递了个眼色，两个人迅速出手，制服三个小孩，两个孩子被杀害。站在最后面的那个儿童团员见势不妙，撒腿就跑，边跑边喊：“快来人啊，救命了，有坏人来了……”

小林英夫拔出枪，对准奔跑的小孩，中村忙按住他的手：“不能开枪，枪声会引来更多的人。”

中村窜了出去，追上逃跑的小孩，箍住他的脖子，用力一扭，残忍地将他杀害，丢在了路边的草丛中。

两人挑着玉米筐进了三都村，快到赵明亮家了，一个老乡从巷子里出来，问他们：“你们是哪个村的？”

中村当然做过功课，这难不倒他。他说是庙岭的。这是赵明亮母亲的娘家附近一个村庄。

老乡又问：“这是要去谁家？”

中村说：“赵明亮家，他是我外甥，他母亲是我表姐。”

老乡正要说什么，村里一个大婶挑着一担水经过这里，插嘴道：“哎哟，真不巧，赵大娘去镇上赶集去了，不在家。”

中村愣了一下，和小林英夫对视一眼，面露失望，对老乡说：“那我们就在这里等等吧。”

这个大婶挑着水进了院子，拦住正要出门的丈夫，小声说：“快去叫人，从没听赵大娘说庙岭有她家亲戚，外面那两个人有问题。村长说了，凡是来找赵大娘的外人都要多个心眼。”

那个男人应了一声，立即出门，向村长家跑去。

中村和小林英夫站在村中待了一会儿，觉得再这样拖下去，会引起人们的怀疑，就假装挑着筐准备离开，实则准备在村口等着。

正在这时，村长带着几个民兵向中村等人走来。中村心知不妙，立即带着小林英夫加快脚步向村外走去。

一个民兵在身后大声喊道：“站住。”

中村明白，露馅了。他朝小林英夫点了一下头，扔下筐子，拔出手枪，回头朝民兵射击。跑在最前面的民兵猝不及防，中枪倒地，其他人慌乱地躲到路边寻找掩护。一个民兵躲在树后，端起步枪射击，但他子弹打偏了，他正准备开第二枪，中村的枪响了，击中了他。

更多的村民拿着农具、锄头冲了出来，中村见势不妙，带着小林英夫边打边退，又有人受伤。村民见两人枪法了得，不敢再莽撞向前冲了，两人狼狈逃出三都村。

消息传到杜家庄，许亚夫听说赵大娘没事儿，刚松了口气，又听说中村和小林英夫杀了五个人，其中有三个是儿童，还有人受了伤，不由大怒："在八路军这里碰了钉子，现在盯上老乡了！这个中村正雄彻底疯了，老弱妇孺都不放过！"

他立即安排人去三都村，把赵大娘接到杜家庄，免得赵明亮有后顾之忧。他下了决心，等他和周英从石门回来，就全力以赴对付中村正雄和他的挺身队，彻底把他干掉。

中村带着和小林英夫垂头丧气地回到了太原，小林英夫唯恐他再有这样的举动，劝他说："八路军根据地现在是全民皆兵，连老百姓也防着咱们，看来，就算侥幸混进去，也难有作为了。"

中村道："这次的事还请小林君保密，一旦被师团长知道，又要借题发挥，我也免不了受处分。"

小林英夫忙说："请中村队长相信我的忠诚。"

中村叹了口气，喃喃地说："现在，我的身边只有小林君了。挺身队失去了秘密作战的优势，在师团长眼里，已混同于普通的作战部队，肯给我们一席之地，全靠我们曾经的战绩。"

小林英夫道："如今，军中普遍蔓延着一种消极情绪，这场漫长的战争耗尽了我们的耐心和希望。"

中村狠狠地说："即使战斗到最后一刻，我也要把赵明亮他们干掉！"

3

赵明亮和周英在前去石门的路上，仍然是夫妻打扮。到了一个小镇，看看天色已晚，两人决定就在小镇歇一宿，明天再走。

找了一家简陋的客栈，吃过饭，赵明亮忙着打地铺，周英照旧在中间搭了块布帘。她看了一眼赵明亮，犹豫了一下，说："你睡床，我睡地板吧。"

他抬头看她一眼，说："行啊。"

周英见他答应得这么爽快，却又有点生气了："跟你客气一句，你就当真了？你要是个男人，这时候就应该说，哪有让女人打地铺的？这才是绅士风度。"

他也振振有词："那你何必跟我假装客气呢？虚头巴脑的，累不累？你以前可从来不这样。"

她说："我就是试一试，果然把你的本性试出来了。"

他瞪了她一眼："虚伪。"

她听了这话，卷了床被子扔到地上，随便拉了一下，躺了下来，气呼呼地说："睡床去吧，省得你说我虚伪。"

他也躺到地板上了，说："才不呢，省得你说我没有绅士风度。"

她不耐烦地说："让你睡床你就睡去，别婆婆妈妈的！"

他说："你怎么不讲道理？我睡床你说我不是男人，我不睡床你又说我婆婆妈妈。"

她蒙上被子，转身闭上眼睡觉。赵明亮等了一会儿，见她没动静，试探着问："真让我睡床？"

她低低地嗯了一声。

赵明亮起身，从床上抽了块褥子递给她，说："地板有潮气，多铺点，不然会得老寒腿的，我睡光床板就行了。"

周英一动不动："没事，我腿又没受过伤。"说完，自觉说漏嘴，这不是让他知道自己关心他那受过伤的腿了吗？她忙闭上嘴，一声不吭。

赵明亮低头看了一下自己的腿，喃喃道："我的伤已经好了。"

周英没再回话，他呆呆看了一会儿她，低声说："要不，咱俩都睡床吧，我保证……我的人品你放心。"

周英闭着眼睛，假装睡着了。他只好抱着被子躺到床上去了。月光洒进房屋，两人谁也睡不着，都在黑暗中睁着眼睛想心事。他在揣摩她到底喜欢不喜欢李团长，她在猜他到底喜欢不喜欢自己。一直到后半夜，两人才迷迷糊糊地睡着了。

第二天一大早起来，没看到赵明亮，周英也没在意，从水桶里舀了瓢凉水倒进洗脸盆，正准备洗脸，赵明亮拎着热水壶进来了，说："我打了一壶热水，兑点热水洗脸吧。"

说着，就往脸盆里兑热水。他试了试水温，觉得可以了，就示意她可以用了。她弯下腰刚准备洗脸，脖子上挂的玉坠掉出来，赵明亮看见了，端详了一会儿，说："咦，我娘也有一枚这样的玉坠，和你这个差不多。"

她淡淡地说："这就是你娘的玉坠。"

他惊讶地看着她："啊？我娘的玉坠怎么跑到你的脖子上了？这可是她出嫁时，我爹送给她的聘礼。"

她斜了他一眼："很珍贵吗？"

他说："当然了。"

她从脖子上摘下来，塞给了他：“还给你。”

赵明亮接过去，狐疑地看着她：“我娘送你的?”

她瞪了他一眼，一本正经地说：“不是，我去你们家的时候偷的。”

他当然不信，说：“你又不是霍无病，怎么会偷东西呢？肯定是我娘给你的，既然她给你了，你就戴着吧。”

她摆了摆手，说：“算了，我怕把你们家的宝贝弄丢了，你还是自己留着吧。这是你爹送你娘的聘礼，我拿着不合适。”

他迟疑地收回手，把玉坠摊在掌心看了半天，喃喃道：“奇怪，我娘怎么会把这个东西随便就给人呢?”

她白了他一眼，匆匆洗完脸，收拾了东西，大步往屋外走，边走边说：“别愣着了，走吧。”

赵明亮忙把玉坠揣在怀里，跟着出了门。两人到了石门，找到了许司令给他们说的那个客栈，敲了两下，一个四十来岁的妇女开了门，她倚在门框上，艰难地咳嗽着。赵明亮小声道：“你是李亚楠同志吗？我们是关山分区的，许司令员让我们前来接您回太行山根据地。”

李亚楠脸上划过一丝喜色，说：“没想到你们这么快就到了，我估摸最早也得明天呢。快请进。”

周英看她还在咳嗽，想让她喝点水，摸了摸放在桌上的茶缸，说：“水都凉了，你是病人，怎么能喝凉水呢?”她弯腰拎起放在地上的暖壶，打开水去了。

赵明亮忙给李亚楠介绍说：“嫂子，我叫赵明亮，她叫周英，我们都是关山分区司令部的。”

李亚楠有些不好意思：“给你们添麻烦了。”

他从包里翻出一瓶药：“许司令说你病了，这是专门给你带的药。”对着瓶身看了半天：“不知道吃几片合适？这上面是洋文，看不懂。”

周英打水回来，倒掉茶缸里的凉水，换上热水。赵明亮把药瓶递给她，她拿着药瓶看了看上面的说明，又从自己的包里拿出听诊器，对李亚楠说：“我学过医，虽然不是专业医生，但也有半瓶醋。”

李亚楠苦笑道：“我是护士，也算半个医生，我这个病就是伤寒，没及时吃药，加重了，引起上呼吸道感染。”

周英接过赵明亮手里的药瓶，看了看上面的说明，说：“这个一天吃三次，一次吃两片。”

赵明亮问她：“你还能看懂这洋文?”

她白了他一眼："你自己是个土包子，就以为别人都是土包子吗？"

赵明亮唯唯诺诺地不吭声了。李亚楠看着两人，不由得笑了。如果不是事先知道两人是假扮夫妻，还真以为两人是小两口呢。

这些天来，许亚夫一有空就到村口看看，焦急地等待着李亚楠的到来。这天，他刚到村口，遇到了李团长，他忙叫住他："我听说了一件事，你这个多年的光棍终于肯结婚了？"

李团长有点不好意思，摸了摸后脑勺，笑了。

许亚夫追问："女方是谁？"

李团长说："周英同志……我是有这个意思，还不知道人家怎么想的。"

许亚夫严肃起来："周英身份特殊，这件事情，你还需要慎重考虑。"

李团长吓了一跳，忙问："怎么了？"

许亚夫说："她曾是国军参谋，虽然后来加入了八路军，各方面表现也很出色，但是……"

李团长紧张起来："但是什么？难道她有什么问题？"

许亚夫虽然没有什么真凭实据，重庆那边的地下党也证实了，国防部的档案显示，她确是晋南游击纵队的人，但不知为什么，他对她一直都不大放心。但这又不好给李团长讲，他思索半晌说："问题倒没有，但也一直在考察。"

李团长松了一口气："那我就放心了。"

许亚夫皱起眉头，说："那么多姑娘你都看不上，偏偏就非她莫属了？"

李团长嘿嘿地笑了："要不怎么说情人眼里出西施呢？"

赵明亮和周英雇了一辆马车，带着李亚楠出发了。他们很快进入了山西，经过一个小镇，三人感到有点饿，停在一个包子铺前，正要掏钱买包子，有个拄着一根拐杖的国军伤员过来，伸手从卖包子的小贩那儿拿了几个包子就走。小贩赶紧追过去："军爷，你还没给钱呢。"

国军伤员瞪着他吼道："老子在前方打日本鬼子受了伤，吃你几个包子怎么了？"

小贩唯唯诺诺道："小民做的是小本生意，赔不起。"

国军伤员一把推开小贩："我就不信了，吃你几个包子你就亏本了？"

小贩不服，想要抢回包子："你也吃，他也吃，我这生意还做不做了？"

国军伤员恼了，挥起拐杖就打小贩："你是看老子受了伤，好欺负吧？"他虽然受了伤，但力气倒不小，几下子就把小贩打翻在地，他追上去，还挥舞着拐杖使劲地打着小贩。

赵明亮冲过去，夺下国军伤员的拐杖，扔到一边，扶起小贩，给他拍打着身上的尘土。国军伤员没想到会有人上来，吃了一惊，瞪着眼睛问赵明亮：“你是什么人？”

赵明亮答道：“中国人。”

国军伤员捡起拐杖，上前挑衅：“中国人？我看你像特务，像奸细。”

赵明亮道：“你们就是这么随便给人扣帽子吗？”

国军伤员扬起拐杖就要动手，赵明亮抓住他拐杖，又扔到一边。他还不甘心，上来推搡，冷不防碰到了赵明亮腰里的枪，吓了一跳，忙退到一边，大声喊道：“快来人啊！这里有奸细！”

路边几名国军听到他的喊声，迅速赶来，拿着枪把赵明亮围了起来。周英和李亚楠赶紧过去，李亚楠赔着笑对国军说好话：“对不起，各位军爷误会了，我们只是路过的。”

国军伤员指着赵明亮叫道：“他有枪。”

一个国军军官上前搜身，摸出了赵明亮的枪，他把头向后一摆，命令道：“把这几个人给我带走。”

三个人被国军抓起来关在了一间小房子里。看看哨兵走远了，李亚楠忍不住批评赵明亮：“小赵同志，不是我说你，你也太沉不住气了。我们做地下工作的，遇上这种事，躲都来不及，你倒好，还要主动迎上去。”说完这话，突然又想起，赵明亮不是搞地下工作的，不由苦笑着摇了摇头，说：“我也是急糊涂了，不能用我们的工作原则来要求你。”

赵明亮说：“嫂子有所不知，我也是侦察兵出身，这几年往返于太原和根据地，也算半个情报人员。我刚才根本没把他们当敌人，所以才那么做。换了是日伪，我肯定躲开了。他们是中国军人，我也是中国军人，我是替他们感到羞耻，没忍住。”

李亚楠说：“我听说，这里本是日本鬼子的据点，上个月才撤走，刚回到中国军队手里。”

赵明亮道：“华北战场上，日军兵力空虚，许多据点都空了。日本人是兔子的尾巴长不了，可是，你看看这些国民党军士兵，这个国家能放心交到他们手里吗？我们打仗是为了什么？为了让老百姓过上安生日子，如果还是诚惶诚恐，担惊受怕，那不是出了狼窝，又进虎穴吗？”

周英听了这话，愣了愣，赵明亮说的确实没错，自己这两三年的经历，看到的国军，听到的国军不就是这样吗？自己从前不了解共产党，这样一对比，孰高孰低，一目了然。

她正在胡思乱想着，一个国军军官过来把门打开，冲着三人说：“你们出来一个人，我们长官要问话。”

赵明亮刚要站起身，李亚楠拦住了，低声说：“还是我去吧，你那个暴脾气，话不投机，又出乱子。”

周英站了起来，说：“嫂子，你身上的病没大好呢，我去应付他们吧。”

说完以后，也不管二人同意与否，跟着国军军官走了。

国军军官把她带到一个小房间里，一个国军上校坐在桌前，身边站着一个荷枪实弹的士兵。周英进去，随手拉过旁边一把椅子坐下。

上校有些吃惊地看着她，说：“我好像没让你坐吧？”

她笑道：“我要是站着，你得抬头看我，不累吗？”

上校有些疑惑，这个女人，穿着普通百姓的衣服，换了别人，早就吓得六神无主，她倒好，不但不害怕，反倒像到了自己家一样，他的声音不由得变得柔和了：“你们到底是什么人？”

她皱眉看了一眼那个军官和士兵，说：“不方便说。”

上校想了想，扭头对军官和士兵说：“你们先出去。”

等两人出去后，周英看着上校，慢悠悠地说：“我是军统山西站的，论官阶，我也是上校。”

上校吓了一跳，军统可不是好惹的。他忙正襟危坐，问道：“那两个人也是？”

她点了点头。上校犹豫着，又问：“有什么证据能证明你们的身份？”

她说：“你可以打电话向重庆军统局本部求证。”

上校想了一会儿，讪笑道：“我哪有那个本事？”

她说：“你没有，但你的上一级长官，上上一级长官，上上上一级长官，总会有吧，你可以逐一上报。”

上校看了看她，这个女人，十有八九说的是真的，那自己何苦为难他们呢，不如做个顺水人情。他就笑着说：“算了，我还以为你们是共党呢。”

周英道：“可以放我们走了吗？”

上校忙点头：“当然可心，当然可以。”说完这话，立即把门口的士兵叫来，让他立即去把另外那两个人也放了。

国军士兵开了牢门，把赵明亮和李亚楠放了出来。赵明亮还有点疑惑，就这么算了？他问那个国军士兵：“我们的同伴呢？”

国军士兵道：“她已经出去了。”

两人出来，周英忙迎了过去，带着两人到了大街上，好在车夫还在等着他们。上了马车，李亚楠低声问她：“这么快就把咱们放了，你是怎么跟他们说的?”

周英笑了笑,说:“没办法,实话实说。”

赵明亮很是欣慰:“看来他们对八路军的态度还是友善的。”

李亚楠想想,这也说得过去,毕竟还是国共合作,他们也要顾全大局嘛。

4

回到了杜家庄,一到村口,就看到许亚夫正带着警卫员站在那里等着。夫妻相见,分外亲热,许亚夫拉着李亚楠,上上下下打量了,问道:“你的病怎么样了?”

李亚楠笑道:“路上受了些惊吓,精神一紧张,反而好了。”

许亚夫有些紧张:“怎么? 遇到敌人了?”

赵明亮忙说:“不算是敌人,跟一个国民党兵痞起了冲突,结果,被他发现我有枪,那帮家伙就把我们关起来了。”

李亚楠接着说:“幸好有惊无险,说明情况后,就把我们放了。”

赵明亮打趣道:“司令员,嫂子已经平安送到,你们那么久没见面了,肯定有很多话要说,我们就不打扰了。”

许亚夫却叫住了他:“等一下,我们夫妻俩有的是时间说话。”转身对李亚楠说:“你先去房间休息,我一会儿就过去。”

李亚楠点了点头,跟着警卫员回去了。

许亚夫主要是给赵明亮讲中村到三都村的事儿,让他放心,三都村的老乡们都很警惕,把他们赶走了。

周英大怒,说:“这个中村正雄,胆子真大,都这个时候了,还敢跑来作恶。大娘没事吧?”

许亚夫说:“没事,已经把老人接来了。”

赵明亮急道:“我娘在哪?”

许亚夫说:“就住在你们行动队,老人情绪比较差,她觉得是自己连累了乡亲们。”

赵明亮转身就往村里走:“我去看看她。”

周英陪着许亚夫,边走边聊。她摇了摇头,说:“中村正雄对赵明亮恨之入骨,做出的举动已经不像一个正常人干的了,他的上司不会下这样愚蠢的命令。”

许亚夫说:“是啊,最怕他狗急跳墙,伤及无辜。日军在华北战场已是强弩之末，如惊弓之鸟，非常谨慎，他却主动跳出来，显然是个人行为。”

她点了点头：“这个人始终是个祸患。”

许亚夫扭头看了看她，笑着问道：“老李的事儿，你考虑得怎么样了？”

她愣了一下，问道：“你是说李团长？什么事儿？”

许亚夫道：“李团长追你这事已经弄得人尽皆知了，我是看他心神不宁，想给他吃一颗定心丸。”

她有些苦恼，低低地说：“我，我再考虑一下。”

许亚夫道：“希望你能尽快给我个答复。”

她苦笑了一下，说：“好，我会的。”

赵明亮回到行动队，母亲还是和原来一样住在周英的房间里。见到赵明亮，赵大娘的眼泪就出来了。他忙拉着母亲说：“三都村暂时别回去了，你就安心在这儿待着吧。”

母亲却有些担心：“我怕影响你，哪有当兵打仗还带着母亲的？让人家笑话。要不，我去你哥那儿吧？”

赵明亮忙道：“万万不可，我哥就像是一只羊，弄了张狼皮披着，混进了狼群中，随时可能被发现，你说危险不危险？”

母亲听了，又担心起来：“听你这么一说，我的手心都出汗了。”

他忙安慰道：“他会保护好自己的，身边要是带着亲人，就是拖累。”

母亲想了一会儿，说：“明白了，我不能去他那儿，那我去你姥姥家吧。那毕竟是我的娘家，你姥姥虽然不在了，但还有你舅舅呢。”

他想了想，母亲说的也有道理，有舅舅照顾，母亲应该没事的。

正在这时，许多雷和霍无病从外面进来，见到赵明亮，许多雷亲热地说：“队长回来了？大娘每天盼着你呢。”

霍无病想说什么，但看看赵大娘也在这里，有点为难，嘴巴动了动，啥也没说。赵大娘看出来了，就站起了身：“你们先说话，我出去转转。”

等赵大娘出了院子，霍无病凑上来，低低地说：“周英呢？整个关山分区都在传，她要和李团长结婚了，要当团长夫人了。”

许多雷推了霍无病一把：“哪壶不开提哪壶。”

霍无病不服，瞪着他叫道：“你不是说队长也想让周英嫁给李团长吗？还说这是为了她好。”

周英正好回来，刚要进屋，听到这句话，脸上出现愠色，转身又出了院子，在村里无聊地转悠了半个时辰，只好又回来了，进了屋看了看，好在那三个家伙都走了，只有赵大娘一个人坐在屋里纳鞋底。

她赶紧过去，和赵大娘打了招呼，两人说了一会儿话，赵大娘说："我跟明亮商量过了，过几天去他舅舅家住，不能总在这儿打扰你。"

她嗔道："大娘，你是把我当外人了，我巴不得你在这里能住多长时间就住多长时间呢，我也好有个伴儿。"

赵大娘沉默了一会儿，看了看她，又低下了头，喃喃地说："听说你要嫁人了？那个人还是个团长？"

她有些尴尬，说："还没定呢。"

赵大娘慈爱地看着她，说："大娘是为你高兴，你年纪也不小了，是该考虑结婚的事了，不能为了打仗什么都不顾了。"

话音刚落，一个小战士进来了，手里拿着一个纸包，笑嘻嘻地对周英说："李团长听说你从石门回来了，特意让人送来了半只烧鸡。"

周英眼睛一亮，站起来接了过来，打开纸包，嗅了嗅鼻子："真香。大娘，今天中午咱们有鸡吃了。"回头对小战士说："告诉李团长，烧鸡我收下了，但是以后别再送东西了，再送我可就不收了。"

赵大娘看了看周英，眼睛里都是满满的失落，暗自摇了摇头，这闺女，多好啊，能怪谁呢？只能怪自己那个儿子，一心只想着打仗，连个姑娘都不会追，看看人家李团长，刚回来，烧鸡可来了。

到了吃饭的时候，赵明亮和许多雷、霍无病坐在一起，就着搪瓷缸里的菜汤，嚼着窝窝头。霍无病边吃边说："李团长托人给周英送来半只油汪汪的烧鸡，她倒好，藏着掖着不拿出来，就怕我们吃她的，真不够意思。"

许多雷道："别惦记了，半只烧鸡不够她吃呢。"

赵明亮没有吭声，埋着头吸溜着菜汤。赵大娘端着一只碗进来，霍无病闻到烧鸡的香味，眼睛一亮，忙站起来："还是大娘好，给我们送好吃的来了。"

赵大娘说："这是周英姑娘给我的，我给你们送来了。"

霍无病抢先拿了一块，边吃边说："真好吃，谢谢大娘。"

许多雷也笑嘻嘻地拿了一块，只有赵明亮蹲在地上，像是没有看见一样。赵大娘给他碗里搛了一块，他拿着碗躲开了："娘，你吃吧，我不吃。"

赵大娘嗔道："你这孩子，跟娘还客气。"说着就往赵明亮的碗里放。

赵明亮起身推开："我真不吃。"说着这话，干脆放下了碗，扭身出去了。赵大娘叹了口气，她当然看得出来，儿子也是喜欢周英的，心情不好啊。

霍无病却丝毫都没察觉，兴冲冲地说："队长不吃，我吃。"说着，就要去拿碗里剩下的鸡肉。

许多雷拿筷子打了他一下："大娘还没吃呢，你个缺心眼的。"

第二十二章

1

这天，杜家庄来了一个四十来岁的换糖的小贩，他摇着拨浪鼓，边走边吆喝："换糖了，废铜烂铁换糖了。"

偶尔有几个小孩子兴高采烈地跑过去换糖，等他们走了，周英过去了，说是买几块钱的糖。这个小贩是军统派来的联系人，他边切糖边小声说："站长希望你能以党国利益为重，做好长期潜伏的心理准备。那个李志浩团长参加过长征，是个老牌党员，以后还会高升，嫁给他不仅能更好地掩护你的身份，也是打入共产党高层的机会。"

周英绷着脸，说："我不愿意嫁给他。"

小贩冷笑了一声，说："进了军统的人，'不愿意'这三个字，就再也没有资格说了。"

小贩不动声色地把糖包好，递给她，说："你以为我就愿意风吹日晒，走村窜户干这个吗？这几年，我的两只脚几乎把太行山都走遍了。"

周英没再理他，接过糖，扭身就走，一边走着一边吃着糖，糖似乎很甜，她脸上笑眯眯的。她一直走到了村外，找了一个背坡的地方，坐了下来，脸上的笑容慢慢没有了，她愣愣地看着远处，突然泪流满面，双手捂住脑袋，小声地压抑哭泣起来……

也不知道过了多久，她终于止住了哭声，从口袋里掏出手绢，擦干了眼泪，捋了捋头发，站了起来，拿出一块麦芽糖，填进嘴里，狠狠地嚼着。

刚进村里，迎面遇到了李亚楠，她现在任分区医院院长。周英把手里拿着的糖递了过去："麦芽糖，给你尝尝。"

李亚楠拿了一块，填在嘴里，笑道："不会又是李团长送的吧？"

周英道："说什么呢，我自己买的，那个卖糖的小贩还没走呢。"回头看了看，那个小贩却已经走了，她忙说："刚才还在。"

李亚楠笑道："好了，好了，不用找证据了，我看你是跳进黄河也洗不清了。"

周英大大咧咧地说："我也没准备洗。"

李亚楠说："大家都眼巴巴等着吃你们的喜糖呢。"

周英却收起了笑脸，认真地说："我不想结婚。"

李亚楠愣了一下，看了看她，她不像是开玩笑的，就也认真道："你要是不想嫁人，就早点告诉人家，可不能这么模棱两可，拖泥带水的。"

周英说："他还挺会造势的，弄得我现在骑虎难下。我要是不答应他，倒好像成了罪人。"

李亚楠关切地问："你不喜欢他？"

周英说："谈不上喜欢，但也不讨厌。"

李亚楠松了口气："那就行，我当初和老许在一起，还是别人介绍的呢，现在不也挺好吗？女人还是应该找个年纪大点的，知道心疼人，平时要有个矛盾什么的，也能让着你。"

周英刚落到房间坐下，李团长来了，看到她，他就咧开嘴笑了。她却绷着脸瞪他一眼："笑什么呢？我们的事闹得沸沸扬扬，这样下去，对你对我都不好。"

李团长笑容僵住了，忐忑不安地问她："你的意思是？"

周英道："你真的愿意娶我？"

李团长忙说："当然，那还用说吗？"

周英看着他，认真地说："我可不是什么黄花大闺女。"

李团长惊愕地瞪大了眼睛："难道你嫁过人？"

周英笑道："那倒没有。"

李团长松了口气，为了掩饰自己刚才的失态，他很有气魄地挥了一下手，说："就算你真的嫁过人，我也愿意娶你。咱是共产党，不封建。"

周英道："你看上我什么了？"

李团长说："我也说不上来，反正我觉得你哪儿都好，是我喜欢的类型。"

她摇了摇头，小声地嘟哝了一句："也许我会害了你。"

李团长没听清，问道："你说什么？"

她抬头看着李团长，咬了咬牙，说："好吧，既然你愿意娶我，那我们就结婚吧……明天你准备一下，后天就结婚。"

李团长吃了一惊，继而喜出望外："你说的是真的？"

她庄重地点了点头："嗯。"

李团长激动地跨前一步，紧紧握住她的手，使劲地摇着："周英同志，太谢谢你了。"

她脸上并没有什么喜悦，平静地说："不客气。"

气氛有些怪异，但李团长顾不得那么多了，只要她答应了，那就行了。

听说周英答应了李团长，最难受的就是赵大娘了，她一刻也待不下去了，赵明亮只得把她送往舅舅家。走在路上，赵大娘看着他无精打采的样子，叹了口气，说："明亮，娘知道你心里不好受。可是，这事怨不得别人，只能怨你自己。"

他还不承认："娘，你说什么呢？"

赵大娘说："你喜欢周英姑娘，她心里也有你，但我不明白你们为什么就走不到一起？李团长条件是比你好，可是，你也不差呀，你为什么就不能争取一下？"

他闷闷地说："娘，你也知道八路军的纪律，我不符合结婚条件。"

赵大娘道："现在不符合，以后总符合吧？难道当了兵，就一辈子打光棍了？"

他顿了一下，喃喃道："可是……我怕等不到那个时候。"

赵大娘道："是啊，男人等得起，女人等不起。女人的好时光就那么几年，眨眨眼就过去了。"

他急道："我倒不是担心这个……"

赵大娘奇怪地看着他："那你担心什么？"

他喃喃地说："我怕等不到那个时候，我就牺牲了，反而耽误了人家。"

赵大娘生气了："呸，呸，呸，尽说不吉利的话。人家李团长也是带兵打仗的人，人家就不怕自己牺牲耽误别人了？那些结了婚的八路军干部多了，都是你这样的想法，八路军岂不是要绝种断根？"

他低低地说："她嫁给李团长，总比嫁给我好。"

赵大娘停了下来，说："明亮，你如果心里真有她，现在还来得及，你应该像个男人一样去告诉她，至于成与不成，你总该试试吧……"

他看了看母亲，母亲的眼神充满鼓励，他有些犹豫："可我要把您送到舅舅家……"

赵大娘打断了他："我自己一个人能走，你的事是大事。"

他咬着牙，点了点头，连母亲都这样说了，他作为一个男人，如果就这样眼睁睁地看着周英嫁走了，他这一辈子都不会安心的。对，就像母亲说的那样，成与不成，先把这事儿挑明了再说。

周英坐在屋里发呆，她知道赵大娘要走了，她应该去送送，但见了赵大娘，能说什么呢？赵大娘选在这个时候走，还不是不想看到自己的婚礼吗？赵大娘都能看出来，就这个木头一样的赵明亮无动于衷！不，也许是自己想多了，人家根本就没这个心思。她越想越气，不由拿起桌子上一块抹布，狠狠地甩到了一边，就像这块抹布是赵明亮一样。管它呢，就当是为党国尽忠吧。

突然有人敲门。周英愣了一下，会是谁呢？她刚站起来，门哗啦一声被推开了，赵明亮急吼吼地闯进来，冲到她面前，瞪着眼睛吼她："你为什么要答应李团长？"她冷冷地看着他，都到什么时候了，这个男人还这么给她说话！他如果爱她，那就直接说呗，还要拐弯抹角吗？她没好气地也瞪他，大声叫道："我嫁什么人关你什么事儿？这是我自己的事儿，用你管吗？你是我爹还是我娘？"

赵明亮还想说什么，周英恼怒地指着门外，厉声道："你给我出去！"她的口气从来都没有这么凶过，他一下子蒙了，脑袋一片空白，接下来不知道说什么好了。周英伸出手，用力地把他推出去，狠狠地关上了门。

2

晚上就要举行婚礼了。傍晚的时候，李亚楠来到了周英的住处，帮她梳妆。周英坐在桌子前，穿着八路军军装，鬓角戴了朵红花。李亚楠对着镜子看了看，笑着说："这张小脸真好看，难怪我们的新郎官就像吃了迷魂药一样。"

周英也笑了一下，只是笑得有些勉强。这当然逃不过李亚楠的眼睛，她关切地问道："你是不是有什么心事？"

周英忙掩饰："心里有些慌，不知道自己究竟是做对了，还是做错了。"

李亚楠道："都一样，我那时候也是，一颗心怦怦乱跳，恨不得忽然发生一件事，阻止这场婚事。"

她愣愣地坐着，一行眼泪忽然流了出来。

李亚楠慌了："你这是怎么了？"

她赶紧擦掉眼泪，回头对李亚楠笑了笑，说："姐，没事，我这是高兴的……"

许多雷和霍无病当然也知道，最难受的就是赵明亮了。虽然不清楚两人有什么纠葛，但看着他整天阴沉着脸，就觉得这事儿不对劲。他俩一看到李亚楠过来给周英梳妆，立即拉上赵明亮到了杜家庄的一个小饭店，叫了几个菜。许多雷看看他，又要了瓶酒。

喝完了这瓶酒，看看赵明亮不但没反对，自己也一杯接一杯地喝，许多雷终于放心了，又叫了一瓶。喝了一半，三人都差不多了。许多雷看着他还是郁郁不乐，就醉眼朦胧地指着他道："哥们儿，你、你也太怂了，自己的女人，居然让别人抢走了！去，去把她抢回来！"

霍无病也在旁边撺掇："对，阳、阳哥说得对，酒壮怂人胆，去把她抢、抢回来！"

赵明亮呆呆地看了看两人，喃喃地说："她自己答应的人家，她，她喜欢人家嘛……"

许多雷急了，说："人家一个女孩子，你让人家先说喜欢你啊？你，你搞颠倒了，这话，应该男人先说才对。"

霍无病也来劲了，凑到他跟前问："赵队长，你就说实话吧，你抱过周英没有？"

赵明亮吃了一惊，瞪着眼睛看他："那怎么可能，那我不成流氓了吗？"

霍无病遗憾地摇了摇头，说："那就没戏了，如果你真喜欢她，那就像个男人一样，该怎么做就怎么做。"

许多雷瞪了霍无病一眼，捋起了袖子："谁、谁说没戏了？赵队长才是主角，主角还没登场，戏还没开始呢……"说着，就过来拉赵明亮："去，你去，把周英抢回来！"

霍无病也站起来了："咱一起去，咱骑着马，去把周英抢走！"

赵明亮低着头，沉默了一会儿，突然拿起一杯酒，一饮而尽，把酒杯重重地放在桌上，站了起来："走！"

婚礼已经开始了，李亚楠带着周英到了新房，屋里收拾得干干净净的，墙上贴着红双喜字，床上放着很新的大红绸缎被子。战争年代，能弄到这种程度，已经不错了，看来李团长是下了一番工夫。他的胸前还挂着一朵小红花，黑乎乎的脸庞上透着红光，额头上冒出一股股汗水，手也没地方放，一会儿插到口袋里，一会儿又拿出来用袖子去抹汗。

看周英来了，大家把野菊花往她身上撒，叫了起来："欢迎新娘，欢迎新娘！"

周英一直觉得，自己结婚时，会紧张，会不安，但很奇怪，她一点感觉都没有，就好像这不是她的婚礼，是别人的，她和大家一样，也是来看热闹的。

主持婚礼的是司令部一个助理员，当他刚开口说完"请许司令宣读结婚证明”时，外面传来急促的马蹄声，众人惊疑地看着门外，只见赵明亮带着许多雷、霍无病闯了起来。赵明亮进来，拉着周英叫道：“走，跟我走！”

所有的人都呆住了，愣愣地看着他们。

周英也傻了，她使劲地挣扎着，打掉了他的手。他又抓住她的手，瞪着血红的眼睛朝她吼道：“你真愿意嫁给李团长吗？”

她咬着嘴唇恨恨地瞪着他，坚定地说：“我愿意！”

他呼呼喘着气，把脸伸到她跟前，问道：“我再问你一遍，你到底是喜欢我，还是喜欢他？”

都这个时候了，这个男人才来找她，才给她说这些话。她冷冷地看着他，说：“你算老几，我什么时候喜欢过你？”她嘴上是这么说的，但泪水却不争气地夺眶而出。

赵明亮听到这话，如五雷轰顶，脑袋嗡嗡地响，但看到她不断地往下流的泪水，他一下子明白了，这个女人，她还是爱他的！他弯下腰，拦腰抱起她，扛在肩上，大踏步地往外走。大家吃惊地看着这一幕，有几个参谋干事反应过来，要上前拦住他们，许多雷、霍无病忙伸开胳膊挡住了他们，笑嘻嘻地说：“恋爱自由，恋爱自由……”

周英本来还在挣扎，但这个男人的力气真大，她慢慢地就不挣扎了，让她把自己放在马背上，他跳上马，往野外奔去，风儿真大，路真颠，她伸出胳膊环抱着他，把头埋在了他的后背……

两人远离了杜家庄，在苍茫的星空下停了下来。赵明亮跳下马，把周英扶下来，他的眼睛闪闪发光，微笑着看着她，喃喃地问她：“你到底喜欢谁？”她瞪着他，说：“就是不喜欢你！”他扬起手，作势要打她，但手到半空，却温柔地落下来，揽住了她。她用小拳头捶打着他的胸脯，但人却软在了他身上……

到了第二天早上，两人才回来。赵明亮骑着马，周英坐在后面抱着他的腰，伏在他的后背，脸上荡漾着幸福的笑容。在众人诧异的目光中，两人骄傲地穿过杜家庄，来到了司令部。赵明亮让周英在外面等着，他去见了许司令。许司令一看到他，脸立即绷起来了：“你胆子太大了，连这种事儿都干得出来！”他笑嘻嘻地说：“司令，我就是来向你负荆请罪的，咋处分我都行，但我要和周英结婚。”

许亚夫在屋里走了几个来回，赵明亮和周英，确实有些过分了，但感情上的事情，儿戏不得，周英不喜欢李团长，这事儿谁也不能勉强。但如果赵明亮要与周英立即结婚，似乎也不大合适。他停下来，对他说：“这是你们两个人的事儿，按说，我不应该干涉，但要不要现在就结婚，你们得考虑下李团长的感受。”

他忙点了点头，说：“那我们再等等，等把小鬼子赶走了我们再结婚。”

李团长要离开杜家庄了，许亚夫一直把他送到了村口。许亚夫看了看垂头丧气的李团长，低声说：“想开点，天涯何处无芳草。只要你别那么挑剔，我保证，马上就有姑娘愿意嫁给你。”

李团长苦着脸说：“一朝被蛇咬，十年怕井绳，对女人，我是害了怕了。”

许亚夫道：“没出息，打起精神，抬起头，别因为这点小事就萎靡不振。”

李团长说：“我知道，你们嘴上不说，心里都在笑话我呢。”

许亚夫道：“谁敢笑话你？你是堂堂老虎团团长，要人才有人才，要相貌有相貌，多少姑娘仰慕你呢。你现在只是失去了一片树叶，眼前，还有一大片树林。”

李团长垂着头，一声不吭。

许亚夫道：“换个角度看，这是件好事。强扭的瓜不甜，真要娶进门，如果不是一心一意和你过，更麻烦。就当是做了一场梦吧，现在，梦醒了，天亮了，昂头挺胸向前看。”

李团长看了看远处，说：“人闲长指甲，心闲长头发，赶紧打仗吧。”

许亚夫点了点头，说：“快了，你回去也好好准备准备，鬼子的好日子到头了，咱们随时要反攻了。”

3

周英没嫁给李团长，在新婚之夜临阵脱逃这事儿，最震惊的还是宁武他们。当然，他们只知道她没嫁给李团长，但赵明亮抢婚这事儿，他们还没本事知道得那么清楚。当宁武听完李为信的汇报，霍地站了起来：“什么？周英没有嫁给李志浩？”

李为信道：“她本来答应了，据说那个李志浩把新房都布置好了，临到结婚时，周英又后悔了，跑了。”

他皱起了眉头：“周英到底在想什么？”

李为信道：“周英毕竟是受过教育的，八路军都是泥腿子，可能是她没看上这个人吧。”

他怒道：“扯淡！干我们这一行，哪能凭着自己的兴致来？需要以色事人时，她难道也要挑人吗？”

李为信道："那不一样，那是逢场作戏，这可是终身大事。"

他恨恨地说："终身大事能和党国大事相比？她周英脑子生锈了吗？"

李为信道："此举倒也未出乎我的意料，这个女人向来喜欢一意孤行，麦当雄在的时候，尚且奈何不了她，何况现在……"

宁武打断了他："她可以看不起我，可她总该知道军统的家法吧。你说吧，按照军统的家法该如何处置？"

李为信道："按照家法，这等于是谋叛，必须制裁。"

宁武皱着眉头，走了两个来回，停在他跟前，说："要处决一个自己的同志，非比等闲，必须握有了可靠有力的证据才行；否则，万一枉杀，必追悔无穷。再说，我这次回重庆才知道，她在局本部很有人脉，我们更应该谨慎。"

李为信早就看不惯周英，他和她之间还有竞争关系，从前麦当雄罩着她，她盛气凌人，现在麦当雄没了，倒是一个机会，必须再加把火。他说："可是，一只风筝放得久了，拽着它的线就不结实了，随时可能会断。周英桀骜不驯，我行我素，这次的事件就是一个苗头，再不把她召回，我怕……"

宁武摇了摇头："你怕什么？害怕她叛变？"

他说："这倒没有，就这么算了，我怕弟兄们会不服，开了一个坏头。"

宁武瞪着他问："那你说怎么办？"

他一脸阴毒："死罪能免，活罪不能免。给她一次戴罪立功的机会，让她想法暗杀许亚夫。"

宁武想了一会儿，点了点头："也好，你去布置一下吧。"

前来向周英传递这个指令的是吴立均。他化装成一个货郎到了杜家庄。周英看到他时，大吃一惊。这个吴立均胆子也太大了，赵明亮他们都见过他，万一认出来，那麻烦就大了。吴立均当然也清楚，他确信周英已经注意到他后，立即就挑起货郎担出了杜家庄。

吴立均的出现，对周英更大的冲击是，她这才突然想起，自己还是军统的人。这些天来，她完全沉浸在爱情之中，甚至都忘了自己的真实身份，以为自己和赵明亮他们一样，是名真正的八路军了。

她是在一条山沟里追上吴立均的。两人找了一个隐蔽的地方，他把军统要她刺杀许亚夫的指令对她说了。她吃了一惊，现在国共合作抗战，虽然暗地里在较劲，但也不至于发展到这一步。麦当雄这是疯了吗？

他摇了摇头，说，麦当雄早就死了，现在是宁武在当家。

她吃了一惊，追问道："日本人把他杀了？"

他告诉她，是宁武把麦当雄杀了。

周英想了一会儿，内心早已经波浪汹涌，但脸上却波澜不惊，淡淡地说："哦，明白了，他杀麦当雄是锄奸立功。"

吴立均有些不满："其实麦当雄并没有出卖军统，相反，他还表示愿意继续为党国效力。"

她淡淡地说："他为了保全性命，投靠日本人，无论真心，还是假意，落得这个下场，也是咎由自取。"

麦当雄对她一直都很好，吴立均以为，她听到这个消息，会很难过的。他还曾犹豫着要不要把这件事儿告诉她呢，但他最后还是决定要告诉她，应该让她知道。哪知，她的反应却出乎他的意料，似乎并没他想象中那么悲痛。他有点难过，说："我在受训时，教官总讲，团体即家庭，同志如手足。家法固然严厉，但家法之外还有人情，特别是对待在沦陷区与敌人短兵相接、血肉相拼的同志，更应慎重。宁站长如此行事，未免太心狠手辣了。"

她笑了笑，说："你很善良。"

吴立均愤然道："生而为人，当然要善良。"

她摇了摇头，说："善良是很珍贵，但善良是有原则和边界的，如果善良用到错误的人身上，它可能带来的就是厄运。而对一些人，就不能用善良，只能用铁和血。"

吴立均愣了，说："你也是这样的人，对吗？李为信说他在小朔车站想炸死你，就是为了给王跃平报仇。"

她说："我杀他，是因为他连老人和孩子都不放过。善良用在这种人身上，就是浪费。没有原则的仁慈，只会让对方为所欲为。"

吴立均道："可他也是奉命行事。"

她沉默了一会儿，说："在这个时代，我们不得不去做一些事情，但我们也是会思考的人。明知他无辜而杀他，就是有罪。奉命行事，如果是你，你下得了手吗？"

吴立均想了想，他确实下不了手，这么说来，她其实还是一个有感情的人，只不过，她经历的事情太多了，学会了控制自己的感情。自己还是要好好历练啊。

周英喃喃道："他杀张厨师就罢了，但是我不能原谅他杀那个孩子，还有孩子的奶奶。赵明亮有一句话说得对，我们可以用魔鬼的方式与魔鬼作战，但是我们自己不能沦为魔鬼。我们都是为了抗日才加入军统的，不是为了杀人，更不是为了杀中国人，杀害弱小妇孺。"

他有些动容："李为信在宁武面前说你可能被赤化了。"

她不屑道:“他们也想对我下手?”

他摇了摇头:“这倒不是。宁武说你是埋在共区的种子,到了需要发芽的时候,再起用你。刺杀许亚夫这个任务就是……你要小心点。”

她笑了笑,拍了拍他的肩,说:“你也快点回去吧,路上小心点。你告诉宁站长,这个任务就交给我了,我保证完成。”

这条山沟离杜家庄其实并不远,但周英却觉得比她一生走过的路还要长。她明白军统的命令意味着什么。自己已经违抗了嫁给李团长的指令,很显然,这次的命令是一个考验,军统已经怀疑她了,他们宁愿毁掉她这颗种子,也要让她证明自己。要想证明自己,必须得杀死许亚夫。

她把自己关在房间里,坐在床边发呆。到了晚上,天空中下起了蒙蒙细雨。这是一个好机会,能见度低,人少,神不知鬼不觉地杀了人,可以从容离开。她咬了咬牙,掏出手枪,很仔细地检查了每颗子弹,然后把子弹一颗一颗地装进去,把枪插进腰里,整理好衣服,出了门。

她没有去司令部,而是去了野外。她坐在一块石头上,看着夜色发呆。她想了很多,从自己接受任务想到了现在,她面临着一个重大抉择,如果自己做了这件事儿,她将彻底与共产党、与八路军为敌,也等于与赵明亮、许多雷、霍无病为敌,但她愿意和他们成为敌人吗?

雨越来越大,她全身湿透了,成了落汤鸡。她站起身,从腰间抽出手枪看了看,又插进腰里,朝村内司令部走去。刚到司令部门口,就见李亚楠打着伞出来。本来她是有机会闪到一边的,但她没这样做,仍旧往前走去。李亚楠看到她,忙打着伞迎过去,把伞罩在她头上,关切地问:“小周,你怎么淋成这个样子了?”

她却没接这话,问道:“许司令在吗?”

李亚楠亲热地说:“在呢,快进去吧。”

她进了许亚夫的宿舍,李亚楠忙拿了块毛巾给她擦头发。许亚夫以为她是来讲逃婚的事情,就有些不快,严肃地看着她,说:“你终于来了。你有没有想过,你这样做,置李团长于何地?”

李亚楠忙对许亚夫道:“小周临阵变卦,确实不对,我已经批评过她了。可是,婚姻大事,慎重一点也是好的,我们得尊重她个人的意愿。”

她扭头看了一下李亚楠,说:“嫂子,我有几句话想单独跟司令员说。”

李亚楠看了看她,觉得奇怪,又看了看丈夫,丈夫冲她点了点头。她笑了笑,说:“好,那我先出去了。”

李亚楠走到门口,又回头冲着许亚夫道:“差不多就行了,年轻人不懂事，别吹胡子瞪眼的。”

周英看着李亚楠出去了，把门关上，回头走到许亚夫跟前，从腰间掏出手枪，啪地放在桌子上，向许亚夫伸出双手：“你把我绑起来吧，或者，你一枪把我打死也行。”

许亚夫吃惊地看着她：“你这是干什么？”

她看着他，说：“许司令，我要和您坦白一件事。我其实不是晋南游击纵队的，我是军统山西站的，受重庆局本部派遣过来的。”

他好像并不是很奇怪，只是皱了一下眉头，问道：“你为什么要向我坦白这些呢？”

周英道：“我最初的任务是借调查关士杰被杀的事儿潜伏进来。不过，我不是一个合格的演员，演着演着就入戏了，真的把自己当成这里的一员了。”

许亚夫拿起她放在桌子上的手枪看了看，又放了下来，脸上的表情也没有什么变化，就好像在听一件很平常的事情一样。

她感到奇怪，问道：“你怎么一点都不感到惊讶？”

许亚夫缓缓道：“你给我说实话了，那我也给你说实话吧，你是军统的人，既在意料之外，又在意料之中。我早就怀疑过你的身份，只是你的档案做得天衣无缝，你的经历堪称完美，但就是太完美了，反而不真实了。”

她说：“那都是专门伪造的假档案，我的真实档案只有局本部一两人掌握。”

许亚夫说：“虽然对你一直有怀疑，但在协力抗战这一点上，你的表现坚定勇敢。我既怀疑你，但也赞赏你。我们能和昔日的死对头蒋介石合作抗战，何况一个一心打鬼子的军统人员？”

周英喃喃道：“军统也不是昔日的军统了。我的信仰早就坍塌了，自己也常常陷入迷惑，弄不清楚自己究竟是谁。我有时候听命于军统，有时候却听命于自己的良知。晋南游击纵队覆没后，我加入八路军，一半是因为上峰的命令，另一半却是舍不得离开这里。”

许亚夫问道：“黄桥煤矿暴动的事，是你透露出去的？”

她点了点头：“是，这是我做过的唯一一件伤害八路军利益的事。”

许亚夫摇了摇头，说：“果真就这一次吗？那次，太原地下组织无缘无故遭到破坏，赵明亮也因此被捕，一直没有查出真正的原因。”

对，这件事儿还是因自己而起，如果她不告诉麦当雄，也就没有这事儿了。她黯然低头道：“没错，是我。”

许亚夫道："我当时就怀疑到你头上了，可是你奋不顾身，在黄春梅的帮助下，救回了赵明亮。"苦笑着摇了摇头："每次在我怀疑你的时候，你又会做出一些让我感到意外的事，影响我的判断。我一直都搞不懂你。"

她抬起头，说："那两件事并非是我有意为之，但我确实难逃其咎。我不想再继续错下去了，宁武这次下令让我来暗杀你。这事儿，我当然不能做，只好向您坦白了，也就轻松了，无论如何处置，我都毫无怨言。"

许亚夫嘴角露出一丝嘲讽："这个宁武，还想要我的命？"

他在屋里走了几个来回，他想了很多，想了很远，在一定意义上说，他也不得不佩服这个女人，确实很会伪装，她既然坦承了自己的身份，那就应该为我所用。他停了下来，对她说："谢谢您能坦诚相告，我也相信你，你实际已经是一名合格的八路军战士了。不过，我认为，你回到军统会更好。"

她吃了一惊，愣愣地看着他："回去？"

许亚夫道："他们处心积虑把你安插进根据地，我们也可以反其道而行之。"

他见她还在犹豫，忙说："让你回去，我其实也担了很大风险。你曾经是他们的人，也有可能重新倒戈。让你留在这里，我也不放心。我们是为了信仰加入共产党的，你呢？你的信仰是共产主义吗？"

她摇了摇头，她确实对共产主义还没多少了解。

许亚夫笑了："你的确是个坦率的姑娘。"

她说："我明白了，因为我信仰不坚定。你让我回军统就是打一个赌。这个赌如果赢了，得益良多。如果输了，你的损失就是放走一个摇摆不定的投诚者。但是，我也明确告诉你，我不回去。我厌倦了这种不清不白的生活，要做就做一个堂堂正正的八路军。"

许亚夫愣了一下，她居然直接就拒绝了，这确实出乎他的意料。他用疑问的眼神看着她，鼓励她继续说下去。

她说："如果你不信任我，可以抓捕我，甚至处决我，我愿意为自己曾经做过的事负责。"

许亚夫想了一会儿，说："好吧，既然你不愿意回去，我也不勉强。你不要向任何人透露自己的身份，包括赵明亮，这也是对你的保护。"

她点了点头："这个我也知道。进了军统的人，是不允许活着离开的，他们一旦发现我投共，会不惜一切代价追杀我。从我投身抗日的那天起，这条命就不是自己的了。即使死，我也希望自己死得有价值。"

许亚夫道："我相信你的诚意，也相信你抗日杀敌的决心。"

周英走了，她刚到门口，许亚夫又叫住了她。她的身子一下子僵住了，他又后悔了吗？他走过来，把她放在桌子上的手枪递给她，又指了指门边放着的那把雨伞，让她带上。

周英鼻子发酸，自己要用这把枪杀他，他现在又把这把枪还给了她，这是什么？这是信任！她拼命抑制着感情，向他点了点头，拿着门边的雨伞，推开了门。

外面依然下着雨。

第二十三章

1

到了 1945 年 5 月的时候，连日本人自己都知道，这场战争，他们要失败了。但总是有些人，还是不肯面对现实。这些人里面就包括伊藤正人，他甚至还妄图进攻八路军关山分区。八路军让他越来越恼火，这一年来，他们张牙舞爪，频频挑衅，已经严重扰乱军心，必须给他们一个教训。

中村听说后，觉得向赵明亮他们复仇的机会来了，他立即赶到师团司令部，向伊藤正人请战："我和挺身队有全体玉碎的决心！我请求师团长批准我们先行潜入八路军根据地，策应进攻。"

伊藤正人想了一会儿，说："你们既然求战心切，那就随石井联队一起打头阵。"

他吃了一惊，这完全是把他们挺身队当作了战斗部队，这并非挺身队所擅长的，也不是建立挺身队的初衷。他鼓足勇气，坚持道："挺身队更适合在敌后单独活动……"

伊藤瞪了他一眼，打断了他："决定战争胜负的还是正面对决。师团新兵比较多，挺身队里都是有经验的老兵，必要时就作为突击队用。你去执行吧。"

他只得带着挺身队参加了对关山分区的突袭。既然是正面作战，那当然不能再穿八路军的军装了，全部穿着日军军装，跟在大部队后面。

小林英夫难过地对中村道："我们挺身队现在沦落为一般战斗部队了。"

他想了想，说："我们即使换上八路军军装，他们也不会上当了。与其偷偷摸摸，那就不如作为堂堂正正的军人好好打一仗。"

小林英夫叹口气："唉，旧时王谢堂前燕，飞入寻常百姓家。要是樱井师团长还在就好了。"

日军突袭关山分区的消息传来，许亚夫确实有些吃惊。美军对日本本土的轰炸已经持续了将近一年，最近又占领了硫磺岛，而德国又战败了，八路军也展开了局部反攻，这都什么时候了，鬼子还敢主动进攻？但他们既然来了，那就正好趁这个机会收拾它一家伙。许亚夫进行了针锋相对的部署，主力让出根据地，跳出鬼子的包围圈，然后来个反包围，关门打狗，让他们进来出不去。

兵力有限，他命令赵明亮带领特务连，掩护剧团、报社、医院等非战斗人员立即转移，在根据地转圈圈，让敌人误以为是主力，吸引敌人，为主力部队合围敌人争取时间。

周英前段时间淋雨受了风寒，一直感冒发烧，还在医院住院。赵明亮正站在路边指挥队伍，忽然看到医院过来了，医护人员搀扶着伤员行军。他赶紧在人群中寻找周英，看到有个护士搀扶着她，忙跑过去，关切地问："怎么样？"

周英苦恼地说："没事，就是身子发软，浑身没劲。鬼子太他妈可恨了，早不来，晚不来，偏偏要等我生病了才来。"

赵明亮说："你就安心养病，别操打仗的心，有我呢。"

李亚楠过来，笑着对他说："赵队长，你就放心吧，我保证周姑娘连根毫毛都伤不着，你就安心打仗吧，到时我亲自把周姑娘送回去，完璧归赵。"

他对李亚楠笑道："有你在，我当然放心。"

队伍走了一天，第二天中午，正在一条山间小路行军，日军的一架侦察机远远地飞过来，队伍有些惊慌，就要往路两边的树林中隐蔽。赵明亮看出是侦察机，忙冲着队伍高声喊道："大家都不要慌，记住，我们现在是伪装分区主力，不要隐蔽，继续行军！"

日军飞机在头顶上盘旋了一阵，飞走了。日军果然把赵明亮所带的队伍当作了主力，迅速包抄过来。赵明亮迅速进行了部署，特务连一排跟着他留下来断后，阻击敌人。二排、三排掩护大队伍行动。他再三交代三个排长："记住，我们的任务不是打仗，是钻山沟沟，带着敌人兜圈子、打转转。"

话音刚落，许多雷道："你是指挥员，你带着队伍走，我留下和大家一起阻击敌人！"

赵明亮略一思索，点了点头，说："好。至少坚持两个小时！"

许多雷立即带着一排回头前去阻击敌人。赵明亮带着两个排护送大队伍急行军。他最不放心的就是周英，看到她气喘吁吁的，忙赶到她跟前问道："你怎么样？"

周英着急地说："你不用管我，赶紧指挥部队！"

中村等人带领的数百名日本兵终于追上了八路军。这正是赵明亮他们带领的队伍。一个日军军官举着望远镜看了一会儿，把望远镜递给中村道："这是八路军的后勤部队，不是主力，我们上当了。"

中村拿着望远镜看了看，对日军军官道："现在不是挑挑拣拣的时候，只要是八路军，咱们就打，打击一下他们的嚣张气焰，鼓舞我们官兵的士气。"

等到八路军的队伍走近了，中村一声令下，日军猛烈开火。八路军猝不及防，当即倒下几个人，整个队伍大乱。赵明亮大喊："二排跟我来！三排掩护大队伍撤退！"

队伍分成两拨，赵明亮带领一个排冲上一个小坡头，与日军激战。另一个排的八路军带领大队伍向另一个方向撤退。

撤退的队伍没走多远，也遇到了日军。三排长着急地对李亚楠喊道："李院长，你带着大家突围，我们来掩护。"

李亚楠立即带着医院边打边撤。日军密集的炮火袭来，在队伍中爆炸，人们慌乱地躲藏、隐蔽，队伍被打散了。护士搀扶着周英走得跌跌撞撞，远处已经能看到影影绰绰的日军了。周英急了，推开护士："给我留下两颗手榴弹，你们快走吧，不要管我了！"

护士急得要哭了："不行，李院长说了，一定要保护好你。"

周英叫道："这会拖累大家的！"

正说着，李亚楠从硝烟中冲了出来，她不由分说，架住周英的另一只胳膊："快走！"两人架着她，在硝烟弥漫中奔跑着。

经过激战，赵明亮他们虽然成功阻击了日军，但三十来人的一个排只剩下十多人了。日军又一次发起冲锋，赵明亮沉着地一枪消灭一个鬼子，杀死几个鬼子后，他扣动扳机，发现没有子弹了。

三排长弯腰跑过来，低声道："赵队长，医院都撤走了，咱们也得走了。"

赵明亮回头看看，医院队伍已经不见人影了。他立即收起枪，带着大家顺着山沟撤退了。

李亚楠她们刚翻过一个山头，前面的山坡上突然出现了几个日本兵，眼看就要发现她们了。

李亚楠看到旁边有个山洞，立即带着两人躲进了山洞。这个山洞还不算小，有十来米深。到了里面，两人放下周英，周英很疲惫地靠在山洞壁上，身子仍是软软的，一点力气都没有。

李亚楠掏出手枪，警惕地盯着山洞外，有三四个日本兵来到了洞口，一个日本兵看了看山洞，问另一个日本兵："这里会不会藏有人？"

那个日本兵举起枪，朝洞内开了几枪，子弹擦过李亚楠她们打在石壁上，火花四溅。另一个日本兵掏出一颗手榴弹，拉开导火索，把手榴弹扔进洞内。手榴弹在山洞里蹦跳了几下，在离李亚楠三人不远处爆炸，没有人受伤，但硝烟弥漫，周英想咳，她使劲地捂住嘴，憋得眼泪都出来了。

日本兵发现没动静，就离开了。

护士看向李亚楠，着急地说："院长，我们怎么办？"

李亚楠想了想，说："不要急，现在到处是鬼子，咱们等到天黑再走。"

2

还没等到天黑，中村带着二十来个挺身队员搜索到了山洞口，他停了下来，狐疑地看着山洞。一个挺身队员会意，朝洞内开枪。

李亚楠她们正在小寐，被枪声惊醒，紧张地看着洞外。护士拉着李亚楠的胳膊，颤抖着声音说："院长，鬼子又来了！"

李亚楠把手指放在嘴唇边，示意不要说话。周英艰难地支起身子，从腰里拔出手枪，退下弹夹，看了看子弹，又装上，把枪机打开，然后放在膝盖上，靠在洞壁闭目小憩，等待鬼子进来就开火。

挺身队员还在向洞内打枪。

一个挺身队员说："何必浪费子弹，只要在洞口点火扇烟，就是一只虫子，也会很快爬出来。"

另一个队员冲着洞内叫道："快点出来，再不出来就放火了。"

他们说的都是日本话，李亚楠看着周英，小声问道："他们在说什么？"

周英道："他们想放火烧死我们。"

李亚楠大惊："真歹毒，一旦放火，我们谁都活不成。"

周英说："与其被烧死，不如拼死冲出去，还有一线生机。"她打起精神要站起来，还没站起来，一阵晕厥，身子晃了晃，就要跌倒了。护士赶紧扶住她。

李亚楠看了看她，又看了看护士，说："你们俩藏好了，千万别出来，也别出声，我去把他们引开。"

周英挣扎着伸手制止："别……"

李亚楠已经持枪向洞外冲去，一枪打去，站在洞口的一个挺身队员应声而倒，而中村正带着其他人在旁边寻找树枝，听到枪声，赶紧卧倒。李亚楠趁机冲出山洞，向远处奔去。

中村赶紧带人追赶李亚楠。冲在最前面的挺身队员是个狙击手，他停了下来，站定，举起步枪，瞄准李亚楠，正要击发，中村赶上来压下枪支："不要把她打死，捉活的。"

挺身队员点了点头，开了一枪，击中李亚楠的腿。

李亚楠摔倒在地，她拖着伤腿，爬到一块大青石后面，向追赶上来的挺身队员开枪，又击倒一个挺身队员。中村等人不得不卧倒。

小林英夫看向中村，说："把她干掉吧！"

中村摇了摇头："要活捉她。对敌人最大的打击就是羞辱他们！"

李亚楠隐藏在大石头后面，腿上鲜血直流，脸色苍白。她退下手枪弹夹看了看，只剩下最后一颗子弹。

中村见李亚楠那边没了动静，单膝跪地，直起身子，向她大声喊话："八路军女士，你已经被包围了，再顽抗下去没有任何意义了。你投降吧，我们大和民族和你们同文同种，我们皇军也优待俘虏！"

李亚楠有些吃惊，自言自语道："妈的，小鬼子的中国话说得这么好。"

中村仿佛听到了，继续喊道："你只要放下武器，我保证你的安全，请你相信我，我是中国人的老朋友！"

李亚楠仍旧没有说话。

中村朝队员挥手："上！"

挺身队员爬起来，小心翼翼地向前移动。李亚楠艰难地站起来，面向正围过来的挺身队员，持枪对准自己的太阳穴。中村忙摆手让队员停下，对李亚楠急道："壮士放下枪，一切都好说……"

她看了看他们，微笑着说："我堂堂中国军人，沙场捐躯，为国战死，事极光荣，哪里有放下枪之说？我死在了我们的土地上，你们死，也只能做个异国亡魂！"

中村道："我愿意放你一条生路，请壮士三思……"

李亚楠仰望天空，流下了泪水："再见了，妈妈！再见了，同志们！"扣响扳机，她的身子倚在大青石上，久久不倒。

这个时候，许亚夫正带领主力部队与日军激战。在李亚楠倒地的那一瞬间，他似乎感觉到了什么，心里一紧，不安地朝身后莽莽山林看了一眼。

李团长跑过来，大声报告："司令员，合围的部队已经赶到！"

许亚夫立即下达命令："好，立即反攻，迎头痛击。"

战场上响起了嘹亮的军号声，八路军从四面八方向日军发起反攻，日军如潮水一般地溃败了，像无头苍蝇一样夺路而逃。

小林英夫看着败逃下来的日本兵，紧张地问中村："队长，我们怎么办?"

中村转向身边的挺身队员，沉声道："八路军已经把我们包围了，不要跟着大部队走，目标太大，大家分散突围。"

那些队员一脸紧张，不安地互相看看，没有人动。

中村道："我们平常所训练的，现在就派上用场了，不管你用什么方法，回到太原就是胜利。大家行动吧。"

挺身队员三三两两分散离开了。小林英夫追上中村，担心地说："他们能回去吗?"

中村冷冷地说："这正好也是一个检验他们的机会，无论他们是扮作老百姓，还是八路军，能回去的，以后都是咱们挺身队的精英，回不去的，那是他们所学不精，活该丧命。"

小林英夫道："我们怎么办?"

中村瞥了小林英夫一眼："你先把步枪扔掉，只带手枪。"

3

日军大部分被歼灭，只有少数成了漏网之鱼。战场慢慢沉寂下来，赵明亮带着十多名战士，在山中寻找着李亚楠和周英。

找了大半天，还是没个人影，赵明亮焦急地四处张望，大声喊着："周英，嫂子——"

他们终于寻到了山洞边，护士听到了，赶紧搀扶着周英出来，看到赵明亮他们，挥手大喊："我们在这里，我们在这里!"

赵明亮他们奔跑过来，他站在周英跟前，上下打量着她，关切地问："怎么样，你没事吧?"

周英嘴唇干裂，她摇了摇头，悲痛地说："你们快去找李院长……"

赵明亮这才发现李亚楠并不在这里，他急道："李院长怎么了?"

周英沉重地说："她为了保护我们，从山洞里杀出来，把鬼子引走了。"

赵明亮立即回头带着众人四处寻找，他们终于找到她了，她伏在大青石上，太阳穴处鲜血已经凝结成黑色。周英挣脱护士的搀扶，扑到李亚楠身边，放声大哭："嫂子，都是我把你害的……我真没用，真没用……"

赵明亮吩咐八路军战士把李亚楠抬回去，他过去扶住了周英："这不怪你，你别难过了……"

为了躲避日军，老乡们四处躲藏，日军被打走了，老乡们纷纷往家赶，他们三三两两，背着大包小包，还有拉着板车的，放着各种家什。每个村口都有四五个民兵在设卡检查，防止汉奸和溃逃的日军蒙混过关。

中村和小林英夫换了一身难民服装，经过一个上坡时，他们看到一个拉着板车的老乡正在吃力地爬坡，他的身子弯成了九十度，板车上的家什像座小山一样压着他。中村给小林英夫使了一下眼色，两人忙赶上去帮着老乡推车。

老乡猛地感到一阵轻松，上了坡，回头看到是中村和小林英夫在帮他，赶忙道谢。中村过去，低声问道："老乡，你是哪个村的？"

老乡说："我是石头沟的，这天杀的鬼子说来就来，折腾吧，他们早晚要完蛋！"

中村说："老乡，我俩是三枣庙的，那里也过鬼子了，走得急，我们没有通行证和路条，你就说咱是一个村的，好不好？"

老乡看看中村和小林，看他们不像坏人，就满口答应了："行，你俩别乱说话。"

到了民兵跟前，老乡从口袋里掏出通行证和路条，民兵仔细察看后，还给了他。中村和小林英夫低头推着板车想要混过去，民兵拦住两人："停下，你们两个的通行证和路条呢？"

中村哭丧着脸，说："鬼子说进村就进村了，我俩正在锄地，来不及回家拿通行证和路条……"

老乡赶紧打掩护："我们是一个村的。"

民兵审视着中村和小林英夫："把你们肩膀露出来。"

中村和小林英夫赶紧解开衣领，露出肩膀。

民兵走上前仔细察看了一下，又命令两人："把手伸出来！"

中村和小林英夫忙又伸出手，民兵抓着两人的手，仔细察看他们的食指。

民兵没发现什么异常，但还是有些怀疑："你们也是石头沟的？那唱首这里老乡都会唱的《欢迎八路军进城》吧。"

这个还真难不倒两人。中村和小林英夫忙唱起了《欢迎八路军进城》：

八路军，进了城
家家户户都欢迎
男的架柴烧茶水
妇女穿针忙补缝

娃娃掏出落花生
老汉送儿去参军
……

中村和小林英夫还装作很紧张的样子，唱得带着哭腔。民兵有些不耐烦了，打断了他们："行了，行了，一首热热闹闹的歌，让你们唱得哭哭啼啼的。"

中村忙赔着笑脸说："首长，我们紧张嘛。"

民兵挥了挥手："好了，好了，你们走吧。下次记住带上通行证和路条。"

两人又跟着老乡走了一会儿，到了一个岔路口，分了手。小林英夫有些纳闷，看了下中村，问道："那些民兵为什么看我们的肩膀和手？"

中村道："看肩膀是看是不是长期背枪，留有勒痕，看手主要看食指，经常扣扳机，食指会有茧子。"

小林英夫恍然大悟，说："这帮民兵太刁钻了。"

中村回头看了看，一脸忧愁："连民兵警惕性都这么高，也不知道其他人能不能混过去。"

小林英夫忧心忡忡道："他们都是从下面部队选拔过来的，经常背着枪，又经常打仗，想要蒙混过关，怕是很难。"

小林英夫说对了，四十多人的挺身队确实没回来多少人。回到太原后，中村每天都穿着一身整齐的日军军装站在挺身队门口，像树桩一样执着地站着，看向远方，等着队员。他一直站了整整四天。第五天里，小林英夫来了，劝道："队长，回去吧，这已经是第五天了，能回来的，都回来了，回不来的，怕是永远都回不来了。"

中村问他："回来了多少人？"

小林英夫道："回来了十三人。"

中村脸上的肌肉抽搐了几下，痛苦地摇了摇头："我们去了四十多人，包括你我，最后才回来了十五个人。"

小林英夫不满地说："师团长把我们当作战斗部队使用……"

中村打断了他："这只能怪他们自己。打仗时倒没多少伤亡，他们没能回来，只有一个原因，那就是经不起盘查，露馅了。"

小林英夫道："共产党太狡猾了。"

中村正雄喃喃道："属于挺身队的时代已经过去了。老子说得好，飘风不终朝，骤雨不终日。孰为此者？天地。天地尚不能久，而况于人乎？一切都结束了。”

杜家庄的田野里又多了一片坟墓，那是李亚楠和牺牲战士的墓地。众人站在墓前，久久没有说话。周英把一个用野花编成的花环送到许亚夫手里，哽咽道：“司令员请节哀。”

许亚夫接过花环，蹲下来，放在李亚楠墓前。他抓了把土，填到新坟上，喃喃地说：“亚楠，你我结婚多年，聚少离多，早已经习惯了一次又一次的告别。然而，这一次告别，却再无相逢之日。”

周英的泪水又出来了，抽泣道：“都是我害的……”

赵明亮忙说：“司令员，对不起，我没有保护好嫂子。”

许亚夫站起来，看了看他们，摇了摇头，说：“怎么能怨你们呢，战争凶险，牺牲在所难免。逝者已矣，生者如斯，谁也不知道，明天和死亡哪一个会先来。”

李亚楠的牺牲，让周英特别震动。放在国民党军队那里，一个像许亚夫这样级别的军官的太太，那是养在笼子里的金丝雀，而李亚楠呢，她和一个普通战士有什么区别呢？不，甚至比一个普通战士更能吃苦，更加勇敢，也更勇于牺牲。而自己呢？许亚夫想让她回归军统潜伏起来，她都不愿意。和李亚楠比起来，自己差得太远了。

她经过慎重考虑，决定接受许亚夫的建议，回归军统，为共产党做事。这个决心一定下来，她立刻去找了许亚夫。她给他讲了以后，他反而沉默了，紧紧地皱着眉头，像在思索什么。她急了，说：“嫂子是为了救我才死的，我有愧于她。”

他抬头看了看她，说：“你不必有压力，她只是履行了身为一个共产党人的使命，无论那个人是你，还是别人，她都会这样做。”

她喃喃道：“我要是没那场病就好了……”

他故作轻松地笑笑，安慰她说：“你也不要自责了。面对危险，身先士卒，随时准备牺牲自己，每个共产党员都会这样做的。”

她的眼睛闪闪发光：“我也愿意做一个那样的人，赴汤蹈火，九死一生而不悔，所以，我才请求回到军统那里为共产党做事儿。”

他朝她点了点头，说：“你有这个想法非常好，但这个事情不能急，我们得等机会，你现在贸然回去，会引起他们的怀疑。咱们慢慢来，等到合适的机会再随机应变。”

军统确实也在挂念着她。宁武找来李为信，颇有感慨地说：“谁也没料到，这个时候，日军竟然还集结兵力，进攻八路军根据地。”

李为信道："可惜并未占到多少便宜，反而被包了饺子。"

宁武说："八路军经过这几年的发展壮大，无论兵力，还是规模，都已经是一支可怕的队伍。"

李为信点了点头："共产党最终还是我们的敌人。"

宁武好像突然想起了什么，看着李为信，问道："周英执行暗杀许亚夫的命令了吗？"

李为信忙道："没有，她说得找合适机会。我怀疑她是在推脱。"

宁武反而松了口气，说："让她中止执行这个命令，还是等等看吧，三个轴心国只剩下一个日本，鬼子也支撑不了多久了。外敌既除，国共之间迟早要摊牌，她留在那边，用处更大。"

李为信小心翼翼地问他："您觉得国共之间发生战争的概率有多大？"

宁武瞪了李为信一眼，说："这还用问吗？国共之间的理念天壤悬隔，只有用战争才能说服对方。"

李为信说："那我们也得赶紧把重心调整到对付共产党方面。"

宁武道："周英是我们埋在共产党那边的一粒种子，究竟会开出怎样的花，结出怎样的果，还需拭目以待。如今这样的局势，我们很难再有机会播下合适的种子。轻易不要用，要用就用在大事上。"

第二十四章

1

1945年8月，美军在广岛、长崎投下原子弹。苏联出兵中国东北，向日本关东军发起进攻。8月9日，毛泽东发表《对日寇的最后一战》，指挥人民军队对侵略者展开全面反攻。八路军、新四军和华南人民抗日游击队向日军占领区挺进，收复城市、县城250多座，歼敌40多万人。

日军陷入惶惶不可终日之中，就连一向沉稳的挺身队，也全乱套了，大白天里，几个着日军军装的挺身队员喝得醉醺醺的，东倒西歪，似笑似哭地唱着谁也听不懂的歌。

中村也无心维持军纪，他把小林英夫叫到家里，炒了几个小菜，两人借酒浇愁，一会儿就有点喝多了。小林英夫气得直拍桌子：“美国人太卑鄙了！竟然不顾十几万无辜平民的性命，向广岛和长崎投掷了两颗原子弹。”

中村道：“也许还会有第三颗，第四颗。”

小林英夫痛苦地叫道：“中村队长，逆水行舟，我们还能扭转败局吗？长崎是我的家乡，那里有我的亲人啊。”

中村失神地说：“大厦将倾，恐再无回天之力。”

小林英夫不甘心地叫道：“难道就这样输了？”

中村淡淡地说：“战争只有胜败，没有输赢，面对累累白骨，尸山血海，其实全都是输家。”

小林英夫急道：“我们怎么办？”

中村眼里露出凶光：“战争已成定局，但我还有一事未了……赵明亮必须得死！”

与日占区末日般情景形成鲜明对比的是八路军根据地，那里人人都是喜气洋洋，到处都是欢声笑语。每个人都明白，战争很快就要结束了，那些日本人会像冬天肮脏的雪一样消失掉的。

在杜家庄关山分区司令部里，许亚夫与赵明亮坐在一起，以茶代酒，边喝边聊。许亚夫道："都到这个时候了，日本法西斯仍然不肯投降，陆相阿南惟几还口出狂言，如果敌人想要结束战争，那他们就来向日本投降吧。真不知道他们哪里来的勇气。"

赵明亮笑道："天欲其亡，必令其狂。"

许亚夫担心地说："中村是个死硬的军国主义狂人，现在他又把妻儿的死记在了你的头上。越到这个时候，越要提防他狗急跳墙。"

赵明亮道："我们准备好了，他敢露头，就把他打掉。"

中村还真露头了。他带着包括小林英夫在内的 14 名挺身队员，全部穿上整齐的日军军装，来到了王庄镇，这里驻有一个日军中队。

渡边中队长听说来了一队师团司令部的人，忙迎了出来。他正在发愁呢，到处是共产党的人，王庄镇就像一座岛一样陷于孤立，他本来以为来人是要通知他们撤走的，谁知那人却告诉他，他是挺身队队长中村正雄，奉伊藤师团长命令，前来协力同守王庄镇。

渡边当然不知道，这是一个假命令，是中村要利用王庄镇做篇文章，把赵明亮干掉。如果再不行动，怕是以后没机会了。

在王庄镇安置下来以后，小林英夫就按照中村的指示，带着挺身队员和一些日本兵赶到离得最近的白河村，见人就抓。村子顿时鸡飞狗跳，一长串的村民被捆绑起来，串成糖葫芦似的，被押到了王庄镇。

消息很快传到了杜家庄，许亚夫吃了一惊，都死到临头了，这帮鬼子还这么猖狂？可惜分区部队撒出去全线出击反攻日军了，手上没什么兵力了。他正在紧张地思考着，旁边一个参谋提醒道，不是还有赵明亮他们的行动队吗？

也只能让赵明亮他们带着游击队去了。

赵明亮接受任务后，立刻回去进行部署。四个人整理着装备，都有些纳闷，许多雷道："小鬼子这是玩什么花样？穷途末路了，还要多添一笔血债。"

赵明亮思索了一会儿，说："完全不按常理出牌，似乎在挑衅我们，或者是别有所图？"

周英道："管他们有什么阴谋，咱带上裴喜妮的游击队，先把王庄镇拿下再说。"

2

四人收拾好，立即出发，他们要先赶到杨庄和裴喜妮的游击队会合，然后再去攻打王庄镇。出了杜家庄，许多雷带着霍无病走得飞快，一会儿工夫，就把赵明亮和周英甩在了后面。

霍无病凑到许多雷身边，小声道："我知道你为什么走这么快。"

许多雷扭头问他："为什么？"

他笑嘻嘻地说："你想快点见到一个人。"

许多雷放缓脚步，说："那你说，我想见谁？"

他一脸坏笑："这事不好说破，咱俩心知肚明就行了。"

许多雷瞪他一眼："少跟我说这半截子话，你心知，我肚可不明。"

他低声道："太行一枝花。"

许多雷被他说破了心事，不好意思起来，嘴上不承认，脚步却慢了下来。但没过一会儿，又加快了。霍无病追上去，用肩膀碰了碰他："真对那个女人动心了？"

许多雷踢了他一脚："让你多嘴多舌！"

到了杨庄，裴喜妮带着游击队就在村口等着。看到赵明亮他们，她忙迎上来敬了个礼，说："又有仗打啦！"

赵明亮道："有劳裴队长了。"

裴喜妮笑道："客气啥，只要是打鬼子，还分啥你我？"

再往后一看，看到周英，她叫了起来："你真不够意思，嫁人都不告我一声。"

周英有些尴尬，忙道："我没嫁人。"

她说："我知道你没嫁成，好事不出门，坏事传千里，尤其这种事情，传得特别快，也就只有你才能干出这种事。"

霍无病凑过来恭维道："一枝花队长越来越漂亮了。"

她白了他一眼："你倒是越来越丑了。"

许多雷扑哧笑出声，裴喜妮推了他一下："有什么好笑的，你也好不到哪儿去。"

许多雷忙夸张地往一边躲闪："男女授受不亲，别动手动脚。"

她瞪着他："什么时候变成正经人了？"

许多雷道："我本来就正经。"

她撇下嘴："拉倒吧，想当年，你是因为什么丢掉县大队长职务的？"

赵明亮怕许多雷尴尬，忙道："别提这事了，人家早就洗心革面，重新做人了。"

霍无病也忙接上来："对对对，阳哥立地成佛了。"

走了大半天，赵明亮看着大家也有点累了，到了一个小河边，他对裴喜妮说："休息一会儿吧。"

裴喜妮道："你是正规军，听你的。"

许多雷忙接上来说："其实我也算是正规军。"

裴喜妮一脸讥嘲："得了吧，你那县大队，和我们游击队一样也是半斤八两。"

赵明亮招呼大家休息十分钟，话音一落，大家就地坐了下来。裴喜妮一点也不觉得累，蹦蹦跳跳地跑到路边采了几朵野花，拿着到了河边。

许多雷过去，把水壶递给了她："天热，喝点水吧。"

她也不客气，接过去，咕咚咕咚喝了，把水壶递给许多雷："看不出来嘛，你这人心眼还挺好的。"

许多雷讪笑道："你比我好。"

裴喜妮蹲在河边，看着河里的倒影，往自己头上插着野花。插完后，看着河水中的倒影微笑。许多雷看着她的背影有些恍惚。

她忽然回头看他："好看不好看？"

许多雷吓了一跳，忙道："好看，好看。你本来就是太行山上一枝花嘛。"

她站起来哈哈笑了："那都是乡亲们说着玩的。"把头上的花儿拿下来扔到河里："不过，你说得也有道理，还要啥花儿呢，我就是花。哈哈。"

休息完，部队继续行军，裴喜妮追上周英，小声问道："你和李团长到底怎么回事？"

周英道："你不是都知道了嘛，把你听到的跟我说说。"

她说："大家说，老虎团的李团长阴沟里翻船，被一个女人耍得团团转，临到结婚，还被人家一脚踹了。"

周英松了口气，他们还不知道是赵明亮把她抢走的。她要是知道了，谁知会闹出什么名堂呢，说不定又跑去打趣赵明亮呢。她忙点了点头："基本符合实情。"

她凑近了些，说："还有难听的呢，想听吗？"

周英紧张起来，但嘴上却是大大咧咧的："没事，说吧。"

她说："说你是个狐狸精，专门骗男人的钱，你骗了多少？"

周英哭笑不得，说："李团长是八路军干部，又不是土豪富翁，我就是想骗钱，他也得有啊。"

她想了想，点了点头，说："所以说啊，人言可畏，一传十，十传百，越传越离谱。"

周英道："这事也怨不得别人，是我活该，谁让我虚荣呢，鬼迷心窍，想嫁个团长，当军官太太。"

裴喜妮忙安慰她："女人都虚荣，我也虚荣。"

周英歪着头看她，问道："你也想嫁个团长？"

她挥了一下手，说："才不是呢，我喜欢顶天立地的大英雄，嫁个那样的男人才有面子。亏我一直以为你和赵明亮是一对呢，你什么眼光？他可比那个李团长强多了。"说罢，回头找赵明亮，发现身后跟着许多雷，她叫了起来："你是不是偷听我们说话了？"

许多雷哼了一声，说："不就是想嫁个大英雄嘛，既然敢说，就别怕旁人听。"

周英看了看他，皱起了眉头："你个跟屁虫，一路上总是跟着我们俩，居心何在？"

许多雷大叫冤枉："人多路窄，就这么点地方，你说我跟着你们，我还说你们老堵在我前面呢。"

周英拉着裴喜妮大步朝前面走去："咱们到前面去，别理这个家伙。"

裴喜妮回头看了许多雷一眼，许多雷朝她做个鬼脸，她忙扭过头去，突然觉得有些羞涩，这个家伙，其实也挺可爱的。

3

中村孤注一掷地假冒师团命令赶到王庄镇，就是相中了这个镇离根据地最近，而据他所知，八路军的主力已经全线出击，能调动的部队也就是赵明亮他们的行动队和一些游击队了。如果要为妻儿报仇，这是一个最好的机会。果然不出他的所料，赵明亮带着人马来了。日军早已经准备好了，双方展开激战，赵明亮拿着步枪，连续干掉了几名鬼子。

游击队火力齐射，打得城墙上的日军抬不起头。

赵明亮回头冲着裴喜妮叫道："火力掩护，爆破组准备！"

爆破组准备好炸药包，正要在火力掩护下向城墙下运动，日军突然把捆绑着的老百姓推到城墙上。赵明亮大吃一惊，挥手大喊："停止射击！"

游击队停止射击，日军的枪炮趁机袭来。赵明亮只得指挥部队后撤到附近一个村庄。

赵明亮百思不得其解："他们抓那些老乡，就是为了对付我们。他们这是算准我们会来，到底想做什么？"

周英道："不管他们什么目的，做出这样的事儿，他们就得死。"

赵明亮摇了摇头："老乡在他们手里，我们不能强攻。"

许多雷说："干脆我一个人溜进去，探探虚实。"

霍无病忙说："我也去。"

正在这时，一个游击队员带着一个老乡急急忙忙走过来，说是鬼子让他带封信来，亲自交给赵明亮。

赵明亮愣了一下，这里的鬼子居然会知道他？他赶紧打开信，边看边念："赵君别来无恙？在下近日盘桓王庄镇，今夜特备薄酒淡茶，邀君一叙。李汉良。"

裴喜妮看着他，疑惑地问："李汉良是谁？"

他淡淡地说："李汉良就是中村正雄。"

周英紧紧地皱着眉头："他怎么来这儿了？"

霍无病道："他这是效仿项羽，设鸿门宴呢。队长，你可不能去。"

送信的老乡哭丧着脸，说："天黑前，如果你不去，他们就要处决那些抓去的老百姓，我大哥还在里面呢，求求你救救他们吧。"

送走老乡，赵明亮笑了笑说，中村既然点我的名了，那我就去会会他。

裴喜妮愣了："你真的要去？"

赵明亮说："如果用我一个人的命，换回被他们抓的几十个老乡的命，值了。"

周英反对道："你这是明知不可为而为之，你以为他真的会遵守诺言放了老乡吗？这个人已经疯了，不能按正常人的思维去想他。"

霍无病也道："周英说得对，就怕你去了，也救不了那些人的命。"

许多雷跃跃欲试："我替你去吧。"

裴喜妮白了他一眼："你替他去？你以为鬼子都和你一样，那么好糊弄？"

许多雷不服："我……我怎么好糊弄了？"

周英白了他一眼："她的意思是你的想法很愚蠢。"

赵明亮缓缓道："这不是选择题，因为根本就没有选择，换了你们也一样。中村对我恨之入骨，只要我去了，他就不会把气撒到那些无辜的老乡身上，他们就有希望获救。反之，如果我不去，他们必死无疑。"

众人还在争论，周英悄悄地出来了，她找到送信的老乡，把他叫到桌子旁，根据老乡讲的，把王庄镇的地形图画了出来。

周英问道："你出来的时候走的是哪条路？"

送信的老乡指着图说："我是从这儿出来的，前后两个门，有四个日本兵持枪把守，我们的人分别被关在东、西两个房间。"

她根据老乡讲的仔细地修正着图，画完以后递给他看："这个地方是关押的老乡的地方，你看对不对？"

老乡认真地看了看，点了点头："差不多，这个院子里有口井，墙角有棵枣树。"

周英问："井里有水吗？"

老乡说，那口井里没有水，只是一口旱井。

商量好后，到了傍晚，赵明亮出了村，准备前去王庄镇赴约。周英把他送到村口，关切地叮嘱道："你要记住，你就是要拖住中村，不要蛮干，更不要激怒他，他就是一个疯子。"

赵明亮点了点头："你放心，我又不是第一次和他打交道。"

她充满柔情地看着他："我会尽快赶到的，你要多保重。"

赵明亮到了王庄镇，一个日军士兵把他带到了中村的指挥部，中村坐在那里，面前的桌子上摆着一些酒菜。他看到赵明亮，起身相迎："你请坐。"

赵明亮也不客气，坦然落座，似笑非笑地看着中村，他倒想看看，这家伙到底是怎么回事，为何要唱这么一出。

他倒了一杯酒，递了过来："你果然有胆识，我没有看错你。来，我敬你一杯。"

赵明亮端起酒杯，一饮而尽，然后看着他道："现在可以放人了吗？"

他说："不着急，你应该清楚我的用意，那些人在我眼里，无足轻重。他们的生死，对我更是无所谓。既然无所谓，我又何必杀他们呢？杀人并不是一件好玩的事情，没有人生来就喜欢杀人。"

赵明亮道："小新一定不想看到自己的父亲滥杀无辜。"

他咬着下唇，过了一会儿，才缓缓道："他不会看到的，他也看不到了。"

赵明亮愣了一下，问道："小新怎么了？"

他盯着他，一字一顿地说："难道你不知道吗？小新死了，害死他的不是别人，正是阁下。"

赵明亮摇了摇头，说："我只知道春梅姐因我而死，难道小新……"

中村打断了他："没错，我的儿子也死了，他们都是你害死的。你说，我能放过你吗？换了你，你能放过我吗？"

赵明亮冷笑一声，说："害死他们的不是我，是你。你从一开始就隐瞒身份，欺骗春梅姐。她本来可以嫁一个本本分分的中国人，是你毁了她原本安稳的人生。”

他恼怒道：“明明是你害的，还想赖到我头上？”

赵明亮反唇相讥：“究竟是谁害了她？你心里比我更清楚。”

他阴冷地说：“我当然清楚，我今天就要和你好好算算这笔账。”

这个时候，周英带着霍无病潜入了王庄镇。而许多雷和裴喜妮也带着游击队悄悄向王庄镇摸去。

进了王庄镇，周英和霍无病手脚利索地干掉了院子门口的两个日本兵，把他们的尸体拖了进去。他们找到了送信老乡说的那口旱井后，把日本兵的尸首扔了进去，又盖上了井盖。

两人找到关押老乡的房子，把锁打开，将他们松绑，众人互相搀扶，跟着两人从房间出来。

有老乡对镇子熟，带着他们到了镇子的一角，这里有段城墙比较低矮。周英把背着的绳子拿出来，绳子的另一头带有铁钩，甩到了城墙上，她示范了一遍，老乡互相帮助，终于逃出了王庄镇。

周英把背着的包袱解开，里面装着一个折叠的孔明灯，她用火柴点亮里面的灯芯，放飞了孔明灯，很快飘上夜空。

裴喜妮第一个看到孔明灯，惊喜地叫道：“快看，他们成功了。”

游击队立即发起攻击，向王庄镇冲过去。

中村听到枪声，不动声色地盯着赵明亮。赵明亮举起酒杯，向他笑了笑：“来，喝酒！”

一个日本兵慌乱地冲进来叫道：“不好了，八路军趁夜攻打我们。”

中村道：“那些人质呢？把他们带来。”

日本兵应了一声，立即转身出去。

赵明亮把手里的酒一饮而尽。

中村从腰里摸出手枪，转身对准赵明亮。赵明亮看了看他，笑了笑，端起酒壶又倒了一杯酒，递向他：“看在春梅姐的份上，喝完这杯酒再动手吧，不枉我们相识一场。”

他刚一迟疑，赵明亮扬起手，把手中的酒壶朝他脸上砸去。他慌忙扣动扳机，却被酒壶里泼洒出来的酒挡住了视线，子弹打到了一边。赵明亮飞起一脚，踢掉了他的手枪。两人都顾不得再找武器，扭打在一起，时而赵明亮占上风，时而中村占上风。

外面传来阵阵枪炮声，似乎越来越近，中村有些心慌，被赵明亮摔倒在地。赵明亮转身去地上捡枪，他急忙连滚带爬地逃了出去。

游击队冲入镇内，与日军逐屋逐巷展开争夺。裴喜妮打得兴起，一个劲地猛打猛冲。许多雷眼尖，看到对面屋顶上一个日军机枪手的机枪扫射过来，赶快把她扑倒在地，拖着她躲到墙角处。日军的机枪手封锁了大街，压得游击队抬不起头。

许多雷看看四周，不远处有一个日本兵尸体边扔着支三八大盖，他把手枪插在腰里，就要过去捡那支三八大盖。裴喜妮忙拉住他："小心点，注意安全。"

许多雷点了点头，在她的掩护下，他滚到三八大盖跟前，迅速拿起枪，单膝跪地，向屋顶上的日军机枪手射击，日军机枪手从屋顶上滚了下来。

霍无病和周英与游击队汇合后，一起沿着大街向前推进。一个日本兵突然从巷子里窜出来，端着三八大盖从背后扑向周英。眼看就要刺到她了，从墙头上跳下一个人，扑倒了日本兵。这人正是赵明亮。他与日本兵在地上翻滚厮打，周英拿着手枪，无法瞄准。她拔下头上的铁簪子，喊道："赵明亮！"赵明亮抬起头，她把铁簪子扔过来，赵明亮接住，刺进日本兵太阳穴。

渡边带领一群日军赶来支援，双方展开肉搏，许多雷与鬼子拼刺刀，干掉了一个日本兵。又有两个日本兵扑上来，他正在全力对付这两个日本兵时，第三个日本兵从背后端着三八大盖用刺刀朝他捅过来，而他却一无所知。

正在旁边拼杀的裴喜妮看到，来不及提醒他，她猛地扑过去，用身体挡住了这一刀。日本兵的刺刀没入她的身体，哇哇地叫着："杀死你！杀死你！"

许多雷回过头来，猛扑上去，干掉了这个日本兵。在游击队的冲杀下，剩下的日军向指挥部方向退去。

许多雷抱起奄奄一息的裴喜妮，大声地呼唤着她。她却说不出话来，用手指着胸脯。许多雷会意，从她怀里拿出一个布包，打开，是一对绣花鞋垫，上面绣着一对鸳鸯。

许多雷道："送给我的？"

她笑了笑，头一歪，再也没了呼吸。许多雷伏在她的身上，放声痛哭。

赵明亮带领游击队攻到了日军指挥部，中村指挥着部下反击，几个冲在前面的游击队员倒下了。赵明亮立即大声喊道："停下！停下！"

张铁蛋怒吼道："为什么不打了？我们要为队长报仇！"

赵明亮道："守在这里的是中村这个老狐狸，挺身队员都是百里挑一的，比较难缠，我们先把它围起来，天亮了再打。"

周英安慰张铁蛋道:“仇肯定是要报的。越是这个时候,越不能乱了分寸,听赵明亮的,先把这里围起来,他们一个都跑不了。”

在日军指挥部里,渡边中队长惶恐地走来走去,不停地喃喃自语:“怎么办? 怎么办?”

中村不满地瞪他一眼:“慌什么?”

渡边试探着说:“外面围着我们的主要是游击队,没什么战斗力,要不,我们先突围出去回太原?”

中村生气道:“浑蛋! 居然说出这样的话! 今天这样的局面,正是你们这些怯懦胆小之徒造成的,你们以为退缩就能活下去吗?”

渡边喃喃道:“我们只有这点人……”

中村打断了他:“宁为玉碎,不为瓦全,只有这样,才能维护大和民族的体面,帝国精神方能永存。”

到了天明,游击队开始攻击日军指挥部。日军凭着高墙与楼房负隅顽抗,中村与几个挺身队员隐蔽在楼房里,狙杀了几名冲出来的队员。

张铁蛋看到队员牺牲,脱掉上衣,吼道:“拿手榴弹来!”他把几个队员的手榴弹集中起来,放在篮子里,提着篮子就要上。周英一把夺过他手里的篮子:“不要蛮干!”

赵明亮道:“这里有中村组织的狙击手,大家要小心。”

许多雷把游击队员准备好的炸药包拿了过去,红着眼睛叫道:“我去炸。”

霍无病急了:“阳哥,你待着,我去!”上来就要抢炸药包。

许多雷一把推开他:“少废话!”

赵明亮看了看他,点了点头:“好,许多雷上。我和周英、无病掩护。”

赵明亮隐蔽在墙角处,伸头向外瞄了两眼,向周英和霍无病部署:“敌人的狙击手主要在左中右这三个楼房内。周英负责左边的,我来对付中间的,无病盯住右边的。”

周英和霍无病点了点头。

赵明亮看向张铁蛋:“听我命令,大家一起攻击。”

随着赵明亮一声令下,张铁蛋带领游击队员杀出,左边楼房里的挺身队狙击手刚一露头,就被周英干掉了。中间楼房里的狙击手是中村,他隐蔽在窗后,借助镜子观察到许多雷正在地上爬行。中村闪身而出,准备击毙许多雷。赵明亮眼疾手快,立即开枪,一枪打在他的胳膊上,步枪掉在了地上。

周英爬到霍无病跟前,朝他点点头,两人共同对付右边楼房里的狙击手。右边楼房狙击手是小林英夫，他隐蔽在窗后，几次想到窗口射击，但稍一露头，就被周英和霍无病打了回去。

许多雷终于匍匐前进到墙根上，拉响导火索，滚了几滚，跑到一边隐蔽起来。一声巨响，围墙被炸塌。张铁蛋立即站起来："冲啊！"

游击队向日军指挥部冲去。

战斗结束了，渡边带着残余日军举着双手从一幢楼内出来。赵明亮打量着俘虏，中村并没有在里面。他指了一下渡边："你，过来。"然后扭头对周英道："问问他，中村在哪里？"

周英用日语询问渡边，他慌慌地指向楼房后面说，他刚才看到中村带着人从那里跑了。

赵明亮一听，立即带着二十来名游击队员追了过去。在王庄镇镇口，他终于追上了狼狈不堪的中村，他带领的挺身队只剩下 12 人了。

小林英夫看了看围上来的游击队，悲哀地说："中村君，战争结束了，我们，我们投降吧。"

中村大怒，抬手给了他一个耳光："浑蛋！帝国军人哪里有投降的道理！挺身队只有战死的勇士，没有苟活的懦夫！"

一个挺身队员为难地说："队长，我们没有子弹了！"

中村吼道："打开刺刀！"

中村带领挺身队员打开刺刀，排成一排，迎着赵明亮等人。赵明亮带着游击队来到挺身队跟前，举枪与挺身队对峙。

张铁蛋看向赵明亮："我们也要打开刺刀吗？"

赵明亮瞪他一眼："都什么时候了？还给他们肉搏？他们不投降，就开枪把他们干了！"

他转向中村道："中村先生，你还能往哪里跑？你就是跑回日本本土，也逃脱不了覆灭的命运。投降吧。"

中村道："我最大的遗憾不是日本要战败，而是没有杀死你。"

他冷笑一声："这样的结果，也是你没有想到的吧。"

中村道："如果你们要取我性命，就凭自己的本事来拿，如果想让我投降，那只能是做梦。"

赵明亮点了点头："好，我成全你！"

他冷眼看着中村，举起了手中的枪。正在这时，几个骑马的国军军官带领大队的晋绥军赶来了。他们把赵明亮、中村两拨人马都包围起来，举着枪对准了他们。

一个晋绥军军官骑马过来，看看赵明亮他们，又看看中村等人，冲他厉声道："你想干什么？把枪收起来！"

这个晋绥军军官面对皇军，竟敢如此嚣张，这是中村从来没有见过的，他疑惑地瞪着晋绥军军官。

晋绥军军官有些恼火："你这是啥眼神？我告诉你，你们的皇帝已经发表终战诏书，宣布无条件投降了。从现在开始，你们所有人都必须立即放下武器，就地归降。"

他的话犹如晴天霹雳，尽管大家都知道，战争就要结束了，但真的等到这一天，还是觉得震惊。小林英夫和挺身队员惶恐不安地看着中村。

这个消息也让赵明亮他们感到震惊，战场一时安静下来。

中村还不相信，冲着晋绥军军官吼道："信口雌黄！"

晋绥军军官得意地说："知道你们都不信。真是不见棺材不掉泪。"回过头吩咐道："把收音机拿过来。"

一个晋绥军士兵抱着一台收音机跑过来。

晋绥军军官道："就怕你们不信，我们阎长官让电台二十四小时播放你们皇帝的终战诏书。你自己听听。"

晋绥军士兵打开收音机，里面传出的正是天皇宣布投降的声音。晋绥军士兵连续换了几个频道，都在播放同样的内容。

这是真的了。中村沉默片刻后，带头把手中的枪扔到地上。挺身队员扔下枪后，一片哭声。

晋绥军军官转向赵明亮等人："你们也一样，把枪收起来吧。"

张铁蛋恼怒道："放你狗屁！鬼子杀了我们这么多人，就这么算了？"

晋绥军军官震怒："你们想干什么？"

本来端枪对着日军的晋绥军士兵掉转枪口对准了游击队。赵明亮摇了摇头，说："大家把枪收起来吧。"

4

抗战胜利了，根据地沉浸在胜利的喜悦中，村子里扭秧歌的，划旱船的，敲锣打鼓，好不热闹。所有的人都涌了出来，到处都是兴奋的呼声"我们胜利了""中国万岁""自由万岁"……

周英站在院子门口，看着这动人的一幕，泪眼婆娑："我们真的胜利了。"赵明亮伸出胳膊，把她紧紧地搂在怀中，两人仿佛听到了彼此的心跳。

在这动人的欢乐中，最难受的要数许多雷了。他坐在屋里，外面的一切，仿佛和他没有任何关系。他拿着沾了裴喜妮血迹的绣花鞋垫发呆。

霍无病站在旁边，低声道："外面很热闹，不出去看看吗？"

他语气平静："你去吧，不用管我。"

霍无病坐下来，看了看他，说："阳哥，喜妮姐喜欢顶天立地的大英雄，希望你能振作起来，不负她的期望。"

他苦笑了一下，点了点头，说："也是，中村还没死呢。"

赵明亮等人从王庄镇撤走后，宁武很快就来了。他穿着中将军装，把原来日军的指挥部简单收拾了一下，坐在那里，让人把中村带来。

中村进来后，他忙起身点头致意："中村先生，久仰大名。"

中村却有点疑惑，他并不认识眼前这个国军中将，问道："你是？"

他说："我们之间并不陌生，在下是军统山西站站长宁武。"

中村打量了他一番，说："原晋南游击纵队司令宁武？"

他点了点头："没错，正是在下。你们天皇已经宣布无条件投降了，阁下有何打算？"

中村面无表情地说："军人以服从命令为天职。"

宁武嘴角边露出一丝嘲讽："好，这话说得好，但据我所知，阁下这次前来王庄镇，却是假传师团命令。"

他见中村沉默不语，顿了顿，又说："你如果就此回到太原，恐怕你的长官不会轻饶。我可以帮助你。"

中村道："此话怎讲？"

他说："中村先生对付八路军很有经验，不如留下与我合作。"

中村语气充满嘲讽："你们支那人这么快就要开始窝里斗了吗？"

宁武道："中村先生误会了，国共之间的纷争并非窝里斗，而是国民政府与外邦之间的矛盾。"

中村面露不解："哦，我怎么听不明白了？"

宁武道："中共武装依托苏俄扶持壮大，一旦夺取政权，中国就会沦为俄国人的傀儡，我们当然不会允许这样的事情发生。"

中村笑道："我想起中国一句古话。欲加之罪，何患无辞。"

宁武有些生气，但想想还要利用这个家伙，就强忍下去，笑了笑，没再吭声。

日本投降，这让各地的伪军惶惶不可终日，每个人都担心自己被当作汉奸惩办了。但好消息很快就来了，晋绥军进入太原，接管了他们，所有治安军正式改编为省防军,前事不说,既往不咎。有的还升了官,比如,赵荣坤就被提拔为了警备太原的团长。

他立即把妻儿接回了太原。大街上沸腾了,到处是庆祝胜利的欢呼声、鞭炮声,还有舞狮的,耍龙的。董凤娟看着这一切,激动得泪花闪闪:"荣坤,我们一家人又能在一起了。"

赵荣坤点了点头,说:"过阵子,跟我回一趟乡下,看看我娘。"

她点了点头:"真好,再也不用担惊受怕过日子了。"

赵荣坤却皱起了眉头,日本人投降了,但他们接受的命令却是就地维持秩序,防止共产党前来接收。伪军也被改编了,一切迹象显示,国民党很可能会对共产党下手。也许,这一切才刚刚开始。

军统山西站更是扬眉吐气,公开搬进了一处没收来的大楼,也都穿上了崭新的军装。听着外面传来的鞭炮声、欢呼声,宁武兴奋地说:"鞭炮声响了一天一夜了,终于等来了这一天,苦尽甘来,扬眉吐气。"

李为信抻了抻衣领,说:"再也不用像老鼠一样东躲西藏了,我都忘了穿军装的滋味了。"

宁武道:"这是改良后的美式军装,你们年轻人穿上特别帅气。"

李为信忙说:"站长穿上这身军装,才是孔武神气,英姿飒爽。"

宁武笑了:"瞧你这马屁拍的,我都不知道说什么好了。"

李为信也哈哈地笑了。

吴立均的表情却与欢快的气氛有些格格不入,他闷闷地说:"绷了多年的弦忽然一下子松了,倒有一种空空落落的感觉。"

李为信看着他,绷起了脸:"这可不行,千万别以为日本人投降就万事大吉了,还有更大的敌人等着我们呢,听明白了吧?"

吴立均道:"这么多年,百姓饱受战火摧残,好不容易劫后重生,我相信,和平才是举国上下共同的愿望。"

李为信看了一眼宁武,宁武收起笑容,严肃地说:"这个世界从来就没有真正的和平,和平是为下一场战争做准备。我们也要做好准备。"

吴立均愣了一下,难道国共真要撕破脸皮大打一场吗?从内心里讲,他是不愿意看到这一幕的,这毕竟是骨肉相残,无论哪一方获胜,都是民族的悲剧。当然,这话是不能说的,他只好沉默了。

更让他想不到的是,中村正雄居然来了。他仍旧是一副茶叶贩子的打扮,进来后,就像到了自己家一样,径自坐在了沙发上。吴立均没有见过他,还以为是来了个什么大人物,等到宁武介绍他就是中村正雄后,他大吃一惊，当场失声叫道："中村正雄？"

宁武不悦地瞪他一眼，转向众人道："我知道你们很意外，但是，你们要记住，这个世界没有永远的朋友，也没有永远的敌人，只有永远的利益。在利益面前，也许昨天还是不共戴天的仇敌，今天就是肝胆相照的朋友。"

李为信小心翼翼地看着他，问道："站长的意思是？"

宁武说："我们聘请中村先生出任山西站顾问，他与八路军作战多年，某种程度上，他比我们更了解共产党，了解八路军。"

吴立均再也忍不住了，冲动地站起来，大声说道："站长，我们怎么能跟这个刽子手合作呢？他的手上沾满了中国人的鲜血。"

中村轻蔑地看了一眼吴立均，扭头又去看宁武。宁武瞪着吴立均，厉声道："小吴，不得对中村先生无礼，刚才我的话都白说了吗？"

吴立均颓唐地坐了下来，他心里虽然不满，但也无可奈何。

第二十五章

1

这天，赵明亮到司令部办事，经过许司令办公室门口，他正在接电话，招了招手，示意他进来。他走进去，许司令对着电话继续说："好的，我知道了……这件事应该慎重，还是我亲自去比较好。"

看许亚夫放下电话，赵明亮忙问道："司令员要去哪里？"

许亚夫兴奋地说："敌工部的同志办了件大事，成功策反了驻在青城的万福泉师长，他有意带领部队投奔我们。此人是个佛教徒，约我在灵泉寺见面。"

赵明亮道："他以前是晋绥军的人，被俘后又为日本人效力，现在日本人走了，估计害怕阎锡山秋后算账，又想投靠我们，根本就是根墙头草……"

许亚夫道："此一时，彼一时，一个人，无论在黑暗中待了多久，内心还是向往光明的，我相信他的诚意。"

赵明亮有些不放心，他想带着行动队一起护送许亚夫前去会面。许亚夫想了想，觉得阵势太大，难免引起万福泉疑心，就说："不用，我带一个警卫班随行就可以了。"

按照约定时间，许亚夫带着一个警卫班赶到了灵泉寺，万福泉已经先到了，他带一队伪军守在寺外，许亚夫让警卫班留下，自己进了寺内。

在灵泉寺的一个厢房内，燃着一炷香，万福泉虔诚上完香，转过身，坐在许亚夫对面。他拿起茶壶为许亚夫倒茶："万某惭愧，受人蒙蔽，走错一段路，幸得老天开眼，拨开云雾，看清是非黑白。"

许亚夫道："万师长虔心向佛，自然懂得佛海无边，回头是岸。听闻万师长有意带领部队加入我军，我代表关山分区表示诚挚欢迎。"

两人继续商谈着起义细节，外面却出现了意外。远处，一队伪军突然出现了。

许亚夫带来的警卫班班长皱起眉头问万福泉的手下："是你们的人吗？"

万福泉的手下看了看，说："哦，好像是张参谋，他怎么来了？"

来人确实是万福泉部队的张参谋，但他身后却是穿着伪军军装的中村、小林英夫等人，他们当然不认识这些人。等他们走近，万福泉手下还亲热地向前打招呼："张参谋……"

中村一声令下："打。"

八路军警卫班和万福泉的人根本就没防备，猝不及防，纷纷倒地。

许亚夫和万福泉听到外面枪声大作，神情大变。万福泉看向许亚夫，怒道："万某诚心投降，想不到贵军竟然阴阳两套。"

许亚夫却认为这是他的阴谋，两人同时从腰间拔出枪，瞄准对方。中村带人冲进来，两人一愣，把枪转向中村，但更多的人涌进来，上前下了两人的枪。

许亚夫看着这些人全部都是伪军打扮，理所当然地把他们认作了万福泉的人。他看了看万福泉，摇了摇头："你假借投诚，诓我至此，是何居心？"

万福泉也暗自疑惑，看到中村身后的张参谋，忙问道："张参谋，我自问待你不薄，你这是干什么？"

张参谋低下头，喃喃地说："万师长得罪了，共产党名不正言不顺，并非合法武装，属下不忍心看着您走错路。"

中村道："我们是军统的人。"他说完这话，突然举枪对准万福泉，扣动扳机，一声枪响，万福泉倒地毙命，许亚夫吃惊地看着他，这人要干什么？张参谋也呆了，愣愣地看着中村。

中村踢了一下万福泉的尸体，冷冷地说："对这种首鼠两端的小人，就要痛下杀手，绝不姑息。"

许亚夫被押回到了青城，关在了一间牢房。到了中午时，中村穿着一身便装，身后跟着两个伪军士兵，带着酒菜。他们把酒菜放下后，退了出去。

中村招呼道："许司令请坐，委屈您了。"

许亚夫皱起眉头，问道："你是何人？"

中村道："在下中村正雄，久闻许司令大名。"

他看许亚夫一脸惊讶的表情，笑了笑，说："很意外吧，没想到我们会在这样的时间，这样的场合见面。"

许亚夫道："日本已经无条件投降了，我劝你放下武器，尽早回国，回到你的故乡，重新开始生活。"

中村摇了摇头，说："故乡？对我来说，埋葬着亲人的地方，就是故乡。

我的父母埋在中国，妻儿埋在中国，我，也早就把自己当成中国人了。”

许亚夫厉声道：“战争已经结束，你抓我，意欲何为？”

中村淡淡地说：“战争虽然已经结束，但仇恨并没有消失。很可惜，这次没抓到赵明亮，不过，我早晚会要他的命。黄泉路上，你不会孤单，我保证，你那位忠诚的部下，一定会来陪你。”

许亚夫冷笑道：“你杀了我们，死去的妻儿就能复活吗？你杀了我们，就能改变日本战败的事实吗？你不觉得自己很可悲吗？日本陆军中的精锐，获过你们天皇陛下授予的金鵄勋章的军中佼佼者，甘心沦为军统的箭镞，充当杀人的工具？”

中村端起一杯酒，一饮而尽，笑道：“你以为激怒我，我就会放了你吗？”

按照中村的意思，就是要把许亚夫杀掉。但宁武却不让他杀，给他发过电报以后，宁武还有点不放心，专程赶到青城，告诉中村，仅凭勾结汉奸万福泉这一个罪名还不足以置许亚夫于死地，他身份特殊，并非普通的八路军干部。国共之间还没有撕破脸皮，不能蛮干。

他见中村还有些不快，就又说道：“如果是那个赵明亮，我肯定二话不说，就交由你处置了。”

中村道：“既然不杀他，为何又要抓他？”

宁武说：“当然是给他们点教训了。”

中村想了一会儿，问道：“你们准备怎么办？”

宁武说：“正好借这件事儿做做文章，审他两天，拿到他的供词，再把他押到重庆军法审判，把共产党的真实面目昭告天下。”

2

听说许亚夫被抓，整个关山分区群情鼎沸，纷纷要求攻打青城，救出许亚夫。八路军总部经过慎重考虑，决定一方面与国民党交涉，争取和平解决，另一方面决定智取，让赵明亮的行动队潜入青城，想法救出许亚夫。

接受了任务，大家七嘴八舌地献计献策，没过一会儿，一个清晰的计划就出来了。大家看着赵明亮，就等他拍板。赵明亮仔细推敲了整个计划，点了点头。

他们计划伪装成晋绥军军法处的人，前去青城带走许亚夫。周英熟悉晋绥军的情况，她细心地伪造文书。赵明亮看了看，有些不放心：“能蒙混过关吗？”

她冷哼一声，说："万福泉的部队当了这么多年的伪军，他们自己也未必见过真文书是什么样子。再说，这个时候，伪军们看到晋绥军的人，早就腆着脸上来了，哪里顾得细查？你放心好了。"

一切安排妥当，赵明亮、周英、许多雷、霍无病离开了杜家庄，他们穿着新式国军军装，开着一辆美式吉普，赵明亮开车，周英扮成军官坐在副驾驶座，许多雷和霍无病扮成士兵，身背卡宾枪，来到了青城城门。城门口放有路障，万福泉的部队如临大敌地在那里守着。

吉普车停下，一个军官过来，周英把手里的证件递给他，他看了看，伸头看看众人，问："军法处的？"

周英严肃地点了点头："对。"

他看看没什么可疑的，就把证件还给周英，后退一步敬了个军礼，示意士兵拉开路障放行。

赵明亮直接把车开到了监狱院内。周英下车，拿着一纸文书交给看守："奉阎长官之命，急调八路军关山分区司令员许亚夫至太原军法处受审。"

他仔细看过文书，点了点头："你们先等一下。"

没过一会儿，他便和一个士兵把许亚夫带了出来。看守用钥匙打开手铐，霍无病当即拿出另一副手铐给他戴上。看守拿来登记簿递给周英："请长官签字。"

她龙飞凤舞地签了一个名字：张爱玲。然后回头招呼许多雷和霍无病把许亚夫押上车，立即开车离开。

他们刚走没多久，中村来到了监狱，却发现关押着许亚夫的房间空空如也。他忙找到值班的看守问道："人呢？"

看守道："被太原来的人接走了。"说着，递上登记簿："来的还是一个女军官，叫张爱玲。"

中村接过看了一下，一把甩在他脸上："什么张爱玲！她是一个作家，上海的作家！"

到了城门口，赵明亮停下车，接受检查。许多雷听到后面传来动静，回头一看，一辆三轮摩托，还有一卡车的士兵追过来了。

周英果断掏出枪，干掉了正在城门查看的军官。赵明亮开车硬闯城门，冲破路障。后面的敌人紧追不舍，许多雷不停地还击着，总觉得坐在三轮摩托副驾驶上的那个人看着像中村。许亚夫道："就是他，他现在沦为宁武的帮凶了。"

赵明亮惊道："他们俩竟然勾结到一起了？"

周英也觉得吃惊："这两个人……怎么可能？"

许亚夫摇了摇头，说："是啊，在他们眼里，哪有什么是非？只有利益勾连。"

吉普车驶进山区，经过一个山坡时，刚开上去，车吼了两声，停了下来。赵明亮急道："没有油了，赶快下车。"

大家跳下车，掩护着许亚夫往山上爬去。中村人马赶了过来，也立即弃车紧追不舍，眼看就要追上来了。霍无病停了下来："你们带司令员先走，我留下掩护。"

许亚夫道："不行，要走一起走。"

许多雷也说："就是，快走吧，别啰唆。"

霍无病得意地说："我的本事你们还不知道吗？我就是落到他们手里，也能轻轻松松逃出来，你们这方面都比不上我。"说着，就跑到路边，伏在一块大青石后面，向追敌开枪。

也只能这样了。

霍无病手持卡宾枪，与追敌激战，他打一枪换一下地方，敌人一时被压制住了。中村急了，这样下去，许亚夫就要逃脱了，特别是赵明亮，这么好的机会，怎么能让他逃走呢？他吼着命令士兵向霍无病冲锋。

卡宾枪里的子弹打光了，霍无病站起来，甩出了最后两颗手榴弹。中村带着人等了一会儿，试探着伸出身子，看到对方毫无反应，他心里大喜，知道对方已经没有子弹了，他立刻带人包抄过来，用枪对准了霍无病。

他的眉头皱了起来："又是你。"

霍无病笑嘻嘻地说："好久不见，非常想念，咱们又见面了。"

小林英夫厉声道："你投降吧……"

话音未落，中村突然举枪朝霍无病开了三枪，枪枪打在了他的胸口。看着霍无病死掉了，中村抬起头，向远处看了看，遗憾地说："还是让他们跑了。"

3

在杜家庄烈士墓园，又出现了一座新坟，上面插着一个木牌，写着"霍无病烈士之墓"。周英站在墓前，喃喃地说："无病一直挂念着要入党。"

许亚夫轻声道："分区一定追认霍无病同志为共产党员，授予烈士称号。"

许多雷悲愤地叫道："无病死得太冤了，明明已经胜利了，却还是死在了日本人手里……中村正雄，我一定要亲手杀了你！"

日本人都走了，关山分区移防到青龙镇，一个院子成了行动队的临时驻地。许多雷放下背包，站起来就往外走。赵明亮知道，霍无病的牺牲，最难过的就是他了，最恨中村的也是他，他怕他蛮干，早就注意着他。看他要出去，忙上前拉住他，问道："你要去哪里？"

他叫道："放开我！鬼子都投降了，中村那个王八蛋还在杀人放火，我非把他碎尸万段。"

赵明亮道："你这样冒冒失失的，去哪儿找他？"

他说："不用你管，他就是钻到土里，我也要把他揪出来。"

赵明亮劝道："你冷静冷静，你以为我就不想吗？我们不能单独行动，一切都得听分区的。"

他不耐烦地说："听听听，听了半天，这么长时间了，一点动静都没有。"

赵明亮声音也变得严厉了："没有司令员的命令，你哪儿也不能去。"

周英听到吵闹声，忙走了出来，看了看他，对许多雷说："你傻呀，去找司令员，跟他磨叽有什么用？"

许多雷瞪着赵明亮道："我去找司令员去说，好狗还不挡道，你让开！"

赵明亮无奈地松开了手，但还是紧紧地跟着他。到了司令部，许亚夫听了许多雷说要去找中村算账，瞪着他说道："胡闹，别忘了，你首先是个军人，不是江湖侠客，你想单打独斗，那就脱了这身军装。"

许多雷不服气地说："日本人已经投降了，中村正雄却还在接连不断地祸害我们，难道这么多年的仗白打了？"

许亚夫道："怎么白打了？他们是不是投降了？日本鬼子是不是打败了？"

许多雷说："可是，中村还在作恶！"

许亚夫道："中村与宁武沆瀣一气，就不能再把他看作是单纯的日本人。"

赵明亮也劝道："我们打仗不是为了杀人，而是为了民族的尊严、国家的生存。"

许亚夫点了点头，说："抗战虽然胜利了，但我们面临的问题依然严峻，避免同胞相残，战火再起，才是眼下最重要的事。这个时候，决不能惹出事端，让国民党抓到了把柄。"

许多雷气急败坏："大不了我不穿这身军装了，不把这个王八蛋干掉，我誓不为人。"说着，就要解军装的扣子。

周英忙上前劝道："你要想清楚，脱了容易，再想穿回去，可就难了。"

许亚夫生气了，啪地一拳击在桌子上，朝他吼道："你还来劲了？"

许多雷被许亚夫的动作吓着了，不敢再脱衣服了。

霍无病牺牲，三人心里都不好受，许司令又不同意去找中村报仇，心里都是沉甸甸的。回到住处，许多雷怒气冲冲地进了自己的房间，重重地关上了门。

赵明亮看了看周英，无可奈何地摇了摇头："这个许多雷，钻进牛角尖里拔不出来了。我现在就是钻进风箱里的老鼠，两头受气。"

周英慢悠悠地说："中村，还是应该杀的。"

他一怔，刚要问她，许多雷把屋门打开，已经换了一身老百姓的衣服，看都不看两人，径直往外走去。

他忙上前拦住他："你，你还要去？"

周英过来，上下打量一番，说："哟，有志气，真把军装脱了！"

许多雷道："你们也看到了，我现在就是个平头老百姓。不管出了什么事，我自己扛着，和你们没关系。"

周英摇了摇头，说："说得轻巧，怎么没关系？大家都是一个战壕里的兄弟，你要是死了，我们良心上能过得去吗？"

许多雷愤怒道："裴喜妮死了，霍无病死了！你们良心咋就过得去了？他们难道就不是我们的兄弟了？"推了赵明亮一把："让开！"

赵明亮不依不饶，上前又拦住了他："军人就要服从命令，你不能私自行动！"

许多雷抓住他的领子，扬起拳头："你信不信？你再拦我，我就不客气了！"

赵明亮坚定地说："你就是把我打死，我也不会放你走的！"

许多雷吼道："难道这么多年的血债就这么一笔勾销了？不是说血债要用血还偿还吗？以德报怨，全是狗屁！"

周英过来，看了看他，又看了看赵明亮，低声说道："日本战败投降了，我们可以不念旧恶，但中村和他的挺身队，又掺和到国共之争中，还害死了无病，如何能饶了他？"

赵明亮惊异地看着她："你也同意他去？"

周英道："中村在日军投降后，还胆敢继续作恶，欠下血债，那他就必须得死。"

赵明亮为难地说："许司令命令我们……"

周英打断了他："我们就是一支独立小分队，可以根据情况相机处置，你是队长，只要你下命令就行。"

许多雷充满期待地看着他，他看看许多雷，又看了看周英。

周英道："我们是兄弟，要死一起死，许多雷要去，那我也要去。"

赵明亮在院里走了几个来回，周英说的未尝没有道理。日本已经投降了，都在乖乖地等着被遣送回国，偏偏这个中村，还在带着他的挺身队作恶，这口气，确实不能忍。他停了下来，看着两人，下了决心："好，那咱们一起去太原。我们行动队就是为了对付挺身队而组建的，中村没死，我们的任务就不算完成。除掉中村后，我向许司令负荆请罪。"

到了太原，赵明亮与老钱在钟楼街酱园巷裴记酱菜坊仓库见了面。老钱现在在一个学校教书，他戴着眼镜，穿着长袍，戴着礼帽，文质彬彬，像是变了一个人。

老钱带来的消息让人不安，前不久，太原召开了"欢迎阎长官胜利归来大会"。阎锡山在会上强调行者、居者原系一家人，要紧密团结，共同对付共产党。行者是指鬼子占领太原期间跟随阎锡山流亡在外的，而那些留在太原在日伪政权当汉奸的，阎锡山称他们为居者。

赵明亮一听，愤慨地说："岂有此理，明明是汉奸，还成了居者？他们倒成了一家人了。"

老钱还告诉他，他哥哥赵荣坤现在升职为省防军团长，妻儿也都回家了，恰好是他负责保护投降日军的安全。如果要干掉中村，这是一个有利的条件。

赵明亮大喜，这样说来，把握更大了。他现在最操心的是周英。周英一到太原，就说要去找宁武。赵明亮当然还不知道她原本是军统的人，他只知道她本来是晋南游击纵队的人，如果她能说动宁武把中村交出来，那是最好不过了。但他也担心，她弃国军而加入八路军，宁武还会对她礼遇有加吗？

这当然是赵明亮的多虑。宁武见了周英，慌忙让座，很是热情。她开门见山地对宁武说："无论国共之间的恩怨纷争有多深，那也都是中国人自己的事，为什么要用日本人对付共产党？那些日本人，哪个手上没有沾着中国人的鲜血？与他们为伍？心里能安吗？"

宁武道："这是委员长的命令。"

她说："君子有所为，有所不为。"

宁武道："国共之间，迟早要打。谁先开火，并能进行最猛烈的集火射击，谁就能取胜。日本人在回国之前，就是我们掌握的火力之一。”

她看着他，认真地说：“刚刚结束了一场驱逐异族侵略的战争，难道还要再来一场骨肉相残的战火吗？”

宁武说：“唾沫解决不了的，最终只能靠炮弹和流血来解决。”

她摇了摇头：“皇帝动刀枪，百姓遭了殃，行军过道白骨森。”

宁武点了点头：“对，战争就是地狱之门，一旦开启，要想自己活下去，就得让对方死掉。”

她说：“战争很容易挑起来，但要想停下来就难了。”

宁武说：“所以我们要更加努力。你没嫁给李志浩，失去了潜入中共高层的机会，如果不是我替你兜着，恐怕你早就被召回受罚了。”

她淡淡地说：“我宁愿回去受罚。”

宁武想了一会儿，说：“想回来也可以，那就立功赎罪。你想办法争取去延安一趟，相机刺杀中共高级领导人。”

她直直地看着他：“这是我的任务？”

宁武道：“对，你如果争取到了去延安的机会，就牢牢抓住。”

他把身子倾过来，盯着她，低声问道：“你们这次到太原干什么？共产党在太原的地下组织，你了解多少？”

她说：“他们对我一直防备，这些都不会告诉我的。”

宁武有点失望：“疑心真够重的。”

她撇下嘴，说：“他们连自己人都不放心，整天疑神疑鬼，觉得全世界都在迫害他们。”

把周英送走，宁武立即让人叫来了吴立均，问道：“你觉得周英怎么样？”

吴立均摸不清他为什么要这么问，小心翼翼地斟酌道：“她智勇双全，能潜伏在八路军根据地长达三年之久，这怕是破了军统的纪录了。”

宁武点了点头：“沈之岳虽然潜入延安两年，还入了党，交给他刺杀任务，但他最后还是吓得逃跑了。如果周英能办到，咱们山西站也是立了奇功一件。只不过这个女人就像刺猬，我行我素，不怎么听话。问她这次到太原做什么，她也语焉不详。她刚走，你立即跟上她，看看她到哪里去了。”

吴立均立即换上便装，出门叫了辆黄包车，很快追上了周英。他忙下了车，紧紧地跟着她。

周英似有察觉，停了下来。吴立均忙低头装作抽烟。等他再抬起头来，只见她进了路边的一个旅店，他默默地记住了“龙城旅店”的招牌后，赶紧离开。

回到军统，吴立均赶到了宁武的办公室。宁武充满期待地看着他：“怎么样？知道她去了哪里吗？”

他紧张得额头上的汗都出来了，掏出手绢擦了一下，慌慌地说：“我跟了她两条街，一眨眼的工夫，就看不见了。”

宁武瞪着他，厉声斥责道：“你怎么没把自己跟丢呢？”

吴立均出来，长长地松了口气。很显然，宁武对周英产生了怀疑。按道理讲，他应该如实汇报周英的行踪，可他不想这么干。在他看来，周英这些年来，行走在国共之间，铁心抗战，完全就是在刀尖上跳舞，拿着生命在冒险，为什么还要在背后算计她呢？

别的人不管，至少他吴立均决不会做这种事。

4

在等待遣送回国的这段时间，挺身队被集中在赵荣坤带领的省防军一个团里，由他们负责安全。考虑到中国人对日本人的仇恨，省防军布置了严密的哨所。但这当然也难不住赵明亮，他敏捷地攀着围墙进入营区，悄悄接近挺身队的营房，从窗户往里看，一个房间里共放着四张铁架床，住8个人。

一个挺身队员穿着内衣出来，赵明亮忙跟了上去。这人是上厕所的，他刚进去，赵明亮还没等他反应过来，把他脖子一扭，拖到后面，丢在了露天粪坑里。

第二天早上，中村等人发现少了一名队员，赶紧四处寻找，终于在露天粪坑里找到了他。兔死狐悲，其他队员脸上露出了惊惧之色。中村脸色阴沉，距离回国还有一段时间，看来，挺身队的安全不能全靠中国人，必须自己武装起来。

小林英夫有些为难：“我们没有武器。”

中村道：“把能找到的钢管都找出来，把尖磨利，每天晚上，轮流放哨。”

以后再到晚上，在挺身队营房外面就多了个拿着钢管的队员放哨。过了几天，没出什么事儿，队员难免松懈，这天晚上，就连放哨的两个人也先后被人杀死了。

这是赵明亮与许多雷干的。两人的目标是中村，但他们一直没有找到他，倒是这些可怜的队员当了替死鬼。

中村忍无可忍，要求去见宁武。见到宁武后，他愤怒地叫道：“到底是什么人干的？已经连续杀了我们三个了！”

宁武慢悠悠地说："恨你们的人太多了，一时半会儿，还真不知道是谁干的。不过，共产党的可能性最大，我听说，赵明亮来太原了。"

中村嘴角抽搐了一下："又是他？"

宁武道："当然，究竟是不是他干的，还有待调查。"

中村问道："他们在哪里？"

宁武摇了摇头："这些人鬼鬼祟祟，防不胜防，我们一时半会儿也不知道他们在哪里。你们自己要小心点。"

中村声音提高了："你答应过要保证我们的安全。"

宁武不耐烦地看了他一眼，淡淡地说："我会让赵团长加强警戒。你还有事吗？"

中村愤愤不平，这个宁武，完全不把他们的生死放在心上。与其靠这些人，不如靠自己。回到挺身队后，他与小林英夫商量后，决定给每个人都发个哨子，再发现异常，立即吹哨，听到哨声，所有人都必须出来，揪住凶手。

这天晚上，两个挺身队员从营房里出来结伴上厕所。快到厕所时，许多雷从路边树后闪出，突然出手，用匕首干掉一个挺身队员，另一个队员回头就跑，边跑边吹哨子。

中村等人听到哨声，从床上一跃而起，手持钢管涌出来。许多雷没防到中村来了这一手，经过一番搏斗，寡不敌众，挺身队抓住了他。

中村看清是许多雷，说："原来是你，我们也算老朋友了。"

许多雷一口唾沫吐到他脸上："王八蛋，谁和你是老朋友？"

中村慢悠悠擦去脸上的唾沫："很遗憾那次没有弄死你，还把你送到了煤矿，让你侥幸捡回了性命，但是这次，你恐怕没那么好的运气了。"

许多雷笑道："有生之年，能够看着你们这些丧家之犬惶惶不可终日，屁滚尿流地滚出中国，我就是死了，在阴曹地府，也能笑出声。倒是你，折腾了这么多年，折腾出什么结果了？你死去的老婆和孩子看着你如今这副丧家之犬的狗模样，不知又会做何想？"

他的话一下子刺中了中村，中村愤怒地叫着，冲上去掐住他的脖子："你想去阴曹地府，现在就送你去。"

这家伙确实失去理智了，掐得许多雷喘不过来气，他大张着嘴巴，喊也喊不出来。正在这时，赵荣坤带着一个上尉参谋和几名士兵来了，冲着中村大喊："住手。"

中村只得松了手，但那些挺身队员还紧紧地抓住许多雷不放。赵荣坤厉声道："给我把人交出来！"

几名国军士兵上前要抢走许多雷，其他挺身队员也上前阻拦。中村叫道：“他杀了我们的人，我们要先审问。”

赵荣坤怒道：“岂有此理！谁给你们的权力？”

中村置之不理，回头命令挺身队员：“带走！”几个挺身队员架着许多雷往营房里走去，其他队员手持钢管与国军士兵对峙，慢慢退回营房。

几个国军士兵呆呆地看着赵荣坤。上尉参谋跃跃欲试地看着赵荣坤，说：“这帮日本人，都这个时候了，还如此张狂！团长，开枪吧！”

赵荣坤摇了摇头，对他说：“李参谋，你立即去把一连给我调来！”

没过一会儿，李参谋就带着几十名士兵过来了，在赵荣坤的命令下，包围了挺身队的营房。中村带领队员手持钢管与国军对峙，国军刺刀对准了挺身队。赵荣坤面色冷峻看着中村：“给我立即把人交出来！”

中村道：“交出来可以，除非宁站长亲自下令。我们只听从宁站长的命令。”

赵荣坤强硬地说：“我最后一次警告你们，现在开始倒计时，到时你们仍不交人，格杀勿论！”

国军士兵明显精神一振，向前逼了逼。赵荣坤朝身边的李参谋摆了一下头，李参谋开始倒计时：“10，9，8，7……”

眼看倒计时就要结束：“3，2……”

赵荣坤缓缓地举起手，就要挥手下令，宁武乘坐军用吉普车急驶而来。赵荣坤忙上前致礼：“报告站长，日本人抓到我们中国人，拒不交人……”

宁武并没有理他，向中村走去。国军、挺身队自动让出一条路。宁武在中村面前站定，问道：“抓到的是什么人？”

中村向屋里摆了一下头：“八路军的人。”宁武朝他身后的屋里看了一下，看到了被挺身队员押着的许多雷。

宁武扭头对他说：“中村君，这个人，还是交给我来处理吧。”

他还有点不甘心：“他杀了我们的人……”

宁武打断他：“中国人的事情由中国人来处理。中村君，我希望你能认清自己身份，明白自己的处境。”

他忙立正道：“是！”

赵荣坤送走宁武后，立即回到军营，换上便装，连夜赶到了赵明亮和周英所在的旅店，通报了许多雷被抓的事情。他忧心忡忡地说：“许多雷现在被宁武带走了，虽然脱离了中村的魔爪，但又掉进了军统的狼窝里。”

赵明亮想了想，叮嘱他道：“你的位置很重要，不要轻举妄动，有情况随时告诉我，一定要小心谨慎。”

赵荣坤点了点头：“放心，我会保护好自己，我先走了。”

赵荣坤离开后，赵明亮看了看周英，一脸忧虑：“宁武会如何处置许多雷呢？”

周英道：“干脆我再去找一趟宁武，看看能不能从他手里把人要出来。”

赵明亮摇了摇头，说：“你上次去找他，就冒了很大的风险，现在又去找他，你不要命了？你可是他们眼里的叛徒。”

周英道：“他以为我加入八路军是迫不得已，权宜之计，并非真心投诚，所以，想拉拢我重回国军阵营呢。”

暂时也没有其他办法了，赵明亮只得答应周英去试一试，叮嘱她一定要注意安全，见势不妙，就立刻离开那里。

许多雷落到宁武手里，宁武喜出望外，他曾是麦县县大队大队长，又是关山分区许亚夫司令员直接领导的行动队的骨干，如果能把他策反了，那无疑比周英的作用更大。他像招待贵宾一样欢迎许多雷，许下各种高官厚禄、金钱美女，无奈他油盐不进，软硬不吃。宁武没了办法，只得把劝降这事儿交给了李为信。

李为信也没什么办法，只能用他最拿手的讹诈战术，先给许多雷用了刑，然后又叫上吴立均，还有几个军统特工，开了两辆吉普车，把他拉到了野外。车子停下，许多雷被押下车。两个特工上前，从前面那辆车上拽下一个被绑着的约三十来岁的中年人，那人身上血迹斑斑，嘴巴还塞着破布。

特工把他们带到两个刚挖好的坑前，李为信向那个中年人摆了一下头，命令手下：“把他活埋了！”特工把那人推入坑中，开始填土。李为信扭头对许多雷说：“这人和你一样是个共产党，又臭又硬。这就是他的下场。种树得树，种豆得豆，种苦瓜得苦瓜。一切祸福，自作自受。”

许多雷笑道：“我求仁得仁，挺圆满的。”

李为信阴沉地瞪了他一眼，突然掏出枪，扣动扳机，砰的一枪，杀死了正被特工活埋的那个中年人。他收起枪，对许多雷道：“咱们俩是患难之交，我才跟你说这些话。你现在弃暗投明还来得及，投降我们，我们就把你放了，你回去后，共产党也不会怀疑你，神不知鬼不觉，这是一笔好买卖。你再好好想一想。”

许多雷想都不想，说：“狗屁的患难之交，你是什么货色，老子早就知道了。阴一套，阳一套，跟你为伍，呸，我还嫌丢人呢。不用想了，你如果想让你许大爷认怂，除非山无棱，江水为竭，冬雷阵阵，夏天飘雪。”

李为信摇了摇头，冷冷地说："好，那我就让你求仁得仁，把他也活埋了！"

特工拉过许多雷，推入坑中，开始往里面填土。当许多雷被土埋到半腰处吴立均蹲下来，掏心掏肺地说："许大哥，我敬你是一条汉子，抗战已经结束，现在死了未免太可惜了，人活着，还不是为了混口饭吃嘛，何苦和自己过不去？"

许多雷道："牛不知角弯，马不知脸长，你把我许多雷想成什么人了？老子才不是像你们那样混口饭吃，老子吃的是堂堂正正的饭！"

吴立均不甘心地舔了下嘴唇，说："你想想，你这么年轻，就这么死了，你甘心吗？"

许多雷笑道："对酒当歌，人生几何？譬如朝露，去日苦多。生亦何欢，死亦何苦？"

吴立均无奈地回头看李为信，李为信气急败坏道："把他带走！"

许多雷又被带回军统关了起来。李为信来到宁武办公室，重重地坐在沙发上，叹了口气，说："站长，按你说的，我扮黑脸，刑也上了，鸡也杀了，猴子却没儆着；吴立均扮白脸，好话也说了几箩筐，美女许了好几个，金钱堆了一大堆。我们软硬兼施，他软硬不吃，刀枪不入，生死无畏。咋办？"

宁武闭上眼睛，摇了摇头："我本将心托明月，谁知明月照沟渠。"

李为信道："我看这家伙是九头牛也拉不回来，更不会领我们的情。"

宁武道："中村一直逼着我把这家伙枪毙了。这帮鬼子，到现在还蹬鼻子上脸。"

李为信道："我们既然要用日本人，就得把他们安抚好。连续死了好几个人，现在他们是人人自危，不如顺水推舟把许多雷毙掉算了。"

宁武想了一会儿，终于下了决心："那好，你安排一下，明天要处决几个汉奸，正好把他捎带上，当汉奸一起枪毙了算了。"

李为信还有些担心："如果共产党知道这事怎么办？"

宁武道："那就给处决的人都戴上头罩。"

李为信走到门口，宁武叫住了他："你等一下。"

李为信停下，疑惑地看着他。他低声道："赵明亮的人把太原搞得天翻地覆，周英居然一个字都没给我透露……这个女人很可能假戏真做，投了共产党，如果有确凿证据，可以把她除掉。"

李为信点了点头："好。"

第二十六章

1

得知宁武要杀掉许多雷，并且是要混在汉奸中一起杀掉，吴立均大吃一惊。在他看来，许多雷也是一名抗日英雄，他不过是杀了几个日本人而已，这些日本人个个手上沾满了中国人的鲜血，杀了也没什么可惜的。宁武完全可以睁只眼闭只眼，把他偷偷放了，他中村还能怎么着？

吴立均想来想去，决定还是要劝劝站长。他鼓足勇气，闯进宁武的办公室，激动地说："站长，真要杀了许多雷？"

宁武冷冷地看着他："怎么了？"

他悲愤地说："日本人想杀他，我们就真的要杀他？"

宁武生气地拍了一下桌子："这事儿有你插嘴的份吗？"

吴立均痛心疾首地说："许多雷好歹也是抗日英雄，这事一旦被人知道，置军统于何地？站长，你要三思啊。"

吴立均说的也是实话，他虽然莽撞了点，但出发点还是为军统好。宁武态度缓和一点，锁着眉头，一声不吭。吴立均觉得他听进去了，激动得泪花闪烁，喃喃地说："站长，抗战多年，军统的弟兄们出生入死，用生命换来的无上荣耀，不能因此被玷污了！"

宁武又有些不悦："我已仁至义尽，此人冥顽不灵，既不为我所用，今后必是敌人，这也是他自找的。"

吴立均还要再说什么，宁武不耐烦地挥了挥手："这儿没你的事，出去吧。"

吴立均还不甘心，他约见了周英，把明天要枪毙许多雷的消息给她讲了。她大吃一惊："明天？"

他重重点了点头："对，明天上午在老虎关刑场，还是和汉奸一起枪毙。"

她骂道："这帮浑蛋，真能做得出来。"

吴立均难过地说："我们都是为了抗日才进军统的，还记得军统的局歌吗？说我们是革命青年，富贵不能淫，贫贱不能移，威武不能屈，堂堂正正的军统，却重用中村这样的鬼子杀害抗日英雄，还有比这更荒唐的事情吗？"

她喃喃道："国民党不是从前的国民党，军统也不是原来的军统了。"

吴立均叹口气，难过地说："国共之间注定要打一场大仗了……这场战争毫无是非，令人憎恶。"

她站了起来："谢谢你告诉我这些事儿，我得赶紧走了。"

吴立均忙道："不管你做什么，需要我的时候，一定告诉我，我愿意帮忙。"

她摇了摇头，笑道："我的事情由我来处理，你不必牵扯其中。"

吴立均低低地说："可是，我私下见你，就已经牵扯其中了……"

她心里一动，这个吴立均，在军统也算有些年头了，还是那么单纯。她感激地冲他点了点头，急急地走了。吴立均送来的情报很重要，她必须尽快告诉赵明亮。

赵明亮听她讲了以后，霍地站起来："什么，明天就要枪毙？"

她说："对，吴立均亲口告诉我的。"

赵明亮恨恨地说："宁武太阴险了，老钱已经与许司令联系了，正让八路军总部与国民党交涉，没想到，宁武却抢先下手杀人。"

她忧心忡忡地问道："我们怎么办？"

他想了想，说："我立即联系老钱，明天去老虎关刑场，把许多雷救出来。"

她坚定地点了点头："好！"

第二天早上，赵荣坤刚到办公室，就接到了宁武传来的立即处决许多雷的命令。他大吃一惊，这时再联系赵明亮他们已经来不及了，他必须得尽快做出决定。他在房间里走了几个来回，没有别的办法了，他只能冒个险了。

他立即把李参谋叫来，给他说了要枪决许多雷的事儿。

李参谋愤愤不平道："把杀鬼子的英雄当成汉奸处决，这也太荒唐了。"

赵荣坤说："他们也怕人知道，所以让我们行刑的时候给犯人戴上头罩。"

听话听音，李参谋听出赵荣坤对这个命令也是有抵触的，似乎有自己的想法，忙压低声音问道："那怎么办？"

赵荣坤把自己的打算说了出来："这种事儿咱们不能干。我考虑了一下，你一会儿就去关押汉奸的死监里提出一个犯人，用他顶替许多雷。在刑场挖好坑，枪决完后，立即埋掉。”

李参谋道：“那许多雷呢？”

赵荣坤说：“把他放了。”

李参谋点了点头，他刚走到门口，赵荣坤叫住他：“要注意安全，知道的人越少越好。”

李参谋道：“好，我亲自去干。”

李参谋回去后，按赵荣坤的指示，滴水不漏地把许多雷调包了。他刚把戴着头罩的犯人从牢里提出来，往卡车上押时，中村带着小林英夫穿着日军军装气势汹汹地赶来了。警戒的国军士兵用枪对准他们：“站住！”

中村怒斥国军士兵：“放肆！让我过去！”

国军士兵很凶地扬了扬手中的枪：“往后退，不然，我开枪了！”

宁武和赵荣坤听到吵声，扭头望去，宁武摇了摇头，说：“这个小日本，真是得寸进尺了。”说归说，他还是走了过去，问道：“中村君，你有什么事儿？”

中村道：“我要带人全程监督处决许多雷。”

宁武沉下了脸：“你连我也不相信了吗？”

中村坚持道：“本来应该就由我们来执行，现在已经退了一步，只是监督，宁站长连这点面子都不给吗？”

宁武打量了一身日军军装的中村，说：“我可以让你们参加，但你穿着这身衣服上街，我可保证不了你的安全。中村君，你别忘了，今非昔比啊，我这是为你好。”

赵荣坤皱眉瞪着他们：“记住你们的身份，你们现在只能在黑暗中活动，不能在阳光下出现。”

宁武不耐烦地摆了摆手，又回到了卡车旁，继续监督押送犯人。中村看了看小林英夫，只得灰溜溜地回去了。

刑场设在太原市郊的老虎关刑场，早已经得到消息的老百姓围得水泄不通。国军士兵在四周布置了警戒线，三步一岗，五步一哨。两辆汽车驶来了，前面的吉普车上坐着赵荣坤和李参谋、卫兵，后面的卡车上车帮两侧肃立着全副武装的国军士兵，车厢内站着五六个戴着头罩的人犯，脖子后插着亡命牌“枪决汉奸周元夫”等字样。

汽车在刑场停下，国军士兵跳下来，把人犯押下。

中村正雄、小林英夫伪装成老百姓混杂在人群中，眼睛死死盯着那些人犯，片刻不离。

赵明亮、周英出现在了人群中，他们身边有三个精干的小伙子，他们是老钱派来配合的地下党。周英看到赵荣坤，有些意外，低声对赵明亮说："怎么行刑的是他？"

赵明亮道："一会儿千万别伤到他。"

周英回头看了看那三个地下党，说："他们几个可不知道。"

赵明亮当然不能告诉他们，赵荣坤是自己人，他只能暗自祈祷了。几个人又向前面挤了挤，看到国军士兵把犯人押到一边排成一排，把他们按着跪下，另一队准备行刑的国军士兵列队跑来，每个犯人后面都站着一个国军士兵。

行刑的国军士兵举起了枪。

赵明亮低声道："准备动手！"

他正要掏枪，手突然被人攥住。他吃了一惊，回过头来，看是许多雷，惊道："你怎么出来了？"

许多雷低声道："赵荣坤把我放了。"

周英立即招呼三个地下党员，几人拥着许多雷往人群外走。刚走出两步，身后传来一阵枪响，几个汉奸被处决了。几个国军士兵上去，拖着处死的汉奸往旁边的坑边拖。人群慢慢散去，中村和小林英夫混在人群中往外走。小林英夫低声道："终于除掉一个，就剩下赵明亮和周英了。"

中村喃喃道："我看这个人未必就死了。"

小林英夫愣了一下，说："刚才不是枪毙了吗？"

中村道："他们戴着头罩，我们根本就看不出来。再说，他们从前从来没有处死人还要挖坑埋掉的。这里面说不定有诈。"

耐心地等到夜晚，中村和小林英夫带着铁锹溜出营区，赶到老虎关刑场，把白天枪毙的汉奸的坟挖开了。小林英夫上前，把尸体上的面罩取下来，中村打着手电筒仔细查看，里面果然没有许多雷。

小林英夫恨道："这个宁武，阳奉阴违，居然把许多雷放了！"

中村摇了摇头："宁武恨不得杀光所有的共产党，这事儿不可能是他干的。"

2

第二天一大早，宁武乘坐着吉普车，带着中村和小林英夫赶到老虎关刑场。他看了看摆在地上的尸体，摇了摇头，怒道："在我的眼皮底下，偷梁换柱，李代桃僵，谁给了他们这个胆子？"

人是在赵荣坤那里关着的，也是从他那里被押上刑场的，当然也得从他那里查起来。宁武首先把赵荣坤手下李参谋秘密抓到了军统，带着中村一起审问。李参谋刚开始装糊涂，一问三不知，等到上了刑，终于扛不住了，说是赵团长安排的。

中村问道："他是共产党吗？"

李参谋痛苦地摇了摇头："我，我不知道。"

赵荣坤立即被抓到军统那里，李为信把他带到审讯室，李参谋仍然被悬吊着，一点动静也没有，似乎是晕过去了，也许已经死掉了。

宁武和蔼可亲地说："赵团长，我把你请来，你知道是为什么事儿吗？"

赵荣坤看了一眼悬吊在那里的李参谋，知道事情已经败露，他平静地说："我放走许多雷，是因为佩服他曾是一名抗日英雄。"

宁武笑着鼓掌："我倒佩服赵团长，自己身为二鬼子，倒同情起抗日的英雄来了。这出戏，赵团长演得精彩、绝妙。"

赵荣坤不卑不亢地说："就因为我曾经当过二鬼子，所以我才更加敬重抗日英雄。"

中村冷笑一声，说："你是共产党。"

赵荣坤看了看宁武，悲伤地摇了摇头："抗战已经胜利，我现在也是一名堂堂正正的国军上校，却要在这里接受日本鬼子的审讯，这里未免太脏了点。"

宁武道："共产党给你们的水中月镜中花虽然美丽，可是它会千变万化，最终也是一场空；地下泥土虽然肮脏，可是它能长出好的庄稼。赵团长，你现在迷途知返，还不晚啊。"

赵荣坤道："我不是共产党，也未进迷途，宁站长误会我了。"

宁武摇了摇头，站了起来："我是真心实意来帮你的，你既然执迷不悟，那我也无可奈何了。"转向中村道："那就麻烦中村君了。"他往外走了两步，像是想起了什么，回头对中村说："赵团长也是有身份的人，中村君要客气些啊。"

中村点了点头，坐在了宁武刚才坐的桌子前。

他果然对赵荣坤很客气，笑了笑，说："宁站长可能觉得咱们之间更熟悉，特地让我来和你聊聊。"

赵荣坤愤怒地瞪着他，说："我不想和日本鬼子说话。"

中村并不生气："赵团长言重了。我只是宁站长请来的顾问，回国之前，再发挥一下余热。"

赵荣坤把脸扭向一边，不屑再回他的话。

中村苦口婆心地说：“国共之争，是大人物的游戏。我们都是小人物，欲戴桂冠，必承其重，赵团长要三思啊。”

赵荣坤说：“我不明白你的意思，我只是放了一个抗日英雄，做了一个中国人应该做的事情而已。”

中村怜惜地摇头：“看来，你这是要硬撑到底了。”身子往前倾了倾：“闲观扑纸蝇，笑痴人自生障碍；静觇竞巢鹊，叹杰士空逞英雄。赵团长这是何苦呢？”

赵荣坤笑道：“如果能够成为英雄，那我也愿意当个英雄。”

中村站起来，绕着他走了两圈，停在他面前，说：“我一直都很喜欢《三国演义》。滚滚长江东逝水，浪花淘尽英雄。是非成败转头空……古今多少事，都付笑谈中。我们自以为做了英雄，在后人眼里，又是多么可笑。”

赵荣坤冷冷道：“死生一事付鸿毛，人生到此方英杰。你不配和我谈英雄。”

中村朝李为信点了一下头。李为信会意，回头冲室外喊：“把他们带进来！”

两个军统特工把赵荣坤的妻子董凤娟、儿子东东带了进来。赵荣坤看到他们，脸色大变，冲着中村吼道：“这不关他们的事儿！”

中村用手指点着董凤娟和东东，说：“这是你的老婆，这是你的宝贝儿子，你说，关不关你的事儿？”

赵荣坤要站起来，被身后两个特工按住，他挣扎着叫道：“把他们放了！”

中村说：“他们是生是死，就看你了。共产党在太原的负责人是谁？谁和你联络的？”

赵荣坤道：“我不知道，我就是敬佩抗日英雄……”

中村向李为信伸出手，李为信把手枪掏出来，递给了他。他把手枪顶在董凤娟头上：“我再问你一遍，共产党在太原的负责人是谁？谁和你联络的？”

赵荣坤叫道：“不要，不要！”

中村道：“你只要老老实实地回答我的问题，不但一个人都不杀，我还会给宁站长求情，你官照当，还是堂堂正正的上校团长。”

赵荣坤哀求道：“我只是敬佩许多雷是抗日英雄……”

中村看了看赵荣坤，摇了摇头，扣动扳机，董凤娟倒在了血泊中。东东扑过去，大声哭喊起来：“妈妈，妈妈！”

中村提起东东的衣领，把手枪对准了他的脑袋，看着赵荣坤："我再给你一次机会。"

赵荣坤脸色苍白，身子从椅子上滑下，痛哭道："我说，我说……"

他供出了老钱。李为信带着两个军统特工抓捕了老钱，但他们无论如何用刑，老钱都只字未吐。

第二天一大早，吴立均和一个特工来到审讯室，押着浑身血迹斑斑的老钱往外走。老钱回头问吴立均："这是要到哪里去？"

另一个特工推了他一把："死到临头了，还问那么多干什么？"

吴立均道："宁站长命令，让中村正雄来审问你。"

老钱站定，盯着他，问道："为什么要把我交给日本人？"

吴立均道："宁站长让他来的，说他更专业。"

老钱笑了笑，摇了摇头。他走了两步，突然纵身跳下楼房。吴立均忙趴到栏杆上往下一看，老钱倒在地上，脑袋下一片血迹。他忙带着特工跑到楼下，慌慌地蹲下来，探了探老钱的鼻息，已经毫无声息了。宁武和中村听到动静，赶紧从屋里跑过来。

宁武看看躺在地上的老钱，又看了看吴立均，问道："死了？"

吴立均喃喃地说："死了。"

宁武愤怒地扬手给了他一个耳光："饭桶！连个只剩一口气的人都看不住！"

他踢了一脚老钱的尸体，冲着吴立均吼道："把他拖出去喂狗了！"

吴立均没有这样做，他找了一辆马车，把老钱拉到了太原郊外的一处田野，挖了一个深深的坑，把老钱埋掉了，还立了一块碑"抗日英雄"。这几天发生的事情，远远地超出了这个年轻人的想象。堂堂的军统，居然会偷偷摸摸地用起了日本鬼子来残害同胞，而老钱，这个貌不惊人的瘦弱男人，视死如归，这也深深地震撼了他。埋完老钱，他半跪在地上，头抵着石碑，压抑地小声哭泣："对不起，对不起……"

3

最痛苦的要数赵明亮了。他和周英、许多雷闷闷地坐在房间里，一直到黄昏，谁也没说话。周英抽出一支烟，狠狠地抽着。她已经好久没抽烟了，猛烈地咳了起来。赵明亮看了看她，不但没有制止，反而伸出手道："给我一支烟。"

赵明亮的痛苦，周英当然理解。她把自己抽了一半的烟递给他，他猛吸了两口，连连咳嗽，泪水都出来了，他还是大口大口地抽。

许多雷打起精神，说："是不是情报有误，赵荣坤怎么会叛变呢？他刚刚救了我。"

周英道："他不是叛变，他只是受不了刑，供出了老钱。"

赵明亮痛苦地抬起头："他怎么会出卖老钱呢？"

周英喃喃地说："落到这帮阎王手里，就是进了地狱。他们的手段太残酷，而人的承受力又是有限的。"

赵明亮痛心地说："老钱是位从井冈山出来的老红军，长征都过来了，好不容易抗战胜利了，却这样走了……"

许多雷还是不信："我还是觉得不大可能。我们应该找到赵荣坤，亲口听他说说。"

赵明亮大口地抽着烟，香烟几乎要烧着他的手指了，他把烟头扔下，用脚使劲地踩了踩，说："走，我们现在就去找他。"

赵明亮等不及了，他让许多雷偷了一辆吉普车，三人换上国军军装，连夜赶往省防军大院。赵荣坤升任团长后，家就安在了省防军的大院里了。到了门口，哨兵拦住要检查，周英拿出一个证件递给他："我们是军统的。"哨兵低头看了一眼，立即赔着笑脸放行。

三人在赵荣坤家门口把车停下，进了院子。推开门，屋内灯光大亮，赵荣坤穿着整整齐齐的军装端坐在屋内，就像他一直在等着他们一样。看到三人，他也很平静，淡淡地说："你们来了？"

周英探头向屋内看了看，问他："嫂子和东东呢？"

赵荣坤道："已经睡下了。"

赵明亮还抱着一线希望，问他："老钱是你出卖的吗？"

赵荣坤面无表情，说："是，是我。"

他说完这话，把手枪掏出来，把子弹推上膛，放在桌子上，说："一命偿一命，你们可以打死我。"

他转向赵明亮，说："我死以后，看在咱们是一个娘的份上，请把东东带大，就当自己的孩子。"

许多雷听了这话，吃了一惊，他看看赵荣坤，又看了看赵明亮，问道："你们是兄弟？"

赵明亮没有理他，仍旧盯着赵荣坤，说："好，我会把侄子当作自己的儿子来养……你去和嫂子、东东告个别吧。"

赵荣坤的泪水终于汹涌而出，但身子依旧纹丝不动：“凤娟不在了。”

赵明亮问道：“她去哪里了？”

赵荣坤道：“军统拿凤娟和东东威胁我，他们把凤娟杀死了……伏尸百万，流血漂卤，我们杀人和被别人杀，都是自己争来的，但对凤娟和东东来说，他们又有什么错呢？如果换成你们，你们会怎么办？”

周英恨道：“这种事情，也只有这帮王八蛋做得出来。”

赵荣坤低下头，喃喃地说：“我们杀来杀去，多数人流血死亡，却养肥了少数人，死的大多数还是无辜的人……我已经很累了……”

许多雷看向赵明亮，低低地说：“人死不能复生，赵团长也是有苦难言……”

周英也看向他：“这场该死的战争……我们走吧。”

赵明亮叹了口气，他能做什么呢？他原本也只是来证实一下，是不是他出卖了老钱，他还盼着能有奇迹出现。一切都真相大白了，确实是哥哥出卖了老钱。如何处置他，还是让组织来决定吧。

回到旅店，赵明亮怎么也睡不着，他只好站起来，来到窗前，忧郁地看着外面，发了一会儿呆，到外面的客厅里，拿起周英放在桌子上的香烟，抽出一支点上，抽了一口，连连咳嗽。周英听到声音，披着衣服出来，倚在门边问他：“你还没睡？”

他摇了摇头：“睡不着。”

她说：“还在想你哥的事？”

他痛苦地低下头，又狠狠地抽了一口香烟。

她安慰道：“咱们已经报告分区了，想必许司令他们也会理解的。荣坤大哥应该没事的。”

他看了看她，摇了摇头：“你根本不了解我们共产党。”

他还真说对了，到了第三天，分区的命令来了，让行动队制裁赵荣坤。周英大吃一惊，惊异地看着赵明亮：“什么？分区让制裁赵荣坤?!”

他淡淡地说：“对，只要是叛徒，就是逃到天涯海角，我们也要制裁他，这是党的纪律。”

许多雷激动地说：“赵荣坤不是叛徒！要不是为了保护东东，他不会这样做的。他是有罪，但罪不至死。”

赵明亮站起来，身子摇晃了一下，但还是坚持着站稳了：“我们执行吧。”

周英冲他吼道：“你先坐下！”

他愣了一下，呆呆地看着她。她深深地吸了口气，说：“赵荣坤的妻子死了，他还背负着良心上的重担，活着比死去更艰难，这样的惩罚还不够吗？难道非得杀了他？”

许多雷也说：“赵荣坤不是党员，不能用党的纪律要求他。”

赵明亮痛苦地看着他们，说：“就是一名军人，也要为自己的行为付出代价。”

许多雷激愤地叫道：“我不同意制裁赵荣坤！”

赵明亮盯着他：“你是一个共产党员，不能违背党的纪律。”

周英嘲讽道：“你真可以，没人性，还有党性。”

赵明亮严厉地说：“赵荣坤从出卖老钱那一刻起，他就不是自己人了，他必须得死！这是命令！想通了执行，想不通也得执行！”

许多雷瞪他一眼，说：“我不去，你想去你自己去！”

赵明亮满脸痛苦，手在神经质地抖动着。周英跨前一步，说：“我去，这个恶人，我来做。”

许多雷感到很意外，抬头看着她：“你？你要去？”

她没理他，看着赵明亮，低声说：“你去执行，骨肉相残，毫无人伦。”又转向许多雷：“你执行，等于杀了自己的救命恩人。我不去谁去？”

许多雷瞪着她，不满地说：“你去执行，良心上就好受了吗？”

她苦笑了一下，说：“我他妈的就不认识良心两个字！”

她眼中泪花滚动，她抽了一下鼻子，强忍着，扭头就走。

她说到做到，立即找到赵荣坤，把他带到了太原郊外一处悬崖边，下边是滔滔河水，这地方不错，杀死他后，顺手推到河里，也省得再费功夫埋了。她掏出手枪，对准了他：“你还有什么话说？”

赵荣坤早已经心如死灰，平静地说：“照顾好我的孩子。”

她点了点头：“我会把东东当作自己的孩子，我保证没有任何人能伤害到他。”

赵荣坤惨笑了一下，喃喃地说：“谢谢你，这是我罪有应得，我该死……”

她握着枪稳稳地对准他，他坦然地闭上了眼睛，等了好大一会儿，却没有什么动静。他睁开眼，疑惑地看着她。她咬了咬牙，突然收起了手枪，说：“你走吧。”

他皱起了眉头：“为什么要放了我？”

她说：“别问那么多，过一阵，我会把东东带出来交给你，你带着他远走高飞，到一个没有人的地方重新生活。”

他疑惑道：“这是明亮的主意？”

周英知道他这是担心连累自己的弟弟，就摇了摇头，说："和他没关系，这是我自己的主意。"

他忧虑地说："你如何向上级交代？"

她淡淡地说："这你不用管。"

她收起手枪，整理了一下衣服，转身就要离开。赵荣坤却突然面对悬崖下的滚滚河水跪下，望着天空，喃喃地说："老钱，对不起……"

她觉得不对劲，赶紧回头，但已经晚了，赵荣坤站起来，一个箭步，纵身跳下悬崖……

她扑到悬崖，看着他向滔滔河水坠去，伸出手去，撕心裂肺地大叫："不要，不要啊……"

周英回到旅店，经过许多雷的房间时，看到赵明亮也在，就走了进去。两人一看到她，忙站起来，表情复杂地看着她。她很平静地看了看他们，说："赵荣坤已经死了。"

许多雷转身一拳砸在墙上，痛苦地埋下了头。赵明亮颓丧地跌坐在椅子上，眼神空洞。周英喃喃地说："我本来要放他走，他自己跳崖自尽了。"

说完这话，她转身出来，去看已经接过来的东东。他正在玩着桌子上的一个泥人。看到她，东东跑过来："你是婶婶吗？"

她强颜欢笑道："现在还不是，以后是，你现在叫我阿姨吧。"

东东又问："我爸爸去哪儿了？"

她鼻子一酸，忙蹲下来，抚着他的肩膀，说："你爸爸去很远很远的地方执行任务去了，要很久很久才回来。"

东东眨着眼睛，问道："他去干什么了？"

她认真地说："他干的是大事，要让普天下的老百姓都过上好日子。"

她张开双臂抱着他，他开心地笑了，她却流下了一行泪水。

第二十七章

1

赵明亮他们回到青龙镇，刚坐下来还没来得及喘口气，就有一个参谋跑来，说是许司令让他们立即赶去。三人来到分区司令部，许亚夫见到他们，劈头盖脸地训斥道："无组织无纪律！私自跑去太原，暴露了赵荣坤，老钱也牺牲了！没有娄子捅娄子！"

三人站在那里，痛苦地低着头，能说什么呢？本来是去干掉中村，为霍无病、裴喜妮报仇，不但没有干掉中村，反而惹出了一大堆麻烦，又害了老钱和赵荣坤。

许亚夫平息了一下怒气，口气缓和了一点："你们都是历经百战的军人了，还控制不了自己吗？一怒之下踢石头，只会痛着脚指头。"

赵明亮喃喃地说："许司令，我们错了。"

许亚夫摇了摇头，说："你们先回去吧，多陪陪东东。这段时间就待在青龙镇，没有我的允许，哪里都不准去，好好反省。"

在回行动队住处的路上，赵明亮一声不吭地大踏步地往前走了。看着他的背影，许多雷感慨道："赵荣坤原来是他的亲哥哥，我真笨，两个人都姓赵，我怎么就没想到呢？"

周英怜惜道："赵荣坤还是他策反过来的，现在死了，他心里难过。"

许多雷恨恨道："这个该死的宁武，迟早要让他偿还这笔血债。"

这段时间，赵明亮总是翻来覆去地做着同一个梦里。在梦里，哥哥穿着国军军装，站在悬崖边，他穿着八路军军装，拿着手枪对准哥哥："你出卖同志，贪生怕死，还有什么话说？"

哥哥缓缓流下泪水："我本来是想守着老婆和孩子平平安安地过日子，你把我逼到这条路上了。"

他愤怒地反驳道："我那是在拯救你！"

哥哥苦笑了一下，说："救我？我老婆因此死了，我孩子也将成为一个孤儿，你问问自己的良心，你救了谁？"

他还在狡辩！这个叛徒、懦夫！赵明亮扣动扳机，他掉下悬崖，向滔滔河水坠去……

赵明亮猛地从床上坐起，一头汗水，他喘着气，茫然地向四周看看，月亮照进来，他发现这只是一个梦。是的，是梦，去执行的是周英，不是他。他起身走到窗前，泪流满面……

中村，还有宁武，必须得死！

机会很快就来了。许亚夫匆匆赶来，急急地说："你们准备一下，立即去太原。"

赵明亮问道："有什么事儿？"

许亚夫沉重地说："日本人已经开始回国了。阎锡山与日本华北方面军高层达成协议，将2600余名日军留在晋绥军，准备对付共产党。中村正雄带领的挺身队留在了军统山西站。你们去核实一下，如果属实，我们就得做好和挺身队再次作战的准备。"

许多雷道："中村正雄留下来更好，我正要找他算账！"

许亚夫看了一眼赵明亮，说："另外，太原地下党也送来消息，审讯、枪杀赵荣坤妻子的都是中村正雄。"

周英恨恨道："他没走还好，他要是就这么回国了，那就太便宜他了！"

赵明亮低低地说："他不会走。"

周英疑惑地看着他："为什么？"

赵明亮喃喃地说："因为我还活着。"

在去太原的路上，周英给赵明亮讲了吴立均的事儿，感觉这个年轻人有正义感，说不定能争取过来。赵明亮心有所动，一到太原，立即让周英前去联络吴立均，打听一下中村的下落。

周英见了吴立均，他也满口答应了。过了四五天，两人在约好的酒店见了面，他掏出几页纸递给她，压低声音说："我按你说的，搞到这份日军回国的名单了，中村正雄和他的挺身队是第一批回国的。"

她惊问："你能确认他们上了船吗？"

他点了点头："我争取到天津出了趟公差，又专门到港口核实、查看了登船记录，中村正雄确实上了船。"

她低头翻着看了看那几页纸，终于找到中村正雄、小林英夫等人的名字，她叹了口气，失望地说："没想到，他还真走了。"

他关切地看着她，说："国共签订了双十协定，表面上要和平建国了，但宁站长说，双十协定只是几页纸，随时可能撕破。你要当心些。"

她笑了笑，说："我不会有事儿的，你有什么打算？"

他说："如果内战真要爆发了，我就离开这里，去北平继续求学。我参加军统是为了打鬼子，不是为了杀自己的同胞。"

她赞赏地看着他，说："你能这么想，再好不过了。"

周英把名单拿回去，赵明亮仔细地看了看，抬头问她："他上船了吗？"

她答道："吴立均也去天津港核实了，中村正雄和他的部下确实上了船。"

许多雷很失望："就这么让他溜了？"

赵明亮却觉得，中村不可能这么轻易就走的，他把妻子和儿子的仇都记在了他头上，他活得好好的，中村能心安理得地回国吗？根据他对中村的了解，他不会这么干的。他沉重地摇了摇头，说："我觉得他还会回来。"

中村正雄确实回国了。他乘坐的轮船正往日本的方向开去，他凭栏望着茫茫大海，脸色阴沉，一语不发。已经出发两天多了，他每天都是这样，谁也不敢上前问他。茫茫大海中出现了一个隐约可见的岛屿，中村的脸色更加阴沉，他很清楚，过了这个岛，就是公海了。

他回到船舱，挺身队员忙恭敬地站起来。他摆了摆手，说："你们已经不是我的部下了，坐吧。"

等到众人坐下，中村喃喃地说："过了前面那个岛，船就要进入公海了。"

众人面色凝重，这就意味着，他们再也不能回到中国了。一个挺身队员突然跪地，瞪着中村，痛哭着叫喊："我们还有七百万大军，为什么要投降？难道你就甘心败在支那人手里吗？"

中村淡淡地说："败了就是败了，不甘心又有何用？"

他说完这话，站了起来，望着外面，缓缓地说："一切都结束了，能活着回到家乡，见到自己的亲人，未尝不是件好事儿。诸位多多保重！"

这话有些不对劲。小林英夫惊异地问："你不回去了？"

中村道："我已经回不去了，我的亲人埋葬在中国。"

小林英夫急道："可你还是日本人啊。"

中村笑了笑，说："我常常忘记自己是一个日本人，遥远的故乡对我来说，如梦幻泡影。"顿了顿，又说："赵明亮没死，我大仇未报……只有血才能洗清一切羞辱，一切仇恨。"

小林英夫难过地说："可是现在这个情形，想要报仇，谈何容易。"

中村道："一山不容二虎，一国难容两君，国共必定鱼死网破。阎锡山和华北方面军达成协议，留下了一部分日军指挥官帮助他们打内战，我可以借助他们的力量复仇。"

中村说着，弯腰从床铺下边拿出救生衣，套在身上。小林英夫站到他面前，激动地说："我愿意跟随中村君。"

还有五个挺身队员也立即响应："我也要跟着中村君回去！"

另外三个挺身队员羞愧地低下头，一声不吭。小林英夫愤怒地盯着他们，吼道："你们还是大日本陆军的军人吗？还有没有一点血性？"

中村制止了他："不必强求，这是我自己的决定。此次回去，必是一死。愿意跟着我赴死的，我心存感激。愿意回国的，我祝福你们过上安宁的生活，向你们家人问好。"

中村说完，大步走出船舱，轮船正好经过那个岛屿。他动作利索地翻过栏杆，跳入大海，带领小林英夫等人向岛上游去。

2

许多雷的父亲突然出现了，拄着一根拐杖，拿着一个破碗，胡子乱得像杂草，他站在院门口，怯怯地伸头向院内张望。周英正好要出去，看到老人，还真把他当作了一个乞丐，说："大伯，你等一下，我回去看看能不能给你找几个玉米棒子。"

她转身就要回去，许大伯叫住她："姑娘，我不是要饭的，我是来找我儿子的。你认识一个叫许多雷的吗？他们说他在这里。"

她愣了一下，这是许多雷的父亲？他不是一个大户人家吗？现在怎么成这个样子了？她忙上前搀扶着他："大伯，许多雷一直和我们在一起，你快进来吧。"

她把许大伯带到许多雷那里，赵明亮闻讯也赶紧过来了。许大伯坐在许多雷对面，眼泪鼻涕一大把，断断续续地说："大王庄的王七当过保长，被枪毙了，梨园村的维持会长也被枪毙了。咱们村的农会主席是赵麻子，他批斗我，欺负我，非要我的命。"说着，捋起上衣，指着让许多雷看他身上的伤疤："这都是赵麻子开批斗会把我打的，用荆条子抽的。我实在走投无路，才来寻你的。"

周英给他递上毛巾，说："大伯，你不要着急，慢慢说。"赵明亮也赶紧起身去倒了一碗水，递给他："先喝口水吧，大伯。"

许多雷愤怒地叫道："妈的，这个赵麻子，不看僧面看佛面。我好歹当过县大队长，他一个农会主席连这点面子都不给……让你别当汉奸，你不听，现在知道后悔了？"

许大伯道："我是当过维持会长，可我没做过伤天害理的事啊……无病呢？他不是和你在一块儿吗？怎么没看到他。"

许多雷低低地说："他死了，我没照顾好他。"

许大伯瞪大了眼睛，老泪纵横，颤抖着说："我一直把无病这娃当儿养着啊……"

周英抚着他的肩膀，安慰道："大伯，无病兄弟是好样的，杀了很多鬼子……"

赵明亮点了点头："大伯，你别伤心了，你先在这里住下来，和多雷多待段时间。"

出了许多雷的房间，周英跟着到了赵明亮的房间，她生气地说："咱们得亲自把许老伯送回家，看看这个赵麻子到底是何方神圣。"

赵明亮还是很冷静的，他觉得事情不会那么简单，这里面肯定有问题，但到底是什么问题，他一时也搞不清楚。他很认真地说："周英，我得提醒你一下，部队就是部队，地方的事情有地方政府，我们不能干涉。"

她委屈地说："我也没说要干涉地方政府，可许多雷是我们的兄弟，他的家人就是我们的家人，我们为什么不能管？"

赵明亮执拗地说："那也得由组织出面。"

她撇嘴道："你可真是一个迂腐的共产党员。"

赵明亮严肃地说："这是原则性强。"

她摆了摆手，说："好好好，我听你的，咱们现在就去找保卫科，让他们问问是咋回事。"

赵明亮想想，确实也只能这样了。两人刚要动身，突然听到外面响起嘈杂声："在这里""我看到他跑到这里来了"……

两人赶紧跑出来，只见分区保卫科长带着两个八路军战士和七八个民兵拥进院里来了。

赵明亮忙迎上去，拦住他们："这是怎么回事？"

保卫科长看了看身后的民兵，对他说："这是许家峪来的民兵，许多雷的父亲因为当过汉奸，被关押审查时，杀死农会主席赵麻子逃跑了……有人看到有个老人在青龙镇到处打听许多雷，是不是就是他父亲？"

赵明亮倒吸一口凉气，果然有问题，问题还不小。但事情真的就是这样的吗？这也是一面之词。他忙摇头："不是不是，是个要饭的，我给他一个玉米棒子打发走了。"

民兵队长凑上来叫道："我明明看到他进了这个院子，我们的人就守在这里，他就没出来。"

另一个民兵出来，指着许多雷的房间说："就是，我就在外面盯着。他明明进那个屋子了。"说着就要过去。

周英上前拦住，厉声道："大胆！我看你们谁敢进去！"

民兵队长蛮横地瞪她一眼："这是我们地方政府的事情，同志，请你配合一下。"

保卫科长过来，笑着对周英说："周同志，你就让他们进去看一下嘛，不是啥事都没了？"

周英正在犹豫，民兵拥了过去，抓住了许大伯。许多雷急了，扑上去要把父亲拉回来，几个民兵按住了他。他挣扎着叫道："他是我爹，你们放开他！"

他们当然不会听他的，把许大伯拖了出去。赵明亮进来，瞪着按着许多雷的民兵，厉声道："把他放开。"

民兵犹豫了一下，放开了许多雷。许多雷伸手就往腰里掏枪，周英忙扑上去抱住了他，他挥着胳膊把周英甩到了一边，又吼又叫："我要杀了你们这帮龟孙！"

赵明亮扑上前抱住他，低声道："别乱来！"

许多雷像暴怒的狮子一样甩开赵明亮，赵明亮眼疾手快，夺下了他的手枪。许多雷三步并做两步，追上拖着许大伯的几个民兵，挥拳打倒了两三个。

保卫科长大怒："把他抓起来！"

两个八路军战士上前按住了他。赵明亮慌忙赶来向保卫科长求情："科长，许多雷一时冲动，先把他放了吧……"

保卫科长瞪了他一眼："这不是一时冲动，是敌我不分，性质很恶劣，问题很严重！"示意两个战士："带走！"

看着许大伯父子被带走，周英忧心忡忡："你说，他们会怎么处置许大伯？"

赵明亮摇了摇头："他真是太糊涂了，怎么能杀人呢？"

周英叹了口气："也不知道会把许多雷怎么样了。"

许多雷当然不会坐以待毙，到了晚上，下起了霏霏细雨，他和父亲坐在地上的稻草堆上，他斜了父亲一眼，问道："你真把赵麻子杀了？"

许大伯哭丧着脸，说："我要不杀他，他就要把我杀了。"

他苦笑了一下，说："你从前连个鸡都不敢杀，现在都敢杀人了！"摇了摇头："真是有其子必有其父。"

许大伯小声抽泣道："都是我把你害了……"

许多雷站起来，走到窗前，窗户的栏杆是钢筋的。他把上衣脱下，塞到窗外，让雨淋湿，然后把淋湿的衣服拧了拧，套住两根钢筋，使劲地绞着衣服。两根钢筋慢慢弯曲，并在一起，窗户出现了一个空隙。他又把另一边的两个钢筋如法炮制，窗户中间的空隙变大，变成了一个小洞。

许大伯惊惧地看着他："你要干啥？"

许多雷道："干啥？逃呗，总不能在这里等死吧。"说完，他爬上窗户，侧着身子从洞里钻了出去。出去了就好办，他一拳就把看守的民兵打晕了，拖进屋内，把他的衣服脱下，撕下一块布，塞在了民兵的嘴里。

许大伯吓得身子都抖起来了："儿呀，使不得，你这是犯法的……"

许多雷打断了他："你已经犯法了，不逃就是死路一条。"

他把民兵丢在地上，把民兵的衣服一扯两半，一半捆住他的双腿，另一半捆住他的双手，然后示意父亲："快走！"

到了半夜，赵明亮突然被院里的嘈杂声惊醒了，他忙爬起来，透过窗户，看到院里挤满了举着火把的八路军和民兵。他和周英都忙出来了。

保卫科长问他："看到许多雷没有？"

赵明亮惊疑地说："你们不是把他抓走了吗？"

保卫科长道："他又带着他的汉奸父亲逃跑了！许司令亲自下令抓捕他！"回头冲着那些八路军和民兵："追！"

众人拥出院子。赵明亮和周英看了看，忙跟了上去。

许多雷带着父亲在山里跌跌撞撞地跑着，天亮了，两人正在爬着一座小山坡时，后面的民兵追上来了，民兵队长边追边朝天开了一枪，大声吆喝："站住！再不站住就开枪了！"

许大伯慌了，脚没踩稳，眼看就要从山坡上滑下去，许多雷忙拉住他。他可怜巴巴地看着许多雷，说："别管我了，你快跑吧。"

许多雷急道："要走一起走，要不是为了你，我犯得着跑吗？"

许大伯抽泣道："都是我害了你，都是我害了你……"

话音未落，一声枪响，许多雷手里一沉，回头一看，父亲脑袋上中弹，已经没了气。他忙抱起父亲，使劲地摇着："爹，爹！"

民兵继续开枪，子弹打在他身边的地上。再这样下去，他也得送命不可。他只得丢下父亲，狂奔起来。民兵大呼小叫地追赶着。

他经过一个灌木丛，突然冲出一个人，抱着他打了几个滚，把他按到灌木丛中。他还要挣扎，那人把手指放在嘴边“嘘”了一声，示意他不要吭声。

这人是赵明亮。

民兵们端着枪从他们身边跑开。看着民兵们跑远了，周英也赶了过来。许多雷颓丧地坐在地上，喃喃道：“都死了，都死了，我把我爹也害死了……”

周英道：“许大伯的死不能怪你，杀人偿命，就算你不带他走，他也难逃一死。倒是你，放了父亲，又越狱，罪加一等。”

赵明亮难过地说：“你太冲动了，你要相信组织。”

周英不耐烦地说：“现在不是说这个的时候，快想想怎么办吧。”

赵明亮沉思了一会儿，看了看她，为难地说：“我本来想找许司令求求情，可他这一跑，许司令正在气头上……”

她打断了他：“现在去求情当然不行。他得先躲一阵，等许司令气消了再说。”

许多雷道：“你们不用为我操心了，我现在是赤条条来去无牵挂，烂命一条，不值钱，谁也不用管我。”

赵明亮瞪着他，说：“你怎么这样想呢？我是不是你兄弟？周英是不是你的生死之交？”

周英拍了拍许多雷的肩膀，说：“对，还有我和明亮，咱们是一生一世的亲兄弟好战友，振作起来，这个难关咱们咬着牙一起过！”

赵明亮想了想，对许多雷说道：“你先去三都村我们家躲上一段时间，等风头过了，我和周英再把你接回来。”

许多雷点了点头，也只能这么办了。

送走了许多雷，在回青龙镇的路上，周英还有些担心：“许司令要是问起许多雷的事怎么说？”

赵明亮说：“就说追捕过程中，许多雷坠崖了，生死不明。”

周英道：“活要见人，死要见尸，这个谎太低级了，他会相信吗？”

赵明亮说：“管不了那么多了，倒是许多雷，真希望他能早点走出来。”

周英叹了口气，喃喃地说：“这可恶的战争，它让我们每个人都伤痕累累……就连我们的敌人，何尝不也是这样？”

提到敌人，赵明亮就想到了中村，他说：“我总觉得中村正雄并没有回国，我有一种预感，说不定哪一天，他就会出现在我们面前了。”

3

中村带着小林英夫回到了太原，他们去见了宁武，宁武当然求之不得，立即找来国军军装，让他俩和挺身队员都换上，还给两人授了军衔，中村是上校，小林英夫为中校。

两人穿着国军军装从宁武那里出来，正好遇到李为信。看到一个上校和中校，李为信一愣，下意识地恭敬地让到一边，给两人敬礼。两人表情严峻，朝他点了点头，不发一语地走了。

进了宁武的办公室，李为信疑惑地问道："中村他们不是回国了吗？怎么又回来了？"

宁武冷笑道："他们对共产党的仇恨远远超出了我们的想象。"

李为信不满地说："那也不用给他们连升三级吧？待遇这么优厚，都超过我们了。"

宁武道："这是阎长官的意思，目的就是让他们死心塌地为党国卖命。中村正雄还想重建挺身队，我没答应。"

李为信撇下嘴，说："他还真把自己当根葱了。"

宁武淡淡地说："这些鬼子反正该死，就让他们和共产党狗咬狗吧，咱乐得坐山观虎斗。"

战争很快就来了。青龙镇上，八路军人来人往，部队调动频繁。许亚夫骑马来到行动队门前，翻身下马，找到赵明亮和周英，说："国民党军已经向晋东南发起攻击，总部命令我们前去青城，相机发起青城战役，牵制敌人。"

赵明亮忙问："我们有什么任务？"

许亚夫道："你们跟着我一起去前线。"看了看周英和她牵着的东东，说："根据地正在进行疏散，东东要被送到延安小学去。"

周英忙道："我去送吧。"

赵明亮感到很意外："你去送？"

周英笑道："我还从来没有去过延安，那里是抗战的圣地，也是我心目中的圣地，我想去看看。"

许亚夫点了点头："这样也好，根据地还有三四个孩子，你带几个战士，一路上小心一点。"

形势紧张，周英立即进行准备，她正在整理行装，赵明亮从外面进来，把手里提着的步枪和子弹袋递给了她。

周英拿过步枪，拉了一下枪机，枪是好枪。她笑着看看他，说："有手枪就行了，何必带这个？"

他关心地说："路途遥远，日本鬼子虽然投降了，可我们的敌人依然不少，手枪步枪都带上，有备无患。"

她说："我看你是惊弓之鸟，把井绳也当成蛇了。"

他认真地说："别不当回事，这些孩子都是烈士遗孤，一定要确保他们的安全。"把子弹袋递了过来："还有这个。"

她只得接过了子弹袋，扎在腰间："放心，就算我死了，这几个孩子也会安全无虞，送抵延安。"

赵明亮"呸"了她一下，叫道："乌鸦嘴。"

与周英同行的除了东东，还有四个七八岁左右的孩子，另外还有五名八路军战士和她一起护送。赵明亮把他们送到村口，温柔地看着周英，说："路上小心，到延安后，给我拍个电报报个平安。"

她娇嗔地朝他翻个白眼，说："啰唆起来没完了，我可是经过大风大浪的。"

赵明亮蹲下来，给东东说："东东，路上要听阿姨的话。"

东东点了点头，说："叔叔你放心……我爸爸什么时间回来。"

他愣了一下，说："东东不要急，爸爸执行完任务就回来了。"他怕东东再继续追问，忙站起来，对周英说："你也要多保重，睡好，吃好……"

她笑着打断了他："多说也就十几天，别搞得像生离死别一样。"

队伍出发了，赵明亮痴痴地站在那里，一直等到他们走得看不见了，这才回去了。

五名八路军战士带着四名孩子在前面走，周英拉着东东跟在后面，快到晌午了，她看着东东出了一头汗，忙给他擦了，问道："东东，累不累？"

东东扬着小脸，高兴地说："和阿姨在一起，东东不累。"

周英笑道："等打完仗了，咱们回到太原，你上学，我当老师，好不好？"

东东兴奋地叫起来："那太好了，我一定听你的话，做一个好学生。"

两人都笑了起来，笑声宛如小鸟歌唱，在风中飘荡。

到了第三天，队伍走在山间的一条小路上，周英估摸着，照这样的速度下去，傍晚时可能就会出了关山分区的根据地。她正在盘算着，路边的树丛一阵嘈杂，几只小鸟飞了起来。

她警觉地取下步枪，冲着队伍喊道："隐蔽！"

已经来不及了，噼噼啪啪的枪声响了起来，走在最前面的一个八路军战士猝不及防，中弹倒地。伏击他们的是中村带领的原挺身队队员，他沉声对部下交代道："目标是周英，不必伤害孩子。"

在周英的指挥下，八路军战士带着孩子离开小路，退入路边的树林，一边向对方还击，一边带着孩子撤退，中村瞄准，扣动扳机，又一名八路军战士被击中。

周英紧紧地皱着眉头，这是什么人？土匪？她很快否定了，对方绝不会是像土匪这样的乌合之众，而是训练有素的武装人员，这么长时间了，居然还看不到对方的影子。她只能指挥着八路军战士向枪响处回击，边打边撤。

中村见他们撤退，立即带人追赶，枪弹密集，打得树枝哗哗地往下掉。周英果断向八路军战士下令："快，你们带着孩子撤退，我来掩护！"

东东着急回头，带着哭腔喊："阿姨！"

周英忙冲着他摆了摆手："东东快走，我一会儿去追你们。"

终于看到了，对方有六七个人，穿的都是老乡的衣服。他们当然不会是老乡，也不会是土匪，很可能是正规军装扮的。她闪身藏在树后，找准机会，瞄准一个人影开枪，一个挺身队员应身而倒。

周英立即转移，借着地形掩护，打一枪换一个地方，先后又干掉两个挺身队员。

中村挥手，让小林英夫和剩下的另外两名挺身队员停止射击，他躲在一块大青石后面，向她喊话："放下武器投降吧。"

她愣了一下，听出这是中村的声音。这个王八蛋，果然没有走！

中村好像猜透了她的心思，洋洋得意地说："想不到吧？我又回来了！"

她猛地闪身出来，向中村的位置开枪，子弹打在他耳边的树枝上，他下意识地低头，恼怒地命令小林英夫他们："不管死活，把她拿下！"

在交叉火力的掩护下，中村带人慢慢向她逼近。她不得不冒着弹雨移动隐蔽位置，沉着地和他们周旋。

就这样纠缠了半个时辰，她估摸着孩子们已经跑远了，就靠在土坡后喘了口气，猛地起身，向中村他们开了几枪，趁着他们躲避时，撒腿向远离孩子的方向奔跑。

小林英夫带着挺身队员刚追出两步，中村叫住了他们："不用追她了，去追那群孩子，她必定会回头来救。"

周英气喘吁吁地跑了很远，却发现对方没有追上来，立刻明白了中村的用意，他们这是要用孩子来要挟她。她惊出一身冷汗，立即回头追赶中村。

好不容易追上了中村，双方又是一番枪战，她边打边退，退到一个山谷里，似乎摆脱了中村。她双手扶着膝盖正在喘气，李为信突然出现在对面不远处的山坡上，他的身后站着吴立均，还有七八个军统特工。

李为信举着枪对准她，得意地说："踏破铁鞋无觅处，得来全不费工夫。"

周英皱起眉头，质问道："你什么意思？"

李为信脸上带着讥嘲的笑容："什么意思？你叛变党国，投靠共匪，为虎作伥，还用我说吗？"

她冷笑道："你胆子还真不小！我这是去延安执行刺杀任务的。"

李为信摇了摇头，说："你当初能哄得了麦当雄，现在可骗不过宁站长，更骗不过军统的所有兄弟，不妨告诉你，正是宁站长让我们前来配合中村先生的！"

她想了想，放下步枪，举起了双手："好，那你就带我去见宁站长，我当面和他对质。"

李为信冷冷地说："宁站长对活人不感兴趣。"

李为信扣动扳机，枪响了，但周英没事，他自己却倒了下去。抢先开枪的是站在他身后的吴立均。周英立即拿起步枪，向军统特工射击，掩护吴立均。那些军统特工的枪法如何能和周英相比？她弹无虚发，干掉了两三个军统特工后，其他的都乖乖地躲了起来，不敢露头。

吴立均趁机跑下山坡，与周英会合，两人还没来得及说话，中村带人赶来了，剩下的军统特工一看，又来了精神，一起攻击两人。

两人只得边打边撤。在往坡头冲时，吴立均腿部中弹，摔倒在地。她立即冒着弹雨回头，架着他上了山坡。她从身上取下急救包，给他包扎。她看了看他，说："你其实不必这样做的。"

他笑了笑，说："我也不是为你，我只是听从内心而已。"

刚刚包扎好，中村带人又赶了过来。没过一会儿，周英步枪子弹打光了，她只得掏出手枪射击。

鲜血慢慢地渗出来，吴立均脸色越来越苍白，他看着周英，艰难地说："你走吧……"

周英叫道："我不能丢下你！"

吴立均道："你快走，保护孩子要紧，我在这里拖着他们……"

他说的也是实话，再这样僵持下去，两人都逃不了。她咬了咬牙，冲他点了点头，立即向另一边奔跑起来。

吴立均一直坚持到了周英消失不见了，他的身子越来越沉重，眼前金星直冒，看不清敌人，他不得不停止射击，靠在土坡上艰难地喘着气。中村带人爬上了山坡，他们以为他没有子弹了，围了上来，他突然举枪射击，打死了一名挺身队员。

弹雨倾泻，吴立均倒在了血泊中，他仰面躺在土坡上，望着无边蓝天白云，脸上充满笑容，就像睡着了。

周英追上了孩子们，带着他们一起奔跑。中村等人追来，子弹横飞，一个孩子腿上中了一枪，他身边的八路军战士立即弯腰背起，继续奔跑。周英上前，夺过一个战士的步枪，吼道："快，带孩子们快走！"她回头隐蔽在一个土坎后，向中村他们射击。

孩子们越来越远了。

中村挥手示意其他人迂回包抄，他隐蔽在一棵树后，瞄准周英。她的注意力全在包抄过来的挺身队员和军统特工身上，哪里能料到，中村却隐藏在另一边。中村这一枪打在她的腿上，她急忙向身边的一个土坑滚去，趴在坑沿还击。

周英的子弹打完了。

中村听到她那边没有了枪声，挥手示意停止射击，慢慢地围了上来。周英倚在坑边，她的腿上、胸部中弹，鲜血染红了军装。她看着中村冷笑："就这点本事吗？"

中村的脸如寒冬的石头一样僵硬，他一声不吭，拿枪对准她，扣动扳机，一枪、两枪、三枪、四枪……他把手枪里所有的子弹打光了，周英鲜血淋漓，就像覆盖了一身怒放的鲜花。

小林英夫吃惊地看着中村，好像不认识他一样。中村这样子，他确实没有见过。他扭过头，看到远处的八路军战士正带着孩子往一座山坡上爬，提醒中村道："把他们也干掉吧。"

中村抬头看了看，摇了摇头："算了，这些孩子，本该处在无忧无虑的年纪，却活得惶惶不可终日……让他们走吧。"

他看了看周英的尸体，命令道："把她拖回去。"

小林英夫疑惑地看着他。他抬头看向远方的群山，喃喃地说："我的目标并不是她，而是赵明亮。有了她，我不用去找他，他自会来找我。"

4

解放军发起青城战役，经过几天几夜苦战，终于接近了青城外围的小镇，这里几乎成了一片废墟，到处是密密麻麻倒塌的房子、破烂的旗子、国军士兵的尸体。

城外废墟处有一棵树，枝叶早被炮火打光了，但它仍然顽强地站在那里。这天早上，在光秃秃的树干上，出现了一具吊着的尸体。

许亚夫和几个参谋人员正在工事内围着一张地图商讨着攻城方案，一个参谋跌跌撞撞地跑进来："司令员，你看，你看，外面，外面……"

许亚夫奇怪地看了他一眼，匆匆起身出来，把脑袋探出战壕，看到了那具悬吊起来摇摇晃晃的尸体。他忙举起望远镜，认出那是周英。他脑袋嗡地响了一下，一拳砸在战壕上："是周英！宁武这个狗娘养的！"

许亚夫回头命令那个参谋："王参谋，你找到赵明亮，就说是我的命令，让他立即赶回青龙镇，督促后方加快运送弹药、粮食，你跟着他，千万不要让他出现在战场上！"

王参谋应了一声，匆匆离去。

许亚夫看向另一个参谋："立即组织火力掩护，把周英的遗体抢回来！"

八路军向占据废墟的国军发起攻击，双方展开激战。许亚夫伏在战壕，举着望远镜仔细地观察着。一个八路军战士趴在地上，慢慢向吊着周英尸体的枯树移动，一声枪响，战士的脑袋上鲜血迸溅，头重重地往下一磕，再也没有动静了。

许亚夫回头："再上！"

身后的参谋喃喃地说："司令员，这是牺牲的第三个战士了。"

许亚夫吼道："一定要把周英的遗体抢回来，再上！"

又有一名八路军向那棵枯树匍匐前进，他慢慢地爬到了树下，刚站起来，又一枪打来，同样头部中弹，倒了下来。

参谋看了看许亚夫，说："有狙击手！"

许亚夫放下望远镜："该死的中村！"

参谋惊异地问道："中村回来了？"

许亚夫道："除了他，还能有谁？组织特等射手，找出中村！"

赵明亮百无聊赖地站在青龙镇口，看着浩浩荡荡支前的老乡，有人背着弹药，有人推着独轮车，上面装着粮食、蔬菜。他扭头看了王参谋一眼，说："许司令是什么意思嘛，让我来负责运送粮弹，这不是大材小用吗？"

王参谋赔着笑说："这活儿也是任重道远，担子重。"

正说着，从路边过来了三个八路军，他们后面跟着几个孩子。再一细看，还有东东。赵明亮眨了眨眼，没有周英。他心里扑通一跳，连忙跑过去，问道："怎么又回来了？周英呢？"

八路军战士惭愧地低下头，东东过来，仰着满是泪花的脸，哭着喊道："叔叔，快去救救阿姨……"

赵明亮夺下站在前面的那个八路军战士背着的步枪，他刚要冲出去，王参谋拉住了他，摇了摇头，悲痛地说："赵队长，不要去了，周英，周英同志已经牺牲了……"

赵明亮眼前一黑，他抓住王参谋领子吼道："你说什么？你再说一遍！"

王参谋喃喃地说："她的遗体吊在青城……"

他还没有说完，赵明亮已经撒腿向青城奔去。他赶到青城，远远地看着悬吊在枯树上的周英，天旋地转，一下子晕倒了。也不知道过了多久，他终于醒了过来，咬牙站起来，脚步像灌满了铅，那么沉重。他一步一晃，艰难地走到前沿，看到许亚夫，眼睛红了："谁杀了周英？"

许亚夫道："是中村，他回来了。"

赵明亮吼道："他在哪里？"

许亚夫道："他躲起来狙杀了我们不少战士……"

赵明亮急道："我是说，中村在哪里？"

许亚夫道："你要冷静，这是个陷阱。"

赵明亮拿着步枪就要跃出战壕，许亚夫拉住了他："我再找几个枪法好的战士配合你！"

赵明亮道："不用，人太多反而容易暴露目标。"

他爬出战壕，伏在地上，一寸一寸地向那棵枯树蠕动着。

这个时候，在那棵枯树不远的一座被炮火摧毁的三层楼房里，中村走到了二楼死角处。他把背包放下，取出黄春梅给他织的红背心，脱下国军军装，带着宗教般的仪式感穿上红背心，又在外面套上日军军装，戴上白手套，然后匍匐前进到断墙处，这个位置可以很好地观察那棵枯树周围，他慢慢地伸出枪，仔细地寻找着目标。

他终于在瞄准镜中发现了正在匍匐前进的赵明亮，来了，他终于来了！他激动得泪水都要出来了，忙揉了揉眼睛，调整好呼吸，慢慢移动枪支，瞄准赵明亮。周围的废墟遮挡住了赵明亮身体的大部分，只有后背时隐时现，时机还不对，不急，慢慢来。

赵明亮满脸悲痛，慢慢而又坚定地向那棵枯树移动。经过一堆废墟的时候，他看到了许多雷，他正隐蔽在那里，着急地向他打着手势。赵明亮看懂了，他是在告诉他：楼上有人，到我这边来。

他慢慢地爬到许多雷身边，低声问他："你怎么来了？"

许多雷恨声道:“我听说中村那个王八蛋又回来了,就立即从三都村赶来了。”

赵明亮问道:“我娘还好吗?”

他哽咽道:“大娘很好,就是挂念你,也挂念东东……她让你有空带周英回去呢。”

赵明亮抽了一下鼻子,他告诫自己,现在不是悲痛的时候,要集中注意力。他很清楚,中村这只狐狸就隐藏在战场的某一个地方,正等待着一个一击必中的机会。这是一场生死对决,不是你死,就是我死。敌在暗,我在明,但他有一个中村没有的优势:中村并不知道除了他,还多了一个许多雷。

整个战场静了下来。中村等了半天,赵明亮好像一滴水落进了河中,再也找不到了。他趴在瞄准镜后面,到处搜索,仍然一无所有。他并不着急,只要他赵明亮仍在战场,他就有机会。他枪口缓缓移动,瞄准了赵明亮和许多雷所在的地方。他盘算了一下,按照赵明亮消失的时间和路程,他隐藏在这处废墟的可能性最大。他死死地盯着这片废墟。

赵明亮和许多雷靠着废墟,两人心里清楚,这场对决,就看谁更沉不着气。他看了看周围的地形,把许多雷戴着的军帽取下,虚套在自己头上,低声道:“你在这里掩护我。”

不等许多雷说话,他向周英尸体方向匍匐前进,许多雷立刻侧过身子,做好射击的准备。

中村看到了趴在地上慢慢蠕动的赵明亮,他稳稳地握住枪,枪口随着他的身影移动。要等时机,要打就一枪打在要害,让他根本就没机会还击。他耐心地等待着,终于逮住一个机会,赵明亮露出大半个军帽,这个机会稍纵即逝,但已经够了,他立即扣动扳机。枪声响了。几乎在他枪响的同时,许多雷的枪也响了,子弹擦着中村的脸,击在砖石上,他的脸像火烧了一下,他跌坐在地,用手摸了一下,一手的血。

他慢慢地弯腰,来到另外一个窗户边,那里趴着一具国军士兵的尸体,尸体下有一支枪,看上去是那个士兵的枪支,其实是中村早已经准备好的。

赵明亮当然没事,中村击中的只是他顶在头上的帽子而已。在中村往另一个窗户移动时,他和许多雷也悄悄地匍匐前进,转移了阵地。

中村爬到了国军士兵尸体旁,用尸体做掩护,表面是尸体拿着枪,实际上是他拿着枪,瞄向许多雷的方向。

赵明亮、许多雷已经分别到了另外的废墟后面,赵明亮向许多雷做手势,示意他,两人从两翼包抄接近楼房。

许多雷会意，向旁边隐蔽处机动，与此同时，赵明亮也向楼房处匍匐前进。

中村捕捉到许多雷，立即开枪，这一枪打在了许多雷的肩膀上。他枪响的同时，赵明亮猛地起身，跪在地上向中村开枪，击在他的肩膀上。中村立刻丢掉枪，爬回二楼死角。

赵明亮爬到许多雷身边，借着废墟的掩护，赶紧掏出急救包给他包扎伤口。

中村利用死角掩护，悄悄地转移到了三楼，那里死角处同样有他准备好的狙击步枪。他隐蔽在一个被炸开的墙洞后，用步枪上的瞄准镜仔细搜索着。

在中村上三楼的时候，赵明亮与许多雷也转移到了另外一处，两人背靠废墟，许多雷肩膀处鲜血还是不断地渗出来，脸色越来越苍白。

许多雷骂道："妈的，这个中村，真不好对付。"

赵明亮咬牙说道："我一定让他活不过今天！"

许多雷担心地看了他一眼，说："慢慢来，别被仇恨遮住了眼睛，那会上了他的当，他就是想激怒你，让你乱了方寸。"

赵明亮看了看他的伤口，那里还有鲜血不时地渗出来，他关切地问道："能不能坚持住？"

许多雷笑道："这算什么？"

他看了看赵明亮，喃喃地说："队长，就说我爹是个汉奸吧，可他是他，我是我，我从来没有背叛过党，更没有做过对不起八路军的事情。"

赵明亮安慰道："我相信，我永远相信你。"

许多雷望着远处，一脸悲伤："我爹死了，无病也死了，就连裴喜妮和周英也死了……"

赵明亮道："一定要让中村血债血还！"

许多雷拿起了步枪："我们去把中村解决掉吧。"他玩世不恭状地朝赵明亮笑了一下："狐狸再狡猾，也斗不过狮子，何况是像咱们俩这样英武神明的高手？"

赵明亮忙按住他："你留在这里掩护我。"

他爬到不远处的一处废墟，向许多雷做了个手势，表示准备好了。许多雷却做了一个出击的手势。

赵明亮愕然地瞪着他，许多雷带着微笑突然站起来。

中村看到许多雷，立即开枪，击中了他。但他还没来得及收起枪，赵明亮站了起来，一枪击中他的脖子，鲜血喷涌而出，他重重地摔在了地上。

赵明亮急忙向许多雷冲了过去，他抱起许多雷，大声呼唤："好兄弟，你醒一醒，睁开眼睛看看我……"

许多雷一动不动，他已经牺牲了。

赵明亮提起枪，站了起来，他愤怒地瞪着那幢破烂的楼房，大踏步地走了过去。他赶到三楼，只见中村倒在地上，痛苦地捂住脖子，鲜血还在咕嘟咕嘟地往外冒。

赵明亮用步枪对准他："你这个畜生！"

中村伸出一只手，艰难地冲着他笑了笑，喃喃地说："我们又见面了……"

赵明亮道："这是最后一次了。"他把手指扣向扳机，正要开枪，中村嚅动着嘴巴，说："等，等一下。"

赵明亮松开了扣着扳机的手指，恨恨地瞪着他。

中村仍旧艰难地冲着他笑，艰难地说："拜托你一件事，把我葬在春梅、小新的身边……拜托你了……"

话还没说完，中村脑袋往下一垂，气绝身亡。

赵明亮呆呆地看着他，摇了摇头，喃喃道："我，答应你……"

他跌跌撞撞地下了楼，摇摇晃晃地来到枯树前，放下周英的遗体，仔细地给她擦掉脸上的硝烟尘土，整理着她的衣服。她的口袋里露出一张照片，他把它拿了出来，照片上血迹斑斑。这是他们四人唯一一张合影，是在"庆祝刘村兵工厂保卫战大捷"时，那个《解放日报》的记者给他们拍的。他端详着照片，泪水汹涌而出，无声抽泣着。亲爱的姑娘，我的爱人，你永远与我同在！